Unicorn
独角兽书系

作者简介
托马斯·哈南
Thomas Harlan

出生于美国，是著名的科幻小说家、奇幻小说家以及游戏设计者。他的作品曾多次入围坎贝尔大奖提名。著有小说《帝国的誓言》、《十字军》等畅销图书。

译者简介

何静，女，自由译者，毕业于四川外语学院英语系翻译专业，曾翻译出版《九曲丧钟》等作品。

帝国的誓言

OATH OF EMPIRE
The Shadow of Ararat

[卷二] 亚拉腊山的阴影

[美]托马斯·哈南 /著　何 静/译

重庆出版集团　重庆出版社

Oath of Empire: The Shadow of Ararat

Copyright ©1999 by Thomas Harlan.All Rights Reserved.For information, address St. Martin's Press, 175 Fifth Avenue, New York, N.Y.10010, USA.

through Andrew Nurnberg Associates International Limited

Simplified Chinese translation copyright ©2016 by Chongqing Publishing House Co.,Ltd. All rights reserved.

版权所有，侵权必究

版贸核渝字（2011）第256号

图书在版编目(CIP)数据

帝国的誓言.第1卷,亚拉腊山的阴影/（美）托马斯·哈南著；何静译.
—重庆：重庆出版社，2016.6
书名原文：Oath of Empire
ISBN 978-7-229-10679-9

Ⅰ.①帝… Ⅱ.①哈… ②何… Ⅲ.①长篇小说—美国—现代
Ⅳ.①I712.45

中国版本图书馆CIP数据核字（2015）第280493号

帝国的誓言（卷一）：亚拉腊山的阴影
DIGUO DE SHIYAN (JUAN YI)：YA LA LA SHAN DE YINYING

（美）托马斯·哈南著；何静译

出版策划：重庆天健卡通动画文化有限责任公司
联合统筹：重庆日报报业集团图书出版有限责任公司
责任编辑：邹　禾　肖　飒　唐　凌
特约编辑：王伦航
装帧设计：谢颖设计工作室
封面插图：山　阡
责任校对：刘小燕

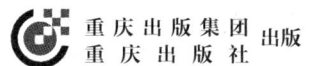

重庆出版集团 出版
重庆出版社

重庆市南岸区南滨路162号1幢　邮政编码：400061　http://www.cqph.com
重庆出版集团艺术设计有限责任公司 制版
重庆市国丰印务有限责任公司印刷
重庆出版集团图书发行有限责任公司 发行
E-MAIL:fxchu@cqph.com　邮购电话：023-61520646
全国新华书店经销

开本：890mm×1230mm　1/32　印张：24.25　字数：600千
2016年6月第1版　2016年6月第1次印刷
ISBN 978-7-229-10679-9

定价：86.80元

如有印装质量问题，请向本集团图书发行有限责任公司调换：023-61520678

版权所有　侵权必究

罗马城（公元622年）

西罗马帝国

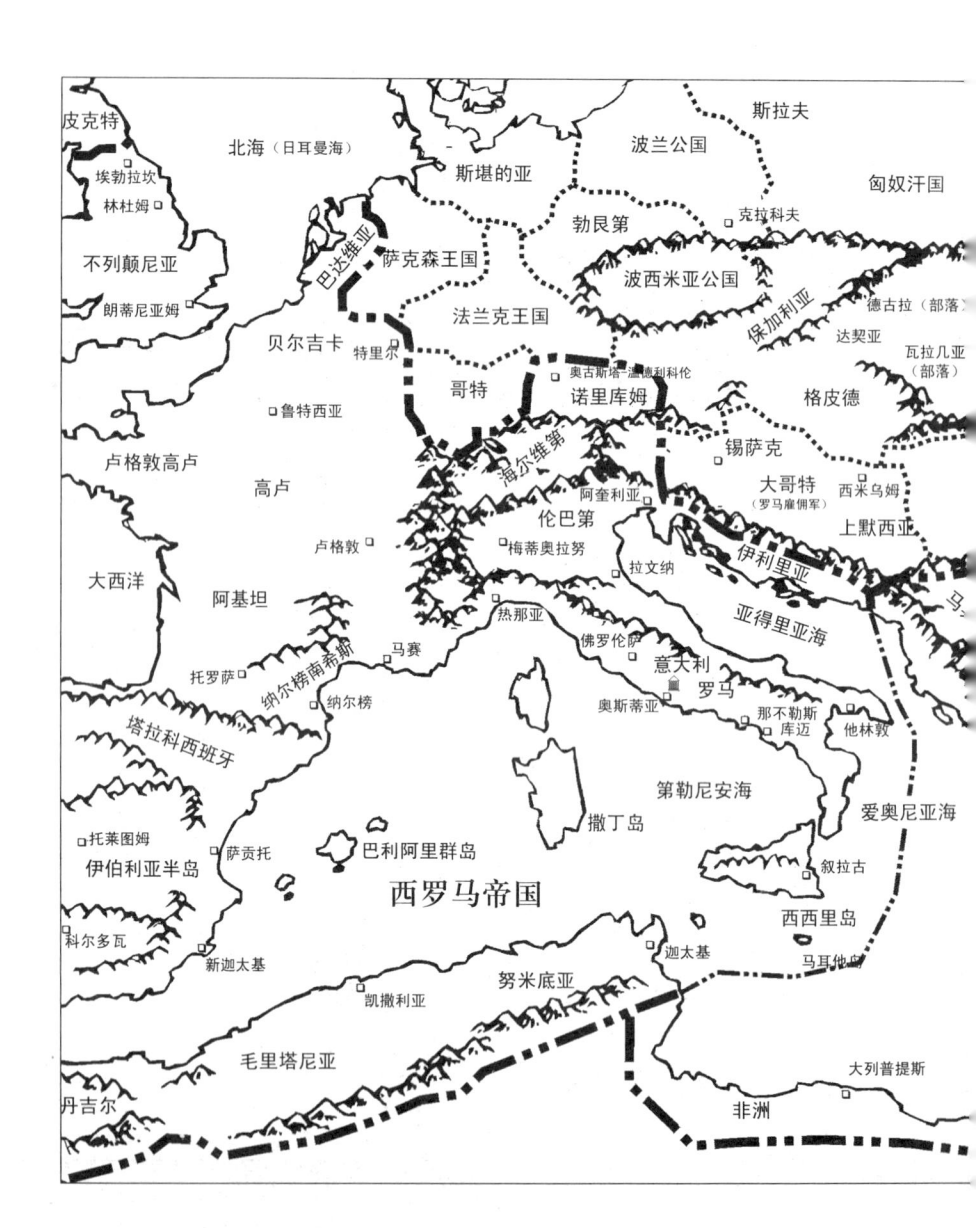

- 皮克特
- 埃勒拉坎
- 林杜姆
- 北海（日耳曼海）
- 斯堪的亚
- 斯拉夫
- 波兰公国
- 匈奴汗国
- 克拉科夫
- 不列颠尼亚
- 朗蒂尼亚姆
- 巴达维亚
- 萨克森王国
- 勃艮第
- 波西米亚公国
- 德古拉（部落）
- 贝尔吉卡
- 特里尔
- 法兰克王国
- 保加利亚
- 达契亚
- 瓦拉几亚（部落）
- 鲁特西亚
- 哥特
- 奥古斯塔·温德利科伦
- 诺里库姆
- 格皮德
- 卢格敦高卢
- 高卢
- 海尔维第
- 锡萨克
- 大哥特（罗马雇佣军）
- 西米乌姆
- 大西洋
- 阿基坦
- 卢格敦
- 阿奎利亚
- 伦巴第
- 梅蒂奥拉努
- 拉文纳
- 伊利里亚
- 上默西亚
- 托罗萨
- 纳尔榜南希斯
- 马赛
- 热那亚
- 佛罗伦萨
- 意大利
- 罗马
- 亚得里亚海
- 纳尔榜
- 奥斯蒂亚
- 那不勒斯
- 库迈
- 他林敦
- 塔拉科西班牙
- 第勒尼安海
- 撒丁岛
- 爱奥尼亚海
- 托莱图姆
- 萨贡托
- 巴利阿里群岛
- 伊伯利亚半岛
- 叙拉古
- 西西里岛
- 科尔多瓦
- 新迦太基
- 迦太基
- 马耳他岛
- 凯撒利亚
- 努米底亚
- 毛里塔尼亚
- 大列普提斯
- 丹吉尔
- 非洲

帝国的誓言
亚拉腊山之影
(公元622年)

君士坦丁堡（公元622年）
科斯米迪欧恩郊区
布雷契耐宫
阿瓦尔人包围圈
（地下水渠）
法纳尔区
阿瓦尔船队进攻
查瑞休斯之门
埃提乌斯蓄水池
加拉塔镇
第五军用城门
阿斯帕蓄水池
北大街
金角湾
狄奥多西城墙
阿波罗之门
密特拉大神庙
克劳狄哥特圆柱
广场
弗斯菲瑞恩
港口
舰队城门
利科斯河
君士坦丁城墙
瑞吉昂区
瓦伦斯水渠
老希腊区
雅典卫城
第三军用城门
梅塞大道
狄奥多西广场
赫卡特胜利神庙
公牛广场
君士坦丁广场
军事管理区
摩修斯蓄水池
狄奥多西凯旋门
宙斯
神庙
拉辛区
菲罗玄蓄水池
阿卡迪乌斯广场
第二军用城门
西大街
钢铁城门
竞技场
大皇宫
（巴赛里昂）
军用港口
商业港口
查士丁尼老皇宫
迦克墩
普罗庞提斯海
N
0
100 m
0
100 yds
黄金城门

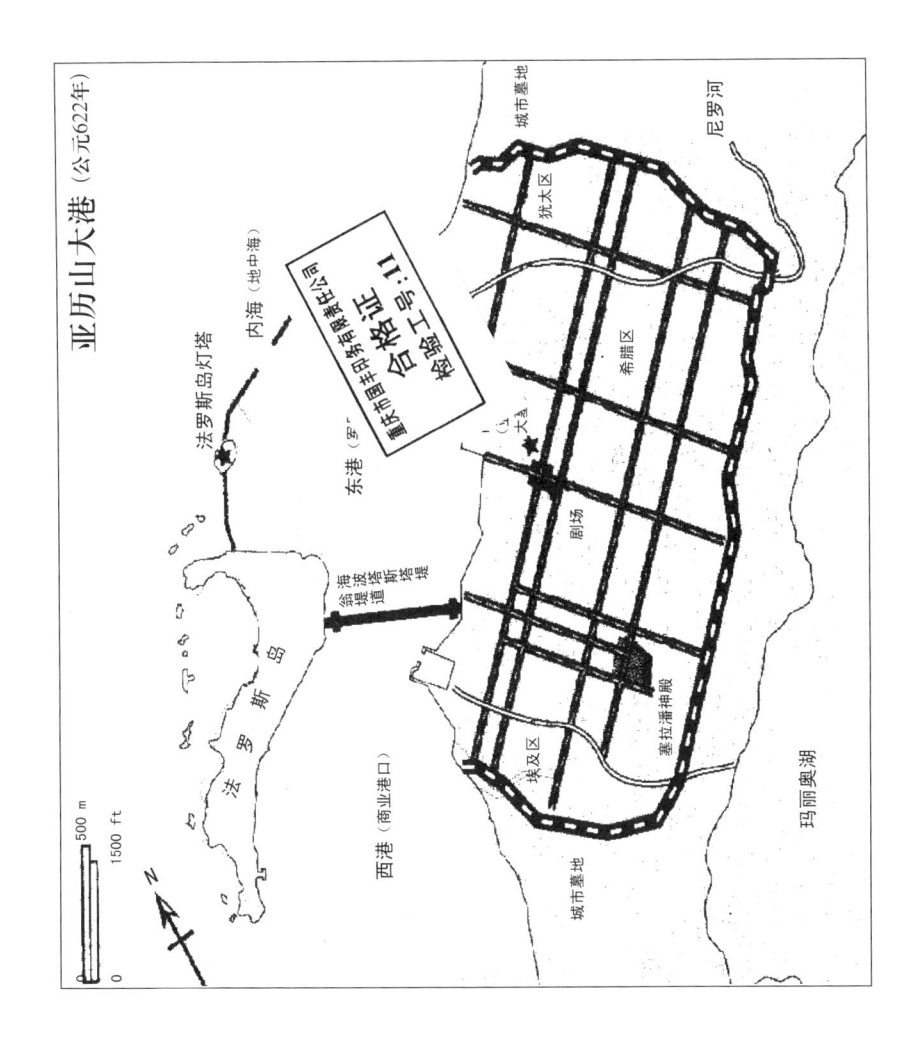

亚历山大港 (公元622年)

- 法罗斯岛灯塔
- 内海（地中海）
- 东港（罗...）
- 重庆市居丰财务有限责任公司 合格证 检验工号：11
- 翁堤海波堤塔堤斯堤
- 法罗斯岛
- 西港（商业港口）
- 城市墓地
- 抗太区
- 尼罗河
- 希腊区
- 大立（★）
- 剧场
- 埃及区
- 塞拉潘神殿
- 城市墓地
- 玛丽奥湖

500 m / 1500 ft

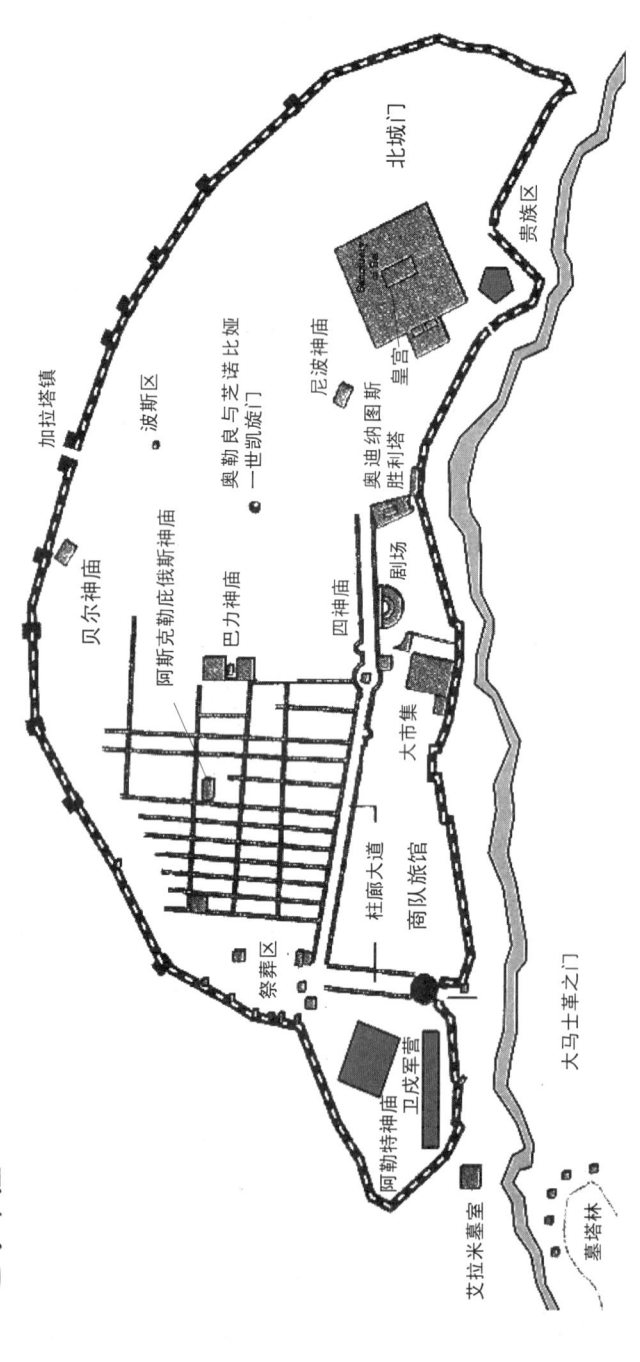

巴尔米拉 (公元622年)

- 北城门
- 贵族区
- 加拉塔镇
- 波斯区
- 奥勒良与芝诺比娅
- 奥勒良一世凯旋门
- 尼波神庙
- 奥迪纳特胜利塔
- 皇宫
- 贝尔神庙
- 阿斯克勒庇俄斯神庙
- 巴力神庙
- 四神庙
- 剧场
- 大市集
- 柱廊大道
- 商队旅馆
- 祭葬区
- 大马士革之门
- 阿勒特神庙
- 卫兵军营
- 艾拉米塞室
- 塞塔林

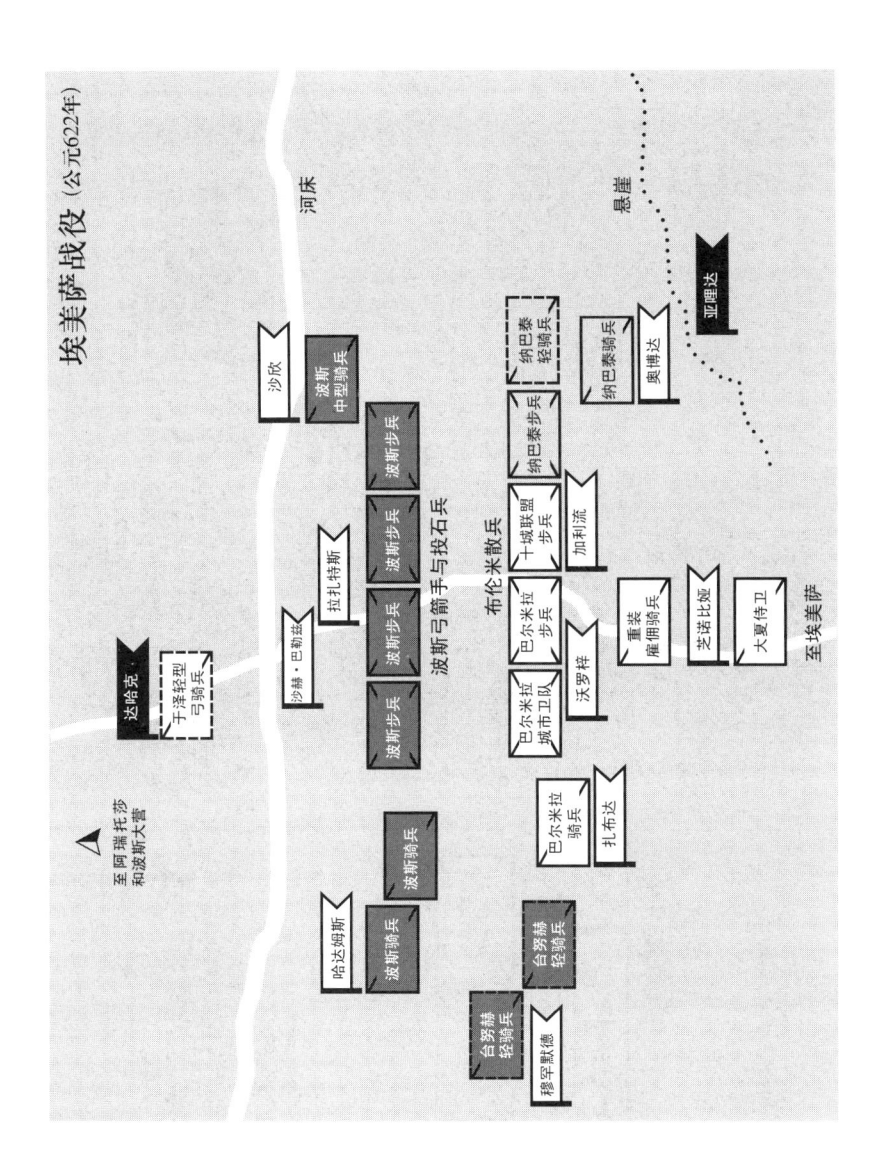

埃美萨战役（公元622年）

河床

悬崖

至阿瑞托莎和波斯大营

达哈克
干泽轻型弓骑兵

沙欣
波斯中型骑兵

拉扎特斯
波斯步兵
沙赫·巴勒兹
波斯步兵
波斯步兵
波斯步兵

波斯弓箭手与投石兵

纳巴泰轻骑兵
纳巴泰骑兵
奥博达
亚理达

布伦米散兵
十城联盟步兵
纳巴泰步兵
加利流
巴尔米拉步兵
重装雇佣骑兵
芝诺比娅
大夏侍卫

沃罗梓
巴尔米拉城市卫队

哈达姆斯
波斯骑兵

合努赫轻骑兵
合努赫轻骑兵
穆罕默德

巴尔米拉骑兵
扎布达

至埃美萨

克伦诺斯河战役（公元622年）

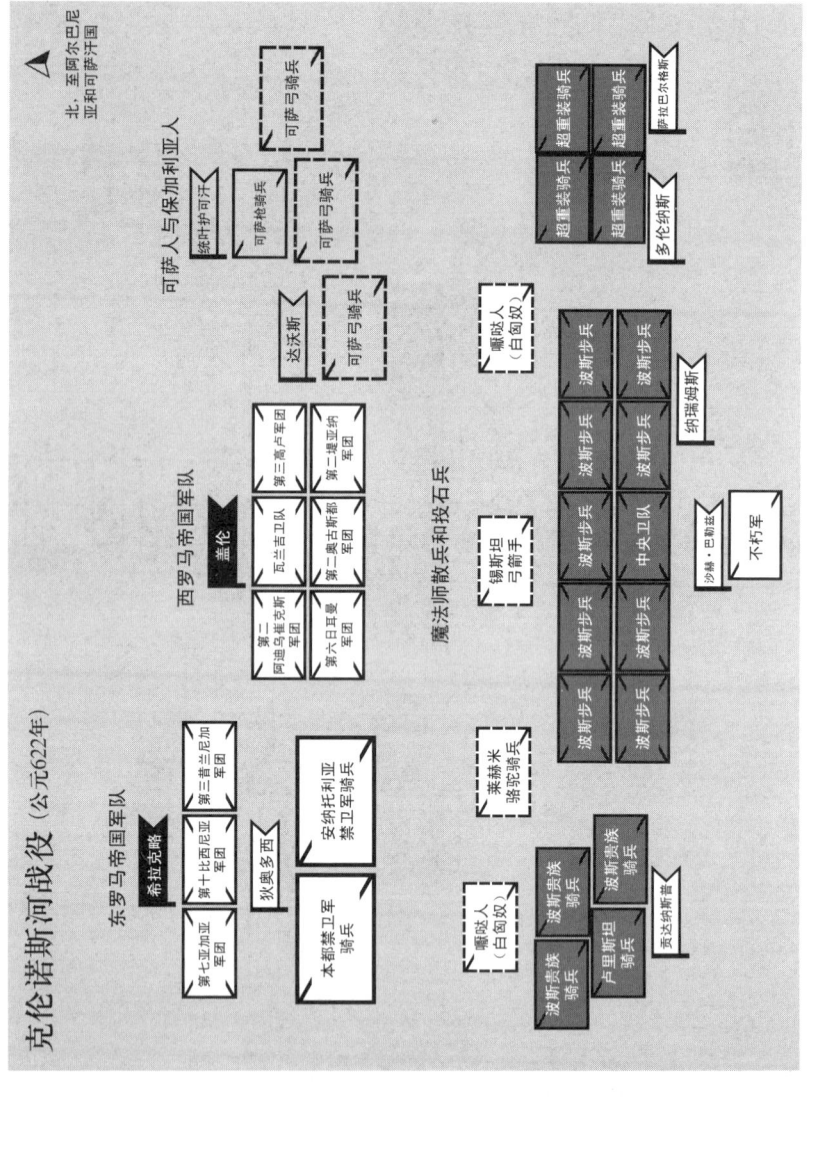

北：至阿尔巴尼亚和可萨汗国

可萨人与保加利亚人

- 锐叶护可汗
- 可萨枪骑兵
- 可萨弓骑兵
- 可萨弓骑兵
- 达沃斯
- 可萨弓骑兵
- 萨拉巴尔格斯
- 超重装骑兵
- 超重装骑兵
- 多伦纳斯
- 超重装骑兵
- 超重装骑兵

西罗马帝国军队

盖伦

| 第三阿迪马堤克斯军团 | 第六日曼军团 | 瓦吉兰克军队 | 第二奥古斯都军团 | 第三嘉卢军团 | 第一堤亚纳军团 |

东罗马帝国军队

希拉克略

| 第七亚加加军团 | 第十比西尼亚军团 | 第三晋兰加军团 |

- 狄奥多西
- 安纳托利亚禁卫军骑兵
- 本部禁卫军骑兵

魔法师散兵和投石兵

- 嚈哒人（白匈奴）
- 锡斯坦弓箭手
- 纳诺姆斯
- 沙赫·巴勒兹
- 不朽军

波斯步兵	波斯步兵	波斯步兵	波斯步兵
波斯步兵	中央卫队	波斯步兵	波斯步兵
波斯步兵	波斯步兵	波斯步兵	波斯步兵

- 莱赫米骆驼骑兵
- 嚈哒人（白匈奴）
- 波斯贵族骑兵
- 波斯贵族骑兵
- 波斯贵族骑兵
- 户里斯坦骑兵
- 贡达纳斯普

楔　子

迪林被人扔了出去，身子重重落在铺着瓷砖的地板上。有人粗鲁地扯掉蒙在他头上的麻袋。渴望已久的新鲜空气猛地冲入肺腑，让他反胃欲吐，嘴里已经干得不剩一丝水分。他的手撑在由小块瓷砖组成的镶嵌图案上，尽管从右手腕传来的痛楚令他几乎没有了其他任何感觉，但他还是闻到了浓浓的熏香味。

一双冰冷黏湿的手抓住迪林的后颈把他扯起来，强迫他跪在一张巨幅地毯的边缘。这是一个华丽的房间，随处可见精美绚丽的漆器、木器垂挂在丝绸锦缎上。房间中央放着一张硕大的木桌，桌前坐着一个身着浅色汗衫和深色马裤、身材健硕的男人。

男人略略向前屈身，示意西罗恩把迪林带到他跟前。尸鬼抓着男孩胳膊把他提起来往前拽了几步，扔在桌子前的地毯上。

"年纪不大，嗯？"男人的声音十分悦耳，但不知为何，迪林却打心眼儿里感到害怕。

"是的，主人，他年轻力壮，充满活力。不知道是否合您的心意？"

悦耳的笑声再次响起："哈哈，目前还不行！不过很有潜力。"

第一章
亚加亚，特尔斐：罗马纪年710年
（西元前31年）

　　昏暗狭小的房间里，希腊女人抬起手臂，紫色面纱滑落，露出一张苍白高贵的脸庞，深蓝色的眼眸，一头乌黑浓密的长发如瀑布般披散在雪白的双肩上。女人站在房间里，心里不住地哀求，烟从缝隙里钻出来，缓缓弥漫在四周。在她身后远处，低沉的鼓声回荡在神庙前的小广场上，烈日高挂在天空。她耐着性子静静等着。

　　渐渐地，她对这无规律的鼓声麻木了，吸入的苦涩烟雾让她头晕目眩起来。这时，一个身影在火盆亮光后的黑暗中若隐若现，长长的白发闪着微光，干枯的手指摩挲着锈蚀破旧的青铜三脚祭坛的边缘。一张突然出现在烟雾中的脸把女王吓了一跳，她差点儿往后退，但忍住了。与锡瓦的盛大场面不同，这里没有身披用珍珠黄金点缀的长袍的祭司齐声吟唱，没有用整块花岗岩巨石建造的令人叹为观止的拱形走廊——这里仅仅是在希腊某个陡峭险峻山坡上的某栋不起眼房子里的一个狭小阴暗的房间。可是，在西瓦听祭司说话的时候，她从来不会有这种紧张得胃快要抽搐的感觉。

　　眼前的这个女巫形容枯槁，面容苍老，空洞的双眼中跳动着两团暗红色的火光。老女巫动了动嘴唇，没发出任何声音，四周的空气却

第一章

颤抖起来。一些完全不知道从何而来的词语蓦然出现在女王脑海中。这诡异的情景把她彻底吓坏了,她跌跌撞撞地往后退,双手在空中徒劳地挥舞,似乎想要从脑海中赶走这些影像。但一切只是徒劳,她绝望地尖叫起来。那张面无表情的脸再次隐入祭坛和缝隙后的黑暗里。火突然噼里啪啦响了几声,灭了。

循声而来的侍卫冲进房间,看见女王伏倒在凹凸不平的石板上痛哭。她看到了自己想要的,甚至更多。

第二章
埃及行省，潘诺波利斯①之南：
罗马纪年1376年

　　星光璀璨的夜空下，一个男孩从黑暗中走来，夜空衬出他的头部轮廓。男孩下身只穿了条简朴的带褶粗棉布短裙，裙下露出骨瘦如柴的腿。他爬到沙丘顶上，呈现在他眼前的是一望无垠的西部荒漠，在月光下泛着冷冷银光。一股清新的寒风卷着苦涩的荒漠气息从他身边吹过，翻动汗衫，把长长的发辫吹到身后。寂静的夜晚令人沉醉。他深吸一口气，开心地大笑着，张开双臂转着圈，巨大的苍穹在头顶旋转。一轮明月低垂，耀眼的银光照亮整个夜空。璀璨的星河在空间的云彩中忽隐忽现，黄道十二宫散布其间。

　　男孩重重地叹了口气，随后又笑了，迈开步伐奔跑在山脊上，感受着肌肉的张弛。他加快速度，在冲到沙丘的弧形边缘时用力一跃跳了出去。一瞬间，呼啸的狂风吹过，他有种自己仿佛停在星光熠熠的夜空下的错觉。当他的身影没入幽暗的阴影中时，长长的辫子在身后一甩而过。

---

　　①潘诺波利斯：即今天的艾赫米姆，位于现今埃及首都开罗以南大约300英里（483公里）的尼罗河东岸。

第二章

男孩"啪"的一声落入温暖浑浊的水里,一个猛子扎下去,双脚触到了水底的软沙。他猛地向上一蹿,跃出水面。后仰着头,透过弯曲的棕榈树,闪耀的星辰清晰地印在他眼中。迪林在水中转身,轻松地向长满芦苇的岸边划去。他用手抓住岸边一根低矮的树枝,从尼罗河河口上了岸。上岸后,他挤了挤辫子里的泥水,把辫子盘在肩上。湿透的束腰外衣上沾了些长条状的水生植物。他把外衣脱下来,毫不在意拂过身体的冷风。

他从河口边上高高的甘蔗林里钻出来,向宽广的尼罗河河面眺望。在宽达半里[1]的河面上,河水在月色下静静流淌,远方的村庄在夜空下发出昏黄的亮光。他心不在焉地用右手摸了摸自己的绳编袋,看橘子还在不在里面。橘子还在。他沿着河岸边的小径朝南走去。

在农田和棕榈树组成的狭长地带后面,一排山丘呈箭形从荒漠延伸到尼罗河。山丘的岬地上有一片高高的石地——在被古河道围绕的裸露岩层上,古王国[2]时期的人们在这里用柱子和巨石筑起了一道防线。迪林爬过古神庙北墙坍塌后留下的废墟,眼前出现一个残缺的高大石像,古老的面孔已在悠长岁月中被风沙模糊得看不清面目。迪林从巨大的石臂上荡过去,钻过残像下的狭缝。古神庙中伫立着长长的几排柱子,柱子顶端为拱形。被风刮来的断枝残叶和泥沙杂乱地盖住柱子间宽敞的石头走廊。迪林向古神庙前的平台走去。那儿立着三座巨大的石雕像,面朝北方,望着尼罗河下游遥远的三角洲和他们曾经统治过的古老国度。

正中间的雕像是一个蓄着胡子的国王,双臂交叉放于胸前,用沙岩雕刻成的巨大手掌中握着残缺不全的象征神和统治权力的标志物,黑色眼睛眺望着北方海港的方向。国王左侧的雕像是他的守护神——

---

[1] 本文中的"里"是指的罗马里(Roman mile)。古罗马人的一里是 1 618 码,现在的一英里是 1 760 码。一罗马里等于 1.48 千米。
[2] 古王国:指的是公元前 2686—前 2181 年的埃及。

神态慵懒的猫王后，肃默的脸上露出典雅的微笑，却始终透出冰冷与疏离；头上一只大大的尖耳已经剥落，光滑的雕像表层下露出深色的石头纹理；手臂纤长，爪尖锋利。

迪林的目光避开猫王后，转向最右边的那座魁梧的鹰面人身神像。他爬过古老神像上的短裙褶皱，在宽大卷曲的衣襟上坐下来，双腿垂在边缘晃悠。尼罗河水在他身下，尼罗河水静静流过。

他拿出橘子剥起来，一个接着一个，一边吃一边等待太阳神从冥界返回人间。橘子甜中带酸，吃完时，他的手指和嘴唇上都沾了不少果汁。

迪林气喘吁吁地跑到学院操场边，用鞋带挂在脖子上的凉鞋在后背甩来甩去。他一口气翻过菜地边上的低矮围栏，拐过转角跑进马棚。学院建筑白色屋顶的另一边远远传来僧侣们做早课的声音。此时太阳神才刚从地平线上露脸，不过之前在古神庙里，他在平台上用页岩矿石碎石在暗绿色河面上打水漂得太起劲，逗留了太久。他跑过马棚的硬泥地面冲向花园后门，马童惊讶地看着他。

他加速跑到墙边，纵身一跃，双手抓住墙头的砖块，用力一撑翻了过去，重重落在墙内的低矮草坪上。翻身站起来，他躲躲藏藏地穿过花园边缘的一长排柱子，溜到低年级生宿舍门口，停下来。门内传来睡在最远床铺上的努比亚[①]男孩的轻微鼾声和呢喃梦话。他往带屋顶的柱廊两头看了看，打开门溜了进去，脱下已经风干的外衣，把凉鞋挂在门边的木钉上。

这时，大房间另一头厚重的藤编门开了，门外传来短促的啪嗒声——那是学徒老师的藤杖轻轻敲在浅玫瑰色地砖上的声音。站在门口

[①] 努比亚（Nubia）是埃及尼罗河第一瀑布阿斯旺与苏丹第四瀑布库赖迈之间的地区的古称。

第二章

的迪林看到门外走道里的艾哈迈德老师，吓得呆住了。不过对方正转身和高年级部舍监交谈，没注意到房间里。

迪林趴到地板上，滚到最近的床铺底下。睡在上面的一个加拉塔学生在睡梦中翻了个身。藤杖敲在地面的声音再次响起。很快，房间尽头处传来藤杖敲在光脚板上的声音。离房间另一头扇门最近的男孩被敲醒了，迷迷糊糊地从床上爬起来。躲在床下的迪林开始往自己的床铺爬去。

倒霉的是，他的床铺远在房间另一头，而且还在过道的对面，而他此刻才爬过一半的距离。他一边趴在地板上小心翼翼地往前挪，一边留意老师那双在床柱间走动的大脚。好不容易爬到了自己床铺对面，他偷偷往过道上瞧，看到老师正好转过身背对着自己。迪林抖着手伸到卷成一团的外衣里掏出橘子皮，心扑通直跳。等到老师再次转身背对自己时，他迅速地扬手把橘子皮扔了出去，橘子皮几乎是悄无声息地落到了克伦的床铺下，猛地一下弹开，残余的果汁果肉四处乱溅，在床头处留下一摊恶心的痕迹。

迪林蹲着身子，藏在两个床铺间的空隙里。老师走到克伦的床铺跟前，重重敲了下他露在外面的脚，正要转身离开，却突然停下，眯着眼看向床边的那摊垃圾。他转身一把揪住克伦的一只被太阳晒得黝黑的大耳朵，睡眼惺忪的克伦浑然不知出了何事。

"好哇！原来溜进圣僧果园的那个淘气鬼就是你！"藤杖重重落在克伦的屁股上，痛得他哇哇大叫。"臭小子！看你还敢不敢再去！"老师厉声呵斥，拖着克伦往房间的另一头走去，藤杖不断落在男孩身上，男孩发出一阵鬼哭狼嚎。待老师一转身离开，迪林就迅速钻到了自己床上，好险。

克伦的叫声惊醒了其他睡在迪林边上的来自西西里岛的帕特罗克洛斯。看到迪林钻进薄棉被单里装睡，帕特罗克洛斯不悦地看了一眼这个爱尔兰男孩。

7

"你欠我人情，晚餐甜点归我了。"帕特罗克洛斯拉下自己的被单，用骨节分明的瘦长双手捋了捋又长又直的黑发，不屑地说。

"你最好现在也起来，所有人都起来了。"他轻声对迪林说，但回应他的却是微不可闻的鼾声。迪林装模作样地翻了个身，被单歪歪扭扭地盖在身上，一条白白的腿伸出被单外。帕特罗克洛斯摇摇头，用双手抹了抹长脸让自己从睡梦中清醒。

老师又走了回来。他走到迪林床前打量着躺在床上的爱尔兰男孩。看到男孩的脚，他睁大了眼睛，眼中透出敏锐深沉的目光，黄褐色手转动着藤杖。

"迪林大人，"他低声说，"该起床迎接太阳神了，太阳神已经在天上了。"迪林发出鼾声，把头埋在扁扁的秸秆枕头下。"噢，迪林……给我起来！你这个懒鬼、小偷、小滑头、骗子、笨蛋！"老师吼道，用藤杖毫不客气地抽打迪林的腿。迪林猛地从床上蹦起来，像只从爱琴海的海浪里跃出的鼠海豚。舍监用黝黑的手准确无误地揪住迪林长着雀斑的古铜色耳朵，把他拽到过道里。藤杖重重落在迪林屁股上，他扯着嗓子直叫。

"小子，你既然敢在夜里开溜，"舍监低吼道，"就应该在溜回宿舍之前花点时间把脚上的草印子清理干净！"

"噢！痛！痛！"

老师命令迪林抱着头走到长房间的尽头，迪林一边走一边哀号。其他男孩惊愕地看着这个红头发男孩被拖进位于宿舍尽头处的老师的房间。老师冲克伦打了个手势示意他离开，西里西亚男孩立马跑了出去，出去的时候一边揉着自己的耳朵一边愤恨地瞪着毫无悔意的迪林。

"现在，年轻的迪林大师，"老师关上身后的门，"让我好好想一想，偷窃、违反宵禁还陷害其他同学受罚的人，应该受到怎样的惩罚。"

第二章

"砰"门重重关上。迪林倒吸了一口气。

漫长的一天终于结束了,太阳神驾驶舟船再次沉入西山之背,开始暗夜之旅。站在厨房后面的院坝里,迪林抬头望去,天空在金色和紫色之间不断变换,最后退为深沉的蓝色。两个厨子从矮门里钻出来,手上托着沉重的托盘,上面堆满碗和杯子。迪林全身的骨头都快散架了,红彤彤的两手酸痛不已。他举起铜桶扛到肩上,步履蹒跚地往后院尽头处的水井走去。忍着手上的酸痛感,他咬牙绞动辘轳,麻绳带着桶坠入阴暗湿冷的井里。井下远远传来水花溅起和水流进桶里的声音,这声音他再熟悉不过了。桶越来越沉,迪林靠在辘轳上借力,夕阳余晖落在头上,给他红铜色头发镀上一层金光。里面的院子里传来嬉笑声;低年级学生们正从食堂里走出来去上晚课。"呦嚯!迪林,有劳你洗碗啊!"帕特罗克洛斯和克伦趴在墙头上得意地冲着迪林笑,两人各自拿着一份额外的甜点,甜点上的蜂蜜和碎屑不住地往下掉。看着两人得意扬扬的嘴脸,迪林很是厌恶,轻蔑地从鼻子里哼了一声,开始反向绞动辘轳拉水桶。尽管有辘轳和滑轮的帮助,可水桶依旧很沉。那两人滑下墙头,墙外传来肆无忌惮的嘲笑声和凉鞋踩在瓦面走道上的啪嗒声。迪林把沉重的水桶拉出水井,在心里默默咒骂:"我在家里一样地干这些活儿。毫无疑问,要想成为一名魔法师,还必须得下苦力……"

他向院坝走回去,水桶卷曲的边缘压在肩头上,使他的脚步有些踉跄。僧侣们肯定又来过一次了,院坝里再次堆满小山一样的杯子、碗和宽大的木餐盘。迪林一边抱怨,一边俯身把干净水倒入弧形大理石水槽,"圣僧和祭司,尤其是那些能召唤风暴和雷电的家伙,应该学会洗自己的碗!"

当迪林一步三晃地穿过通往宿舍的走廊时,已是月上枝头。他什么也不想做,只想马上倒在床上好好睡一觉。他在离老师房间最远的宿舍的尽头处的浴室里冲了个澡，疲惫让他的手有些发抖，脑子里浑浑噩噩。好不容易躺到了床上，他钻进被子，拉起被子盖住头，把头埋在枕头下低低地呜咽了一声，但也仅此一声——睡在隔壁的帕特罗克洛斯肯定正竖起耳朵听着呢！

他觉得腿上有点痒，伸手挠了挠；左边身体也痒了起来，他又伸手挠了挠。肚子上好像有什么东西，他从床上爬起来，疲惫不堪的腿一动就痛。他翻开被单一看，原来是恶作剧，里面被人撒了荨麻和苍耳。他看着这些东西皱了皱眉。

隔壁床铺传来帕特罗克洛斯的低笑。迪林忍不住想狠狠揍这个西西里岛人一顿，但还是忍住了。他把床单被褥包括里面那些刺果和蓟之类的东西一股脑儿卷起来，蹑手蹑脚地走出宿舍。一想到又要去打水来洗，他的手和肩膀就抽痛不已。他来到洗衣房，俯身在洗衣板上搓洗，心想，不能再这样下去了。

"但是老师现在教的东西只够召唤一只苍蝇，"他抱怨道，"我怎么才能……"

他突然停下手中的动作，脸上露出一丝坏笑，觉得浑身的疲惫感似乎都减轻了不少。

第三章
意大利半岛，罗马

天空中洒下一缕阳光，给身着褪色蓝袍的年轻女孩儿的脸庞蒙上了一层淡淡的光。狭窄的巷子里熙熙攘攘，她毫不介意从乞丐、车夫、肩上挂着猪头的屠夫和下班的行政官中间挤过，来到糖果巷尽头。转过街角她来到更宽阔的市区大道上，被扑面而来的灰尘呛得打了个喷嚏。两队祭司沿着大道游走吟唱，带着许多旗帜标语抬着立在支座上的小雕像，鼓、喇叭和其他各种乐器穿插其间，发出杂乱刺耳的乐音。信徒们慢吞吞地走着，跟着祭司齐声吟唱。她迅速穿过人群，来到街对面一家糕点铺子的布篷下。她把一缕散下来的深金红色卷发塞回打着补丁的旧长袍的风帽里，假装漫不经心地往街道两头看了看。

她的视线在半个街区以外的地方找到了尼古斯。宽大的草帽下露出他长满胡楂的脸。尼古斯和女孩儿对望了一眼，点点头，用一根粗手指碰了碰帽檐。

尼古斯不露声色地混入人群中，沉着地走向女孩儿的方向走去。女孩身高近六英尺，这样的身高让她能轻松看到夹在人流中的尼古斯。远处传来小号和锣鼓的声音。苏布拉区的天气正热，窒闷的空气中始终弥漫着一股熟悉的恶臭。迪亚蒂丝转头望了望街道另一头。整条街道都被不断涌入的人群堵住了，女孩儿只得迂回前进。

前方的道路突然一转，进入了染料商的地盘。人流减少了。灵敏的嗅觉让女孩儿闻到长年累月飘在空气中的尿臊味，她的鼻翼动了动，痛苦往事涌上心头，令她即使在炙热的阳光下也不由得打了个冷战。她厌恶地哼一声，从脑海中摒除回忆。突然，她睁大灰蓝色的清澈眼睛——是那个波斯人。

波斯人正站在一家制革工坊的门口，门上方的拱窗里冒出滚滚浓烟，散发着强烈的刺激气味，他却仿佛浑然不觉。此人中等身高，仅四尺有余；头戴一顶串珠无边圆帽，肩头垂下有暗红色镶边的淡绿色精致长袍。与他交谈的是一个穿着棕色皮革围裙和棕色牛皮靴，一脸阴郁的黑脸男人。在交谈中，他不断伸手指向街对面大门紧闭的亚麻布品店，能看到正好卡在纯白亚麻汗衫的袖口的金手镯。

罗马女孩注意到波斯人所穿的柔软丝质短裤，诧异地扬了扬眉。很明显，那个制革工是个传统的罗马天主教徒，居然愿意与这样一个堕落的东正教徒打交道。她转身拉下长袍上的风帽，只绑了两根简陋的棉布条的深金红色卷发如瀑布般在后背披散开来。

她过街时故意把脸转向右边，此刻波斯人在她左边较远的位置。她解开长袍上的廉价铜扣，长袍微微滑开一条缝，露出略黑的双肩，这一举动立马吸引了周围一些制革工的目光。她冲着距离最近的一个年轻男子露出个短暂的微笑，但红唇勾起的笑意并未到达眼底。对方别开了眼。

然而，谁也没看见的是，她用藏在长袍下的一只手松开了绑在右腿上的短刺刀刀鞘。她用左手抓住披风的边把披风拉到身前，披风从右腿上滑开，露出里面的棉布短褶裙，以及裙下小麦肤色的光滑大腿、长至膝盖的鹿皮高筒靴和正要出鞘的刀。右手拇指和食指轻轻握着刀，她沿着狭窄的砖石走道一步一步靠近制革工坊门口。波斯人有点不耐烦了，提高音量跟制革工嚷嚷起来，还不住地用左手比画着，

第三章

对她的靠近浑然不觉。

突然，有什么东西在她的眼角余光中一闪而过。

此刻离目标的距离只剩一尺。迪亚蒂丝猛地往左边一跳，撞到了旁边两个扛着大包未加工的埃及棉的奴隶。几乎与此同时，一支标枪砸到了制革工坊的墙上，波斯人和制革工被惊动了，纷纷转身来看。气恼的迪亚蒂丝低吼着冲了上去，披风从身后滑落，刺刀如钢舌般弹了出来。波斯人修剪得一丝不苟的山羊胡后面露出震惊的表情。他瞪大双眼，尖叫着越过制革工往房子里逃去。

顾不上等尼古斯和其他后援赶来，迪亚蒂丝紧随其后追了进去。刚冲进去的一瞬间，她感到眼前一片昏暗，但很快眼睛就适应了光线，看见绿袍的衣角在狭小作坊尽头的楼梯拐角处闪过。她三步并作一步奔上二楼，转过拐角冲进一个白色房间。房间里堆满桌子，一群店员如惊弓之鸟看着闯进来的人。波斯人刚从房间另一头的窗户跳出去，百叶窗还在哗哗作响。

窗户外面是一个狭小的砖石阳台，朝向制革工坊杂乱的院子。建筑间的空地上满是染缸、支架和半裸的壮汉。壮汉们正吃力地从大桶里取出臭烘烘的兽皮挂到带钩长杆上，刺鼻的恶臭从成百上千个染缸里散发出来。她敏捷地跑过阳台，弯腰从挂满衣物和地毯的麻绳下钻过。波斯人跌跌撞撞地逃到了阳台的另一头，停下脚步往两边看了看，展开双臂跳了出去。

罗马女孩一个冲刺，也从阳台边跳了出去。胡乱搭建的砖房之间漏下来的一小缕阳光从她的腿上掠过。她跟波斯人一样伸手抓住在制革工坊背面和对面房子之间一根挂着残破旗帜的粗绷绳。跳过去的一瞬间，身下闪过许多张惊诧的面孔。只听一声巨大的撕裂声，她撞破一扇粗糙的羊皮窗户落到了一个房间里，薄板窗框碎了一地。

迪亚蒂丝落在一堆粗羊皮纸、脏被单和劣质床架的碎片中。她翻身站起来，挥舞着手中的刺刀，但什么都没砍到。一个大个子黑人被

亚拉腊山的阴影 The Shadow of Ararat
OATH OF EMPIRE

闯入者吓得从房间里的床上跳起来,连哭带喊地向门外逃去,撞翻了床边的桌子和一个盛着水的双耳陶瓶。挂在帘杆上当门的布帘已经被扯了下来,迪亚蒂丝毫不犹豫地冲出去,光线暗淡的房间、污浊的墙面和满地芦苇的地板飞快往身后退去。她咧开嘴,丝毫没意识到自己笑得此刻有多狰狞。

门外是一个走廊,两侧排列着多扇房门,尽头处有一段窄楼梯,楼梯上端隐没在烟雾弥漫的暗淡光线中。迪亚蒂丝迅速穿过走廊,跳上残破的楼梯,却被一些旧柜子和空坛子挡住了去路。她咒骂着四步并作一步跳下楼梯。这时,她看到某个房门的门帘被拉到了一旁,于是赶紧冲了进去。房间里,一个没穿衣服的军团士兵一脸茫然地望着她,旁边的妓女一脸恼怒。迪亚蒂丝把刀插回刀鞘,大步奔至窗边,双手撑着窗框翻了出去。

窗外是一个倾斜的瓦面屋脊。她试着站起来,脚下发出冰裂般的声音,瓦片破了,她从屋面滑了下去。她挥动手试图抓住点什么,最后终于在坠入下方花园之前抓住了檐口。单手悬挂在离一片乱糟糟的非法居住者帐篷十五英尺高的地方,她用脚钩住屋檐,成功地重新爬回了屋顶。她撑起身子扫视四周,波斯人仿佛消失了一般。在她下方,住在工坊院子里的老寡妇和外来移民们仰着头惊奇地望着她。

"赫卡特①,见鬼!"她低咒一声,踩着瓦片摇摇晃晃站起来,目光一一扫过附近房子的窗户和破旧的房顶,但仍一无所获。一转头,那个年轻士兵和稚嫩的妓女正挤在窗边,幸灾乐祸般看着她。她不悦地皱了皱眉。

突然又听见瓦片破裂的声音,她循声转头,看见就在屋顶另一头靠近花园后墙的地方,波斯人从一个相似的窗户里爬了出来,此刻他

---

①赫卡特(Hecate):在希腊神话中,赫卡特是古代富饶女神,后与珀尔塞福涅结伴并成为冥府之女王和巫师的保护神。

的帽子和昂贵的丝质长袍都已不见了。他仓皇跳下屋顶,重重落在花园墙壁的墙头上。迪亚蒂丝吹出一声又尖又长的口哨,吸引了下面花园里所有人的注意。

"谁取下他的人头,赏一把迪纳厄斯①。"罗马女孩一边喊一边屈膝跳到下方的小块空地上,"这家伙玩牌的时候出老千!"

花园里传出一声呐喊,人群骚动起来,失业的驯兽员、懒洋洋的临时工、收钱办事的职业送葬者和他们的老婆争先恐后地往后墙冲去。迪亚蒂丝拼尽全力冲过花园。波斯人没理会她的把戏,展开双臂保持平衡快步走在破泥砖墙上。迪亚蒂丝与波斯人几乎是前后脚到达花园的墙角。她踩在一堆黏糊糊的动物下水和破罐残壶上攀墙去抓他的脚跟。

波斯人及时地往旁边一跳,双手抓住楼层之间砖线上的仿伊特鲁里亚浅浮雕,荡到房子另一侧去了。迪亚蒂丝扑了个空,气得直骂。但她丝毫没有停顿,随即跃上草草完工的墙头,腿被擦出一道长长的伤痕。灵活的手指从腰带里摸出一把没有刀柄的平刀片,她往花院墙和后面仓库之间的小巷里探身出去打量了一下投掷的距离。身后突然传来一声喊,她回头看去。

一个穿着黑黄条纹汗衫的壮汉在她身后爬上了墙头。她一惊,意识到来的是波斯人的同伙。壮汉向她猛扑过来,手指关节上包裹着皮革,绑在皮革中的弯钩在阳光下闪着冷光。她左脚蹬住墙角,左手紧紧攀着墙上的斜面洞,身形一晃抬腿跨过小巷上空,对方的拳头在她身侧擦过。紧接着,她左手撑墙,右脚在小巷对面墙上一蹬,又折返回来,顺势一脚踢向壮汉,青铜鞋尖不偏不倚踢中对方的咽喉。只听一声清脆的响声,似乎有什么东西断了。她将腿收回到一半然后再次踢了出去,这回踢中了对方的腹部。那壮汉痛苦地弯下腰从墙头掉了

---

①迪纳厄斯是罗马帝国的一种货币单位。1 奥里斯(aureus)= 25 迪纳厄斯(denarius)= 100 塞斯特瑞斯(sesterces)= 400 阿斯(as)= 1 600 夸德伦斯(quadrans)。

下去，落在地面的垃圾堆里。

当迪亚蒂丝再次回转身时，波斯人已经快跑到两侧房子与房子之间如地道般狭小的通道的另一头去了。她想破口大骂，但忍住了，伸手去抓下一个浅浮雕，心里暗自祈祷这种廉价的混凝土压制雕像一定要撑住自己的重量。

在两条街以外的某个角落里，身体结实的光头伊利里亚人尼古斯把标枪手的尸体丢在一大堆板条箱之类的垃圾后面，在绑腿上擦了擦手上的汗和血，悄然出现在人来人往的大街上。他刚才在忙着处理那个从后面向迪亚蒂丝投标枪的人时，看到她冲进了制革工坊。他不动声色地混进了街上的人流。

数分钟之后，他不慌不忙地走进制革工坊背后的小巷，但头儿和猎物已双双不见踪迹。于是他又回到了喧闹的铜匠大街上。

他一边挤过人群往前走，一边不安地想：亡命之徒逃跑时总是习惯沿直线跑，我希望这个家伙知道自己该怎么做。

街道通向一个圆形广场，广场上有通向其他方向的另两条路在这里交会。一个颇为壮观的宗教游行队伍堵在十字路口，他们的目的地是三个半街区以外左边山头上的赫利俄斯①神庙。被堵在人群后的尼古斯气恼地咬牙，低声咒骂。这里聚集了成百上千个祈求者、祭司，中间夹杂着一整队的骡子和马等杂七杂八的动物，甚至还有至少三头大象。动物的嘶叫、大象的吼声以及祭司手中的锣和钹发出的击打声交织在一起，震耳欲聋。

尼古斯被涌动的人潮挤到了一个酒馆正面的砖墙边，感觉连呼吸都变得困难。他抓住一根遮篷杆，翻身跃到绷紧的篷布上。汗水从光

---

①赫利俄斯（Helios）：希腊神话中的太阳神，许珀里翁之子，相传每日驾四马战车自东至西驰过天空。

第三章

光的脑门流进了眼睛。在挤得水泄不通的城市里忍受酷热难耐的天气,这并非他所长。

这便是他们说的世界上最大的城市和热闹丰富的生活?

他摇了摇头,顺着遮篷上方的狭窄过梁往前爬。这个位置的高度足以让他看到前方使队伍停滞不前的骚乱。

穿着靴子的波斯人一脚向迪亚蒂丝的脑袋横扫过来,女孩儿在大象背上往后滑了一英尺,双脚悬在一群愤怒叫嚷的祭司头上。被踢中的迪亚蒂丝眼冒金星,待到视线恢复之后,她又抓着大象尾巴重新爬了上去。大象吃痛,拖着沉重的铁脚镣扭动起来,把在象轿里的波斯人颠得东倒西歪。赶象人破口大骂,挥舞着刺棒向波斯人打去,在他手臂上抽出一道又长又深的口子。东正教徒重新站稳身子,抓住再次扔过来的金属钩狠狠打在赶象人脸上,打得对方的骨头嘎吱作响。赶象人痛得嗷嗷直叫,从大象正面掉了下去。

迪亚蒂丝翻过象轿边缘撞向波斯人,同时伸腿向他的脚踢去。不料,被激怒的大象暴跳如雷,把两人都甩到了柳条箱末端。脆弱的板条被压碎,两人跌落到大街上。在这场骚乱中,几乎没有任何人留意到了大象脚镣铁链断裂的声音。

罗马女孩儿半蜷着身子摔到圆石上,这一撞让她头晕目眩。可波斯人就没这么幸运了,只听一声可怕的闷响,他侧身重重着地。太阳神的祭司们推挤着往后退,在这两人和大象周围留出了个圆形空地。迪亚蒂丝颤抖着站了起来,从腰带里摸出一把长刀。波斯人蹲在地上,抱着一只流血断臂,痛得眼泪直流。迪亚蒂丝弓着身子,右手持刀,绕着波斯人打转。

"当心!"头顶上传来一声惊呼。大象的怒吼惊醒了聚精会神的迪亚蒂丝。街上的大象突然发狂般地跳起来。幸好那声惊呼提醒了迪亚蒂丝,她及时躲开了。一声绝望的惨叫传来,从象轿里摔到地上的赶象人不幸被踩在了巨大的象脚下。其他大象听到同伴的怒吼，也开始躁动起来，四处乱踩。迪亚蒂丝被惊得瞪大双眼，一时间不知所措。就在这时，她看见波斯人离开街道向着一家小酒馆爬去。

象轿被发狂的大象甩了下来，摔成了一堆残块碎片、柳条和继绳子。大象仿佛跳着奇怪的圆圈舞，胡乱冲撞，撞破了街边的店面，撞翻了来不及躲避的信徒和祭司。迪亚蒂丝躲闪着穿过街道，一把逮住正往小酒馆逃去的波斯人。她喘着粗气，举起波斯人丢给已经伸手等着的尼古斯。

下一刻，尼古斯提着波斯人，用对方的头撞破二楼的某个窗户，双双滚入一间堆满篮子、罐子和老奶酪的储藏室。很快迪亚蒂丝也跟了进去。窗外，此起彼伏的大象嘶吼声已经完全盖过了城市的喧嚣。

黑暗中，迪亚蒂丝拖起波斯人，把他的断臂狠狠撞到墙上，飞起一大片灰泥粉尘。东正教徒哀叫了几声，很快就没了声——尼古斯满是伤痕的手如虎钳般死死掐住了他的喉咙。

女孩儿凑近波斯人的脸。血从波斯人头上的伤口流了下来。她笑了笑，洁白的牙齿在光线暗淡的窄室里微微闪光。她扯着对方乌黑浓密的头发让他仰起头来。

"没人能抓住波斯人沃洛格斯，"她在他耳边低语道，"以前没人，不代表我不能。"

她低头盯着面前的波斯间谍，心里甚为满意今天的行动结果。尼古斯正忙着把东正教徒的手绑在其身后。她理了理自己的头发，再次露出笑容，心想：干得漂亮，相当漂亮。

第四章
普塞密斯学院

光线暗淡的房间里，迪林蹲在最后一排男生中间，背抵着灰泥墙，用眼角余光瞟着克伦和帕特罗克洛斯，暗自得意地笑。那两人迟到了，并没有注意到他。

"请注意，"一个声音蓦然响起，打断了正交头接耳的男孩们，"今天我们要谈的是，看待世界的方式。"

迪林抬起头，双手掌心朝下，放在膝盖上。负责教授初级魔法的菲诺普斯老师站在二十个男孩儿前面的空地上。他低沉的声音与清癯干枯的身形给人一种不搭的感觉。一双浓密的白眉毛，眼窝深陷——迪林仔细观察这个老头儿——这是他在这个又旧又脏的地方能找到的唯一乐趣。

"昨天我们谈到了在我们身边随处可见的普通物质的本质，"老师抬起一只穿着凉鞋的脚踩在硬邦邦的泥地上，"我说它并不是永恒不变的，只是外表看起来坚固而已。不过，从你们脸上，我看得出来，你们并不相信。"

菲诺普斯微微一笑，露出泛黑的牙龈和白牙齿："那么，今天，我就让你们看看，什么是孔隙与穿透。"

"不过,首先,我们先来说一说人和动物的本质。人和动物的区别在哪里?"

菲诺普斯用一双老眼扫视男孩们,看见他们要么茫然不解,要么兴致缺缺,要么百无聊赖。他不悦地磨了磨牙,继续往下说。

"你,"他用骨节嶙峋的手指指着第一排的一个男孩儿,"你和一只狗的区别在哪里?"

被他指着的留着一头直发的叙利亚男孩儿先环视了周围的同伴,然后才傲慢地说:"我能直立行走!我能开口讲话。我知道神的存在。"

菲诺普斯点点头。

"猿猴亦能直立行走,"他说,"猫亦能开口讲话——如果你知道如何倾听的话。至于神……这个无须多言。答案勉强过关,但人类和动物之间真正的区别却并不在此。"

迪林略微坐直身子,目光越过其他学生的头顶望向前方。

"我们,人类,区别于动物的真正原因不单单只是因为我们能使用工具或生火,而是在于你的心灵——不——是因为我们能用心去看这个世界。"

菲诺普斯擦了擦额头,又摸了摸鼻子:"你们要明白,眼睛、舌头和手都是有血有肉的器官,是有形之物!它们可以触摸、品尝和看到有形的世界。但是,眼睛并不能看见我们所摸到、听到或者尝到的一切。这些器官——"他张开十指扁平的双手,掌心朝向学生们,"——的功能是有限的。要看、要听、要感受,我们其实并不需要它们,用心足以。"

菲诺普斯停了下来,严肃地看着这些男孩,观察他们的表情。

"一个有几分悟性的野蛮人曾说过,人类眼中所看见的世界其实是另一个由完美形式组成的世界所投射出的影子。他以一个洞穴作比喻,认为我们所感受到或看到的现实世界其实是这些完美形式的影子或者映象。虽然他这个假设并不恰当，但就对真实世界的描述而言，却不失为一次不错的尝试。"

菲诺普斯，踱着步子停在叙利亚男孩跟前："起立，我的朋友，我要用穿透术向你和你的同学们展示隙的存在，让你们知道这个世界上没有什么是永恒不变的。"

叙利亚男孩站起身，他的个子远比老师高出许多。菲诺普斯抬头冲他微微一笑，手指握住男孩的右手腕举起来，张开他的手指。

"这是一只手，"菲诺普斯说，声音里充满求知欲，"通过它，我们可以感受到固态的形式。不言而喻，我们置身于一个由实心形式组成的世界。"他用自己的手指用力按了按男孩的手掌。

"他的手有其固定的形式，我的手也是。它们都有自己的形状、大小、质量、尺寸，对此大家都一目了然！"

菲诺普斯转身面向男孩们，伸出自己的手，张开五指。"但是，我告诉你们，我会让你们看到，事实并非如此。事实上，你们周围没有什么是固定不变的。整个世界都是由'模式'、'形状'和'形式'构成，而且这些形式都没有实体，万物皆空。当你真正学会去看时，你将看到一片混沌，里面除了光，一无所有。甚至，更进一步地说，就连形式都不是固定的。明白吗？"

小老头儿转身把手放在叙利亚男孩的背上，低头静立。片刻后，房间里的空气似乎起了变化，变得更冷了。老头儿微微一笑，眼神仿佛失去了焦距。就在这时，他的手直接穿过男孩的胸膛，从身体的另一边伸了出来。

看着老头儿的手指从叙利亚男孩胸口的薄棉汗衫里伸出来，迪林震惊得几乎忘了呼吸。老头儿的手掌也伸了出来，接着是小臂。菲诺普斯炯炯有神的眼睛越过男孩的肩膀望过来，然后突然整个人穿过了男孩的身体。

叙利亚男孩儿呆若木鸡，而前排的一个罗马男孩已经吓昏了。

"他的身体由各种形式组成,形式与形式之间有很大的空隙。所以,我只要按适当的方式调整我自己身体里的形式,就能够穿过他的。从这个意义上说,他的身体是空的,我们全都是。身体不过是个承载思想的脆弱容器。"

菲诺普斯甩了甩手臂,活动了一下肩部肌肉。浑身发抖的叙利亚男孩急忙跑回自己的位置上。老头儿摩举着双手,脸上露出大大的笑容:"那么,如何才能看到真实的世界呢?我们使用一种法术,叫作'赫耳墨斯初级术[①]'……"

在橘子事件发生一周后,艾哈迈德老师被突如其来的一阵吵闹声引到了缮写室。他推开围聚在门口的男孩们,挤进散发着霉味的旧房间。此时初级班已乱作一团,一群被激怒的大蜜蜂正在房间里四处攻击。名叫克伦的西里西亚男孩最惨,成了蜜蜂们的头号目标,被蜇得在桌子底下翻滚着惨叫。艾哈迈德皱紧眉头,瘦削的黝黑脸庞气得发红。门边离他较近的那些男孩们见他脸色不豫,立即四下逃散,惊得走廊里的两位僧侣大叫。

艾哈迈德抬手在空中飞快地做了两个动作。蜜蜂们安静下来,停止了愤怒的攻击,聚成一团嗡嗡嗡地穿过房门飞到开阔的院子里。艾哈迈德站在门口,目送它们在晴朗的蓝天下盘旋升高,然后越过南边主楼的红瓦屋顶飞走了。两位僧侣停下正在讨论的关于神的实体的老话题,惊奇地看着艾哈迈德。老师扯动嘴角生硬地笑了笑,向他们欠了欠身,合上缮写室沉重的雪松木门。

在两张沉重的大桌子之间,男孩们东倒西歪地站成一排。尽管厚墙壁保持了较凉爽的室内气温,男孩们却仍然满头大汗。艾哈迈德把

[①] 在希腊神话中,赫耳墨斯是宙斯与迈亚的儿子,是奥林匹斯十二主神之一,后来又与古埃及的智慧神托特混为一体,被认为是魔法的庇护者。

第四章

目光转向两张桌子中较小的那张。桌面上扔满了墨水瓶、羽毛笔、装饰涂料、纸莎纸和羊皮纸；一只雕花桌腿旁边躺着一个已经变了形的装卷轴用的青铜圆筒。艾哈迈德捡起圆筒轻轻摇了摇，一小块蜂巢落到桌面上。他用手指在圆筒里刮了一圈，放进嘴里尝了尝。

艾哈迈德脸上闪过一丝不易觉察的笑意。他转身看着站在面前的五个男孩。虽然西里西亚男孩克伦明显是最惨的那个，但其他男孩们，包括来自爱尔兰的红发男孩迪林和来自西西里的男孩帕特罗克洛斯，也都无一幸免，浑身上下都是蜜蜂蜇出的红包。例外的只有两个希腊男孩——每人只有两处蜇伤。艾哈迈德做出自己最凶恶的表情瞪着五个男孩，男孩们的脸一下变得惨白。

"索福斯、安德拉德斯，去请医生。"

两个希腊男孩如影子般悄然离开。艾哈迈德紧盯着剩下的三个人。克伦毫无疑问惨不忍睹，帕特罗克洛斯和迪林则警惕地用眼角余光提防着对方。艾哈迈德叹了口气，心想：年年如此。

"扰乱课堂秩序、破坏学院财产，"他一字一句地说，男孩们紧张地听着，"后果——"他在桌子边缘轻轻敲着变形的圆筒，"很严重。"接着，他笑了笑，"你们三个将受到最严厉的惩罚。"他又笑了笑。三个男孩看起来被吓到了。

"啊，"艾哈迈德看向门口，"医生来了。"他耐心地等着男孩们身上的蜇伤都被处理好了，才把他们带出缮写室沿着走廊离开。

直到四天之后，迪林才不会在坐下来时痛得龇牙咧嘴。但与此相比更糟糕的是其他男孩的冷嘲热讽和取笑。那天晚餐时，艾哈迈德把他们带到大食堂，在僧侣、老师、低年级生和高年级生面前，脱了他们的衣服狠狠教训了一顿，直打得他们像婴儿一样哇哇大哭。迪林觉得最恼怒的应该算帕特罗克洛斯，他现在甚至连看都不看迪林一眼。克伦看起来要好一点，但明眼人都看得出来，他无时无刻不想把迪林打得满地找牙。

三个人的晚间自由活动时间都被取消了。迪林继续在厨房里干洗碗的活儿。日子一天天过去，帕特罗克洛斯和克伦又开始聚在一起用餐和学习。迪林根本不在意他们，因为艾哈迈德老师就像只老鹰似的把他盯得死死的。更何况，他觉得光是看到当愤怒的黑色蜜蜂像乌云般从圆筒里涌出来时克伦脸上的表情，就已经值了。迪林把精力投入到学习上，功课有所进步，这让他的老师们很高兴。迪林注意到，克伦虽然花了不少时间在发霉的古籍堆里——他们的主要学习内容——埋首苦读，他的功课却反不如以前了。帕特罗克洛斯一心想要超过迪林，功课倒是有所进步。艾哈迈德老师毫不松懈地时刻监视着他们，完全不让他们有再捣乱的机会。

第五章
意大利，大奥斯蒂亚港①

　　年轻男子一拳打在砖房厚重的橡木门上，发出一声闷响。透过从上千艘船上升起的袅袅炊烟和帆缆，可以看到太阳正往西边的海平面徐徐落下去，黄昏暮光笼罩了这个小镇。他听见从船匠居住区的高墙另一边传来港口海浪拍打在长长船台路缘石上的声音，还有成千上万个忙着装卸船只的码头工人、骡子、货车的声音交织在一起的声浪。这些船只承载着整个帝国的命脉。

　　"喂！"年轻男子喊了一声，暗绿色绣花羊毛披风滑到身后，露出被太阳晒得黝黑的宽阔双肩。从外表看，这是个贵族青年，高挺的鼻子，黑色短发剪成帝国最新潮的发型。太阳投入了波塞冬②的怀抱，天色渐暗，门内却依旧无人应答。

　　贵族青年觉得很奇怪。他试着推了推门，但门后的门闩插得很紧。他摸了摸自己刮得干干净净的脸，耸了耸肩，更加用力地敲了敲，可结果还是一样，里面既无脚步声，也无人出声询问。他漫不

---

①大奥斯蒂亚港：今天意大利罗马的台伯河口。
②波塞冬：希腊神话中的海神，宙斯的哥哥。

经心地往四下看了看,发现街上无人留意他,于是伸出瘦长灵活的手指,从垂到腰间的肩挎重皮包里摸出一个有凹痕的小铜铃。吹去粘在信物表面的棉绒,他微眯着眼睛,站在门边抬手在胸前摇了摇铃。

门闩摩擦出响声,门朝里打开了。年轻男子微微一笑,抬腿跨了进去,小牛皮靴踩在瓦面地板上响起极轻的脚步声。

"德罗米欧?是我,马克西安。有人在家吗?"他对着黑漆漆的屋子轻声询问。

没有得到任何回应,马克西安开始感觉不安。他在门内侧摸索了一阵,手指摸到了一盏挂在铁钩上的灯。借着门口的暗淡暮光他取下灯,用指头捏了捏灯芯,火噼里啪啦燃起来,烫到了食指。他低骂一声,高举油灯查看屋内的情况。昏黄的灯光照出长长工坊里的桌子、工具、羊皮纸、标尺和手斧如往常一样杂乱无章地摆在桌上。屋子的另一头拓宽成舢板棚的大小,里面立着一个巨大的杉木架,架子上放着一艘打磨光滑的船体。

马克西安放轻脚步向工坊里走去,目光被流畅的船体曲线、高高的船尾以及仿佛从船尾转帆索里长出来似的形似鱼鳍的古怪舵柄吸引。他站在船底下好奇地打量操舵装置——船体两侧并未悬挂船桨,也没有任何准备悬挂的迹象。

"这艘奥德修斯①的战舰可能来自特洛伊遗址——"他在胸前划了一个十字,"在如美酒般醇厚的暗色大海中破浪而行。"

一扇门突然在他身后打开,血红的光从门内洒出来。马克西安一脸欣喜地转身,看见一个矮壮的身影吃力地靠在门框上。

"是亲王殿下吗?"对方的声音沙哑无力。

---

①奥德修斯:希腊神话中的人物,希腊西部伊塔卡岛之王,曾参加特洛伊战争。

第五章

马克西安急忙大步上前，把灯换到右手，左手及时接住了倒下的船匠。

"德罗米欧？"火光下，马克西安看见他的朋友憔悴虚弱的模样，大吃一惊。德罗米欧的身形整整瘦了一圈，完全只剩皮包骨，全身皮肤皱皱巴巴，双眼泛白。船匠伸出伤痕累累的双手，无力地抓着马克西安。亲王轻轻地把他放在门口的瓦面地板上。

"德罗米欧，你怎么了？是不是生病了？有没有咳嗽？"

面容苍老的船匠吃力地摇摇头，呼吸急促。

"我的血已经腐坏了，"他虚弱地说，"是诅咒。我手下的所有工人全都得了一样的病，甚至连我的孩子也……"德罗米欧吃力地抬起手指向身后位于干船坞后部的住宿区："你会看到……"

马克西安大骇，眼前的变故完全出乎他的意料。他向船匠一家所住的几个房间疾步走去。灯光昏暗，他只看到几只白森森的脚从黑暗中露出来，像几块搭在一起的长面包；但他的鼻子——对帝国战地医院和苏布拉区各诊所里的臭味相当熟悉——已经告诉了他里面所发生的一切。他强忍心中的剧烈起伏，左脸不自觉地抽搐。他无声地合上门，将突如其来的惨剧关在门后。看到死人，他的心一下子沉到了谷底，恶心得想吐。虽然学习阿斯克勒庇俄斯[①]之本已有九年，但他依然不习惯死亡——无论是景象还是味道。当死者是与他相识多年的一家人时，这种感觉更糟糕。

多年前，当他还是孩童的时候，曾与他的父亲（时任纳尔榜南西

[①]阿斯克勒庇俄斯：希腊神话中的医神，是太阳神阿波罗之子，在古罗马神话中则被称为埃斯库拉庇乌斯（拉丁语：Aesculapius）。阿斯克勒庇俄斯之术即是指医术。

斯省①总督）一同见证过皇帝让尼乌斯·阿奎拉的"丰功伟绩"。他们从住了三年的托罗萨城出发，穿过鲜花遍地的河谷和山上的松木林和草地，向北骑行，中途停在阴凉的绿色松木林中，坐在阴凉处吃午餐。他们坐在一块巨大的花岗岩石上，树叶的阴影罩在头上，双脚沐浴在阳光中。一路随行的仆人为他们奉上稀释的美酒、无花果以及用羊羔肉、豌豆和甘薯做的馅饼。总督坐在儿子身旁，穿着他常穿的粗羊毛汗衫、棉布裤子，戴着又厚又重的皮带。虽然没有人说话，但气氛融洽。吃完东西后，他们小坐了片刻，父亲拿出一把东方弯刀雕刻一尊小的贝斯特②神像。

哥特护卫沉默地坐在他们身后的树影中，金色头发上戴着用山间野花编成的花环。林间投下来一缕缕灿烂得犹如黄油般的阳光，照得护卫的鳞甲闪闪发亮。仆人们退到运行李的骡子旁边躺下来，拿大草帽盖住脸，在阳光中小憩片刻。此情此景让年幼的马克西安感觉既安全又宁静。父亲很少带他出城，平时甚至都很少注意到他，所以像这样的日子简直令他喜出望外。

大约过了一个钟头，总督才把注意力转向儿子。他用大手摸了摸自己的鼻子，浓密的白眉毛微蹙。他对着最小的儿子看了很久，然后面无表情地示意男孩儿起身跟着他走向早已被仆人牵着候在一旁的马。哥特护卫紧随其后从树林间鱼贯而出，剑鞘、箭袋和腰带中的兵器已做好了准备。一行人沿着道路继续前进，骑马往狭窄山谷的对面走去。

---

①纳尔榜南西斯省（Narbonensis）：自公元前2世纪下半叶起，罗马人开始入侵山北高卢。公元前122年，在罗唐纳斯河（今罗讷河）与阿拉河（今索恩河）汇流处击溃阿洛布罗基人。次年建立纳尔榜南西斯行省，其地域自阿尔卑斯山至比利牛斯山，处于意大利到西班牙的通道两侧，即高卢南部地中海沿岸一带。

②贝斯特（Bast）：猫神。在古埃及，猫是一种备受尊崇的动物，贝斯特保护着它们。

第五章

马克西安摇摇头从回忆中走出来。他小心地把油灯放在砖砌壁炉的炉架上，手脚麻利地在壁炉里生了一小堆火，然后又找来一盏油灯与先前那盏放在一起。躺在地上的德罗米欧不住地喘着粗气。屋子里一下子亮堂起来。马克西安把桌子上的盘子、杯子和碗收拾了一下，同时迅速地彻底查看了一遍，但并未看到有含金属毒药残留物的反光，也没有闻到什么奇怪刺鼻的味道。他把其中装着液体和固体的容器分开来，分成两堆整齐地放在宽大的餐具柜上。收拾完这些之后，他在朋友身边屈膝跪下。德罗米欧吃力地抬起一只手，马克西安用双手紧握住他的手。

"别害怕，我的朋友，我会让你好起来。"亲王轻声安慰。

清晨的曙光爬上瓦面屋顶，厨房案桌旁边的墙上有几扇高玻璃窗，阳光缓缓移动，照进屋内，投下淡淡的方格光影。很快，温暖的阳光便落在了趴在厚木板桌上的年轻男子那毫无血色的苍白脸上。睡饱了的苍蝇们绕着屋子慢慢地飞，发出嗡嗡的声音，最后落在几摊鲜血边。痛饮一番后，它们又拖着胀鼓鼓的肚子摇摇晃晃地飞到空中，笨拙地向餐具柜上已经开始腐烂的肉飞去。

一只绿头大苍蝇在空中几个摇晃，突然一头栽到了桌面上。接着是第二只。

马克西安猛地抽动了一下，醒了过来，无意识地伸出一只手拂去脸上的一堆苍蝇尸体。他摇晃着脑袋从桌面上半立起身，手碰倒了一只白镴高脚酒杯。似乎被不可思议的高温熔解了一半的酒杯落在地上，扬起一片沙尘。

治疗师转身想看清楚自己身在何处，却感到剧烈的头痛，耳边持续传来震耳欲聋的声浪，仿佛许多人在竞技场里歇斯底里地呐喊一般。他用手指理了理自己的长发，发现原本扎起来的头发已散开来。他吃了一惊，用一只手穿过披在肩头的乱糟糟的黑色长发，整个人完全清醒了过来。他迅速看了看周围。

模糊的视线中出现了一幅可怕的景象。

"我的神啊,我昨晚到底喝了些什么东西!我的头发是怎么回事?"

厨房里一片狼藉,打烂的陶器、变形的炒锅和破裂的地砖到处都是,还有一堆堆看不出是什么的白色粉尘。地板上很多地方都有血迹,在清晨阳光中红得发黑。原本涂着淡黄色石灰水的墙壁上布满无数细小的红点。眼前这幅景象吓得马克西安直往后退。当他意识到自己身后的桌面上堆的是成百上千根骨头时,一股作呕的感觉从胃里翻涌上来:桌面上有几块大骨头,但更多的是密密麻麻的细小的指骨、肋骨和肩胛骨。他几乎是反射性地看了看残骸——三具成人尸骨,其中一具比正常人的稍大些,此外还有四具孩童的……

亲王呆住了,眼前炼狱般的景象让记忆回到了他的脑海中。船坞,德罗米欧及其妻子兄弟子女居住的房子。关于这个漫长而痛苦的夜晚的其余记忆也回来了。惊恐万分的马克西安弯腰用双手抓住桌子不让自己倒下去。桌子被压倒了,上面的骨头如倒豆子般哗啦哗啦地掉在地上,化作一片粉尘。

第六章
普塞密斯学院

洪水快来了。强暴风雪以极快的速度从荒漠地带席卷过来,送来微甜清新的雨水气息。迪林终于从厨房里解脱出来了。他和包括克伦在内的其他一些男孩缠着守门人好说歹说,终于让他应允放他们去河里游泳。男孩们叫醒正在午睡的艾哈迈德请他同行。老师没有拒绝这些充满渴望的欢快面容,带着一把阳伞和一些打算重新阅读的卷轴加入了他们。天空中阳光灿烂,再加上一点点微风,连艾哈迈德都开始觉得这次远足是个不错的主意。

出了学院,沿着一条小路穿过棕榈树林和深深的芦苇丛走向山下河畔,男孩们欢呼雀跃,在太阳底下嬉笑奔跑。离河岸不远处,一片沙滩沿着河岸延伸开去并且与河之间形成了一个浅水湾。艾哈迈德找了棵棕榈树坐下来开始扇扇子,男孩们都已急不可待地等在了岸边。艾哈迈德用法术探了一下上下游是否有什么可疑的东西,尤其是那些仿佛长了眼睛的看似木头的鳄鱼。他闭了闭眼又很快睁开来,向在身后小路上已经等得不耐烦的男孩们点头示意没问题。

迪林跳入水中,"哗啦"一声,水花四溅。自从上次偷溜去了鹰首人身守护神庙后,他已经很久没有这么畅快地游过了。本来学院是不允许男孩们下河游泳的，一是因为河水湍急而且河中到处布满深坑；二是因为潜伏在深水中的、被视为神圣之物的鳄鱼总是时刻准备着享受意外的美餐。索福斯冲着迪林泼水，迪林用手掬水向他泼回去，索福斯大叫一声向他扑过来，迪林大笑着躲到一边。

太阳神的舟船已落到了西边，薄薄的云彩被染成了一条条深玫瑰色和紫罗兰色的带子。艾哈迈德看了会儿《伊波恩之书》，抬头时正好看见迪林拉着长长的绳子跳出去，在空中划出一道弧线。在到达最高点时，迪林放开绳索，大喊一声垂直落入河中，溅起高高的水花。其他男孩都挤在一棵棕榈树底下，棕榈树的树冠在河面上伸出去很远，那条绳子就拴在树冠上。索福斯一把抓住弹回来的绳子跑回岸边。艾哈迈德笑了笑，又继续埋头思考刚刚那段晦涩难懂的文字。

迪林一个猛子扎到浑浊的河底，踩着淤泥在河底行走，结果把脚陷到了泥里。他使劲踢四周的淤泥，双臂用力向后划，身体向上挣扎，想往水面游去，但没能成功。他再试了试，却感觉被越来越多的泥困住了双腿，反而越陷越深。他抬起头，太阳远远地在河面上闪烁着光，河底的水却冰寒彻骨。他挣扎着，双手疯狂划水，胸口越来越气闷，无法呼吸。四肢像灌了铅一样的沉重，就快憋不住气了。

坐在河岸上的艾哈迈德猛地抬起头，他为了把鳄鱼阻挡在浅水湾之外而建立的防护界的边缘在刹那间传来刺痛。他放下卷轴站了起来。索福斯大喊一声从空中荡到河里。其他男孩争先恐后地去抢绳子。艾哈迈德看了看河面。索福斯从河面上冒出头来，快速向岸边游回来。刺痛的感觉又出现了。艾哈迈德展开意识巡视整个区域。

迪林奋力挣扎着，感觉肺都快炸开了，心咚咚直跳，就像在敲打他父亲的锻锤一般。他双臂用力向下划，深陷在淤泥里的双腿却根本使不上劲。他越是挣扎就陷得越深。他绝望地在心里哀号：神啊！救救我吧！他开始感觉头晕，耳中剧痛，拼命地想要空气。恐惧在心中

第六章

蔓延，他的意识开始涣散。绝望中，他念起静心咒。如果难逃此劫，他愿意安详地离开。

一个影子以箭一般的速度拨开水中厚厚的淤泥向他游来，迪林转身看着来人。浑浊的泥水中现出艾哈迈德的脸。他用强有力的小麦色手臂一把抓住男孩，踢了踢他的腿，像拔草似的把他从淤泥中拉了出来。俩人一起迅速向水面游去。

密不透风的院长办公室光线暗淡，四面墙上挂着长长的纸莎纸卷轴，每一卷都从天花板一直垂到了地板上。卷轴上面的各路神祇、恶魔、魔鬼、人间国王和祭司瞪着大大的眼睛像在俯视人间。艾哈迈德把凉鞋脱在门边，走进房间跪在打扫干净的石面上，湿漉漉的黑色长发用铜扣绑住搭在肩上。他目不转睛地看着铺路石之间的窄缝，双手放在膝盖上。

院长拿着一卷用紫色合股绳捆扎的书信，在低矮的书桌边缘轻轻敲打。他个子很小，五官深刻，淡黄色与白色相间的眉毛下面藏着一双犀利有神的眼睛，长长的鼻子显露出纳巴泰人的血统。干瘦的双手上血管仿佛蛛网般分布，手指有一下没一下地拨弄着装卷轴用的圆筒上清晰的火漆压印。

"这么说，你觉得有什么在攻击防护界？会不会是针对那个男孩的？比如他家族的对头？私人恩怨什么的？"

艾哈迈德抬起头，褐色眼睛清澈而冷静："不会，院长阁下，那个男孩的背景很普通。他来自遥远的爱尔兰，父亲是个铁匠，家境贫寒。他们家在这里不可能有什么对头。他死了或受伤，不会带给任何人特别的益处。"

院长诧异地扬了扬眉："贫穷的野蛮人？那他是如何来到我们学院的？"

艾哈迈德耸耸肩，摊开手掌，十指瘦长。

"帝国派出去寻找魔法师的探子发现了他，给了他家里一笔钱然后把他送到了这里。亚历山大魔法事务部为他支付学费。在初年级学生中有五六个这样的男孩。"

院长抿紧双唇，在下巴上轻叩圆筒。看到墙上的雕刻和绘画时，他眯起双眼，然后转身对着跪在面前的舍监笑了笑，眼角泛起皱纹："那么，也就是说，这是学院里的人干的？比如某个心怀嫉妒的本地学生因为被怠慢而心有不满？"院长把圆筒放到书桌边缘的草编篮里，这个可以先放一放。

艾哈迈德思考片刻后，才说："那个叫迪林的男孩在学生中的人缘并不坏。有个人也许出于忌恨而有这样的动机，但他也是个二年级学生，并无这样的能力。"

院长眯着眼从书桌对面探身过来，瘦削的手臂搁在纹理细密的深色镶板上："是谁？之前你为何不告诉我？"

"不是什么大事，院长阁下。数月前的某个晚上，爱尔兰男孩在宵禁后偷溜到河边果园里摘了些橘子，回到宿舍后却试图栽赃到另一个男孩头上。当然最后被我识破了，但被冤枉的那个男孩也因此白挨了一顿打。"

"原来如此……挨打……所以那个被冤枉的男孩便怀恨在心啰？他是谁？"院长眯眼问道。艾哈迈德移开目光，看着房间里阴暗的角落。

"回答我，艾哈迈德。"

"是来自西里西亚的克伦，院长阁下。"

耳边传来一声很轻的抽气声，艾哈迈德心头一紧。

"马其顿司法官的儿子？荷鲁斯在上，艾哈迈德，我曾经警告过你要小心对待那个戴丝绸手套的孩子！他父亲就是出了名的臭脾气。他肯把儿子送到我们这个小小的学院来本身就是我们的荣幸！"

院长坐回到椅子里，陷进厚厚的棉垫中。他看着书信说："把那

第六章

两个男孩的情况都告诉我,所有事情,包括他们的成绩如何,谁在课堂里表现更出色,谁更机灵,等等等等。艾哈迈德,我要知道关于他们的一切。"

"这样……"艾哈迈德开口道,"首先您要知道的是,这里面一共牵扯到三个男孩,而不是两个……"

等到艾哈迈德说完的时候,太阳神已经驾着舟船越过西边地平线进入了冥界。在一段长时间的沉默后,院长从椅子上站起身,在书桌旁边来回踱步,光脚踩在深色石头上响起轻微的脚步声。艾哈迈德一直跪着没起来。手心又湿了,他想在短裙上擦擦手,但还是忍住了。

院长走到一幅卷轴前停下来。这幅卷轴描绘的是麦罗埃贵族向法老王进贡的情景。皱皱的羊皮纸上画着列队前进的各种生物,其中有瞪羚、朱鹭、河马和野山羊。他转身对着低年级部舍监努了努嘴,说:"明天,艾哈迈德,你把爱尔兰男孩带到神庙地底下的启导室去,让他提升到二级术,赋予他所有相应的力量,同时赋予他第三只眼——意识之眼,唤醒他内心深处沉睡的力量,让他成为我们悟道者中的一分子。"

艾哈迈德惊愕地睁大眼看着瘦小的院长。对方那低沉沙哑的声音留下的余音还在四周的空气里回荡。

"院长阁下,"他艰难地开口道,"那孩子没这个准备!他只是个二年级学生,资质平庸。是,他近来的确有所进步,但也不比阿基米德家族的帕特罗克洛斯强多少。要接受这样的启导仪式,他至少还需要准备两年。"

"没错。不过你明天必须把他带到寺庙地下墓室,让他成为二级魔法师。照我的话去做吧。"

艾哈迈德低下头。在学院里院长是最高权威,艾哈迈德曾发誓要服从他的命令。院长示意艾哈迈德起身,用骨瘦如柴的手拍着他的肩膀。

"如果那个男孩没能熬过此关，我自会承担全部责任，一切与你无关。你仅仅只是服从我的命令而已。去吧，无须忧虑，我年轻的朋友，你应该替这个即将蜕变成为我们其中一员的孩子感到高兴。"

院长笑了笑。看着他眼角的鱼尾纹，艾哈迈德笑不出来。他镇定地鞠了个躬，穿过芦苇门帘走出了办公室。秘书正蹲坐在门口，手旁放着笔和纸莎纸。艾哈迈德向他欠欠身。

"尼斯先生，以太阳神和月亮神之名，有劳你通知启导室的守卫，明天中午我将带人去启导室。"

秘书的脸刮得很干净。他点点头，开始书写要传送的消息。

迪林醒来时，仍然感觉十分疲惫，四肢无力，头重脚轻。这一晚他辗转反侧，怎么也无法进入摩尔菲神①的梦乡。此时天色尚早，灰蒙蒙的黎明曙光从薄窗板之间的空隙透进来。男孩们的鼾声梦语在房间里此起彼伏。他翻了个身，被眼前的东西惊得一下子睡意全无。一个披着红黑相间格子图案长披风的高大身影站在床边，光滑宽阔的胸膛上有一个青铜日轮②，在朦胧的光线中闪着微光；长长的脖子连着黑色的头，头上长着细长尖利的鸟嘴；大大的风帽下露出一双黝黑的眼睛，犹如水中的大理石一般闪亮。

神庙里的雕像突然活了，迪林目瞪口呆，全身汗毛直竖，缩着身子往床后面躲。

"跟我来，"一个低沉的声音响起，"冥神奥西里斯③召唤你去图

---

①摩尔菲神（Morpheus）：睡梦之神。
②日轮（sundisk）：埃及太阳神的象征。
③奥西里斯（Osiris）：埃及最重要的九大神明"九神"（Great Ennead）之一，生前是一个开明的国王，死后是地界主宰和死亡判官。

第六章

瓦特之渊①。"对方向迪林伸出一只手,手上缠着黑色与灰色的布——确切来讲,这是一只有三个指头的爪子。"来吧,迪林·麦克唐纳。"迪林心惊胆战地看着这个幽灵般的身影,脑子已无力思考。对方做了个手势,长袍摩擦出轻柔的飒飒声。其身后的黑暗中出现两个矮小的身影,像两个蹲着的人,没有脸,乌黑的身上布满螺旋纹和线条图案。他们不由分说抓起迪林的胳膊,无声地把他从床上架起来就走,迪林惊恐至极,身子无法动弹,也喊不出声来。两个无脸人架着迪林跟在鹭首人②后面走出了宿舍。

黎明时分,学院里一片静寂,没有鸟啼,也没有厨房里的聊天声。浅红色的天空下,一切仿佛都静止了。两个无脸人架着迪林穿过主楼,走进连接主楼与图书馆的柱廊,沿着一段台阶来到后花园,顺着石板路走到花园后门。迪林的视线似乎瞥到有个穿着白色与浅蓝色衣服的小个子拄着长手杖站在茂密的木槿丛和黄色藤蔓下的阴影中,但他一眨眼,那人就消失了。厚重的大门向外打开,无脸人无声无息地架着他走进稀疏的丛林。

走过学院背后的棕榈树和灌木林,无脸人放下了迪林。鹭首人指着一条小路,小路从灌木林延伸出去,通往位于狭窄河岸平原后面的乱石山顶。迪林抬头不安地望着对方。

"去吧,"低沉的声音说,"到冥界之门去。我们会跟着你。"

迪林往四周看了看。太阳神出现在天空的东边,摇摇欲坠的红色圆石在清晨阳光中呈现一种金黄色。天色越发亮起来,一股寒风从西边轻轻吹过来。迪林这才看见,鹭首人一身盛装,穿着厚厚的锦缎衣服,戴着金手镯,挂在胸口的青铜日轮在暗淡的阳光下闪着微光;黑色的鹭首光滑整洁,红色条纹从深邃明亮的双目旁向后延伸;深红褐

---

①图瓦特(Tuat):在埃及是指的冥界。
②鹭首人:这里指的是埃及神话中的托特神(也叫托托神),鹭首人身的守护神,智慧和学习之神。

色的皮肤就像精心打磨过的桃花心木；一双手粗壮有力，但每只手上只有三根手指。此刻他正伸出一根手指指着上山的小路。无脸人已经消失了。

迪林转身往前走去，光脚踩在石头上透心的凉。蜿蜒而上的小路穿过满是灌木和荆棘植物的狭窄峡谷，枝条不断地打在迪林腿上。这段上坡路陡峭难行，他的呼吸开始变得急促。在峡谷最顶端，小路在一处高耸的悬崖下向左转，然后从两块巨石中间穿过。每块巨石上都有些红色白色相间的斜条纹。走过悬崖后，迪林来到一个碗形洞穴，抬头便能望到天空。他抬头望去，兀鹫在天上盘旋，狭长的云彩被染成了一条条浅红色和浅黄色的彩带。天色越来越亮。

他面前的碗形洞穴另一边的岩壁上有七扇高大的门，每扇门的旁边都雕刻着一幅画，每幅画各自代表神庙里的一种圣物。这是七神守卫的七扇门。迪林听见身后的鹭首人走近自己。

"选吧，"他轻声说，"选择开启你命运的那扇门。"

迪林踩着地上杂乱而摇晃的页岩薄板走上前去，来到鹰首人身神守护的门前。笼罩在阴影中的石门向内打开，温暖的空气吹拂在他脸上，空气中飘来百里香、朱砂和肉桂的香味。

门内有一些人在等候，微笑着向他张开手臂。有人在背后推了一把，迪林便跌了进去。

石门在身后无声地关上了。仆人们从黑暗中走出来。在摇曳的火光下，迪林看见这些人脸上都戴着笑脸面具，面具后的眼睛空洞而毫无生气。他们的手在迪林身上一阵忙碌，轻轻脱下他的睡衣。他转来转去地寻找鹭首人，发现他已经不见了。仆人们围着他，用手轻轻把他向走道另一头的大门推去。一些高大的雕像坐在走道两侧，在脚边的火把的光中若隐若现。空气中有种浓郁的熏香味。

远处传来颤抖的低声吟唱和低沉的鼓声。空气虽然温暖，迪林却在颤抖。仆人们继续推着他向前走，穿过走道尽头的大门，来到一个

第六章

地上铺着瓷砖的房间。房间里有一扇宽大的窗户,从这扇窗户可以俯视一座规模庞大的城池。一望无垠的城池里银墙金瓦,绿树遍地。迪林不由自主地停下脚步,看着窗外波光粼粼的蔚蓝湖面、郁郁葱葱的肥沃原野、高挂在天空中的红日,他被眼前的美景惊呆了。

"你现在还不能去那儿,"鹭首人低沉的声音从身后传来,"这才是你的路。"他扳过迪林的身子,远处的城市美景变成了眼前狭窄的台阶。台阶在房间左手边向地底延伸。

"这些仆人,"鹭首人说,"会给你换上接受洗礼启蒙的衣服、涂圣油、洗脚,为你做好下去的准备。"迪林看着鹭首人深邃的眼睛,任凭仆人们给他腰间围上短裙,穿上束腰外衣,用油和香水涂抹他的手臂和双腿。身边升起浓烟,迪林深吸了一口气,奇怪地感觉到头晕。鹭首人退到后面,吟唱声响起。

"下去吧,到黑暗王国里去。"

迪林走到台阶顶端。又窄又陡的台阶向着地心深处蜿蜒而下。他踏上第一级台阶。

"下去吧,到守护神的世界里去。"

火把的光慢慢远去,他凭着感觉一步步向下走。仆人们的吟唱声与鹭首人响亮的声音远远传来,四周的空气微微颤抖。

"下去吧,到看不见、听不见、远离光明的世界里去。"

烟雾与水汽在身边缭绕,两边的墙往身后退去。

"下去吧,到看不见的虚空之地去。"

下完了台阶,迪林继续摸黑往前走,脚下是一片铺着细砂的光滑地面。

"下去吧,到地心里去。"

四周一片漆黑。迪林紧闭双眼,但能感觉到一些朦胧的亮光。蓝色、金色和绿色的光在他眼前晃动。

"下去吧,抛却凡体,只留灵魂与能量。"

脚下的地板没有了，迪林继续往前走，进入一个由各种奇妙的光与形式组成的旋转世界。

"下去吧，进入永恒、无穷大和虚无。"

一个玄武岩宝座出现在各种颜色和光影交织的混沌虚空中，宝座上坐着一个留着胡须身穿王袍的巨人。

"下去吧，进入光明、自由和整个世界。"

各种颜色和光在这位远古帝王身边形成旋涡。迪林站在他面前，他俯身对迪林张口说了什么，但嘴里发出的不是声音，而是各种颜色、光影和音符，这些东西如水一般冲过迪林的身体，迪林突然觉得身体里像是有什么东西炸开了。火从他的腹部冒出来，将他整个人完全吞没。他惨叫着想往后退，却发现自己无法动弹。火焰从他的指尖、眼睛甚至嘴里跳出来，很快他的身体就被烧得一点不剩，只留下纯粹的元神。帝王仰靠在宝座的椅背上，在身前举起T形十字章①王杖。王杖顶端的巨眼猛然睁开，一股狂风把迪林的元神卷了过去。在迪林的意识中，他感觉自己的灵魂仿佛被风撕成了碎片，他尖叫起来。

远远地，从这些颜色的背后传来鹭首人的喊声。但迪林听不清他到底在喊什么。他的元神被闪光的巨眼一层层剥落，一点一点地消失。迪林开始感觉得心里只剩下恐惧，在心里大叫着：这样下去我会消失的，灰飞烟灭！我会被一点点吞噬掉，被人们彻底遗忘，世界上将不会再有迪林这个人。

他不愿被恐惧打倒，强撑着念出在学院里学到的静心凝神的咒语。这时四肢上再次腾起大火。他的声音有点发颤，但依然咬牙继续念下去。仿佛从很远的地方传来艾哈迈德的声音：只要心无恐惧，必

---

①T形十字章（Ankh）：在古埃及符号和象形文字中，T形十字章是生命的象征，形如一个头部呈结环状的十字架。

能战胜一切。火更加炽热，迪林几乎要绝望了。这时，火焰仿佛磁石般把不停旋转的光和色彩引入他的灵魂。他的心狂跳不已，施展出"赫耳墨斯初级启术"——此术虽可看到真实世界，但只能看到一个模糊的大概。

如星辰般明亮的火焰化作迪林的身体，体内的火绕着脊骨钻进脑子里。他的额头笼罩在火、光和色彩中，一种撕裂的感觉传来，他感到额头炸开了，他的身体和宝座同时发出金光。帝王放下王杖，眼前的一切瞬间化作一团只有黑暗和虚无的无形混沌。

迪林双膝一软，跪在冰冷的石头地面上，无力的双手颤抖着垂在身前。一双强有力的手扶着他站起来。他落到一个温暖的怀抱中，散发着幽香的黑色长发垂在他身上。迪林呜咽着把头深深埋在对方的肩膀上，泪流满面。

"嘘……孩子，你会没事的。"此时鹭首人的声音听起来很像艾哈迈德。他紧紧抱着男孩，从深色地板上站起身，穿过像迷宫一般的蜿蜒地道，走向来时的路。

艾哈迈德返回花园后门时太阳神已经高悬在天空。他用脚轻轻踢开门，那套鹭首人的服装被他放回了那个能看到黄金城的洞穴里的木柜子里，筋疲力尽的迪林躺在他怀里睡着了。清晨的寂静已不复存在。厨子们在厨房里叽叽喳喳地聊天，神庙里，学生跟着老师吟唱。年轻的老师踏上一段长台阶，悄无声息地从花园走到通往自己房间的绿荫道里。他走进自己的小房间，没有热度的阳光淡淡地照进房间。他把爱尔兰男孩放在自己的小床上，给他盖上薄棉被。迪林始终睡得很沉。艾哈迈德低头看着他，脸上露出哀伤憔悴的表情。他甩了甩头抛开负面情绪，关上门，大步走向厨房。早餐时间要迟到了。

艾哈迈德独自一人坐在长长的教师食堂里。周围的桌子空荡荡的，其中一些桌面上有反光——那是早餐时间后清洁留下的水迹。在他的要求下，厨子给他做了一碗无花果粥。他的左手边放着一个盛水的陶土杯，他舀了一勺加了蜂蜜的粥放进嘴里。

"那孩子活下来了。"身后传来一个声音。艾哈迈德点点头，继续吃早餐。院长拉过一把椅子在他旁边坐了下来，椅子发出咯吱的响声。

艾哈迈德能感觉到老院长的目光落在自己身上，但他没有转头，一口喝干了杯里的水。

"他会睡上两三天，然后就又能活蹦乱跳了。"艾哈迈德微微转过头去，老院长正抬头看着天花板上的壁画。

"我会在二级学徒宿舍里给他安排住处。"艾哈迈德说。院长转过头来，食堂里光线很暗，看不清他的眼睛。

"不用了，没这个必要。"他轻轻地说，声音很微弱。

艾哈迈德微微直起身，眯着眼，抿紧双唇。

"什么意思？"他低声问。

院长把瘦削嶙峋的手伸进敞开的衣袍，取出一个白色圆筒，筒上绑着紫色和茶褐色相间的合股绳。他把圆筒放在两人中间的桌面上。

艾哈迈德用手指拨了拨："这是什么？"

"亚历山大总督[①]给学院的来信。东罗马皇帝向埃及征兵，总督给我们下了征兵令，指明要一名二级魔法师。"

"什么？皇帝要干什么？"艾哈迈德提高音量质疑。

"嘘，小声点儿，年轻人。信里没有多说，只是要求我们派一名二级魔法师过去。我问了亚历山大那边的人，也问了卡纳克学院的同僚，但知道的就这么多。保民官[②]向整个行省里的各个学院和神庙都

[①]罗马帝国分为若干行省。当时埃及是东罗马帝国的一个行省，而埃及行省的首府就在亚历山大城（Alexandria），行省的首席长官称为"总督"。
[②]保民官：古罗马时期维护平民利益的一种特殊官职。

第六章

提出了类似的要求,只是程度不同而已。"

院长把手放在艾哈迈德肩上,轻轻把他按回椅子上坐好:"这件事并非针对我们学院,艾哈迈德,所有学院都接到了征兵令,大家都在苦恼这个事情。只是很不幸的是,我们的学院规模实在太小了,老师少,学生也不多。我不能派已经出师的魔法师,甚至连优秀的学徒也不行。"

艾哈迈德一把推开椅子,怒气冲冲地站起来,脸气得通红。

"所以你就选了一个孩子?一个连毛都没长齐的孩子?你心里很清楚,他这是去参加军团,是跟一群比他大十几二十岁的男人一起当兵。战火、魔法、疾病……这些可怕的东西会无情地吞噬这个年轻的生命!"院长点点头,满是皱纹的脸神情严肃。艾哈迈德瘫坐在椅子上,不知道该说些什么。

"我同样为这个孩子感到难过。但是,鉴于他之前给我们惹下的麻烦,考虑到学院的未来,我认为这是最好的解决办法,可能对他来说也是最好的。"院长抓住艾哈迈德宽阔的肩膀扳直他的身体。

"你已经把他教得很好了,艾哈迈德。他意志坚定,思维敏捷,有魔法天赋。我会为他祈祷的,祈祷他在异国的土地上成为军团里的一颗新星。"

"不,"艾哈迈德低声道,"他只会去送死。敌人的魔法会摧毁他的肉体和灵魂。他不过才刚学会怎样去看真实的世界,更无法熟练运用这些技能,军团里过重的压力会让他如灯芯般燃烧殆尽。你这是在让他去送死。"

说完,艾哈迈德起身快步走出了食堂。院长垂着脑袋没有动,过一会儿才站起来离开。他还有很多事务要处理。

第七章
罗马，奎利纳雷山①

迪亚蒂丝一只手随意地摩挲着发际线下方已经开始结疤的伤口，常年沐浴在阳光下的手呈现小麦色。轿子颠来晃去的不太舒服，就跟走在航行在大海中的大划桨船的甲板上一样。微风吹得厚厚的平纹细布轿帘簌簌作响，她轻轻掀开一条缝。轿帘外面还挂了一块薄棉布帘子，上面绣着充满异国风情的章鱼和海豚图案。两块布帘把路人的目光阻隔在了轿子外面。暮春的空气中传来了城市在这天下午即将结束时的些许喧嚣。微风从离得最近的一个努比亚搬运工人的肩头吹过来，带来混着汗味和肉桂味的麝香气味，她小巧的鼻子动了动。

她忍不住在心里埋怨自己：我干吗不走路去呢？又不是那些娇滴滴的贵族小姐，非得像桶砖似的让人抬着到处走。

她心里有种冲动，很想立刻掀开布帘跳出去，但终究还是没有这么做。她理了理盖在肌肉强健的大腿上的精美亚麻裙子，保持一副端庄贤淑的样子。

轿子停了。带头的奴隶举起手杖，用青铜杖头在橡木房门上轻轻

---

①罗马古城建立在七座山丘上，其中就包括奎利纳雷山（Quirinal Hill）。

第七章

敲了敲。迪亚蒂丝检查了一下绑在右腿内侧的小刀，小刀藏得牢固又隐蔽。房门打开来，轿子继续摇摇晃晃地前进。她调匀呼吸，来不及多想了。

她在心里安慰自己：我是去见自己的保护人，又不是在城市贫民窟里的敌人，也不是潜伏在绿色提拉河中的鲨鱼。这里没有危险，很安全。

门童把迪亚蒂丝扶下轿子。高高的门廊楣梁穿立在头顶上。看到如此壮观的门廊，迪亚蒂丝略微有些吃惊。她跟着带路的仆人沉默地走过大理石地板，地板的颜色白得像浪尖的泡沫，上面看不到任何缝隙。天花板的镶板上描画着许多以海豚、美人鱼、鳗鱼和鲨鱼为题材的图案。光线从高高的中庭穹顶上的蓝色和绿色玻璃镶板透进来。在淡凉如水的微暗光线中，似乎连空气也在闪光。未加装饰的奶白色墙壁与穹顶相接。一股轻柔的气流拂过她的身体，吹动她的头发。门廊尽头有一尊涂了淡彩的大理石神像，午后阳光斜斜地照着被海洋仙女和海豚们簇拥着的躺卧的波塞冬神像，用碎石堆砌的海浪从巨大的底座上翻涌上来，支撑着整座雕像。

迪亚蒂丝在心中惊叹："噢，天哪，这里跟父亲的农场完全是两个世界！"

在仆人的带领下，迪亚蒂丝穿过中庭，来到海中之王的雕像前，她惊讶地瞪大双眼。虽然雕像足有三倍真人大小，但其上色工艺之精湛依然无与伦比。海神的黑色卷发自然垂落下来，白里透红的肤色充满活力，浅玫瑰色的双唇仿佛人世间最娇艳的花朵。

"很壮观吧？"一个沙哑的声音打破了宁静。紧张的迪亚蒂丝慢慢转过身，眼角余光扫到仆人们正忙着向她身后行礼。在神像的右边有一部下行旋梯通往室内花园。一个身型高大的女子站在楼梯顶端。她身后披着黑亮的大波浪卷发，发间别着金色小发针，宛如夜空中闪烁的星辰；身上穿着深蓝和黑色相间的极有光泽的贴身丝绸衣服；纯金和珍珠打造的细项链从脖子上垂入深深的乳沟。如此奢华的装扮带给迪亚蒂丝极大的震撼——单单用这件生丝衣服就足以买下整个潘诺尼亚行省。女子勾起丰盈红唇露出饶有兴味的一笑,在金色眼影下,一双深邃的紫色眼眸打量着迪亚蒂丝。迪亚蒂丝感觉自己心里的想法在对方的目光下几乎无所遁形,她努力使自己镇定下来。

"来吧,亲爱的,随我去花园。"

女子转过身,露背罩衣现出一大片光滑白皙的肌肤,令人惊艳。她懒懒地伸出一只纤纤玉手向靠得最近的仆人做了个手势,仆人转身消失在门廊暗影处。迪亚蒂丝随女主人走下楼梯。对方走路的方式令她大为惊奇——不像步行,仿佛在飘动。虽然迪亚蒂丝认为自己的步子很稳,但对比这个浑身上下自信洋溢的女子,自己居然显得有些笨拙。

在用青铜和银铸造的高大的玻璃嵌板门后有一个花园,在午后阳光下给人一种朦胧的美感。高大的花楸树俯视着周围建筑的瓦面屋顶。花园上空盖着一层用薄织物制成的薄罩子,用肉眼几乎难以察觉,罩子渐弱了阳光的强度。一条小溪从一片精心修剪过的草坪上缓缓流过,溪岸用石头精心垒砌。一条铺着瓦面走道的小桥横过小溪,通往占据花园整个北边的凉亭。迪亚蒂丝穿过小木桥,听到隐约有竖琴和鲁特琴的声音。她停了下来,一股温暖恬静的气息包裹着她,让人有种懒洋洋的感觉。

黑发女子走到凉亭中的躺椅上坐下,举手示意客人坐到放在椅子旁的软垫上。这个地方看似平凡,实则处处透出主人富可敌国的财力。极度震惊之下的迪亚蒂丝有点不知所措。

"快来,亲爱的,克里斯塔会给我们拿些吃的来,我们要好好谈一谈。"

慵懒沙哑的声音一下子让迪亚蒂丝清醒了过来。她强打精神,走到软垫前盘腿坐下。

女主人笑了，优雅的笑声如夏季雨点敲打在瓦面屋顶上。她向后仰坐在椅子上，圆润白皙的手臂搁在垫子上。"你在这里很安全，亲爱的，受到我的保护，享受我的服务。我从不伤害我的手下，尤其是深得我心的手下。"女子浅浅一笑，完美无瑕的脸颊上露出酒窝。一身紧绷保持战斗防备的迪亚蒂丝发现自己居然不自觉地在对方的魅力下一点点松懈了下来。

"我有点啰唆，请你原谅。不过我们之间有些话还是要说清楚。"女主人继续说道，"我是阿纳斯塔西娅公爵夫人，来自罗马帝国统治的帕尔马城；你是迪亚蒂丝·朱莉亚，来自克劳迪娅家族——一个迄今为止默默无闻的罗马地主家族。五年前我成为你的保护人，从那时起，你便在我手下工作，不过在今天之前我们从未说过话。我必须向你表达歉意，过了这么久才见你——从法律的角度来讲，你是我诸多孩子中的一个——不过，似乎这样是最好的方式。"

迪亚蒂丝低下头借以掩饰自己的惊讶，她从不知道自己也算是保护人这个大家庭中的一分子。心里松了口气的同时，也感到了一丝莫名的悲伤。原来，自己在这个世界上还是有一席之地的。

阿纳斯塔西娅再次露出真诚的笑容："对于一个有像你这样背景和能力的年轻女子而言，你的教养很好。"

迪亚蒂丝抬起头，一脸平静。公爵夫人的眼神变得锐利无比，伸出一根玉指绕着庭院和花园指了一圈，由数百个小巧银环串连而成的银手链在手腕上碰撞出沙沙的响声。

"这些东西不是随便哪个笨蛋傻瓜就能拥有的。"她说，"我之所以能拥有它们，是因为我曾经——现在也是——思维敏捷、头脑灵活而且拥有卓绝的记忆力。"迪亚蒂丝嘴角动了动微笑着。

"啊，"公爵夫人说，"克里斯塔终于来了。"

迪亚蒂丝转头，看见一个年轻女子正从木桥上走来。那女子身穿一件样式简单但质地上乘的白色汗衫，汗衫上有淡黄色的镶边；她的肤色与迪亚蒂丝一样呈健康的小麦色,深红褐色的长发编成辫子盘在头上。初看之下,那女子的深色眼眸和红唇都有些公爵夫人的影子在里面。但迪亚蒂丝很快便知道两人并无血缘关系:从其所戴的朴素项圈和毕恭毕敬的态度来看,这是一个奴隶。女子手中托着一个宽大的青铜食盘,上面放满了奶酪、水果和面包。她温婉地欠欠身,把食盘放在公爵夫人面前,屈膝跪在草地上,打开两个小陶罐,其中一个盛着果酱,另一个装着鲜奶油。迪亚蒂丝这才感觉到腹中饥饿。自从黎明时分接到这位素未谋面也未谈起过的雇主的召见起,她就忙个不停,早把早餐这等小事忘到了九霄云外。

"好了,克里斯塔,来看看我们这位年轻的小姐。告诉我,能不能把她好好打扮一下?让她更迷人?"

一开始克里斯塔没吱声,继续摆弄面包和黄油。她先是用一个瓷碟盛了一份给阿纳斯塔西娅,阿纳斯塔西娅仪态端庄地尝了一块。然后她又递了一份给迪亚蒂丝。虽然肚子很饿,但迪亚蒂丝只吃了两块。做完这一切之后,克里斯塔才跪坐下来,用一双犀利的棕色眼眸打量来访者,然后开口道:"我看她的胸部还是够大的。"

数小时后直到迪亚蒂丝从公馆深处的浴室洗完澡出来,还在为之前那个女奴的无礼评论而气恼。之前在花园里,为了让女主人高兴,女奴毫无保留地把迪亚蒂丝所有明显的和不易察觉的缺点一一指出。其间迪亚蒂丝保持了沉默,但心里的怒气却在飙升。那两个女人对她品头论足了两个小时方才罢休,让迪亚蒂丝觉得自己就像一个傻瓜。之后,阿纳斯塔西娅吩咐克里斯塔带客人去为晚间的活动沐浴梳妆。一离开女主人的视线范围,迪亚蒂丝就忍不住想狠狠踢眼前这个得意的小丫头的膝盖窝,更想把她漂亮的小脸蛋儿往旁边的灰泥柱子上撞,直到自己解气为止。但最终她忍住了,只是在沐浴时始终冷着一张脸,一言不发。

第七章

　　当然，这段时间里克里斯塔也没闲着，她和浴室仆人一起动手替客人梳妆打扮，给迪亚蒂丝的脸上、手臂和肩膀搽上细腻的粉和染色剂。那女孩儿的动作非常娴熟，仿佛有一种魔力，让迪亚蒂丝紧张了一整天的神经不知不觉地就在温暖的肥皂水里松懈了下来。迪亚蒂丝自言自语地嘟囔着："你看到了，至少我有胸。"仆人给她套上一件朴素的绿色罩衣再戴上简单的饰品，然后再取来一面镜子。她看着镜中的自己惊讶不已，心想：她们这是有什么目的？

　　装扮完后，仆人和奴隶们都离开了，留下迪亚蒂丝独自一人坐在玻璃窗旁的长椅上，身旁堆着用小粒珍珠镶边的天鹅绒枕头，但手掌下的石头仍然冰凉。窗外倾斜的墙面下是一排排屋顶，夜色渐暗，四周有零星的火光闪烁。落日余晖把天空染成了粉红色。

　　这多像黄昏时分的提拉啊。她想起自己待了四年的学院。有一瞬间，她心里充满了空虚与悲伤，思念环绕在小岛和神庙四周的清澈蔚蓝的大海，以及在那大理石围墙内的单纯生活。她用手指摩挲着柔软罩衣的织线，指尖轻抚镶嵌着宝石的金项链。

　　她想，用这件衣服就足以买下父亲农场里的一切了。凄凉的往事涌上心头，眼眶有些湿润。这些手镯和戒指，就算把她的兄弟姐妹来来回回卖上十遍也买不起。我为什么要逃呢！她黯然泪下。

　　有人轻轻碰了碰她的肩头打断了她的思绪。她抬起头，看见了克里斯塔的棕色眼睛。"别哭，女士，"女孩儿担心地轻声说道，"你会把妆弄花的。"迪亚蒂丝点点头，站起来。女奴又检查了一遍她头上的发针和下垂的罩衣是否妥当，然后给她的脸搽上最后一道粉："请跟我来，公爵夫人在等你。"

　　迪亚蒂丝从依旧堆满菜肴的矮桌上微微抬起身。灯罩下，陶瓷碗碟闪着微光，蓝色与金色的刻纹从烤松鸡、用核桃填塞的榛睡鼠、三种烤鱼、两种沙拉以及一大堆蜜饯水果片所剩下的残羹碎渣下延伸出来。她闭着眼睛回味刚吃过的奶油蛋羹里香料的美妙滋味。

坐在迪亚蒂丝对面的阿纳斯塔西娅动作优雅地削着李子皮，用指甲把李子分成长长的细条。她低头看着跪在自己身侧的克里斯塔，笑容里充满怜爱。她抬头用如紫罗兰般的双眸懒懒地打量着迪亚蒂丝，有一下没一下地把水果条喂给身边的女孩儿。迪亚蒂丝在对方目光的审视下忍不住战栗，突然有种孤独感，似乎有莫名的危险在靠近。她张大嘴打了个哈欠，在枕头中间伸伸腰挪了个位置，屈着右腿，右手搭在大腿上离她藏匿的小刀仅数寸的位置——虽然经过了三次更衣和一次沐浴，她仍然设法藏起了这把小刀。

阿纳斯塔西娅吃完李子，等着女奴用柔软的毛巾给她擦手。擦完手后，女奴默默起身，端着桌上的盘子离开了。当她的脚步声彻底消失后，公爵夫人起身走到把餐台与塔壁边缘分隔开来的矮墙旁。迪亚蒂丝趁机又挪了挪，改成跪坐的姿势。公爵夫人望着自家公馆的屋顶、花园以及后面的马厩，倚着栏杆伫立良久。

公馆修在奎利纳雷山的边缘，一半天然一半人工。在她身下，夜色中的城市向台伯河延伸而去。从她左侧能看到在众多陵墓和神庙背后的广场发出的明亮光芒。城市里的另外几座山丘上则只有零星的灯光、篝火和火把。最后，她拉上窗帘，把这个位于公馆里最高建筑顶端的小小餐台与外界隔绝开来。她们此刻所在的是一个在夏季使用的房间——房间里用奢华的木头做装饰，左右宽度不过七步，头顶上是瓦面屋顶，四周有多个放置火把和灯具用的黑色铁烛台。尽管现在已是暮春，仍然有凉爽的微风吹来，棉纱窗帘随风飘动。阿纳斯塔西娅又回到桌旁，跪坐下来，拿起双耳陶瓶给自己斟了杯酒，然后给迪亚蒂丝也倒上。

"如今这里宛如空城，"她平静地说，声音里不带一丝感情，"瘟疫带走了太多生命。"停了一下，她又接着说，"当然，最受罪的还是穷人，不过那都是你来这座城市之前的事了。"

第七章

公爵夫人呷了口酒。

"当时我与公爵正值新婚,他把我从他在北方的庄园带来这座城市。他想亲眼看看大剧场,造访在政务中心里的朋友和贵族们。"她又喝了一口。

"当然,他死了,就在那场让许多人染上咳嗽的瘟疫爆发时。哦,不,应该还在那场瘟疫爆发之前。他日以继夜地喝酒,最后终于把自己喝死了。是的,他死的时候是晚上。"迪亚蒂丝保持着不变的坐姿,猎鹰一般的眼睛盯着女主人。公爵夫人犹如沉浸在梦境中,仿佛这些话是不由自主地从她嘴里说出来的。

"不过这些都无关紧要了,正如我刚才所说,那些不过是你来这儿之前的往事。来吧,我们再喝一杯。"

迪亚蒂丝举杯放到唇边,用唇略沾了沾暗红色的费勒年葡萄酒。

"我还记得你到这座城市的第一天。"阿纳斯塔西娅露出甜美的微笑。

迪亚蒂丝很惊讶,但没有流露出来。第一天在她的记忆中已经很模糊了——只有一些混乱的片段:刺眼的阳光、噼啪的鞭子声、沙哑的嘶喊、恐惧、害怕,还有嘴里的血腥味。

"我在一群奴隶中发现了你。当时你和其他二三十个从各省来的奴隶待在一起,反绑着手,衣服破破烂烂,就是一个瘦不拉几的小女孩儿。你是因为家里要还债,所以被卖到了奴隶市场。你有一头漂亮的头发,不过那时完全是一团乱麻;你的双腿强壮有力,而且是个倔强的丫头,不愿屈服。但最打动我的是,你是刚被卖到奴隶市场上的孩子,身上没有烙印,眼中还充满生气。"

迪亚蒂丝眨眨眼,从不堪的记忆中回过神来。就在她晃神时,阿纳斯塔西娅已经从桌子另一边绕过来跪坐在了她身边,用手轻抚她的长发。迪亚蒂丝想要避开,但忍住了。

"你现在的头发美多了,"她说,手沿着迪亚蒂丝高高的颧骨和脖子慢慢往上走，"你有了更好的生存环境。"阿纳斯塔西娅起身回到桌子另一边坐下，追忆往事的眼神消失了，取而代之的是犀利的目光，"现在有个任务要交给你。"

她停下来想了想，接着说："现在国家到了一个关键时刻。皇帝的皇位坐得稳稳当当，西边所有邻国都对其俯首称臣，人民也开始从瘟疫和内战中逐渐恢复。国库有了盈余，各行省也开始变得富饶起来。在过去三百年中发生过的各种灾难都未能阻止整个帝国的复苏。现在国家又开始走向繁荣。然而，对于元老院和罗马人民而言，这却意味着危机。"

听到最后一句话，迪亚蒂丝诧异地扬了扬眉。阿纳斯塔西娅点点头，笑容转瞬即逝："对罗马来说，最可怕的麻烦就是帝王不懂得居安思危。每当未来充满无限可能时，除了管理一个从不列颠黑暗森林到北非沙漠横跨数千英里的庞大帝国，皇帝往往还会生出其他野心。历史经验告诉我们，如果皇帝自大到一味追求某些未知的命运，必将自取灭亡。我们现在面临的局面，一如当年恺撒大帝、图拉真大帝或奥勒良一世所面临的局面。历史如同潮起又潮落，不断重演。"

阿纳斯塔西娅停了停，把头发拨到脑后，用一根深蓝色丝带松松绑住。月光从薄纱窗帘透进来，在昏暗的灯光下，她看起来心事重重。绑好头发后，她仰靠在软垫上。

"如果这是神的旨意，人无法反抗。但是，如果只是人为，则是一种极度自我和虚荣的表现，那么即便只是一个普通的女子也可以改变很多事。我可以做很多事。有些事，你也可以做。"阿纳斯塔西娅低沉的嗓音在屋顶尖尖的小房间里回响。

"虽然表面上我没有办公场所，但我为皇帝办事，替我办事，也就等同于效忠皇帝和整个帝国。我们所做的事游离于法律之外，你最近在染料商地盘上执行的任务便是一例。我与皇帝相识甚久，我对他别无二心。不过……"

第七章

她停下来站起身。迪亚蒂丝放下酒杯迎向她的目光。

"你对皇帝和他的兄弟们了解多少?"阿纳斯塔西娅问。

迪亚蒂丝耸耸肩:"只有一些常识。盖伦是现任皇帝,神的化身。他有两个弟弟——奥勒良和马克西安——堪称他的左膀右臂,协助他管理帝国的上上下下。如果盖伦先死,奥勒良就会继位成为下一位神,假若马克西安到时候也会同样效忠于他的话。"

对方叹了口气,摇摇头:"不出意外的话是这样,我想,让我来告诉你——

"首先,马修斯·盖伦·阿特柔斯是西罗马帝国的现任皇帝,被视为神。当年戴克里先大帝把整个帝国一分为二,也就是现在的东西罗马帝国。我不清楚你是否了解历史,当初之所以这么划分,是因为整个帝国的疆域过于辽阔而难以管理。盖伦之父名叫赛克斯图斯·瓦留斯·阿特柔斯,曾长期担任位于南部高卢地区的那旁高卢行省的总督。在之前的最后一场内战中,盖伦及其兄弟率领西班牙军团和非洲军团大败另两位王位竞争者——马特里克斯和卢修斯·尼格尔,攻下罗马,赶走了法兰克人和高卢人。"

说到这儿,阿纳斯塔西娅停下来叹了口气。

"凡事都有好和坏的两面。让罗马人口锐减的瘟疫同样也拖垮了法兰克人和高卢人,而且莱茵河对岸的公国已有足够的力量阻挡那些部落东进。盖伦在战争中运气不错,赢得了王位。据我的了解,他本身是个英明睿智城府极深的人,深谙治国之道,其能力不逊于过去两百年间的任何一位皇帝。而且幸运的是,他的两个弟弟并没有合谋反对他。

"其次,我们要说到较大的弟弟——奥勒良·屋大维·阿特柔斯,虽然在战场上的表现有些欠谨慎,却是一位真正的勇士。有人称他是完美的骑士指挥官。他深受其长兄的赏识。人人都说他对盖伦和整个帝国绝无二心,从过去的经历来看也的确如此。鉴于盖伦迄今尚无子嗣，王位的继任者应该会是这位弟弟。与他的哥哥不同，奥勒良膝下倒是有一大群烦人的小子，个个体壮如牛，与他们父亲如出一辙，就像一个豆荚里的豆子。"

阿纳斯塔西娅再次停下来，表情严肃，她喝了一大口酒。一股轻柔的微风吹开窗帘。她站起身把窗帘拉到一旁，陶醉在清新的晚风中。远远传来最近的神庙里的钟和锣的声音。

"瞧，"她说，"阿斯塔蒂神庙里的女祭司正在月亮下祈祷。"

迪亚蒂丝跪在保护人身旁的垫子上，顺着她的目光望出去。窗下远处，在罗马广场东北角的洼地上，成百上千支蜡烛照亮了月亮女神神庙的圆屋顶，周围的其余地则是一片黑暗寂静。明月高挂在罗马城的山丘上空，星辰陆续闪现在夜空中。

"啊，"阿纳斯塔西娅说，"总是这么美。"她充满占有欲地用手搂着迪亚蒂丝肩头，年轻女孩儿在对方的轻触下微微发抖。阿纳斯塔西娅漫不经心地抚摸她的头发。迪亚蒂丝强忍着跳起来或者甩开对方手的冲动。

公爵夫人继续说道："奥勒良完全符合游吟诗人歌里唱的一个君主所应该有的形象——勇敢、英俊，对苦难的妇女儿童心生恻隐，风度翩翩、雄辩滔滔。遗憾的是，对我们而言，对国家、元老院和人民而言，他却并非皇帝的最佳人选。孩子，你知道这是为什么吗？"

迪亚蒂丝摇了摇头。阿纳斯塔西娅拉下年轻女孩肩头的衣服，纤长玉指抚摩着迪亚蒂丝光滑的肌肤，摸得她心头一阵发怵，浑身冒起鸡皮疙瘩，深压在心底的反抗念头蠢蠢欲动。她忍住了，只是左手悄悄向藏在自己大腿内侧的刀伸去。

"因为他不重视民生。"公爵夫人叹了口气，"毫无疑问，他会忽视行政事务，或者把譬如运粮和造币之类的繁杂琐事交给幕僚去办，而自己去追求冒险刺激的生活、战斗的荣誉。他最后的结局，要么是在某个烂糟糟的泥地里中流箭身亡，或者被发狂的战马摔死，要么就是在某个法兰克山区小镇附近的营地里喝酒喝到呕吐致死。站起来，亲爱的。"

阿纳斯塔西娅拉着迪亚蒂丝的手，两人一起站起来。迪亚蒂丝的长袍没有扣上，直接滑落到了脚边。阿纳斯塔西娅微微一笑，阴影挡住了她的大部分面容。风吹灭了蜡烛和油灯。年轻女孩赤裸的身躯上只披着一层月光。

"是的，"阿纳斯塔西娅说，"奥勒良做不了皇帝。但是，第三个人——马克西安·尤利乌斯·阿特柔斯，则具有成为优秀君王的潜力。他是个年轻的男人，有着年轻男人的喜好……我想，他会喜欢你的。"

迪亚蒂丝终于感到了畏惧，似乎被吓傻了。看着惊恐的迪亚蒂丝，公爵夫人轻轻地笑了。

第八章
普塞密斯学院

迪林醒过来时四周又是一片昏暗，不过这次床头没有鹭首人，只有一室清冷。长长的暗淡光束照在床单上。初醒之时，他看见门框四周突然出现了些红色和蓝色的淡淡光圈，那些光圈沿着天花板上沉重的木梁移动，然后便落到了棉被单上。他眨了眨眼，光圈就不见了。视线落到远处的石墙和木梁上，即使在如此暗淡的光线下，这些东西依旧清晰可见。

迪林坐起身，本以为动一动身体就会痛得要命，却发现一点儿都不痛。相反，他感觉内心莫名地冷静，仿佛身体里藏着一口深井，充满活力的井水正从他四肢向指尖游走。小小的房间里放着一张矮书桌和两个抛光过的黑色铜边木柜。四周墙上挂着老师写的卷轴，上面描绘着星辰、各种动物和一些神秘的符号。

"这是老师的房间。"他想，因为学徒和学生都不能住单间。"这是怎么回事？"他光着脚踩在地板上，石头冰冷。他抬抬胳膊，又摸了摸肚子。他依稀还记得发生了什么事，自己不是被大火烧得什么都不剩了吗？为什么现在身上却一点伤痕也没有，好像完全没有发生过一样？肚子突然咕咕地叫起来，他这才意识到饿了。

第八章

他的束腰外衣和腰带就放在矮床下。他穿戴好衣服，壮着胆子走到走廊上。早餐怎么办呢？他看看日头，早过了师生的早餐时间。"厨子们都盯得紧，谁也不会帮我偷食物出来。"

迪林站在走廊阴影处，悲惨地发现这种时候居然连个能真正帮上忙的朋友都没有。之前跟帕特罗克洛斯也许还算有点交情，不过经过蜜蜂事件后，那点儿交情也已经没有了。他摇摇头想抛开这些可悲的念头。"要不就忍着吧，"他想着，"噢，不行，我实在饿得受不了了。"

踏着光滑的地砖他悄悄来到走廊尽头，从老师宿舍二楼往下望。下方是花园，厨房就在花园的红砖墙后面，再往后面则是学生宿舍。他小心翼翼地朝四周看了看，飞快地沿着木楼梯跑到花园里。沐浴在清晨阳光中的花园一片宁静，只能听到蜜蜂和苍蝇扇动翅膀发出的微弱嗡嗡声。他蹑手蹑脚地穿过一片高高的树篱来到花园后墙跟前。常青藤与玫瑰爬满了白色砖墙。他向后退了一步，看着墙头衡量着跳跃的高度，然后又退了一步，却撞到了一个人身上。一只手轻轻放在他右肩上，迪林怔住了。那只手把他的身体轻轻转过去。一个清癯的小老头儿站在身后，个子跟迪林差不多高，穿着一条简单的白色短裙和束腰外衣；光光的脑袋上皮肤呈深古铜色；眼睛上方有两道浓密的白眉。老头儿笑了笑，整张脸皱得像张羊皮纸。

"学徒迪林，很高兴终于与你见面了，我是尼斐德。有过那么一段有趣的经历之后，你现在肯定饿了。来吧，请跟我来。"

小老头儿只是把一只手温柔地放在迪林肩头，迪林却不由自主地被他带出花园回到了老师宿舍的一楼。一楼大厅被走廊一分为二。他们走到走廊上时，正好错过了从另一边下楼来的艾哈迈德。艾哈迈德匆匆走到花园里，焦急地四处张望。

第九章
那不勒斯湾，库迈[①]

马克西安踏上长长的小路，从狭窄的海滩慢慢走向在山顶属于长兄的夏日别院。过去，这条路上到处是被海水冲塌的凹坑和陡坡，非常难走。而现在，路面不但拓宽了，还铺上了烧制的瓷砖，近海的一侧堆着装饰用的低矮路缘石，两旁岩壁上还凿有烛台供夜间放置火把和油灯用。走在精心修筑的道路上，每走一步，年轻亲王心里就多一分怅然。曾几何时，这条下山去海滩的路上只有滑溜的岩石，路旁荨麻满地，有时甚至能看到受惊的小鹿。这条路对儿时的他们来说不失为有趣的冒险。如今旧地重游，却不过是轻松的午后消遣。经过一大群他未曾见过的园丁、劳工和石匠的精心修葺，曾经的神秘感消失殆尽，就连海滩都显得再平静不过了——海滩上的沙子也被塑造成了赏心悦目的图案，岸上的木头不过是园丁在每天日出之前摆上去的。

亲王站在小路尽头最后一个之字形弯道上，回身凝视山下的小海湾。蓝绿色海水波光粼粼，在午后的阳光下欢腾闪耀。从悬崖顶上看

[①]库迈（Cumae）：古希腊屯垦区，位于那不勒斯西北，是希腊在意大利本土的第一个殖民地。

第九章

不到海湾出海口处的封锁网,只有挂在网上的绿玻璃浮子偶尔的闪光表明其的确存在。马克西安用粗糙的手指拨弄着被磨破的外衣边缘,摸到了来自城市的砂砾。披散的直发有些脏了,整整三个星期未曾修剪的胡须在下巴上乱成一团。

他恍然大悟,轻笑一声——他明白了,为什么守护海湾的渔民会用那种眼神看他,国王的弟弟,驾着一艘漏水的双桅纵向帆船从通往夏日别院的隐秘入海口驶进来。他们都认出了他,但他们肯定以为他才刚从一场狂欢酒宴离开。这时他才猛然意识到,自打从奥斯蒂亚那间有如人间地狱般的房子出来后,这还是自己第一次笑。

"殿下?"身后响起一个温柔优雅的声音。马克西安缓缓转过身,手不自觉地抓了抓沾满煤烟和油污的头发。一个身型娇小的妇人站在他侧后方,身上穿着一件极朴素的裙子,裙子上点缀着浅红色和浅绿色刺绣,长发在脑后梳成一个圆髻——她曾经有一头金色的头发。妇人满是皱纹的脸上露出深深的关切,向他伸出一只手:"您还好吗?"

"夫人,"他欠欠身,逗得对方笑起来,"不,不太好。我长兄的房子还好吗?"

"托您的福,小主人,一切安好。不过,看您现在的样子,我猜您肯定不知道您的兄长们正派人四处寻你。我敢打赌,从热那亚①到叙拉古②的所有司法官和市政官员都被皇帝骂得不轻呢。"

"噢,"女管家的表情令马克西安很是不解,"他们找我很长时间了吗?"

"从十天前就开始了。每个小时信使都会来一趟,每次都带来令人沮丧的同一个消息——尚不知道您的下落。"

马克西安搔搔头,细碎的木炭渣从他头发里掉出来:"我想他们

---

①热那亚(意大利语:Genova,英语:Genoa),位于意大利西北部,利古里亚海热那亚湾北岸,曾是海洋霸主热那亚共和国的首都。
②叙拉古(Syracuse):意大利西西里岛上的一座城市,位于岛的东岸。

应该没有说为什么找我吧?"

女管家缓缓摇头,闪闪发亮的蓝色眼睛露出欣喜之色:"什么也没说。"

亲王抓抓自己的胡须,发现它也同头发一样沾满油污和烟灰:"好吧,我想我最好现在就去安他们的心。哦,他们今天下午待在哪儿?"

女管家回头望了望。"就在老地方,他们俩聚会时总去那儿。"她一边说,一边踏上悬崖顶蜿蜒的绿荫小道。

马克西安耸耸肩。这样一来,想先去好好梳洗一番的计划就泡汤了。他有些心神不宁,无精打采地穿过整洁的草坪,向草坪边用大理石和花岗岩修筑的房子走去。他在这栋房子里度过了自己的童年时光,现在却觉得它相当陌生。

夏日别院里,仆人房间外的走廊上空荡荡的,四周寂静无声。马克西安路过宽敞的厨房的入口,瞥见十几个身材壮硕的男子正在安静地吃着午餐,午餐里有新鲜面包、橄榄和奶酪。马克西安拎着靴子走过时,他们也没有抬头看。来到大楼梯背面,他打开一扇小门,这扇门通往一段早在修建大楼梯之前便有的窄小楼梯。在楼梯下的暗室中藏着密密麻麻的齿轮和奴隶工作台,现在都空了。这段楼梯可以平稳地滑升到二楼,不过此刻也不需要向什么外国客人或者权贵展示。来到楼梯顶端后,马克西安重新穿好靴子。

记得在他小的时候,夏日别院的二楼是母亲的专属地,上面挤满了女人、孩子、织布机和桶,每日里人来人往,好不热闹。虽然狗和其他宠物都禁止入内,这里却从不缺少生机。如今,以前的旧走廊和房间都拆掉了,取而代之的是一个个有着穹形天花板、深色木地板以及精美壁画的华丽房间,马克西安穿过这些堆满家具、衣服、桌子、床和死气沉沉的画像的房间,不安的感觉在心中扩散,感觉似乎墙壁和地板都在窃窃私语。前方有某种似犬吠的声音在回荡,他转身看了看。

第九章

什么也没有。他摇摇头，肯定是幻觉。

走到这栋老房子里唯一未曾改变的房间门口，他停下来理了理思绪，阿斯克勒庇俄斯的咒语让他的心慢慢平静下来。他伸出手指在面前的空气里转动了一下，只听一声几不可闻的声音，过去这些天在他身上留下的所有污垢、煤烟和已经风干的汗都化作缕缕烟雾，从他的衣服、头发和肌肤上升到空中。他右手握拳，把这团不停旋转的尘埃揉捏成一块坚硬的黑色大理石，放进腰间的皮口袋里。他深吸一口气，轻轻敲了敲门框。

"进来！"里面有人应了声。他推开沉重的檀香木门。

兄长们抬头看向他。盖伦身体瘦长但很结实，脸刮得很干净，一头短黑发，鬓角的头发有些稀疏。奥勒良身材高大魁梧，下巴上有一大把暗红色胡须。看见消失多日的弟弟出现在眼前，盖伦苦笑着摇了摇头。奥勒良转身看见来者，浅褐色眼睛里迸射出惊喜的光芒。马克西安摸摸下巴的胡楂，沿着一小段楼梯下到地图室。从来也没收拾整洁过的地图室里，到处都是羊皮纸、账簿、喝了一半的双耳酒瓶、刻写用的蜡板。不过，在这片杂物堆中，他看见了两个新东西。

第一个新东西是一张硕大的地图桌，桌上的彩色雕刻板全部打开，显示出整个帝国疆域。为了留出空间，靠背椅、长沙发和躺椅被一股脑儿推到了墙边，与几堆纸莎纸卷轴和脏盘子挤在一起。白色木板上展示的是目前已知世界的范围——从北方冰天雪地的斯塔尼亚到南方贫瘠的毛里塔尼亚，从西边的狗岛①到盛产丝绸的塞里卡②的边

---

①狗岛（Island of Dogs）：位于非洲西北部的大西洋上，非洲大陆西北岸外火山群岛。东距非洲西海岸约130公里，东北距西班牙约1 100公里。公元前40年，毛里塔尼亚国王尤巴二世派远征队到此，见岛上有许多躯体巨大的狗，遂称该群岛为加那利岛（Canary Islands），意为"狗岛"。

②塞里卡（Serica）：古代希腊化世界称古代中国为"赛里斯（Seres）"，罗马则称"塞里卡"。

界。桌面上，在奥斯蒂亚、君士坦丁堡和亚历山大这几个重要港口城市周围，有若干用红土堆成的小方块和金字塔。

皇帝穿着红色亚麻汗衫和颇具爱尔兰蛮族特色的灰色棉马裤，双手叉腰站在桌子靠东的一边。在他对面，越过地图上西班牙和阿特拉斯海①的蓝色海浪，奥勒良叠着双腿坐在一把高凳上，一只粗壮的手正把玩着一支杖头呈叉形的长象牙杖。

"出了什么麻烦吗？"马克西安坐进一把正对着地图上的非洲角的矮椅，试着问了一句。坐在父亲的书房里让他觉得很安全，疲惫感一下子涌没全身。

"听说你们在找我。我不记得我欠你们哪个一大笔钱值得让你们如此兴师动众……"他尴尬地笑了笑。

"钱？得了吧，我们没钱吗？"盖伦打断他，"我们所缺少的，只是一个有些才能但脾气古怪任性的小弟；显然，我们这头找得正苦，他却混迹于贫民区里，与巴克斯②为伍。"皇帝快步绕过桌子走过来，动作敏捷但有些紧张。

马克西安抬头惊讶地看着长兄，很长时间没见他如此激动过了："众神在上。哥哥们，我们要开战了？"

奥勒良发出豪迈的笑声，把头往后一仰，牙齿在浓密胡须中闪亮："哈，你露馅了，皇兄！老鼠眼睛虽小，却能清楚地看出你在想什么。"

奥勒良跳下高凳，穿过摇摇欲坠的杂物堆，从冰冷的石窖里取出酒。听到马克西安的问话而停下来的盖伦转过身，有些神经质地挠了挠脑袋。皇帝向在房间墙边几把长椅中间清理出来的一块空地走去。空地上有一个方形石座，上面放着第二件新东西——一个被布罩起来

---

①阿特拉斯海（Oceanus Atlanticus）：是大西洋的古代名字，来自古希腊神话中的大力士阿特拉斯（Atlas）的名字，传说他就住在阿特拉斯海里。
②巴克斯（Bacchus）：罗马神话中的酒神。

第九章

的圆形物体。盖伦扯下厚厚的羊毛罩，露出一个闪着光泽的圆盘，上面刻着数以千计的小符号。

"你知道这个东西是什么吗？"皇帝喃喃地问，紧张的双手把罩子叠成整齐的方块。

"不知道，没见过。"最年轻的亲王答道。他接过奥勒良递过来的高脚酒杯呷了一口就被呛住了，把酒全吐在了地上："呸！这都是什么酒啊！"

他瞪着奥勒良，对方正满脸陶醉地享受着杯中美酒："你喝酒的品位跟头驴差不多……"

"这是一个传送盘。"皇帝没理会两个弟弟的胡闹。

"这件东西的历史比法老王都还要早。在共和国时期，时任埃及行省总督的西庇阿将军把它从埃及带到了罗马。先知或者拥有同等力量的人可以从这个东西上看到远方的情景，甚至还能听到人的对话。"已冷静下来的皇帝对最小的弟弟示意道，"我要你来操作。"

盖伦走到一边，把离这个青铜圆盘最近的桌子收拾干净。马克西安不解地看着长兄，把酒杯递给奥勒良。奥勒良打了个酒嗝，把弟弟杯中剩下的酒统统倒入自己的酒杯中。

"呃，大哥，"马克西安说，"亲爱的哥哥，我就是个普通的治疗师，不是魔法师。这件东西，这个什么'传送盘'，你得找帝国魔法师，不是我。"

皇帝摇摇头，背靠着地图桌，目光迅速环视了房间，然后落到马克西安身上。马克西安感觉到了对方的强势，过去父亲也常常这么看着他，他不由得有点颤抖。盖伦又冲着圆盘比了一下手势，他的意愿不容违背。

马克西安站起来，在外衣上擦了擦手，小心地向圆盘走去。从远处看去，它就像个普通的金属盘，上面缀满细小的符号。走近再看，才发现它其实是由在一个坚固的绿色金属架上相互扣连的若干铜环组成。亲王绕着圆盘转圈，带动的风拂过铜环，铜环居然开始慢慢旋转，一个个彼此分离开来。马克西安立刻停下脚步，一动不动地站着。站在他身后的盖伦慢慢朝着房门的方向退去。

风没有停，盘上的铜环在风的吹动下分解又重新组合成了一个不规则的球体。马克西安集中精神，用意识寻找这股怪风的源头。与此同时，铜环中心开始有光闪烁，先是淡淡的蓝色，然后整个球逐渐变成了白色，在无风的状态下飞速旋转。他感觉到这个球里隐约有光闪动，本能地抬起一只手遮住眼睛。

一片朦胧的白光照亮整个房间，又瞬间消失了。亲王走上前，站在石座旁边，听见身后传来躲在长凳后的兄长们站起来走近的脚步声。空气中弥漫着一股辛辣的气味，仿佛刚刚经历过一场夏季的暴风雨。旋转的铜环消失了，取而代之的是一个直径约一英尺的蓝白色圆球，飘浮在他们面前，球面上有些绿色和棕色的色块。圆球发出极轻的嗡嗡声，几不可闻。

"这是什么玩意儿？"奥勒良吃惊地瞪大双眼，低声问。

"是整个世界。"另外两兄弟异口同声地答道。

盖伦和马克西安转过身，先是看了看身后打开的地图桌，然后又把目光转回在石座上空缓慢旋转的圆球。圆球半明半暗，白色的云朵慢慢涌出来，飘满地中海的上空。

马克西安凑近圆球，看见意大利海岸线慢慢在视线中移动。他抬头望向身为皇帝的长兄。

"今天下午普陀里会有一场雨。"他说。

盖伦缓缓地眨了眨眼，表情越来越严肃。这件神物令他甚为恐惧，他的内心十分挣扎。

"聪明，"他嗤笑了一下，"给我看看东帝国的首都。"

马克西安叹了口气，他已经习惯了盖伦的急性子。他退了一步，慢慢绕着圆球走动，眼角余光瞟到兄长们也开始慢慢横着往房间另一边走去。圆球继续以难以察觉的缓慢速度旋转着。年轻的治疗师疑惑地偏着头,试图抓住从脑海中一闪而过的大胆念头。

啊,他恍然大悟,原来如此!这个球是以某个角度绕其轴心倾斜旋转。真怪——为什么呢?

先把这个疑问放在一边。透过意识来看,一股闪着微光的能量包裹着圆球。一旦他靠近,那光就会亮。他小心翼翼地靠近圆球,在上面搜寻东罗马帝国首都君士坦丁堡的位置。

传送盘——现在是传送球——不停旋转,突然某种强烈的感觉袭来。马克西安大吃一惊,大叫一声往后退,手撞到了地图桌的边缘。一幅有海洋、土地和城市围墙的闪闪发光的残像以不可思议的速度向他涌来,但转眼又消失了。站在他身后的兄长们被他突如其来的举动吓了一跳,躲闪到一旁。

"该死的!"马克西安低吼一声,甩了甩被桌子撞疼的手,"吓我一大跳。"

"什么东西?"躺椅后面传来模糊不清的询问。

"我看到了城市的景象,哥哥们,不过看起来不怎么乐观。"他答道。

盖伦手搭着弟弟的肩头站起来,凝视着球面上烟雾漫天的景象,脸上流露出饶有兴味的表情。

"嗯哼,看来我的东罗马皇帝老朋友今天过得挺刺激。"西罗马皇帝说。

景象中,君士坦丁堡正陷入一片火海。

第十章
东罗马帝国首都君士坦丁堡

"当"的一声巨响，一团白光袭来，希拉克略的侧面被击中，他倒在地上。右眼看不见了，有人用穿着靴子的脚踢他，他挣扎着翻身站起来，本能地扯过护盾挡在身前，遮挡自己的脸和上半身。第二击打在了黄铜与皮革打造的护盾上，震得罗马人差点喘不过气来。他的右手在混合着血和雨水的泥沼里摸索着寻找自己的刀。突然，手指触到了用线缠绕的刀柄。

护盾再次被击中，罗马人从地面跳起来，举着短刺刀往前冲。刀尖擦过金属链甲，刺进了一个男人的身体，对方痛得直抽气。希拉克略狠狠地甩了甩头，甩掉流到眼睛里的血。恢复视线后，他看见敌人从矮挡墙上撤退了，现在的战线已经与他拉出了一段距离。一群穿着红披风的侍卫蜂拥而至，把他护在中间。侍卫迎上从两个塔楼间的走道上冲过来的斯拉夫剑客，手中的斧子举起又落下，四周血光四溅，惨叫连连。到处都是兵刃相接的铿锵声，震耳欲聋。死沉沉的灰色天空下起滂沱大雨。雨水顺着希拉克略的颈子流进带着体温的盔甲——此时此刻，这种感觉非常幸福。

现在，双方在野蛮人搭在外墙上的梯子和抓钩上展开了肉搏战。

第十章

防御墙两端建有一些塔楼,衔接起城市高大的外围墙与正对狭窄入海口"金角湾"的矮城墙。眼前的危机已经过去,希拉克略阔步走回最近的塔楼。

身穿布皮甲、头戴露面头盔的工兵们正从狭窄的塔楼门里挤出来,每个人手里都拿着用棉花包裹着的绿色大玻璃瓶。希拉克略闪到一旁,背抵着面对城垛内墙的矮挡墙,让工兵们先过。奴隶紧跟在工兵后面走了出来,穿着脏兮兮的棉质束腰外衣,带着长长的黄铜管,管上有弯曲的龙头装饰;他们肩上扛着一种古怪的阀门,手上戴着笨重的及肘皮手套。雨变小了,湿滑的路面更加难行。

希拉克略费了九牛二虎之力才把沉重的头盔摘下来。他喘着粗气仰起头,让雨水冲去脸上的热汗。他抬起一只手理了理头发,古铜色卷发在指尖缠绕。他把头盔夹在左胳膊下。

"哥哥!"头顶上的塔楼里传来一声呼喊。希拉克略抬起头,看见狄奥多西在位于他上空二十英尺高的战台上冲他挥手,一张被晒得黝黑的脸上挂着灿烂的笑容:"快上来,阿瓦尔人要坐船逃跑了!"

希拉克略转身看了看城垛上的战况。侍卫正把最后一具死尸从走道上踢下去,尸体在下面狭窄的街道上堆成了无数小山。看来,所有的入侵者都被歼灭了。之前敌人趁着雾色和大雨的掩护架在墙上的梯子和抓钩都被砍断或者扔了下去。工兵们正在往玻璃瓶和铜管里塞软管。他知道,过不了多久,城垛便会滚烫如人间地狱——而且下雨后至少会被雨水淹没一半。他用肩从一队奴隶中挤过去,顺着木楼梯爬到塔楼顶。

透过雨帘,金角湾的海面若隐若现。耸立在他身后的庞大城池亦被笼罩在一片雨雾中,昏暗的光线中只能隐约看到离得较近的建筑。塔楼仿佛伫立在一片无边无际的灰色海洋当中,被光怪陆离的幢幢鬼影重重包围。狄奥多西夹在一队弓箭手中间,看着城墙下的狭窄海滩,头盔挡住了他的浅金色胡须和蓝眼睛。狄奥多西冲着哥哥挥手示意。

"亲爱的哥哥，我还以为玛蒂娜①终于劝服你放弃穿红战靴上战场了。"狄奥多西没什么血色的脸上露出淘气的笑容。

希拉克略摇摇头，答道："我今天是普通士兵的打扮。"

"啊哦，这么说，一定是王权路上的鲜血染红了他。"

希拉克略低头看了看。普通的棕色皮马靴上全是在走道上激烈打斗时溅到的鲜血，暗红色血液已经干涸成了黑色。他在弟弟头盔侧面轻轻打了一掌："呆子。"

"我才不是呆子呢！"狄奥多西佯怒道，"我是个哲学家，给那些太笨而看不清事实的人指明真相。"

希拉克略对他不予理睬，只想在长时间的厮杀后好好喘口气。他越过塔楼边缘望出去。在他所在位置下方五十英尺的小海滩上挤满了野蛮人和他们的船只。守在矮挡墙上的瓦兰吉人②冲下面的敌人骂着不堪入耳的话，把登上矮墙的敌人的首级往下扔。

一声尖哨刺破喧嚣，工兵队长退后一步，挥舞手中的绿旗。侍卫听见哨声，急忙躲进远处的塔楼，其他士兵也从工兵队伍中退了出来。穿着皮甲的士兵抬起长长的铜管从城墙边伸出去，站在他们身后的奴隶紧紧抓着连在手压泵的袋子上的长杆一头。第二声哨声响起后，奴隶们把手柄往下按。即便远在塔楼上，希拉克略也能听见手压泵从绿色玻璃瓶中吸起黑色液体发出的轻微汩汩声，这声音令他不寒而栗。工兵们稳稳地抬着从洞眼里斜伸出去的铜管，铁架上放着缓慢燃烧的导火线。工兵把火柴杆交给第二组奴隶，后者立即将其浸入旁边盛满沙子用于熄火的桶。操作手压泵的奴隶们又按了一次，黑色液体流过帆布做的软管，软管变弯了。

---

①玛蒂娜（Martina）：希拉克略的继室。
②瓦兰吉人（Varangians）是指一支拜占庭帝国的皇家禁卫军重装步兵部队，主要由迁入南俄草原的北欧诸民族组成。

第十章

希拉克略强迫自己将目光定在雨雾中的小海滩上。野蛮人还挤在海滩上,很多人正试图爬回简陋的小船。水里、地上挤着成千上万个阿瓦尔人和他们的盟友斯拉夫人。远远望去,他们的脸都是苍白的椭圆形——蜡黄色的是阿瓦尔人,红头发的是斯拉夫人。皇帝感觉有只手搭在自己肩上,他回头看见狄奥多西脸色苍白。

"你不必看,哥哥,"亲王轻声说,"谁让他们自己选择了攻打这座城市呢?"

希拉克略轻轻拨开狄奥多西带着金属手套的手:"作为皇帝,我自己布下的计划带来的后果,我应该从头到尾看完。"他转回头。

第一团黄绿色火焰喷了出来,以抛物线飞上天空。有那么一瞬间,火焰仿佛一动不动地悬在空中。挤在大海和城墙之间狭小海滩上的野蛮人纷纷抬头来看。紧接着,第二团火焰飞了出来,然后是第三团、第四团……喷出的燃素在雾蒙蒙的天空中扩散着往下落,过热的空气和熊熊烈火纠缠在一起,滚成一团团炽热的火云。第一团火云落到了一大群正争先恐后往一艘较大的船上攀爬的斯拉夫人中间。燃烧着的空气先是像一块柔软的薄纱,将在船上和水里的人统统盖住。明火熄灭之后,被罩在其中的人们头顶上开始冒烟,人群中爆发出尖叫。

只一眨眼的工夫,绿色和白色交织的烈火就铺满了整个海滩,深陷其中的人们歇斯底里地哭喊着,听起来就像信号弹的声音。惨烈的哭喊声猛烈冲击着希拉克略的耳膜,他往后退了退。在他下方,敌人在火焰中翻滚挣扎着,大火撕开他们的皮肤,烧烂他们的血肉。数以百计的人跳进海里想浇熄往身体里钻的绿色和金色火焰,但那火焰仿佛牢牢粘在他们身上似的,即使到了水中依然不灭,烧得咝咝作响。着火的人们发疯似的在那狭小的空间里四处狂奔,想逃却没地方逃,只能相互践踏,倒在地上的人被无数只脚踩得支离破碎。空气继续燃烧,没有倒在火焰中的人现在倒在了越来越稀薄的空气中。火舌从他们盔甲上的洞和头盔上的窥孔钻进去舔舐里面的肌肤，肌肤上冒起无数水泡然后水泡又逐个爆开。不堪重负的船只骤然倾翻，成百上千的人溺水而亡。

狭窄的海面上到处漂浮着燃烧的船。溺亡者的尸体在水下闪着光，仿佛坠落的星辰，带着仍未熄灭的火焰向海底深处缓缓坠去。海滩上留下一堆堆被烧焦的尸体。

一股气流突然涌上来，夹卷着烧焦的人肉的恶臭和燃素烧尽后的独特甜香，站在战台上的狄奥多西和希拉克略脚步不稳地往后退。原本跟他们站在一起的弓箭手们也慌乱地从战台边缘退开，纷纷扯过深蓝色披风掩住口鼻。一声巨响在塔楼周围回荡，仿佛泰坦的怒吼，刺破笼罩在城市上空的迷雾。绿火照亮天空中低垂的云朵，连金角湾的海浪尖都闪着火光。

希拉克略颤颤巍巍地站起来，艰难地走下塔楼楼梯。守城战结束了，但还有很多事要做。身后传来轻微的呕吐声——狄奥多西在站台后方吐了。希拉克略走进塔楼下的黑暗中。

第十一章
库迈，夏日别院

"哈，"盖伦吸了口气，"这一仗打得真漂亮。"传送球上仍旧上演着惨烈的战争场面，他往后退了几步。"那些希腊伙计的确聪明。"他看着旁边的弟弟马克西安，后者保持着一副聚精会神的样子。西罗马皇帝疑惑地看着马克西安，半响后，他伸出一只黝黑瘦削的手在治疗师面前晃了晃，对方毫无反应。

"奥勒良？"皇帝转身担心地询问另一个弟弟。奥勒良耸耸肩，表示自己也不知道是怎么回事儿。看着马克西安的脸色越来越差，盖伦感到有什么不对劲。他轻轻摇晃着弟弟的肩膀："马克西安！马克西安！"

马克西安好像突然被吓了一跳，惊惶地四处张望，似乎不明白自己为何会在一个乱糟糟的房间里。盖伦伸手接过奥勒良递来的酒杯。马克西安忽然坐了下去。盖伦扶着他肩头，把酒杯送到他苍白的唇边。马克西安先是喝了一小口，然后双手接过酒杯仰头一饮而尽。酒顺着唇角滴下，给本就脏得不成样子的外衣增添了新的色彩。

"噢……谢谢，哥哥们。"马克西安把酒杯递到拿着酒囊的奥勒良跟前，让后者给他续满。又喝了一杯后，他的脸和手才开始恢复血色。

盖伦皱着眉,他已经看到了施展这种法术对弟弟的影响。

"很累吧?"他问,"你感觉怎么样?还能再试一次吗?"

奥勒良苦着一张脸对长兄说:"我看这小子需要先洗个澡好好休息一下,大哥,他明显已经力不从心了。"

盖伦脸上出现不满的表情,但很快又消失了。

"你说得对,"他同意了,"让奴隶们带他去沐浴,好好给他擦擦背。晚餐的时候我们再谈。"皇帝转身看着圆球,圆球已经落回铜环盘上了。奥勒良用宽厚的臂膀扶着马克西安走了出去。皇帝心情很坏,根本没注意到两个弟弟已经出去了。

盖伦用指尖摩挲着铜环盘,神物没有任何反应。他不悦地甩甩头,返身走回地图桌前。传送盘目前还用不上,那东西用起来太费劲了。也许日后能派上用场。

马克西安抬起头,对从躺椅背后俯身给他的酒杯里倒紫红色葡萄酒的奴隶露出微笑。女奴报以一个害羞的笑容,长长的黑发从她精致的鹅蛋脸庞两边垂下来。马克西安喝着杯中的酒,眼睛看着她。女奴走过去给奥勒良添满酒。盖伦带着浅浅笑意坐在矮桌对面,当女奴过来给他添酒时,他挥了挥手让她走开。皇帝从摆在他面前的盘子里将用大蒜和罗勒叶牛油焗的扇贝一点一点地挑出来吃掉。

"弟弟,"他开口道。奥勒良和马克西安都看着他,不知道他叫谁,"那种疲惫感是一开始用传送球时就有,还是慢慢出现的?"

马克西安皱着眉仔细回忆:"刚开始,我只是感觉力不从心,然后,从我们观看东罗马皇帝在城墙上作战开始,我就越来越觉得无法集中精神,维持画面变得异常吃力。"

奥勒良挠挠脑袋:"也许本来就只能看这么长时间?"

"或者,把注意力集中在某一个画面上会增加难度。"盖伦说,

第十一章

"马克斯①，你感觉当时它是想转到其他画面还是单纯地就想关闭所有画面？"

马克西安点点头："正是！那种感觉，就像是它要把我们从眼前的画面里抽离，好向我们显示其他场景。"他停下来想了想，在脑子里把刚才那段经历又回放了一遍，抬起头说，"这世界上还有另一个传送球！"

盖伦笑道："没错，此物本是一对，另一个在东罗马皇帝手里。从我收到的信上来看，他跟我一样都把此物放在书房里。不过东帝国的魔法师们尚无法启动它。"皇帝理了理头上稀疏的头发，看起来很是高兴，"如果它们能在你的手中发挥作用，两方彼此配合，那简直就是如虎添翼。"

马克西安摸着下巴，在心里反复思考这样做的结果，衡量方方面面的利弊，最后开口道："如此惊人的武器，胜过十个军团。有了这样的一个装备，或者更多这样的装备——如果能造出来的话——整个帝国上上下下便能统一行动，配合无间。"

盖伦无声地笑了，从躺椅上站起来。一个奴隶走上前给他披上薄披风。皇帝拉紧披风，努比亚奴隶用一个镶嵌紫水晶的黄金胸针把领口别好。从海湾吹来的晚风柔柔地穿过高大的窗户，在宽敞的餐厅里游走，油灯忽闪。奥勒良打了个哈欠，也站了起来。马克西安喝干杯中的酒，把酒杯递给离得最近的一个奴隶，正好就是之前那个黑发女孩儿。她微笑着欠身接过酒杯，外衣滑开一条缝。

"走吧。"皇帝说，"我们去海滩赏月。"

一轮弯弯的明月照在夏日别院山下的海面。在夏日别院所在的山头上，有一座早在马克西安祖父那个年代便修建起来的圆形神庙。在

---

① 马克斯（Max）是马克西安（Maxian）的昵称。

月光下，庙里细长的大理石柱显得格外洁白优雅。小小的神庙下面便是蜿蜒的海滩。数不清的船只在那不勒斯港和培宜①港的海面上穿梭往来，船上的灯光在海面上晃晃悠悠。远远看去，星辰被线条平滑的维苏威火山挡住了。这里的风更大，凉爽中还夹杂着咸咸的海水气息。在熟悉的黑暗中，从在奥斯蒂亚开始就一直萦绕在马克西安心头的不安和忧虑渐渐淡去。身穿绯红长袍的盖伦站在几英尺远的地方，从背后看过去只有一个黯淡模糊的身影。

"你不必挑起国家的重担，小弟，所以你可能并不明白，对我而言这是怎样的责任，"黑暗中，盖伦低低的声音传来，"每做一个决定，都要考虑无数细节，权衡各方利益。这与我们从萨贡托②出发时我所想象的情况完全不同。我是个强者；有的人称我为'神'。但是，仍然有很多事情、很多因素，是我无法控制的。"

盖伦听到弟弟转身坐在神庙边缘的岩脊上。

"我每天都在挣扎，在这个国家各个角落里为我做事的成千上万的人也在挣扎。伴随着时间和生命的消逝，每过一天，我们所坚守的大业便削弱一分。我们不停地为罗马帝国这座庞大建筑添砖加瓦，不停地为她流血牺牲，而时间也在永无休止地冲刷着她，直到一切都崩塌消失。"他的话听起来悲观，但马克西安并不觉得他真的放弃了希望。

"这一切都会结束的，弟弟。和平会重现帝国，我们再也不用担心野蛮人的入侵，也不必再担心内战。"盖伦低沉的话里字字珠玑，"经过了数百年的漫长争斗，如今的西罗马没有战乱。莱茵河③对面的日耳曼人没有任何异常动向。看来他们终于也开始向文明进发了——发展城镇、鼓励商贸、开垦荒地、用石头和木头修建居所。我们

---

①培宜（Baiae）：是那不勒斯湾的一个小城。
②萨贡托（Saguntum）：位于西班牙东部的海岸城市，处于丘陵地带。
③莱茵河在西罗马帝国的北面。

第十一章

的西边是一片无边的大海,南边则全是无垠的沙漠。如今唯一的威胁只来自东边。"

坐在黑暗中的马克西安问:"你指的是今天我们在画面中看到的那些野蛮人?"

盖伦笑道:"不,阿瓦尔人和他们所控制的那些部落是有点烦人,但还构不成威胁。他们侵占了色雷斯和默西亚的大部分地区,但他们待不了多久。真正的敌人,我的弟弟们,是在更远的东方——波斯。今天我们看到的画面里虽然没有出现,但我知道有一支波斯军队正驻扎在普罗庞提斯海东岸,贪婪地窥视着君士坦丁堡。此外还有一支波斯军队正在叙利亚北部集结,打算入侵埃及。不过,幸运的是,东罗马皇帝手下还有一支强大的舰队,而波斯人没有,所以得以成功地将波斯人阻挡在海湾对岸——目前是这样。"

马克西安问:"所以,你打算用这件神物助希拉克略消灭围攻君士坦丁堡的敌人?我猜,我们的舰队会运载数千士兵去守卫君士坦丁堡,同时劝说野蛮人放弃围城。"

"也可以这么说,"盖伦带着笑意说,"我们会说服他们放弃攻城。但是,真正的敌人并非这些游牧民族,而是波斯。只有打败波斯,罗马帝国才会有真正的和平——东西罗马共享的和平。你的计划不错,弟弟,但是还不够大胆。通过书信,希拉克略和我已经达成了一致,要做,我们就要做得彻底,永远地解决他们。"

圆形神庙里寂静无声。月亮垂在橡树和紫杉的枝头下,淡银色月光洒满神庙。马克西安可以清楚地看见两位兄长。他忽然感觉发冷,在奥斯蒂亚船厂里的那种感受又回来了。他拉紧身上的短披风想把自己裹得更严实些,手指却微微发抖。风渐渐平息。

"我的东罗马皇帝朋友提议罗马城和君士坦丁堡——也就是说东西罗马——应该先发制人进攻波斯,我赞成这一提议。如果我们成功了,就不再需要什么条约、边境协定和进贡,波斯将永远臣服于罗马帝国，成为帝国的一个行省。到那时方能实现真正的和平。"

马克西安咳嗽一声，莫名的恐惧让他喉头发紧。不知道为何，他有种难以言语的感觉，但最后还是开了口："大哥，这是个……不明智的计划。西罗马才刚刚开始从瘟疫和上一场内战带来的阴影中恢复元气。没错，眼下西罗马是比较平静，但百姓们都还没喘过气来，军队亦有待重建。帮君士坦丁堡解围？好吧，我承认这是必须的。可是，说到攻打波斯本土？那简直是疯了……"

马克西安咳嗽着站起身，感觉一股强大的压力向自己压来，比他长兄愤怒的黑脸带来的压迫感还要强烈。马克西安举起一只手，集中精神。他的脑海中充斥着各种混乱不安的影像。他在心中默念阿斯克勒庇俄斯冥想咒，当熟悉的咒语浮现在脑海中时，混乱的影像和压力开始退去。不过，他感觉到压力虽然有所减小，但并未完全消失，只是保持在一定的范围和强度内。

他强打精神接着说道："波斯幅员辽阔，军事力量雄厚，其本土已有数十年没有过战乱。科斯洛伊斯是个强大的君主，手下有一大帮能臣干将。即便是与罗马相比，其帝国财力亦十分雄厚。要攻打这样一个帝国，你需要的是数万乃至数十万的兵力。然而，自从瘟疫过后，西罗马的各个城池几乎都空了一半，东罗马的情况也好不了多少。你要如何在不削弱对野蛮人的防御的情况下筹到这么多的兵力呢？"

盖伦用力地点点头："这个问题算是问到点子上了，弟弟，这几天我和奥勒良也一直在思考这个问题。我们计算了一下：我们可以派一支大约六万人的临时军队到东罗马与希拉克略协同抗敌——你也可以称这支部队为'在同一面军旗下战斗的人'。啊，别着急，这点我们已经反复认真思考过了。"

皇帝站起来，来回踱步，凉鞋踩在神庙的大理石地面上轻轻啪嗒作响："在整个西罗马，从非洲到潘诺尼亚再到不列颠，现在一共驻

第十一章

扎有十四个军团。除此之外,各地还有一些其他的卫戍部队,而且非洲和赫马尼亚的一些部落可以算作盟友。根据骑士总部的数据,西罗马目前有超过十万现役官兵。现有的军团部署不动,我们会从中抽调一些精英部队。同时施行奥勒良提出的'征兵'策略,用新兵补充军团里被抽调后留下的空缺。这样,当远征军在东边作战时,留在西罗马的老兵就又能训练出一支完整的军队。"

马克西安惊讶地摇摇头:"你打算到哪儿去找那六万个年龄和性格都适宜的公民来入伍呢?别忘了,大哥,我一路跟着你从萨贡托走到米迪奥拉努姆①再来到罗马,亲眼见过那些人去楼空的城池和荒废的土地重新变成了森林。"

奥勒良咳了一声,似乎有话要说。盖伦微微转过头看着他,月光在盖伦的脸上投下阴影。他示意弟弟继续。奥勒良在身前握紧双手,说:"我们,呃,我们这次不打算征召公民入伍,而是,呃,考虑的奴隶和无公民权的阶层。"

马克西安缩了一下,仿佛被人打了一拳。从他来到神庙起便有的那股神秘压力骤然暴涨,头又热又痛,有种不堪重负的感觉,四肢无力而且说不出话。他沉默着没有说话,意志在体内与这股压力抗争。他感觉自己仿佛飘浮在夜空中俯视着神庙,看着黑暗中坐在兄长们对面的自己。有那么一瞬间,他看到大量旋转的烟雾和暗火从他们三人身上冒出来,往四周的陆地和海洋席卷而去。烟雾中,无数模糊的面孔和幻影翻滚着。

紧接着他感觉有什么东西爆炸了一样,那股压力消失了。

"奴隶?"好不容易能开口了,他低哑着嗓子问,"这个消息会在元老院掀起轩然大波……"

盖伦笑了笑,牙齿在月光下闪光:"比起奴隶和无公民权的阶层,

---

① 米迪奥拉努姆(Mediolanum),就是今天的米兰。

他们更关心波斯的金银珠宝、土地和军事指挥权。奥勒良这个计划的好处在于，它招的不是志愿兵，各行省和城市都有份；而且，既然这次征兵并非针对公民，他们必然会给予全力支持。只要服完兵役，西罗马的这六万新兵就有完全不同的人生，这种改变不只是现在，而且是长远的。"

马克西安摇摇头："不明白。服完兵役又怎样？"

"呵，届时他们不但能成为公民，还会有土地和钱财的赏赐。弟弟，有了这新一代的罗马人，那些人口萧条的城池便又能恢复往日繁荣。这些人会忠诚于我和我们的家族。"

马克西安不屑地哼了一声："从奥古斯都时代至今，军团从没有不忠诚过。今天的西罗马军团效忠的就是你，皇帝陛下。你所谓的换血，完全没有必要。"他停下来，透过朦胧的月光看着兄长们。

"我并不赞同，"他继续说，"你和东罗马皇帝的这个计划。你的付出会比你眼前所看到的更多。只要君士坦丁堡一解围，东边的战争就会结束，波斯人就会滚回老家，和平便能再现。如果你实在担心埃及那边，你大可以直接派兵过去。"

盖伦举起一只手，摇摇头："即便你反对，弟弟，我们仍然会坚持这个计划。比起野蛮人和埃及的问题，其实还有一些更重要的问题必须解决。我心意已决，我将亲自前往东罗马，与希拉克略合力消灭波斯。"

马克西安无奈地耸了耸肩，在他看来，这样做的结果只会生灵涂炭。"既然这样，好吧，我无话可说。"

第十二章
尼罗河上

静静流淌的河面上倒映着金灿灿的太阳。在长长的河道中，小船驶在碧绿的河面上，船头坑坑洼洼的木头和柏油绳激起层层微波。迪林的腿在水面漩涡上空仅数英寸的地方肆意摇晃。火辣辣的阳光照在身上，仿佛盖着一床厚毯子。他没有睁眼，但冥想依然能让他看到眼前的一切：河岸慢慢往后退去，好似一幅闪闪发光的深黄褐色图画；深蓝色暗流在地底深处涌动。他把一只手轻轻放在拉索上，感受船体在水中的起伏荡漾。一股波动仿佛暗绿色雨水从拉索上流下来，传递到他手上，那是水手们在甲板上走动引发的颤动。

独桅三角帆船已在尼罗河上北行三日，蜿蜒的河道边有许多被淹没的陵墓和古老王国遗留下来的废城。一片片荒漠在河边铺延开去，冲刷着东岸上的城镇和其中的百姓赖以生存的一条条狭窄农田。

梦见鹭首人已是两周前的事了。这期间迪林一直与尼斐德作伴，从小老头儿那里见识到了奇迹，也认识了魔法师修炼的种种神秘仪式。刚开始迪林很害怕，他意识到自己所接触的这一切连学院里的学徒都不曾见过。火和风的秘密，还有土地所蕴含的迟缓却坚硬的能量，都在他眼前一一展现。内心深处有一股力量不断地奔腾，偶尔侵入意识中,就像很多看不见的鸟叽叽喳喳地叫。白天,他尽量让自己不去注意在船长和水手们身上闪烁的能量环,但在这些闪光的能量下,船上的甲板和索具都好像消失了似的,他只得低头去看那些在起伏的蓝绿色河水中一闪一闪的小鱼。

行驶六天后,河面变得开阔。从特阿莎开始便耸立在峡谷两岸的高山退到了遥远的地平线上。农田越来越多,一直铺到河岸。河道里出现了更多的船只。打磨得光滑流畅的长长的大划桨船在他们旁边穿梭往来。船上桨手们弓着背,颗颗汗珠在阳光下闪闪发亮。城镇越来越密集,西岸上可见大片大片的遗迹。越过橄榄树和棕榈树顶,可以望见后面的宫殿、神庙或陵墓的光秃秃的白墙,几乎无处不在。

第九天夜里,小船停靠在东岸一个热闹的村庄旁。船长和水手们把船拴在从岸边突出来的一个石桩上。除了一人留守船上,其他水手们都下船去了,嬉笑着往灯火通明的城镇走去。迪林站在船尾高高的甲板上目送他们远去,水手们身上的光芒在泛着蓝紫冷光的沉睡树林中时隐时现。他眨了眨眼,转回目光看着淡淡星光下河岸边茂密竹林的缺口。留守的水手在甲板尾部一块席子上坐下来,靠着操舵轴,很快便打起盹来。

迪林在黑暗中独坐了很久,感受身边河流和土地的呼吸。风、岸边的岩石、树木在他耳边低声喃语,从深水中缓缓游过的鳄鱼闪闪发光。黑夜守护神从西方升起。迪林的意识渐渐模糊起来。他斜躺在甲板上,灵魂离开身体飘到半空中,没有了先前对意识之眼的刻意控制,眼前的景色一览无遗。

地面上光线微暗。太阳神的舟船一进入冥界,树林和低矮的灌木便变得模糊。在船背后的农田里,牲畜躺在随风摇摆的树下睡得正香,身上跳动着暗红色的火焰。迪林的灵魂在空中慢慢盘旋着升高,眼前的土地正在沉睡,就连地底深处的涌动也变得悄然无声。绿光莹莹的河水缓缓流向北方,一道道蓝紫色的波浪轻轻涌动。他转身看向西岸。

西岸上一片冷冷白光,他受惊地往后退了一下。一座塌落的山峰耸立在棕榈树和高高的锯草后面,发出如珍珠般的亮眼光芒。山脚下有一座很大的城池被镀上了银白色的轮廓。迪林把自己藏在雅典娜之盾后面,将精力全部放在回忆咒语上。在刺目白光下支离破碎的灵魂重新凝聚。他往西岸飘去。

来到岸边时,他停下来,保护盾在那白光的重压下,已然变形。他定了定神,从河中吸取能量。父神哈比神①迟缓却雄厚的力量进入他的身体,保护盾开始变大,光被挡住了。迪林在心里笑了笑,穿过了河边的元素屏障。岸上的砾石被踩得嘎吱作响,他吃惊地停下来,抬起双手看了看,这双手宽大而结实。他的腰上围着一条有褶的白色亚麻短裙,脚上穿着精致的皮革凉鞋,一把沉甸甸的短刺刀挂在腰间。他甩了甩头,身后是长长的发辫,伸手一摸,原来头发被一块薄金属发带扎起来了。

他轻声走过树林,惊讶地发现外面是一条大道。他回身向河边望去,一个被方尖石碑围起来的大码头延伸到河中。他转回身,眼前的这条路一直蜿蜒到塌落的山峰,残破的斯芬克斯和狮子雕像陪伴在道路两边。他快步向前走去,来到一个高大的拱门下。拱门上雕刻着众神与诸王的面孔。他停在拱门下,暗金色石块衬得他手上的肌肤格外苍白。在拱门的另一边有一条狭窄的石板路,路两旁修建着一些庞大的庙宇,庙里立着一排排巨型石柱,很是壮观。那座坍塌的山峰就在这些庙宇的后面,清晰可见。用花岗岩和砂岩修筑的一级级石阶从山脚直通山顶。有三分之一的山顶下陷,仿佛曾经被重击过。

迪林穿过拱门,但没走几步就无法再前进了。一阵刺骨寒风吹来,他踉跄着往后退了几步。一个身影出现在拱门后面。

---

①哈比神(Hapi)是尼罗河的古老神祇。

"这不是你该来的地方，"这个声音仿佛石头摩擦声一样刺耳，"还不快回到生者的国度去！"

山上发出的白光模糊了迪林眼前的景象。他摇摇头继续往前走。对方抬起一只大手，手指弯曲，但看不清形状。迪林眨眨眼努力辨认，看到一颗狼头，狼头上一双红眼炯炯发亮。那只手依然举着，手指大张。一阵轻微的颤音响过，迪林感觉自己被分解了，四肢消失了。这时不知何处传来一声尖锐的爆裂声。

迪林猛地惊醒，发现自己仍然置身于甲板上，耳边传来水手们的喧闹声。他们已经从村子回来了，葡萄酒加上用玉米酿的酒，一个个喝得酩酊大醉，在甲板上东倒西歪。水手们身上摇曳的蓝色火焰在浅黄色甲板上蔓延开来。迪林滚到一旁，身子瑟瑟发抖。他闭上眼，但没有用，不，应该说，意识之眼反而看得更清楚。黄蓝色的火焰越燃越近，火中传出低沉的乐音，仿佛雨滴般浮在空中。迪林呻吟一声翻了个身，心里的痛苦化作一片暗紫色蔓延到黄色甲板上。黄蓝色的火焰被逼退了，迪林躺在一片不断延伸的紫色海洋里。

第十三章
罗马城，德奥列里乌斯公馆

迪亚蒂丝从阿纳斯塔西娅公馆楼上下来，耳边传来动听的歌声。一群年轻的奴隶在中庭里歌唱，欢迎参加晚宴的客人。放着波塞冬神像的大厅此时人山人海，觥筹交错，谈话声和酒杯碰撞的清脆响声回荡在大厅上空。谢天谢地，本地的贵族们——银行家、议员、军团指挥官及其家眷们（包括妻子、娈头、情妇或娈童之类）——丝毫未注意到她。阿纳斯塔西娅的女仆们在她身上花了几乎一下午的时间：卷发仿若金红色的云彩，柔软地垂在脸旁，在身后发梢处用深紫色丝带绑住，丝带顺着后背垂下去；精心打造的妆容让她的嘴唇、眼睛和脸型更加美丽动人。

身上是一件全新的长袍，款式与第一天见面时阿纳斯塔西娅所穿的精美丝绸衣服相似，料子选用最上等的亚麻，面上再覆盖一层丝质薄纱，深绿色长袍上点缀着绝美的金色和蓝色图案。脚上穿着小巧的金色舞鞋，缠绕在小腿上的精致铜线勾勒出腿部曲线。胸口坠着一条天蓝色和深金色的项链。穿衣的时候，迪亚蒂丝悄悄把飞刀和勒杀绳藏在身上，服侍她的奴隶并没有注意到。有这些东西在，她略感安心。她穿过内花园，挤过已经站到海绿色大厅前的台阶上的人群，往房子后面的大花园走去。她灵活地避开端着一盘盘蜜饯果子、冰冻果子露、穿在银签上的烤肉片以及撒上糖粉的鹌鹑肉冻跑进跑出的仆人们，穿梭在高声交谈的人群中。

在吊灯下，大花园中的树木变得红彤彤的。走道两旁放着火把。较年轻的客人们身着盛装聚集在装饰水池边上，家奴们举起手中的双耳陶瓶给客人们斟酒。两个打扮成角斗士的男人从她两边擦身走过，发型和娇嫩的手泄露了其贵族子弟的身份。其中一人伸手在她右胸上摸了一把，正要抽回手，迪亚蒂丝如闪电般抓住他的大拇指用力一扭，一声骨裂声传来，贵族青年跌倒在朋友身上，痛得无法说话。站在梨树下暗影处的一些青年男女低声议论起来。迪亚蒂丝不动声色地继续往前走。走过装饰池便是一条隐秘僻静的幽巷，包围在用玫瑰和风信子搭建的高篱笆和格子架中。花园中的这座毕达哥拉斯式迷宫可是耗费了阿纳斯塔西娅的园丁们长达数年的光阴。

待到喧嚣明亮的房子出了视线范围，迪亚蒂丝才松了口气。月亮渐渐圆满，在暗淡的月光下，她小心地穿过迷宫。四周有细微的啜泣和呻吟声。她不止一次从走道上那些半遮半露的男女身边跨过。最后她来到了迷宫的正中心。这里有一个小小的大理石水池，一座青铜打造的农牧神雕像立在池中。池边面对面放着两张躺椅。待在女主人公馆里的这段日子里，她时常跑到这里来躲避屋子里那种微妙紧张的气氛和阿纳斯塔西娅给她安排的训练。

她摸黑走到躺椅前坐下，长舒了一口气。舞鞋的确很漂亮，但对她的脚而言太紧了。她解开金色鞋带，小心地把鞋子放到一旁。她轻轻揉捏着脚，脚上起了水泡，痛得她不住地抽气。四周一片黑寂，各种念头从脑中飞闪而过，仿佛夜间扑闪的飞蛾。

"或许，我该离开这座城市远走高飞，去到没这些烦心事的地方……"

"我也时常这么想，几乎天天想。"一个低沉的声音传来。

第十三章

迪亚蒂丝僵住了，慢慢转过身，才发现躺椅的另一头还坐着个人，其身形几乎完全与黑暗融为一体。迪亚蒂丝后颈上的汗毛直立，鼻翼翕动。她以为自己已经够警觉的了，没想到，从她来到这里一直到刚才，居然完全没发现这个人就坐在离她仅三英尺远的地方。

"抱歉，"她说，"我以为自己只是想一想，没想到就说出来了。"

"别介意，"对方答道，低沉的声音中透着疲惫，"如果我在这儿打扰了您，我这就走。"他动了动，伸出一条腿，靴子踩得砾石嘎吱作响。

"别，"她很惊讶自己会这么说，"您没有……打扰我。房子里、草坪上的人都太多了，我待不下去。"

他笑了，笑声醇厚仿若河水流过："我讨厌人多，尤其是像今天这样的，全是不想看到却又偏偏老是看到的那些人，总是喋喋不休地说谁又怎么了谁又怎么了。啊，还有女主人，那位亲爱的夫人，这个……圈子里的一位地位崇高的夫人……一位欲望过于强烈的夫人。"

黑暗中，迪亚蒂丝笑了。"这么说，您认识她？"她说。

"相识多年！她总想让我也成为追随她的那群青年才俊中的一分子。怎么，您的脚受伤了？"

迪亚蒂丝眨眨眼："噢，都是这鞋弄的。新鞋子，我……我穿不惯。"

"能让我看看吗？"他轻声问。黑暗中，迪亚蒂丝感觉到一双有力的大手碰到自己搁在躺椅边上的右脚。

"我在神庙里学习过，对止痛有一套。"

"您的声音听起来可不像祭司，太年轻了。"她虽然这么说，但还是把双腿都放到了椅子上。对方的手指温柔地抚过她的脚趾，从脚背滑过。

"我小的时候，有一些学医的天分，"他说，"于是我母亲便让我学习医术。我想，她是希望我不要走父亲从政的老路。但我恐怕让她失望了。如今我所有的时间都花在政务上了。"黑暗中，悦耳的笑声再次响起。迪亚蒂丝仰靠在厚厚的篱笆树叶上。对方用手在她疲惫的肌肉上来回揉捏。

"很舒服。"她懒懒地说，"为夫人工作同样很戏剧化。刚开始，有人告诉你说只需要做一件你很享受又很擅长的事就好，但第二天就变成了你很讨厌的事。很多时候，她都有让人发飙的本事。"

"然后下一秒她又变得亲切和蔼起来，"他说，"希望我之前对她的评价没有让您不愉快。"

"不！"这下换她笑了，"您说得简直再准确不过了。一旦有任何事情没有安排妥当，她就会生气。但她所谓的'安排妥当'的定义，却是一天一个变……哎哟！"

对方的手停下了动作，轻轻试探她的痛点。一阵轻微的声音传来，仿佛蜜蜂的嗡嗡声，一道光从他的手和她的脚之间一闪而过。一种刺麻的感觉从脚传到腿上然后传到头顶，迪亚蒂丝倒吸一口气。刚才那道光闪过时，她瞥见了一头乌黑长发，浅浅的胡楂和高挺的鼻子。然后四周再次陷入黑暗，甚至比之前更黑了。

"抱歉，"他轻声说，"您的脚很久以前受过伤吗？比如说割伤，或者踩到了什么尖锐的物体？"

"没错，我在马厩里踩到了一颗马蹄钉，当时刺穿了整个脚掌。"她回忆起那段高烧不退的漫长日子，强迫自己镇定，"不用管它。"

"让我帮您彻底治好它吧。"他平静地说。

"怎么会？很多年前就已经好了啊。"

对方用精心修剪过的指甲划过她的旧伤处，顺着小腿来到膝盖。他的触摸让迪亚蒂丝倒吸一口冷气，疼的不止是腿。

"感觉到了吗，"他说，"旧伤留下了一个肿块。如果您愿意，我可以帮您治好。我向您保证，没了这个肿块您一定会感觉大不一样。旧伤这种东西，就算您看不到，仍然会影响身体的平衡，从而引发一

第十三章

些病痛，比如莫名其妙的头疼、头晕目眩、呼吸短促等……"

迪亚蒂丝屈起双腿，很长时间没有吱声。祭司仰靠在对面的篱笆上，同样沉默着。即使这魔法能治病，她也觉得不安。把自己的身体完全交给一个陌生人——即使对方很有礼貌——她也觉得是一件难以接受的事。这时，她想起了阿纳斯塔西娅的抚摩。最终她带着莫名的不安开口道："不用了，谢谢您。我觉得这可能……不太合适。"

"没关系，夫人，这种事情的确比较私密。"

我不是什么夫人，她在心里说。这时，暖黄色灯光洒进池边的小空地，照在农牧神像上。迪亚蒂丝眨眨眼，拾起自己的鞋子。在灯光下现身的祭司半眯着眼斜瞥着那个拿着半罩着的灯走近的纤瘦身影。

"嘿，克里斯塔，好一阵子没看见你了。"

"殿下，"阿纳斯塔西娅的女仆深鞠一躬，"我的女主人让我来找您。晚宴就快开始了。她邀请您与她共进晚餐。"

年轻男子沮丧地摇摇头，但还是站起身来。借着油灯的光，迪亚蒂丝终于看清了对方的模样：身材高大，四肢匀称，长长的黑发用一根发带绑在脑后；穿着哲学家的袍子，看起来却像运动员。他转身面对迪亚蒂丝，伸出一只手想扶她起来。克里斯塔迅速挤进两人之间的空隙，迷人地一笑，说："请吧，殿下，时间不早了。"

祭司微微蹙眉，跟着她走了。一直到穿过人工洞室的入口，克里斯塔都还在喋喋不休地说着宴席上的蜜饯果子。灯光在篱笆上晃了一下便消失了。黑暗回到四周。淡淡的月光重回大地，在农牧神像上反射出银光。

迪亚蒂丝看着手中的鞋子想了想，把它们放回砾石地面，开始了复杂又漫长的系鞋带工作。

上百个奴隶沿墙根一并排开打着扇，屋子里所有窗户全部大开，可是餐厅里依然酷热难耐。从厨房通往客人们用餐的数个房间的走道边上有一间凹室。迪亚蒂丝站在凹室里，借着帷幕的遮挡，看到阿纳斯塔西娅及其仰慕者们坐在主餐厅里的一排沙发椅上，年轻的祭司坐在女主人身边的尊位上，女主人故作笨拙地作势要喂给他吃鳗鱼冻。他们的谈笑声盖过了其他客人的声音。迪亚蒂丝摇摇头转过身去。

"原来你躲在这儿！"克里斯塔怒气冲冲地冲进小小的凹室，一脸的不满。她手上端着一盘刚切好的新鲜水果，水果在铜盘上摆成亚加亚地图的形状："你不是应该在那边陪女主人招待客人吗？"

迪亚蒂丝从帷幕缝里扫了一眼。"我看夫人一个人也没问题。"她冷冰冰地说。

克里斯塔把盘子放到壁架上，揉揉肩头。

"那就不是女主人该做的事，是你的活儿，"她咬牙切齿地说，"原计划是让你扮作她光鲜亮丽的神秘侄女。你才应该是那个佝着腰笨手笨脚拿鳗鱼冻的人。"

"我？"迪亚蒂丝反问，"过去这三周你也看到了，我讨厌扭扭捏捏卖弄风骚。用你的话说，我脑子反应慢，对音律更是一窍不通。"

"我是个奴隶，你这个笨蛋！就算我上得了亲王的床，但你觉得我能嫁给他吗？可能吗？"克里斯塔怒不可遏地一通斥骂，束腰外衣有点凌乱，她重新拉好肩带。

迪亚蒂丝不解地望着她："亲王？"克里斯塔翻了翻白眼，小心地拉开帷幕，指着餐厅里阿纳斯塔西娅坐的沙发椅。

"就是他，你这头笨母牛，你在花园里遇见的那个人。你知道，刚开始我还以为你真有些手段，趁着大家还不知道他已经到宴会的时候找机会与他独处。不过，现在看来，你连他是谁都不知道……"克里斯塔一脸失望地坐在墙边的一个小凳上。

"密涅瓦保佑。你简直是太……太……我都不知道该怎么说你！我们跟你说了那么多——完全是对牛弹琴！"克里斯塔拈起一个雕刻成微型希腊神庙的李子啃起来，"看来这计划根本行不通。"

第十三章

迪亚蒂丝目瞪口呆地望着餐厅。她一脸震惊地回头问克里斯塔:"那个就是亲王?夫人这几周绞尽脑汁,就为了让他来参加宴会,让我像只被当作奖品的奶牛一样在他面前走来走去?"

克里斯塔点点头:"也可以这么说。"

"他是个祭司!"迪亚蒂丝怒吼道,"居然让我去勾引一个祭司?这是违法的!我会被抓起来关进地窖里活活饿死!"

"小声点儿!你说的那个只针对维斯塔贞女[①]!"克里斯塔啃着第二个李子,压低嗓子说,"女主人说什么,你就得做什么。虽然你作为她家族的一员受她'保护',但你还是得为她工作。今晚你的任务就是牢牢吸引那个年轻男人的注意。如果女主人所料无差,他会是下一任皇帝。到那时你就是皇后了,当然,前提是你能成功嫁给他——依我看,那有点难。"

"我才不想当什么皇后!你这个平胸的卑鄙小人!我只想干老本行,那才是我喜欢的!"

"哟哟,正气凛然的大小姐,这是你欠女主人的,所以我建议你还是理理头发,在你那张胖胖的土包子脸上挤挤笑容,在她等你等得不耐烦转而与一群小男人狂欢之前现身。要不然,你就等着被卖回市场,让上百个陌生人把你从头看到脚吧!"

迪亚蒂丝眯起眼,伸手把克里斯塔按到墙上,靠近对方露齿一笑。

"你别忘了我是干什么的,小丫头!"她轻声说,"不要再用欠债或者我的过去来威胁我,否则,我会让你在马克西姆下水道里好好享受游泳的乐趣。"她轻轻松开克里斯塔,让对方站直,"拿好你的盘子,别掉了。"

[①]维斯塔贞女(Vestales Virgins)是侍奉圣火维斯塔女神(Vesta)的女祭司,因奉圣职的30年内须守贞而得名。

克里斯塔微微蹙眉，理了理外衣。迪亚蒂丝以为这个小女人要反击，但没有，克里斯塔只是摇了摇头。

"你可以去和女主人讨论讨论这个问题。"克里斯塔说，双眼闪闪发亮，说完就离开了。

凹室地板上放着一个柳条篮，篮子里装了些用草料包裹起来的酒壶。迪亚蒂丝弯腰从中取出一壶，用指甲挑破壶口的蜡封，痛快地喝了一口。这是加入松树脂的希腊浓酒。她又喝了一口，放下酒壶，理理发型，拉好罩衣，戴好所有手链、手镯之类的首饰。一切准备妥当之后，她拉开帷幕回到走廊上。

"讨好亲王，"她想，"引诱亲王，好吧。"

第十四章
尼罗河入海口

时间又过了三天，独桅三角帆船驶入三角洲地带拥挤的水域。成百上千艘船、驳船和木筏在尼罗河主干道上来往穿梭。三角帆船穿行其间，灵活地避开装载巨石的驳船和帝国政府的三层大划桨船。一股清凉的风带着海洋的气息从北方吹过来，终于让人能在这个昏昏欲睡的炎热正午喘上口气。能以这样的速度到达首都，船长很满意。

他粗声粗气地冲懒洋洋的手下们发号施令。黄昏时分，船来到了法瓦村附近，河道在这里豁然开阔。亚历山大水道的花岗岩船闸耸立在西岸。此时天色已晚，船闸附近很空。船长嘴里嘀嘀咕咕说着感谢旅人保护神之类的话。小船倾斜着穿过拱形船闸下的阴影。船闸从尼罗河中分出一条笔直的水道，水道穿过亚历山大港中心后汇入更大的军用港口。但是，此道一般只容军舰通行。指挥着小船穿过第二道巨型港池闸门，船长靠在舵柄上抿着嘴沉思。

旅途快结束了。他本想先把从南方带来的货物卸在商业港口的商会仓库，但那个从魔法师学院来的男孩一直昏迷不醒，嘴里说着胡话，他只得改了主意。船长挠挠剃过的脑袋，若有所思地望着岸边密密麻麻的棚屋和摇摇欲坠的红砖房。小船抢风调向，迎上从入海口涌入的逆流。

　　船长让大副接过舵柄。他顺着一个窄楼梯来到后甲板下面一个低矮的房间。那男孩裹着毯子躺在后墙边，双眼睁开却没有焦距。船长摸了摸男孩儿的额头，又湿又烫。船长摇摇头，在他的束腰外衣上擦了擦手指。老魔法师要求把这个男孩儿送到可以俯视亚历山大的第二港口的大军营去。但是，他的船无法直接进入军用港口，只能先从裁弯段河道航到商业港口，再从两个港口的外围穿过法罗斯岛迂回进入军事港口。

　　他在甲板上轻敲着手指。"那样的话，时间太长了，而且还得多付码头搬运工一笔加班费，否则就只能等到第二天早上再卸货了。"船长甩甩头清了清思绪，不悦地看着那个裹着毯子瑟瑟发抖的男孩儿。"我得想想其他办法。"他想，然后他爬回了甲板。

第十五章
普塞密斯学院

厚厚烟雾笼罩在亚历山大港,透过烟雾望去,太阳正在徐徐下落,从金色逐渐变成红铜色。在遥远的南方,此时最后一缕阳光还在艾哈迈德房间里的灰白墙壁上恋恋不舍。年轻的老师躺在小床上,脚搭在床尾木栏杆上。天色渐暗,他轮廓分明的脸焦虑不安,一双清澈的褐色眼睛盯着在凹凸不平的墙面上游走的金色光束。那光束朦胧美幻,但他的心情却轻松不起来。最后,他实在无法消除压在心头的强烈不安,只得坐起身来。

"以前我觉得这样很不错,"他心想,看了看四周,"这不是我一直喜欢的吗?"

他来到窗前站立,手扶在旧的深色木窗棂上。这时太阳转到了西山后,渐渐灰暗的天空中,薄薄的云彩被泼染上深紫色与红色,瑰丽无比。星星开始崭露头角。从荒漠刮来的风送来了橄榄树和香花薄荷的微甜气息。窗下厨房里又传出了熟悉的说话声。男孩们下课了,从院子里跑过,往食堂去了。

艾哈迈德低头看着孩子们的身影在深蓝暮色中穿梭,孩子们身上的白色束腰外衣闪着微光。食堂里淡淡的黄色灯光照着走进食堂的孩子们。他在窗前伫立良久,直到黑夜完全赶走了夕阳的余晖。食堂里传出师生们的交谈声,所有人都在食堂里。纷扰许久的思绪渐渐回归平静。经过很长时间后,他终于作出了一个注定会有的决定,心里不再烦忧。

年轻老师转身回到黑漆漆的房间。无须点灯他便准确无误地摸到了当初他晋级为三级魔法师时老家村子送给他的杉木柜。打开凸起的青铜扣钩,他把里面的东西一件件拿出来。此刻他的呼吸已经平稳,肩上的压力似乎也没那么重了。

第十六章
亚历山大港

夜色中,小船静静航行在水道里。水手们站在船头与船尾,撑着加长杆防止船撞上两旁摇摇欲坠的砖房。他们已进了城区,周围都是三两层的小楼,楼中透出的灯光在河面上闪着粼光。四周传来成千上万人的喧闹声。船长又来到舵柄旁,他的脸在两岸酒馆与客栈发出的灯光中若隐若现。他此刻心情颇佳。那些广袤的荒漠已在身后远去。

他之前悄悄和大副讨论过那个小魔法师的事情,大副给他出了个简单的主意:在军用水道与民用水道交汇处有一道防御闸门,军团派了一支小分队驻扎在那里负责检查进入军用港口的船只,把男孩儿留在那里是最方便的,分队队长自然会把他送去合适的地方。

透过弥漫的烟雾,船长看到前方熊熊燃烧的火把,那应该就是闸门所在。事实的确如此。小船绕过停泊在水道一侧的一艘驳船,慢慢转过弯,两个塔楼和高高的船闸即出现在眼前,火把和放在船坞旁边的火盆将船闸周围照得亮如白昼。此刻船闸紧闭,光滑的铁吊闸也拉了上去。

"当心船坞!"大副冲着撑杆的水手们大喊。水手们弓着身子摇副桨,拼命把船往回拉。船斜斜撞到船坞头部,响起嘎吱嘎吱的摩擦声,撑杆的水手们稳住了船身。船长从舷缘下到船坞上。船坞的石面被常年冲蚀,长满青苔。

在火盆和一块十来英尺长的空地后面,东边的塔楼脚下有一个卫兵室。明亮的火把下,两个军团士兵坐在三脚凳上,栗色披风扔在一边。他们抬起头,摇曳的火光照在眼睛上,一脸胡须编成了长长的小辫。看见船长走过来,左边的士兵立刻站起身。摇曳的火光拉长了船长的身影,让他的双臂看起来犹如神庙里的石柱一般轮廓分明。士兵走上前来,要求来人亮明身份。

"您好,尊敬的军爷。"船长用尽量流利的希腊语问候道。

士兵咕哝了一句,把头转到一边。船长低声诅咒。帝国难道不能派些至少能说点文明语言的士兵来亚历山大吗?他先是指手画脚地比画了老半天,最后连呼带喊地才让卫兵明白他是想说船上带来了某样东西。

与此同时,大副把迪林的披风和旅行袋都搜了个遍,拿走了里面的食物和一切稍微值点儿钱的东西。先干完这头等要事,他才用毯子裹住男孩带到甲板上。船长正焦头烂额地跟对方交涉,那两个白肤金发的大汉哈哈大笑,跟他对嚷。大副把男孩带上前去,船长把男孩交给块头比较大的那个士兵,把装着入伍令的袋子在他们眼前晃了晃。

在第二堤亚纳军团当压阵者①的塞门德诧异地瞪着那两个从船上走下来又回去的小个子黑人的背影。刚开始他还以为他们是来兜售商品的本地商人,他坦白告诉他们自己所有的钱都在昨晚的赌博里输掉了,但他们看起来根本没听懂。他不解地摇摇乱蓬蓬的脑袋,打开他们丢过来的那捆东西。队友斯洛弗格站在他旁边颠来倒去地看那叠纸莎纸,试图搞清楚上面那些长条形的日耳曼文字。

"嘿!哥们儿,"塞门德翻开被虫蛀咬得破烂不堪的毯子,露出

---

①压阵者(ouragos):罗马军团中十人队里的一个角色,通常殿后。

第十六章

满脸通红流汗不止的迪林,"他们居然丢了个弃儿给我们!"

斯洛弗格大吃一惊,连忙过来看个究竟,那孩子梳着金红色发辫,跟他一样,一看就是个北方人。他抓着胡子里的跳蚤想了想。

"会不会是其他哪个弟兄的孩子?"他猜测道。

"我没见过。"塞门德一边说一边抱着男孩儿往卫兵室走去。走进被烟雾熏黑的狭小房间,他把男孩儿轻轻放在值班睡觉用的小床上,打开从男孩身上取下来的毯子给他盖上,把脚那头的毯子掖了掖。然后他一脸不解地看着斯洛弗格,把指关节捏得咔嚓作响。

"我们得向小队长汇报此事,"他说,"我去放哨,你去告诉塔佩罗兹。"

斯洛弗格点点头,随手把纸莎纸卷扔进小小壁炉旁边放柴火的框里。他爬上卫兵室后面一段狭窄的楼梯,来到一扇坚固的木门前。他在厚重的条纹木门上使劲儿敲了一会儿,有人拉开了门上与视线齐平的观察窗上的小金属盖。

"嗬!塔佩罗兹,"斯洛弗格咕哝道,"告诉小队长来访客了。"

塔佩罗兹在门里头嘀咕了一声,"砰"地一下又把观察窗关上。斯洛弗格耸耸肩,慢慢爬下楼梯。塞门德已经回到船坞哨岗上去了。斯洛弗格走过去查看男孩儿的情况,翻开他的眼皮看了看,男孩儿轻轻呜咽了几声。日耳曼人继续站岗去了。

过了一会儿,只听"咔嗒"一声响,里面的门开了,迈克尔佩洛斯打着哈欠摇摇摆摆地走出来,来到船坞边。斯洛弗格和塞门德冲着这个希腊人咧嘴一笑。希腊人昨晚喝得太多了。迈克尔摸摸自己瘦巴巴的伤疤脸,提了提挂着剑的腰带。

"你们这两个白痴,傻笑什么?到底有什么事?"他操着蹩脚的拉丁语凶巴巴地吼道。

塞门德向后指了指卫兵室:"有你的包裹。"

迈克尔对着两个斯堪的纳维亚人皱皱眉,走了回去。外面两人听

97

见里面传出他的咒骂声。他又钻了出来，显然觉得一点儿也不好玩："扯淡！我是希腊人，但那并不代表我就喜欢小兔崽子。"

斯洛弗格又笑了起来，笑声像骆驼叫。塞门德也笑了，但他注意到小队长的脸开始气得发红。他赶紧捅捅身边兄弟的胳膊让他住嘴，然后把事情经过一五一十告诉了小队长。

"哈，"迈克尔想了想说，"一个弃儿，也许不是公民身份，还是个病秧子。好吧，在这儿我们也不能为他做些什么。我会派人去问问百夫长怎么处理。"

几个时辰后，来了两个随军的医生带走了男孩儿。那孩子还在发烧流汗，对发生的事一无所知。当时塞门德和斯洛弗格已经站完岗了，所以没有看到他离开。后面来换岗的哨兵拿与男孩一起送来的纸莎纸点了炉火。

第十七章
天鹅别墅

阿纳斯塔西娅夸张地呻吟着,招招手,示意女仆给她额头上重新换条凉布。"这天儿太热了,"她抱怨道,"简直就像伍尔坎①的火炉。"

迪亚蒂丝坐在她旁边的矮凳上,拿眼角瞥了瞥克里斯塔。跪在女主人身旁的女奴熟练地从冷水罐里拿出一块布,冲她翻了翻白眼。另一个穿着短束腰外衣模样清秀的努比亚女奴挥着手中的扇子,不疾不徐地给斜躺着的女主人扇风。

最后,阿纳斯塔西娅坐了起来,克里斯塔给她腰后垫上枕头好让她坐得更舒服些。一小碟去核的新鲜樱桃摆在女主人手边供她随时取食。她刚从政务中心回来,身上还穿着外出的服装,庄严但色彩柔和暗淡的衣服将身体包裹得严严实实,一丝不苟的妆容……在起居室微暗的灯光下,在天花板上的森林生灵、仙女和半人马的壁画映衬下,迪亚蒂丝觉得此时的她看起来才符合她的真实年龄。她的双眼透着疲惫,再精致的妆容也无法掩饰。女主人懒懒的目光落到迪亚蒂丝身

---

①伍尔坎(Vulcan)是罗马神话中的火与锻冶之神。

上，迪亚蒂丝一个激灵，赶紧坐直。

公爵夫人缓缓摇了摇头，从小瓷碟中捻起一颗樱桃："恐怕我在你身上犯了个错，亲爱的。先夫在决定让我成为他的合伙人，以平等身份参与本城事务时，曾告诉我要知人善用。"

迪亚蒂丝暗自心惊。原本她以为那场晚宴还不算太糟，现在看来她想错了。她想哭，但拼命忍住了，暗暗想着："不公平！我已经尽力了……不会卖弄风情又不是我的错！"

阿纳斯塔西娅凑近迪亚蒂丝紧盯着她："是我用错了人，这一点我向你道歉。"

愣了片刻，迪亚蒂丝才反应过来她的话，顿时松了口气。她笑了笑，安下心来。阿纳斯塔西娅点点头，从碟中拈起一颗樱桃放在长长的指尖把玩。

"以你的年纪而言，你已经很出色了——我极其欣赏你的能力——但你的能力不是用在这上面的。之前我本以为值得一试。不过，在过去五年里，我也没让你学过如何引诱和调情，明显你适合执行更直接的任务。这是我自己的失误，我不会再犯同样的错误。我承认，那天晚上的结果，令我相当震怒。"

她怒视着克里斯塔。女仆俯伏在地板上，额头抵着白色玫瑰地砖，迪亚蒂丝从她脸上捕捉到一抹沾沾自喜的傻笑，像小猫芭斯特①舔到新鲜奶油时的窃喜。阿纳斯塔西娅接着说："我想方设法，花了数周时间谋划，好不容易让亲王来这里过一次夜，与他上床的本应该是我所安排的那个人，而不是突然冒出来的某个淫荡女奴。"说完，她叹了口气。

"不过，他走的时候还宿醉不醒，看起来很满足。从这点来看，

---

①芭斯特（Bastet）：古埃及女神，太阳神的女儿和复仇代理人，常被描绘成母狮或猫。

也不比我所期待的结果差。"

迪亚蒂丝状似懊悔般垂下头,实则大大地松了口气,再没有人会逼着她做这种可怕的事了——在二三十个认识亲王的人面前勾引这个年轻男人。幸好,就在亲王尴尬的时候,克里斯塔及时插进来不着痕迹地弄翻了刚切好的水果,这才避免了迪亚蒂丝羞愧难当夺门而逃的厄运。

阿纳斯塔西娅叹口气,往后仰靠在躺椅上,眯着双眼陷入沉思。克里斯塔伏在地上慢慢往后爬,退出了女主人的视线。公爵夫人把长长的黑卷发缠在优雅的手指上摆弄了一会儿,又放开。从她脸上,迪亚蒂丝看出她似乎有了什么决定。

"今天,"阿纳斯塔西娅正色道,"皇帝召我去政务中心,提出了他的……要求……向我,也是向我手下的人提的要求。他计划发动一场大胆的战役帮助东帝国摆脱麻烦,要我给他找些有特殊才能的人随他出征。我想我应该派你,迪亚蒂丝,还有你那位可靠的尼古斯,去做……嗯……以信使的身份去可能比较合适。我想,虽然这些事情一向是男人去做,女人去好像不太合适,但我相信你会做好的。"

迪亚蒂丝松了口气,转而开始期待起来,有些激动。她又可以重操旧业了,还是与尼古斯并肩作战。一想到再度拿起刀剑穿上皮靴,她就仿佛有种喝了美酒般的美妙滋味。再也不用喷那些该死的香水,戴那些讨厌的首饰了!再也不会有什么仆人在她坐姿不端的时候在身边像蛾子似的喋喋不休地唠叨!

看到喜形于色的年轻女孩,阿纳斯塔西娅笑了,摇摇头,对面前这个年仅十七的姑娘摇摇手指提醒道:"平静点,亲爱的,很快你就会去到君士坦丁堡了。"

第十八章
亚历山大港以北，红海

船帆咯吱咯吱的响声和光脚在木板上走动的啪嗒声把还在发烧的迪林从梦中惊醒。眼前一片漆黑，空气中飘着某种强烈的恶臭。口干舌燥，之前一直充斥在他视线里的各种颜色开始退去。虽然身体还很虚弱，但他觉得脑子已经开始清醒了。他试着尽力坐起来，牵动了铁链，发出叮叮当当的响声——脖子上被套了个硬邦邦的金属项圈。他往后一退，头撞到了凹凸不平的厚木板。周围有人在说梦话。他小心地摸摸脖子，的确是有个项圈，焊接在项圈外面的一个环里还穿了根沉重的铁链。一片漆黑的头顶上传来人的喊叫声和海水的潮声。四周有股恶臭。

"救救我，马赫①女神！"他在心里哭着说，"这是艘奴隶船！"

视线里渐渐又有了光，黑暗的船舱在光下变幻出千奇百怪的形式。那些在睡觉的人的身影慢慢也能看到了，先是金色，然后变成深蓝色，最后是闪烁的红色。铁链也是如此。

迪林集中精神回忆尼斐德教给他的那些咒语和仪式，想要看清眼

---

①马赫（Macha）：古爱尔兰神话里的战争女神。

第十八章

前的情况。很快便有了效果——在学院的时候老师们反复训练他们去拓展的"清晰视野"突然就出现了。手中握着的铁链在他眼中看得一清二楚。削瘦的手指一点点抚摸铁链,忽然停在一节褪色的链环上。

"这节跟其他的链环不太一样。"他想。他按了按链环,铁链上的紫色印痕先是闪了闪火花,然后突然燃烧起来,不多会儿,链环就在手中烧成了碎片。怕动作太大被人发现,迪林一节一节地慢慢取下穿在项圈环里的铁链,过了好一会儿才全部取下来。

自由了。他站起来。四周躺着数百个俘虏,挤在一堆儿睡得死死的。在大约十到十五英尺以外的地方,也就是船舱的中央,有条高出地板的走道。在他和走道之间的地板上密密麻麻躺满了人。他身后是实心橡木板打造的船体,头顶上是主甲板的船骨,木梁上钉着些系东西用的吊钩。

他打量了一下距离,向上一跃抓住第一个吊钩。他一手抓着吊钩,另一只手去够破裂的木板。他感觉抓着吊钩的那只手开始颤抖,赶紧用另一只手抓住下一个吊钩。他抬高双腿,喘着粗气,放开第一个吊钩荡到前方去抓下一个。很幸运,一次就成功了。就这样左右手交替,他拼着一股劲儿够到了第四个吊钩,然后轻轻跳到了走道上。在汹涌的海浪中沉浮的船身四处发出咯吱咯吱的呻吟声。

迪林气喘吁吁地蹲在黑漆漆的走道上,双臂不住打颤,头开始发晕。顾不了那么多了,他稍稍喘了口气便站起身飞快地跑到船舱尾部。尾部有一截直通甲板的楼梯。透过舱口和乘风带着船向北航行的方形船帆,他看到了几颗星星。他沿着楼梯往上爬。

他极其小心地从舱口探出头去四处张望,看到船尾高大的船楼,两旁各有一副巨大的操纵桨。在驾驶甲板上,一盏灯在绿色玻璃灯罩里摇曳着。晚风送来低低的话语声。迪林转头仰视主甲板,除了用网捆住的大堆货物之外,什么也看不见。他蹑手蹑脚从舱口出来,爬到不远处的船舷边朝外望去。船在海中快速前进，大海深不见底，蓝色火焰和紫色云朵在海中飘过，浪尖上跳跃着淡蓝色火焰。颜色开始占据他的全部视线，让他看不见其他的东西。

他晃晃悠悠地爬到船舷上，抓住一根从船边拉到最近桅杆上的绳子。他看了看身下的大海——那是一片光影交错的无底深渊。数不清的海洋生物在远远超出人类想象力的辽阔海域中翻腾嬉戏。他感到自己似乎要掉进去了，拼命拽着绳子。远远地有人在喊些什么，仿佛梦里的回声一般。最后他松了手。

长满茧子的粗糙大手一把抓住他，把他重新扯回甲板上。各种声音在耳边此起彼伏，但他一点儿也没听懂。他奋力挣扎，胡乱挥舞着虚弱的拳头。有什么速度很快的东西打中他的一侧脸，吃痛之下，他的视线居然神奇地恢复了。数张野蛮粗鲁的男人的脸出现在他头顶上。其中一人举着长长的铁链，另一个拿着麻袋，那麻袋口大张着，仿佛一张饥饿的大嘴。迪林吓得大喊大叫，慌忙将全部精神集中到按着他的大手上。只见一道亮光闪过，传来一声惨叫，按着迪林的那个人往后跳开，他的整个头都被明亮的白色火焰包裹着。他张嘴想喊，但火焰一下就钻进胸腔燃尽了肺里的所有空气。其他水手们被吓得赶紧往一旁躲。着火的男人倒在船舷上，在极度的疼痛下，四肢疯狂扭动。

迪林趁机闪开，躲到捆在甲板铺板上的大堆货物中间。突然，一双钢铁般的大手卡住了他的喉咙。他强撑着虚弱的身体拼命撕扯扼住气管的魔爪，但一点用也没有。时间仿佛过了很久很久，呼吸越来越困难，最后，他两眼一黑晕了过去。

第十九章
罗马，帕拉提诺山，政务中心

与库迈冷清的夏日别院不同，皇宫政务中心里人头攒动，大大小小的政府官员、侍从官、贵族、奴隶主、帝国军官、红披风加身的执政官、外国人还有数百名奴隶摩肩擦踵。

马克西安在台阶上站了一会儿。这个修建在帕拉提诺山北侧高出来的一个大平台上的地方，曾经是黑石神庙，如今却变成了各级使馆的所在，包括外国使馆和帝国内各行省与城市的办事处。行色匆匆的人们在台阶上川流不息，穿过狭窄的过道进入通往帝国行政中心的拱门。年轻的治疗师穿着毫不起眼的束腰外衣和披风，靠在柱子下的阴影里。闷热的空气中有种从忙得热火朝天的人们身上散发出来的汗臭。他的目光继续在台阶下面的人群中搜索他等的那个人。据说对方有明显的特征——身材高大、淡黄棕色头发、鹰钩鼻——不过他还是没认出来。

炎热的天气丝毫没有让他近来越来越差的脾气好转。他总是梦到在奥斯蒂亚的那个晚上，后来甚至与在库迈神庙里的记忆混淆起来。他在那两个晚上都有同一种熟悉的感觉。他花了大量时间在帝国图书馆里查找一切可能导致德罗米欧一家惨死的原因。一直到现在，对于长兄与东帝国皇帝的大计,他仍然持谨慎的保留态度。他用沾染墨迹的手揉揉疲惫的双眼。那个布立吞人①到底在哪儿?

老佩特罗尼斯在卡拉卡拉浴场背后的图书馆里向他举荐了这个外国人,并安排了这次会面。奇怪的是,那个叫莫尔迪优斯的布立吞人居然要求在公共广场上见面——如果在小酒馆或餐厅里见面显然要舒服得多。"管他的,"亲王想,"如果他真的知道答案……"

"亲王殿下?"马克西安抬起头。一个北方人站在下一级台阶上,但因为个子很高,所以依然能与马克西安平视。没错,就是他了——鼻子曾经骨折过,所以看起来是个鹰钩鼻;淡金色长发编着辫子;身穿长裤和浅色棉汗衫;脸上留着整齐的短胡须。

马克西安斜着眼看去:"莫尔迪优斯?布立吞人?"

对方笑了笑:"是的,殿下,如假包换。佩特罗尼斯让我来这里见一位留着黑色长发一脸憔悴的年轻人。就是您吧?"

马克西安也笑了:"那就是我了。走吧,找个阴凉的地方喝一杯……"

一个钟头之后,坐在竞技场以北某条小巷中的小酒馆里的马克西安已经对眼前这个野蛮人颇有好感。喝过一罐半的中档蒂泊蒂娜酒后,莫尔迪优斯已经把自己的底细交代得一清二楚。当初来罗马,他本是帮远在朗蒂尼亚姆②的投资人做生意,如今却已经在这座城市里生活六年了。最开始他把陶瓷和玻璃制品卖到不列颠,后来又把羊毛、木材、琥珀、铁器、煤炭和锡制品从冰天雪地的北方岛屿运到需求日渐旺盛的意大利半岛。如今他娶了个罗马老婆,还生了个儿子。他让两个不远千里来投奔他的表兄弟负责货物的运输和仓储。他目前

---

①布立吞人(Briton):古罗马人入侵时居住在古不列颠岛的凯尔特人之一。
②朗蒂尼亚姆(Londonium):古代伦敦。

的新目标是用他在罗马拥有的财富开辟更大的事业。

马克西安对此并不惊讶。几百年来,不断有很多外国人怀揣着发财梦来到这座不朽之城寻找机会。然而最终能实现梦想的人寥寥无几;更多的人要不就垂头丧气地返回家乡,要不就此倒在了苏布拉区的大街上。其他人前仆后继,始终想寻找一个极乐世界。不过,眼前的这一位坚持了下来,而且从他略显华丽的衣着、口音和姿态来看,亲王觉得他应该被归为梦想成真的那一类。

"在罗马,要想成功就得入乡随俗,"莫尔迪优斯说,"找个保护人——保护人既能在法庭上替你说话,又能帮你迅速融入这个复杂的国度,了解民众需求。我有幸结识了格利高利·奥里克斯,甚至与他成为了朋友。"

马克西安惊讶地抬起头:"就是人们口中的那位格利高利·马格努斯[①]?无论在元老院还是这座城市,他可都是个声名显赫的人物。"

莫尔迪优斯赞同地点点头:"的确如此。倘若没有他相助,我在这里所做的一切都是枉然。如果不是他,我早就打包回不列颠务农去了。"说到这里他停下来举起手中的陶制酒杯。"在朗蒂尼亚姆,就连我杯中的这种劣质酒都会被当作极品佳酿受到疯狂崇拜。为罗马干杯,为罗马的阳光干杯,为美酒干杯。"他一口喝干杯中的酒。马克西安也一饮而尽,将酒杯底朝上放在两人之间的桌面上:"佩特罗尼斯在浴场里告诉我,你有笔生意出了点儿问题。当时我也正和他说起我自己遇到的麻烦。似乎,我是说似乎,我们遇到的麻烦有点类似。"

莫尔迪优斯给自己重新满上,然后把酒瓶递给马克西安。后者把酒杯倒扣在桌面上以示谢绝。杯中的残酒与桌面的旧酒迹混在了一起。

[①]马格努斯(magnus):拉丁语,意为"大的"。在此表示对格利高利的尊称。

"没错,我遇到个麻烦,"布立吞人脸色一正,"我在生意里投了将近七万塞斯特瑞斯,现在都打了水漂。之前与我称兄道弟的那个人,也跑了。可是我甚至不知道对付我的是谁。一天之内,所有的一切都化为灰烬。"

"火灾?"马克西安问。他有点失望,佩特罗尼斯暗示的可远不是这种麻烦。

"着火是后来的事,"莫尔迪优斯答道,"约瑟夫一家在那之前就已经死了。让我来告诉你我所知道的、听到的、看到的一切。"布立吞人语气骤然一转,在椅子上略微坐直。马克西安甚至猜想他是不是在年轻时候受过演讲训练。

"我所代理的业务中有两项是进口木料和羊毛,前者被加工成厚木板用于城市建设,后者主要用于编织厚披风。因此我每天都要与木材厂和纺织厂的工头见面。五个月前,他们两人都跟我说了件怪事,说有个犹太银匠去找他们收废料——向木材厂收购工人们切割原木时锯下来的粉尘,向纺织厂收购破旧的亚麻废料。这件事引起了我的注意。我对商机十分敏感,尤其是新业务,哪怕相隔数里也别想逃过我的眼睛。于是我花了些铜板在周围打听了一下,找到了那个银匠。他名叫约瑟夫,在台伯河对面的阿尔希尼塔开了间小店。那里环境不太好,但是够便宜,他不用花太多钱行贿就能弄个作坊。

"那天,我进去与约瑟夫谈关于锯木屑和亚麻口袋的事情,当时他看起来十分沮丧。他把所有的时间都花在新业务上了,以致他妻子对首饰生意的状况十分不满。客人们在店门口等,他的儿子和女儿们却整天在店后面捣鼓他的那些零碎玩意儿,生意做得乱七八糟,现在都没什么客人愿意上门了。

"不必多说,我立刻感觉到眼前应该就有个不错的商机——那种商机不是说先给他的房子放把火再低价把房子买下来……我口袋里装了些银子,于是我热情地掏出银子放到他手里,想换取他心里的想

第十九章

法。他看起来满怀希望。我知道，比起——请原谅我这么说，殿下——比起那些势利的罗马人，我这个同为外国人的身份更令他信任。于是他把一切来龙去脉都告诉了我。听了他的话，我顿时来了精神。

"约瑟夫有个兄弟叫梅纳休斯，是个抄写员，在艾米利亚柱廊后面的店铺里以誊抄卷轴书信为生，过得还不错。我知道抄写员所谓的不错的生活是什么样的，因为我曾经也雇过他们。不过，这个梅纳休斯还是相当成功的，因为他有三个视力好，手又稳的儿子。这三个儿子就像一个豆荚里的豆子，这对梅纳休斯来说再合适不过了，因为他们的字完全一模一样，这样他就可以让他们三人共同抄写一本书，一人负责一部分。三个人做自然比一个人做快得多，所以赚钱容易到仿佛自己送上门来的一样。不过，很多时候就是这样，好景不长。

"先是其中一个儿子病了，然后另一个儿子跟着从利伯尼厄姆来的玩蛇人跑了。更糟糕的是，在这之前梅纳休斯才刚刚与铸币局定了笔生意——至少七十页的《造币条例》。当然，这笔生意能让他赚不少，不过，当初为了能抢到生意，他承诺在很短的时间内交货。可现在，却只有一个儿子能做事，这让他陷入了极大的困境。于是他找到兄弟约瑟夫吐苦水。约瑟夫这个人可以说十分心灵手巧，很快便想出了个主意。

"如果没有三个儿子来做事，那么，就让一个儿子把三份的工作量都做了好了。他们的优势就在于他们的字迹既稳定又清晰。于是他想到了这个。"莫尔迪优斯打开一个小巧玲珑的皮袋子，取出个小物件放到亲王手中。

马克西安把手心里的小铅块翻来覆去地看。一根小方块，长度不超过一根小指骨，一头扁平，两侧各有一个槽口，另一头则凹凸不平。他抬起头，不解地看着布立吞人，对方冲着他露齿一笑。

"一块铅？"马克西安问。布立吞人点点头，把东西拿了回去。他伸出一只有伤疤的手在桌面清出个地方，小心翼翼地把那块铅放进自己的酒杯里浸了浸，然后更加小心地把凹凸不平的一头按在桌面上。

"请看。"莫尔迪优斯移开手。马克西安俯身凑近，借着微弱的灯光眯眼看着桌面。"希腊语字母表的第一个字母α。"他说。桌面上有一个用暗红色的酒印出的极小的字母，非常清晰完整。布立吞人点点头。

"约瑟夫和他的儿子们用铅废料做了几百个这样的小玩意儿，字母表里所有的字母都包括在内，甚至还包括了所有的数字。每个小方块的平坦的一端都开了道槽，这样就可以竖着插到一块铜板条上。每个框里有七十块铜板条，可以印刷一页文字——框是用木头和衬板做成的。"布立吞人停了片刻，目光紧紧盯着马克西安的脸。

马克西安目瞪口呆地望着他，但很快惊奇便变成了恐惧，他眼前浮现出万般可能。他靠在椅背上，久久没有回过神来，什么话也讲不出来。莫尔迪优斯把对方的酒杯倒过来重新满上，然后把酒杯推到他手边。马克西安无意识地端起酒杯凑到嘴边。

过了一会儿，他才找回自己的声音："接下来呢？接下来又发生了什么事？"

布立吞人耸耸肩："当然，还是有些困难。对于这种印刷术而言，纸莎纸不太好用，每次印上去的时候纸都会被撕裂；而且画笔或羽毛笔使用的墨水都不能很好地留在铅上，老是在纸上晕开。这么一来，反倒显得这种框架吃力不讨好了，其速度还比不上一个抄写熟手。约瑟夫和梅纳休斯及其家人被这个问题困扰了好几周。也正因为这个难题，约瑟夫才会跑去木材厂和纺织厂找材料。他想找一种比纸莎纸更好书写的东西。结果他的儿子们发现，墨水在细纹木料上能够很好地保留下来，而好的亚麻则具备足够的柔韧性不会在框架压上去时撕裂开来。

"那时我已经成了他们的合伙人，不过他们对具体技术还是保密

第十九章

的。我所想要的是用这种框架印刷术拓展我自己的业务,用它印出书卖到北方去。在那里,一本卷轴贵如黄金——物以稀为贵嘛。所以我知道这买卖稳赚不赔。一卷柏拉图或者索福克勒斯的书,一印刷就能变成上千卷。而且这样印刷的书运输方便,每一卷拿到那边卖出去都能换回比它本身重一百倍的银子。

"就在一个月之前的一个晚上,约瑟夫的一个儿子来仓库找到我,请我当晚去他们家作坊参观。他父亲终于解决了最后一个难题,决定当晚先印一本清晰的《造币条例》出来,剩下的后面几天再印。离约定的交货日期没几天了,我知道他们肯定特别高兴。

"可是,那天晚上当我赶到的时候,作坊大门紧闭,里面一片漆黑,我敲了很久的门也没人应。最后有个邻居看到我站在街上,便告诉我这家人很晚才吃的晚餐,但都没有出门。我预感到可能出事了,于是强行撞开门——在宝石匠作坊里干这事儿可不轻松——我进去了,但是没几分钟我就又跑了出去,那里面的味道和情景令人作呕。他们全都死了,连晚餐都还没吃完呢,屋里凌乱不堪。"

马克西安不由自主地感到从四周的空气中传递来一股压力。一时间,他以为自己还在奥斯蒂亚那个阴暗的厨房,正把德罗米欧拖到桌子上,祈求他的朋友再坚持一会儿。他颤抖着把杯中的酒一饮而尽。布立吞人看着他。

"跟我经历的差不多。"亲王虚弱地说,"死人的脚,就像几条面包。"

"那邻居看到我了,"莫尔迪休斯继续说,"他跑过来看怎么回事。我惊魂未定,告诉他这家人全都死了,里面臭气熏天。他以为是瘟疫,吓得尖叫着跑开了。几分钟之后,那条街上半数街邻都拿着桶和火把跑到了街上。消防队也来了,但围观的人太多了,消防队员根本无法靠近房子。人们齐声高喊'瘟疫、瘟疫',那声音就像鼓声一样震天响。他们把房子点着了,连两边相邻的房子也未能幸免,他们希望能借此阻止瘟疫传播。我知道如果我不走,我也会被他们抓起来烧死,所以我悄悄溜了。

"几天前我又回到事发地点看了看。什么都没有留下,只有烧光了的房架子。灰烬里还有些未融化的铅块,我取了一块留作纪念,其他就没有了。幸好我去的次数不多,对他们做的具体工作也不甚了解,所以我还活着。"

马克西安盯着桌面上的小铅块,抓抓胡子,那种奇怪的感觉又回来了,若有若无。"现在,除了你和我,便再无其他任何人知道他们的事,其他抄写员或者政府官员都不知道吗?"

莫尔迪休斯点点头:"我也这么想过。但是那些犹太人本身就行事神秘,不愿意与陌生人交谈,尤其是罗马人。他们被人杀了,但我不知道凶手是谁。如果他们的发明最终成功了,可能会有许多人咒骂他们,但是现在,再也无法知道那些人是谁了。"

"你今后打算怎么办?"

布立吞人哼了一声,放下酒杯:"离开这里,回不列颠务农,跟我的老爸还有那群同父异母的兄弟生活。这座城市现在让我感觉阴森诡异,我也说不清楚,恐怕不是什么好事,我担心。谢谢您请我喝酒。"身材瘦长的外国佬站起来,微微低着头以免撞到低矮的天花板。

"我应该谢谢你告诉我这一切。"马克西安说着也站起身来,从钱包里摸出两枚苏勒德斯金币放进布立吞人手中。莫尔迪休斯掂了掂重量,惊喜地扬了扬眉,向对方鞠了一躬:"再见,殿下。"说完便走了出去,走进了外面的阳光里。马克西安在桌边站了很久,一直低头看着那小小的铅块。最终,他拿起铅块放进钱包走了出去。

马克西安走进一个套房,这里是西罗马皇帝处理政务的地方,前方传来奇怪的声音。朝臣与请愿者们紧张地聚拢在秘书长办公用的八角形议事厅的前方,一边踱步一边低声交谈。他从在议事厅门前站岗

第十九章

的两个禁卫军身边走过,惊讶地听出其中一个愤怒响亮的声音正是来自他的皇帝长兄。议事厅里并没有秘书长的身影,所有抄写员都战战兢兢地盯着通往内室的那扇双开门。此刻门正半开着。

马克西安停下来半转过身,离得最近的那个禁卫军微微侧头,询问地看着他。马克西安冲着等候室的门点下头。两名禁卫军立即"砰"的一声把门关上。听到这个声音,抄写员们纷纷抬头来看,看到是他,又立即转身做事去了。马克西安从他们中间走过,目光随意扫了扫他们桌面上杂乱堆着的卷轴。不一会儿他就找到了主管。他努力回忆了一下,终于想起了对方的名字。

"普里克瑟斯,午餐时间都过了,让大家都去餐厅吃饭吧,所有人,好好休息一下。去吧。"

普里克瑟斯轻轻点了下头,放下笔、墨台和其他东西。其他抄写员见状也照做。马克西安推开双开门走了进去,然后轻轻关上身后的门。一大群人围在这个盖伦用来处理政务的房间里,挡住了他的视线。这时另一个响亮清晰的声音也加入了争论。

"恺撒①,我反对。这条征兵令对所有人而言都是种侮辱。这些站在你面前的人,全都是忠心耿耿的战士,他们能用一半的成本组建同样庞大的军团,而且这些人早已在战争中千锤百炼。"

马克西安在房间后面挤过来挤过去。这间屋子里挤了至少二十个人,都是元老院议员或者骑士,其中很多在军团里担任了职务。这样的局面完全是未曾料到的——近七百年来军团都被禁止进入首都区。屋子中间站着一位老者,这便是人们说的"了不起的格利高利·奥里克斯"。老者身穿一件用上等羊毛编织的宽大整洁的白色托加袍。这位从呱呱落地时起就是议员的权贵浑身上下处处都彰显其显贵的身份。一头如雄狮鬃毛般的浓密白发精心梳在脑后,轮廓分明的脸上有

---

① 恺撒(Caesar):对罗马帝国皇帝的一种称谓。

着上了年纪的皱纹，表情镇静沉着。盖伦一脸阴郁地与老者隔着绿色大理石书桌对视。皇帝今天是一副军团指挥官的打扮：带金色镶边的深栗色束腰外衣、系带靴、旧皮带。平日里挂在他腰间的短剑此刻正放在桌上，被一大堆卷轴、计数的铜筹和笔挤到了一边。

"格利高利，你的提议与帝国法律、元老院和人民是对立的。"盖伦斩钉截铁地说——这是他生气的明显表现，"帝国与辅助部队的关系早已有所定论——他们只是辅助部队，而不是军团。帝国从未有过让整支外国军队出征的先例，我也不会这么干。此外，你在这里和在元老院发言席上都曾经说过你反对征兵。我尊重你的观点，不过这是帝国已经决定的事情。"

格利高利摇摇头，转身向站在房间里的贵族与军官们高声说道："朋友们、同僚们，这项征兵的决定是在冒险。如果我们这样做，那么，帝国里任何身强体壮的奴隶或外国人只需服役区区十年便可得到自由，这毫无疑问将动摇帝国的根基。在此危急时刻，我们可以通过其他方法来保护帝国。我恳求大家支持我，我们一起寻求其他的解决办法。"

盖伦从桌子后面走出来。格利高利的演说刚刚开了个头便被打断了，他往后退了一步。皇帝的目光慢慢从屋内众人脸上一一扫过。看到站在房间后面的马克西安，他不动声色地移开目光，最后回到眼前这位权贵身上——自从九年前在萨贡托风云突变的那一天起，格利高利便一直坚定地拥护他。两人隔空对视，屋里气氛变得更加紧张起来。

好不容易看到哥哥奥勒良站在对面的门口，马克西安设法从周围的人群中挤过去。盖伦再次开口道："议员们，军官们，我们今天聚在这里是来讨论一场已然发动的远征，是为赢得胜利而做规划和准备。元老院已经投票，决定为这场东帝国解围战拨款。其实，不光是对被围攻的东部，对我们自己而言，这场远征也至关重要。"

第十九章

从房间后面传来一句嘀咕,马克西安只听到几个字:"……堕落的东部!"

盖伦则听得一清二楚,顿时脸色一沉。

"我们说的是属于罗马的东部,蠢货!东部拥有整个伟大帝国一半的疆域和近三分之二的公民。我们身在西部,总是容易忘记,长期以来是东部在抵抗波斯人及其盟军的进攻,是他们为意大利半岛上的大城市提供粮食。当我们在西部与法兰克人和其他日耳曼人血战时,是他们与我们并肩作战,为我们提供金钱、人员和武器。现在东部危在旦夕,而波斯人想要的远不只是贡品,而是完全的征服,他们的野心就是把地中海纳入囊中,包括占领整个埃及。"

有人又嘀咕了一声,似乎忍不住要笑。盖伦重重一掌拍在绿色桌面上,那声音听起来像弹弓。

"你们是否还以先辈的记忆为荣?是否愿意为家族守护神而奉献?"他转过身,目光令人不寒而栗,"你们不屑地称波斯人为'穿裤子的纵欲之徒',认为他们在罗马军队前不堪一击,认为他们根本构不成威胁。只因为别人穿着丝绸短裤就认为人家是懦夫、是弱者,这样的想法才是愚蠢的。在最近三年里,波斯人击败了四支罗马军队。如今,凭借强大的军事力量,胜利对他们而言已是唾手可得。

"但是,我想,波斯人清楚你们对他们的轻视。是的,即便是在东帝国,元老院那些荒谬的鬼话也会被人拿来一一解读分析。如今波斯国王正在招兵买马,有了一批新盟军,手下聚集了数量众多的巫师、魔法师、通灵者和炼金术士。"

房间里一下子安静了下来。马克西安停下动作,这些消息他以前从未听说过。

"没错,"盖伦冷冷一笑,接着说,"这一次,当波斯人再次来犯时,他会带来黑暗的力量。从前波斯国王总是以光明之师自称,从来不用波斯祭司所拥有的邪恶力量。但如今他只关心一件事——那就是胜利,打败罗马。敌人会掘开、捣毁你们父辈的坟墓,让你们死去的兄弟与你们为敌,死人会用冰冷的手掐住你们的喉咙……"

长兄在前面慷慨陈词,马克西安从两个脸色苍白的地方总督身边挤过去,走到了奥勒良身旁。奥勒良在他肩头上轻轻一拍,冲身后紧闭的门抬抬下巴。厚厚的橡木门板上雕刻着塞普蒂米乌斯·塞维鲁在阿拉伯大获全胜的两幅战争场景。马克西安会意地点点头,两人便溜进了密谈室。门关上时发出很轻的一声闷响,隔绝了议事厅里激昂愤怒的演说。

"啊!"奥勒良畅快地舒了口气,瘫坐到与门相对的墙边一张放着众多枕头和靠垫的躺椅上,问马克西安:"篮子里还有酒没?"马克西安在靠近门内侧的小型大理石壁架上的柳条篮里翻了翻。午后阳光透过右墙上高窗里的三角形玻璃镶板照进来。

"没了,只有些面包、奶酪和腊肠。"马克西安敏捷地拿出一把小刀,在一条面包上挖出个圆孔,切了些奶酪和腊肠填进面包上的小孔里。弄好之后,他把面包一分为二,把较小的那块扔给坐在躺椅上的兄长。

"你还真是,小猪!"奥勒良笑了,"多的留给自己。"

马克西安点点头,嘴里忙着咀嚼面包无法答话。他觉得又累又饿,可他明明在数小时前离开山南面的宫殿时才刚吃过东西。他才刚吃完一半,奥勒良已经在舔手指上的面包屑了。吃完了又觉得口渴,马克西安站起来向门边高出地面的一个青铜凹槽走去。揭开凹槽末端的盖子,他叫起来:"酒!"凹槽中的管子发出模糊的响声,他又重新盖好,走到奥勒良对面的另一张躺椅上坐下。

"对了,"奥勒良带着一副了然的表情问,"据可靠消息,你不久前刚刚与某位黑发公爵夫人共度良宵。她是否真的如传闻中那么出色?"

马克西安看着兄长,琢磨着他话里的意思,接着便笑了。

第十九章

"你是说在德奥列里乌斯家的晚宴?她那天晚上是很热情没错,不过我没机会证实她是否出色。那天我很累,酒又特别棒,到最后是一个奴隶扶我去休息的,这一点我和公爵夫人已经确认了——我绝无冒犯那位夫人的意思,不过她对我来说太老了点儿。"

"只是睡觉这么简单?"奥勒良不满地追问,"我们得到的线报可比你说的有趣多了,小猪。据来源可靠、正直又实事求是的元老院的消息,你可是同公爵夫人、受她监护的人们还有一大群男男女女在别墅里彻夜狂欢。嘿嘿,斯泰福诺尼乌斯那个老家伙还信誓旦旦地跟我说,跟你在这群年轻人当中的豪放相比,声名狼藉的埃拉伽巴路斯[①]的放浪生活就是小巫见大巫……"

奥勒良笑得太过得意忘形,结果被马克西安丢过来的枕头扔个正着。马克西安叹了口气,仰靠在躺椅上。

"盖伦跟格利高利在吵什么?"他意图转移话题让奥勒良忘记闲话。

"唉,征兵,给被派去君士坦丁堡的远征军的供给、天气……什么都吵,都说了三个钟头了。谁也不肯让步——更糟糕的是,谁都坚信自己是正确的。"

"直接颁布法令不就完了吗?既然元老院已经通过了皇帝的提议……"

奥勒良把枕头扔回去,马克西安敏捷地单手抓住塞到自己脑袋后面。奥勒良伸出一只手将了捋自己的胡子,想了想,说:"虽然国库充裕,但盖伦并不想完全由国库来负担这次远征的成本。他召集所有'德高望重'的人过来,是想让他们在钱财、粮食和武器装备上出点儿力,最重要的是,提供运兵船,好运送这六万老兵去东部。格利高

[①] 埃拉伽巴路斯(Elagabalus):罗马帝国塞维鲁王朝皇帝,218—222年在位,身后留下荒淫无能的骂名。

利自然明白这一点,知道他这个罗马首富的支持对盖伦很重要。他想借此达成某种协议,但盖伦不愿意。"

马克西安不解地问:"阿波罗在上。格利高利是父亲的老朋友,他一直都是站在我们这边的。他究竟想要什么?盖伦居然不能答应他?"

"不是'不能',小猪,是'不愿意'。格利高利想为他的某些客户争取公民权——那些让他成为首富的人。他还想依靠这些客户组建他自己的军团——确切来讲是六个军团——然后让这些军团'加入'远征军。他甚至还慷慨地表示愿意自己出钱出装备来训练这几个军团。"

马克西安觉得这比下午自己遇见的事更令人惊讶。

"格利高利居然如此富有?足以召集五万士兵?"他有点语无伦次,"见鬼,那么多士兵,他究竟是从帝国什么地方找来的?盖伦都只能借征兵这样的险招才能拉起规模如此庞大的武装部队!"

奥勒良慢慢点了点头,说:"格利高利考虑的兵源,不只来自帝国内部。"

马克西安猛地抬头,疑惑地问:"那他打算从哪里找?"

奥勒良冲着墙上画着的在浅绿色芦苇和沼泽地以北的地区点点头:"境外部族。那些没有自己的领地、城镇和公国的部落想效仿他们的同伴加入帝国这个大家庭。"

"哥特人?"马克西安大喊着跳起来。奥勒良斜躺在沙发上没动,只是点了点头:"还有伦巴族人、法兰克人以及一大堆其他的愚蠢部落,全都想来分一杯羹。格利高利争辩说,哥特人是我们坚定可靠的盟友,与我们并肩作战了近一百年,但是在我们双方之间订立的条约却限制他们成为罗马公民。关于这一点,我们的确无法反驳。他们在王土上生活,但却算不上主人。很多哥特王族都到格利高利家里做客,作为回报,那些人给他和他在这座城市里的客户在境外提供便利。正是因为善于把握机会,格利高利才会有今天如此成功的地位,但是,我和盖伦认为,他所给的恩惠已经无法继续满足那些人了。现在他们想要的是成为罗马公民,而且认为这次的事便是一个机会。"

"如果他们以个人名义加入军团服役,也能成为公民。"马克西安指出。

"是有很多人可以。不过,更多的人却想自立军队,然而这在迄今为止的八百多年里都是违法的。如果他们自己的五万军队同时现身,我们要做的就不是招安,而是与他们开战。到那时,格利高利便可取代我们亲爱的大哥自立为王。在格利高利看来,他们的军队是不可战胜的。"

马克西安闻言嗤之以鼻,奥勒良却举起一根手指告诫道:"找个时间去看看军团的名册吧,小猪。我们的现役军人中,有近一半是日耳曼人或哥特人,他们都是忠诚度极高的勇士。"

"军团一直都对帝国忠心不贰。"马克西安反驳道。

"的确如此。但是盖伦不想冒这个险。这便是他想要征兵的另一个原因——招募更多非日耳曼血统的士兵。"

马克西安正要反驳,橡木门突然打开来,一个奴隶端着酒走进来。这是一个皮肤略黑的女子,面容秀丽,穿着短短的束腰外衣。她把双耳酒罐放在大理石壁架上,拿起柳条篮退了出去。当她离开后,马克西安才意识到哥哥又在笑。

"看来,你得找个妻子了,也许一群情人更好,小猪。我发誓,刚才她在房间里的时候,我说的话你一个字也没听进去。"

恼羞成怒的马克西安红着脸喃喃地骂了兄长几句,起身倒了两杯酒。从气味上判断,这种深红色的酒应该是那不勒斯酒。他晃了晃杯中美酒,呷了一口——真棒!他把另一杯递给奥勒良,对方接过酒杯一饮而尽。马克西安叹口气,酒的滋味如何显然并不在哥哥的关心范围内。门又开了,这一次进来的是盖伦。进来后,他把身后的厚门板

"砰"的一声重重甩了回去。两个弟弟一言不发地看着皇帝一副生人勿扰的样子在小房间里来回踱步。十分钟之后,当他抬起头看到房间里还有这两个人,反而面露讶异。

"噢,我还在纳闷你们俩跑哪儿去了。抱歉,有酒吗?"

马克西安倒了杯酒递给大哥。盖伦终于能坐下来了。他咕咚咕咚两口把酒喝掉,显然怒气已经渐渐平息下来了。皇帝默默整理脑中思绪,另外两兄弟继续面无表情地坐着。

盖伦把酒杯重新放回搁架上,转身对奥勒良说:"奥勒良,正如我们之前所讨论的那样,元老院投票同意由你在我出征期间暂代执政官一职。鉴于另一位执政官涅尔瓦·李修斯·康茂德也将随我一同出征,他的职务将由马克西安暂代。除了你俩,这城里的其他人我都信不过,所以,你们务必谨慎行事。元老院对这场战事还存在点异议,在我离开期间,肯定会有人到你们耳边吹风。"

奥勒良面露喜色,点点头表示无异议,看来他对此相当期待。

盖伦不太自然地笑了笑,用手理理短发:"马克西安,你要做的事在这场东部战事中尤为关键。我曾想过带你一同出征,战争对你而言会是很好的,嗯,教育。可惜,这里必须有人操作传送球,好让我知道西部的动态。下周我会秘密派人把传送球从夏日别院转移到图书馆去。奥勒良负责主持日常事务;而你的任务,则是密切监视刚才与我同处一室的那些人。"

马克西安摸着脸上短粗的胡楂。他不喜欢大哥在说到"教育"时刻意加重的语气,因为那意味着他自由自在的日子就要结束了。从他们顺利抵达这座城市时起,在过去的六年中,兄长们一直很谨慎地避免让他卷入帝国事务,这也是他们父母的意愿。父母为他安排了一条不同的人生轨迹——兼具治疗师和祭司的双重身份。然而,一旦盖伦东征,这样的美好时光也就不得不结束了。不过奇怪的是,大哥这样的安排并没有让他感到不满或生气。他觉得挺自在的,就像终于披

第十九章

上了一件早已熟悉的披风。

"大哥,如果我没理解错的话,你是希望我接管政府的情报信息网?这不是德奥列里乌斯公爵夫人负责的吗?"

盖伦看着最小的弟弟半晌,表情严肃:"德奥列里乌斯一直都支持我们,小弟,就像格利高利和其他贵族一样。但是,在当前这种风云剧变之际,老朋友可能倒戈,基石也可能垮掉。因此,我希望你建立一支单独的情报队伍,一个忠于我们自己的情报网。"

马克西安服从地点点头。盖伦又沉思起来,表情严厉而冷漠。

"本月之内,"他说,"驻扎在西班牙和南高卢的军团便能抵达大奥斯蒂亚,我将在那里与他们会合,带领大军乘船向东行进,最后所有军队在君士坦丁堡会师。然后,希拉克略和我将发动远征,赢得最终的胜利与和平。"

马克西安疑惑不解地摇了摇头:"大哥,你再次提到用战争赢得'和平'。其实你这是在玩一场很大的赌博,把你自己和东帝国皇帝送到波斯的心脏地带。即便是以如此庞大的兵力,你也有可能遭遇失败。你可能会有去无回,帝国则可能同时失去东西两位皇帝。这样的结果就不是和平,而是重燃内战,蛮族也会继续围攻君士坦丁堡。如果我们先驱逐来自色雷斯、希腊和马其顿的入侵者,帝国就能集中全部力量迎战在叙利亚和巴基斯坦的波斯军队,那样的话岂不是更加有把握?"

盖伦笑起来,明亮的眼中似乎隐藏着某种讯息。"谨小慎微!多谨慎的一个人啊,小猪。你说得对,那样的话,的确可以驱逐入侵者重新稳固帝国边境。从伟大的奥古斯都时代开始,历任的'谨慎'的罗马皇帝都是这么干的。但他们并没有实现和平,只不过是让下一场战争来得晚一些罢了。相反,伟大的帝王们——尤利乌斯·恺撒、图拉真、塞普蒂米乌斯·塞维鲁——这些人则通过向敌人宣战彻底摧毁敌人来赢取和平。我们要做的,还要比他们更胜一筹——我们将率近十万罗马士兵攻入劲敌的心脏地带,不只是要摧毁他们的首都,最终目的是要让他们的国家完全消失。波斯,整个波斯,都将成为罗马的一部分,我说的可不是什么边境地带,而是整个波斯国。只有到那时,东边才会有真正的和平,整个世界,才会有真正的和平。"

盖伦停下来,看起来又恢复了精神,甚至热情洋溢,之前那副严肃冷淡的姿态消失了,他给三个人都倒了些酒。

"为尼姬①干杯!"他举起酒杯向胜利女神致敬,"为罗马和平干杯。"

马克西安一饮而尽杯中美酒,内心久久不能平静。

尽管已在帕拉提诺山蜿蜒曲折的迷宫里住了六个年头,尽管知道公爵夫人的办事处应该就是山北面的数栋建筑中的某一栋,马克西安还是迷路了。绕来绕去,最后他回到了位于山东面的低地花园,无奈之下,只得向一名正在铺瓷砖的园丁求助。这座花园还是五百多年前由背负骂名的皇帝图密善下令修筑的,形状就像一个赛马场。巨大的灌木丛被悉心修剪成战马与战车的形状。花园北端有一个水池,池子四周的古老瓷砖都已残破不堪。园丁穿着沾满泥的束腰外衣,脚上打着棉质束带绑腿,正在给池子换新瓷砖,一半身子都探进了水池。马克西安停在贴了瓷砖的池边,俯身看去,那园丁举起手中的探杆,把背面刷了混凝土的瓷砖贴到正确的位置上,嘴里还不住地咕哝着。一声摩擦的声音传来,瓷砖终于顺利到位。工人重重倚在铁杆上抬起头,眼睛上方是两道浓密的白眉毛。

"朋友,如果你得空的话,我想问一下,"亲王说,"我正在找德奥列里乌斯公爵夫人的办事处。"

园丁皱着眉朝池中吐了口唾沫。"离这儿还远着呢,"他说,"那

---

①尼姬(Nike):希腊神话中的胜利女神。

第十九章

位公爵夫人可是位慷慨的夫人，体恤穷人。但她在不在里头办公还说不准呢。她倒是经常过来看看，但里头也没留她的'位置'。要是你想找她谈事情，就只有去她位于处女水渠①边上的房子。你知道怎么去吗？"

马克西安直起身，拍拍膝盖上的落叶和灰尘："我知道，非常感谢。"

返回迷宫一般的走廊，马克西安选择了向南行，最后来到帕拉提诺山南面蜿蜒的长拱廊。这里被众多官员、抄写员和奴隶堵得水泄不通。这里也是皇宫内务大臣办公室的所在。马克西安从容地走了进去。在所有的皇宫大臣中，特姆雷斯一眼便认出了他，不过显然内务大臣的秘书也认出了他，立刻停下与另两名抄写员的谈话。

"殿下！您是想见内务大臣吗？"秘书一脸的惊讶不解。这种明显的特权令马克西安心里很是受用。

"如果他不是太忙的话。"马克西安说，十指在身后交握。

"请您稍候片刻。"秘书急匆匆地跑回犹如迷宫般的一排排小房间里去了。特姆雷斯及其手下便挤在那里。两位初级抄写员终于从这位访客的服饰认出了他的身份，悄悄从旁边退下了。马克西安看着他们的背影微微一笑。不一会儿，秘书又出现了，他向亲王鞠了一躬，亲自领他来到一个靠后的房间。

特姆雷斯的私人办公室只是其下属的办公室的两倍大小，不过这个办公室只供他一人使用。马克西安跟着秘书走进不高的房间，内务大臣立即起身相迎。他是个希腊人，中等身高偏瘦，以一张痘疮脸和永远阴沉的脸色而闻名。不过，马克西安注意到，今天他穿了件深灰色的束腰外衣，搭配黄棕色腰带和靴子，不过稀稀拉拉的几根灰头发和薄嘴唇让他光彩锐减。

---

①处女水渠（Aquae Virgo）：古罗马城 11 条引水渠之一。

"亲王殿下。"内务大臣低声问候,同时示意了一下书桌旁那把矮矮的无靠背椅子。特姆雷斯驼着背坐在专属于高级官员的座椅上,依旧面无表情。

马克西安抱下一堆卷轴放到地板上,坐下来冲这位长者露出亲切的笑脸:"内务大臣特姆雷斯先生,受我尊敬的大哥所托,在他离开的这段日子里,我会协助我的另一位哥哥处理帝国事务。但我发现我缺少必要的资源,也就是说,少一间办公室和一位秘书来协助我工作。我今天过来,是希望能从你这位在行政事务上学识最渊博、经验最丰富的人这儿得到些帮助。"

特姆雷斯眉头紧了紧,然后不知道为何又展开了。他在椅子上略微坐直,对着亲王扬起头:"办公室?这当然没问题。虽然我不明白,不过您的哥哥恺撒·奥勒良并不打算使用奥古斯都专用的办公室。我向你保证,那里配备齐全,抄写员、秘书、奴隶、信使……各类工作人员,应有尽有。"

"这我知道!但我需要的是更……更私密的那种。比较僻静的地方,安静自在。"

特姆雷斯脸上的表情像是要笑,最终还是没什么变化。"当然,殿下,马上就为您安排好。我知道有个地方会很合您的心意,不过需要一些日子准备。等一切准备妥当,我就派信使通知您,如何?"

马克西安站起来,再次微笑,微微欠了欠身。

"那就再好不过了,"他说,"谢谢你。"

马克西安走了出去,内务大臣一副殷勤的样子跟在他身旁。他注意到,在那排拥挤的房间里的秘书和抄写员都在偷偷拿眼瞟他们。在这种地方怎么工作得下去,他纳闷地想,每只眼睛都在盯着你的一举一动。

走到门边时,他又停下来对特姆雷斯说了一番感谢的话,之后才沿着走廊大步离开。嘴角露出讥笑,他想:我永远不会在那种办公室

第十九章

里做事的,不过那也不失为一种转移视线的方法。

马克西安"扑通"跳进水池,冰凉的水漫过头顶。他像只海豚一样在水中快速游动。太阳的影像远远地在水面上摇晃,池底精美的瓷砖从眼前闪过,上面描绘着蓝色、绿色和浅黄色的海豚和美人鱼。过了一会儿,他的头从水池另一头冒了出来。他爬出池子,心情舒畅。周围还有几十个泳者,有的像他一样跳进凉爽的蓝色水中,有的坐在拱门下的长凳上交谈。他站起身,水从身上流下滴在镶嵌地板上。他想,是进水池再游几圈,还是去找个女按摩师做个刮背按摩好呢?

"先生?"一个穿着浴场侍者衣服的男孩儿走过来询问。马克西安点点头。

"有位高贵的绅士想问您是否有时间去热浴室里见一面?"

"可以。"马克西安略带疲倦地说,"你能再给我们找个按摩师过去吗?我感觉肩膀有些紧绷,有点酸痛。"

奴隶鞠了一躬,快步走开了。马克西安穿过有着高拱顶的浴场中央大厅往热浴室走去。头顶上,鸽子和鹩鹆在高大宽敞的浴场屋顶下穿梭。他穿过中庭,里头有一些带着仆人的希腊人在争论些什么。室内的空气沉闷又湿热。他在阴暗处停了停,桶形的大房间高高罩在头顶上,空气里全是滚腾的蒸汽,几乎什么都看不见。

"这里。"房间尾部传来一个声音。马克西安走下几级台阶,来到一块垫高的木地板上。水从平台下的管子里流出来,蒸汽从地板下钻出来,发出嘶嘶的响声。对于一个刚从冷水池里出来的人而言,这种热度令人感觉非常舒服。一个熟悉的身影坐在房间后面光洁的台阶上,浑身上下被蒸汽笼罩。虽然在这间硕大的热浴室里并不缺乏长椅,老人还是在身边留出了很大的空位。

"万福,格利高利·奥里克斯。"马克西安坐到温暖的座位上。

"万福,马克西安·恺撒。"这位大人物向他点头致意问候。听到尊称,马克西安微微蹙眉。尽管光线灰暗,但依然能看到格利高利的眼睛炯炯有神。格利高利点了点头:"如今这也是你的头衔之一,你必须习惯。"

"我想是的。不知为何,我觉得不应该用哥哥们的头衔来称呼我,在某种程度上来说,不适合我。"

格利高利叹口气,摩挲着瘦削的手指:"这么久以来,你的哥哥们都遵从你母亲的意愿,自己肩负治国重任,好让你能够自由施展自己的天分。"他拉过马克西安的一只手,翻过他的手掌,用长着老茧的手指在年轻亲王光滑的手掌和拇指上划过。

"如果琉善·皮乌斯·奥古斯都当年没有死于瘟疫,那么到今天,你会是这个家族里最受人尊敬的那个人,继续留在那旁高卢行省,游走于各个山村之间,照料病弱和穷苦的百姓,就像你母亲所期望的那样。"

想象着那样田园般的生活,马克西安笑了:"我喜欢那样的生活。"

格利高利摇摇头说:"但那样的日子一去不复返了。现在你有了一个新的方向。那天,我在办事处与你那位尊贵的哥哥争执时看到你也在现场,之后又听说元老院已经宣布你为恺撒和执行官,在奥古斯都·马修斯·盖伦出征东部期间协助奥勒良管理国家事务。"

"是这样。"马克西安慢慢开口,不明白面前这位老者的真实目的。

格利高利慢慢露出微笑:"你必须学会怎么不露声色,年轻的恺撒。你的想法在你脸上一览无遗。你错了,我今天并不想从你那里得到任何东西。我所想要的仅仅只是你的一点时间。我和你、你的哥哥们,以及你们整个家族相识多年。不知道你是否还记得?当你还很小的时候,你父亲常常来这座城市,和我一起在我们家在西里欧山的院子里消磨时光。我记得他曾带你去看过竞技场,至少去过一次,结果你被鸵鸟吓坏了。你的父亲与我是老朋友了,你也知道,我一直都支持你哥哥,帮他打击有野心的篡位者。

"我跟你说这些,并非为了博取你的好感,而是想告诉你,我一直都支持你的家族、你的父兄。马修斯·盖伦乃一代明君,或许还是自君士坦丁大帝以来西罗马帝国历任皇帝中最为出色的一位。他一向奉行谨慎的政策,从不滥用国家资产,处事公平公正,重视美德,不偏袒富人,不计较个人得失,也不会没收元老院议员的财产。总而言之,他是最有实力又最实事求是的统治者,有他在,神庙也兴盛。"

格利高利停下来,重重叹了口气,苍老的面容忧心忡忡。"然而,与此同时,他仍然还是一个人,而人常常会变得盲目。我知道,你肯定也注意到了,西帝国不稳定的一面。自从瘟疫过后,人口锐减,国民体弱多病,而且已经习惯了懒懒散散的生活。难道你在工作中没有发现吗?与日耳曼人、布立吞人或哥特人比起来,我们的人民有多么不堪一击?"格利高利挥手扇去热腾腾的水汽。周围其他人在悠闲地享受着,放松身心。

"在一百个人里头,你能从每个人的外表看出他来自哪个种族——罗马人矮小瘦弱、肤质粗糙,一副病恹恹的样子;布立吞人高大魁梧、金发白肤,浑身散发着健康的活力;日耳曼人也一样;哥特人又有所不同,但他们天生神力。我有许多客户,这点你肯定也知道。他们会和我谈论他们的麻烦和成功。对罗马人而言,最坏的事莫过于他们的子女、继承人因为疾病、虚弱或意外事故而早逝。哥特人虽然有财政状况方面的烦恼,但却一点儿不会担心身强体壮的后代。说起来我觉得很惭愧,但我也只能选择有着布立吞人或日耳曼人血统的自由民来为我的所有庄园或者在本城的工厂补充劳力。"

马克西安一脸震惊地看着对方。要知道,乡下贵族对待血统的严苛程度,不亚于对待信奉女灶神的处女的态度。

"是的,我知道你那是什么表情——但是,实在是别无他法!我的同胞们的后代太弱了,根本维持不下去。身为一个议员,却收养来自意大利半岛以外的人做我的子女,对此我亦深感痛心。我已不再年轻,这一生什么都经历过,但这件事却是最令我担心害怕的事——罗马人的堕落、腐化。我们国家必须有新鲜血液进来,才能保住帝国的百年大业。你看看东部,现在难道不就是这样的吗?

"许多来自不同民族的人在这里获得了公民权。在罗马,赋予公民权是一件很谨慎的事……我向你长兄提出的要求,不过是让哥特人、友好的日耳曼人和忠诚的布立吞人以平等的公民身份加入我们的国家。我已经和他们中的很多公爵、头人和酋长谈过了,他们都对帝国忠心不贰——在过去的三百年间,他们一直与罗马并肩作战,不是吗?他们应当有此回报,这已经是最低要求了。"

马克西安抿着嘴陷入沉思。格利高利说的也有一定的道理。最后他开口道:"每个人都可以通过服兵役来争取公民身份。长期以来皆是如此。"

格利高利点头以示认同,但又说:"的确如此。但这种情况现在已经不适用了。那些为帝国工作的木匠该怎么办呢?那些苦苦挣钱独力抚养十个孩子的寡妇又该怎么办呢?她的孩子可以通过服兵役成为帝国公民,而她却不能。这样又如何称得上公平?在罗马人自身强大的时候,这种政策完全没有问题,但如今不一样了。我知道,在这一点上,我无法说服你的长兄,同时我也认为向东帝国提供援助是必须的。我会为他提供他所需要的船只、金钱和供给。人与人之间总是会有分歧的,就算是朋友也是一样。"

这时按摩师过来了。马克西安冲他示意了下,然后转向议员说:"谢谢您告诉我这些,也非常感谢您长期以来对我们家族的支持,这对我的父亲和我来说都意义重大。您应该清楚,虽然我和我长兄的想法有时候并不一致,但我永远都支持他的决定。祝您愉快,先生。"

第十九章

格利高利点点头，脸上挂着淡淡笑容，双手拄着拐杖。

"也祝你愉快，年轻的马克西安。噢，在你走之前我还想说件事。我有位名叫莫尔迪休斯·阿提尔松的布立吞客户昨天来找过我。他说他打算放弃他们家在本地的生意回老家去。虽然这对我来说不是什么好消息，不过我也祝福他，他是个很有潜力的家伙。他还提到说曾经与你面谈过一次，我没有追问他，我的手下早就跟我说过此事了。我想告诉你，他所遇到的事已经不是第一次出现了。"

马克西安看着老人，许久之后才点点头离开。

第二十章
拉丁姆海岸，大奥斯蒂亚

断断续续的鼓点回荡在面朝图拉真大港口的砖房周围。透过残留的丝丝雨云，金色光束斜斜照向大地，迪亚蒂丝别过脸避开夕阳的余晖。成百上千只船停泊在足有一里宽的六边形帝国港口里，船上灯火通明，彩色船帆在交错的光影中闪烁。海鸥翱翔在雨后清爽的空气中，发出沙哑的鸣叫。阿波罗此刻正准备驾驶他的舟船以华丽的姿态越过西边天际线，雨云变成一片金色、紫色和红色交织而成的瑰丽色彩，如梦如幻。一股清爽的微风徐徐吹来，带来了浓烈的海水气息，原先对海港存有的一丝不安和身后城市里传来的种种异味都被吹得无影无踪。

"多美的夕阳啊。"阿纳斯塔西娅坐在舒适的轿子里，赞叹道。

"是很美。"迪亚蒂丝跪坐在保护人身旁的墩上，手指抚弄着剑柄，心里想的却是马上就可以远离这位保护人了。除了要带去的少数几人外，在东部，她可以说完全得靠自己。她抬头看着女主人冷静的紫色眼眸，那里面除了自信就是强势。迪亚蒂丝振作精神，心里渐渐安定。

"物资都装好了吗？"公爵夫人问。

第二十章

"是的,夫人,尼古斯和我所能想到的东西都准备好了,还另带了些其他备用的。人员都已登船,目前大多数在睡觉或者看书。"

阿纳斯塔西娅微微一笑:"毕竟,他们都是战士。"

她轻轻拉起年轻女孩儿的手仔细打量她。女孩儿穿着朴素的衣服,披着重披风,脚上的靴子有点旧了,头发绑在脑后,一张脸素面朝天。阿纳斯塔西娅意识到自己对这个被监护人的关心,这令她颇有些心烦意乱。长久以来,她只是把克劳迪娅家最后的这个女儿当成一件有潜力的工具而已。之前因为给最年轻的阿特柔斯亲王设的局功亏一篑,她很生气,但现在所有的怒气都烟消云散了。她轻笑着放开迪亚蒂丝的手。

"去吧,祝你好运!"她做了个阿耳忒弥斯①祈福手势。

迪亚蒂丝站起身鞠了一躬:"您也是,夫人。"她转身上船,夕阳余晖在发梢跳跃。阿纳斯塔西娅目送她踏上跳板然后走上前去与船长交谈。水手们解开系泊缆绳,扬起了帆。海水开始退潮了。

当紫红暮色染遍海港时,公爵夫人在轿顶上轻敲一下,示意起轿。

克里斯塔眨眨眼,在她身边醒来。"该回去了吗,主人?"她困乏地问。

"是的,亲爱的,该回去了。"

奴隶们熟练地把轿杆滑到肩头抬起来,沿着街道快步向前走去。西边的地平线上,一片片深玫瑰色和金色云彩争相斗艳。轿子向市区行去,阿纳斯塔西娅斜靠着轿子,看着轿子外不时晃过黑黢黢的房屋。她伸出一根纤长玉指,把披肩的一角折过来又翻过去,拇指摸索着布料的边。

"希望她能活着回来。"她想着,脸上流露出淡淡的悲伤。

---

①阿耳忒弥斯:希腊神话中的狩猎女神和月神,与阿波罗为孪生姊妹。

第二十一章
罗马,帕拉提诺山

马克西安从广场①返回时已然夜深。他又累又乏,整个下午都在听元老院议员唠叨神的旨意和关于皇帝此次东征必胜的神谕,他早已不耐烦,到后面居然睡着了,在一些稀奇古怪的梦里结束了整个下午。尽管长兄让他接管之前由德奥列里乌斯负责的工作,但他还没有行动。

他照计划去特姆雷斯给他安排的办公室看了两次,里面的装饰布置实在太招摇,他笑了笑离开。那里的政府职员整天活得小心翼翼,到处都是眼线,那种地方不适合他。他知道奥勒良希望他去帮忙,但他心里却老想着那些死去的手工艺人。他踏上通往自己房间的楼梯,手指拨弄着衣袋里的小铅块。他已经习惯了依赖身为治疗师和魔法师所具有的某种莫名的"直觉"。抄写员之死让在奥斯蒂亚的那个恐怖夜晚和在库迈神庙的那一晚的记忆又鲜活地浮现在他脑海中。

走在老旧走廊上,他几乎可以清楚地看见,这里那些寻常人所看不见的力量。皇帝带着大半个朝廷和庞大的舰队去了奥斯蒂亚,现在

---

①广场在古罗马城镇用于审判活动和公众事务。

第二十一章

这座宫殿几乎成了空城,只剩下燃烧的油灯,偶尔出现一个正在做清洁的奴隶。此刻,悠长岁月和历史惨剧带来的沉重感浮上马克西安心头。他总是能在不经意间看到曾在这里生活又在这里死去的人们的幽灵。第一次来这里时,那些仪容讲究、霸气而骄傲的老人们隐约现身,对他很友好。他们曾经是最强悍的人,曾经在这里统治帝国数百年。如今,他的力量提升了,运用法术的技巧也更纯熟,有时候就能看到其他幽灵——那些在武力下暴毙或夭折的人,那些曾在这里留下欢笑泪水、爱恨情仇的人。他甚至能听到石头低声传述逝者的故事。

他在自己房间门口停了下来,门下透出浅黄色的光亮。他一大早就陪兄长们去广场了,走的时候并没有点灯。他冷静下来,在心里默念"赫尔墨斯初启术"咒语,从周围的灯里吸取能量。一阵轻微的噼啪声响过,灯灭了。他把一只手放在墙上感应房间里头的情况。里面有三个人,但都离房门有点距离,房间里的气氛虽有点紧张,却并未夹杂愤怒或敌意。他偏了偏头待眼前的景象消去,然后才打开房门。

"先生们,"他对房内的三人说道,"我相信你们肯定是带来了什么重要消息。但此时天色已晚,我也累了。"

格利高利·奥里克斯点点头,站起来欠欠身。他身边还有两个人,其中一人与他年纪相仿,马克西安认出了对方,大吃一惊——这位是曾昙花一现的伦巴底王国的皇后泰奥德兰黛,台比留大帝死前一直想把她驱逐出意大利半岛北部。但另一个人他并不认识。

格利高利向他介绍两位同伴:"这位是泰奥德兰黛夫人,我们是老朋友了;这位是我的同行诺梅里克,不过他住在亚得里亚海上的阿奎莱亚。"

马克西安冲每个人点头打招呼。泰奥德兰黛欠了欠身,诺梅里克点了点头。亲王取下披风和帽子挂在门边的木钉上,走进客厅旁边的小厨房。宫里的下人们之前送来了一盘冷肉片、面包片、奶酪和少许鱼干，外加一瓶带瓶塞的红酒，这就是晚餐了。马克西安端起食盘返回客厅，坐下来喝了一口酒，拿起一条鱼干开始啃，同时示意格利高利·马格努斯说下去。

"恺撒大人，首先我对不请自来打扰您感到抱歉，但是，自从上次我们在浴场谈话以来，有了一些新的情况，我想应该告诉您，不过不会占用您太多时间。我之所以带他们二位过来，是想让您明白眼前的麻烦有多大。他们二位都是我的至交好友，虽然如您所见他们都没有公民权。当年伦巴底王国覆灭时，泰奥德兰黛夫人因为获得特赦而得以幸存下来，之后居住在佛罗伦萨一个山区小镇上。我与她是通过书信熟识起来的。诺梅里克曾担任过上潘诺尼亚行省大哥特区的长官。"

马克西安闻言扬了扬眉。一般情况下，对皇室成员而言，深夜在私人寓所会见附属国的高级官员是非常不明智的举动，尤其当对方还是来自哥特那边。不过，看样子这点完全不在格利高利担心的范围内。

"当然，"这位权贵又说，"诺梅里克已经辞退了之前的工作，不再替哥特国王办事了。他现在是，噢，怎么说好呢⋯⋯是驻帝国的一位非官方大使。"一直十分谨慎不发一言的诺梅里克听到这里，平静的脸上露出淡淡微笑。

格利高利拄着拐杖，前倾身体："我知道您一定会对我们早先谈到的那个话题查个究竟。但是在调查过程中，您可能会需要国库以外的资金来源，需要帮助或者甚至是保护。我与这位夫人和这位先生都谈过了，他们——还有我——都愿意向您伸出援助之手甚至提供保护，如果您愿意接纳他们的话。"

马克西安吃完最后一点奶酪，放下小刀，拿外衣袖子擦了擦嘴，抬起头说："你希望我回报什么呢？展现你的美德？对法令施加影响？在法庭上为你的生意或者你的人说话？我和我的哥哥们一样，都不太

第二十一章

看得上向政府官员行贿的人。事实上，难道你真的认为国家没有办法给予我所需要的东西吗？"

格利高利站起身，蹒跚着年迈的双腿快步走到门边。他贴着门站了很久听动静，突然一把拉开门走到外面的走廊上，往两头看了看，这才转身关上门回到原位坐下，眉上有细小的汗珠。"很抱歉，恺撒大人，原谅我太过小心。泰奥德兰黛夫人，请你告诉大人正在发生的事。"

泰奥德兰黛夫人不安地看了看格利高利，转身面向马克西安。她有一双深蓝色的眼睛，几乎接近泥炭的颜色。马克西安努力让自己把注意力放在她要说的话上，而不是去想象她年轻时的模样。

"大人，"她说，"自从我丈夫阿吉卢尔夫在帕多瓦战役中丧命后，我便成了罗马皇帝的阶下囚。原本以为我们所有人要么被立即处死，要么就会被当作奴隶卖掉。但是，马修斯·盖伦·奥古斯都却出现在我们面前，给我每个人提供了一个机会：无论男女，只要发誓不再与帝国为敌，就能得到特赦。对这样的以德报怨，我们万分感激，因为我们当初入侵你们的土地，完全就是为了占领整个意大利半岛，建立我们自己的国家。皇帝的仁义让我深受感动，尽管当时我的衣裙上还沾有我丈夫的鲜血。正如尊敬的格利高利方才所言，后来我带着愿意跟随我的仆人们在佛罗伦萨的一个小镇上定居下来。

"可能您会感到惊讶，殿下，但是，佛罗伦萨地方虽小，却是生产和贸易的中心，其中最令我们自豪的是纺织品和编织品。我的人都心灵手巧，所以我得以开始一种全新的生活，不是作为某个民族的统治者，而是一个生意人。我们没有公民权，但我们深深相信帝国法令的公正性。我们的父辈是住在荒山野岭中的蛮族，我们不希望让后代继续走老路。

"但是，有一件怪事却引起了我的注意。当我们初到佛罗伦萨时，当地的纺织厂规模虽然不算很大，却经营有方。整个小镇到处都是一派繁荣的市场景象。从我们住进去开始从事新买卖之后，那里就更火了。在最近这几年里，我们采纳了我的子女们的创新理念，努力想重新富裕起来。但所有的努力均宣告失败。我的十一个子女中现在就只有两个还活着，其中一个还被修建赫菲斯托斯①神庙时落下的石头打伤，留下了伤残。

"开始很长一段时间，我都以为那些'意外事故'是我们在染料和织品生意上的竞争对手下的毒手。但后来我得知类似的事故也降临到了其他家庭头上。最后，那些灾难事件都快把我逼疯了，我只得跑到山里去找一位在杜里克姆守护圣殿的女智者，向她诉说了我们遇到的麻烦。结果她却大笑不已，说我应当回家按照这座城市的创立者的方式供奉诸神。我就一直追问她，她便指着我的衣服说，如果我换上这座城市的创立者的服饰，那些事故就会终止。"

泰奥德兰黛停了停，把手伸进放在脚边的手提袋里，拿出一小截布料递给马克西安。后者好奇地接过去，发现布料的手感超乎寻常地柔软，是他所见过的最上乘的织法，布上还织出了精美的图案。与眼前这位伦巴族夫人所穿的中档粗羊毛罩衣与长袍不同，这一小块布简直媲美丝绸。

"这是什么东西？"马克西安把布条在膝盖上摊开。织物的绝佳手感令他爱不释手。

"我们叫它'丝布'。之前格利高利帮我成功收购了十几匹成品丝绸，后来我的女儿们便发明了这种布料。它光滑得简直不可思议，对不对？几乎像丝绸一般，但又不是丝绸。当然，它是用羊毛与亚麻制成的，可不是从桑树叶上采集的露水。"

马克西安听到最后这句玩笑时抬头看了一眼，却发现泰奥德兰黛眼中并无幽默之色，反而满是痛苦。

---

①赫菲斯托斯：希腊神话中的火与锻冶之神。

第二十一章

"看来,你的女儿们已经不在人世了。"亲王说。年长的夫人点点头。"如果我没有理解错的话,所有参与生产这种布料的人已全部暴毙,你的生意也几乎什么都没剩下。"

泰奥德兰黛脸上闪过无比悲痛的神色。她说:"只剩下金子。我仍然很富有,不过我家里已经没人了。"

"剩下来的布料就只有这点儿了吗?"亲王问。

"不,"诺梅里克插进话来,轻轻的声音沙哑刺耳,"这是从四周前织好的一匹新布上截下来的。据最新得到的消息,织这匹布的工人们都还健健康康地活着。"

马克西安慢慢转过头,质疑地扬起了眉。之前他心中曾有了一点头绪,但这么一说,他的这个尚不成熟的念头又有些动摇了,似乎完全不对。"容我问一句,你怎么办到的?"

诺梅里克笑了笑,看着格利高利。老者咳了一声,摇摇头。

诺梅里克伸出十指,越过指尖看着亲王:"那家工厂在我家族名下,位于大哥特地区的锡萨克。"

马克西安疑惑地看着格利高利,说:"这两者之间又有何关联?"

格利高利点点头,清了清嗓子:"自从狄奥多西实现和平之后,哥特人便把锡萨克作为其首都。那是座由哥特人统治的哥特城市,推行的是哥特人的法律。可以这么说,它不在罗马统治下。在那里……不存在罗马这个帝国。你明白我的意思吗?"

马克西安仰靠在躺椅上,一只手摩挲着自己的侧脸,另一只手抚弄着那块布料。他现在明白了格利高利所指的是什么:"你是说,如果我们那位布立吞人朋友当初做的那笔生意是在帝国境外……就不会出问题了?"

格利高利点点头,激动地在镶嵌地板上杵了杵拐杖:"有一段时间我也这么想。所以,我的朋友,你应该明白了,为什么我说你可能需要来自国外的帮助。"

马克西安点了下头，陷入沉思。

格利高利一行离开时已是后半夜。马克西安几乎累垮了。他坐在床边，房间里只燃着一根孤零零的蜡烛。床边小书桌上放着一个包，里面装着他收集到的那些东西。他知道一切都得等到第二天再说。本来他都已经睡下了，但好奇让他心里像猫抓似的。他迫不及待地打开包裹的布，里面放着几个物件——泰奥德兰黛留下的"丝布"样本、在抄写员家中找到的小铅块、从奥斯蒂亚的德罗米欧船厂拿回来的一根船钉。他把这几件东西分别放在床脚边地板上，形成一个等边三角形，然后坐在从柜子里拿出的一条小毯上。他曾想过叫仆人去请奥勒良，好让他在自己进入冥想时在一旁守护，但转念一想又放弃了——兄长已经够忙的了，而且自己目前还无法向他说明这到底是怎么回事。

他盘腿而坐，平稳呼吸，就像在帕加马学院所学到的那样。过了一会儿，房间里的景象开始退去，视线里的粗糙石头和木料仿佛消失了。墙面、床铺和房门的轮廓还在，但只剩下无数微小火苗在摇晃，看起来遥不可及。马克西安的心越来越平静，摒除杂念，直到世界真正的模样展现在他面前。

他封闭了所有感官，只余下一串串微小的意识火流以不可思议的速度在座椅、书桌和地上的三个物件上游走。马克西安把注意力集中在这些物件上面，试图得到反应。眼中的铅块变得不可思议地大，旋转的微粒形成铅块的表面，第一眼看上去坚固而沉重，再一看，只是幻影，待第三眼望去，便只有相互分离的一片混沌与一团火云。突然有种筋疲力尽的感觉袭来，马克西安几乎跌落入那片奇怪的区域。但是铅块后面有什么突然拉住了他，连他的意识甚至灵魂都感受到了一股巨大的拉力。

马克西安收回视线，好让自己看到除了铅块之外的其他东西。现

第二十一章

在他看到了小铅块产生的效果,起初觉得很惊奇,但接着便感到万分恐惧。以铅块、布料和船钉为中心,黑暗力量从这些物件上钻出来,带着腐朽瓦解之力,以螺旋形向四周扩散,瓦解被它触碰到的所有东西。现在马克西安清醒了,感觉这股力量像针扎一般刺进他的灵魂,仿佛毒瘤,一点一点地吞噬掉自己的力量和生命力。

他猛然一惊:这是诅咒,是某个强大的魔法师召唤出的邪恶力量!这些东西必须立即销毁!这个念头如此强烈,他几乎立刻就要中断冥想拿起地上的东西离开这里。但他心里还是保持了冷静。他惊骇地意识到,在房间里汇聚的这股力量正在影响着自己的意识与思想。"毁掉它们,"力量旋涡低语着,"粉碎它们,烧掉它们!"

他拼尽全力召唤雅典娜之盾,就像在帕加马的阿斯克勒庇俄斯学院初学的那样。保护盾可以把一切邪恶力量从治疗师的身体中驱逐出去,把遭受攻击的目标转移至其他正在生病或腐败的身体,而且,如果幸运并施术顺利的话,还可以把他身体里已坏死的体液带走。蓝色和白色的彩带闪着光飞入他的身体,经过一番激烈争斗,最终切断了伸入他灵魂中的那些代表黑暗力量的卷须。他顿觉身体一轻,脑中重获清明,逻辑恢复正常,意识也重新聚集起来。

看着攻击他的黑暗力量,他发现一件怪事。在蓝白色保护盾下,腐朽的光依然闪烁,但地板上那三个物件其实并不是光源。相反,它们把光吸引了过去,就像在水中用血吸引鲨鱼或者畜群中受伤的动物吸引野狼一样。这时,织好的布料开始瓦解,分解成一根根单纱,然后变成一捆捆的线。他想,看来用不了一两天,它就会完全瓦解。"这种诅咒的力量深深震撼了他。就连铅块和铁钉都在黑暗力量的黑色卷须下一点点变得粉碎。这种可怕的力量从何而来?他突然有了某种熟悉的感觉,仿佛以前在哪儿见过……

暂时不管那三个东西,马克西安让自己的意识脱离身体,穿过房间的木屋顶,再穿过上面楼层,升上帕拉提诺山顶上的夜空。从这个位置可以看到山下的城市犹如一片涌动的光海——人潮、建筑、河流，一切都在燃着暗火。透过眼前这一切，马克西安惊讶地发现，一股蓝黑色的能量正像旋涡般绕着宫殿房间飞舞。这种诅咒的力量从城市里的石堆、熟睡的人、广场上的雕像以及竞技场地板上的尘沙中钻出来。

是这座城市！他惊恐地意识到，是这座城市自己在通过散播疾病的方式清除异己……

这便是他之前通过意识之眼看到的——受害者先是患上不治之症，然后身体彻底垮掉。这种东西会入侵并且损害身体。这时，他眼前突然一黑，无力地倒在房间地板上，浑身大汗淋漓，手掌和额头仿佛火烧一般炽热。

第二十二章
爱琴海行省，德罗斯岛

迪林在奴隶们的哭喊和鞭打声中醒来。身体的感觉很奇怪，脑袋轻飘飘的，但那些杂乱的色彩和空间扭曲的怪象已消失了。他躺在一张光滑的大理石长凳上，这是他第一次完全清醒过来。肚子饿得咕咕叫，口干舌燥，但视线和思考并不受影响。头顶上是被煤烟熏黑的低垂的拱顶。他试着动了动身体，全身酸痛，四肢全都被套上了铁链。这可不妙，他想。目光扫视周围，房间左侧有一扇高高的窗户，一束阳光从窗子透进来照在对面墙上。他从窗子望出去，蓝蓝的天空晴朗无云。

除了大理石长凳、铁链和单扇门，房间里其他东西都很寻常。窗外传来繁忙集市上的嘈杂声，但迪林没听到任何动物的叫声，只听到了很多人绝望痛苦的呻吟。再加上不时响起的鞭打声，他意识到奴隶船上发生的事并不是一场梦。"我被卖到奴隶市场了，"他沮丧地想，"我怎么继续修习？不行，我得逃。"

咔嗒一声，门闩抽出，门开了。两个男人钻进狭小的空间。其中一个又矮又胖，一身水手打扮，穿着束腰外衣，打着绑腿；另一个则又高又瘦，穿了件托加袍①和凉鞋，一头白发修剪成紧贴头皮的样式。贵族男子站在大理石长凳旁俯视迪林，蔚蓝的双眸仿佛窗外的蓝天，清澈纯净，他身形瘦削、脸型瘦长、鼻梁挺直、眉尾上挑。白发男子仔细查看迪林四肢，翻了翻他的眼皮，又拿手在他身上各处戳了戳，却始终很谨慎地不碰迪林的嘴。检查完毕后，他从长凳边走开，若有所思地摸着自己脸颊。

"健康状况良好，阿莫赛斯，只是他脖子上还有你的手印。药效还没退，所以暂时把他留在这里应该没问题。我还以为他身上会有'魔法粉'的痕迹，不过我并没看到。"

医生话里的暗讽让水手一下就红了脸。"我真的看见了，先生，他手上飞出火来，烧死了我们一名同伴，连脑袋都烧掉了，那火甚至在水里都灭不了。"水手冷静的言语下压着怒气。

医生笑了笑，薄薄的嘴唇微微抿起："别生气。我只是想说，我无法就此证明这个男孩除了一张标致的脸蛋和一头红发以外还拥有什么特殊才能。"

阿莫赛斯闻言皱了皱眉，两手拇指插在背带上，说："要想证明这点，你就得让药效马上过去，不过，到时候掉脑袋的可能就是你。"

医生耸耸肩，反正自己的话已经说清楚了。

"我会向货主报告的，不过我估计你只能把他卖去拿火把或者做家奴。就目前的情况来看，你应该把他关在奴隶栏里，那样可比关在这里省钱多了……"他用瘦骨嶙峋的手指了指光秃秃的四壁，手指甲被精心修剪过。

说罢医生便离开了，出门时低头避开门楣。阿莫赛斯站在屋子中间，盯着迪林看了好一会儿。迪林始终一动不动，大气也不敢出。最后，阿莫赛斯摇摇头，似乎要甩开越来越强烈的怒气。他嘴里念念有

---

①托加袍（toga）：古罗马男性公民在公共场合穿的由一块布制成的宽松外衣。

第二十二章

词地踩着重重的步子离开了。迪林只隐约听到他提到了钱。房门"哐当"一声又关上了，门闩也被重新插回去。时间一分一秒过去，从窗户透进来的光束在对面墙上慢慢游移攀高，最后完全消失，黑暗笼罩了整个房间。迪林一直静静地躺着，侧耳听着不断从窗外传来的低语声，胃里有种很不舒服的感觉。他知道，外面肯定有上千个奴隶和上百个监视的人。

这个地方，在他被带上帝国舰队从遥远的家乡来到埃及时曾听说过，后来在学院里也有所耳闻。从这可怕的环境来看，他此刻身在德罗斯岛——东西帝国的人口贩卖中心。德罗斯岛是一个位于亚加亚近海的荒凉贫瘠的小岛，岛上除了全世界最大的奴隶市场，便再无其他。每天有上万个奴隶被带来这里卖掉，他脑子里的一个声音说："你不过是最新到达的这批奴隶中的一个。"奴隶贩子才不会相信他是帝国要的士兵。相反，如果他们信了水手的话认为他是个魔法师，那迪林的下场就只有两个：要么被当作危险分子即刻处死，要么被当作怪物或玩物拍卖给强权者。他的眼角滑下泪水。要是自己此刻能施展冥想或者"赫尔墨斯"之术的话，这些铁链根本困不住他。但是，什么也没有发生，他一想召唤能量，就觉得脑袋里那种轻飘飘的晕眩感又出现了。夜色更深了，他又饿又累，不知不觉沉沉睡去。

当窗台上的光线再次亮起来时，迪林醒了，头昏眼花，脑袋疼得厉害，不过那种头轻脚重的感觉倒消失了。他努力回忆冥想是怎么做的，但是胃里传来的饥饿感总是令他分心。他把指甲深深刺进肉里，终于得以集中精神。但他仍有些恍惚，老是分心去想烤羊肉、从村里葡萄树上摘下的鲜葡萄和用盐水泡过的酸橄榄。最后，他终于重新获得了在船上分解铁链时的清晰视野。就这样，时好时坏，慢慢地，他能看到把自己与桌子绑在一起的铁链上的每一环。他努力抬着头好看清沉重的铁链，脖子痛得直抽搐。但是，之前在船上那一次他能看到环扣上有不同颜色，这一次却没有看见。他气喘吁吁地瘫倒在冰凉坚硬的大理石地面上。

太阳冉冉升起，高度已几乎与窗户齐平。这时，门"嘎吱"一声再次打开来。迪林感觉有种……寒气……破门而入，令他浑身冒起鸡皮疙瘩。有什么东西从门外无声地进来了，他转过头去，不敢抬眼去看。但是，透过已恢复到一定程度的意识之眼，他惊恐地看见屋内的光开始变暗，有股奇怪的力量在房间里四处游走，若隐若现，像蜘蛛般紧贴着墙面。一个身材中等、头发灰白的男人与阿莫赛斯一同走了进来。此人穿着毫不起眼的服饰，头戴深色毡帽，肩披长斗篷，斗篷下露出汗衫和深棕色束腰外衣；一张长脸呈三角形，眼皮松松地耷拉着。看着来人那有如死人一般惨白的肌肤和铅灰色眼眸，迪林被吓住了。一种病态的白色力量在来人的身上和衣服上不停地游走，仿佛毒蛇起舞；这个人身上没有任何活人的气味。

"这就是我说的那个奴隶，先生。"阿莫赛斯轻声说。越过尸鬼的肩头，迪林看见水手紧张得快要站不住的样子。水手身上刺鼻的汗味在房间里蔓延开来。

"不错，很不错。"尸鬼轻声说，他的声音听起来就像是干骨头被扔进了井底，"这小子有点潜力，像被埋入沙中的热炭。你算是介绍对了，阿莫赛斯先生。"手指如羽毛般轻轻从迪林的脸庞上空拂过，几乎要触碰到他但又始终保持了距离。尸鬼俯身把脸凑近迪林的胸膛，嗅着他身上的气味。如此近距离的接触把迪林吓得浑身打战。他能看到一条极细的缝合痕迹从男子脖子绕到喉结再爬到后脑勺。迪林尖叫一声，拼命往旁边躲，逃离尸鬼没有热度的呼吸。

尸鬼脸上的肌肉像蚯蚓般蠕动几下，拼出个笑脸。一只长手抚上迪林肩头，感觉像是给刚死不久的人盖尸布的动作。

"不不不，年轻的朋友，别害怕。我不会伤害你。躺着别动，想想让你觉得愉快的事。我要带你离开这里，给你真正的用武之地。"

第二十二章

阴森的笑脸又出现了。这一回,当那双灰暗眼眸中有所变化时,脸部肌肉的反应速度勉强能跟得上。迪林呆愣着,就像暴露在野狼眼前的兔子一般,无法动弹。灰暗的眼眸越来越深沉,仿佛从湖水中形成的漩涡。迪林咬牙施展"塞拉皮斯冥想",抵抗把自己往那片黑暗中拖的力量。但最终,他再次陷入了昏迷。

迪林再次醒过来时,四周几乎一片黑暗,身上已经没有了铁链。他此刻置正在另一艘船上,耳边只听到绳缆摩擦在船舷上发出的嘎吱声。他的身上盖着一床被子,从触感来看应该是棉被。他一想到在奴隶室里那个俯身看着自己的生物面前赤身裸体过,就不寒而栗。周围的空气十分压抑,他感觉似乎有某种危险即将来临,他极小心地睁开眼环顾四周。这一次所在的房间不是位于甲板下方,但依然很小,天花板低垂,里面只有一张小床、一个桶、一扇弧形门。他躺在小床上。与小床相抵的墙面也是弧形的,迪林意识到自己此时肯定是在船上某个角落的窄室里。从门缝透进来淡蓝色的微光,隐约照出眼前的景象。

他仔细看了看四肢,没有什么脚镣手铐。他的衣服都不见了,不过人看来还没事。脖子上套着个薄金属项圈。他小心地用手摸了摸,试了试项圈的牢固程度,看来并不容易挣开。他放慢呼吸,尝试做"初级术"。过了一会儿,他停了下来,之前他所拥有的力量都消失了。他用尽全力施展冥想,但脑海中仍然一片空白,根本无法进入魔法世界。脖子上的项圈突然发烫,他不解地摸了摸。

门"咯吱"一声响了,淡蓝色灯光洒进室内,打断了他的沉思。迪林抬起一只手挡住刺目的光,半眯着眼看去。这一看吓了一跳——站在刺目光线下的身影俨然就是那个尸鬼。

"跟我来,年轻的朋友,晚餐已经端上桌了。"干巴巴的声音里透出来的隐隐嘲讽也没有减少迪林内心的恐惧。此时他依然什么也做不了，只得强撑着虚弱的身体下床，蜷着身子从这个小空间爬出去。前面是一个舱室，地板上固定着一张桌子，室内到处铺着地毯，摆放着古董，另外还有两把椅子和一些餐具。食物的气味仿佛蛇一样钻入爱尔兰男孩的胃里，对食物的渴望令胃部抽搐，但空气中的微弱腐肉气息又令他作呕。迪林小心翼翼地挑了张较小的座椅坐下，船有点摇晃，他紧紧抓着桌子边。

尸鬼则在较大的那张座椅上坐下。他伸出如蜘蛛丝一般细长的手，端起一个白色的碗，揭开盖在碗上的布，把碗递过去。

"吃面包吗？"干巴巴的声音问，"放松点儿，慢慢吃，别着急。"碗就放在迪林面前的食盘边上。男孩拿起一片切好的面包。面包的外形和气味都很像一种叫宽叶车前的植物，厚实但并不新鲜。他小心地咬了一口，舌头尝了尝，味道好像研磨工序结束后漏下来的碎石块。估计这面包放了起码有九至十天了，但还是可以吃的。他慢慢咀嚼着，买他的人饶有兴味地看着。

"你可以叫我西罗恩。"尸鬼开口道，伸手取过一个青铜酒杯，"你现在属于我，嗯，应该是属于我的主人。你小子看起来挺机灵，一个曾在埃及学院待过的人还能有这种机灵劲，很难得。"看着迪林恼怒的瞪视，他扬了扬稀薄的黑色眉毛："你要知道，你身上的特征很明显，你手指上有芦苇笔留下的老茧，还有明显的埃及墨水的痕迹；你所施展的是让你静心凝神进入魔法世界的冥想。这一切都指向这样一个结论。"

迪林没有任何反应，继续慢慢吃着面包。西罗恩移开目光思考了片刻。从侧面看去，他长得像一只鹰，尖鼻子，深眼窝。但不知为何，迪林心里很肯定他并非埃及人。打开不了意识之眼，迪林必须非常仔细地看，才能看到对方身上的死人特征。皮肤苍白，但肉眼看不到在魔法下能看到的白垩纹理和颗粒感；黑色眼睛射出冰冷的目光，但现在已没有了摄人心魄的黑暗旋涡；嘴唇上有一丝极淡的血色。这东西朝着迪林微微一笑,迪林感觉对方对他,应该说对活人,怀有极深的敌意与恨意,他不由自主发抖起来。

"三天后我们将到达那座伟大的城市,"西罗恩说,"我的主人会带你去他家,在那里你会受到很好的照顾,衣食无缺,也不会缺少关注。"尸鬼俯身在桌子上凑近男孩,"不过'自由'这种宝贵的东西你就不要想了,虽然你可以在城里自由走动。不,主人会很高兴把你加入他的收藏品之列。"西罗恩又喝了一杯酒,嘴唇上的那抹血色变得鲜活起来,蔓延到脸颊上。迪林心里一阵恶寒。

"吃吧,喝吧,我年轻的朋友,这里的东西绝对够我们俩吃的了,德罗斯总是最能知道我的需要。"那东西笑了,笑声像铁手指捏碎婴儿的头骨,一个接一个。

迪林继续咽着面包。

船随着海水的再一次涨潮起起伏伏,从南方吹来的风将帆张满,带着船在黑暗的海面上向北驶去。船桨上下翻飞,掌舵的只有一双尸鬼的手。

第二十三章
君士坦丁堡

迪亚蒂丝迎着北风站在米基蒂斯号的船首，金色流云般的长发在身后飘飞。尽管从黑海吹来的风冰冷彻骨，但爱琴海的烈日热情如火。她脱了外衣，仅着一件短皮背心和一条长至大腿的裙子，曾经白皙的皮肤被地中海的烈日晒得黝黑。自从奥斯蒂亚启航到现在，三周过去了，船上水手们还会不时地斜眼打量她。对此她选择了无视，把身后的一切交给尼古斯。尼古斯默默坐在前甲板上，一言不发地磨着自己众多匕首中的一把。公爵夫人为方便她"做事"而雇下的这艘商船，犹如一把尖刀，在普罗波恩蒂斯海①的蔚蓝海面上破浪而行。这片海域原本不大，然而置身其中，却依然有种开阔辽远的感觉。海浪温柔地拍打着海面。在她眼前，从东帝国首都高耸的城墙边延伸出来两道长堤，长堤之间的军用港口里一派繁忙景象，满目尽是各种船帆、桅杆、船只和大艇。

米基蒂斯号侧偏转向，水手们收起主帆，操纵桨开始转动起来。在船长的命令下，船晃悠悠地从海港入口两个庞大的塔楼之间穿

---

①普罗波恩蒂斯海（Propontis）：马尔马拉海的古称。

第二十三章

过。君士坦丁堡的花岗岩城墙就在一大片船帆与帆缆后面：城墙一道高过一道，墙头上的垛口呈锋利锯齿状，一座座巨大的塔楼伫立在城墙上。迪亚蒂丝一只手轻轻抓着身前的绷绳，即便是站在甲板上，也能感觉到这座要塞的易守难攻。公爵夫人曾告诉过她，在眼前城墙后面的繁华都市里，有近两百万人忙碌地生活着。尽管阿瓦尔蛮族及其盟友斯拉夫人和杰皮德人围城长达六个月之久，但城内生活根本未受任何影响，一切繁荣依旧。从普罗波恩蒂斯海上一路过来，总能清楚地看到北岸上游牧民族留下的特征——烧光的农场和遥远的烟柱。米基蒂斯号进了港，高高的城墙如庞然大物般耸立眼前。

她敏锐地观察四周。一艘艘挂着短桨的大划桨船整齐列队在海港停泊处，深红色船帆收了起来，如鸟喙一般尖的青铜船首在午后阳光中闪着光。成百上千艘商船拥挤在港口，到处都是水手和劳工，物资和人交织成一片混乱景象。海风吹到城墙下便无法再前进了。米基蒂斯号上的水手们放下船橹。突然响起低沉的鼓声，压过了船橹划第一下时溅起的水声。迪亚蒂丝转过身，看见一艘大划桨船从海港西岸上的一个船坞里划出来，仿佛一只大猫从藏身处跳出来扑向猎物的气势。其船身两侧各有一百副桨在阳光下挥舞，仿佛密密麻麻的枪林。随着声声震耳鼓声，上百副桨上下翻飞，动作统一得像一个人似的。那船飞一般地划过水面。

大划桨船如一只水蜘蛛般快速穿过海港的碎浪区，水手们跟着鼓点划桨。漂亮的船身，船首上那些炯炯有神的眼睛，动作整齐划一的划手，此情此景不禁令迪亚蒂丝哽咽了。这样厉害的战争工具将归我指挥！这个念头令她欣喜若狂，那船简直就像神一样飞过海面……很快，那船便离开海港进入了开阔的普罗波恩蒂斯海域。她恋恋不舍地盯着船远去的背影。

不到半个小时，米基蒂斯号便驶进了指定的停泊点。在迪亚蒂丝的指挥下，尼古斯和其他人训练有素地卸载所有装备用品。迪亚蒂丝又换回了自己那身不起眼的装束，披着宽厚的披风，但里面多加了一件编织紧密的铁链甲。甲衣的重量，棉质紧身衣的贴身感，都让她觉得倍感自在。"既然现在已经上了陆地，"她想，"这样的重量应该不会碍事才对。"而且，眼前的城市如何尚未知晓——至少对她而言是的，尼古斯则早已来过此地——这意味着危险加倍。她在众人之间不停走动，与每个人交谈，确保无任何疏忽或遗漏。

最后走到码头朝向陆地的一端，她才检查完毕。前面来了个年轻的帝国军官，身穿浅色熟皮胸甲，披着红披风，脚蹬束带皮靴，脸上蓄着东帝国流行的短胡须，但头发剪得很短。他焦躁不安地向码头上张望，肩上搭着个信囊。码头边的一根柱子上拴着一匹马，马看起来一副百无聊赖的样子。

"有什么需要帮忙的吗？"迪亚蒂丝问，猜想此人定是前来接应的向导。

"啊，这样，也许……我正在找这个，呃，这个小队的百夫长。我带了命令给他，同时带你们去营地。"他的目光没有看走过来直接站在她面前的这个女孩儿，而是越过她继续往前面张望。突然，他盯住她，好像刚刚才看到她一样："你知道哪位是百夫长吗？他们看起来全都，呃，不太整洁的样子。"

迪亚蒂丝笑了，从斗篷的内袋里取出一个皮革令囊，翻开打了蜡的盖子，递给他。阳光照在两个封印上，其中一个是帝国封印，还有一个虽然稍小但同样华丽的是德奥列里乌斯家族的纹章。

"我们看起来都不怎么整洁，冠军禁卫[①]，我们的工作便是如此。我便是你要找的百夫长——迪亚蒂丝·朱莉亚·克劳迪娅。"

冠军禁卫看着她，显然脑子一时蒙住了。他张了张嘴，又闭上，然后摇摇头，迅速敬了个礼："请原谅我，女士，我接到的命令里并

[①]冠军禁卫（Optimate）：拜占庭禁军的一种。

第二十三章

未说明长官的性别。如果对您有所冒犯，我向您道歉。"

迪亚蒂丝上下打量了他一阵，摇摇头："我今天不想打架，我想去营地休息。我这里一共是十二个人而非十个，这一点有问题吗？"

冠军禁卫摇摇头，松了口气，幸好没与这位看起来古里古怪的西帝国官员产生纠纷。保民官千叮咛万嘱咐，让他一定要与所有新盟友们保持友好关系。要是与"特殊"单位的关系弄僵了，他的人头很快便会被摆在盘子上送回农场去了。来自西帝国的水手们把多得不可思议的工具拉上码头。看着眼前这群大汉，他依然有种感觉，这个低级军官可能是里头最麻烦的一个。这群人没一个外表整洁，脸上的胡子要么乱糟糟要么拖得很长；身上的衣服是一大堆如抹布般的碎布块与盔甲拼凑在一起，根本无任何统一的形象。这群斜眼长胡子罗圈腿的矮子一个个凶神恶煞，一看便知是匈奴人，或者至少是萨尔马提亚人。

他往四周看了看，意识到一个严重的问题。他把目光从年轻女孩身后的那群水手身上移开，向女孩示意了一下。

"女士，之前我被告知这是一个步兵队——所以我没想过带任何马或货车过来，您的人又带着这么多东西，恐怕搬不动。能不能请您在这里稍候一个钟头左右，我这就去找些运输工具过来？"

迪亚蒂丝扯了扯耳朵，回头去看，尼古斯如往常一样一言不发地走了过来。

"这样啊……"她拉长调子说，"这些东西的确重得要命。我也不想让我的人太累了，他们还等着纵情享乐呢。"

她轻轻地拉住冠军禁卫的手肘，拇指略略用力以吸引他的注意。她倾身靠在他耳边低语道："我的人不需要动物也可以在烈日下带着这些装备徒步行走二十英里。你们的城市横竖不过两英里，我想对我们来说不成问题。现在，如果你太忙而不能做我们的向导，我就让他们凭本能走——找个歇脚处正是他们的本能之一。不过当地人是否喜

151

欢，我就不知道了。"

冠军禁卫丝毫未退缩，这让站在他另一边的尼古斯对他有了一丝好感。希腊人随意地从年轻士兵身边上了蜡的皮囊里取出军令翻看起来。

"呃……女士，"冠军禁卫说，努力让自己听起来冷静，"您误会了。我受命全力协助您的队伍，让你们顺利抵达营地，然后带您去参加今天晚上的工作会议。如果您想一路步行去……"

"……查士丁尼皇宫，"尼古斯接话道，"享受皇室待遇，可以这么说。"

迪亚蒂丝冲副手皱皱眉。

"它现在成什么样了？"她问，"变成了监狱，还是只留一堆残墙破瓦？他们不会真打算让我们住在宫殿里吧，赫尔墨斯在上？"尼古斯咧嘴一笑，把军令递给她。她看了看，疑惑地摇摇头，又递还给他，放开冠军禁卫的手肘，后者舒了口气。

"那我们最好现在就出发。"迪亚蒂丝言语中透出一丝无奈，"最好在他们闹出麻烦之前把他们安排妥当。"

马修斯·盖伦·阿特柔斯，也就是"西罗马的奥古斯都·恺撒"，站在自己在东帝国首都的套房的窗前。从查士丁尼皇宫——现在被称为"别宫"——三楼望出去，可以看到皇家领地里的建筑屋顶。正北方隐约可以看见"大皇宫"的主要建筑群若隐若现，更远处是太阳神庙巨大的圆屋顶。在西边，查士丁尼宫的老砖房和竞技场高墙之间全是花园。这城市的其他地方则犹如一个密集的大蜂箱，到处都是三层、四层和五层住宅楼，各色商人小贩、大柱石和东帝国首都的其他各种混乱景色充斥各个广场。靠在窗台上，盖伦突然产生了一种奇怪的失落感。据他秘书所说，君士坦丁堡的人口与罗马、奥斯蒂亚及周边省份的人口同样多。瘟疫给意大利半岛带来了灾难性的破

第二十三章

坏,但东帝国似乎并没有受到什么影响。

有人在他身后礼貌地咳了一声。侍从武官进来了,盖伦转过身,用浅笑掩饰了内心的哀伤。

"万福,奥古斯都。"埃提乌斯向皇帝微微鞠躬。这青年在他面前还是有些拘束,到了东帝国,这里的规矩礼仪就更令他束手束脚,盖伦失望地摇头。还有比这年龄更小的吗?在罗马所剩无几的贵族中,罗穆卢斯·埃提乌斯·瓦林斯的家族以儿子众多而自豪,其家主诺梅诺斯·瓦林斯一直为给儿子成功谋得此职而扬扬得意,但在盖伦看来,不过是因为当初合适的候选人本就不多。埃提乌斯虽然是其中的佼佼者,他的天分也不过是不分场合地鞠躬而已。

"埃提乌斯,我只是个人而不是神,在我面前你大可不必拘束,也无须鞠躬。"盖伦温柔的声音里充满嘲讽的意味。埃提乌斯抬起头又敬了个礼。

"稍息,小伙子。现在说吧。"

埃提乌斯站直身体再次敬礼,棕色短发在眉毛上方修建成整齐的直线,以往苍白的皮肤在希腊的阳光下晒黑了少许。他取出夹在胳膊下的两块蜡板,放到两人之间的写字台上。盖伦坐在行军凳上仔细阅读蜡板,埃提乌斯汇报道:

"奥古斯都,第七奥古斯塔军团的第三与第六步兵大队、第六日耳曼军团的骑兵队以及哥特辅助部队①的四千人马今天已登陆港口。加上他们,驻扎首都的西帝国军团兵力已达二万五千人。军需官要我告诉您,我们已经没有足够的地方容纳更多的军队了。您是否可以与希拉克略陛下商量一下此事……"

盖伦挥手打断了他接下来的话。在他的军队在东帝国首都短暂停

---

① 辅助部队(Auxillia)是由不具有罗马公民身份的同盟者组成的盟军部队,称为辅助部队,有别于完全由罗马公民组成的军团。

留期间,将需要两倍或三倍大的营地。如今他与东帝国皇帝能够面对面交换意见,这大大有利于这次伟大远征中的协调工作。传送球的使用一直都断断续续,因为魔法师需要消耗巨大能量才能维持其运转。这种古老的装置时不时地就会失去焦点漂移到其他场景或者遥远的地域去,虽然让人感觉很有希望,但其实并不可靠。盖伦不得不把其从计划中排除开去,只能把它作为一种应急通信方式来考虑。现在的关键问题并不在西帝国一方,而是东帝国,因为希拉克略正在与为他提供大部分军队的大地主们进行一场权力的争夺。

"继续,其他有些什么消息?"

"我们仍在抓紧时间为船只补充给养,虽然在这座城市所有给养都已经从水路运进来的情况下还要我们来这里提供给养的做法看起来很落后。"埃提乌斯顿了顿,但盖伦并没有对其所暗示的问题有何反应。青年又继续说道:"来自皇宫内务大臣的消息是,可萨大使仍未现身,会议推迟了,德奥列里乌斯公爵夫人派人送来一封信。"

听到最后一句话,盖伦扬了扬眉,放下手中蜡板,问:"信呢?"

"在信使手中,奥古斯都。她说必须亲手交到您手里。"青年愈发拘谨起来。盖伦摇了摇头——恐怕,这青年的表现不过只是与东部人之间的冲突的冰山一角。

"这么说,她此刻也在这儿?"

埃提乌斯点点头。

"带她进来吧,小伙子,还有,别老是跟吞了李子核似的。"

"是,奥古斯都!"

埃提乌斯转身向门口走去。过了一会儿信使进来了。盖伦惊讶地扬了扬眉。之前数月一直有流言说,声名狼藉的"东方"公爵夫人终于决定让她那位神秘的被监护人公开露面。阿纳斯塔西娅已经以帝国情报头子的身份辅佐过三位皇帝,也从来没有在盖伦面前流露出任何不忠的迹象,但他还是很高兴看到她表现出普通人的一面。

第二十三章

对一个皇帝而言,他需要无数细作替他密切监视其领土的各个角落。在过去十一年间,德奥列里乌斯一派几乎独揽了所有此类资源——最初是老公爵,现在则是他的遗孀。去年盖伦曾竭力想打造自己的情报网络,一个不被德奥列里乌斯渗透的情报网,但这项工作进展十分缓慢。更麻烦的是,在完成帝国秘密任务这件事上,他至今仍无法找到能与公爵夫人相媲美的人。在这方面,她显然远胜于他。虽然他尚无对付德奥列里乌斯的心思,但这一点始终让他耿耿于怀。

信使停下脚步,站在写字台前等待皇帝的检阅。盖伦注意到有趣的一点:这位神秘的监护人与传闻中所说的一样年轻貌美。一身简单装束,看起来像个军团斥候:旧旧的高筒皮靴,哥特式的浅绿色棉质马裤,褪色的宽松褐色束腰外衣,领子和袖口上镶着滚边;深灰色披风下微微露出宽阔的双肩;深金红色的头发从额头开始往后编辫。一双灰绿色眼眸沉着地打量着他,甚至在他看向她时亦没有任何波动。

"万福,奥古斯都·恺撒。第二意大利军团百夫长迪亚蒂丝·朱莉亚·克劳迪娅为您效劳。"她递上一个圆筒,"向您转达我主人阿纳斯塔西娅·德奥列里乌斯公爵夫人的问候。她希望您一切安好,并祝您出师大捷。如果您有任何疑问,我将知无不言。"

这位信使很有礼貌。盖伦点点头,破开圆筒一端厚厚的蜡封,里面装有几束用纸莎纸精心卷成的厚卷轴,上面满是精致的字体,用德奥列里乌斯所钟爱的黑墨水写就。他刚看完第一页就把报告放下了,其中很多都是例行公事,另外的那一卷他会私下看。比起消息,信使本身更令他感兴趣。他示意她坐到桌子对面的其中一张凳子上。她只稍稍犹豫了一分钟,就照皇帝的吩咐坐了下来。

"埃提乌斯,帮我拿点吃的来,要清淡点的。再拿点酒,但不要希腊酒,拿我们自己带来的那些就好。"

青年鞠了一躬,匆匆走了出去,随手关上身后的门。盖伦又笑了,挠挠自己的耳朵,斜着眼睛瞥向坐在对面的年轻女孩。怎么处理？他懊恼地意识到，自己从未与除了公爵夫人以外的女人谈过"正事"。尽管德奥列里乌斯还不像元老院议员那样让他觉得心惊胆战，但也总是令他紧张。他知道，自己之所以信任公爵夫人，其中最重要的原因就是她在议员圈子里的影响力。

他轻轻摇了摇头，决定抛开在他的社交圈子里男女之间常用的客套方法。尽管这是个女孩子，但也是他手下的军官，他得给她派任务。礼貌客套、墨守成规，都于事无益。

"克劳迪娅，我有一点不明白。据我所知，在此次远征军中，你是唯一的一名女性军官，事实上，你还是我军队中唯一的女战士。我曾多次与公爵夫人讨论过你的事，你的情况和你的才干。我就直说了吧，我不认为你能完成她交给你的工作。事实上，当初她向我提议的时候，我就完全反对用这种'特别'小分队的策略。"

迪亚蒂丝未动分毫，甚至没眨眼。盖伦停了一会儿，想看看她的反应。女孩儿只是耐心地等着。于是他又接着说。

"不过，当她提出并且坚持要派你的小队过来时，我也没有干预。从她的报告来看，你之前干得很出色。她津津有味地向我描述过你在苏布拉区追捕猎物的事，我也欣赏你的成功。你证明了自己的能力，为你和你的人在这次远征中赢得了一席之地。"

这时女孩脸上方才浮现一丝难以察觉的笑意。盖伦没有笑，因为他的话还没说完。

"这里的局势对我们不利。我在这座城市里的时间并不多，这点不可否认，但我注意到东帝国政府官员们的思想居然比我都还要传统守旧。我想你在这儿也无用武之地……起码看上去是这样。"

年轻女孩刚要抗议，盖伦就举手制止了她。

"你在远征军花名册里的身份是我的信使之一，是我的属下。我并不太愿意带你去参加今晚的工作会议，但我认为你还是应当认识一下其他的官员。我问你，是否能让你的副手尼古斯代你参加？"

第二十三章

迪亚蒂丝灰色眼眸中乌云密布。要不是之前有克里斯塔和和阿纳斯塔西娅不断对她耳提面命,她早就像水手那样跳起来破口大骂了。她做了个深呼吸,认真考虑了一下皇帝的要求:"奥古斯都·恺撒,尼古斯是把好手,为人又可靠,但他不是我们团队的领袖,我才是。我的人是因为尊重和敬畏我才跟随我。如果让他代替我去,我的权威将受到质疑,我将失去他们的尊重。我强烈请求您重新考虑您的决定。"

盖伦微微蹙眉。这个女孩,不——这个百夫长,说得很对。他不能用这种方式破坏他手下任何官员的权威。虽然这样做在东帝国官员那儿会有点麻烦,但他也没有办法。

"我猜也不可能让你保持低调吧?"他已经预见到,这场会议会比往常时间争吵得更激烈更持久。如果她太不省事,他想,我就把她送回意大利半岛。

迪亚蒂丝突然笑了。出乎盖伦意料,整个房间似乎因为她这一笑而明亮起来。

"至高无上的皇帝陛下,"她说,"到时候你根本不会注意到我的存在。"

迪亚蒂丝所料无差,分给他们的营地跟"皇室待遇"根本不搭边。在查士丁尼宫下方有一系列带穹顶的蓄水池,早已干涸,其功能已被竞技场后面的菲洛克斯诺斯水池所取代。现在这里挤满了工程师、仆人、大堆设备、盛着食物的柳条篮和其他物品。她在较偏远的一个又闷又黑的大厅尾部找到了尼古斯和其余队员。与皇帝会面的余下过程都很顺利,皇帝在她眼中的形象不过只是一个背负过重压力苦恼不已的军队指挥官,而不是对手或敌人。跟前面几任不同,这位皇帝并不满意朝廷的做法。他看起来更像来自某个省的地主,像她的叔叔一样,而不是一位活着的神。

她忍不住咧开嘴笑起来,右手无意识地移到剑柄上,她心里渐渐有了个计划,反复权衡着武力行为可能带来的上百种选择和可能性,像过去所做的那样把各种念头组合在一起形成复杂的计划。她兴奋地在大腿上拍了一下。

在等她回来的这段时间里,尼古斯也没有闲着。队员们驻扎在大厅一角的一大堆柳条篮后面。她走过去时,大多数人都在查看装备是否生锈或破损,其余的人则挤在这个小小营地的一角全神贯注地玩骰子。奥普提欧抬起头,把之前为了在箭上装饰羽毛而反扣在地上使用的柳条箱清理出来。迪亚蒂丝嘴里咕哝了一声,从左肩上甩下整只熏火腿。火腿"啪"地一声撞到木头上。

尼古斯咧嘴一笑:"看来是去过厨房了。那里有酒吗?"近处灯光照过来,他黑色的眼睛闪闪发亮。

迪亚蒂丝好笑地嗤了一声:"感谢伟大的尤利乌斯带领的风潮,在军团里最受欢迎的饮品是醋。"

尼古斯眼珠一转,从柳条箱下面拖出来一个葡萄酒囊:"没关系,我自己备得有。指挥官办公室那边有什么问题吗?"

迪亚蒂丝摇摇头:"没有,一切顺利。不过他担心今晚让个女人去参加与东帝国军官们召开的军官会议会发生什么不愉快,所以他想让你替我去。"

尼古斯一下子白了脸,一想到要与上百个几乎全部出身贵族的军官们把酒言欢,他就觉得恐怖。他宁愿被一千个蓝皮肤皮克特人挑战,也不愿意去参加军官会议。不过从迪亚蒂丝不减的笑意来看,他应该不会那么倒霉的。

"坐,"她说,从皮带里抽出一把刀,把刀尖抵在柳条箱顶上快速旋转,"我婉言谢绝了,并且保证一定低调不引人注意。两边帝国的军队之间似乎有些暗潮汹涌,目前他不想动摇军心。"

尼古斯摸摸自己鼻子,想了想。

第二十三章

"那你打算怎样避免引人注意呢?"他问,想象她在一群大胡子的东帝国贵族或高傲的西帝国官员之间是怎样的场景,想象着她的表情、发型和姿态。肯定会出事的。城里流言乱飞,说军团指挥官们彼此虎视眈眈,士兵们之间的打架闹事不过是迟早的事。希拉克略和盖伦都假装没有注意到,但局势依然没有改观。

大部分问题的根源都不过在于一个简单的事实:西帝国坚定不移地继承了早期帝国分裂前的军事体制,而东帝国则没有。西帝国军队虽然在数量上不占优势,但有一个清晰的管理指挥体系;正在集结的东帝国军队则更像是在网罗家臣门客,人人各自为自己的军阀卖命,根本不像一支正规军队。西帝国官员们希望有一个总指挥就够了,当然最好是他们自己的皇帝;而东帝国领主们则纷纷要求在此次远征中有发言权。西帝国军队和官员们说拉丁语,东帝国军队和官员们则说希腊语或者阿拉姆语。这些不过只是个开始,真正的大麻烦还在后头,尼古斯沉思着,一脸担忧地看着长官。

他们会如何看待她?他很想知道。即使在我们当中,除了蒂乔,她的年龄最小,而且还是个女人,但我们依然听她的。为什么?他问自己。我们对追随她这一点从不置疑,她是我们的长官,这是以前从未有过的……他甩开这些念头,因为跟眼前的情况毫无关联。她是他的长官,甚至在他们第一次相遇的时候,追随她似乎就已经是再自然不过的事了。"她有能力带领我们。"他想着犹自点点头。

迪亚蒂丝不再看她的副手,朝挤在角落里的赌徒们扔过去一个苹果核。那苹果核在一个半裹着头巾的叙利亚人脑袋上弹了一下。叙利亚人不悦地抬起头,不过一看见是谁扔的,俊秀的脸上立马换了副神情。

"阿纳格赛亚斯,挪挪你那擦了香水的屁股,到这儿来,我有个问题要问你。"

叙利亚人抓起堆在自己面前的硬币,把骰子收入袋中,慢慢悠悠地向小桌子走过来。他来到迪亚蒂丝身边,跪在地板上,动作夸张地拜倒下去。

迪亚蒂丝露齿一笑,一巴掌拍在他脑袋上:"行了,别望了,我没穿裙子。"她揪起他的耳朵让他抬起头来。对方假装吃痛,耷拉着嘴角,做出一副痛苦的表情,摊开双手求饶。

迪亚蒂丝靠近前去:"你那个唱戏用的化妆盒还在不在?"

阿纳格赛亚斯肯定地点了点头,指了指堆在一块儿的被褥和工具。

"去拿来,"她亲切地拍拍他的脑袋,"夜色降临之前,你有点事情要做。"

叙利亚人立马跳起来,动作麻利地冲到杂物堆的阴暗处翻找。迪亚蒂丝好笑地摇了摇头,但等她转向尼古斯时,脸上又出现了忧虑。以尼古斯对她的了解,那表示有事做了。

"我们中有没有谁会说地道的瓦拉几亚语?我指的是相当地道的。"

东帝国的希拉克略·奥古斯都·恺撒沿着大理石长桌望过去,心里有怒气在积聚。虽然他冷漠的脸色丝毫未流露内心的怒气,但双眼已出卖了他。狄奥多西坐在他身边略低的位置,用肘轻轻碰了碰他的胳膊,冲他摇了摇头。希拉克略叹了口气,这位年轻爱冲动的弟弟才真正是他应该密切注意的对象。他的左手边一片沉默,西帝国皇帝盖伦、他麾下各军团的指挥官以及一些军官和信使默默坐着,时刻保持着警惕。他的右手边则热火朝天,各行省的指挥官及其副官和下属们不停地走来走去,其中两人甚至还带来了自己的情妇;如果说他们中有谁还能表现出一点组织纪律性或者尊重的话,那就只有舰队司令米克什·安德拉德斯。

最后,希拉克略整理好脸上的表情,站起身,用匕首的刀柄在桌

第二十三章

面上重重一敲,声音响彻整个长长的大厅。一些东帝国指挥官们看看周围,不情不愿地坐回自己的位置上。足足过了十分钟,室内才算是安静了下来。希拉克略的目光慢慢从底下人们的脸上扫过。

从埃及到安纳托利亚的各个行省来的东帝国指挥官们头衔最低都是公爵,个个打扮得光鲜亮丽,满身珠光宝气,留着胡子和长卷发,其形象与坐在桌对面来自西罗马的一小撮人形成鲜明对比,这令希拉克略心里很是不快。和西帝国不同,东帝国未曾受过瘟疫、入侵和内战的破坏。然而,尽管这一切好运都降临到了东帝国头上,西帝国官员们的表现却更为出色,比起希拉克略在过去五年中竭力领导的这群乌合之众,他们更有教养,而且……更像罗马人。

"先生们,"他终于开了口,"今天,我们在此讨论关于近两百年来最伟大的罗马远征军的规划和执行事宜。我们之前已经通过面谈或信函的方式与各位单独谈过我们的具体计划,我在这里就不再啰唆重复。"

"让我正式介绍西帝国的奥古斯都·马修斯·盖伦·阿特柔斯皇帝陛下。我们俩今天在这里,并非以自君士坦丁大帝以来便分而治之的东西帝国的皇帝的身份。我们达成了一致,认为是时候大胆出击解除对东帝国的威胁……"

显然对那些公爵老爷中的某些人而言,这些都是废话。塞奥法尼斯猛地站起来,大声打断了皇帝的话。

"大胆?说它是不顾一切的自杀行为还差不多!看看在阿瓦尔人占领下的色雷斯和亚加亚如何?围攻这座城市的蛮族军队如何?在海对面能望见这座皇宫的加尔西顿城扎营的波斯军队又如何?你之前那些勇敢的计划,奥古斯都·恺撒,都以失败告终,而且付出了沉重的代价!"

希拉克略无视这位跳出来嚷嚷的色雷斯公爵,目光扫视着下面的贵族和军官们。塞奥法尼斯没说错:之前意图驱逐波斯人和阿瓦尔人的努力全都以灾难而告终。在他自己心里，希拉克略甚至怀疑过整个东帝国是不是受到了诅咒，又或者，至少他是被诅咒了。在剩下来的贵族中支持他的人少之又少，这也是为什么他很高兴盖伦率军从西帝国来到这座城市的诸多原因之一。不仅仅因为盖伦的军团为他个人提供了军事力量支持，也因为他们让市民和贵族们看到他依然是皇帝。

"塞奥法尼斯大人，坐下。我知道过去发生了什么事，清楚我们遭受的挫折。但目前的情况是，除非他们能派舰队与我们作战，否则他们无法攻下本城。而敌人自己并没有能造出与我们抗衡的舰队的技术与设备。这意味着他们拿下本城的唯一途径可能取决于波斯人是否能穿过普罗庞提斯海。要穿越此海必须有舰队才行。尽管那头皇家野猪坐在我在加尔西顿城的夏宫里吃着从我的果园里采来的无花果，喝着产自我的葡萄园的葡萄酒，但他没有舰队。然而，一旦波斯人攻下安条克、提尔或者亚历山大，他们就能够造出舰队。所以，波斯人才是真正的敌人。如果能击败他们，我们就可以转身对付阿瓦尔人，让他们夹着尾巴灰溜溜地滚回达契亚去。"

塞奥法尼斯站着没动，但希拉克略话语中的怒意让他冷静了下来，他的侍臣们小声地喊他回座位上去，他趾高气昂地坐下，一副给了皇帝天大面子的模样。好吧，希拉克略心里很不是滋味，至少这段揭过去了……他在狄奥多西肩上轻轻拍了拍。亲王站起来先是向西帝国皇帝鞠了一躬，然后冲军团军官们点点头，对东帝国的贵族们则直接选择了无视。在手下一位副官的协助下，他在一个木架子上铺开一副长长的羊皮纸地图，站在地图边上。

"诸位大人，这是整个帝国的东半部，北起黑海上的波勒·本都，南至阿拉伯湾的福地阿拉伯。正如我哥哥刚才所言，波斯军队已经占

第二十三章

领了西边的加尔西顿城和南边的安条克。幸运的是，因为沙赫·巴勒兹①在过去九个月里一直待在普罗庞提斯海对岸，所以他们向南进军巴勒斯坦和埃及的计划暂停了。不过我们希望这一局面尽快转变。幸而，我们的盟军——来自巴尔米拉王国与纳巴泰王国的军队——守住了通往埃及的路，因此我们才不至于断粮。"

狄奥多西停下来瞥了兄长一眼。希拉克略轻轻摇了摇头，于是亲王略过这部分继续往下说："这儿，在东帝国的最西端，我们的兵力差不多已经集结完毕。一旦全部集结完毕，我们将在夜色的掩护下从这座城市启航。现在，我们在加尔西顿城以及东部海港安插的眼线已经放出风去，宣称我们的远征军将北上进入黑海，穿过锡诺普到达特拉布宗，然后在亚美尼亚人的支持下南下，阻断仍在这条推进线以西的波斯军队的去路，以迫使波斯人放弃整个安纳托利亚和西里西亚。"

东部领主们开始低声交谈起来，他们早已从自己的眼线和帝国朝廷里的各类官员们口中得知了这一计划，正是因为这计划听起来不错，他们才同意来面见皇帝。现在看来似乎计划有变。不过还没有人站起来质问亲王这个问题。

狄奥多西等到众人安静下来才又开口："但这并非我们真正的计划。虽然帝国与亚美尼亚王国和拉齐卡王国②订立了长久盟约，但这次他们却不愿参战。坦白来讲，我们的国家现在穷得连贿赂他们的钱都没有，而且我们也找不出那么多人来强行打通山区道路。我们将从另一个路线发动攻击。东西帝国将联合起来，我们坚信，打败波斯人的唯一方法就是直捣其心脏，攻陷在拉伊③和泰西封两城之间的波斯

---

①沙赫·巴勒兹（Shahr-Baraz）：波斯萨珊王朝的名将。波斯人认为野猪代表勇敢，Baraz 就是野猪的意思，所以他的外号是"皇家野猪"。
②拉齐卡王国（the kingdom of Lazica）：今格鲁吉亚西部地区。
③拉伊（Rayy）：在前伊斯兰及伊斯兰时代早期，德黑兰在波斯祆教里被称为"拉伊"（Ray），亦即波斯古经里的剌伽。

各省。光是打败他们的军队还远远不够,我们还必须攻陷其政治与宗教中心。"

狄奥多西又转过去看了看希拉克略,后者此时已经站了起来,锐利的目光扫视着满堂的贵族和军官们。他需要这些人,需要他们的军队和黄金来帮助他实现这一计划。他明白,其实他们同波斯人或阿瓦尔人一样都是他的敌人,甚至会因为他对他们的力量太过依赖而带来更大的威胁。从这些人脸上,他看到的是渴望权力、黄金和出人头地的奸诈面孔,所不同的也不过是程度罢了。此刻他是他们的主人,但也仅仅只是暂时的。他慢慢地从织锦长袍的褶皱里抽出一把旧铁匕首放到桌上。

"这是我父亲的刀,"他说,"下面这段话,在场的各位都必须严格保密。我弟弟刚才所说的计划是我们想让波斯人知道的,他下面将告诉各位的则是一定不能被波斯人知道的。谁要是泄露机密,我必用此刀手刃叛徒。诸位是否发誓为此保密?"

众人沉默片刻没有说话。西帝国皇帝一脸严肃地站起来,仿佛一尊弥诺斯大理石雕像,其随从们亦在其身后纷纷起身。

"我,马修斯·盖伦·阿特柔斯,西帝国的奥古斯都·恺撒,发誓绝不泄露半点机密。"

他身后的随从们异口同声发誓。待西帝国使团重新入座,希拉克略把目光转向东帝国的人们。众人面面相觑,有点拿不准。最后还是舰队司令第一个站起来。他身材壮硕,一把大胡子又黑又密,双眉高高隆起;一身素色打扮,棉质束腰外衣上有舰队徽章,里面穿着铁链甲。他以卓越的能力在东部一众指挥官中脱颖而出,被提拔担任此职。他转身面对希拉克略。

"我,米克什·安德拉德斯,东帝国舰队司令,发誓绝不泄露半点机密。"

尽管其余贵族们不太情愿,见此情景,也只好纷纷照做。等到所

第二十三章

有人发完誓重新就座后,狄奥多西方才接着开口。

"舰队真实的路线是南下,而不是北上。先抵达塞浦路斯,然后到塔尔苏斯港。我们都知道,波斯人在塔尔苏斯的兵力不强,我们要拿下此港,让舰队在此登陆,然后迅速向东北推进,到达位于俄斯罗伊那省旧边界线上的萨摩沙塔。如果顺利的话,到那时,驻扎在安条克的波斯军队应该已经南下,他们的目标是攻打赫利奥波利斯以及在去往埃及的必经之路上的大马士革。一旦他们陷入与巴尔米拉人和纳巴泰人的战争,也就无法阻止我们的军队深入亚美尼亚南部攻打位于凡湖①畔的波斯城市陶里斯。

"我们的军队要在陶里斯或者在抵达陶里斯之前与参与本次远征的盟军会师——也就是可萨可汗的军队。然后从陶里斯向东行进,攻下位于塔巴里斯坦②的拉伊,之后南下进攻埃克巴塔纳和克尔曼沙汗③,紧接着的下一个目标就是泰西封。但我们不会像过去一样从西边进攻泰西封,而是从北边——因为波斯人惯用的战术是往高地撤退,如此便能阻断其退路,攻破波斯首都,拿下整个波斯帝国。"

东帝国领主们脸上的表情精彩纷呈,非常难看。希拉克略知道,他们是觉得这计划太冒险了。没关系,他想,我们此战必胜,否则,曾耗尽西帝国一切的黑暗便会同样地降临到东部。

色雷斯人塞奥法尼斯再次站起来,若有所思地打量着坐在桌子东边的人:"皇帝陛下,这个计划的确大胆,我认为获胜与夺取丰厚胜利品的机会兼而有之。至今还从来没有罗马军队到过比泰西封更远的地方;那里肯定是富饶之地。可萨人因其骑兵的凶悍而闻名。我赞同这项计划,不过我还有个小问题想问清楚。"

---

①凡湖:土耳其最大的湖泊,在库尔德语中是 Thospitis。
②塔巴里斯坦(Tabaristan):伊朗历史上的一个地区,为黑海南岸的高地,大致相当于今马赞德兰省,但也包括吉兰省和戈勒斯坦省的部分土地。
③克尔曼沙汗(Khermanshah):位于今天伊朗的西部。

希拉克略在座位上稍稍坐直；他大概猜到了这个色雷斯人接下来要问什么，内心暗笑，甚至有些期待。他示意塞奥法尼斯继续。

"谁来率领本次远征？又将由哪位将军、哪位贵族来实施这个计划？"

此话一出，底下立刻炸开了锅。希拉克略靠坐在高背椅上，饶有兴致地看着底下那些贵族们你一嘴我一嘴地吵起来。在桌子左手边的西罗马人已经知道希拉克略心中的决定，叫来酒菜自顾自地吃喝。看这情形还要吵上一阵子。东帝国皇帝决定让他们先吵吵，自己可以借此观察谁认为自己最强，而谁又拉拢了谁作盟友。最后，他厌倦了这种游戏，再次在桌面上轻轻敲了敲，但底下人没有反应。他冲狄奥多西点点头。狄奥多西站起来深吸口气，用在战场上练出来的雷霆般的声音吼道：

"皇帝陛下有话说！"

回声慢慢消失，东帝国的贵族们慢慢转身面对他们名义上的君主。坐在座位上的希拉克略把玩匕首片刻，吐出几个字："这次我要率军亲征。"

桌子四周一片沉寂。各行省贵族们脸上的表情耐人寻味，有人不解，有人惊慌，有人则是彻底的恐惧。在过去二百三十年间，还没有哪个东帝国皇帝尝试过率军亲征这种事。光是想一想皇帝在战场上站在战士们身边的场景，就令人觉得难以置信。希拉克略看向盖伦，微微一笑开了口："之前曾多次说过，这次是孤注一掷。士兵和老百姓们都希望他们的皇帝站出来保护他们，保护他们的家人。除了亲自上阵，我想不出还有什么方法能更好地表明我打赢这场战争的信心。同时这也解决了选择军队总指挥的问题——盖伦和我将共同指挥帝国军队，就像建国之初我们的先辈所做的那样。"

在盖伦身后靠墙而站的西帝国下级官员们高举手臂行军礼，喊道："万岁！恺撒万岁！最伟大的征服者！"东帝国贵族们看着他们，

第二十三章

有点摸不着头脑;其中有些人开始感觉到,一种未曾预料到的新变化正慢慢展开。狄奥多西在副官的协助下卷起地图离开了房间;其他贵族们稍加逗留便陆续离开了,希拉克略坐在原地没动,看着人们离开时的表情,安德拉德斯则一直留在他身边。最后除了西帝国皇帝及其手下两名副官,所有其他人都离开了。大厅里恢复了宁静。一个仆人走进来把灯一一灭掉。

"陛下,"安德拉德斯平静地说,"你用的宣誓这招的确鼓舞人心,但我怀疑这些消息能保密多久?一天,还是两天?"

希拉克略点点头,看向盖伦及其身后两位年轻人。西帝国皇帝微笑着。"安德拉德斯司令大人,舍不得孩子套不着狼,今晚我们便是这样。我的猎人们——"他指了指站在自己左边留着寥寥数根胡楂的金发年轻人,"正等着猎物们自投罗网呢。"

安德拉德斯摸着有些发白的胡子,打量着西帝国皇帝身旁那位泰然自若的年轻人。然后他看向希拉克略:"有点冒险,陛下。如果波斯人事先得到风声怎么办?如果有漏网之鱼给敌人通风报信怎么办?海对面的那头野猪手底下至少有一个魔法师,随时可以给在泰西封的科斯洛伊斯通风报信。那样的话,等您率军抵达陶里斯的时候,他新组建的军队早就在高地候着了,您将无路可退。"

"波斯人迟早都会知道的,"希拉克略答道,"我们这么做只是为了试出城里哪些人在替阿瓦尔人或波斯人卖命。尽管魔法师动作神速,但届时沙赫·巴勒兹仍然不得不率部返回叙利亚。我们的舰队远快于他们,我们可以在海岸沿途他所经过的任何一个目标地点伏击他。其实,比起波斯军队,更令我担忧的是这里,担心后院失火。"

明白了个中缘由,安德拉德斯闷闷不乐地点点头。在过去三十年间,比起阿瓦尔人或波斯人的入侵,罗马人的内斗其实是更麻烦的一件事。

"陛下,在你出征期间,谁来负责本城的防御事务呢?"

希拉克略微微蹙眉。这个问题很棘手,他也一直在问自己,却始终没有找到满意的答案。不管他让哪个贵族留守,一旦前方军队出现战事不利的情况,留守者都很有可能取而代之自己称王。希拉克略曾两次出兵与波斯人作战,但都惨败而归。眼前这一战,已经到了孤注一掷的地步。

见皇帝没有回答,安德拉德斯清了清嗓子提议道:"请恕我直言,我倒有个建议。太阳神庙的博努斯祭司品行端正,聪慧明智。如果我没记错的话,他年轻的时候,在进入神庙任职之前,曾担任过军队里的百夫长。他了解战争,民众会支持他,而且,我想一个神的祭司对王权应该不感兴趣。"

希拉克略咬着下唇思考这个提议。此时已坐到他身旁的盖伦点点头,觉得司令的提议不错。最后东帝国皇帝点了点头:"是个好提议,就这么办。"

第二十四章
君士坦丁堡，竞技场附近，德古拉府邸

迪林被人扔了出去，身子重重落在铺着瓷砖的地板上。有人粗鲁地扯掉蒙在他头上的麻袋。渴望已久的新鲜空气猛地冲入肺腑，让他反胃欲吐，但嘴里已干得不剩一丝水分。他的手撑在由小块瓷砖组成的镶嵌图案上，尽管从右手腕传来的痛楚令他几乎没有了其他任何感觉，但他还是闻到了浓浓的熏香味。

一双冰冷黏湿的手抓住迪林的后颈把他扯起来，强迫他跪在一张巨幅地毯的边缘。这是一个陈设华丽的房间，上百支蜡烛发出温暖的白光，照得室内无一丝阴暗，随处可见精美绚丽的漆器、木器垂挂在丝绸锦缎上。房间中央放着一张硕大的木桌，桌前坐着一个身着浅色汗衫和深色马裤、身材健硕的男人。

男人略略向前屈身，示意西罗恩把迪林带到他跟前。尸鬼抓着男孩胳膊把他提起来往前拽了几步，扔在桌子前的地毯上。

"西罗恩，对孩子客气点儿。他还小，不习惯被粗暴对待。"

这声音带着某种含混不清的口音，迪林从未听过。迪林强忍着西罗恩的触碰带来的恶心感，抬头望去，对上这个主人的目光。那是一双明亮的蓝色眼眸，在灯光的照耀下闪闪发亮；一张平凡无奇的大脸

笑起皱纹，下巴上留着淡金色胡须，身材微微发福。此人体形肥胖，手也大，活像辆手推车。一只手指温柔拂过迪林的额头，摸着他额前的发辫。

"年纪不大，嗯？"男人的声音浑厚悦耳，但不知为何，迪林却打心眼儿里感到害怕。不管他看起来如何亲切，他是西罗恩的主人。与尸鬼相处的那段时间在迪林心中留下了恐惧与绝望，他甚至觉得连眼前这个自己一无所知的地方都好过与西罗恩共处的那艘船。

"是的，主人，年轻力壮，充满活力。不知道是否合您的心意？"

悦耳的笑声再次响起："呵呵，目前还不行！不过很有潜力。你怎么得到他的呢，亲爱的西罗恩？"

"路上遇到的，主人。我偶然途经德罗斯岛，想上岸为接下来的航程补充给养。就在我挑牛的时候，有个紧张兮兮的埃及奴隶主凑过来说他有件特别的货物。我对德罗斯岛还略有了解，所以我以为对方要卖的是什么异国古董之类的。结果却是这个可爱的小家伙，被人下了药。但我闻到了他身体里的力量，所以低价买了回来，我想，他在您这里肯定能派上些用场。"

胖子哈哈大笑，笑声像汩汩的山泉流过。

"他有什么力量？是你亲眼所见吗？他能干什么？"

西罗恩把一只瘦削的手放在迪林肩膀上："主人，据那个奴隶主所言，他在亚历山大港外海面上曾试图从奴隶船上逃跑，当时召唤出火烧死了一名水手。据说那人的身体完全被烧光了，只在甲板上留下了一个火烧过的印子。"

一只仿佛鹰爪般的指尖钩起套在迪林脖子上的薄金属项圈。

"如您所见，我在他身上下了个禁咒以免重蹈覆辙……他身体里蕴含着巨大的火焰能量，就像被水坝拦高蓄势待发的水一样。"

"能召唤火的人，"胖子的声音听起来很高兴，"这位年轻的精英会有许多用武之地的。你真令我伤心，西罗恩，给我带来一位如此有趣的用餐伴侣后才告诉我这个消息！让他站起来。"

钢铁般的大手扯着迪林站起来。胖子也站起身。迪林惊奇地发现对方居然比自己高不了多少。矮胖子双手叉腰与爱尔兰男孩儿四目相对。西罗恩的鹰爪抓得迪林几乎站不稳，但他仍然硬撑着迎上矮胖子的目光。四周的灯发出轻轻的嘶嘶声，那矮胖子眨眨眼移开了目光。

"年轻人，我是比格尔·德古拉，这座房子以及里面的一切都是我的。现在你也是我的财产，是我的奴隶。如果你服侍得好，日子就好过；如若不然，你会发现这里惩罚人的方法可远不止用鞭子这一种。西罗恩，带他下去，让他在地窖里好好待着。不过在我再次召唤他之前可别让他有什么损伤。"

尸鬼带着迪林离开了比格尔的办公室，穿过灯火通明的迷宫般的曲折走廊。迪林隐约感觉出他们此刻已来到了地下。石墙上不再有挂毯和幔帘。他们从一段长长的呈Z字形的楼梯向下走，转过三个弯。四周墙面因为渗水而湿漉漉的。穿过一扇实心橡木门之后，西罗恩小心翼翼地从身后关上门，嘴里嘀嘀咕咕不知道说些什么。木门后的走道里光线很暗，只点了一盏灯，微风吹过，灯光忽闪。空气中有一股浓浓的怪味，仿佛坏了的柠檬。西罗恩拉了拉肩上的披风，把迪林推到自己前面。

"走吧，孩子，走到中间再停下来。"尸鬼的声音细若游丝，仿佛随风飘来的低语。

两人又向前走了一会儿。迪林感觉又开始走下坡了，走廊两侧遍布漆黑的洞口，其中一些有装饰用的门楣和墙壁，另一些则是从天然石壁上开凿出来的，大多数洞口都很阴冷。最后他们来到另一扇门前。这是一扇铁门，上面打着钉子和螺栓。西罗恩伸手越过迪林，他的动作很轻，迪林必须集中精神才能在昏暗中看到他的手。只听"咔嗒"一声，门突然从中间打开了。门内透出金光，晃花了男孩的眼睛。西罗恩再次推了他一把，两人进了房间。

这是一间很小的洞室，室内被坚固的铁格栅一分为二，较大的部分属于西罗恩，另一边极小的则是关押迪林的囚室。整个洞室里只有尸鬼房间里透出来的灯和蜡烛的光亮。迪林蜷缩在囚室光滑的石壁跟前。地上铺着块粗糙的羊毛毯，旁边还有个饮水用的大口水罐。西罗恩在铁格栅另一边点满灯和蜡烛的房间里不停地走来走去，整个房间亮如白昼，但只有一张很窄的床与一个小桌子，床上铺着一床毯子和一床草席，不过西罗恩很少睡在上面。迪林醒了又睡，睡了又醒。尸鬼则在他的房间里无休止地踱步。

桌子上放了一对蜡烛和一尊小小的雕像，雕像的脸朝着另一个方向，迪林看不清它的模样。尸鬼一边走动一边喃喃自语。当迪林第六次醒来时，终于听清楚了他在说什么。然而他说的话毫无逻辑，不过是一遍遍重复单个的词、短语，再加上一些又长又跑题的内心独白。第七次醒来时，迪林的脑子已经清醒了，身体发出了极度饥饿的信号。他突然明白，外面的西罗恩是在不断地提醒他自己生前的所有经历。

"西……西……西罗恩……"迪林颤声喊道，感觉舌头都大了，呼吸困难，"……饿……"

尸鬼停下脚步，转身用低垂的眼盯着待在小格栅后面的男孩，然后走近一些，像只黑色的鸟侧着脑袋往小囚室里看。似笑非笑的表情从他脸上一闪而过，就像快速戴上面具又摘下。他伸出一只苍白嶙峋的手摸着铁格栅。

"饿了？哦，我把你给忘了，小老鼠。你现在肚子里肯定空了。要是把你饿坏了或者瘦了可不好，得给你找点食物。"

西罗恩直起身，大步向门口走去，像团灰云在黄色灯光中飘移。很快便关上门离开了。迪林蜷缩在囚室的格栅旁，伸出瘦削的手臂穿过格栅四处摸索。指尖碰到一个锈迹斑斑的旧烛台。他努力把手指往

第二十四章

上伸,终于沾到了滴下来的蜡滴。热蜡的温度仿佛一道闪电打在他手臂上,过了一会儿,视力似乎有了恢复的迹象。很快,烛光和可见光背后盘旋的能量发出的光照到他的眼里,洞室里变得异常明亮。

就在这时,套在他脖子上的薄金属项圈骤然变冷,脑子里一阵剧痛。脖子上极端冰冷的感觉让他的思绪瞬间停滞,呼吸停止,整个人仿佛坠入满是碎冰的无底黑湖。

"吃的……"远远传来一个带嘶嘶声的说话声。耳边响起一阵叮叮当当的声音,一双如蜘蛛长脚般的大手抓住了他,把躲进温暖的无意识境界里的他拉了出来。冷火依然灼烧着他的嗓子眼,不过已经大大减弱了。有人把一个盛满甜粥的碗塞到他手中,他颤抖着用手指开始吃起来。粥熬得很黏稠,里面还有些碎碎的无花果和坚果。大口水罐里又新添了些水。把碗里的东西吃干净后,他吃力地硬撑着抬起头。西罗恩就蹲在他面前,长长的斗篷下摆堆叠在周围。尸鬼偏着头,暗黄色的眼睛好奇地观察着饿坏了的男孩儿。迪林点点头,推开空碗,疲惫感席卷全身。

"睡吧……"西罗恩说,声音听起来仿佛来自遥远的天边。

囚室门发出"嘎嘎"的声响,从外面打开来。西罗恩蹲在外边,伸出长长的手臂把男孩儿拖出来。迪林甩甩脑袋想让自己从瞌睡中清醒,当他闻到尸鬼身上传来的强烈气味时,一下子睡意全无。

"该上楼去了。"西罗恩粗声粗气地说,声音和身体都紧绷着。他扔了包衣服到迪林手上,"穿上这个。"

迪林脱下自己的束腰外衣和马裤。卷成一团的新衣服里有裤子、汗衫、腰带和毡帽。灰色的简朴衣物上只在袖口与下摆有少许刺绣。这套衣服对他而言太大了,尤其是在目前这种状态下。在他穿衣服的时候,尸鬼紧紧盯着他,但没有明显的敌意。最后待他穿上一双平底凉鞋之后,西罗恩先是上上下下打量了他一番,然后才把他推到铁门前。

"不要拖拖拉拉的,没时间了。"他有点急——声音听起来比往常更紧张。

两人再次沿着长长的通道走了上去,回到点满蜡烛的办公室。矮胖子比格尔仍然坐在书桌旁,不过这回屋内多了两个人。西罗恩领着迪林来到书桌旁,面朝两个陌生人而站,随后,迪林感觉尸鬼退到了房间边缘,并没有立即离开,只是默默站在那里。原本正在房间里交谈的几个人因为男孩的到来而停止了说话。他们打量着男孩,男孩也打量着他们。两个陌生人中的一个身形壮硕,个头高过西罗恩,一脸络腮胡,黑色小卷发落在宽阔的双肩上,双臂肌肉发达。他穿着厚重的羊毛衣服,一副商人打扮,不过在他身上显得格格不入。对方犀利的黑色眼睛上下扫视迪林,抬高下巴估量了一下,伸出一只戴满戒指的手抚摸自己的大胡子。

"不过是个毛头小子,"大胡子的声音很洪亮,像拿着个喇叭在办公室里说话似的,"干不了大人的活儿,只能去放羊。"

另一个人同样身形健壮,但与大胡子一比就像棵小树苗与远古橡树一般。大胡子的打扮看起来仿佛石头般强硬,而这个人却穿着用某种闪光面料制成的光滑黑色长袍,黑色棉质裤子,双臂缠绕着许多暗金色、红色与琥珀色的丝带。他的黑发又长又直,用一根银色发带绑在后背;一张无表情的长脸,弯弯的眉毛,尖挺的鼻子,脸上胡须刮得十分干净,看不到一点胡楂。大胡子浑身上下充满力量与活力;此人却一副生人勿近的模样,冷冰冰的,就像高山上的冰川。迪林抬起头,与对方对视一眼便畏惧地别开了眼。那人的眼睛仿佛两个充满恐怖与痛苦的无底黑洞。

迪林有点头晕。他想,如果自己还能施展意识之眼的话,也许就能看出对面那个东西的真实面目,也许那将彻底颠覆他的认知。与这个怪物和西罗恩同处一室,他感觉似乎周围的空气都被抽走了。迪林

第二十四章

此时能隐约感觉到比格尔和在他身后的西罗恩内心死死压抑的恐惧。在这一刻,记忆中的学院和照在食堂前砖石上的阳光变得遥不可及。

"这个孩子有潜力,德古拉,"黑袍人开了口,声音优雅而平静,他的希腊语非常地道,但带着某种嘲讽的语气,"你的仆人干得很好。看来,我们来这一趟在物质和精神上都有收获。"

德古拉坐在椅子上半欠了欠身,接受了这番表扬。

"您的到来是对我的恩赐,达哈克大人。我知道您爱收集珍品,所以当我看到这个孩子时,我就想到了您。他身上的力量正等待高人发掘。"

达哈克点点头,双眼在烛光中闪着寒光:"让我们看看。"

比格尔冲站在迪林身后的西罗恩点了下头。西罗恩走近迪林身后,用嶙峋的双手放在男孩肩头,俯身靠近男孩,灰色身影挡住了烛光。

"现在,乖小孩,我会暂时解除你身上的禁咒。我要你从石头中召唤出火来。"粗糙的手指抬起迪林的下巴,指了指入口旁靠墙放着的青铜架,架子上放着一块黑色椭圆形火石。墙上挂着的幔帐已经取下来了,架子脚下的地毯也卷了起来。

"别太用劲,现在就去。只需要向我们的客人展示一下即可。"

一只指甲在迪林脖子上的皮肤与项圈之间滑动,锋利的指尖在肌肤上划出一道血痕。之前迪林总觉得有一层看不见的遮挡物笼罩着自己,现在那遮挡物略略掀开了些,他看见房间里充斥着色彩的旋涡,有深紫色、深蓝色,还有一种叫不出名字的颜色。迪林竭力控制自己不去看左边正慵懒地躺在沙发椅上的达哈克,但他依然能看到房间里的能量正以扭曲的形态往达哈克身边聚拢。死气沉沉的火石上没有任何火星残留的迹象。

"火……"西罗恩在他耳边轻语。迪林颤抖着施展赫尔墨斯初级术,脑子里却很乱,始终无法静下心来。西罗恩的指甲掐进他的脖子，疼痛的刺激让他脑子里一个激灵，终于进入了索斯①冥想。现在，室内的能量、青铜架中的能量，甚至是深藏在火石内部最深处的能量，都在他眼前一览无遗。他深吸一口气，把注意力集中在火石上，试着吸取周围的能量，就像之前在奴隶船上做的那样。能量先是细如抽丝，慢慢地变成了滔滔巨流，从蜡烛、地毯、墙壁和地板中汹涌流出。火石中央出现一个白热亮点，迪林把从周围吸取的能量朝这个亮点用力打去，石头开始发红发亮。

火石上瞬间腾起大火，就连达哈克也惊得往后缩了一下。火焰持续白热，只听一声巨响，火光四裂，石头碎了，碎块满室乱飞。达哈克不慌不忙地抬起一只手，一道能量墙突然出现在他面前，把撞上来的大量石头碎片又反弹了回去。碎片如雨珠般稀里哗啦地滚落到地板和桌面上。在墙壁和青铜架上摇曳的火焰消失了，只余下散乱的细小火苗或火星。迪林瘫倒在地毯上，感到一阵用力过度之后的晕眩。

西罗恩的手离开了迪林脖子上的项圈，迪林的感知再次被封闭，眼前又是一片漆黑。

达哈克发出瘆人的笑声，仿佛坟墓打开的声音："他可以，我亲爱的德古拉。他将非常出色。"

比格尔微微一笑，示意西罗恩带着战利品退下。

---

①索斯（Thoth）：埃及的月亮、智慧和学识之神。

第二十五章
罗马城，台伯岛[①]，阿斯克勒庇俄斯神庙

马克西安一脸憔悴地坐在玫瑰丛中长满青苔的长石凳上，整个人筋疲力尽。治疗师神庙靠着河口的花园里安详宁静，但他的内心却无法平静。黑暗似乎笼罩着整个城市，威胁在房屋下、河岸码头上的阴影里蠢蠢欲动。从格利高利带两个野蛮人夜访那晚开始，亲王就没有在帕拉提诺山上的住所睡过觉。他能听到石头的低语声，而且越来越大，他甚至怀疑自己留在城里是否还能忍受得下去。

现在，在这里，在祭司的国度，他还能找到些许安宁。不管是什么力量入侵了这座城市，严重搅乱人们生活，它都无法染指医神的领地。马克西安摸了摸脑袋，想放松肩膀和脖子上紧绷的肌肉。想到自己帮不上兄长什么忙，他埋怨地哼了一声。

让他觉得幸运的是，奥勒良似乎知道弟弟有心事，悄悄地把盖伦原本分配给马克西安的所有任务都转交给了其他人处理。但在某种意义上，这又使得情况更糟——让马克西安觉得自己很没用。正在消耗

[①] 台伯岛（拉丁文：Insula Tiberina）：意大利罗马市内台伯河弯曲处的一个船形河中小岛，也是台伯河流经罗马河段唯一的一个岛屿，它大约270米长，67米宽。

罗马民族生命的那股力量是如此强壮,他甚至无法把依附于一块石头中的一小股力量从石头里驱逐出去。他又不愿意勉强自己像兄长所期望的那样同官僚主义打交道。他大声呻吟,把头埋进双手之间。

"很烦,嗯?"一个低沉温柔的声音响起,仿佛一声惊雷响在天边。马克西安抬起头,看见站在长凳旁的那个矮胖的男子,原本苍白憔悴的脸色一亮。

"塔尔萨斯!"他开心地喊道,站起来拥抱对方。他一下子感觉仿佛肩上的重担都减轻了不少。他退后一步,开心地看着老朋友。塔尔萨斯有一双忧郁的棕色眼睛,他看着面前的年轻人,笑着用自己宽阔的胸膛回抱对方。

"你还年轻,干吗这么愁眉苦脸的?"阿斯克勒庇俄斯祭司低沉地说,"从我到这里来之后,咱们还没见过面呢。不妨跟我说说你的心事。"

马克西安重新坐下,抬头仰望天空,长长的云带在天上圈出一个仿佛跑马场一般的图案。塔尔萨斯也坐了下来,背靠长凳边的柳树;亲王微微转过头来看着他。

"我遇到个大麻烦,"亲王说,"这件事直接威胁到这座城市里的每一个人,或者可以说是折磨。你刚从帕加马过来这边,想必见过百姓们的病状!"

塔尔萨斯点点头,满是皱纹的脸上现出忧虑之色。

"不计其数的死婴,要不就是孕妇难产死在分娩台上;三四十岁的人老得像五六十;脆弱的骨头断了竟然就再也无法愈合;人在夏季里会冷得感冒,最后咳嗽致死……"治疗师严肃地看着亲王。"这么说你找到其中的原因了?"塔尔萨斯问。

马克西安点点头,顿了顿,又摇摇头。"我……我也许找到了原因,但我……我不知道。我的魔法太弱,无法让我看清整件事的来龙去脉。"亲王用恳请的目光看着自己的老师,"我对能导致这种情况

第二十五章

的魔法知之不多……我发现……"

马克西安停住了,觉得不该告诉老朋友关于城市正被黑暗吞噬的事,因为他突然想到:如果诅咒能伤害到在其下咒范围以外的事物,比如新发明的布料和在奥斯提亚的船,那么只要他把自己知道的告诉了塔尔萨斯或奥勒良,他们也会有生命危险。虽然塔尔萨斯无论作为学者、外科医师、管理者还是教师来说都很优秀,但他并不像马克西安一样出生时意外拥有了法力,因而无力抵抗在台伯岛以外的罗马城里肆虐的这股腐朽之力。

看着祭司担忧的眼神,马克西安别开了眼,心情低落:"我现在不能告诉你。我必须验证我的想法对不对……太危险了,塔尔萨斯。如果我能在不给你带来伤害的情况下告诉你,我会说的。"

说完,亲王起身快步走出花园,身后的老祭司严肃地看着他的背影,一脸担忧。过了一会儿,塔尔萨斯摇了摇头,似乎想甩开心头的担忧。他站起来,准备回神庙的病房里继续工作。

马克西安沿着西里欧山南侧又长又窄的台阶走到山顶,停下来喘了口气,剧烈运动流出的汗水浸湿了外衣。台阶最顶端连接一个小广场,广场西边有一座小小的圆形朱庇特神庙。炎热的正午,从广场通往四面八方的街道上空无一人,北边的喷泉发出断断续续的滴答声,听起来十分寂寞。他穿过广场,踏上宽阔的台阶往神庙的阴凉处走去。

神庙的环形中殿里有一尊大理石神像,神像的一只手举着一对青铜雷霆。神像后面有一条可以俯视整个城市的柱廊。马克西安翻上低矮的墙头坐下,双脚垂悬在边缘,看着下面成千上万个屋顶。红瓦屋顶顺着台阶和斜坡一直向下延伸到台伯河河岸,仿佛一片红色的海洋,而白色神庙就像这海洋中的一艘小船。在他右手边,在阿斯克勒庇俄斯神庙宁静花园所在小岛的上游处,他看到了马修斯学院那片开阔的空地，因为禁卫军已随皇帝东征，如今那里空无一人。

马克西安坐在阴凉处，对这座千年古城的敬仰之情在心中油然而生。数百年来，来自全世界的各种各样的艺术、文明与文化曾在这里蓬勃发展，如今却不复繁荣。曾经引以为傲的纪念碑断的断，残的残，很多都成了废墟。高坐于此，远离拥挤的人潮与臭味，可以看见蜿蜒的城市，感受蕴含其中的帝国的呼吸。想起在宫中见过的那些古老鬼魂，他深感遗憾：先辈们个个用尽一生想要实现一个永享文明的世界帝国，而今却不过是逝去的荣耀。他的心里突然涌出无限的悲伤，擦了擦湿润的眼睛。

在午后的烈日下，整个城市仿佛陷入了昏睡。马克西安尽量不去看城市，因为他知道，就连这座神庙四周也都围绕着如旋涡般的腐蚀力量。他满脑子都是塔尔萨斯或他的兄长提出的问题。如果无法告诉其他任何人实情，他又如何破除施加在这座城市上的诅咒？他的能力远不足以打破诅咒的咒语，也许还不止一个咒语。他需要强有力的援助，需要另一个精通魔法的魔法师来弥补他自身能力的不足。

他背靠着冰凉的大理石柱，突然心生一念——他需要来自罗马以外的帮助。虽然他未放松警惕，一直用雅典娜之盾保护自己不受诅咒的影响，但从某种角度来说，这个诅咒其实本身就是在他的身体内，他甚至能感觉到它在自己血管中四处游移。

如果让另一个罗马巫师参与进来，那对方还来不及自我保护就会死——就像"丝布"被分解那样。亲王摸着这几天新冒出来的胡楂。"我得刮脸了。"他暗暗想到，"我还需要找个足够强大的外国人来作帮手……"

终于有了点头绪，亲王的心情轻松了不少。他离开神庙，大步往山下苏布拉区的陋街小巷走去。

第二十六章
东罗马帝国首都，君士坦丁堡大皇宫

仆人们终于全部退下了，把希拉克略宫殿顶层的小餐厅留给了希拉克略、狄奥多西、西帝国皇帝盖伦以及从纳巴泰和巴尔米拉来的大使。希拉克略亲自倒了最后一轮酒，小心地注意着别把上等的米利都葡萄酒洒到厚地毯上。一道道美食被端上桌，似乎菜永远上不完。最后，所有人全都酒足饭饱。盖伦吃得不算太多，喝得就更少了，这似乎已成了他的习惯。他冷面幽默的机智和西部口音逗得两位大使大笑不已。

来自巴尔米拉的阿达萨斯倾身从葡萄枝上摘下两颗熟透的葡萄，像鹰一样的脸淡淡一笑。他一身珠光宝气，衣服上缀满小巧玲珑的宝石与珍珠，手上戴着精致的戒指，织锦汗衫精美绝伦。坐在他身旁的是纳巴泰大使马里卡·奥保达，穿着优雅的海绿色丝袍，腰带束身，相比之下略显朴素。两人在衣着上颇为讲究，不过，面见东罗马帝国皇帝时不正该如此吗？

"这么说，"阿达萨斯说，"是什么好事，让全世界最强大的两个人会注意到我们？"他的话听起来是在恭维，但眼神中透露出的信息却并非如此。他沉着地打量着面前这两个罗马人。盖伦依旧是往常的打扮——一身军团指挥官的战衣：白色束腰外衣、红披风、厚重的皮带、紧绑的束带靴。希拉克略打扮也差不多，不过穿着镶金边的束腰外衣，面料看起来更厚实，因此没有加披风。跟巴尔米拉大使预想的一样，这两位皇帝沉着冷静充满自信。即便如今东罗马帝国首都处境堪忧，但看看港口的船只，两位大使也感觉到罗马人蓄势待发的强大力量。

希拉克略拿起一颗去皮糖渍的杏子咬了一口，丰富的滋味在舌尖流转。然后他把剩下的果子放到餐椅旁边的小银盘上，平静地说："风向转东了，很快就会把波斯人吹回泰西封。在我们的城墙前扎营的蛮族将被彻底歼灭，或者滚回他们自己的草原。那头野猪也会被捉住用长矛刺穿。不管我们今晚讨论的结果如何，这些事情都会变成事实。"

马里卡伸出一只精心保养的手指，用指甲刮着自己的尖下巴："若是这样——我并不是在怀疑您——伟大的陛下，您还召我们来做什么呢？"

"我们想要的，可不止是赶走波斯人那么简单。"希拉克略说，"我们要让他们尝尝近千年来从未遭遇过的失败。罗马目前兵力充足，士气旺盛，所需要的是合理部署，统一行动。因此，坦白来讲，我们需要贵国的支持。"

阿达萨斯偷偷瞥了眼同伴，扬了扬眉："现在我们两方的军队已经与永恒的罗马帝国结盟，阻挡波斯人南下安条克，我们守卫着大马士革和从那里通往亚历山大的道路。在您击败波斯人的计划中，我们还能再做些什么呢？"

希拉克略赞许地点点头："的确如此。不过，驻扎在安条克的波斯军队很快便会南下进攻巴勒斯坦，然后便是埃及。到那时，切肋叙利亚将遍地狼烟。我们在行动，沙赫·巴勒兹也在行动。能不能让在安条克的波斯军队留在该市以南的位置，对我们的计划能否成功至关

第二十六章

重要,如果还能引他们去围攻大马士革或者其他易守难攻的城市,便更好。这种局势不需坚持太久,只需数月,便能为我们争取足够的时间来完成这项计划的其他部分。"

阿达萨斯靠在躺椅上,眉头紧锁,一脸沉思。

"您说的计划是指什么?"他问,显然尚不相信对方的话。

希拉克略在他的白镴高脚酒杯上敲了一下汤匙。仆人们走进来收走了大餐盘和其他的盘子。最后一名仆人收起铺在四人吃饭的桌子上的餐布,布下的木桌面上镶嵌着一幅用马赛克工艺制作的精巧考究的东罗马帝国微型地图。

"波斯一共有四支军队。"希拉克略开口说,并用自己的餐叉指向爱琴海与黑海之间的狭长蓝色地带,"沙赫·巴勒兹带着一支骑兵机动部队住在普罗庞提斯海对岸我的夏日行宫里。虽然他住在那里的每一天都是对我的侮辱,但他无法控制其长矛轻骑兵覆盖范围以外的地方。"

餐叉向南边和东边移去,越过用褐色标示的安纳托利亚,来到地中海的最东端,那里的累范特地区[①]海岸与小亚细亚相接。

"离我们最近的波斯正规军队驻扎在安条克,指挥官是国王的表兄沙欣[②]。这支军队随时会威胁到埃及。除了这两支军队以外,第四支军队如今正在最东边的乌浒河沿岸作战。波斯人剩下的主要兵力则集中在泰西封,由波斯王亲自指挥。"

"我们要将这些波斯军队逐一消灭。因此我们放出假消息,称我们的军队将从君士坦丁堡启航南下至特拉布宗。"餐叉北移越过安纳托利亚,指向黑海边缘,然后沿着海岸向东来到延伸至海边的山区。"那支所谓的罗马军队将从这里向南推进,穿过亚美尼亚和卢里斯坦,

---

[①]累范特(Levantine):一个不精确的历史上的地理名称,它指的是中东托鲁斯山脉以南、地中海东岸、阿拉伯沙漠以北和上美索不达米亚以西的一大片地区。
[②]沙欣(Shahin):波斯萨珊王朝的名将。

直插波斯的心脏。这样一来,那头野猪就会带着他的骑兵返回东边,穿过安纳托利亚,与来自波斯心脏地区的科斯洛伊斯的军队会师。"

巴尔米拉大使盯着地图,插话道:"想来这并非您真正的计划。"

"没错。"希拉克略微微一笑,指着在安条克西北方向的伊苏斯平原说,"实际上,我们的军队将在这里登陆,然后向内陆推进到达萨摩沙塔。那头野猪在山区北部,大部分的波斯军队在泰西封南边,我们则正好处于两者中间。但是,如果到那时在安条克的沙欣的军队未被局部战争拖延住,局势就不好说了。"

"所以我们的任务是吸引他们的注意力,"马里卡蹙眉说道,"但是我们军队的装备只能够应付小规模的边境冲突、对付匪盗、维持沙漠地区的治安。没有能与沙欣及其手下的重装骑兵相抗衡的重装步兵或骑兵,只要一正面交锋,我们必败无疑。"

"我知道,"希拉克略阴沉着脸说,"你们的将军们必须采取谨慎的策略,佯装主力部队吸引他往南去。东罗马帝国和西罗马帝国将各派一个军团在亚历山大附近的海岸登陆与你们会合。如果你们能吸引住沙欣的注意力,然后后退一定距离再与其开战,你们就能有与对方相对等的勇士。不过……这些也不在我们的真实计划范围内。"

正低头看地图的马里卡与阿达萨斯闻言不安地抬起头。

希拉克略深吸口气稳定心神,好说出下面的话:"到你们开战的时候,我们的军队已经在萨摩沙塔与陶里斯之间的某个地方大败科斯洛伊斯的主力部队。然后我们将南下直取波斯首都。届时沙欣必定已经知晓我们的动向,所以他将不得不回撤来保卫自己国家的心脏。到那时,你们的军队要与从埃及赶来的两个军团一起,在他率军横渡幼发拉底河往回撤时予以追击。"

两位边境首领闻言相视而笑,对他们自己公国所拥有的骑兵队和突袭队而言,追击撤退中的军队易如反掌,同时还能从溃逃的行李车队中抢下不少好东西。如果波斯人无心恋战的话,那简直是零成本或者零风险……

盖伦坐在椅子上观察着两位大使之间的小动作，看着他们在谨慎的本性与赤裸裸的贪婪之间纠结。

阿达萨斯抿紧双唇，用黄褐色的长手指摸着自己的肌肉："计划倒是不错，伟大的陛下。不过，如果沙欣困住了我们中任何一方，让我们深陷战争的话，风险仍然很大。我们的人口数量不多，得尽量保存战斗力——您如何向我保证埃及军团会及时到位？您又如何补偿波斯军队经过我们国土时给我们造成的损失？"

希拉克略尽量让自己不流露真实情感——这是讨价还价的开始。他严肃地点点头："战争是残酷的，巴尔米拉尤其深受其害。因此，为酬谢贵国对我们的援助——就像贵国在过去做的那样——就贵国女王在这场东部保卫战中的贡献，我们将会任命她为保民官。"

巴尔米拉大使惊讶极了，慢慢抬高眉毛。在罗马帝国的政治体制中，保民官的权力仅次于恺撒，离皇权仅两步之遥。此等荣耀从不轻易给予，对盟国而言更是前所未有。东罗马帝国皇帝既然能给出这样的条件，他想，既说明了其坚定的信心，同时也说明其所面临局势之严峻。

希拉克略转向纳巴泰人，严肃地说："我们的纳巴泰朋友们长期以来一直与我们并肩作战。阿克苏姆和锡诺普两地的海上贸易绝大部分都掌握在贵国手中。无数装运我国和其他国家的货物到罗马和君士坦丁堡的商船都要经过贵国在阿拉伯湾上的海港；贵国的边境巡逻队阻止了阿拉伯游牧民族的入侵。我们对贵国的帮助一直心怀感激。因此我们相信，如果贵国此次愿意相助，从今往后，佩特拉和波斯特拉将与罗马帝国城市一视同仁。"

此言一出，纳巴泰大使也不再是一副不甚在意的冷淡表情。波斯特拉与巴尔米拉之间的结盟由来已久，但传统上在与帝国的往来中都是由北方人牵头。纳巴泰人长期以来都很满意其在罗马帝国、印度和遥远的塞里卡之间的巨额贸易中分得的利益。但是，即便作为盟国，他们在运货到帝国境内时也必须支付大额关税。如果波斯特拉与佩特拉能与真正的罗马帝国城市享有同等的地位，那将减少近三分之一的关税。税率的大幅降低就意味着利润的大幅提升。"

马里卡不禁点了点头。

希拉克略露出亲切的笑脸："来，朋友们，让我们先为合作干杯，然后再来讨论具体的细节。"

大大的月亮升上天空，黄橙色的月光洒在城市里的尖顶与塔楼上。盖伦站在皇宫某个垛口旁俯视着普罗庞提斯海。在东边，越过黑色的海面，能看到对岸闪动的营火。凉爽的北风从辽阔的黑海海面徐徐吹来。他转身看着旁边的人。

"对付沙漠首领的那一招很妙。"他轻轻地说。

希拉克略将身体靠在垛口仍有余温的石头上，忧心忡忡地点点头。月光柔淡如水，盖伦看出这位东帝国皇帝心事重重。

"我想一切都会照我们计划的进行下去，"东帝国皇帝说，"他们的贪婪会让他们加入这场战争，会让他们败于沙欣之手。"

"你现在是对自己的计划没信心吗？难道你想放弃？我们还是可以分拆第六日耳曼军团，和足够多的日耳曼军队组建另一支与军团战斗实力相当的辅助部队做后援。"

希拉克略将身体离开石墙，拇指插在腰带上。"不，计划已定。我不想用不足两万的兵力与'野猪'对战。把那些军队派去叙利亚作战是浪费兵力。而且——"他露出微笑，"那两座富裕的城市足以承受这次的损失。"

盖伦皱着眉在石墙上轻叩手指："佩特拉与巴尔米拉数百年来都是帝国的盟友——你确定要让他们作如此牺牲吗？这么做似乎不太光彩。"

第二十六章

希拉克略无情地笑了:"科斯洛伊斯那个混蛋五年前背信弃义对我发起攻击就光彩了?这场战争本就无光彩可言,我的朋友,我们是为生存而战。我要以牙还牙,把他对我的侮辱还给他。我,是东罗马帝国的皇帝。"

"没错,"感觉出对方话里的恨意,盖伦微微摇了摇头,"但是,我们赢了之后又如何呢?沙漠边境仍需防守——而到时候,那些城市里的人却都已经死了。"

"那时已经没有什么需要防备的了。"希拉克略不愿谈论这个话题,"敌人是科斯洛伊斯,他会为他的背叛和对我皇权的挑衅付出代价!"

盖伦没有说话,默默地在心里权衡整个帝国从中得到的利益与远方那些城市将遭受的破坏。希拉克略已经返回室内,而他则继续站在墙边,望着波光粼粼的大海另一头一片黑暗的亚细亚。

第二十七章
罗马南部,阿皮亚大道

月亮像个柑瓜挂在西边的天空,云朵遮住半边月亮,在路上投下深深的暗影。马克西安催了催马,跟上走在前头的领路人。阿皮亚大道的碎石硬路上的马蹄声被路两旁的灌木树篱阻挡了。树篱外侧的荒野上零星散布着一些矮小的房子和土丘。在亲王身后大约三里处,依稀可见阿皮亚门城墙上的守卫塔,塔上隐约可见灯与火把。向导停住了,举起手中的提灯。路右侧有两根白柱子,柱子中间是一个黑漆漆的洞口。向导从马背上弯腰,放低提灯去看柱子上刻的字。

旁边一棵树上,一只猫头鹰轻唤几声,展开翅膀飞了出去,扇动树叶飒飒作响。

马克西安的脸被罩在深深的阴影中,手指拨弄着一枚金币。这是一枚刚造出来的两奥里斯①的金币,边缘还很锐利,其中一面有他兄长的头像。他轻叹一声,又把金币放回自己外衣口袋。老纳巴泰人在一旁轻笑。

"快了,快了,殿下,很快便能找到你要的帮手。"

---

① 奥里斯(aureus):古罗马和罗马帝国的基本金质货币单位。

第二十七章

马克西安用手杖杖头在吊门上使劲敲了敲。午后的阳光很快便被黑夜代替，夜色开始降临蒂泊蒂娜的狭窄街道，路人行色匆匆，想在天完全黑之前赶回家。深紫色天空中点缀着一条条玫瑰色的云彩。马克西安再次敲了敲门，隐约听到屋里有动静。眼前这扇门很普通，上面只有一个小小的印记——一个梯形周围有两个角形浮雕。他之所以会来到这个外国人聚居区的臭烘烘的小巷，是因为他拜访的最后一位巫师给他推荐了一个人。虽然刚开始寻求帮助时他信心十足，但现在却筋疲力尽，只想丢开一切赶快回家。

他所拜访过的魔法师与巫师，尤其是住在屠牛广场祭司大道上的那些，一听到他说有某种足以致命或腐蚀金属的可怕力量正在侵害这座城市，要么就直接拒绝谈话，要么就随便找个理由打发他。最后虽然有位犹太占卜师耐心地听他讲了一个钟头，但结果仍是无奈地摊开双手表示自己对此毫无经验，不过他推荐了一个纳巴泰人，说这个人或许能帮上忙。

所以，夜幕降临时，马克西安便来到了这儿，站在这扇黑色橡木门前。

门后传来门闩滑动刮擦的刺耳声，然后又有一个声音，像是从金属孔里拔出钉子。"嘎吱"一声，门开了条缝，一双明亮的蓝色眼睛从门后盯着亲王。

"晚上好，"马克西安彬彬有礼地问候，"我想拜访住在这里的智者阿卜迪马丘斯。我叫马克西安·阿特柔斯，有件棘手的事想请他帮忙。"

门后面的眼睛一晃消失了，然后门被打开，亲王面前出现了一个戴着小毡帽的瘦小男子，帽子底下露出一小束白发，身着蓝白细条纹拖地长袍，腰上系着条深绿色腰带。

"请进，小少爷。我就是阿卜迪马丘斯，欢迎光临陋室。"

纳巴泰人的房子呈窄窄的长条形，夹在两栋大建筑之间。前厅里除了瓦面地板别无他物，不过有第二道厚重的门通向房子的其他地方。门上没有锁，但马克西安在跨过它时却感到了阻力。穿过这道门便来到一个客厅，里面有一个火盆，生着一小堆火。与一般穷人家里不同，这屋里的烟沿着固定的螺旋路线飘升，最后消失在天花板上某一角半露的烧黏土烟道里。地上铺着厚厚的浅棕色和浅红色地毯，两张低矮的躺椅面对面摆放着，与火盆形成三角鼎立之态。

阿卜迪马丘斯示意马克西安在右边的躺椅上就座，自己则坐到对面。马克西安没有躺上去，只是坐着。黄褐色皮肤的外国老者不动声色地打量着他。

马克西安轻咳一声清了清嗓子："先生，我在寻求帮助。昨天有人向我推荐您，说您也许能帮到我。您是否熟悉，呃，肉眼看不到的魔法世界？"

阿卜迪马丘斯偏着头看着眼前的年轻人。

"如果您指的是——"老者说，"我是不是波斯祭司，是的，我对魔法世界颇有认识。不过，我不明白您为何来找我。我在您身上同样感受到了能看见魔法世界的能力，甚至能感觉到此刻您身上所保持的防御。为什么您还要我帮忙？"

马克西安扬了扬眉：这位老者并不糊涂，而且能力不弱。

"我不是魔法师，"亲王回答道，"我是信奉阿斯克勒庇俄斯的祭司。我发现了一个以我的能力远不足以解决的麻烦。我需要更——更有经验的人士的建议，也许是帮助。"

阿卜迪马丘斯微微一笑，露出一口整齐的白牙。

"啊，经验我有，"老者说，"虽然我不再像您这么年轻强壮，不过倒还略知一二，让自己不至于年老昏聩。我的力量虽已不如从前——不过正如希腊人说的，给我一根杠杆我便能撬动世界！现在我们来说说您发现的这个麻烦。是不是在工作中遇到的问题？是否危险？

第二十七章

如果您这位懂治疗术的祭司都无法战胜它,那说明它并非简单的疾病,而是……疾病的源头?"

马克西安摊开双手,一脸严峻:"阿卜迪马丘斯导师,我恳请您在做决定之前先听我说完整件事的来龙去脉。之前我曾拜访过其他一些巫师,除了占卜师西蒙,其他人要么拒绝我的请求,要么就说我疯了。这座城市正在陷入某种灾难,从目前来看,只有我发现了。这是某种腐败性的灾难,让百姓们生病、死亡和精神崩溃。从意识到这个问题开始,我便发现它无处不在——无论是从街上的碎石,还是市集上人们的脸上,都能看到它无处不在。我知道这听起来很荒谬,但事实真的如此,就好像罗马城被下了某种可怕的诅咒。"

出乎于马克西安意料的是,老者居然眨了眨眼,轻声笑起来。马克西安的脸上浮现出愤怒,他本以为这位纳巴泰人的反应会好一些。他站起身。

老者停下笑,抬起一只枯瘦的手。

"稍等,稍等,冲动的客人。我并非嘲笑您所说的话。我是在笑我自己浪费了大半生的时间。我相信您说的话,而且我明白您说的是什么。请坐下!"

马克西安又走回躺椅,他不知道是否该相信这位老者。

"您所看见的,"老者说,"是一股黑暗力量,如潮水般席卷而来,淹没了整座城市。然而,除非是知道问题所在的人,其他人根本看不到,甚至丝毫不会留意。这股力量既强大又诡秘,因为它无处不在,所以一个土生土长的本地人或者长期居住者丝毫不会察觉有任何异样。对吧?"

马克西安点点头:"对,但是它极其危险甚至足以致命。您是否知道这是什么样的诅咒?"

阿卜迪马丘斯又笑了,缓缓摇了摇头。

"这并非诅咒,小少爷,这是神恩,对罗马的恩赐。"

"您怎么能这么说！"马克西安激动地反驳道，"据我所知，已经有十一个人因此而丧命！它连金属都能破坏、侵蚀和损毁，这都是我亲眼所见！"

阿卜迪马丘斯又摇了摇头。他站起来向对面的墙走去。他把手伸向一块砖，那砖无声地收折起来，露出一个密洞。他从里面拿出一个装硬币的皮口袋，转身走回躺椅，小心地从里面取出一枚金币。

"请看，小少爷。这是昨天本城一位在政府任职的贵族付给我的一枚金币。如果不是要拿出来给你看，我根本不会碰它。"

老者把金币放在两张躺椅之间的小桌上。浅金色的硬币在火光中闪着微光。

"在我之前最后摸过这枚金币的便是那位来找我帮忙的官员。他与这枚金币之间仍然有着某种关联。这是一枚新铸的金币，几乎没有其他人碰过，只有他碰过的痕迹。您能明白我在说什么吗？"

马克西安点点头。帕加马学院曾简单提到过关于接触传播和相似性的理论，但当时更多的是从修复受损四肢与治疗发热的角度来谈的，而不是作用于健康的人。

阿卜迪马丘斯把那袋子放到自己躺椅背后，对着取出来的那枚金币俯下身去，他紧紧盯着马克西安："现在，我知道维持防护盾很不舒服，因此我会建一个新的防御圈保护我们两个，请您在我建好时卸下您自身的防御以免发生冲突。"

马克西安点点头，立即施法，整个房间在他眼中一览无遗。他看到老者周围有一个牢固的青铜色光圈在微微颤动，房间的其余部分则是一个燃着火的细线交织而成的蓝色格网，他自身的保护盾在他与纳巴泰人之间的空气中闪闪发光。两人都没有动，也没有说话。刚开始什么都没有发生，然后蓝火逐渐蔓延到空中，火盆里的火发出几下噼啪声之后便灭了。虽然屋子黑了下来，但马克西安依然能清晰地看到眼前的一切。墙壁、地板和天花板放射出能量，形成一个不断翻滚的

第二十七章

球,慢慢地从老者身旁扩大,漫过马克西安。那蓝火像团黏液似的粘到球上,圆球变得完整。

这么多天来,亲王这才第一次放松下来,自身的保护盾闪光后退去,他向后倒在躺椅上,之前因为维持保护盾而感到的轻微头痛消失了。

"好一点了,对不对?"老人轻声问,闭着双眼集中精力,"现在我向您展示'罗马的神恩'……不过你要准备好随时再次施放防御,接下来的事会相当危险。"

纳巴泰人伸出瘦削的手,在金币上方的空气里挥了一下,金币飘上半空,在两人之间慢慢旋转。

"通过碰过这枚金币的人在上面留下的痕迹,我可以对他施法,可以保护他,也可以伤害他,所以……"

老者在空中转动手腕,其面前蹿出一道致命的绯红火舌。马克西安坐直身子,一只手下意识地摆出防御的姿势。火舌在空气中绕着金币蜿蜒盘旋,金币周围的空间变得扭曲模糊,突然从中浮现出一张刻板高傲的脸。

"放松,放松,小少爷,我不会真的伤害那名官员,不过您看,在防御圈的外边……"

马克西安把注意力转到淡蓝色光墙外的景象,惊得呆住了。蓝色光球外面涌起一片带着腐朽气息的黑暗,暗紫色火焰与各种异形诡影交织在一起,令人眼花缭乱。在整个城市、石头、空气与战争中四处蔓延的那股力量,此刻正在蓝色光墙前嘶嘶叫嚣,把两人包围了起来。

"看见了吗?这就是'神恩'。如果我对帝国的某个要员不利,'神恩'便会向我反击。防御圈所受到的压力大到简直令人难以置信……即便是在这里,在我倾注多年心血的地方,它也几乎能压倒我的力量。现在我撤回对他的威胁。"

那绯红火舌悄然退去，金币徐徐旋转落下，在桌面上弹跳，发出一连串响声。阿卜迪马丘斯睁开眼重重吐了口气。在闪烁的蓝色光墙之外，黑暗继续蔓延，往肉眼看不见的光墙上撞，然后慢慢地一寸一寸地往后退去，直至退回墙、空气和泥土里。直到最后一丝黑暗退去后，马克西安方才徐徐吐出口长气。

老者筋疲力尽地瘫靠在长椅的椅背上，但双目依旧明亮："让我一直不明白的是，从来没有罗马魔法师记录过相关的情况；罗马帝国也从未向全世界宣告过有这样的力量在保护它。但是，如今见到同样困惑的您，我便知道，至今尚未有人能与之抗衡并且活着告诉其他人。"

马克西安紧抿双唇，慢慢摇了摇头。

"如果有人在毫不知情的情况下激起这股力量，"亲王说，"便会死无葬身之地。没有人知道……"他猛地抬头望向老者，"我也知道了这个秘密，但我却活得好好的？为什么您也没事？"

对于这个问题，阿卜迪马丘斯并没有立即回答。他拖着疲惫的身子从躺椅上起身，走到房间后部一块布帘后面。过了一会儿，他拿着盛着酒水的罐子和两个广口杯回来了。他往每个杯子里倒了些烈酒，然后随便加了点水。他先一口饮尽杯中美酒，然后才开口说道：

"初到本城时……这么说吧……我并不受政府欢迎。我没有从业许可，也没什么名气。我寻到这几间屋子，开始勤勤恳恳地做自己的生意。当时我虽年少，但做事谨慎。我接到的第一笔生意，便是让我做刚才那样的事。当时我格外小心。"

他停下来又倒了杯酒，示意马克西安同饮。亲王嗅了嗅酒，暗地里用法力探了探是否有毒。酒是安全的，于是他也喝了一口。

"我们这行的人都知道，至少在罗马之外的人都知道，罗马帝国对所有魔法都免疫。世人皆以为是因为帝国的魔法师够强大，所以能第一时间察觉或击退对帝国的所有不良企图。不过，在这座城市里生

第二十七章

活了一段时间后,我却发现事实并非如此。你们的魔法师是强大没错,但也没有强大到这样的地步。"

"难道您或者其他任何罗马人就从未想过?你们的国王或皇帝从未死在敌人的魔法之下,在战场上波斯的祭司、国王或日耳曼人的巫师也不是用魔法才打败你们的军队。这些敌人的确可以召唤可怕的力量,而且我向你保证,过去他们也是这么干的。但是他们对你们这么做,是徒劳的。我们这行的人如果有这种念头,不过是自寻死路。今天晚上我们所看见的,就告诉了我们为什么。"

马克西安放下空杯。眼前这人不但相信他所说的话,而且还与他考虑过同样的问题,这在某种程度上令他大为宽慰。不过,对方所说的话却又令他焦虑不安。他再度摸了摸脸,努力思考对方的话。阿卜迪马丘斯见状笑了笑,但年轻人没有看见。

"小少爷,您很累了。今晚只能到此为止。如果您愿意,您可以在此留宿,至少在这里您可以睡得安稳,那股力量无法打扰您。"

头一沾上薄枕头,马克西安很快就睡着了。起居室后面的小储藏室里堆满了一袋袋药草和味道古怪的盒子,但他并不在意。他裹紧身上的薄毯子,不到一分钟就已经打起了鼾。

阿卜迪马丘斯在门边站了一会儿,举在身前的铜灯让双手觉得温暖。老纳巴泰人仔细端详着这个身心疲惫的罗马年轻人。

"为什么,这么多年过后,这样的机遇会降临到我的头上?"他很纳闷。他之前已经渐渐喜欢上了野蛮人城市的生活,哪怕时常光顾街角酒馆的劳工们总是嘲笑他的穿着打扮。他紧皱眉头,全神贯注,举起一根手指,迅速穿过面前的空气中代表"朋友"的符号。

躺在小床上的马克西安嘴里嘟哝了两声,翻身背对着他。

他们从阿皮亚大道拐进一条小路,苍郁的柏树在小巷上空重重叠叠。马克西安身边是一片令人窒息的黑暗。夏夜温暖,他却忍不住打了个冷战。他能闻到灌木树篱两旁田地里的浓烈气息。小路朝着下坡走,然后左转。前方的油灯慢慢摇向右侧,几个人骑马进入一片小空地。

月亮从云层后面露出脸,若隐若现地低垂在空地另一头的小小神庙上空。皎白月光铺洒在墓室入口的石块上。两名领路的随从下了马。阿卜迪马丘斯敏捷地从马上一跃而下。马克西安环顾四周,惊讶极了——朱利安的墓地竟会如此不起眼。他随即也下了马。他们随身带了两盏有罩的灯,纳巴泰人拿着其中一盏走到他身旁。

"把您的灯点上。"他压低声音说道。

马克西安点点头,从马背上的鞍囊里取出沉重的包袱。普雷托里用它大大的马鼻子轻轻地拱了拱他的肩头,马克西安在黑暗中笑了笑,从衣兜里翻出来一根胡萝卜,公马亲昵地伸过头来接过贿赂,乖乖地让马克西安把马绳拴在神庙入口附近的一棵树上。马克西安打开包袱取出油灯,打了个响指,油芯亮了。阿卜迪马丘斯也点亮了手中的灯。纳巴泰人转身吩咐两名随从坐在树荫下监视古墓入口与小路上的情况。

"您还带了其他的工具没有?"阿卜迪马丘斯回过身问亲王。

马克西安抬了抬一直挂在自己肩头的皮革袋子,里面传出金属碰撞的叮当声。纳巴泰人在月光下点了点头。

"走吧。"他的声音依然压得很低。

神庙的大门是一道沉重的铁栅栏,上面挂着把沉重的十字形锁。栅栏又密又厚。阿卜迪马丘斯跪在锁边,小心地用手指触摸。过了一会儿,他用极低的声音吟唱起来,那声音几乎听不见,但马克西安却能清楚地感觉到轻不可闻的歌声中的每个唱词。两人身边的空气变得压抑凝重,生锈的齿轮与金属杆相互刮擦,锁"喀哒"一声开了。阿卜迪马丘斯站起来呼出一口气,气息有些不稳。他擦了擦额头,小

第二十七章

心翼翼地推开了门。

"我上一次干这种事已经是很久很久以前了。"纳巴泰人自我调侃道。

门内是一个又长又窄的房间,通往整个建筑的尾部。两侧墙壁上嵌着深深的壁龛,每个壁龛里都有个半身人像。在房间最末端立着一面弧形墙和一个小小的祭坛。祭坛后立着一尊女子雕像,上面生满青苔。马克西安走近去,依稀辨认出这是一位面容严肃的女神。"原来是弥涅耳瓦①。"他想。他身后的纳巴泰人正在沉甸甸的袋子里翻找。

"这边,"阿卜迪马丘斯轻声说,"在祭坛这一侧应该有个圆洞。"他递给马克西安一根约十六英寸长的铁棒,铁棒一头有个手柄。亲王跪在打造祭坛用的大理石料旁边,在黑暗中摸索。油灯几乎完全被罩住了,以免灯光泄露出来被行人看到。他的手指触到了一个边缘光滑的洞口,于是把铁棒插进洞里。在石块的另一边,阿卜迪马丘斯也做着同样的事。纳巴泰人从另一边望过来。

"准备好了吗?"他问道。马克西安点点头。"待我数到二就一起行动。"

"一——二——起!"

亲王把手柄扛到肩上,嘴里喊着号子。两人奋力移开这块大石块,祭坛下露出一个黑乎乎的洞口,一阵寒风从地底卷上来,吹来一股腐烂潮湿的气味。阿卜迪马丘斯取下油灯的灯罩,举灯往洞内望去。

"太好了!"他呼出口气,"梯子还在。"

马克西安轻轻笑了。"我知道了,您以前就这么干过。"他对同伴说。

阿卜迪马丘斯雪白的牙齿在灯光中闪闪发亮:"我从小家境不好,

---

① 弥涅耳瓦(拉丁语:Minerva):这是雅典娜的罗马名字。

老家佩特拉市周围的山上多的是贵族墓地……祭司学徒嘛,有时候只能靠仅有的一点儿本事混口饭吃。这种时候只是少数,不过有些事情的确令人印象深刻。"

纳巴泰人在灯的把手上系了根绳子,然后俯身将灯缓缓放入洞中。当灯到达洞底时,他迈腿走下梯子的第一级。马克西安看着老者慢慢往下爬,直到他的头顶消失在竖洞里。马克西安在下去之前最后一次往四周看了看,阴森森的壁龛里,古代雕像的头颅上一双双空洞的眼睛好奇地盯着他。他摇了摇头,没想到自己与老者居然会做出这种亵渎神灵的行为。"管他的,"他想,"死人才管不了这些,但我却急需一个帮手。我们这么做,是为了拯救千千万万的人。"

地下墓穴的通道又窄又矮。阿卜迪马丘斯举灯在前面带路,灯罩已经被取下。马克西安带着另一盏灯和工具袋跟在后面。两人爬过一间间堆满骨头、头颅和残破陪葬品的墓室,有股微风吹在脸上,空气还算新鲜。十五分钟之后,亲王感觉他们正在往下走。一个接一个的隧洞出现在通道旁。朱利安的陵墓下被挖出无数装满颅骨的窄孔、地坑和洞穴,形成一座巨大的迷宫。他们走过时,一根散落的指骨在马克西安靴子下嘎吱作响。

"阿卜迪马丘斯大师,这地方到底有多大?"当两人又爬过一部梯子向下时,马克西安忍不住问道。

纳巴泰人笑了,停在朽烂的木梯底部,替走在后面的罗马人稳住梯子:"这座山谷作为罗马的陵墓区已有上千年历史了,我年轻的朋友。数百万具尸体总得有个去处吧。别担心,我们就快到了。"

又下了一部梯子后,地道突然左转,变成了崎岖的上坡路。马克西安抓着松松垮垮的泥土往上爬,摸到了一个坚硬的石块边缘,于是一把抓住它爬了上去,结果发现上面是段大理石台阶。他走上台阶,阿卜迪马丘斯的灯光此时已在前面很远的地方了。这些台阶以极大的

第二十七章

角度向左倾斜,虽然好过刚才那些松软的泥土地,但也不太好走。走了一会儿,两人面前出现了一道墙,墙面上贴着光滑的大理石。马克西安停下来,好奇地看着上面的浅浮雕。浮雕上,一个罗马家庭的成员们围坐在一张桌子旁,举着酒杯庆祝秋收;他们上方刻着一个冬青树叶的花环,酒神巴克斯的笑脸被围绕其中。

"来吧,我的朋友,"前方传来阿卜迪马丘斯的声音,"就是这儿。"

马克西安爬上台阶最顶端,来到一间宽敞的洞室。洞室的天花板是凹凸不平的泥土层,错综复杂的树根盘踞其间;地面同样凹凸不平,铺着薄薄的砂砾与泥土。借着两盏灯的光,可以看见分布在地面与墙面的三个墓室,墓室的大理石门周围有些散乱的泥土,可以确定,这些泥土是地面上那座神庙建造之初留下的。亲王惊奇地看着四周。

"怎么会……"他结结巴巴地说。

蹲在中间墓室门边的阿卜迪马丘斯抬起头:"正如我所言,殿下,上千年以来,本城的百姓都在这里埋葬逝者——我们骑马经过的山谷在过去曾凹凸不平,是一片长长的低洼地,从城市向南延伸,山谷间分布着数百座像这样的坟墓。如果卡西乌斯·狄奥所言不差,在离我们进来的地方不远处曾有座玛格纳玛特神庙[①]。后来,在伟大的共和国时期,人们决定建造阿皮亚大道,于是克劳狄族人填平了这座山谷,掩埋了所有坟墓、神庙和纪念碑,就像这些……"

阿卜迪马丘斯又转身面对墓室门,长长的手指摩挲着门上雕刻的铭文,擦去上面的灰尘。马克西安举着灯凑过来,阿卜迪马丘斯嘴里咕哝着听不懂的话。铭文刻得很浅,难以辨认。

[①] 玛格纳玛特(Magna Mater):古代小亚细亚人崇拜的自然女神西布莉的称呼。

"我想应该就是这个,从其周围所汇聚的形式看来,应该没错。"

纳巴泰人抬头看向亲王,他的眼睛被灯光的投影遮住了:"门被封住了,我打不开。虽然很困难,但您必须打开它。里面的那具尸体是从远处运来此地,当初埋葬它的人害怕它无法安息——对于一个被朋友谋害的人,有此担忧是自然的。此墓被人施了法,尤其是这扇门,时间越长,它就越强。我们时间不多,必须全力以赴。"

马克西安点点头,把工具袋放在脚边。阿卜迪马丘斯走到一旁,亲王屈膝跪在门前的壤土上,双手放在大腿上,让自己沉下心来,然后施展"赫尔墨斯初启术"。阿卜迪马丘斯从袋子里取出一个用紫杉树枝弯成的花环放到亲王手上。刚开始,洞内的黑暗似乎朝马克西安涌过来,但很快他的视线就恢复了。

墓室门犹如墨绿色的深渊,火苗在大理石贴面上蜿蜒,往看不见的深处延伸。门上的防御力量令他心生畏惧,他重新集中精神,张开双手从地上的干土和头顶上的树根中吸取能量。

亲王又尝试从四周的魔法世界里吸取能量。最初一无所获,但很快能量便从墙壁、地板和洞穴内满地的碎骨中奔涌而出,发出炫目的白热光芒,冲入他的脑海。

在漆黑的洞穴中,阿卜迪马丘斯完全关闭了意识之眼,盘坐在马克西安身边,指尖轻放在年轻人的颈部动脉上,亲王的身体蓦然一僵,阿卜迪马丘斯差点儿没忍住笑出来。年轻人的身体开始抽搐,但他的脉搏虽然开始加快,却仍然强劲有力。纳巴泰人指尖轻触亲王头两边的太阳穴,低声吟唱。在他四周的地面上,碎骨堆开始颤抖,大腿骨、颅骨和肩胛骨纷纷从泥土中挣扎着钻出来。指骨在泥土堆中扒拉了一阵,然后飞上半空。锁骨立起来,加入其他骨头的队列,慢慢地转圈。墓室门闪着蓝得发黑的光芒。

马克西安从死人遗骸中吸走的能量使得残骨完全瓦解。只听一声

第二十七章

响亮的破裂声，一块本就缺了四分之一前额的颅骨突然在半空中解体。紧跟着又响起一阵快速的爆裂声，较小的腓骨与肋骨纷纷炸为粉末。一阵无形的风把剩下的残骨卷起来，让它们以越来越快的速度绕着老者与亲王飞速旋转，飞舞的残骨开始腐朽分解。

然而，周围所发生的这一切，马克西安都毫不知情。他的注意力全部放了如山洪般咆哮着涌入自己体内的能量风暴上。如狂风暴雨般的火焰在他身体里游走，心底深处有个声音惊恐地说着什么，但是在这股神力的冲击下，他的脑子越来越清醒。他集中全部力量打向墓室门，在巨大能量的重击下，门上古老的防御发出丁零声，好似瓷碟相互碰撞。墨绿色的深渊景象扭曲变形，突然变成银色镜面，把亲王的力量扭曲并反弹了回来。紧接着，镜面破裂开来，无数细小的绿色碎片如雨一般洒下。马克西安的意识猛地冲进了墓室，贪婪地吸取着埋在里面的死者身上沉睡的能量。但是，冲到墓室正中央时，他停了下来。那里停着一副简易的棺木，里面躺着一具男性遗骸，尸体早已腐朽干枯成了一把干骨头，从身上残挂的碎布看来当时穿的是一套白色正式托加袍，脚上所穿的绑带皮凉鞋如今只剩一堆残渣。

马克西安试图从岩石中吸取能量，但能量却以排山倒海之势涌来。他想停下来，却感觉到墓室的顶部、墙壁甚至地板都开始崩塌。如果他不停止这一趋势，眼前的这具尸骸——阿卜迪马丘斯向他保证的帮手——将无法幸存。他咬咬牙，再次集中精神对抗与自己撕扯的那股崩解之力。时间似乎过了很久很久，最终他成功了，全身大汗淋漓，身子一软便倒了下去，阿卜迪马丘斯伸手扶住他，他的身体完全没有了知觉。

马克西安的灵魂还在远古遗骸的上空盘旋，他的灵魂充满了无穷大的力量，从灵魂正中燃起白热之火。他在心里试着施展了一下治疗术，发现自己的能力已经有了微妙的变化。以前他的力量虽然灵活却很混乱，只可以极精确地修复受损的皮肉或器官。如今他体内充满了本源之力，足以重组碎裂的骨头以化出整具身躯。这样的变化令他既兴奋又纳闷。他看到了面前的这具尸体。"这个一定行！"他欣喜若狂地想。

他把闪着微光的双手放在干瘪的尸体上，低声吟唱了一句，地面的尘土飞上空中集成一朵硕大的云，充斥着整个墓室。他的口中又吐出几个字——古怪的非人类语言，尘土继续缩聚成一个暗红色心脏的形状悬浮在尸体上方。他把僵硬的手指伸入尸体胸腔，撕下坚韧的干皮，露出里面已腐烂的内脏。半空中那颗心脏竟然跳动起来，初时很僵硬，慢慢地开始有了血色，烟从里头冒出来。马克西安用无形的手指一把抓住心脏揉碎。热滚滚的鲜血从他指间流下，滴入暴露的胸腔。

马克西安让自己保持镇定，努力回忆一个古老咒语。阿卜迪马丘斯给他看过残旧的羊皮纸，他解密了上面的文字，用古色萨利语粗略抄写下来。现在这些文字在他脑中变得清晰起来，他的嘴唇不受控制地吐出咒语：

"啊，复仇女神和可怕地狱！
恐怖深渊，渴望摧毁无数个世界！
啊，冥界之主，因天上众神迟迟不灭而饱受数百年之苦！
珀尔塞福涅，仇恨咒骂在天堂的母亲！
赫卡特，黑月女神，赐予吾无声亡灵之语！
啊，守护者，人族血肉供养蛇头狗！
古老摆渡人，骨船，送魂归吾！受吾之愿！"

热气腾腾的鲜血流进尸体，渗入封闭已久的动脉与静脉。阴冷潮湿的洞室内响起呃吸的声音，尸体颤抖起来，浑身充满滚烫的血液。

"若以吾之罪呼唤你，若每念此咒必食人血肉，若剖开人母胸膛并洗之以温暖脑浆，若任何婴孩在头和器官被奉于汝之神庙后依旧存

第二十七章

活——如吾之愿！"

尸体的嘴唇上出现一抹淡淡的血色，那是身体内凝固的血液，但尸体还是没有动。

"底西福涅和墨纪拉！你们听到了吗？你们为何还不用满是钩刺的无情鞭子将这个可怜的古代人赶出荒芜的黑暗界？我能否呼唤你们的真名让你们在可怕的光中现身？我能否追着你们的脚步翻越墓地坟场把你们驱逐出每座坟墓？你，赫卡特，我能否把你拖到天上众神面前揭露你那总是隐藏在诡计后的苍白病态的真面目？我能否告知众神，啊，珀尔塞福涅，是怎样的美食让你在冥界流连忘返，是怎样的情让你与黑夜之王永不分离，是怎样的亵渎让你的母亲拒绝与你相认？"

马克西安的喊声在墓室石壁间回响。诡异的光影在空中颤动。躺在平板上的尸体仍然一动不动，但眼睛和嘴里开始冒出缕缕热气和烟。

"至于你们，地位最低的世界统治者，如果我汇聚阳光——照进你们的洞穴——阳光会摧毁你们。你们是否遵从我的意志？还是我必须召唤他？只要一念他的名字，大地就会颤抖；他敢于直视揭下面纱的蛇发女怪；他以复仇女神的鞭子对其以牙还牙，连复仇女神也会感到害怕；他藏身于你们都无法看到的塔尔塔罗斯深渊；对他而言，你们是以冥河之名违背誓言的'天上众神'。"

尸体剖开的胸腔内，血液本来凝结成了黏稠的液体，这时突然又沸腾起来，重新在其体内流动，尸体四肢剧烈抽搐。冰冷的胸腔里那些浸没在黑色液体中的人体组织开始颤动，新的生命力在不知不觉中流入了各个早已枯死的器官，与死神展开激烈搏斗；尸体的手脚不停颤动，肌腱伸展开来，瞬间胀大。眼睑扇动，眼睛睁开，露出死白色眼球。僵硬的嘴唇一张一合，胸腔上裂开的伤口开始闭合收缩，胸口随着呼吸不断起伏。

看着生命力重新注入被自己复活的死人体内，马克西安欣喜若狂。他感觉一阵眩晕，忙抓住桌子的石头边缘，但虚幻的手指径直穿过了桌面。

站在洞穴内的阿卜迪马丘斯有点害怕了，抬头看着天花板。那阵刮起骨头的旋风已停。那些死者遗骸全部被年轻的治疗师消耗了，盘扎在屋顶的树根也不见了踪影，砂砾石块开始往下掉。墓室门灰飞烟灭，一阵怪风刮进门户大开的墓室。尽管纳巴泰人在墓地与死人骨罐和尸体打过多年交道，但其实对密闭空间相当恐惧，只是从不表露出来。石块在身边飞来飞去，地面被压得吱嘎作响。他畏缩在年轻人身边，竭力维持防御保护好自己。

年轻的罗马人的身体在他手中抽动。突然，已经没有了门的墓室门口传来某种刮擦声。纳巴泰人心里发怵，忙转身去看，心里在想，不知道来的是凶残的盗墓贼还是墓地里的其他东西？在油灯的橙红色残光中，一只手突然从黑暗中伸出来，抓住沾染红色鲜血的门框。阿卜迪马丘斯吓得丢下亲王往后退。第二只手也伸了出来，接着门口出现一个未着寸缕的老者，几乎全秃的头顶上只留着稀稀拉拉几根灰白头发，挺直的鼻子高傲不羁，全身肌肉发达但略显衰老，胸膛与颈侧布满疤痕。看着眼前这瘦小的东方人畏缩在地上，复活过来的死人冷冷一笑。

"起来，"他用古老的过时腔调厉声说道，"给我衣服。"

阿卜迪马丘斯爬过去在工具袋里翻找，同时一只眼紧盯着死人。死人离开墙边，像狗甩水似的猛摇头，翻过手掌看了看，手上苍白无一丝血色。他摸了摸自己的胸膛和身上的旧伤口，最后低头看着躺在地上昏迷不醒的亲王。

"让我复活的就是这个人？"死人粗声问道。

埋头在一堆外衣、靴子、汗衫和带帽长袍中的阿卜迪马丘斯抬起头。"是的，"他回答说，"从现在起他便是您的主人。"

第二十七章

死人嗤了下鼻子,喷出一堆灰。他疑惑地伸出骨瘦如柴的手指挖了挖两个鼻孔,挖出来一堆秽物和干虫尸。

"呸!"死人厌恶地骂了声,想吐口唾沫,一张嘴,喷出的全是细细的白粉。"有酒吗?"他不高兴地问。

"没有,"阿卜迪马丘斯递给他一件汗衫,"您先穿上这个。"

死人把棉汗衫从头上套进去,然后又低头看看躺在自己脚边的亲王:"睡得像头死猪,要是我现在就捏断他的脖子,我便自由了。"

阿卜迪马丘斯缓缓摇头:"不可。若他死了,您就会变回尸体。他活着,您才能活。"

死人讪笑着接过束腰外衣,无神的双眼盯着阿卜迪马丘斯。

"那他最好活得长一点儿,嗯哼……波斯人?"

第二十八章
君士坦丁堡，狄奥多西蓄水池

水从狭长小船的船头下潺潺流过。迪亚蒂丝蹲在黑暗中，头刚好露出船舷，耳边隐约有轻微声响，似是旁边的人的呼吸声，又像是船桨划水发出的沙沙声。与并排藏身于此的尼古斯和另两个土耳其人一样，她穿着松松垮垮的黑色长袍，脸上和头发上都抹了煤灰。一盏带灯罩的灯在他们前方水面上摇晃，只有这盏灯的灯光偶尔照进他们的藏身处。

迪亚蒂丝眯眼仔细地辨认他们所跟踪的对象，无奈天光太暗，灯光又忽明忽暗。她紧张地咬住唇。这场追捕耗时良久却进展缓慢，对她的耐性是种极大的考验。起初还以为这只是个简单的小任务——跟踪两个疑似偷溜出"大皇宫"与波斯细作接头的东帝国领主，然后在关键时刻收网抓人。然而，不料猎物居然潜入了皇宫所在山头地底深处的已半废弃的蓄水池系统。

高高的空间里回荡着从另一只小船上传来的船桨声。迪亚蒂丝听到有人在低语，但那声音断断续续，难以听清内容。她身后还有两艘吃水浅的小船，她的其余手下都在上面。

四周的冰冷水面上伫立着许多巨大的石柱，仿佛茂密的参天石

第二十八章

树,高悬于头顶。这水来自城外山泉,冰冷的泉水让空气也带着寒意。虽然这座城市被阿瓦尔人"围攻",但向大型公共蓄水池供水用的水渠依旧正常运行。尼古斯轻轻碰了碰迪亚蒂丝的手肘。前方的小船在一个石头码头边停了下来。远处举灯的人取下灯罩,灯光照亮一部台阶,台阶顶端没入黑暗。那船停下时与码头碰撞,激起层层浪花。

迪亚蒂丝举起一只手,两个土耳其人轻轻向后划动船桨。后面的两艘船悄悄划入其中一根高耸石柱下的阴影里。这时,两个人从码头边的小船上下来走上了台阶,另外还有个人拿着盏灯在船上留守。罗马女孩密切注意前方的情况,耐心等待着。数分钟之后,远处传来一声金属敲击的铿锵声,拿着灯的两人消失在了台阶上。迪亚蒂丝回头冲尼古斯打出手语:上,拿下那艘船。

尼古斯点点头,脱下披风与汗衫,赤脚在船边敏捷地跑动。伊利里亚人深吸一口气,跃入黑色水面,身影随即消失在水中,水面只余下一道细细的波纹。迪亚蒂丝和两个土耳其人则在他跃起时巧妙地移动了自己的位置,好让小船保持平衡,避免摇晃或传出任何声响。

三艘船上的人都在等。迪亚蒂丝静坐如钟,密切观察周围的情况,感受着四周的空气和身边人的呼吸,她感觉到约希轻吸一口气绷直了手中的弓弦。借着码头上的惨白灯光,她看见前方小船船尾的黑色水面上钻出一个魁梧但灵活的身影。尼古斯出手快如闪电,瞬间船夫的喉咙就被钢铁般的手指捏得粉碎,另一只手中的快刀同时飒然滑过衣服和身体,船夫抽搐了几下。这一切都进行得悄无声息,船夫的尸体倒在了船底,尼古斯蹲在他身边盯着台阶。

四周一片静寂,没有惊叫声。尼古斯从水中爬到码头上,身形一晃便已取灯在手。他来到台阶底部举灯向上照去。在领头的小船上,迪亚蒂丝示意手下人前进。约希把弓箭重新挂回身上,操起船桨。黑色水面上,三艘小船向码头靠了过去。

在烛火通明的房间的一侧，迪林尽量蜷着身子，缩在墙上一个小凹洞里，放慢呼吸，把注意力全集中在石头和瓷砖上，想让自己尽量不被注意。尸鬼西罗恩沉默地坐在房间里，盯着小桌子和上面的物件，灰白的手不时打乱物件的摆放，发出轻微的叮当声。从迪林醒来时起他就一直在玩这个。房间关得密不透风，空气沉闷。尸鬼没有戏耍男孩，却也没有给他拿来任何食物或水。迪林胃痛的感觉越来越强烈，无奈他想不出任何办法。迪林用眼角余光瞥着尸鬼。

西罗恩猛地站起来，长披风扫过小小的座椅。他大步走到一扇厚重的门边，门外连着一条长通道。他停在那里凝听了一会儿，然后转回头来，原本憔悴阴沉的脸上突然咧嘴一笑。

"小子，你有去处了。"他的声音沙哑刺耳。

迪林吓得全身打战，眼睛一红流出泪来。他拼命蜷缩身子死死抵着背后粗糙的石头。不过这小小的努力在西罗恩看来只是徒劳。西罗恩打开栅栏，长臂一伸就把他捞了出来。他让爱尔兰男孩儿站好，拍拍男孩身上的灰。

"我会想你的，小老鼠。"尸鬼的声音轻柔得仿佛一张剥下来被风吹起的皮。

"走吧，是时候见见你的新主人了。"

来到蓄水池长长台阶的顶端，一扇铁皮门堵住了去路，尼古斯和迪亚蒂丝面对面分立铁门两侧。伍夫加扮成已死的船夫站在门前，阿纳格赛亚斯给他做了易容。弄好之后，叙利亚人不慌不忙地收拾起自己的小木箱溜下了台阶。迪亚蒂丝冲伍夫加点点头，无声地从挂在后背的刀鞘里抽出短刀，左手握刀，右手放下头上的真丝面纱。站在门另一侧的尼古斯头上也罩了块黑色真丝面纱，一抖手，从两端绲花的中等长度铜管中抽出一根铁丝。

第二十八章

伍夫加咽了下口水,用力拍门。无人回应。他又拍,这回响动更大。很快门内便传出金属刮擦的声音,门上的一扇小窗打开来,里面透出如烟如雾的黄光。伍夫加举起手中的灯照亮自己的脸。

"拍什么拍?"一个粗鲁的声音用瓦拉儿亚语吼道。透过小窗边缘,迪亚蒂丝斜斜窥见一个小房间的局部,里面点了不止一盏灯。有人在里面低声交谈——两个人,或许三个。

"让我进去,"伍夫加装作疲惫不堪地说,"坐在这个洞里冷得要死。"

门里的人讥笑一声,摸摸自己的光脑袋:"那算你倒霉,你的任务就是看船。"

伍夫加用拿灯的那只手的手指擦擦眼角,另一只手举起一个盛满酒的双耳酒罐。

"可是一个人喝酒太没意思了。"他扯动嘴角半露牙齿笑了笑。门内侍卫扬了扬眉,脑子里迅速作了个决定。

"拿来,我们帮你解决。"他笑着说。

伍夫加鼻子一哼,把酒罐夹在胳膊下:"怎么,把我一个人扔在这儿挨冻,就以为我是傻子?"他转身抬腿假意要走下台阶。窗户内的侍卫看着他的背影叹了口气。

"行了,行了!"他笑着喊住转身离去的撒克逊人,"带着你的酒进来吧!"门内响起金属摩擦的声音,门开了条缝,侍卫跨出一条腿踏在台阶顶端的小平台上。

说时迟那时快,尼古斯立即出手,手中的铁丝仿佛毒蛇般瞬间缠上侍卫的喉咙。他一手握着铜管,另一只手快速猛拉缠着铁丝的旧橡木块。瓦拉儿亚人还未及吸气便被死死勒住了,气管一破,鼻子里顿时鲜血直冒。迪亚蒂丝从窒息的侍卫面前一晃而过冲进卫兵室,室内围坐在石桌旁的三个人察觉有异,立刻抬头看向同伙。

最近的那人回头向门口望来,看见有人闯入,惊得目瞪口呆,但嘴刚张到一半便被迪亚蒂丝的短刀刺穿。短刀直直刺穿后脑勺后迅速抽回。染血的刀刃宛如嗜血毒蛇，把他的脊椎一切为二，嘴里更是惨不忍睹。他整个人还未完全从椅子上倒下，迪亚蒂丝便一个旋身闪过坐在桌子右边的人，手起刀落，第二个人也未能幸免，先是喉咙被割破，紧接着连人带椅翻倒在地，碰撞出一片哗啦声。一时间，室内鲜血四溅，碎骨横飞。

在这电光石火之间，第三个人从行军凳上一跃而起扑向卫兵室后门旁边木架子上的兵器。迪亚蒂丝挥刀右砍却扑了个空，但此时身体已完全转到右面，于是右手顺势从腰间刀带中抽出一把飞刀扬手掷出，整个动作如行云流水般一气呵成。锋利的刀刃插入那人后背右肩下，深没及柄。与此同时，从门口飞来两支黑羽箭，从另一个方向射入那人前胸的另一侧。那人腹背皆遭重创，跌落到搁着长矛一类的兵器架上，兵器架倒下，木头与金属哗啦作响。

迪亚蒂丝跳过脚边的尸体跃向身侧的后门，以迅雷不及掩耳之势"砰"地一声拉开门闩冲了出去。外面是一条宽敞的通道，伸手不见五指，空气中飘着股霉味。她往两边看了看，通道里静寂无声，什么都看不见。两个土耳其人紧随其后冲进来，一人守一边。迪亚蒂丝返身折回卫兵室。

阿纳格赛亚斯和队伍中的一个希腊人正把侍卫的尸体拖出去。尼古斯擦拭干净手中的致命金属圈，把铜管重新插回挂在后背上的架子里。

"什么情况？"他打着手势问。

"没事，"她用手语答道，指向通道，"没灯，无人。我们现在肯定是在地下室，你带上你的人，找屋顶或窗户，给军队报个信，然后开始进攻。我带一队人潜入这栋建筑的核心区域搜查波斯细作。"

尼克斯点点头，点了三个希腊人、阿纳格赛亚斯和伍夫加，很快他们的身影便消失在左边的通道里。在清扫完室内战场后，迪亚蒂丝

第二十八章

也带着两个土耳其人、一个被流放的叫蒂姆的月氏人①和一个叫弗雷德里克的大块头哥特人出发了。

"有没有闻到什么味道?好像是从厨房飘过来的。"她冲约希打着手势。

土耳其人咧嘴一笑,稀稀拉拉的黑胡须下露出口参差不齐的黄牙。他指了指右上方。

"走。"她打了个手势。两个土耳其人拉弓搭箭走在前头,迪亚蒂丝跟在后面,然后是蒂姆,弗雷德里克断后。一行人在通道里疾步如飞。

西罗恩扯下套在迪林脑袋上的带着馊味的皮口袋,这回两人不是在书房,而是站在一个用木头搭建的高露台上,露台下的花园中满是苍白的花朵和长着细长叶子的灌木,露台上方是一个用铁板搭建的拱顶,铁板之间镶嵌着杂色玻璃。透过玻璃望出去,一轮黄绿色的月亮低垂夜空。空气中弥漫着令人陶醉的芬芳香气。迪林跪在一块厚垫子上,比格尔、络腮胡和黑袍人坐在几张藤背椅上。西罗恩依旧站在迪林的侧后方,一只手轻轻搁在男孩肩头。

比格尔和络腮胡之间还摆着些残羹剩饭,达哈克大人面前放了半杯酒。烤羊肉、鹰嘴豆、新鲜面包和兑了树脂的酒的香味直往迪林鼻子里钻,饥饿感像猫爪子似的挠着他的胃,肚子饿得咕咕叫。听到这个响亮的声音,络腮胡哈哈大笑。

东方人对比格尔说:"我说,朋友,这种饿死鬼可交不了货!最起码也要给他点儿面包,都瘦成那样了。"

比格尔笑了笑,坐在椅子上半欠了欠身。

---

①月氏人(Yueh-chih):月氏人在公元1—3世纪曾在中亚建立起一个古代盛国——贵霜帝国。

"怕是我的仆人早把他看管的货物忘到九霄云外去了。"瓦拉几亚人说。

西罗恩单膝下跪低着头:"请您原谅,主人,的确是我的疏忽。要不要现在让人给他拿点吃的?"

比格尔扫了眼达哈克,后者正垂眼瞅着迪林。东方魔法师迎向比格尔的目光,无谓地耸了耸肩,他才不在意这种小事呢。瓦拉几亚人冲西罗恩点下头:"去吧,让他吃饱了再上路。"

这话吓得迪林把身子缩得更低了。一想到要跟这个怪物走,这比躲在西罗恩房间里更令他恐惧。达哈克抚了抚长发,起身向爱尔兰男孩走去,西罗恩默默退开,穿过月光花与灌木丛去找人准备食物。魔法师伸手摸摸迪林的头。如此近距离的接触,让迪林有种置身霜风雪雨中的感觉。迪林颤抖着瘫倒在地毯上,全身缩成一团。

达哈克笑了,盛开的月光花在这笑声中瞬间枯萎凋零:"请原谅,比格尔,我无意破坏你的花园美景。"东方人向主人鞠了一躬。

就在这时,屋顶窗户突然光芒大盛,白色与橙色的光在夜空中闪烁,露台上光影错舞。比格尔诧异地抬头看。络腮胡迅速起身,从椅背后抓起自己的斗篷、帽子以及用扁皮带缠裹的长剑。

"是帝国军队的烟火信号弹。"络腮胡把帽子胡乱扣在头上,急忙喊道,"快走,大人。"

达哈克神情淡定地慢慢转过身,只有眉毛微微蹙起。脚边的迪林被暂时遗忘了。

"外面没有什么⋯⋯"话还未说完,一支黑羽箭"嗖"地一声深深射入他胸口,他身子摇晃了一下,大惑不解地低头看了看长长的箭杆,抬手碰了碰。还不等他的下一个反应,身上又中了两箭,他哼哼两声便仰面倒下了。

迪林翻身滚到旁边避开倒下来的魔法师,结果一不小心从露台上掉了下去,重重跌入月光花丛中,被带刺的植物刺得叫起来。一队人

第二十八章

从黑暗中冲了出来。比格尔一声惊呼，从露台后面翻下去，迅速消失在花园的暗影处。络腮胡把披风缠在左手臂上，右手握着把不知从哪儿变出来的寒光闪闪的三尺长剑，大吼一声从露台台阶上一跃而下，冲进杀手中间。

他劈头盖脸地一刀砍向对方，然而，一道银光闪过，领头的杀手竟然用短刺刀格开这一击，令他大为震惊。从头到脚一身黑的杀手迅速向他反击，他连忙后退，左手手肘险些不保。双方继续厮打在一起，一时间，月光下只见一片刀光剑影，火星四溅。另外，还有两名杀手，块头大的那个直接跃上露台，另一人则冲进左边的灌木丛。

迪林翻了个身，脖子上的金属项圈突然发出森森冷光，他用手去扯，这鬼玩意儿却越收越紧。好在这次他已经知道了该怎么应付，他集中精力打开意识之眼。这时，只听一声雷鸣般的巨响，原本已冲上露台的杀手被一道白热闪电击中，被撞飞的身体如断线的风筝一般飞过花园上空撞上一堵木墙，木墙哗然破裂，那杀手全身骨头皆断，倒在血泊中。空中依然残留着闪电的光，弧形冲击波扫过整个空间。

达哈克的身影再次出现在露台上。他身形有些不稳，全身闪着浅蓝火星，衣物碎成布条挂在身上。他身上那三支箭的木箭杆也着了火，正冒着黑烟。滚滚雷声在这密闭的空间里不断回荡，仿佛众神的怒吼。爆炸冲击波过去后，屋顶上的玻璃板纷纷碎裂，成千上万个碎片仿佛细雨般从空中落下。

这股冲击力横扫整个花园，把迪林打了回去，却也正好帮了他，把束缚他脖子的项圈震开一个大口。他一把扯下项圈，顿时法力重现，眼前豁然开朗，只见整个空间都变成了一个巨大的能量旋涡，各种能量相互撕扯咆哮。达哈克的身影被包裹在一个光与火交织的旋涡中。能量从整座城市的各个角落涌来，如流水般注入这个东方人的身体，突然，一道闪电墙从他身上射出。

正与络腮胡激战的迪亚蒂丝眼前瞬间只剩下一片白，连手中的刀

213

都忘了。一声巨响,她的身体仿佛撞上滔天巨浪,迪亚蒂丝与外国佬双双飞起跌入花园的景观水池。幸好池水不深。在她脑海里有个好似从远方传来的声音:魔法师!是魔法师!满地的玻璃碴子再次飞上空中,如颗颗发光的彗星一般晶亮。迪亚蒂丝尚未回过神来,吃惊地瞪大双眼盯着屋顶。大火爬上花园里的木墙。

迪林跌跌撞撞地站起来,用闪着珍珠白光的雅典娜之盾保护自己。房间里失控的能量以山洪没顶之势冲入他体内,火焰如汩汩溪流般从脚下土地钻出来,不知所措的他只得本能地将注意力集中在火焰上。他侧过身体想把从双手上腾起的火甩出去,那火仿佛有灵性的生命一般从他手上跳出去,直扑向东方魔法师,狠狠撕咬着保护对方的闪电球。

白热的火焰在保护达哈克的闪电球上一阵猛撞,他脑子一晕险些跌倒。眼前的花园俨然已如人间炼狱,男孩根本无法控制自己身上的能量。东方人拼命从隐藏在城市上空的暴风云中吸取能量,试图加固护身的闪电。此时,整个房子已陷入一片大火,花园里到处浓烟滚滚,憋得人透不过气,远处的尖叫声和打斗声此起彼伏。达哈克咒骂一声,寻找同伴的身影,发现"野猪"正试图爬离火场,身上盖着湿透的披风。

达哈克眼前突然火光一闪,原来是攻击者射来的三支箭被与闪电球纠缠的烈火烧成了灰。越来越多的攻击者向他袭来。"够了,"他暗自咒骂,"此地不宜久留。"心念一动,他带着同伴乘风飞上了天。

露台四周的能量旋涡吐出一波烈焰向水池横扫而来。迪亚蒂丝赶紧从水池中爬出来,拔腿就往厨房门跑,躲在那里的约希和另一个土耳其人立刻搭弓向在她身后追赶的烈火与闪电射去。

"停下!"冲进门口时,她对两人喊道,"箭根本没用。"

这时屋顶也开始咯吱咯吱地响,迪亚蒂丝意识到整栋房子已是一片火海。

第二十八章

"撤!撤!"她冲着两个土耳其人大喊,"全部撤出去!"

话音刚落,她身后便传来一声巨响,花园的屋顶在烈火中轰然倒塌。大量的烟和灰从门内喷射而出,迪亚蒂丝带着剩下的人逃到外面的走廊上。

达哈克在暴风云中御风而行,耳边雷声滚滚,四周闪电出没如同鬼影。体内能量持续燃烧,力竭的感觉越来越强,身体已不堪重负。"野猪"被他瘦削而结实的手紧紧抓住,每当有电流从达哈克体内流过时,他就紧张得发出杀猪般的尖叫。在他们身下,比格尔的房子已被大火吞噬,浓烟蹿起数百尺,直逼云霄。帝国侍卫、救火员和住在附近的市民把老砖房周围的街道挤得水泄不通。天空下起了雨,救火队排成一行传递水桶,正尽力抢救老房子两边的仓库。

达哈克对这些毫不关心,一心只想安全到达普罗庞提斯海的另一端。飞行在海浪尖上,海对岸已在魔法师眼中依稀可辨。这时,他身上的最后一个静电火星一闪而逝,两人从夜空中垂直坠下,猛地一头栽进黑色海水中,冰寒彻骨的海水瞬间淹没了达哈克的脚跟。魔法师在海浪中拼命挣扎,但很快便失去知觉,被"野猪"的重量拖着往海底沉去。

狭窄的走廊里,迪林在长石凳上坐立不安。他摸着自己脸上和小臂上已经结疤的伤口,之前从花园露台上跌入玫瑰花丛,身上被划了不少口子。坐在他左手边的伊利里亚人尼古斯用手肘轻轻碰了碰他,示意他别乱动。在他右手边睡觉——也许是装睡——的人叫蒂姆,看起来像土耳其人或萨尔马提亚人。走廊里又闷又热,挤满了文书、士兵和信使,不停地在三人身边来来去去。迪林使劲扯了扯右耳上缠着的绷带,有点痒。

迪林还记得在比格尔房子里最后看见的景象便是烈火从自己身上

窜出来，狠狠撞上那个不停旋转的淡蓝色闪电球，东方魔法师发出一声震耳欲聋的怒吼，接着便是满目的大火与浓烟。一双瘦削却强壮的手臂及时抓起他，把他拖出火场。然后他便晕了过去，嗓眼里满是木头燃烧后的灰烬。醒来时他发现自己置身于一个拥挤的兵营，躺在一大堆水桶后面，身下铺着草垫子，砖石砌就的拱形天花板上有脏脏的烟灰。一张凶神恶煞的脸正盯着他，小眼睛，油腻腻的长胡子。迪林被吓了一跳，下意识地瞪着对方。那人笑了，递过来面包、奶酪和淡酒。

后来迪林得知，蒂姆是一名士兵，不过不是军团士兵，肯定是闻着金子的味儿而来的雇佣兵。蒂姆和其他同伴住在其中一座小宫殿的地下室里，整日里逍遥自在得很。他们的首领似乎是这个叫尼古斯的伊利里亚人，从迪林能够自己坐起来时便开始照顾他。

"小子，你说你是带着入伍令来的？"

迪林点点头，他清楚地记得院长把入伍令交到自己手里。不过现在那东西在哪儿？鬼知道！但他还记得自己来此的目的。

"我来向亚历山大长官报到，加入魔法师军团为皇帝效忠。"

尼古斯闻言摇了摇头。连眼前这个小屁孩都要被拖入吃人不吐骨头的帝国军事部队里，真是令人恶心。被奴隶贩子卖来卖去虽然很糟糕，但与军团生活比起来，那又算得了什么？斜靠在最近的一个柳条箱上的蒂姆看见尼古斯脸上的表情，"哧哧"地笑了起来。

"你确定要这么干吗，小子？二十年兵役可不是件什么好玩儿的事，相信我，等你出来时怕已是白发老头儿了！"尼古斯伸出拇指，头也不回地从肩头上指了指身后围在他们营地门口玩骰子的那群手下，"看看那些家伙。你有这样一身本领，在城里不是过得更好？赚点钱，买几个仆人，都是轻而易举的事。"

迪林摇摇头。他曾对老涅斐德发誓完成任务，他不愿意做背信之人。尼古斯和蒂姆劝说他足足一个钟头也没有用。于是，第二天一大

第二十八章

早,他们便陪着男孩来到"新皇宫"里的兵舍找军需官。

这时,走廊上有扇门开了,一个体格健壮一头白色卷发的文书往外看了看。

"迪林·麦克唐纳,新兵?"公事化的冷漠声音传到坐着的三人耳中。

迪林猛然反应过来,站起身。

尼古斯也站起来。矮壮的伊利里亚人揉揉男孩的头发,笑了笑,留着短胡楂的方脸上脸色短暂地亮了一下:"小心些,小子,做好本分就好,千万千万别做自告奋勇这种蠢事。记住了!"

蒂姆也站了起来,活动了一下受伤的那条腿,摸着自己的大胡子低下头,带着谜样的表情久久地看着男孩。最后,他淡淡一笑,把一个旧皮革刀鞘按到男孩掌中。刀鞘上满是污垢和划痕,刀柄上缠着皮革,因为长期被手心的汗水浸湿,黑得宛如一块黑曜岩。迪林对两人回以一笑,握着临别赠礼鞠了一躬,然后转身走进旁边让新兵入伍宣誓的房间。

尼古斯阴沉着脸盯着关闭的房门,蒂姆靠在身边的墙上。

"我们真应该劝他留下来,跟我们待在一起。"尼古斯艰难地开口道,话里带着明显的失望。蒂姆在一旁暗笑:"他对你来说太小了,特别助理长官。"

尼古斯无视他的调侃,接着说:"放走一个能召唤火的魔法师,百夫长非活剐了我不可。"蒂姆耸耸肩,反正人已经走了。尼古斯黑着脸沿着走廊大步离开,无视挡在面前的文书与官员们。蒂姆紧随其后,他腿又开始疼了。

屋内只有一张桌子和放在桌子后面的一把在军营里常用的行军凳。一个深棕色头发的瘦脸男子坐在凳子上,打着绑腿,身穿束腰外衣,外披一件短披风,披风前襟用小巧的金色鹰形徽章别在右胸,从打扮来看是高级百夫长。桌面摊开着一本花名册。文书把迪林领进去后便退到门边靠墙而立。不苟言笑的百夫长上下打量了迪林一番，紧抿着双唇，看起来并不满意。

"姓名？"他问。

"迪林·麦克唐纳，长官！"

百夫长仔细查阅花名册，最后轻轻摇了摇头。

"这上面没你的名字，麦克唐纳。"他说。

迪林点头解释道："我本是要去向亚历山大的长官报到的，长官！但我中途生病被人卖给了奴隶主，我的入伍令也给弄丢了，长官！"

百夫长浅棕色的眼睛冷冷看着迪林："你知道自己要去的部门或者军团的编号吗，麦克唐纳？"

"是的，长官！是第三魔法师队。"

百夫长眨了眨眼，把花名册推到一边，打开另一本较小的册子，一页一页仔细翻看，手指划过书页，纸莎纸沙沙作响。最后他抬起头说："找到了，你所在的部队应该是在亚历山大集合。入伍宣誓做了吗？"

"还没，长官！"

百夫长叹了口气，冲站在房间尾部白发苍苍的文书示意了一下。文书走进另一扇门，回来时手中多了一根长长的木杆，杆顶有一个双翼收起的青铜鹰状标饰。鹰的下方是两块十字板，上面分别刻有一些字母。文书紧握军旗跪下，又有一个文书从同一扇门走出来，手中端着个冒烟的铜火盆，还拿着个有木把手的物件。百夫长和新进来的文书小心摆弄一阵，把火盆准备好之后，百夫长转身示意迪林跪下。

"脱外衣。"他淡淡地说。迪林依言脱了衣服。百夫长在一旁监督，迪林低头看着地板，不知道要发的是什么誓。

"迪林·麦克唐纳，麦克唐纳家族阿伦的儿子。"

"是。"男孩答道。

第二十八章

"你发誓为罗马人民、罗马元老院和罗马皇帝而战吗?"

"我发誓。"男孩答道。

"你发誓在众神的庇护下全心全意拥护帝国的统治吗?"

"我发誓。"迪林说。这时,周身开始有种奇异的感觉,好像针刺在皮肤上。他想要用意识之眼看看是不是有无形的魔力侵入了这个房间,但忍住了。百夫长继续念,声音越来越大。

"我发誓。"当迪林说完最后一句誓言,百夫长立即握着木把手将棍子从火中取出,迪林还来不及躲,两个文书便上前抓住他的胳膊,押着他让他动弹不得。火光从百夫长的眼中闪过,百夫长迅速将烧得炙热的标饰压在男孩苍白的肩头上。

正走出军需官办公区在走廊尽头的台阶顶上的蒂姆听到一声惨叫。他摸着自己的胡子,一手插进白色汗衫里,轻抚胸腹上的仪式印记,笑了笑,走下又窄又陡的台阶。成千上万只脚曾从这里走过,留下斑斑印记。

第二十九章
罗马，苏布拉区

"神啊，都是些什么乱七八糟的破地方！"死人鄙夷地冷笑一声，紧绷的脸上滑稽地皱着眉。他与阿卜迪马丘斯骑马走进广场背后的一条窄巷，巷子里堆满垃圾、破烂家具与腐烂的动物死尸。小个子波斯人在前面领路，死人跟在后面，身上穿着阿卜迪马丘斯给他的衣服，另外加了件斗篷，身前马鞍上托着年轻的亲王。他拉起满是虫洞的帽子遮住惨白的脸。走了一会儿，两人掉转马头右转，来到一座四层砖砌公寓楼后面的小院子里。面无表情的死人谨慎地查看四周。波斯人下马走上年久失修的台阶，"砰砰砰"地拍了拍公寓楼的后门。

白色砖墙内有人喃喃应了一声，声音回荡着，仿佛海浪拍打在陡峭的海岸。死人闻声骑在马上四处张望，看见南边红色瓦屋顶后立着一面大理石峭壁，顶上插着密密麻麻的旗帜，其中有些是燕尾旗。烟雾缭绕在峭壁四周，如缕缕细丝缠绕在高墙上，末了又从墙顶的拱形开口钻进去。他摸摸鼻子，在晨光中伸出手瞧了瞧，鱼肚白的皮肤怎么瞧都觉得有点怪异。

门开了，一个穿着脏兮兮黄色罩衣的男子冲波斯人点点头。阿卜迪马丘斯蹒跚着下了台阶向马走去。

第二十九章

"那是什么?"死人指着屋顶后的建筑问。阿卜迪马丘斯闻声转头,手一刻不停地解开把亲王绑在马背上的带子,斜眼瞟了瞟太阳。

"噢,"波斯人答道,"那是竞技场,今天准是有好戏上演。"

拂晓时分,两人从河边的奥斯蒂亚门进城。从西南方向入城的这条要道上早已人满为患,商贩与车夫川流不息。波斯人给守在城门的卫兵看了证明,两人便顺利地进了城。看着人们病态苍白的脸,眼前宏伟的城市和摇摇欲坠的纪念碑,死人不时露出疑惑或惊叹的表情。两人抄近道策马直奔位于盆地的苏布拉区,一路穿过无数古老城门、凯旋道,又绕过气势磅礴的宫殿密布的帕拉提诺山。穿过熙熙攘攘的人群时,波斯人听见死人一直在喃喃自语。

苏布拉区西南面有一栋在亲王名下的公寓楼。波斯人与死人抬着亲王上楼,穿过走廊,推开一扇厚实的木门来到一个空荡荡的房间。房间里的家具寥寥无几,幸好还有一张用松木板和十字形皮带做的床。他们把亲王放到床上,波斯人又匆匆出去找来水喂亲王喝了一些。死人穿过积满灰尘的空荡房间,用肩推开南边墙上的百叶窗,灿烂的阳光迫不及待地涌进来,满室灰尘在空中翩然起舞。

"该死的,手居然一点儿也使不上劲。"死人自言自语,攥紧拳头,却听到肌肉撕裂的声音,不禁微微蹙眉。

窗外,越过街对面的瓦屋顶,可以看见高高伫立在广场上的神庙与石柱。窗下,赶早市的人们摩肩接踵,街边门前处处摆满水果、肉、谷物及捆扎整齐的羽毛等货物。窗外的嘈杂声传进房间里,死人将百叶窗半闭。这时,阿卜迪马丘斯回来了,手中拿着一个热气腾腾的水壶,壶里飘出薄荷与鼠尾草的浓浓香气。

"那个大柱子是干吗用的?"死人手指着窗外问。

阿卜迪马丘斯瞥了一眼,说:"图拉真记功柱,上面的浅浮雕记载了当年他征服达契亚人的战功。"

死人轻蔑地哼了一声,摸摸自己的长脸,灰尘与砂砾从指间滚落。他笑了笑。

"达契亚……从来不让人省心。波斯人,我在地底下睡了多久?"

阿卜迪马丘斯把壶嘴放在马克西安嘴边,喂点水给他。马克西安突然动了动,波斯人给他又灌了些水。亲王眼皮颤动,呻吟了一声。

"六个多世纪。"波斯人心不在焉地回答,此刻他的注意力都集中在了亲王的脉搏和脸色上。

"六个世纪就能让共和国堕落成个猪圈?"死人踱到床的另一头,低头注视着床上这个身形修长的年轻人:"这里如今一片颓败之象。难道这里住的全都是瘟疫病患者和麻风病人?难道所有的秩序都荡然无存了吗?依我看,元老院的治理水平没什么长进……"

阿卜迪马丘斯迅速抬头看了一眼,没有答话。亲王醒了,睁开眼。

"我们回城了?"亲王的声音仍然很虚弱。

波斯人翻了翻亲王两边的眼皮,忧心地抿着嘴:"躺着别动,年轻人,你尚未完全恢复。咒语的攻击力量远比我想象的要强。"

马克西安露出虚弱的一笑:"感觉像是浑身的皮给剥下来又贴了回去,湿漉漉的。"

他吃力地扭过头去看死人:"欢迎重生!"

死人皱着眉,回头望着窗外的街景:"人世间也不过尔尔。这场瘟疫死了多少人?"

其余两人不知就里,对望一眼。阿卜迪马丘斯清了清嗓子,问道:"大人,您第二次提到瘟疫了,为何有此一问?"

死人的目光在两人脸上打转,脸上浮现狐疑之色。

"外边,"他指着窗外,"街上,所有的人看起来都白得像死人……未遭敌军围困却有如此颓败之象,我只在年少时在塔普索斯暴发瘟疫时见过。"

马克西安咳嗽一声,清了清嗓子:"不是因为瘟疫,我的朋友,

第二十九章

这不过是近来所有市民的普遍状态,其实他们没病没灾。"

死人不相信,摇了摇头,快步走到窗前,看了一阵后,又说:"人人皆好似行尸走肉,脸色暗淡无光,充满疲惫痛苦之色,怎么看都是一副久病且弱不禁风的样子。"

阿卜迪马丘斯与亲王了然地对视一眼,说:"正因为此,我们才把您请回来,大人。这个城市中了一种……诅咒,我们需要您的帮助,不过这个诅咒十分厉害,一定要小心。我们认为,这个诅咒关系到您当年的甥孙。"

"谁?"死人显然没明白他的话,蹙眉说道,"我没有——生前并没有甥孙,而且我所有子女都已身故。"

马克西安吃力地挣扎起身,喘着气靠在灰泥墙上:"据史书记载,他是您收养的孩子,也是您的继承人,以您的名字将他自己任命为本城的独裁官——恺撒。您一定还记得他——盖乌斯·屋大维·图里努斯,您妹妹的女儿的儿子。"

死人满脸震惊地看着马克西安。他摸摸自己后脑勺,转身走到窗户前,双手叉腰回身质问:"屋大维?那个胆小如鼠的马屁精,居然也敢称自己是我的继承人?那个只知道哭哭啼啼博取元老院同情的家伙?除了整天跟在我屁股后面探头探脑,他还能干些什么?我当时绝对没有任命他做我的继承人……"

阿卜迪马丘斯毫不掩饰地笑起来,马克西安还稍微严肃些。死人气得几近抓狂,一直骂到词穷方才停下。

"不管您写没写,那份遗嘱终究是以您的名义呈递给了元老院,最终他打赢了内战,登上了帝位,"亲王虚弱的声音陆续传来,"他是罗马帝国的第一任皇帝,在他统治下,共和体制名存实亡,最后被帝国制代替,罗马开始了征服世界的伟大旅程。今天你从罗马人脸上看到的诅咒,恰恰始于他统治时期。阿卜迪马丘斯和我都认为,这个诅咒的本意旨在维持这个国家不动摇,而且在过去很长时间里也的确如此。不过，世事变迁，今昔非同往日，如今，这个诅咒却成了罗马帝国停滞不前的绊脚石，其中真正受苦的还是百姓。国家虽然还在，却日益腐朽，改变迫在眉睫。"

死人对马克西安所讲的话充耳不闻："那，马修斯·安东尼乌斯呢？我的支持者呢？真正继承帝位的应该是马修斯！他深受民众爱戴，他才是众望所归！元老院不会容忍一个皇帝……难道战争还在继续？罗马人还在流血吗？"

马克西安轻叹一声。看来，要想让死人明白今时今日的罗马帝国，并非易事……他深感头痛。死人开始在房间里踱步，从他修长的身影传递来的紧绷着的能量令亲王的头痛有增无减。

第三十章
福地阿拉伯行省，瓦迪穆萨附近，香料之路

身形高大的埃及人正沿着河床行走，突然从岩石下的深紫色暗影里窜出一个土匪。

身边两侧皆是陡峭的山谷，大如屋舍的整块的红色砂石如同被人胡乱丢弃的玩具。夕阳西下时，埃及人正吃力地往长斜坡上爬，此时西天云彩被镀上一大片金色与藏红色。佩特拉古城外的山上，暮色匆匆，白日里的灼热顷刻间化为刺骨严寒。与西天同为一色的红色砂砾在脚下嘎吱作响。这是一段长长的旅程：艾哈迈德从尼罗河上游走到亚历山大，然后乘船抵达纳巴泰人的伊利安纳港。港口里一派繁忙景象，商贩们忙着卸来自阿拉伯湾的货物——阿拉伯湾是位于埃及东部边境的一片狭窄海域。离开亚历山大后，他口袋里便只剩了几个硬币，在这儿根本买不起骆驼，只好步行前进。

古城佩拉特坐落于荒寂群山中的某个狭谷内，他知道自己此时离它不过数小时路程，但还没有走到。他太累了，以至于当他听到土匪的凉鞋踩在光滑石面上发出的"啪嗒"声终于反应过来时，已经太晚了。

强盗一身黑衣，全身上下只露出两只眼睛。他挥舞着一根长矛向

艾哈迈德打来，长矛顶端是九寸长的铁刀片。在此千钧一发之际，艾哈迈德往后一跃，刀片扑空砍在了石头上。强盗一言不发直接就来第二刀。气喘吁吁的艾哈迈德慌忙往左边跳开，心怦怦直跳；他的视线完全被尖锐的长矛占据，看不见峡谷与漫天红霞。他猛地往右一跳，想躲过强盗的第三次攻击，却没想到那强盗这次改攻下盘，他腿上生生挨了一刀。剧痛瞬间传来，祭司心中一声怒吼，不顾长矛的威胁，扑过去猛地一拳打向强盗。

这一拳正好打在强盗头上，强盗后仰，艾哈迈德又迅速在对方肚子上补上一脚，强盗终于倒了下去，惨叫声卡在喉咙里还没出来，艾哈迈德一把夺过对方手中的长矛，掉转矛尖就是一枪，在长途跋涉中压抑的怒气随着这一枪统统发泄了出来。铁刀深深刺入强盗胸口，就像刀片切入未发酵好的面包，与骨头擦出"吱嘎"的声音。被长矛钉在河床沙地中的强盗抽搐几下便口吐白沫一命呜呼了。艾哈迈德冲死人皱皱眉，猛地抽出长矛，鲜血从刀尖滴落，在地面留下朵朵红梅。

祭司举着长矛后退一步，警惕地环顾四周。在朦胧暮色中，空气也变得异常透彻。他深吸几口气，努力稳住发抖的身体，慢慢冷静下来，狂跳的脉搏渐渐恢复如常。对方或许还有同伙，他这么一想，便立刻用意识探查周围的大石块、峡谷峭壁、繁密的灌木丛和弯着腰的小树苗。还好，没有埋伏。远处掠食的猫头鹰悲哀地鸣叫着。

艾哈迈德摇了摇头，俯身查看死去的强盗，轻念祷文助死者灵魂上路。他取下系在死者腰间的小刀与钱包，绑在自己的包袱上，然后在阴凉处寻到一个石洞，将用沙漠长袍裹好的尸体扔进去，摸黑找些石块堆在洞口，最后指尖微光一闪在四周布下结界，以免动物惊扰死者。

做完这一切，他继续上路。抬头望去，苍穹横跨在峡谷两侧峭壁间，漫天星斗宛如在夜空中撒下的一把宝石，璀璨夺目。

第三十章

在黑暗中摸索两个钟头后，艾哈迈德转过通往佩特拉古城的小路的最后一道弯，翻过一道岩脊。眼前的盆地上，一道山谷赫然耸立，佩特拉便坐落于此间。远远望去，夹在危崖之间的城镇灯火通明，成百上千间屋舍井然有序地排列在层层阶地上，整个城镇被一道宏伟的石墙围住，犹如握在铁拳之中。月光躲在山谷外，屋舍灯光照进夜空，连飘浮在半空的雾气也带着暖色。他在谷口停下，拄着手杖休息。熊熊火光从他右边的山顶上照下来。在城镇边缘的黑暗处仔细聆听，能听见远处传来的歌声，居民们正在高殿中低声吟唱。

城里大街上空无一人，两旁屋舍紧闭门户。艾哈迈德漫无目的地在黑暗中逛了一个钟头，走过空荡荡的圆形剧院，在与谷口相反的一头找到一家旅馆。低矮的石砌建筑背后的山体上露出一张黑洞洞的大口，泉水从口中汩汩流出，浪花在夜色中叮叮咚咚地追逐嬉戏。艾哈迈德走上前用手杖敲了敲门，等了一会儿，门被拉开一条小缝，一个瘦脸男子顶着一头蓬乱黑发往外张望，苍白的脸上布满倦色。

"晚上好，"艾哈迈德问候道，"请问今晚还有房间吗？我一个人。"

旅馆老板把他从头到脚打量一番，然后目光又往空空的街上扫了扫，确认外面的确只有这个一身埃及祭司打扮的家伙，这才关上小窗打开大门。艾哈迈德欠欠身走进去。旅馆老板揉揉惺忪睡眼，领着埃及人来到天井右侧的一个公共休息室。

"房间是有的，"老板回过头来说，"一个苏勒德斯[①]一晚。火炉上有冷的炖菜，桶里有水。如果想喝酒，一个铜币一杯。"

"谢了，不用。"艾哈迈德说，"我不喝酒。"

[①] 苏勒德斯（solidus）：古罗马帝国的一种金币，直到15世纪还一直在欧洲流通使用。

老板嘴里嘟哝两声,指着公共休息室另一头的楼梯:"从那儿上楼,右边第三个门,就是你的房间。"

艾哈迈德点头以示感谢,取下肩上的包袱放在壁炉边的桌子上,从钱包里摸出一枚苏勒德斯金币递给老板,然后从刀鞘中抽出自强盗身上取来的刀也递过去。

"我在城外峡谷中遇上了土匪,对方只有一个人,这便是从他身上取来的,也许应该报官。"

老板挑了挑眉,接过刀翻来覆去看了看,问:"那人死了吗?"

艾哈迈德点点头,从包袱里取出牛角碗与勺子,走到壁炉前,从铁锅里盛了碗冷的炖羊肉。

老板把刀放回祭司的行李中:"明天一早我会向长官报告此事。既然那贼人已死,就不必现在去惊动大家。"

老板走回床跟前,把入口附近的一盏灯调暗些。艾哈迈德坐下来安安静静地吃东西。温热的水嗅起来有点烟熏的气味,口渴的他也顾不得许多,从水桶里舀出水大口痛饮了一番。然后他念了段短祷文,感谢神的庇护,让自己不至于夜宿街头。

"阁下是祭司?"壁炉另一边的暗影里传来一个略带睡意的声音。艾哈迈德微微转过头去,看见躺在另一张桌子旁的长椅上的一个男子正坐起身。

"正是,我叫艾哈迈德,来自普塞密斯学院,是赫尔墨斯·特利斯墨吉斯忒斯教派的祭司。"

炉火微弱得像是要熄灭,房间里只点着孤零零的一盏灯。在昏暗模糊的光线下,艾哈迈德依然能看到对方洁白的牙齿在黑胡子里闪闪发光。中年男子站起来,走到祭司对面的长椅上坐下。此人肤色黝黑,也不知是天生如此还是久晒阳光的缘故;鼻子高挺,下巴与前额线条优美,修剪得整整齐齐的胡子给这张脸增添了一分魅力;长长的黑发在脑后扎起;身上穿着白色与褐色相间的亚麻长袍,俨然一副纳

第三十章

巴泰南部边境沙漠部落的打扮。

"我叫穆罕默德,来自古来氏部落的巴尼哈希姆氏族,此去大马士革经商。"

艾哈迈德回以一笑,他不必用意识之眼便能看到商人一身澎湃的能量。他与对方握了握手,对方的手强劲有力:"幸会,古来氏的穆罕默德,我也是去大马士革。"

黑暗中,对方也笑了:"如果对其他人,我会说,独自行走在这些荒漠道路上是一件掉脑袋的事。不过,听你方才所言,这应该不是问题。我在想……"

"什么?"艾哈迈德大吃一惊。原来这个南方人刚才一直在暗中观察,如此看来,现在这番话必是经过了一番思虑。虽然阿拉伯人的问话太过直接,甚至有点唐突,但他倒对这个耿直的男人有几分好感。

"我在想,不知道这个身手敏捷、头脑机智的祭司,会不会考虑与商人结伴同行?看你身上的披风和鞋子,你应该没有骑骆驼或马,而是准备步行。从这里去大马士革,路途可相当遥远。"

艾哈迈德点点头,商人热切的眼神令他有些心动:"我刚从伊利安纳港过来,的确走得很慢。"

穆罕默德满意地点点头。他伸手从长袍里掏出一个精致的皮革袋,取下封住袋口的小巧的象牙夹子,"哗啦"一声在掌心里倒出一把银币。"十个苏勒德斯——作为你保护我和我的商队去大马士革的报酬。你不用问我为什么,我直接告诉你原因——第一,祭司能带来好运;第二,出门在外难免遇到危险,尤其是这条路。"

艾哈迈德扫了眼商人放在桌面上的银币,仿佛那是一条条毒蛇。他所信奉的教派提倡祭司过清苦、简单甚至有些粗俗的生活。

"反正你都破过一次誓言了,"脑子里有个小小的声音说,"——来到这里寻找那个男孩。"

他翻过其中一枚罗马币，新铸的，正面是希拉克略皇帝陛下那张扑克脸，背面则是一个戴着王冠的女人像和巴尔米拉铸币厂的印记。他捡起其中四枚，把剩下的推了回去。

"我只能送你到杰拉什——我正在找一个走失的朋友，尚不清楚他们是否会到大马士革那么远的地方。"

"成交。"南方商人推开椅子站起来，收起剩下的银币，"我想你应该很疲倦了，快去休息吧。我们最早也要到明日下午才会出发。我有些陶器要出售，然后还要带上一些没药。到时候你去问旅馆老板就能找到我。"

艾哈迈德点头致谢，把颇有分量的银币放入钱包。商人走到另一张桌子上收起一些东西，其中有一卷厚重的纸莎纸卷轴。艾哈迈德见状挑了挑眉。

"阁下刚才看的是？"待商人把东西收好后，他问。

穆罕默德闻言低头一看，轻笑一声："朋友送的。以后你会知道我是个好奇心重的人——总爱问东问西，对很多东西感兴趣。我一直缠着朋友问，这世界上的一切究竟是如何运转的。于是他就给了我这个。我想，他是希望我看了这个后就不再拿类似的问题去烦他。他称这个为《希伯来圣经》，此书被他的追随者们奉为圣书。"

"这么说，他是个祭司啰？"艾哈迈德说。

穆罕默德点点头："他称自己为导师，不过我倒认同你的说法。"他低头看着卷轴，"接受如此高尚的赠礼，待我返回南方时，若不能从中说出个一二来，岂不辜负了他的美意？"

艾哈迈德吃完晚餐，站起身。

"晚安，穆罕默德，"他说，"也许，我们能在去杰拉什的路上探讨世界是如何运转的这个话题。"

商人笑着点点头，回自己房间去了。

第三十章

第二天一大早，街上就热闹起来了。艾哈迈德极不情愿地从柔软的床上起身。在野外的石头上睡了四晚后，旅馆的床真是舒服得让人不愿离开。他摸摸脸上的胡楂，推开百叶窗。街道上，人潮与马队川流不息。

"是士兵，"他想，"一个骑兵团。"

骑兵们穿着沙漠战服和轻甲，手持长矛，肩挎弓箭，在长官的一声令下，列队沿着峡谷快步跑开了。

当他追着迪林的行踪到亚历山大时，那座城市也是同样一派繁忙景象。驳船、独桅三角帆船及三排桨战舰将运河和港口挤得水泄不通，驻扎埃及的罗马军团准备回撤迎战波斯人，正在进行数万人的大转移。他花了几乎三天时间才见到负责管理新兵的军需官，却只得到一个令人失望的消息：迪林根本没去报到。

在新皇宫，为了从行省长官办公室的首席抄写员口中得知迪林所在部队的去向，他花掉了身上的大部分盘缠，方才得知原来隶属于第三昔兰尼加军团的第三魔法师队正在登船，准备启航去腓尼基沿海城市西顿。如果迪林不在亚历山大的征兵名册上，也许是已经直接与部队会合出城去了。除了帝国的舰队，再没有其他船只能前往战争一触即发的叙利亚海岸，他又无法搭运兵船过去，只得返回南边峡谷中的小旅馆。在那里的公共休息室里，他遇到一群水手，与他们交谈之后，他决定乘船沿尼罗河南下，先到赫利奥波利斯，然后骑骆驼去阿拉伯湾上的新兴港口古勒祖姆。一路上，经过下游三角洲地区时，到处可以看到正在调动的罗马军队及其辅助部队。

佩特拉的情况亦是如此。洗漱完毕，做完祷告后，艾哈迈德下楼，发现骑兵们几乎把早餐食物一抢而空，只剩了少许不新鲜的面包卷和稀粥。他坐在昨夜阿拉伯商人所坐的角落里简单吃了点东西，就在他吃完的时候，旅馆老板走了过来。

"穆罕默德先生给你留了个口信。他今天一整天都没空，要到傍晚才回得来，预计明天一早出发。"

"谢谢。"艾哈迈德说，"冒昧问一句，你知道士兵们要去哪里吗？"

旅馆老板一脸苦相，他儿子就在其中，这整整一个团的士兵在公共休息室留了一地垃圾后终于离开了。因为儿子出征，他心情很低落，紧张得胃疼。"北方开战了，就在切肋叙利亚。波斯人想打下大马士革，东罗马帝国的所有'盟军'都派兵前往大马士革参战，想阻止波斯人。"

艾哈迈德歪着头，这个本地人看起来对此很是不满。"如果击退来自东边的魔鬼，不是就能保护整个阿拉伯半岛和佩特拉地区了么？"

老板面露讥讽，哼了下鼻子："倒不如说是保护罗马的税收与法律！对罗马人而言，的确赢得了和平。但是，要是你问我，我会说，那是残酷的和平！我们表面上是帝国的'盟友'，可加在我们头上的赋税太重，简直跟帝国行省没什么两样。罗马人将自己的神祇凌驾于我们的神祇之上，推广他们的语言，我们的语言反倒没落。以至于，如今我们中年轻的一代居然都自以为是罗马人，忘了自己其实是纳巴泰人。"

艾哈迈德礼貌性地点了点头。事实上，如果让阿拉伯地区各行省落入波斯人之手，情况也是大同小异，区别就在于波斯人治下的世界会更加暗无天日。昏暗的房间里有些微寒，他不由得打个冷战。赫尔墨斯·特利斯墨吉斯忒斯一派的祭司有自己的道德准则，从不轻易施展魔法力量——这一准则也得到每个学院里每位导师的大力推崇。不过，从波斯帝国首都泰西封和更遥远的东方传来的各种故事传说里，却从未提到过波斯人有任何此类道德约束。萨珊王朝的穆贝德[1]与邪魔歪道做交易，用妖术扰乱死者的安宁，为换取魔力不惜把自己的灵

---

[1] 穆贝德（mobehedan）：波斯萨珊王朝的祭司。

第三十章

魂出卖给恶魔。就算是在平静的埃及北部地区，他们这一派的祭司也时常会被月亮中的黑影从梦中惊醒，浑身颤抖——每当有人在遥远的东方作恶时，天空中便会出现此异象。

没关系，他会找到那孩子把他带回学院。虽然艾哈迈德对自己的目标一清二楚，但内心深处仍有各种欲望和念头在相互博弈。他不知道自己究竟为何要离开学院，也许，只是因为那里不再适合他。

当穆罕默德终于在城里办完所有事时，已是三天后了。在这三天里，更多的人、马匹和物资源源不断地从纳巴泰人的首都流出，经过瓦迪穆萨，往杰拉什和北方去。艾哈迈德便一直坐在小旅馆中，看着一队队轻弓手和更多的骑兵从眼前一一走过，后面跟着长长的货车队，货车上载着以桶和箱计的物资。第三天下午，祭司估算了一下这几日的所见——北上的有近一万五千人；鉴于纳巴泰人所居住的腹地、荒漠平原和山区本就人烟稀少，这么一算，这个公国几乎是把所有能上的人和动物全部动员起来了。如果帝国的其他城市亦是如此，那眼前这场战争的规模就的确不容小觑。

不过，他渐渐发现这座石城的居民有点古怪。表面上看，这些人都很普通——荒漠生活造就的瘦削身板、阳光赋予的棕色肌肤、黑发黑眼。然而，在埃及人艾哈迈德看来，他们却显得有些神秘：几乎从不与陌生人交谈，甚至连本族的人之间也交流甚少；一到晚上，古城山顶上的高殿就会举行外来人不得入内的仪式。仪式上模糊不清的吟唱远远传到山脚下的山谷中，飘进他的耳朵，但始终听不出到底在唱些什么。此外，城市里似乎还潜伏着一股力量，时不时地让他有种芒刺在背的感觉，但真的仔细去找，却又什么都感觉不到。

穆罕默德行色匆匆地走进来，身后跟着两名随从。那两人皮肤黝黑，脸色阴沉严峻，身穿棕色与赭色长袍，腰带上别着装饰刀和短弯刀。穆罕默德径直走到祭司对面的长椅上坐下，疲惫的脸上笑容转瞬即逝。

"怎么样？准备好了吗？"

艾哈迈德闻言抬了抬眉，三天前就准备好了。不过，之前从伊利安纳港一路翻山越岭走到这里，双腿疲惫不堪，经过这番休息，倒是让他的腿恢复了。此刻他已是迫不及待地想要离开这个被红色山石包围着的城镇。

"就等你一句话，穆罕默德先生。"

商人宽大的手掌在桌面一拍："很好，我们这就出发。"

第三十一章
罗马，帕拉提诺山

身披红披风、头戴羽饰头盔的两名身形魁梧的禁卫军在奥勒良身后关上了沉重的大门，发出沉闷的关门声。这位代理皇帝终于松了口气。更深露重，午夜将至，他才处理完今天的全部事务。用手掌揉揉疲倦的双眼，奥勒良一把扯下身后的暗紫色披风扔到门边一把无靠背的椅子上，那椅子上已经堆满了胡乱扔弃的汗衫、束腰外衣和披风。外厅也好不到哪里去，里面到处都是脏兮兮的盘子和发霉的水果残渣。

眼前的一切令奥勒良不满地哼了一声，选择了无视。这要是在他自己位于城市西北角的宅子里，妻子早就带着一大帮子仆人把这些收拾得干干净净了。不过，在这座宫殿里，他禁止任何人进入他的房间，因为只有在这里他才能找到片刻宁静，才能暂时远离朝廷上的纷争。就连洗澡的时候，他都是让伺候的仆人在门外等他先准备好。

如同之前的每个晚上，他想在他哥哥众多的情妇中找个对象来温存一番，也许抱着女人柔软温暖的身体能睡得更好。不过，他如往常一样放弃了这个念头，身心俱疲的他只想一头栽倒在凌乱的床上，其他的什么也不想干。他解开铜鞋扣，踢开脚上的凉鞋，在内室里高高的大床一侧坐下去。

"晚上好，老哥。"

突然一个温柔的声音响起，奥勒良惊跳起来，身体半转，右手条件性反射地从腰间刀鞘里拔出匕首。马克西安坐在窗户旁的一把矮椅上，瘦弱的双肩裹在暗灰色披风里。

奥勒良挑了挑浓密的红眉毛——这个丢开公务跑掉的兄弟看起来居然比他还要憔悴："你还好吧？"

马克西安也挑了挑眉，这话本是他想问兄长的。

"还好，"年轻的阿特柔斯亲王答道，"怎么？难道我的脸色看起来跟你一样差吗？"

奥勒良有气无力地笑了笑，放松身体仰倒在床上。床上铺着一层又一层的棉毯和羊毛毯。

"我的神啊，"他继续揉着双眼抱怨道，"盖伦当皇帝的时候怎么看起来那么轻松？以前我还以为自己真的帮了他不少，现在才知道，皇帝每天都有一大堆我连听都没听过的麻烦事！难怪他们当初要将帝国一分为二——我简直无法想象同时管理东西两个帝国会是怎样的情形。"

"对不起，"马克西安面有愧色，"我本该与你分担这些的。"

奥勒良抬起头瞪了弟弟一眼，又倒了下去，喃喃道："算了，小猪。连我都看得出来，你肯定是遇到什么大麻烦。究竟是什么事？"

马克西安慢慢站起来，踽蹒着走到外厅的门口，手指在门板的接缝处和边缘细细摩挲。然后转身走回座椅旁，关上百叶窗，又在百叶窗上摸了一会儿。做完这一切，他才坐回椅子上，打开一瓶烈酒灌了一大口。

"给我，"奥勒良从床上翻身而起，夺过弟弟手中的酒罐，"你酒量又不好，而且从不自己带酒，如此看来。事态相当严重。告诉我，那个女人是谁？"

第三十一章

"哈!"奥勒良一口酒还没下肚,马克西安就忍不住笑了出来,"女人可没这么麻烦。有个朋友去世了,事情远比我预想的要糟,我好不容易才从这件事里走出来——我必须再次道歉——在你需要帮助的时候,我偏偏不在。"

"嘿,我又死不了,"奥勒良笑着说,虽然还是很疲惫,但乐观的天性又恢复了,"不过,有空的时候我会好好想一想,应该让你怎样报答我。"

马克西安可怜巴巴地点点头。他相信,奥勒良肯定会精心设计一番来惩罚他的玩忽职守。他挠挠额头。

"我本有工作要做,"马克西安说,镇定地看着兄长,心里却紧张不已,"盖伦交代的任务,与公爵夫人打交道……你还记得吧?"

奥勒良双手放在脑后,对弟弟点点头。

"当然记得,我每天都要跟她碰面——注意,是每天,我的小弟——这个女人真是让人又爱又恨。她似乎对一切事情都了如指掌,我问她任何问题,她都能应答如流。"

奥勒良摸摸鼻子站起来,拿起酒罐又喝了一口:"我也分不清她说的话究竟是真是假,小猪。她那双暗紫色眼睛后面也许有所隐瞒,无奈我对她的依赖却与日俱增,这真令我不安。我知道……我知道父亲对她深信不疑,她和母亲的关系也很亲密……但是,神啊,无论如何,我始终无法完全相信这个女人。"

说到这里他停住了,似乎惊讶自己居然会这么想。马克西安点点头,取回酒罐,把软木塞塞了回去。

"接下来我还得消失一段时间。"他收起酒罐,"现在我时刻处于监视之下,你知道,你也是的。也许一个月,也许两个月——等我再次回来时,应该就能给你和盖伦提供一些我们自己的情报来源。"

代理皇帝抬头看看年轻的弟弟,满是胡须的脸上带着浅浅笑意。马克西安拉好披风走到窗户前。

"我知道,"奥勒良说,"你一直都是我们的骄傲。"

马克西安的手停在窗户上。

"马克斯,当初你披着带蛇杖标的披风①从学院回来的那天,是母亲一生中最幸福的日子,连父亲也笑得合不拢嘴。现在要你来趟这趟浑水,盖伦和我都很愧疚,但是——你知道,这也是没办法的事。"

"我明白,阿尔斯,"马克西安目光未动,"我也希望能让你们为我自豪。"

窗帘哗哗作响,年轻亲王的身影消失了。

---

①在希腊神话中,蛇杖是赫耳墨斯所持的带有两条互相缠绕的蛇的带翼权杖,蛇杖标铸在权杖上,用于象征医生这个职业。

第三十二章
君士坦丁堡，狄奥多西港

迪林爬下船用起重机。身边的人们喊着号子，一部庞大的攻城器械正在装船。三十个壮汉紧紧扯住绳缆，将这部用钢铁与巨木打造的战争机器稳稳拖到商船的货舱里。天空万里无云，一片蔚蓝。一股凉爽的海风从普罗庞提斯海徐徐吹来，吹散了甲板上的闷热。迪林赤脚攀上帆缆，手脚并用在柏油绳上攀爬。

他爬到高处，城墙下的军用港口一览无遗。数百艘船密密麻麻地排列在码头和码头前沿，形形色色的人穿梭其中，有官员、士兵、随军的小商贩、工兵和被货物压得直不起腰的搬运工。远远望去，在从高高的城墙下延伸出来的两条有斜度的道路上，人、马和货车接踵而行，长长的队伍一眼望不到尽头。骡子和马不满地抱怨着，响亮的叫声此起彼伏。迪林所在的船上同样也装了两部攻城机械外加一支辅助部队。虎背熊腰的哥特雇佣兵正在帮工兵们装船，背上的汗珠在阳光下闪着微光，长长的辫子盘在头上有如金色皇冠。嘹亮的军号从工兵百夫长手中的青铜号角里响起。攻城机械慢慢地进入了黑漆漆的货舱。

迪林继续向上爬，最后在离甲板三十英尺高的一根帆桅上坐下来，被阳光晒黑的双腿肆意摇晃。右臂上的军团烙印依然阵阵发痛，他小心翼翼地用另一只手摸了摸。起初令人难以忍受的剧痛过去之后，现在的他居然感觉到了某种奇特的安全感与归属感。这令他有些不解，因为至今他还尚未见过自己所在部队里的任何战友。他就像个皮球似的被人踢来踢去，最后是军需官手下的一个特别助理给了他文件和装备后把他扔到了这艘船上。他只知道这艘船今夜即将启航，数天也许数周之后，将到达一个名叫埃德萨的地方，他会在那里加入自己所在的部队。

海风吹乱迪林的浅红色头发。从学院里出来之后，头发又长了不少。不知为何，军队并未要求他像在下面甲板上和码头上看到的那些军团士兵一样剪短发。他单腿钩住帆绳稳住身子，编起被吹乱的长发。狄奥多西港依然一派忙碌景象，密密麻麻的人群看上去就像被踢翻的蚁穴。

"加把劲，你们这些懒猪、婊子养的！使劲拉，浑球们，拉呀！"

迪亚蒂丝在一队皮肤黝黑淌着汗的男人身旁走来走去，她最爱的棕色亚麻束腰外衣和打褶短裙被汗打湿，紧贴着身体。今天离瓦拉几亚人房子的火灾过去已经数日，她一直心情不佳。尼古斯、蒂姆和另一个人使出吃奶的劲儿往前拉。装满物资和沉重铁皮箱的货车咯吱咯吱地缓慢行走在登船的斜坡上。迪亚蒂丝手中的指挥棒"啪"的一声敲在货车侧面，离约希的脑袋仅几英寸，众人一个激灵。

"拉啊！嘿！嗨！"众人喊着号子。

货车又前进了一寸。

"拉！娘娘腔们！使劲拉！"迪亚蒂丝的吼声堪比一记狠鞭在空中抽过。

"嘿！嗨！"

货车又前进了两寸，前轮压在斜坡边缘嘎吱嘎吱地摇晃。众人齐声呐喊，挥汗如雨。

"难道你们就只有这点力气？你们这群软蛋！用力拉！"

"嘿！嗬！"回答她的是震天的号子。

前轮在斜坡边缘颤抖，呻吟一声，终于越了过去，货车稳稳当当滑到了甲板上。旁边的人跑过来在前轮下塞上木楔免得车子滑到打开的货舱里。迪亚蒂丝站到主桅中的一块大木板上。其他手下迅速上船稳住货车。现在她手下有十二个人，需要住两个帐篷。还有两个要拉。她用指挥棒在大腿上重重一拍，毫不在意腿上传来的痛感。

在突袭任务失败后的第二天，西罗马皇帝在自己的私人住所召见了她。她坐在皇帝书房中间的矮椅子上，后背挺得笔直，双目直视前方。虽然她因为任务失败而心情低落，脸上却丝毫不动声色——这是德奥列里乌斯家的女人们教给她的。这次是盖伦私下与她会面，在场的还有一位年轻的东帝国官员。此人身材不高但肩宽体阔，一副骑兵打扮。她记得这个人，上次开会时见过，他叫狄奥多西，是东罗马皇帝的亲弟弟。

"这么说，百夫长，你手下的人两死四伤，另外搭上一个被火烧毁的街区，还是没能抓住叛徒。而你唯一的收获，只是救出了一个被俘虏的帝国新兵。"

皇帝的话里明显透着奚落，迪亚蒂丝不由心头一紧，清清嗓子，说："那个波斯魔法师也负伤了，长官。"

盖伦目光闪烁："你以为你们真的伤了他？当时外面有不少人看到他飞出港口向海的东面逃去，而且身边还带了一个人。我想这应该不是重伤的表现吧。"

"对方实在太强大了，长官！我们几乎全军覆没。"

盖伦点点头，冰冷的脸色也不比她好多少："我们并没有得到多少有用的信息。只知道瓦拉几亚人德古拉私通波斯人，知道叛徒当晚到过他家，还知道城里藏了个波斯魔法师——即便如此，东罗马和西罗马两边却无任何魔法师察觉到此人的存在。情况愈加不妙了，百夫长。我们的整个计划可能都会受到威胁。"

"是的，长官！"

盖伦坐在椅子上，一脸沉思。迪亚蒂丝坐立不安。最后，皇帝抬起头，满眼疑惑："从叛徒到达房子之后没多久就打起来了，你进去后在很短的时间内便结束了战斗。也许对方尚不及说出从皇宫里刺探到的消息。我们审问过其中一个仆人，据他交代，当时与德古拉会面的有两个波斯人。如果是这样，也许波斯魔法师所带走的就是另外那个波斯人，那么我们的计划就还是安全的。"

他阴沉着脸看着迪亚蒂丝，很不高兴地站起来大步走到窗户前。迪亚蒂丝始终保持目光直视前方，眼角余光瞥到狄奥多西亲王在给她递眼色。干吗？想让她安心？

盖伦的手指一下一下叩着窗台，过了一会儿，转过身，似乎心中已经有了决定："你还算有点运气，百夫长，要不是那个被俘虏的男孩能召唤火，你和你的手下早已命丧当场。对于这样的结果，我不怪你，虽然这结果令我很不满意。还有四天，我们的舰队就要出发了，而我们目前对敌人的情况却一无所知。原本还指望着你能出色完成任务，结果却令我在东帝国指挥官们面前大失颜面。"

迪亚蒂丝的胃开始痉挛收缩，她有种不好的预感，咬咬牙逼自己抬起头，目光坦荡。

皇帝走回书桌后面："我本打算把你留在身边，让你们在战场上完成一些侦察和传递消息之类的秘密任务。如今看来，别无选择，这些事只能让东帝国的人去做了。而你，我另有安排。"

他停下脚步倾身靠着书桌，犀利的目光似乎要看穿她，显然余怒未消："我要你，带着你的那些人，作为一支独立的先遣队，到东边去打头阵。谁让你运气不够好呢，百夫长。"

说完，他从桌上拿起一个油布包裹。迪亚蒂丝站起来接过沉甸甸

第三十二章

的包裹。皇帝看了她好一会儿，才说："军令在包裹里。你们的任务是潜入旧边境外的山区，秘密深入波斯国内。里头有张行程表，它会告诉你今后接头的时间地点。我希望，这次你不会再令我失望，百夫长。好了，下去吧。"

迪亚蒂丝转身走了出去，胃难受得让她开始耳鸣。皇帝没有一怒之下把他们解散，已经很幸运了！能接到新的任务，她很高兴，虽然这一去生还概率微乎其微。她疾步向外走去，外厅里的人莫名其妙地看着这个犹自笑得一脸灿烂的女人。

号子声和船边大桨的划水声惊醒了迪林。此时夜色已至。挂在桅杆和船头船尾舱门旁铁钩上的油灯尚未点上，四周一片漆黑。东边地平线上，一轮银白月亮温柔地照向大地，帆缆在朦胧的月光中依稀可见。船已离了码头，正从军用港口入港口的双塔中间穿过。他裹着毯子在船边向下望，一艘打磨光滑、外饰黄铜片的近海贸易货船，正从军舰旁边悄然驶过，其大小尚不及军舰的一半。不过与黑漆漆的军舰不同的是，那货船上灯火通明。

出了防波堤，普罗庞提斯海的海面豁然开朗。水手们爬到高处，升起巨大的横帆。迪林站在前甲板上茫然地望着他们。黑色的帆几乎与天同色。船上依然没有点灯，水手们全都摸黑做事。军舰驶入深水区，渐渐与那小小的货船相离而行。那依旧灯火通明的小货船如蛇行一般向东北方的黑海漂去。风从遥远的大草原吹过来，把云朵一股脑儿赶到了东边的天空中。很快，月亮就在云朵中玩起了捉迷藏，海面陷入一片深沉的黑暗。远远地，迪林望见了城墙上的灯光；从城区去往军用港口的碎石路上，明亮的火把排起长龙——帝国还在调动它的军队，日夜不休。

跟来时一样，迪亚蒂丝在米基蒂斯号尖尖的船首凭栏而立。云朵挡住东边天际线，仿佛在夜空中点上了一个更深的墨点。星辰在头顶上闪着冷冷银光。北风鼓起船帆，带来丝丝寒意。她一手抓住绷绳，一手牢牢扶在船首，任凭海风拂面，看着身下的船在涛声中起起伏伏。在她所眺望的方向，穿过眼前这片黑海，便是他们此行的第一站——特拉布宗。黑暗中，她微笑着，这一切已远远超出她曾经的梦想。此刻，她不禁想起远在西边的公爵夫人，不知她那里如今又是何情况。

大风扬起黑色船帆，米基蒂斯号继续向着目的地前进。南边的安纳托利亚海岸渐渐在夜空中隐去，只余下稀稀拉拉的最后几点农舍灯光。

第三十三章
大阿拉伯行省，杰拉什平原

艾哈迈德回到营地，手杖轻轻杵在冰冷的地面上。平原之夜，星光熠熠，一轮弯月挂在左边的天空中。他走近时惊动了其中一个巴尼哈希姆护卫，靠在大圆石上的侍卫朝他看了眼，又缩回石头下如天鹅绒般的阴影中去了。石堆另一边点着一支火把，照着商队护卫所住的帐篷。祭司从搭帐篷的绳子中间穿过，向坐在折叠帆布椅上的穆罕默德走去。察觉到有人走近，正就着残烛微光翻阅厚重卷轴的商人抬起头，放下手中的卷轴。

商队从山区城镇出来有六天了，一路北上，早已把费拉德尔菲亚和杰拉什的尘嚣远远抛在身后。一路上随处可见被动员起来的纳巴泰人。前一天商队从杰拉什走时，就看见有两队步兵坐在城外路边休息。今天，商队在一条从杰拉什河谷延伸出来的崎岖的长上坡上走了一整天。行走在烈日底下，仿佛站在大火炉边似的，闷热无比。直到夜晚降临，温度才略有下降。但直到太阳下山后许久，周围的石头摸上去依然热乎乎的。

面对这片广袤的土地，一股敬畏之情在艾哈迈德心中油然而生。北上的旅途中，身边永远只有绵延不绝、怪石嶙峋的高山与荒无人烟的平原相伴。风从南面与东面的沙漠刮过来,打在身上跟针扎似的疼。热浪中偶尔出现一些赶着羊群的部落居民。只有相隔甚远的绿洲是旅人们补充水和避暑的唯一希望。当他把这些话对穆罕默德说起时,南方人只是冷冷一笑。

"这里已经不错了,"他用右手轻轻拉着自己最钟爱的栗色小母马的缰绳,"在比大内夫得沙漠更靠南的地方,也就是大沙漠的边缘——我的族人生活的地方,那才是真正的不毛之地。在那里生存要靠技巧。"

他说的那个地方离父亲河肥沃的河谷非常遥远。艾哈迈德摇摇头,让身下的骆驼快步跟上队伍。天开始黑了,最近的旅馆连影儿都没有。穆罕默德带着商队进入两座山之间的山凹处,借着山体遮挡,选了个地方扎营。

艾哈迈德在商人身旁盘腿坐下。

"你有信仰吗?"他问身边的人。

商人挪了挪身子。"我也不知道,"他说,"我的族人们供奉很多神明,有分管天堂与四季的四女神;有住在石屋中的胡伯勒神——据说他在所有神明中排首位。我曾见过胡伯勒神的圣殿,里面除了被用作祭坛的黑色石头以外,并无任何特别之处。祭司们说,那黑色石头是带着胡伯勒的祝福从天上而来。当然还有些其他神明,不过有些名字我叫不上来。"

"在我的家乡,受人们供奉的有一万多位神明。"艾哈迈德说,思乡之情溢于言表,他想起了学院里翠绿的橄榄树林与棕榈树。

"那你呢,祭司朋友,你的信仰又是什么?是那位赫尔墨斯·特利斯墨吉斯忒斯吗?"

艾哈迈德轻轻笑了起来:"我的朋友,赫尔墨斯·特利斯墨吉斯忒斯不是什么神,他代表的是人类之成就。我的信条就是:尽管这世间有神的存在,像赛特和阿波罗,但是人类生存的要旨在于不断完善

第三十三章

其身。赫尔墨斯·特利斯墨吉斯忒斯是我们这一派的祖师，他是一位伟大的魔法师，是第一个学会如何感知世界真实面目的人。"

艾哈迈德指了指头顶的星辰以及营地里的帐篷："你现在所看见的这一切景象不过是一种映象，古人们把它们的真实面目称为'真实形式'。打个比方说，这种映象就好像一个东西在墙上投下的影子。我们眼中虽然能看到对方，但看到的并非彼此的本质，而是内在自我的影子。我们的教派把这样的内在自我称为'灵魂'，犹太人亦是如此认为的。"

穆罕默德小心翼翼地合上卷轴放回箱子里："我一直在读这卷书——《希伯来圣经》。里面说一对无名的男女神祇创造了这个世界和世界上的一切，而人类便是他们的最后一项创造。你所说的这个特利斯墨吉斯忒斯相信这个说法吗？"

虽然火光暗淡，对方不一定能看到自己，但艾哈迈德还是摇了摇头："不。特利斯墨吉斯忒斯说的是：在很久很久以前，有一股力量创造了一切，这股力量才是唯一的真神，我们称他为'创造者'。据说创造者呼出一口造化之气，便化出了我们所在的世界，只是并非我们今天看到的模样。在各个民族的创世传说中，都认为是某股力量创造了这个世界，赋予其形式与内涵。根据特利斯墨吉斯忒斯的说法，人类崇拜的所有神祇都是这位真正的创世之神的化身。在我老家，我们管他叫'卜塔'，是所有其他神祇的始祖——用特利斯墨吉斯忒斯的话来说，其他所有神祇都是这位真神的化身。"

穆罕默德用手指梳理下胡子，咕哝着问："那这样的话，你们如何供奉一位连长相都不知道的神祇呢？连个神像也没有吗？"

"没有，"艾哈迈德说，"我们不用神像。我们相信，这位创造之神存在于每个人的心中。在所有生命中，只有人类能意识到神的存在，能领会神的伟大。我们崇尚简单的生活，不追名逐利。从某种意义上来说，我们放弃了自我，只为在广袤天地中领悟神的存在。"

"但是,如果这么说的话,人又是从哪儿来的……"

数小时之后,身边的火早已熄灭,两人仍讨论得热火朝天。夜空中,璀璨的星河沿着既定的轨道缓缓流过。最后,东边地平线上亮起了清晨的第一缕阳光。

第三十四章
罗马发源地

马克西安揉揉眼睛，连日来不断翻阅他与盖乌斯·尤利乌斯从帝国档案馆找来的或从城里各大书商处买来的数百本记录簿和档案，双眼早已疲惫不堪。他正试图从医师的角度来破除这个诅咒。瘟疫之所以能在城市里、在市民之间传播，必定是依靠了某样东西、某个事件或媒介，必定有个源头。只要找到并除去这个源头，这里的一切也许就能恢复正常。亲王拖着疲倦的身体从硬靠背椅子上起身向公寓墙上的壁柜走去。柜子里有个双耳酒罐，他给自己倒了杯酒。

待在房间另一头的小个子波斯人也没闲着，他的拉丁文水平不如盖乌斯·尤利乌斯，所以没有看卷宗，而是在做另一件更为紧迫的任务。就在他们三人来到这间公寓后不久，怪事便频频发生，要么有东西突然掉下来，要么就是有东西突然碎掉，要么就莫名其妙地着火。过了一个星期，这样的意外事件愈演愈烈，于是阿卜迪马丘斯自告奋勇要查个水落石出。他不眠不休地守了一天一夜，时刻对现实世界与魔法世界保持警惕，最后终于得出结果——这结果与亲王一开始的猜测不谋而合。当他将自己的结论告诉其他两人时，马克西安一脸严肃，盖乌斯·尤利乌斯却依然一副漠不关心的样子。

诅咒的力量正像低洼地里的雨水一般在房子四周逐渐聚集，目标似乎正是亲王。对墙面、地板和其他房间仔细检查后发现，某种不易察觉的力量正在迅速侵蚀墙面、木料以及地面瓷砖。黑暗力量如潮涌般不停地冲刷房屋，企图将它一点点瓦解。

如同过去的数日一样，阿卜迪马丘斯继续沿着他们所用房间的墙面一寸一寸走过，嘴里念念有词，身边带着几罐涂料，一边走一边在已经开裂腐烂的灰泥上涂画一连串带有魔力的符号。马克西安半信半疑地抬头看了看，屋内的每个表面上，包括墙面、地面和天花板，蚀刻了上万种起保护作用的符号。在魔法世界里，这些房间墙面上书写的符号无不闪耀着蓝光。现在，在这样的房间里做事才算安全，不过，这场无声无息的攻守战仍然令屋内的人神经紧绷。

"砰"的一声，公寓后门被撞开，盖乌斯·尤利乌斯不紧不慢地走了进来。他现在换上了一件轻柔的白色羊毛托加袍，外披一件华丽的浅蓝色半斗篷，帽子搭在一侧肩头。他把手中的一大堆新书、羊皮纸卷和卷轴往主室里的空桌子上胡乱一扔，哗啦铺了满桌。

"喂，喂，好市民！哦，还在干活儿呢，波斯人。反正你都跪在那儿了，干脆也顺便收拾打扫一下算了，嗯哼？"

马克西安放下还未到嘴的酒杯，走到死人面前。死人今天的举止似乎有点古怪。这种古怪不是因为他自回城后没几日便显露出来的幽默感。与亲王的严谨或阿卜迪马丘斯的礼貌安静相比，死人才算是真正的活火山。死人把新拿来的档案分类堆放，马克西安紧紧盯着他。突然，亲王一把抓住死人的肩头，扳过他的身体。盖乌斯·尤利乌斯下意识地想反击，但一看见亲王狂怒的脸色，立时噤声。

"你都在干些什么？"亲王咬牙低吼，"阿卜迪马丘斯，快过来！"

小个子波斯人小心地放下涂料，擦擦手走了过来。亲王一只手揪着死人的耳朵，另一只手仔细查看他的脉搏："怎么了，殿下？"

马克西安捏起死人的脸颊，厉声说道："看看这皮肉，温暖有弹

第三十四章

性；再看看他脖子上的血管、头发的纹理！我们这位死而复生的朋友，盖乌斯，你在搞什么鬼？"

死人揉着耳朵退后一步："没什么可大惊小怪的，祭司。好吧，我承认，我是感觉比……嗯，比过去几个世纪好了不少。"

听着死人无所谓的笑声，马克西安微微蹙眉。他侧过头低声对波斯人说："他正一天天恢复生命的迹象——这到底是怎么回事？难道死而复生的人还可以让自己完全变得跟活人一样吗？"

波斯人半眯着眼看着死人。后者不明白两位活人在担心些什么，摇摇头从斗篷口袋里掏出新鲜的苹果与梨子。

阿卜迪马丘斯转头对亲王说："我不知道该不该说，亲王，但我的确曾在一些古书中见过。据说，如果死而复生之人吸食活人的血，便能令腐烂的身体复原……"

"吸血？"亲王震惊了，双目圆睁。这样演变下去将会是一场希腊式的悲剧。他转过身，死人正靠在大桌子上，两排白白的牙齿喷喷有声地啃着苹果。"盖乌斯·尤利乌斯，你究竟在搞什么鬼？你给我说清楚，我要知道你今天做过的每一件事，我说的是每件事……"

死人邪邪地看着马克西安："每件事？真是令人惊讶啊，想不到如此年轻有为的人居然也有需要我这个老色鬼的时候！"

马克西安抬手用手指在空中飞速划了个符号。死人突然一个踉跄，啃了一半的苹果从手里掉了下去，脸部抽着筋，全身瞬间变得苍白无一丝血色。他弯下腰，痛苦地呻吟，双膝跪倒，双手撑地。

"如果换个时间地点，老家伙，还能允许你如此轻浮。但是，此时此刻却是不容一点闪失。"

马克西安俯身单手抬起死人的头，死人嘴角不自觉地淌下口水。亲王靠近些："现在，告诉我你干过的每件事。"

说完，他用魔法给死人僵直的身体恢复了部分活力。盖乌斯·尤利乌斯打了个滚，喘着粗气喊道："别！别！我说。"

"我早上出门的时候心情很不爽,我想你当时肯定也注意到了。老是待在这里,我都快闷死了。所以我就去了帕拉提诺山找管档案的官员。几杯酒下肚,又塞点钱之后,他答应让我看看军团和城市民兵的旧档案。那堆旧档案简直就像几百年没人动过似的,一碰就灰尘满天,我连打了好几个喷嚏。我在里头翻了几个钟头后,决定停下来吃顿午餐。喏,桌子上那些就是我收集到的资料。

"啊,外面的太阳让人心情舒畅。我在埃拉伽巴路斯广场上的小商贩那里买了个黑胡椒肉馅饼外加一杯淡酒,走到山北侧离档案馆不远的花园里找了个地方坐下。我刚坐下,就看到一位替人跑腿儿的年轻女士,便盛情邀请她坐下与我分享美酒。"

死人脸上闪过一抹得意的笑。

"那位女士可真是漂亮——纤纤玉腿,略带凌乱的浓密黑发,举止活泼,虽然胸部不大,可我就喜欢这样的女人。总之,我们在一起聊得很愉快,之后我同她在档案馆外面分手,我就回档案馆继续查资料。档案馆的官员正在打盹,我就趁机把资料全带回来了,我想拿回来看肯定比在那里一字一句地抄写要好得多。

"哦,对了,路过街角那个水果摊时,我还顺便买了些梨子和苹果回来。"

已经重新拿起涂料继续工作的阿卜迪马丘斯听到这里,手中的刷子停在离墙仅几寸的地方;他抬头与马克西安对视一眼。亲王脸上怒气腾腾,双拳在身侧不自觉地攥紧又松开。阿卜迪马丘斯感觉屋内的能量陡然提升。

"老家伙,关于我们的事,你对那个女人说了多少?"

盖乌斯·尤利乌斯摊开双手:"没啊,我可什么都没说,就跟她聊了些无关紧要的话题。"

"你有没有说出你的名字?"

"那是当然,我自然要好好自我介绍一番。"

第三十四章

"那她知道你了?"

盖乌斯·尤利乌斯大声一笑:"当然知道啊,这个名字很普通的嘛,她哪里又会想到我的真实身份?相反,她只会以为我是个家境贫寒却有极大野心的人。老实说,亲王殿下,谁又能猜到我的真实身份呢?"

马克西安猛摇头:"她有没有说她的名字?从衣着来看,她会不会是某个大宅子里的奴隶?"

盖乌斯·尤利乌斯想了想,显然之前并未把下午艳遇对象的姓氏放在心上。站在墙边的阿卜迪马丘斯继续涂画符号,嘴里喃喃自语。

马克西安听到了,有些忍俊不禁,大声重复了一遍:"一个人尽可妻,一个人尽可夫。"

"啊,我想到了,"死人坐起来,"叫克里斯蒂娜,还是克里斯蒂亚娜?反正差不多就是这个。"

马克西安气得脸都歪了,吼道:"什么克里斯蒂娜,是克里斯塔!她的衣服上有个羊头徽标,三朵花的图案围绕在羊头周围,留着刚过肩的波浪卷发,眼睛是墨绿色,是个奴隶。"

盖乌斯·尤利乌斯惊奇地眨了眨眼:"就是她!"

马克西安一把提起坐在地上的死人,似乎不费吹灰之力。手臂上有模糊的光闪过,他把死人向最近的墙扔去。盖乌斯·尤利乌斯还未反应过来,身子已经重重地撞上了墙,嘴巴张成了O字形,骨头"嘎吱"作响。他慢慢地滑落下来,躺在地板上喘着气直哼哼。亲王大步走到死人身边。

"蠢货!你会把我们都毁了的!你知不知道,那个女人表面上看起来亲切可爱,一副无辜的样子,其实她是帝国蛮族事务部女负责人的眼线!"

阿卜迪马丘斯倒吸一口冷气,注意力被两人之间的争吵完全吸引了。马克西安似乎一下子成长了。他身上散发出明显的怒气;在阿皮亚大道地下古墓里被波斯人激发出来的力量开始蠢蠢欲动，一丝丝在他身边蔓延开来，桌上的卷轴被卷动，沙沙作响，连另一个房间里的玻璃也在"叮当叮当"地颤抖。尽管此时窗外阳光正好，这个狭长的房间里却越来越暗。亲王燃着怒气的双眼中倒映出被吓得在地上缩成一团的盖乌斯·尤利乌斯。

"蛮族……事务部？"他艰难地开口道。

"没错！"马克西安接过话继续说，"她的主人，阿纳斯塔西娅·德奥列里乌斯，跟我是老相识，人称'帕尔马公爵夫人'。很多事情都是她隐身在皇帝身后暗中操纵。虽然无论从私交还是政治层面来说，我跟她都可以称得上是朋友，但她对我所发现的这些事情尚一无所知，而且就算我把实情告诉她，她也不见得能明白。更何况，我来找波斯人帮忙这件事就足以让我被定罪为'叛国者'。再加上我已消失了数周，我想，她此刻肯定正暗地里派人四处寻找我的下落。"

亲王严厉的话语令盖乌斯·尤利乌斯有些心虚。但他靠着墙站起身，慢慢镇静下来，从容说道："够了。我不是第一天玩政治，阴谋诡计我也会。年轻人，你可以消灭我，但那样你就无法支配我所拥有的能力。如果我们引起了这个德奥列里乌斯的注意，那就只有马上转移。至于监视我们的人，可以交给我来处理，不管对方是男是女。"

仍然余怒未消的马克西安瞪着他。

盖乌斯·尤利乌斯从墙边走出来，犹豫了一下，半欠了欠身："很抱歉，马克西安亲王殿下，我本无意置大家于险境。我向你保证，同样的事不会再有第二次。"

阿卜迪马丘斯大气都不敢出。亲王只点了点头，走到桌子旁继续翻阅书卷。盖乌斯·尤利乌斯看了他一会儿，耸耸肩；他很懂得察言观色，毕竟是死过一次的人了。

"呃……亲王殿下。"阿卜迪马丘斯说。

马克西安抬起头，脸色紧绷。

第三十四章

"殿下,虽然盖乌斯·尤利乌斯犯了错,但有件事他的确说对了。我们必须离开这里,虽然不是现在就得走,但下周肯定不能再待在这儿了。"

"为何?"亲王粗声粗气地问,但明显怒气已经在慢慢平息。

"你看这里,殿下。"阿卜迪马丘斯往身后的墙面上刷了一下。之前他画上去的符号已经变淡了。随着他手里的动作,一大块灰泥从墙上剥落,"啪啦啪啦"掉了一地,露出墙里已被蛀虫啃咬得千疮百孔的木板。

"看到了吗?这栋房子正在诅咒的力量下一点点朽烂,很快墙壁和天花板就会塌陷。我上楼去检查过了——上面的地板已无法支撑人行走。房子北角上有条下水道,我担心那里的墙也在腐坏。如果继续留下来,这房子可能很快就会塌。"

马克西安长叹一声,倒在椅子上,感觉有些力不从心。每天不断有新状况冒出来,可是在古书和档案里,他们却找不到任何想要的答案。帝国早期的公开档案里除了对开国君王的歌功颂德就没有其他的了。其他档案则平凡无奇——不过是书记员和抄写员记录的日常琐事。至于开国之初那些关于魔法巫术的书籍,则统统被历代魔法师藏到了无法找到的地方。马克西安可以肯定,如今这一连串问题应该是以某一件事为触发点,但至今仍没有任何发现。诅咒能延续至今,必定也是通过某种或某一些途径,但眼前这些干枯的羊皮纸和纸莎纸上没有任何相关的蛛丝马迹。

"这么说,我们不走还不行了。可我们能去哪儿呢?"亲王精疲力竭地问。

这下换阿卜迪马丘斯皱眉了。这个问题得好好想一想。过了一会儿,他慢慢开口说:"找个离城不远的地方,不能在城里。只要一进了城墙内,就无法抵挡诅咒的力量。得找个不会受到诅咒影响的地方……唉,我也不知道,我对郊区一点儿也不熟。"

盖乌斯·尤利乌斯摸着后脑勺上的包说:"如果我没猜错的话,魔法师,你的意思是要找个不是由罗马人修建的地方。也许是外来奴隶修建的地方?"

马克西安慢慢转头看着死人,看了很久方露出一丝笑意:"阿卜迪马丘斯,看来我们的死人朋友有主意了。我们需要一个位于城外的别墅或夏日别院,它的主人必须是个外国大使、商人或流亡到此地想在陌生的环境中找到家的感觉的人。而且,建造这栋房子的工人必须都是外国人,甚至连材料可能都来自意大利半岛以外或至少拉丁姆以外的地方。怎么样?在我打包书和资料的过程中,你能找到这样一个地方吗?"

盖乌斯·尤利乌斯举起一只手:"没问题,亲王。阿卜迪马丘斯继续念他的经吧,我今天晚上就去办。"

马克西安点点头。寻找避难所已迫在眉睫。

"我觉得自己办了四件蠢事,马克西安亲王。"盖乌斯·尤利乌斯说。两人正骑马上山。马克西安骑着一匹从他哥哥马厩来借来的栗色斑点马,死人骑一匹活泼的黑色牡马。虽然死人骑术精湛,但只要他一靠近,马便异常紧张不安。在两人身后与下方的台伯河谷里是无计划扩张的城市建筑群,规模庞大。此时他们位于城市的东北方向,离位于蒂沃利的有名的哈德良皇帝故居不远。呈波状起伏的低缓丘陵从这里的低洼地指向远处亚平宁山脉的山脊。

脚下的路年久失修,石缝间杂草丛生,从路边生长出来的小树生生挤开密密堆砌的石块。清新的空气中夹杂着橘子果树的浓浓气息,沁人心扉。一出城,马克西安就感觉精神为之一振。现在诅咒对他的影响越来越强,他总有一种深入骨髓的疲惫感。沿着一道高高的深绿色树篱,两人穿过一条林荫小道,面前出现一扇古老的大门,两座斯芬克斯像一左一右守卫着门楼。马克西安惊讶地停了下来。

第三十四章

　　盖乌斯·尤利乌斯也停住了，掉转马头，笑眯眯地打量四周。他指了指门楼，说："第一件蠢事是我居然完全忘了还有这么个地方；第二件蠢事是忘了当初这里的所有者就是我；第三件蠢事是忘了它还是我督造的；最后一件糊涂事，是把她带到这里，带到了罗马城。"

　　老头子脸上露出懊悔之色。马克西安很是不解，摇着头问："你说的是谁？"

　　盖乌斯大笑着策马穿过大门："谁？怎么？难道现在有钱人家的孩子都没听过这个故事吗？事实上算是个丑闻。她是个被当作礼物送来的希腊女人，却成了整场宴会的焦点。"

　　马克西安跟上去。两人踏上一条狭窄的小路，不多时便走到了小路尽头处的环形花园。花园对面立着两排石柱，石柱中间的大道直指一栋两层楼的平顶建筑。如今这建筑被开花的灌木和如人一般高的杂草紧紧包围。每排石柱末尾处都有一座四面平坦的方尖石碑，入门处有两尊半人半兽的雕像面对面相守。虽然这房子所在的位置与周围的地形、山脉和后面的长坡道完美结合，但令人吃惊的是，它的风格看起来却像一个闯入别人家庭聚会的格格不入的外人。

　　"埃及托勒密王朝末代法老克丽奥佩托拉的夏日别院。当年，在她抵达这座城市之前，从埃及与腓尼基赶来的能工巧匠们建造了这座别院。其所用的石料是用驳船从尼罗河上游运到亚历山大再运到奥斯提亚，随船同到的还有五百名石匠、木匠、建筑师和劳工。他们先是平整这片土地，建好路肩防止滑坡，然后用了六个月的时间完成这件杰作。"

　　盖乌斯·尤利乌斯指着下坡方向一道长满郁郁葱葱的橡树和其他一些小树苗的山脊。

　　"她在这儿与群臣议事，我则在城中一边做政治斗争一边为伟大的出征做准备。当年这里可是个美不胜收的地方，亲王，来此的学者与哲学家们络绎不绝。当然，真正的罗马人和元老院议员是不愿意靠近这个地方的。你看看，如今附近修建的房子与这里依然保持着距离。他们认为此女是来自东方的魔女妖妇，是'东方专制统治'的开创者。再加上屋大维给他们的……屋大维提到她的名字就会大声咒骂。"

"哈！"马克西安感叹了一句，上下左右打量这栋宏伟的建筑。岁月变迁，它却依然屹立，充分彰显了当时建造它的能工巧匠们是如何的出色，"那现在这栋房子的主人是谁？"

"什么？"盖乌斯·尤利乌斯笑了，"就是您啊，亲王殿下，或者说，是你的哥哥。它属于国家财产，不过早已被遗忘了。这里肯定不会有人来打扰我们。"

马克西安下了马，走上通往一楼的用砂石打造的宽大台阶，入口处的柱廊除了炫耀别无他意；柱子在花园每一边都形成一道长长的拱形柱廊，甚至遮住了房子的正面。屋顶上早已千疮百孔，腐朽风化的石料和木料已掉了下来。他穿过大门进入第一个房间，在昏暗的光线中摸着墙走了几步突然停下来，觉得自己真傻。盖乌斯·尤利乌斯把马拴好后也走了进来。

马克西安嘴里念念有词，一团淡黄色的光自他手中升起。盖乌斯·尤利乌斯惊奇地嘘了一声。

"我都忘了这个东西了。"死人的目光越过亲王望向屋内。

在魔法亮光的照耀下，一个半圆形房间展露在两人眼前：大理石墙，色彩缤纷的镶嵌地板上散着一些被风从花园里吹进来的干草枯叶，天花板依然完好；房间正对面有一个巨大的大理石底座，上面立着一尊石雕人像。石像比真人要高出许多，几乎全裸，只在身上巧妙地雕出了一副胸铠和一条皮短裙，一手举着长矛，一手指着前方，头上留着优雅的卷发，显然是经过艺术家的美化——这正是，艺术源于生活又高于生活。大石像的脚边有一些较小的人像，有的做鞠躬之态，有的则了无生气地躺在地上。艺术家巧夺天工的技艺令这尊雕像

第三十四章

栩栩如生,一眼望去,马克西安瞬间就被震撼了。

"亚历山大……"亲王低声念出他的名字。

站在他身边的盖乌斯·尤利乌斯不以为然地哼了一声:"看来你老师还算教了你一点儿东西。岁月无情,真是可惜了,当初这可是件难得一见的艺术精品,现在连颜色都掉没了。你知道吗?她对他简直入了迷,老是把我当成是他转世重生。"

马克西安转过头,死人的口气听起来有点古怪,似乎有种不堪忍受在里面:"什么意思?"

盖乌斯·尤利乌斯叹了口气,说:"我也不知道。直到最后那一刻,我想,我是着了她的魔,以至于连我自己也信了这番鬼话,以为自己真是亚历山大转世。你知道,我就是因为军费开支这个问题而死在他们手上,当时我把国库里的钱花光了。"

马克西安不解地摇摇头:"但我记得的可是另一个版本。我的老师们曾说过,你是在准备与达契亚人开战时死的。"

死人又哼了一声,大手一挥否认了对方的话:"那个版本我也读到了,不过它是在事件发生九十年之后才写的,纯属编造。我的小朋友,当时我有个远比攻打达契亚人更伟大的计划。我本打算先征服波斯——就像亚历山大那样——然后挥军北上占领位于黑海之北的斯基台人的地盘,最后再在班师回朝的路上顺便拿下达契亚。"

马克西安被震惊了,猛然睁大双眼欣赏地看着老头子。

盖乌斯·尤利乌斯不解地回望对方:"怎么了,亲王?"

马克西安摇摇头:"没什么,只是我之前听其他人也说过这话。好了,我们去看看房子里的其他地方,看是否还能用。"

一身棕色皮肤的女孩儿像只小鹿一样静悄悄地蹲在山坡上大片的杜鹃花丛下,隐隐听到山下那栋老别墅里的两个人在各个房间之间走动时的说话声。女孩儿的深色长发绑成辫子塞进浅色棉质外衣的后背里，脚上裹着皮革穿着凉鞋，纤细的腰间缠着一条浅色皮带，皮带上挂着两个小口袋和一个硬壳小皮箱，挂在腰后的普通刀鞘里插了把薄匕首。

身后的灌木丛传来轻微的沙沙声。

"西格德！"女孩儿咬牙低吼，不需要回头看就知道是谁，"看够了没！别再盯着我的屁股看，滚回马匹那里去，把马带远点，别让他们待在上风处，否则马的味道会惊动花园里的人。"

灌木丛再次飒飒作响，克里斯塔感觉身后注视的目光消失了。

"男人，哼！"她心想，"花花肠子就是多……他们能做得好事才真的是奇迹。"

山下房子里两人说话的声音突然清晰起来，他们走出来站在了别墅的后门廊里。后门开在一片开阔的山坡上，年久失修的情况比前门更糟糕。他们小心地穿过一堆破碎的瓷砖和失修的排水沟。

"……行，老头子，安排货车把所有资料从公寓拉过来。我会即刻着手搬家的事情，至少要让这些水渠恢复正常使用。"

克里斯塔扒开灌木丛看仔细。这一看，她立刻咧嘴笑了，原来这两人她都认识。真是太有趣了，事情比她和女主人预想的都要有趣得多。她悄悄退出灌木丛，迅速从山坡上溜走了。该回城去了，接下来要做的事更多。

第三十五章
东部本都行省,特拉布宗

冷冽寒风从米基蒂斯号的甲板上呼啸而过。迪亚蒂丝与尼古斯裹着所有能御寒的衣物挤在前甲板室的背风处,目光越过海湾的涛涛浪花望着对面的海岸。陡峭的海岬下,水面上只露出一段窄窄的黑色沙滩。灰蒙蒙的天空犹如旧水管的颜色,不时飘下几点细雨。船停在离港口码头四分之一里处。

尼古斯穿着从其中一个土耳其人那里威逼利诱拿来的皮毛镶边外套,站在迪亚蒂丝旁边,嘴里念念有词。

迎风而立的迪亚蒂丝转过头:"你念什么呢?我没听清楚。"

尼古斯往天上指了指。黑色海鸟张开宽大的双翼,乘着北风在小船上空翱翔。

"科尔奇斯,"他说,"鸬鹚。"

迪亚蒂丝不解地摇摇头:"不懂。"

尼古斯双臂抱胸,目光从贫瘠的海岸线移开,身子靠过来:"阿尔戈利斯人传说,当船航行到科尔奇斯这块贫瘠可怕的海岸时,如果不把盾牌敲得震天响,这些海鸟就会攻击他们。"

迪亚蒂丝摇摇头,她还是没看出这跟他们有什么关系。

尼古斯侧视着她叹了口气："看来传统文化教育还是有好处的，百夫长。传说，有位叫杰森的船长带着一帮希腊海盗来这里寻找金羊毛。他们从这里上岸，和当地国王的女儿串通一气谋害了国王并且盗取了金羊毛，以英雄的姿态返回家乡。"

迪亚蒂丝皱皱眉："弑亲可算不上什么英雄事迹。"

尼古斯微微一笑："我觉得你跟故事里的那位公主有点相似，她既美丽又强悍，为人很有主见。后来她的丈夫背信弃义，她就把他的孩子煮来给他吃了。"

迪亚蒂丝闻言一笑："你觉得我会干掉背叛我的丈夫？"

尼古斯耸耸肩，他还从未这么想过他的头儿。

"我想，"她说，"我会直接走人。如果他欺骗我，我就不会再留恋。我可以走自己的路——男人可以做伴侣，但不能主宰我。"

风弱了。虽然海面上依然波涛汹涌，仍有不少船陆续出了海港。她指了指那些船："别跟海关的人起冲突——就算不跟当地官员起冲突，咱们的船在这儿就已经够惹眼的了。我这就下去换身贵族小姐的衣服。"

尼古斯点点头，思考这个方法的可行性。一会儿不会因为某个小官员的无礼而直接把人家打趴下吧？想到头儿穿裙子的样子，他不禁窃笑——虽然她穿裙子很美，但她的确很不喜欢。他也爬到下甲板，叫来阿拉斯特和约希。桨面该上油了。

特拉布宗镇修建在海港悬崖上突出的一大片石地上。远古时代，人们从海港岸边的黑石码头开辟出一条通往高地的小路。特拉布宗正好建在悬崖边缘，清一色的白石灰墙搭配黑色街道。屋面爬满葡萄藤与常青藤，其间点缀星星点点珍珠白的小花朵。在巍峨的塔特斯山脉脚下，雨量丰沛，植物的生长季节很长。城外向南的主干道同样年代悠久，路边的里程标志牌甚至远早于罗马建城的时间。山腰上的参天黑色松树和云杉树林，曾见证过许多王国在海边这片狭小平原上的兴衰成败。

第三十五章

尼古斯抓了抓胡子，刚刚长出来的胡子参差不齐，乱成一团，虽然不喜欢，但这是工作需要。他把彩色三角帽盖回头上，整了整套在束腰外衣上面的皮背心。即便是在夏日清晨，山下背阴处依然寒深露重。他推开马厩门，约希和库拉科两兄弟牵着两头骡子跟在后面。货车被他们从旅馆后门推了出来，其他队员纷纷翻身上马。

萨尔马提亚人简直高兴得不得了，在君士坦丁堡的时候，迪亚蒂丝掏钱让他们买了些上好的马，带着马漂洋过海来到特拉布宗。现在终于能重新骑在马背上了，自然很高兴。他们策马慢跑在小路上，兴高采烈地欢呼着。

其他人则有的坐在侧板上画着流动剧团宣传画的货车上，有的步行跟在后面。装备一部分装上了货车，一部分他们自己背着。百夫长决定让大家扮成剧团演员，对这点尼古斯其实不太愿意，不过这样的话，即便路上有再刁钻的官员注意到了他们，也会不自觉地轻视他们。

迪亚蒂丝依然一副贵族千金小姐的打扮，不过此刻坐在了货车上，穿着靴子的双脚钩在两个土耳其人的木座椅背后，货车侧板遮住了她携带的弓箭与短刀。尼古斯来到自己那匹驯良的红棕色牡马前，翻身上马，催马上前来到旅馆背后的小巷的拐角处。公鸡刚刚打过鸣，街上空无一人。他冲货车那边做了手势，表示没问题，于是大伙儿便出发了。从这里南下的路途十分漫长，第一道难关便是翻越陡峭的塔特斯山。

迪亚蒂丝在路边阴凉处挑了块长满青苔的大石头坐下，在膝盖上摊开皇帝交给她的油布包裹，展开辁皮纸地图，小心地抚平纸角。在离她不远的山坡上的松树林里，渡鸦连声啼叫。河谷峭壁和赫然耸立在道路两旁的大理石悬崖在四周投下一片深深的阴影，路肩十分狭窄。带篷的小货车就停在不远处的草地上。路的另一侧是用的加工过的石块筑边。一条小溪欢快地流过谷底。她聚精会神地看着皇帝给她的军令，这时队伍中的一个希腊人泰勒斯走过来递给她午餐。今天的午餐有面包、干肉和奶酪。她用手指有一下没一下地挑着奶酪吃。

在她头顶的悬崖上，有一栋隐蔽的四层小楼，仿佛是生生嵌在从树林上方凸出去的一块平坦岩脊上。空洞的窗户俯视着下方的山路，有些墙面已经摇摇欲坠，有些则被野生常青藤密密覆盖。听住在下面河谷中的农夫说，在他们父辈的父辈的那个年代，这栋房子曾是座庙宇，而现在却被视为鬼屋，乌鸦在里面筑巢，夜晚猫头鹰从里面飞出觅食。队伍停下来吃午餐的时候，迪亚蒂丝仔细查看过。房子看起来很正常，没什么不对劲的地方。

突然有颗石头从坡上弹到她身旁，她微微转头，看见尼古斯正从树林间走下来。穿过金雀花与蓝莓相间的灌木丛时，他不悦地咒骂了一声。他没有穿扮流动剧团司仪时穿的那件束腰外衣和背心，只穿了松松垮垮的格纹短裤和笨重的靴子。当他走到大石头边时，带着可怖伤疤的强壮身躯在阳光下呈现健康的棕色，胸膛与手臂上全是被荆棘植物划出的道道细血痕。他爬上大石头的一边坐下来，迪亚蒂丝冲着他笑了笑。他重新整理了一下最钟爱的短刀与重匕首的带子。

"天气不错，"他抬头望着悬崖间的一小片蔚蓝天空，"在这么美的日子里却干着见不得人的活儿，真是太悲哀了。"

"嗯哼，"她迅速翻看手中的文件，"是个愉快的假期。大伙儿感觉如何？"

尼古斯笑了，说："正在重新适应骑马呢。我觉得，在城市里待得越久，士气就越弱。"

迪亚蒂丝点点头，笑容换成了忧虑："出了这片山区便是敌区，那时环境会更加恶劣。面对高耸的沙漠山谷、崎岖的山脉以及对罗马和波斯两面讨好的那些部落，我们更是如履薄冰。前路漫漫啊。我们停留的第一站，是位于凡湖东岸的凡城，要去那里与帝国的一个细作

第三十五章

碰头。据我估算，我们目前距离那个地方还有差不多四百里。"

尼古斯点点头，接过话说："照目前的情况走下去的话，还要走三周或四周时间。带着货车走，比单纯骑马的速度慢了一半。"

"要是没有这货车，我们的身份就会暴露无遗——一群凶神恶煞像囚犯似的壮汉带着一个无辜的小女孩儿，怎么看怎么奇怪。"

尼古斯大笑不已，目光仍紧盯着她的脸。看来，那份军令让她相当烦恼，但她却没有与他谈论此事。他想，她一定是认为他们执行完任务后还能活着离开的可能性微乎其微。尼古斯是个有三十年军龄的老兵，混过的部队不计其数，早就习惯了在刀尖上舔血的日子，这便是他的生活。

他轻轻拨了拨面包："吃点东西吧，你得保持体力。"

迪亚蒂丝冲他露出个痛苦的表情："难吃得要死。你怎么就不偷点新鲜的来啊？"

"得了吧，有免费的面包就不错了。老实说，我们在这片山区晃来晃去究竟是为了什么？你是打算自己告诉我，还是让我自己来猜？"

迪亚蒂丝没有立即作答。她把文件与地图重新收进油布包裹，吃完剩余的面包和奶酪，没吃干肉，而是把它放进了汗衫衣兜里。从最后一个峡谷城镇出来后，她便脱了裙子，让阿纳格赛亚斯把裙子和其他伪装用的衣物收到一起。她又换上了在凉爽的日子里最爱穿的深紫红色亚麻汗衫和肥大的羊毛短裤。这不是罗马女士的标准装束——单单这条短裤就会在城市广场上引起轰动——不过旅途中却很实用。她检查了一下自己携带的每一项武器装备——大腿上的长匕首、背上刀鞘里的短刺刀。

尼古斯耐心地坐在旁边，沉默得像块石头。

"好了。"她把头发解开重新编好，两条红色小辫垂在脸旁，其余的头发都编在脑后，水面上反射的阳光给头发镀上了点点金色。

"我们到凡城与细作碰头，他确保我们能翻过山区进入波斯境内。

陶里斯城位于凡城以东两百里的大山里。那里有一条很长的峡谷可通往北边的里海，陶里斯恰好就位于峡谷口，宛如一个塞在瓶口的软木塞。预计在我们秘密潜入陶里斯一个月后，全部的罗马军队就会在该峡谷南边的谷口集结，恰恰就在陶里斯城的下方；以此同时，一支庞大的可萨骑兵可能会在北边的谷口现身，不过他们到底会不会来现在还说不准。目前蛮族承诺与我们并肩作战对付共同的敌人——波斯人——但如果到时罗马人未能拿下陶里斯，情况就不好说了。"

尼古斯举手打断她的话，仔细数了数躺在货车边草地上睡觉、整理装备或站在峡谷口放哨的人："呃，头儿，目前我们一共十四个人——包括你在内。单凭我们这几个人要想孤军深入敌后占领敌方要塞，根本不可能。"

迪亚蒂丝摇摇头说："不，军令并不要求我们这么做，而是要求在两位罗马皇帝率大军抵达时助他们拿下陶里斯。"

"怎么个相助法？"

迪亚蒂丝歪嘴露齿一笑："具体行动计划由行动指挥官做主。"

尼古斯叹了口气，百夫长虽然没表露出来，但他知道她内心是高兴的："我想，你小时候肯定没读过什么希腊诗歌？"

"没有。"迪亚蒂丝脸上闪过一丝苦楚，"我很大的时候才有机会接受教育，学会了读写，但没有学过什么适合年轻女士的诗歌。"

尼古斯抬起头，迪亚蒂丝的过去就像本尘封的书——大家伙儿私底下可没少讨论这件事："那你都看了些什么？"

迪亚蒂丝摇着头站起来，拍掉裤子上的松针与落叶："往事不提也罢。不过你刚才想说的是什么诗？"

"荷马史诗。"他抬头望着迪亚蒂丝，"在特洛伊城前，奥德赛对阿喀琉斯说：'死得荣耀，不代表是胜者——只有胜者才能活下去。'"

迪亚蒂丝冷冷一笑："我也有句诗：'狭路相逢，勇者胜。'"

第三十六章
提姆，埃及别墅

水管颤抖着发出响声，好像冥府受苦的灵魂在痛苦呻吟。一声长长的呻吟后，水终于流了出来，虽然还只是浑浊的泥水。马克西安高兴地笑着退了一步，脸、手臂和双手沾满沉积多年的灰尘与残叶。几分钟之后，浑浊的泥水逐渐变清澈。水流入屋顶的蓄水箱，发出回响。亲王用衣角揉揉眼睛，擦去不慎入眼的灰尘与汗水。收好铜管、锤子和钳子之后，他顾不上满身的狼狈，立刻拿起东西从灌木丛生的山坡上走了下去。

进屋后，他把所有废旧材料与工具在后花园门内堆成一堆，然后脱下脏外衣扔进门内的盆子里。往里走，他碰到了阿卜迪马丘斯和被他从城里喊过来帮忙的两个仆人。波斯人正在认真地测量别墅大厅的长度。

"下午房子里就有活水可用了。"他走过时说。

阿卜迪马丘斯嘴里嘟囔两声，继续放着手中用来测量标距离的细绳。两个仆人跟在后面，用彩色粉笔按固定间隔做记号。马克西安好笑地摇摇头，往楼上走去。上二楼的大楼梯两旁分立着一些鹭头少女和鹰的雕像。另外两名仆人正在楼上的房间里打扫地板，清理从窗户吹进来的垃圾。盖乌斯·尤利乌斯懒洋洋地躺在从城里搬过来的躺椅上，身旁的矮桌上摊着几幅纸莎纸卷轴，不过他并非在看书，而是在吃烤山鸡。

"很快就会有干净水用了，"马克西安一边说，一边打开篮子，里面有死人上一次从城里返回时带来的方便午餐，"如果仆人能把浴室打扫出来，说不定也能用。"

盖乌斯·尤利乌斯欣赏地点点头，他是个名副其实的罗马人。

"没有浴室的房子，怎么能算好房子呢？"他一边说，一边剔着牙缝里的肉丝。

马克西安坐到另一张躺椅上，从篮子里拿出奶酪切片。篮子里还有黑葡萄和一壶酒。亲王嗅了嗅，皱起鼻子："就一个死人而言，你对酒的品味还真怪。"

盖乌斯·尤利乌斯耸耸肩："我觉得现在那些酒喝起来真恶心。这种高卢酒是我能找到的最好的了。如果你想解渴的话，另外那一壶里面有醋。"

马克西安摇摇头，拿起前一天晚上留下的酒杯，站起来用布擦了擦杯子："我宁愿喝清水也不喝那玩意儿！幸好我自食其力把水的问题解决了。"

说完，他走出房间下楼去了另一个小一点儿的单人房间。房间里有一把大理石单人椅，椅子旁边的墙上嵌着一个带水龙头的浅水盆，水龙头上有一个海豚造型的生满铜绿的青铜把手。他轻轻用刀柄敲了敲海豚，生锈的金属发出尖锐刺耳的声音。他一转把手，管子汩汩响了几声，很快水便流了出来，他用酒杯接住。接过满满三杯浊水后，流出的水变清了。

当亲王回到可以俯瞰后花园的房间里时，阿卜迪马丘斯正坐在另一张躺椅上，手中拿着一块蜡板，上面画满测量标记。马克西安进门时，他抬头看了看："亲王殿下，从魔法上来看这栋房子几乎没有任

第三十六章

何问题——一切都是按埃及人的习惯布置的。我想我们终于得到神的眷顾……怎么？有什么不对劲吗？"

马克西安突然站住，看着手中的水杯，脸色十分复杂。他突然抬起头，将杯子递到阿卜迪马丘斯面前："先喝口这个，尝尝是个什么味儿！"

波斯人十分不解，但还是依言接过杯子喝了一口。

"就是水嘛，殿下，水质还不错，清新的泉水，带了点铜锈味。"

马克西安把水杯递给桌子对面的盖乌斯·尤利乌斯："你也尝尝！"

"呸！我又不爱喝水。"死人嘀咕着，但还是喝了，"嗯，甘甜清爽，跟我们之前喝的垃圾完全不同……"死人惊讶地抬起头，"我是说跟在城里喝的水相比。"

马克西安点点头，表情严肃又带着喜悦。"城里的人都要喝水，只是喝的方法不同，有的是直接饮用，有的则是用来煲汤或兑酒。"亲王斩钉截铁地说，"他们平日里在台伯河里洗澡、洗衣服，台伯河的水现在已经被污染得无法直接饮用了。而过去给几个山丘地区供水的小型山泉中有许多都已干涸——虽然不是全部，但大部分都干了。那么，市民们喝的水又从何而来呢？"他把目光转向波斯人。

阿卜迪马丘斯皱着眉头看他，突然脑子里灵光一闪："我知道了，是水渠！城里用的水几乎全都来自由国家管理的十一个水渠——这些水渠对城市的正常运作而言至关重要。如果有人给水渠下了咒，那里面的水必定会受到污染，被污染的水流到千家万户，所以城里的每个人才……"

马克西安用力点点头。"如此看来我们知道该从何入手了。"他开始滔滔不绝地说起来，阿卜迪马丘斯则在蜡板上飞快地记录。

在距离埃及别墅一百码的山坡上有一片茂密的花楸树林，其中最大的那棵树下静静靠坐着两个身影。从这个位置，不难望见从山下通往别墅及其前花园的杂草丛生的盘山小路。在两人四周的灌木丛和树林中，树叶上的清晨露珠闪闪发亮。为了抵御夜间寒气，两人都裹着厚厚的羊毛披肩和羊毛毯。身形较大的一人偏着头发出轻轻的鼾声。另一个身形较小的人依然清醒，正竖着耳朵听货车行进在这寂静山林间发出的嘎吱声和马匹的嘶鸣。

粉红色和紫色渐渐渲染了东边的天空，太阳即将升上山头给大地带来一片光明。此时大地上依然寂静无声，但黎明已悄然走近。黑发女孩儿坐直身子，取下戴在头上的草帽。小路上来了一辆货车，驾车的有两个人。从马蹄声判断，货车正从下面的山路慢慢转到花园小径上。她没有惊醒同伴，悄悄溜出羊毛毯，如鬼影般掠过树林，一个人往山坡下走去。

驾车那两人的头发一灰一黑。他们把货车赶到后花园门口，从车上卸下两个沉重的大桶——看起来似乎是装着水或者酒。他们滚着桶来到屋内，在瓦面地板上摩擦出咔嗒响声，模糊的声音在空空的走廊里回荡。从山坡上下来的女孩儿手脚并用爬到更矮处，她面前有条绕着屋子的小路，停在小路对面的货车距离她仅有三十英尺远。套着缰绳的马儿耐心地等在原地。屋子里的声音还在响，不过已渐渐远去。女孩儿往左右两边望了望，黎明前的寂静依然。

她等了片刻，见屋子里再没有什么新的动静，便伏下身子迅速穿过小路跑到货车旁边，从木车底下观察车另一侧的情况。车另一侧的台阶上没有人。她皱起鼻子，货车里飘出一股恶臭，好像腐肉的味道。"呕……可爱的亲王，你在搞些什么名堂？"克里斯塔咽了口口水，压下反胃的感觉。屋子里仍然很安静，于是她爬上货车打算一探究竟。

车厢里有两个长条形物体，裹在脏污的旧式帆布里，车内恶臭更甚。她咬咬牙，把手伸进车厢里猛地一把掀开帆布最近的一角。帆布

第三十六章

下露出一双灰黑色的脚,皮肤粗糙,脚趾肿胀,还粘着一块一块好像硝石的东西。见状,她脸上闪过一丝厌恶。强烈的恶臭扑面而来,她实在忍不住了,跌坐在货车后面打着干呕……

房子后门的石阶上传来靴子踏在上面的声音。克里斯塔愣住了,意识到自己被困在货车后面了。她小心翼翼地收起腿,蹲在木车底下,慢慢挪动。她看到两双穿着凉鞋的脚从屋子里噔噔地走出来,停在了货车背后。

"天哪,这还不是一般的臭……跟坏了的黄油似的。"亲王的声音传来。

"哈,小子,你还嫩了点儿。对我来说,这点儿味道根本不算什么。"

他们爬上货车,车身不住地摇晃。车内传来拖动重物的声音,他们开始搬第一具尸体了。她听到马克西安嘴里咕哝着,较年长的那个人跳下车抬起尸体的另一头。

"小心台阶。"老者提醒道。两人抬着尸体摇摇晃晃地走了。克里斯塔一直躲在车底下偷偷往外瞧,直到看到两人进了屋,方才钻出来飞奔进了树林。二十分钟后,她回到了山坡上,摇了摇西格德的肩头。被摇醒的西格德仍然一副睡眼惺忪的样子。

"快起来,我们要立刻回城。"

空中依然还能闻到甜得发腻的气味,不过马克西安已经渐渐习惯了,长期以来的医学训练派上了用场。他看着面前用夹子与钳子定好位的两具尸体,一脸公事化的表情——这尸体是悄悄从城南的陶工地盘里挖出来的。在他身后,盖乌斯·尤利乌斯无所事事地靠在埃及别墅地下室的墙上,身穿屠夫的围裙戴着厚皮手套,身上溅满深色液体。马克西安双手抱住第一具尸体的头部,稳住自己的呼吸。

当他完全放松对视线的控制时,眼前的景象消失了,魔法世界的景象仿佛一朵栩栩如生的花在脑海中鲜活起来。无数细微的影像如骤雨山洪般涌入脑海，他费了好一阵工夫才终于将它们组织起来。他对着刚死数周的老者尸体俯下身去，手指在尸体腹腔内触到一堆黏黏的像肾、脾和肺之类的内脏残渣，用意识在手指所到之处探查。这种事他早已习惯。血肉随着他的意识分离开来，隐藏在最深处的器官的秘密暴露无遗。

盖乌斯·尤利乌斯将身靠在墙上，目露欣赏之色。死人他见得多了，早已见怪不怪，但与战场相比，这间地下室里的空气不但令人作呕，还冷得吓人，犹如坟墓一般。而且，之前几个晚上在苏布拉区的穷街陋巷和阿文提诺的贫民窟里四处寻找合适的尸体，也不是什么愉快的差事。过了几个世纪，他对这座罗马城的热爱丝毫不减。如今这里的下层民众生活得如此贫苦与黑暗，这令他深感震撼。虽然他生前也不过是把生活在山脚地区的民众视为追求权势的利器，但如今看到这座城市及其民众的衰落，看到下层民众生活的贫苦与残酷，就连他也无法无动于衷。他知道，在生前短短的执政期间，他手中的权力足以颠覆共和国制度及传统风俗习惯，但他几乎什么都没做。现在呢？难道这一切都是他无意之中造成的吗？

时间慢慢流逝，很快一个钟头过去了。突然，马克西安浑身颤抖，从第一具尸体旁退开，汗水顺着疲惫不堪的脸庞滴落。死人急忙走过去把他扶到靠墙的一把椅子上。盖乌斯·尤利乌斯蹲下来注视着这位年轻的主人。小伙子把右手死死攥着，目光闪烁，似乎还没回过神来。盖乌斯·尤利乌斯站起来给他倒了杯酒拿过来，但马克西安避开了，死人只好用另一只手抓住他脑袋逼着他喝。尝了一口后，马克西安便自己捧着酒杯一饮而尽。

"感觉如何？"盖乌斯抬起马克西安的头，看着他的眼睛问。

"虚脱，也许要等到明天，才有力气检查第二具尸体。"

"让阿卜迪马丘斯替你做行不行？"

第三十六章

亲王摇摇头,已经累得说不出话来。盖乌斯抬起亲王攥紧的拳头,让他自己看。好不容易看清楚之后,马克西安皱了皱眉,说:"奇怪,我的手怎么这样?"

盖乌斯费力地一根根扳开亲王的手指,亲王掌心出现一个形状并不规则的浅灰色小金属球。他用手指捻起金属球转来转去地看,挑了挑眉:"看起来像用在投掷器上的弹药。是在尸体里找到的吗?我没看见有类似的伤口啊——是不是早就已经在死者体内了?"

马克西安累坏了,勉强摇了摇头,然后就靠墙打起了盹。盖乌斯轻叹一声,把这个古怪的金属球放在桌子边缘,然后小心地抱起亲王,走上通往别墅一楼的楼梯。

书房门上传来敲门声,帕尔马公爵夫人阿纳斯塔西娅·德奥列里乌斯不悦地抬头看去。最后,她叹口气,放下手中的书信,理了理头发。

"进来。"她的声音里透着一丝疲惫和隐隐的怒气。克里斯塔走进书房,跪在书桌边上。看见她,公爵夫人又暗叹了一声,也许从一开始就错了,不该让这个女孩儿外出执行任务。没错,她手脚麻利而且行事谨慎,也很少有人会注意她——但是,毕竟她只是个奴隶。

"是你,亲爱的,什么事?"

"主人,我们奉命监视山上的埃及别墅,今天一大早看到亲王和他的仆人驾着货车带回去两具新死的尸体,把尸体抬进了别墅。我们立刻回来向您禀报。亲王举止怪异,肯定是有什么可怕的阴谋!我们应当通知市政官或者行政长官予以制止。"

说完这段话,克里斯塔累得上气不接下气。她与西格德两人以最快的速度匆匆赶回了城。

阿纳斯塔西娅叹口气,低头看着这个气喘吁吁跪在身边的女孩儿。年轻真好!她一边想一边摸着自己眼角的皱纹。自从皇帝离开之后，她已经好多天没有正常休息过了，严重睡眠不足几乎快要将她拖垮。

"亲爱的，亲王这个人或许是有点怪，不过这也没什么可大惊小怪的。你要记住，他是来自阿斯克勒庇俄斯神庙的治疗师，虽然买卖死尸不是什么特别愉快的事，不过研究人的身体结构是他的本职工作。今天我已经从其他监视者那里得到消息，有人在城南小路旁的寺庙里买了两具尸体。我想即使他们的家人知道后会难过，不过你知道，他们终究已经是尸体了。

"克里斯塔，你必须学习具备大局观，如果你真的想帮我做事的话。其实我认为，亲王选择在城外去做他的医学研究，反而是件好事。如果被人发现他半夜拉着尸体在城里乱跑，那才会有损皇帝的名声呢。"

克里斯塔看着女主人，脸上先是露出不赞同的神色，但下一秒便换上了低眉顺目的表情，恭恭敬敬地候着，没有说话。

德奥列里乌斯夫人继续说："亲王现在是全身心投入了他手头的工作——与他过去懒懒散散的样子相比，这样的变化倒值得鼓励。虽然我绝对不反对他与城里的名媛淑女谈情说爱，但目前这样的状态更适合他。我知道，他老是玩失踪，让他哥哥很是担心，不过我明天会找时间与他谈谈这个问题。这项任务你不用再去了，还是回来做你以前的工作吧，我会派西格德与安东尼乌斯去监视埃及别墅。"

克里斯塔听到这话，有点愤愤不平，心里有种冲动，想要对女主人大声说出她的真实想法，但一想到过去与公爵夫人争议的结果，这股冲动便烟消云散了。她向女主人叩了个头，规规矩矩地退出房间。出到走廊上，一关上身后的房门，她就开始在心里咒骂，足足骂了十五分钟。直到她怒气冲冲地回到仆人住所中她自己的房间，还气得浑身发抖。

"愚蠢的老女人！"她在心里怒吼，"那位英俊的亲王的确是治疗

第三十六章

师没错,但他和那个老头子肯定没安什么好心!"

但是,骂归骂,如果她还想留着这条小命,看来就不能再管这事了。在罗马,不听话的奴隶通常都不会有什么好下场。

"是铅。"马克西安将削下来的金属薄片倒进长木桌上的杯子里。地下室里的空气仍然臭不可闻,腐烂的气味四处弥漫。在黑暗中汗流浃背地工作了两天,空气依然污浊不堪。阿卜迪马丘斯坐在从别墅外面的小屋里找来的一张凳子上。盖乌斯·尤利乌斯刚把那具年轻黑人的尸体拖到后花园的焚尸炉里去,此时正拿着一壶兑了水的酒坐在从一楼下到地下室的楼梯上大口大口地往嘴里灌着。

"铅?"阿卜迪马丘斯很是不解,"难道是他自己吞下去的?"

"我也不知道……他整个身体里全都是难以用肉眼分辨的微小铅碎片,其中大部分在肝脏内,在肾和胃黏膜里也找到了一些。我曾试着把碎片取出来,但我发现居然连血液里也有。"之前检查完第二具尸体后,马克西安几近虚脱。虽然此刻体力已经开始慢慢恢复了,但他的声音听起来仍然很虚弱。

"盖乌斯·尤利乌斯,"亲王转向老者,"这位死者生前在罗马城住了很多年吗?"

死人点点头,先擦了擦嘴,才开口道:"根据他所在区域的市政官的报告,他在那里住了足足五十二年,几乎是一辈子。他是那一片最老的人了,至少是最近逝世的人当中年龄最大的。幸好他没能给他付丧葬税的亲朋好友,否则早在我去之前他就被火化了。"

"原来是在罗马城住了五十年有余的老居民。我猜,在他一生中,除了到城外花园里度假以外,可能从没离开过这座城市。但不知道什么原因,他生前吞下了一大块铅。另外那具尸体呢?他在罗马城待的时间长不长?"

"不超过一个月。"盖乌斯·尤利乌斯答道,"这个奴隶是个毛里塔尼亚人，因为触怒了主人，被白镴杯打中脑袋，然后就被丢在主人宅子后的小巷里等死。清扫街道的工人处理了他的尸体，时间正是我们把他带来这里的那天清晨。"

马克西安若有所思地点点头："这个外国人生前健康状况良好，身体里找到的铅不多，只有胃里存在极少部分。"

阿卜迪马丘斯闻言惊讶地挑了挑眉："这么说来，他也一样曾接触过某种含铅的常见物品。"

马克西安拿起一块碎片，手指稍一用力，碎片便化为粉末落到杯底。他取过一块布擦干净手指。

"我体内也含铅。"亲王一脸平静地思考着，"在验完非洲男子的尸体后，我给自己也做了检查，我体内的铅比这个奴隶多，但远不及那位老人。我们三人都受到了铅的影响，我想我知道其中的原因。"

阿卜迪马丘斯抬起头看着亲王。

马克西安正要接着说下去，盖乌斯·尤利乌斯却抢先一步插话："又是水渠！我记得曾在帝国档案馆里的日志上读到过，从石渠输水到公共喷泉和建筑的水管就是用铅做的。难道这就是你之前提到的水里的那股怪味？"

马克西安转过头，背着光的脸上只有阴影："正是。那是种几乎难以察觉的味道——之所以没有人注意，是因为罗马人从来不会直接饮用水。就算有人留意到了这个怪味，也只会认为那是被污染的河水的味道。现在，又找到了一条线索！"

盖乌斯·尤利乌斯站起来伸了伸懒腰，嘴里抱怨着坐久了老骨头疼："那么说，如今我们还没找到全部的答案咯？铅有没有毒性？它能不能导致你见过的那些问题？"

阿卜迪马丘斯清了清嗓子："我相信，如果一个人体内存在这么多铅，的确有害健康，而且可能会加速他的死亡。不过，我们所追查的问题跟魔法有关。而铅这种东西，我亲爱的将军阁下，我可以保

第三十六章

证，它几乎完全对魔法免疫。"

"他说的没错，盖乌斯。通常情况下，如果你想让什么东西不受魔法影响，你可以直接用铅材料把它裹起来或者挡住。铅是一种对魔法免疫的中性金属，魔力撞上铅就会像洒在玻璃上的水一样滑落。"

盖乌斯·尤利乌斯正要说话，阿卜迪马丘斯突然迸发出一阵狂笑。亲王和死人双双扭过头去，不解地看着他。

"一直以来……"阿卜迪马丘斯双手捂着脸，笑得浑身打战，"一直以来，我们不断地问神明为什么，恳求神明解答我们的疑惑……"

"一直以来？你想说什么？"盖乌斯·尤利乌斯大声问。

阿卜迪马丘斯抬手示意他稍等，待捏着鼻子止住笑后才又说道："一直以来，我亲爱的朋友，历任波斯王总是问祭司们同一个问题——为什么罗马军团会对魔法免疫？你们自己难道没想过吗？罗马军队不用任何魔法便几乎征服了整个世界：横扫埃及——要知道，埃及可是魔法师的真正摇篮，他们平定亚历山大帝国的其他板块；挫败有德鲁伊特教僧侣的盖尔人；打败有巫师的日耳曼人。可是，有谁会想到罗马魔法师？"

"没有人！"盖乌斯·尤利乌斯愤愤地说，"只有软弱的东方人和希腊人才需要借助巫术！罗马人征服世界靠的是意志！"

马克西安一手放在死人肩头，轻轻摇了摇头。

"你以为每个罗马士兵出征时都灌着一肚子铅？"他轻声说，目光注视着波斯人，"所有人都不知道，他们不过是人人都带着一面足以抵抗敌人魔法的强大的盾牌。"

"是啊，"阿卜迪马丘斯一脸倦容，"足以摧毁一个善战民族的魔法在面对罗马军队时却根本不起作用，即便有效，那效果也会大打折扣。我真笨，之前一点儿也没想过这点。甚至连你们的武器装备中都有一部分是用铅打造……真是到了完全对魔法免疫的地步。"

死人摸着自己脸上蓄出的短胡楂，这几天忙着去坟场和垃圾堆里翻尸体，剩下时间便是吃饭睡觉，居然长了不少胡子出来："好了，先不管那些。我问你们，这两具尸体是否受到过城里那种无所不在的'黑暗力量'的影响？"

马克西安深吸口气，在高背椅上重新坐下，因为疲劳过度，头好像要炸开似的疼。之前在阿皮亚大道下的古墓中发生的事他记得不是很清楚，不过从那以后他便能感觉自己的能力有所提升。但即便如此，这几日紧张的验尸工作仍然让他感到力不从心。

"这位老者的尸体里有，虽然肉眼无法看见，但'黑暗力量'就藏匿在其血液中、攀附在骨头上，似乎……似乎已经成了他身体的一部分。相比之下，非洲男子的尸体就很干净，没有这种东西。"

"就像之前说的那样，这是针对罗马的，与这座城息息相关。"阿卜迪马丘斯说，"那你呢？你身体里难道也有？"

"有，"马克西安脸色憔悴，"而且一点也不比老者体内的弱。目前为止还没什么异动，我担心它不过是在等一个杀死我的绝佳机会。待在这栋异国建筑里，我能感觉到它变弱了，我可以试试把它从我身体里驱除，或许在这里会成功……"他摇摇头，想抛开满心的低落情绪。

"真是奇怪，"波斯人说，他拿起记录用的蜡板，把他们重新排列组合，"抱歉，我无意窥探你的隐私，不过，如果我没记错的话，你出生在纳尔榜，后来才搬来罗马——那大概是，十二年前的事？但这个诅咒对你的影响却丝毫不弱于对一个毕生都居住在罗马城的人，这么来看的话，传播诅咒的并非只是在罗马城里才有的东西。"

马克西安思索着他这番话——也许是对的。不过，如果真是这样，诅咒又是凭什么传播呢？这个东西能影响远在数千里以外的人，但却又仅仅只局限在帝国的范围内。诅咒是通过什么样的标准选择其受害者的呢？

第三十六章

马克西安与阿卜迪马丘斯继续讨论，一个下午很快便过去了。趁着两人无暇顾及的时候，盖乌斯·尤利乌斯溜了出去，跑到花园雪松树下的阴凉处睡起大觉来。他知道那两人一说就是好几个钟头，而且根本不会注意到他在不在。午后阳光炙热，花园里一片宁静。他打了个大大的哈欠，心想："就算是六百四十岁高龄的老头子，有时候也是需要睡午觉的嘛。"

克里斯塔像只小猫，蹑手蹑脚地爬过房子北边的野生鸢尾和百合花丛。她把无腰宽松女服换成了件灰扑扑的束腰外衣，很不起眼，甚至有些破旧。因为长期赤足走在德奥列里乌斯家的硬地板上，脚上磨出来不少老茧，此刻光脚穿过植物茂密的凉亭时反倒觉得很舒服。她把长发束在脑后，平日里在太阳下行走时爱戴的宽边草帽被她留在了树林边上。她爬到花园里一个旧柱廊边，躲在高高的草丛中往外望。四周看不到人，一片寂静。于是她飞快地冲出去，向柱廊北端的基础墙跑去。

跑到墙边，她又停下来凝神细听。屋子里远远传来锤子与凿子敲击在石头上的声音。好吧，至少有一个人待在里面，她低声自语。恐惧在她胃里搅得翻天覆地——害怕被屋子里的人抓住是其一，同时她也怕如果不能尽快赶回去，会被公爵夫人发现她借口去屠牛广场的花市却迟迟不归而惩罚她。幸好还没人告诉管马厩的人她与西格德一同骑马外出的任务已经结束了，她这才得以顺利骑了马出来，此刻小白马正被拴在下山方向半里以外的一棵树上。

一想到偷溜可能会换来一顿狠狠的鞭打，甚至是丢掉一只脚，她就不寒而栗。一路上她就在想，一方面觉得这位帝国亲王的确很讨人喜欢，而且似乎对她也有好感；另一方面她又认定亲王与外国人肯定是在合谋什么可怕的事。这两种念头在她心里斗争着。最后她终于下定决心：如果亲王真的要对公爵夫人不利，她绝不会放过他。想到他们偷偷摸摸地挖出尸体运过来，再想到她在档案馆撞见的那位古怪老者，她不由紧张起来。那老者看起来跟她祖父年纪差不多，但在两人交谈的短短一段时间内，他表现得远比其他同龄人活泼得多，而且他的皮肤和眼睛也很奇怪。自从碰见他之后，克里斯塔足足做了一个星期关于这位老者的噩梦。

她低着头放轻脚步跑到柱廊墙尽头，在墙头处望了望后花园，花园里也空无一人。屋内继续传来尖锐的敲打声。她环顾四周，进屋的台阶离她仅仅是一步之遥，或者她可以翻过这道矮墙从柱廊潜进去，该选哪条路呢？

突然有人抓住了她的左臂，一只臭烘烘的大手捂住她的嘴。她差点儿尖叫出声，将身一扭，抬起小麦色的长腿使劲往后踢。脚跟踢到一个软乎乎的身体，身后有人重重闷哼一声。抓着她左臂的力道消失了，她吓得心扑通直跳，血直往上涌，急忙从墙边跑开，慌不择路地夺命而逃。她穿过残破的喷泉和分散的灌木丛，拼命往山下跑去。正当她翻过花园尽头摇摇欲坠的砖墙时，一颗石头不偏不倚狠狠打在她脑袋上，她踉跄几步便倒了下去，顺着山坡滚落到一片玫瑰花丛中。在失去意识之前，她耳中最后听到的是墙那头传来的穿靴子的脚步声。

"你这位朋友反应真快，"盖乌斯·尤利乌斯坐在通往二楼的楼梯上，苦着一张脸，手不停地揉着大腿内侧想让肌肉放松下来，"要是位置再往右两指，估计我会被她踢得把内脏都吐出来，她就可以趁机跑进树林。"

马克西安没理他，全神贯注地检查女孩头部那个极深的伤口。老头子向她掷出的石头击中她耳后，打碎了骨头，细小碎片扎进头皮和耳尖的肉里，伤口十分狰狞。他伸出手，一团能量闪着淡绿色光芒在他手中嗡嗡地颤动。随着他手上的轻柔动作，碎骨先是摇晃着，然后

第三十六章

慢慢从血肉中退了出来，受伤的血管和皮肤开始闭合。

十五秒后，伤口处的皮肤已经复原，与周围的皮肤完美结合在一起，没有留下任何疤痕。马克西安用手抚过女孩儿的长发，微微一笑，很久没有感觉到如此单纯的快乐了。在这一刹那，内心的担忧与恐惧似乎都烟消云散了。他轻轻抬起她的头，在她头下塞了个锦缎枕头。

"你们认识很久了？"盖乌斯·尤利乌斯故作不经意地问。马克西安眯着双眼抬起头。坐在后面的阿卜迪马丘斯忙别开脸去看自己的笔记。死人目光平视亲王。

"两年。"马克西安冷冷地说。

"你打算把她怎么办？你曾说过，她的主人可能会与我们为敌。既然今天她会出现在这里，我敢说，她肯定已经监视我们有一段时间了。我到山上山下都看过，山上有两个人一直在监视这里。我想，你的那位公爵夫人，已经知道我们躲在这儿，说不定还知道了我们的行动。"

盖乌斯·尤利乌斯平静的话里透出一点好奇。马克西安这才猛然意识到，死人其实根本不在乎眼前这个女孩儿的生死，哪怕他刚刚差点儿就杀了她——他只关心她是否会影响他们的计划。直到这时，亲王才真正明白自己与这个在过去以共和国的名义杀人如麻的老者之间的巨大差异。他摇摇头，提醒自己他们步步如履薄冰，一些出格的行为是随时可能发生的，而且，有时候为了保护更多的人，一些人的牺牲是必须的。

"我们不会把她怎么样，把她留在这里就好。你说得对，公爵夫人也许已经知道了。如果是这样，那我们又得换地方了。你认为我们该几时动身？"

阿卜迪马丘斯轻咳一声，马克西安的目光从死人身上移过来。波斯人站在被亲王用作临时工作台的桌子的另一边，低头注视着昏迷不醒的女孩儿，脸上有种疑惑的表情。

"怎么？"马克西安问。

"亲王殿下……请别误会。我是想问，刚才您在给她治伤时，有没有感觉到她中了诅咒？"

马克西安一时间没有说话，在心里仔细回忆。

"没有。"他摇着头说，"我发现她体内也有铅，而且不止一点，但她没有被诅咒。"

"那么，她是土生土长的本地人吗？还是说，她跟那个毛里塔尼亚奴隶一样是外来民？"

马克西安想了想，虽然他有在德奥列里乌斯家待过不止一个下午或傍晚，甚至还曾在那里过夜，但玩得愉快归愉快，他始终没有问过这个一直陪伴他的绿眼睛女奴隶的故事。相反，他惊讶地发现，自己居然曾对这个诙谐机灵的女孩说过那么多关于他自己和兄长们的事，简直大大超出他的意料。

"我记不太清楚了，不过我想，她应该是在公爵夫人家长大的孩子，也许是家奴的女儿。"

阿卜迪马丘斯不解地挠挠头："也就是说，她在罗马城里住了至少——十六年？却没被诅咒。而你，在这里住了不过十二年，你所中的诅咒程度却丝毫不弱于那个在本地生活了五十多年的老人。我想，殿下，我们要找的答案根本与这座城市无关。当然，目前本城居民普遍都有铅中毒的现象，甚至如同寒冬里的咳嗽一样普遍，但这件事应该与诅咒无关。诅咒针对的应该是整个帝国，而之所以会在本城如此突出，完全是因为这是整个帝国的核心所在。"

亲王慢慢点了点头，仔细思考波斯人说的话，考虑各种可能性。他一脸沉思，摸了摸自己的鼻子。

"关于那位老者的生平，"最后他问，"你都了解些什么，盖乌斯·尤利乌斯？他生前以何谋生？他是一直住在同一区，还是从其他

第三十六章

地方搬来的？他做过什么工作？"

死人两手一摊。

"是这样，"他说，"听他的邻居说，他一直都住在那里，他的房间在公寓顶楼，那地方视野很差。他是个修补匠——修理些像鞋子、皮革制品、锅盆之类的东西。他每天喝点小酒，从不惹事，也不沾惹政治和犯罪。我认为他是个相当可敬的公民。你检查过他的尸体，他去世之前的吃喝拉撒你更清楚。

"不过，我想有一件事人们都忘了——我打赌他也从没跟人提过，更不要说他还是酒醉而死，死之前脑子不清醒。他是公民，同时也曾是个服过二十年兵役的老兵，看他肩头的军团烙印和退伍印就知道。"

马克西安转过身，低头看着斜卧的克里斯塔，她的胸部在脏兮兮的棉质束腰外衣下缓缓起伏。他没有多想，探了探她脖子和手腕上的脉搏，发现她睡着了，于是伸手在其脸上一拂让她睡得更沉，这样等她醒来的时候，就不会感到疼痛，也不会有任何后遗症。

"说到公民，我生来就有公民权，但那些奴隶不是……"

他好像回忆起了什么，他小时候还在那旁高卢行省时，关于……

"……公民的后代或公民自己。我记得，在纳尔榜我父亲的庄园里有个牧羊人，他曾说过，小牛犊的强弱要视母牛的强弱而定。父母的血统会影响后代。"他提高了音量。

"这个诅咒是下在罗马帝国公民的子女中具有公民权的那些人身上，肯定是通过家族血统代代相传。"

阿卜迪马丘斯站起来，走到桌边，站在马克西安旁边。

"所以，"波斯人猜测，"除了永远无法拥有公民权的人或者其祖上一直是奴隶的那些人之外，全国大半人口都中了诅咒，诅咒的力量甚至可能一代强过一代。"

"听起来不错，"坐在台阶上的盖乌斯·尤利乌斯接过话道，"但是最初又是如何降到本城公民头上的呢？如果你说的属实，那就不可能是被铅带进来的。我觉得不可能是有个巫师潜伏在城里四处给人们下咒。那样的话应该会被人发现的吧？所以，这诅咒最开始究竟是怎么出现的呢？而且，现在是不是还会继续有更多的受害者？"

阿卜迪马丘斯叹了口气，转身回到椅子上坐下。眼前这一切越来越让他心生厌倦，他多希望自己能抛开这一切直接找艘船回家去。从他最后一次见到家乡的青山和在童年时代熟悉的夜空下策马奔腾到现在，已经快十年了。他现在跟从老家来的商人沟通都有了问题，而且还老是以拉丁语思考问题。怀着淡淡的哀伤，他把这些想法暂时放到一边，在随身携带的蜡板上速写下刚刚讨论的结果。

"亲王殿下，"写完之后，他说，"能如此持久地发挥影响力，说明这个诅咒十分强大。我当了一辈子魔法师，对于这样的东西，光是想想都觉得可怕。能维持这个诅咒的条件，我想有两个：一是在当初下诅咒时要有鲜血作为献祭品；二是要让受害者永远带着某种印记，或者让其被动地接受一些让魔法生效的东西。我想，也许……也许是某种宗教仪式，比如每个公民在成年时经历的仪式？不过我对你们罗马人的这些风俗习惯不是很了解……"

盖乌斯·尤利乌斯皱着眉摇了摇头："不对。在成年时，我们的确有个简单的仪式，不过那只是在家族祭坛献上酒和粮食，举办宴会。要我说，也许是饮酒过度的问题……从最近六个世纪来看这个说得通，不过那肯定是在我那个时代之后的事情，因为我就没受到诅咒……干吗？"

马克西安正盯着死人。

"给我看看你的胳膊。"亲王说。

盖乌斯·尤利乌斯看了对方一会儿，最后还是脱下了束腰外衣，先露出一只胳膊，然后是另一只胳膊。把正面背面都看了看，马克西安别过脸，嘴里咕哝着，陷入沉思。

"结果？"死人重新穿好衣服，问，"能跟我们解释一下这是为什么吗?"

"你曾参加过军团?"

"是,不过据我这些天来的了解,你们现在的军团跟我们那时候可完全不一样!我以前率领的军队,要么就是我的追随者,要么就是在危急关头拿起武器保卫城市的公民。不,更正一下,应该说,我的人都是职业士兵——我想,让公民当兵的做法在我祖父的年代便结束了。可这又有什么关系?"

"但你胳膊上没有军团烙印。"

盖乌斯·尤利乌斯哈哈大笑,戏谑的笑声如尖锐的犬吠:"当然没有,小子,我可是个政治军官!烙印只是针对被征入伍的士兵而言——他们服役时间很长,必须在军团里待满六至十二年——这也是为了减少逃兵,难道如今你们会希望有逃兵吗?不光是我,骑士阶层的所有军官都不需要被烙印,我们是为了有更好的仕途而自愿服役。后来,奥古斯都,就是所谓的我的'养子',似乎重组了军团,还制定了新制度——以烙印作为士兵的身份标志。"他顿了顿,又说,"自从我死后,许多事都变了。"

死人仿佛一瞬间苍老了许多,不光是外表,他的灵魂似乎也在刹那间老去。世事变迁——如今的一切,酒、城市规模、赤贫阶级和特权阶级之间巨大的财富差距,都令他深深震撼。马克西安看着他,心软了一刹那,但又立刻提醒自己,这个老头子早就死了,现在复活的只是个工具而已,哪怕可能这就是撼动大山的那根杠杆。

阿卜迪马丘斯一直在他与马克西安做的记录上写写画画。他抽出一本用皮绳订好的羊皮书,翻到第三页与第四页,清清嗓子,满含热情地朗声读道:"我以我的名誉、我家族的名誉和我的生命,向罗马共和国、元老院、人民和罗马城之法律郑重起誓,我将忠于帝国,服从军令,坚守岗位,哪怕战斗至最后一人,也决不当逃兵。"

读完后,他放下书,轻轻点了点头,翻过《民兵编年史》这一章。马克西安微微蹙眉。

"这便是宣誓的内容,"波斯人说,"在即位为共和国领袖后的第十六年,奥古斯都重组军队,制定了这项入伍宣誓。根据我这里的记载,在那之前新兵还只是对具体的某个军团及其指挥官宣誓效忠。奥古斯都修订了这个誓言,在把军队视为罗马城与罗马帝国的守护神代表之前,他想让军队明白他们应对共和国、元老院和整个国家负责,而不是对自己的指挥官。"

"那这一套有用吗?"盖乌斯·尤利乌斯问,语气中透着羡慕。阿卜迪马丘斯耸耸肩,说:"我没读过罗马帝国军事史,但现在的罗马军队的确以严明的纪律与锐不可当的士气闻名世界。在战场上,他们决不后退;罗马军队鲜有兵变,他们也不会在自己的土地上乱来。"马克西安仔细想了想,接着说道:"烙印仪式过后就是宣誓——让士兵经历身心的双重仪式,也许这就已经够了。在帝国历史上,曾宣誓过的罗马公民成千上万,甚至可能高达数百万。其中很多人最后分得土地,因此分散在帝国各地。这份誓言的力量肯定在他们后代的身上一代代传了下来……"

阿卜迪马丘斯迅速翻到另一页,读道:"服完兵役并受封土地或金钱的退伍军人的儿子一旦满十六岁,也必须加入共和国军队。对于那些服完兵役的后代,同样的福利与豁免权可以累计叠加。"

波斯人合上书,手指在封皮上轻叩。

"这么说来,很多代人都发过这个誓言,"他说,"其力量一代强过一代。数百年来,虽然发誓的人,无论男女,其个人的能量是极其微小的,但全部累积到一起,就变成了我们今天看到的东西。先人们躺过的每块石头、编织的每件披风,甚至是他们酿的酒——所有一切都逃不脱这个力量的侵袭,慢慢地,它便越来越强大……"

马克西安重重跌坐到椅子上,这样的结论让他有点晕头转向——六百年来,这个魔法诅咒通过男男女女代代相传;曾有数百万公民在这世间来来又去去，他们每个人都滋长了这个诅咒。它就像蘑菇一样在帝国这棵大树的庇护下成长，直到最后淹没整个世界。我的天！这股力量居然是根植于如此可怕的魔法！他脑海中有个微弱的声音语无伦次地说："跟这样的力量相对抗，无异于以卵击石！"

他狠狠摇了摇头，站起来："我需要更多的尸体——活着的人！我要知道这东西究竟有多强！"

躺在冰冷桌面上的克里斯塔轻轻呜咽一声，转身背对着亲王。

马克西安没管她，接着说："盖乌斯·尤利乌斯，给我找些士兵来，包括新兵——如果城里还有的话，还有服完兵役的老兵。越快越好。"

第三十七章
波斯人占领下的亚美尼亚，凡城外

"他妈的！"迪亚蒂丝将望远镜放回皮箱子里，从石坡顶上滑下来。尼古斯与蒂姆藏在干涸河床底部一块突出大圆石的阴影中，听见有人爬进来，抬头望了一眼。她挤进阴影处，尼古斯递给她一个酒囊，里面装着从最后一口井里找到的水，水的味道有点咸。她狠狠地灌了一口，少许水顺着下巴滴到了胸口。她擦了擦，留下一道土黄色泥印。

"呸！"她骂了一声，擦掉脸上的泥，"这儿也太他妈荒凉了吧。行了，老伙计们，现在情况很复杂，我们处境不妙。在我们与城门之间驻守着五六千波斯人，你们谁有主意，告诉我，怎么才能溜进城去？"

蒂姆合上眼悠悠地靠在凉爽的石头上。他只是个斥候，这是指挥官的事，还轮不上他。风呼啸着吹过河床上高高的白墙，从他们遮荫之处卷过，尽管还带着温度，却仍然带来了一丝舒畅。蒂姆心里有种莫名的亲切感。这片高原上，除了中央大湖周边的地区以外，其余皆是干燥荒芜之地，若不去看那高耸的阿尔泰山或帕米尔山脉，他几乎有种身在家乡的感觉。不过，他知道这只是一种错觉，腿上的伤痛时

第三十七章

刻提醒他这儿并非老家。的确,要不是因为这该死的腿伤,他又怎会流落至此?

"你确定吗?我们必须去城里与细作碰头吗?"

迪亚蒂丝点点头,她也很不喜欢这个安排:"没错。我手中的暗号只能与他对上,跟他在陶里斯的联络人对是没用的。如果不去找他,我们就只能在孤立无援的情况下想办法潜入陶里斯,所以我们一定要进城找到这个人。如果他已经死了或者逃出了此城,我们就终止任务,南下与大部队会合。但凡有一丝希望在,我们就不能放弃。"

尼古斯点点头:"那,我们怎么才能进去呢?这种鸟不生蛋的郊外,完全是不毛之地——我们连溜到城墙边的机会都没有。要是能找到个本地人,兴许还能给里面递个信或者给我们指条暗道,可这儿连鬼影儿都见不着一个。我们对驻守在前面的波斯指挥官们也一无所知。因此,除非你愿意花时间去把他们的情况侦察清楚,否则,我们根本无法躲过他们的巡逻队,更别提靠近城门了。"

"没错……你的乐观真让我喜欢,尼古斯。蒂姆,别装睡了,我有些问题问你。昨晚你出去侦察了一晚上——有没有什么发现?"

蒂姆的黑睫毛颤动几下,眨了眨眼。

"队长,那边有两道旱谷,"他说,"就像这样的干涸河床——从大山延伸到城两侧的湖岸。其中,靠南的那道旱谷比较大,也更深,似乎通往南城墙。所以——也许——我们能派几个人顺着这条旱谷尽可能地接近城墙,最后或许能有个勇者顺利抵达城墙根,在被守卫的长矛干掉之前翻进城去。"

"太冒险了,"尼古斯反对道,"这样做也许会打草惊蛇。我们不能惊动城墙上的守卫和波斯人,必须悄无声息地进去把人带出来。如果有人发现了我们,任务就失败了。"

蒂姆闻言摇摇头:"副队长,那可是白日梦。这儿万里无云,地面又干燥,波斯斥候迟早会经过这里看到我们的车辙,那时他们必定会想到这里有人,会立即对我们展开搜捕。"

迪亚蒂丝猛地一拍大腿,扬起一团灰:"我怎么跟着你们两个一起犯傻?眼前不就有条进城的绝佳路径吗?湖,那个与天空一样纯蔚蓝色的湖。我们可以在天黑后划船走水路靠近湖岸边的城区。"

"划船?"尼古斯傻了眼,"这么荒凉的地方,我们上哪儿弄船去?城里的人也不会把自家的船丢在外面送给波斯人野餐用啊。别说这儿没木头,就算有,我们也来不及造啊。"

迪亚蒂丝笑着从阴凉处爬出来,站到太阳底下。午后的太阳依然高悬在头顶。她眯着眼看了看,估摸着现在距离天黑还有多长时间。她把宽边平顶草帽戴回头上,脚步轻快地沿着旱谷大步走开了。在她身后,蒂姆一边咕哝着一边慢慢爬出阴凉地。这些日子里,他的伤腿疼得他死去活来。尼古斯小跑着赶上了百夫长的步子。蒂姆忧虑地看着两人离去的背影——在这种天气下顶着烈日跑来跑去可不明智。

天空宛如一个淡蓝色的碗倒扣在头顶上,纯净得没有一丝云彩。

"难不成我们整天拖着这个该死的货车到处跑就是为了这个?"黑暗中,尼古斯的低声抱怨淹没在湖水拍打石岸的声音里,迪亚蒂丝好不容易才听清楚。萨尔马提亚人放在货车上的装备中包括一个可折叠的兽皮船,此刻他们正一人抓着小船的一边。要换的衣服和武器装备都搁在了船底。他们小心翼翼地穿过山脚的沙滩向湖边走去。与黑海上的潮起潮落相比,凡湖的动静只算得上轻波细浪,但即便如此,也还是冲刷出了一小块河岸。货车与其他队员隐蔽在山上树林中,林中有只归巢的猫头鹰拖长嗓子叫了一声,迪亚蒂丝与尼古斯立刻趴在地上,小心翼翼地放下船,唯恐发出一丁点儿声音。四周一片宁静,只有浪花拍打湖岸的声音在空气中轻轻回荡,似乎还能隐约听到蝙蝠的叫声。

迪亚蒂丝翻了个身,沙滩上各个方向的动静都一目了然。没有光亮，没有踏在石头上的马蹄声。静候片刻之后，她稍稍安下心来，不过依然未看到警报解除的信号。此时月亮还未升起，湖岸上漆黑一片，她听到了尼古斯的呼吸声。

突然，一声惨叫划破夜空，随即林中响起兵刃相接的声音，空中亮起一团火，照亮了树梢，迪亚蒂丝看见有人在跑。喊叫声接二连三传来，她猛地站起身，愣住了，脑子里乱成一团，一时不知该如何是好。这时，只听"嗖"的一声，一支箭破空而来，射进了他们身后的湖里。

"不好！快走！"尼古斯低吼道，同时使出吃奶的劲儿奋力把小船往水里拖。"太迟了，我们什么也做不了了，快走！"第二支箭迅速跟来，射中小船的后斜桅，一下子惊醒了迪亚蒂丝，她急忙转身抬高腿在水里大步向前奔去，追赶已经下水推船的尼古斯。突然，听到身后传来很轻微的声音，她急忙往旁边一闪。

一支长矛"唰"地插入水里，就在她身边不远处传来一个男人骂骂咧咧的声音。此时四周只有来自在远处干燥树林间疯狂舞蹈着的大火的光亮。借着这昏暗的光，她依稀辨认出一个笨重的身影，火光在那人手中的长剑上一闪而过。那人扑过来，举剑一个狠刺。迪亚蒂丝眼疾手快，扬手一掌拍在剑面上，将剑锋打偏。接着她从水中一跃而起，狠狠踢向对方的脑袋，同时在心里暗骂自己为何要将救命的刀放到船上。一声干脆的碎裂声传来，她靴子上的铁钉不偏不倚正好刺中对方的头盔。

攻击者跌跌撞撞地往后退，迪亚蒂丝向后落入水中，双脚在水面上激出水花。

黑暗中，她听到尼古斯在喊她，于是转身朝着与攻击者相反的浅水滩跑去。跑了不到三十步，攻击者的身影便看不到了，她又掉转方向往深水区走去。沙滩上传来越来越多的脚步声，有指挥者在大声嚷嚷着什么。山上，刀剑格斗的声音越来越小，逐渐被杜松树烧得噼里啪啦的声音所替代。树林的火光照亮四周的景象，她看见十几个全副武装的人从山上往沙滩冲下来。

"可怜的蒂姆啊，"她心想，"你果真一点儿没说错！"

她继续涉水向湖心走去，直到水漫过嘴边，只余鼻子眼睛以上的部分露在水面上。然后她改用双臂在水下慢慢划水，往尼古斯刚才所在的位置游去。湖岸上的人举着油灯和火把沿着湖岸线进行地毯式搜索。

"尼古斯，你这个希腊与伊利里亚的混血浑球，你最好没有抛下我一个人逃命……"

小船漂在湖面上轻轻摇晃，船舷几乎与湖面平齐。尼古斯躺在船底，手上的弓箭半拉。越过水面，他听到波斯军官在岸上骂骂咧咧地催促手下士兵来回仔细搜索沙滩。远处有喧哗的水声，一些波斯士兵举着油灯和长矛下水搜查。四周的声音太嘈杂，他根本无法分辨敌人是近是远，也不敢从船舷边抬头，生怕因为反光而暴露了自己的位置。

他只得学了声长长的欧夜鹰叫，试图召唤幸存的同伴。数着心跳过了四十下，没有任何回应，他又叫了一声。

突然沙滩上有人大喊起来，正在搜查的士兵们发现了一个猎物。军官们的口哨声此起彼伏，岸上的灯光开始迅速向北移动。

尼古斯惊得起身半坐，完全忘了之前的担忧害怕。从湖面上望过去，火把像一个个萤火虫在岸上迅速飘动，都往一处聚集，还能听到有人在怒吼。尼古斯再次坐直身子使劲张望，但依然望不到到底是怎么回事，心里急得不行——就算被找到的不是头儿，也一定是跟着他们去到沙滩上的某一个队员。

船身突然剧烈摇晃起来，船边传来一个精疲力竭的声音："笨蛋！趴下，船要翻了，稳住！"

迪亚蒂丝正奋力爬上船来。尼古斯急忙坐到船的另一侧，抓着迪亚蒂丝的手腕将她拖上来。她浑身湿透，身上还套着最初到达这座被围的城市时所穿的轻铁锁甲。她爬上船，倒在船底不住地喘气，身下淌出一摊水。

"快划，"她咬牙低吼，声音里满是愤怒与绝望，"我们得离开这儿。"

岸上的打斗声已停，猎人们在欢呼。在黑黑的湖面上，尼古斯放下短桨，借着夜色的掩护，小兽皮船无声地划向远方。几乎完全虚脱的迪亚蒂丝躺在船底，眼泪顺着脸颊无声地流下。

第三十八章
埃及别墅

"喂！有人吗？"走廊里传来喊声，回应他的只有长满青苔的石头。"有没有人？喂！你们这些没教养的混蛋，给我滚出来！"克里斯塔醒来时发现自己竟被关进了一间囚室。此刻她正手抓囚室铁栏脚踩在铁门横档上，声嘶力竭地喊着。泥巴混着干血块粘在乱蓬蓬的头发上，有只手臂上的擦伤很严重，有一边脑袋和脸也疼得厉害。囚室地板上铺着些稻草和毯子，旁边放了两只桶。

"快放我出去！放我出去！你们这些卑鄙无耻的混蛋！"

喊了半天也没人理，嗓子都哑了，她怏怏地跳回地面上，在狭小的囚室里烦躁地走来走去，一刻也不停息。这里又小又破，不是监狱还能是什么？

那老混蛋扔得可够准的，她嘴里嘀咕着，十分气恼自己居然如此大意以致失手被擒。这回女主人肯定要大发雷霆了。

身上的首饰、腰带，甚至连脚上的凉鞋与扎头发的皮绳都已不见踪影，她估计自己在被人像扔一袋米似的扔进来之前肯定就被彻底搜查过了。

走廊上响起脚步声，她立刻转身将身体蜷缩在地板上，面朝铁栅栏，放慢呼吸，假装已经睡着了，嘴里还发出轻轻的鼾声。有个人走到囚室门口，形容憔悴，疲惫地靠在铁栅栏上。

"唉，可怜的丫头，我到底该拿你怎么办呢？"接连不休地辛苦工作数小时后，亲王已筋疲力尽，声音听起来虚弱无力。他身上围了件沾满干血块的厚厚的屠夫围裙，绑腿上也染着血，浑身散发着一股停尸房的尸臭味。克里斯塔的眼睛偷偷张开条缝，顿时被眼前此人的模样惊呆了。他的手上也脏兮兮的，带着液体干涸后残留的印记。

"放我走就可以了……"克里斯塔小声嘀咕着。天知道那个在房子里进进出出的老头子和小个子东方人躲在哪儿？"我不是来监视你们的，我只是好奇……"

马克西安抬起头，疲惫令他视野模糊，但仍然依稀看到地板上的女孩儿正像只小猫似的偷偷抬头看他。看来她没事了，自己的努力没有白费，想到此，马克西安浑身都松了口气，突然的放松令他一阵眩晕。他猛然意识到自己快要撑不住了，必须立即休息。

"好主意。"克里斯塔听到亲王不自觉地说出了内心想法，接过话道，"如果您放我走，我会伺候您回楼上去，您在睡觉之前还应该冲个澡。"

马克西安低头看看自己，这一看，反而把自己吓得跟跄了两步。待到他清醒过来，意识到自己身上沾了多少血以及其中某些血迹残留的时间已有多长之后，记忆便仿佛开了闸的洪水涌入脑海。眼前浮现出在手术台上检查过的躯体，一具接着一具——有的死了，有的只吊着一口气，有的还活着。耳边仿佛又响起了锯子砍进骨头里的刺耳摩擦声、钳子撕开四肢的声音。他记得，最开始，手中的能量在裂开颤抖不已的躯体中的器官时，发出嗡嗡的声音，然后他打开了一位过世多年的将军的头颅，周围出现哀鸣与闪电，接着尸体中蕴藏的能量一下子涌入他的身体内。

回忆令他发出一声撕心裂肺的号叫，痛苦的叫声在走廊上久久回荡。克里斯塔双手捂着耳朵，靠在囚室后墙上把身子缩成一团，躲开这个蹲在囚室门口浑身发颤的人。接着这个人开始抽泣，哭得上气不接下气，身体抽搐。她壮着胆子往前爬了几步，悄悄伸手从僵硬的围裙下摸出一串钥匙，试了试，其中一把正是囚室的钥匙，于是她轻轻一扭钥匙，门往里开了。她走出去，同情地看看面前这个趴在地上把头抵在石头上的人。走廊尽头的门并未关闭。

"别，"她正要从楼梯上溜走时，身后传来一个恳求的声音，"请你别抛下我……"

她闻言停了下来，半转过身，低头看着黑暗中的走廊。

在别墅山下的一片柏树林中有一个简易的朱庇特圣殿。马克西安跪在祭坛前的一间小砖房里。砖房外墙上爬满了茂密的常青藤，连小小的窗户上也没有一丝空隙。

祭坛上有他亲手插的两支蜡烛，一边一支。祭坛后方的壁龛里曾有一尊小神像，但很久之前便已不知去向。他在满是污垢的石面上摆上两块锡。

"啊，正义之神，请您宽恕我的罪过。我亵渎了您的两位仆人——奥鲁斯·安东尼奥斯·萨比诺斯与尤利乌斯·泰伦提乌斯，他们一生对帝国和皇帝尽职尽忠，行善惩恶，而我却解剖了他们的尸体。我恳求您，接纳他们进入天国，公平地评判他们的一生，令他们享有平静幸福的来世。"

亲王颤抖着手将酒倒入摆在祭坛前的一个浅底大口水罐，然后从两个小碗中取出蜂蜜与谷物，也放进水罐里。因为遭到在地下室检查尸体时所召唤能量的反噬，此刻他浑身上下都疼痛不已。光影交织成各种光怪陆离的螺旋状影像，不时地在他眼前晃动。要不是有克里斯塔帮忙，他根本不可能下山走到这里来。

"啊，密特拉神，审判人类的神明，请您宽恕我的罪行。我知道，

第三十八章

为了拯救苍生，为了挽救元老院，有些牺牲在所难免。那就让我来承担这些罪过吧。无论生前还是死后，我都愿意为这些罪过负责。"

马克西安深深低下头去，额头抵在圣殿地面上松软的泥土上。内心终得平静。三天前，他晕倒在囚禁克里斯塔的囚室前的走廊上，之后便卧床不起，只能勉强进食，身体因为长期的超负荷而虚脱。他十分清楚自己犯下了多么可怕的罪行。他从地板上抬起头，眼泪不住地滴落。这时，他脑海中响起盖乌斯·尤利乌斯的声音："年轻人，一名优秀的指挥官必须明白，以少数人的牺牲换取多数人的胜利和平是一种迫于时事的选择。"听着这话，他内心苦苦挣扎着不去厌恶自己的所作所为。

"啊，密特拉神，请您接受我的供奉，饶恕我……"

第三十九章
波斯占领下的亚美尼亚，凡湖

一束和煦的金色阳光慢慢爬上迪亚蒂丝的脸颊，从污垢与细细的泪痕上滑过，沿着下巴游走到锁骨上，最后钻入胸口皱巴巴的衣领消失了。另一束阳光在她脸上乱蓬蓬的卷发上跳着轻盈的舞蹈，一寸一寸往眼睑移去。她突然动了一下，打了个哈欠。无数灰尘从盖在身上的破破烂烂的羊毛披风上扬起，她不由得打了个喷嚏。虽然已经完全清醒过来，她仍然一动不动地躺着。微风吹起涟漪，小船在水面上轻轻摇晃，她轻轻拉好披风，默默地感受着这一切。听着身边那个人有节奏的划桨声。

尼古斯坐在兽皮船的船尾，把迪亚蒂丝的草帽戴在头上遮住了脸，双臂抬起又落下，一下一下地划着船桨。小船在蔚蓝水面上徐徐前行，激荡起一层层浪花。看到女孩儿醒了，他露出笑意，轻轻把一个草编的袋子踢到她身旁。

"就剩这么点吃的了，"他的声音听起来疲惫不堪，"水倒是不缺。"

迪亚蒂丝撑着软软的船底坐起身，往四周张望。湖面像一块蓝绿色的大镜子，偶尔有风刮过，皱起一湖碧玉。太阳还在徐徐上升，看

第三十九章

样子离日出过去了大概三个钟头。在东北方向,依稀可辨认出暗褐色的湖岸线与更远处的小山丘。小船此刻朝着正北前进,透过湖岸平原上升起的热浪,能看到一大片蓝色的山脉。她指了指那边。

"你准备过阿拉山①?"

尼古斯点点头,收起短桨放在大腿上。在保持划桨的姿势整整十二个钟头后,双臂仿佛灌了铅似的沉重。叹口气,他揉了揉脸,在水上晒了这么久的太阳,皮肤都干裂了。

"没错,"他哑着嗓子说,感觉有点口干,于是拿起夹在腿间的皮囊水袋狠狠灌了一大口水,这才接着说,"从你的地图上看,正前方有条小溪汇入此湖。我想我们可以在那里靠岸,先找点东西垫垫肚子,再继续往北边走。"

迪亚蒂丝转过头,翻了翻草编口袋,找到一些奶酪与干肉条,没有面包。里面还有个皮囊水袋,于是她拿出来喝了点水。肉硬得跟石头似的,她只好把肉含在嘴里慢慢浸软。奶酪就算了,她已经觉得很口干了。

"北边?你觉得那里离驻扎在凡城的波斯人够远了吗?"

尼古斯点点头:"从地图上看,那个地方离城近三十里,波斯巡逻队最多只会偶尔过来看看。沿着那条溪流往北走,穿过我们前方的这片陆岬,过了半岛,循着北上的路穿过阿拉山,就能进入亚拉腊山下的河谷。"

迪亚蒂丝擦干净嘴,把水袋重新塞好。她用手挡住阳光,眯着眼睛往北边遥远的蓝色山脉望了望。向北借道亚拉腊山与阿拉斯河谷是翻越山区抵达东边的第二条路——他们将从北边而不是从西边的主干道进入陶里斯所在的河谷。虽然那条路上不会遇到太多波斯人,不会有太多麻烦,但相对而言耗时会更长,会比他们计划抵达的时间晚数

---

①阿拉山(Ala):是土耳其东部的阿拉达山脉(Ala-Dagh)。

周。她回头看看尼古斯。尼古斯耸耸肩，他也考虑到了这点。

她咀嚼着硬肉干。接下来的路途将十分漫长，她没有时间去想惨死在湖岸上的队员们与在凡城遥遥无期地盼着与他们接头的陌生人。

迪亚蒂丝蹲在荆棘丛中，披风罩在头上遮住身形。就在离她几英尺远的地方，一条路穿过山腰，向山下河谷延伸而去。他们早上就是从这个小河谷爬上来的。炙热的阳光照在她后颈上，像是给她已然晒黑的肌肤上再加了层铜罩。一丝几乎察觉不到的微风吹过，随风传来"嘚嘚"的马蹄声。刚才他们转过狭长的茶褐色山丘上的一个Z字形弯，正要向远处的蓝绿色松树林走去，尼古斯先听到了马蹄声。两人回头一看，身后小路上至少两里远的地方出现了两匹马。窒闷的空气中，远远传来马蹄踏过横跨河谷的古老石拱桥的声音。两个逃亡者当即分别往左右一闪，各自在路的两旁潜伏下来静待时机。

尼古斯藏身在被烈日晒弯了腰的两棵矮树后面，离Z字形弯约有四十步之遥。迪亚蒂丝则蹲在地上，身后是片陡峭的下坡。两个骑马者交谈的声音与挽具碰撞发出的叮当声传入她耳中。她握了握手中的短刺刀，有一瞬间心想，要是此刻自己手中拿的是长矛或弓箭该有多好！打头的那个人策马小跑着转过前一个路弯，眼看就要到了。她想，现在也顾不了那么多了。从对方身上的镶边披风和向后翻卷的帽子来看，是波斯信使。不过他们似乎并不着急赶路，这点倒让她觉得有些奇怪，罩在头上的披风下露出女孩儿细眯的双眼。

就在两人即将从她身边经过时，她悄悄将披风脱到一旁耐心等候，一手搭着前方的荆棘以便一会儿能快速扒开冲上去。尼古斯拉弓搭箭，黑羽箭瞄准了骑在脸上有白色斑纹的那匹马上的波斯人上下起伏的身影。时机一到，他吐出一口气，放开手中的箭，箭飞出去，深深刺入打头那个信使的胸膛。

第一个波斯人张大嘴茫然地低头看着插在自己胸口的三尺箭杆，

第三十九章

伤口处不断涌出暗红色鲜血。不待他有何反应，迪亚蒂丝已经扒开荆棘丛从第二个波斯人身后冲了出来。第二个波斯人还在问同伴出了什么事，身后的迪亚蒂丝一跃而起，手臂如蛇一般缠上了他的脖子。红棕色的马在受惊之下一声长鸣，抬起前腿，将骑在马上的波斯人从后面甩了出去。就在他被抛出去的一刹那，迪亚蒂丝眼疾手快一扭身让自己落到了马背上。被抛出十几英尺远的波斯人重重落到地面上，传来骨裂的声音。躁怒的马扭头就咬，迪亚蒂丝灵活地躲开了。

前面中箭的波斯人已经倒在了马背上，死人的重量拖着马嚼子，勒痛了马嘴，那马儿不住地在原地跳着绕圈。尼古斯一边轻声安抚，一边从侧面悄悄贴近马儿。迪亚蒂丝也引着紧张不安的红棕色马打着圈儿。

"好马儿，好马儿。想不想吃苹果？嗯？香香的苹果。"

尼古斯抓住马勒，将缰绳从死人手中费力地拉出来，用力一推，死人倒栽葱地滚落到了地上，然后他引马向路边的杜松树林走去。待他骑马折返时，迪亚蒂丝已安抚好了另外那匹马。

"去看看他死了没。"说着，他接过女孩儿手中的缰绳。

迪亚蒂丝点点头，她没忘被自己打下马的第二个信使。她将手中的短刀插回刀鞘，侧身挨近四肢摊开躺在乱石堆中的人。那人没死，双眼目光呆滞，尚未从惊吓中回过神来，嘴角有血慢慢渗出。她在对方脸上轻轻拍了拍，对方眼中慢慢有了焦距。此时她已经拉下了披风的帽子，身后是明亮的蓝天。

"士兵，你们的目的地是哪里？"她操着蹩脚的波斯语问，声音低沉而甜美。

"啊！"他痛苦地呻吟着，试图翻转身体。迪亚蒂丝轻轻按住他，估计他脖子摔断了,而且还有内出血。"我们……要……去杜古拜亚斯①……找酋长……"

他猛烈咳嗽起来,嘴里冒出越来越多的血。迪亚蒂丝一脸痛苦,将一把薄匕首飞快插入他的一只眼眶。他死前尚完好的另一只眼看到的最后景象,便是女孩儿悲伤的面容。完事之后,迪亚蒂丝抽出匕首,在死人的汗衫上擦了擦。趁着尼古斯在打扫战场,她把死人从头到脚剥了个精光,只给他留了染血的汗衫和遮羞布。然后两人将尸体推到山坡上的一条沟里,下雨的时候水便会淹没这条沟。一切处理妥当后,两人骑上马继续北行。尼古斯用眼角余光瞥了瞥年轻的女孩儿,她脸颊上还残留着星星点点血迹,但她毫不在意,连擦都不擦。

即使是远在三十里外,也能看到山顶的积雪在烈日下反射出一片明晃晃的白光。迪亚蒂丝用手挡住刺眼的阳光,透过稀薄的空气,望向在杜古拜亚斯河谷另一侧犹如巨型金字塔般耸立的亚拉腊山。亚拉腊山像个孤独的巨人,从峡谷地平面上拔地而起,坡脚地带是暗褐色调,往上便开始出现大片大片绿色的松树林与云杉树林,树林以上的地带则完全由灰色巨石堆砌而成,灰色一直延伸到山顶积雪下。山的四周云雾缭绕。红棕色马不喜欢待在雪地里,不悦地嘶叫,她轻轻拍了拍它的脖子,马从腾杜瑞克山②的积雪山坡上走了下去,回到花岗岩山坡上的狭径。

骑马在凡湖盆地周围的群山中走了整整两天,海拔越来越高,早已看不到任何小村庄的影子。因为身上带着波斯信使的披风与徽章,所以之前两人迅速通过了最后一个村庄。村民们的目光一直盯着他们的身影,一双双黑眼睛在午后阳光下闪烁。出了村庄,前行的道路越

---

①杜古拜亚斯(Dogubayazit):位于今天土耳其的阿勒省,在亚拉腊山西南方15公里。

②腾杜瑞克山(Tendürük):土耳其东部的火山名称。

第三十九章

走越窄,蜿蜒穿行在鲜花遍地的高原草甸上和茂密的云山树林间。两人继续向着山顶走去,空气中的热气逐渐散去,寒意渗入毛孔。

今天他们已经走到了最后一个积雪河段,成功突破了左手边白雪皑皑的大山脚下的关卡。右手边的山峰较小,一座接一座向东绵延,此时迪亚蒂丝正用手指着那边的路。在他们面前,光秃秃的石头堆积成崎岖不平的山脉和冰原,一直延伸到遥远的地平线。在他们刚刚翻过的大山后面,巍峨耸立的群山仿佛一道东南走向的钢墙铁壁。

"波斯,"她说,"过了那边的山脉,就到了陶里斯。"她又转头指了指东北方向;蓝色山脉走到那里便戛然而止,断崖与位于正北方的亚拉腊山之间形成一个宽阔的大峡谷,即便在这么远的地方也看得到,"那便是藏格马尔河谷,我们先沿着它到达陶里斯以北的高地,然后从那里进入陶里斯。"

尼古斯打了个哆嗦。寒风打得脸生疼,他拉起衣服遮住口鼻以免吸入太多灰尘,同时也把鼻子从冰冷的风中解脱了出来。迪亚蒂丝似乎对此毫无感觉。这一带都是无人区,她索性把头发和脸全都露了出来。尼古斯骑马跟在她身后,沿着崎岖不平的乱石小道绕过关卡,进入一个陡峭的河谷,河谷一直延伸到亚拉腊山下的大峡谷。

走下关卡后,小道略宽了些。尼古斯问:"我们要不要进镇?"

迪亚蒂丝摇了摇头:"虽然我们有做伪装,但我还是宁愿不冒这个险。据那个信使所言,他此行是去见杜古拜亚斯的酋长——而不是驻军指挥官,我估计前方的峡谷应该还没有罗马军队和波斯军队。你也看见了,之前我们经过的最后那个村庄里的人看我们的目光。我们要么受到当地人的热烈欢迎,要么活不过当晚。现在我们给养充足,也知道接下来的路线。"

尼古斯催马加快脚步,与她并肩前行。

"我们与外界失去联络已经六天了,"他试探着说,"应该去打听打听消息——任何消息都可能会有帮助,也许双方已经开战了呢!"

迪亚蒂丝扭头看着他，灰色眼眸平静得像波澜无惊的大海："在皇帝抵达陶里斯之前，我们仅剩三周时间。我决不能迟到。"

从杜古拜亚斯往东，老路从河边转向北边，翻过一个山头，后面便是一片辽阔的高原，各种树木与高高的草甸散布在高原上。跨过缓缓向西流入小镇的小河之后，尼古斯便换到了前面。迪亚蒂丝一脸沉思地骑马跟在后面，头发悉数藏在披风的帽子里，宽边帽在眼前上下晃动。他们绕着小镇走了一个大圈，一出腾杜瑞克山便抄近道尽快穿越丘陵地带——穿过数不尽的灌木丛、欧洲蕨林和一条又一条陡峭的峡谷——最终抵达了位于居住点以东的河流。之后，他们花了不少时间寻找过河的浅滩，但找了一天都毫无结果，今天早上才找到一处合适的地点。趁着黎明前最后一丝夜色的掩护，两人牵马游过了河。

直到两个钟头前，他们才找到了大路。根据迪亚蒂丝从防水油布囊里拿出来的简略地图，这条路先是沿河向东走到另一个高原，然后抵达藏格马尔河，但路上大部分路段都已荒废。很快他们便会告别生长在河边的最后一棵树，再次进入高原地带。尼古斯突然吹了声口哨，举起一只手，回头看着通往小镇的路。迪亚蒂丝拉住缰绳停在他身旁。

"快看，"他指着身后，草与树后面的路弯处，一队骑兵正从山上下来，午后阳光照得他们的盔甲与矛尖闪闪发亮，"肯定是波斯巡逻队。"

"离开大路，"说着，迪亚蒂丝策马奔入路旁的树林，"走，去旁边峡谷避避，等他们过了再出来。"她双腿一夹马肚，快速跑进了高高的草丛，所经之处，绿草翻涌如同波浪。尼古斯打马紧随其后，在马鞍上回头望，看敌人是否发现了他们。

两人穿过从道路往低处延伸的青草山坡。当他们催马跑上河床另一边的山坡时，东南方传来了敌人的号声。

第三十九章

"嗨哟!"迪亚蒂丝大喊一声,马儿在受惊之下飞似的冲上了山坡。尼古斯在马鞍上坐直身子回头望去,在他们身后的大路上,在骑兵大部队前打头阵的斥候们正指着两人的方向吹响号角。其中一人从马鞍上的剑鞘中取出一把长弓,坐直身子拉开弓。

"走蛇形!"两人冲上山坡顶时,他冲着迪亚蒂丝大喊。一支箭唰地破空飞过,接着是第二支。"是弓骑兵!"两人冲下山背面的山坡,迪亚蒂丝往左,尼古斯往右,分开两路跑。山坡上满是高高的灌木丛与矮树林。跑到下一个河床,尼古斯一夹马肚往右跑去,数分钟之后便来到了小河谷的源头。

从大路上追过来的第一个骑兵此时已翻过山头,正穿过较近一侧的荆棘丛往坡下跑。尼古斯从鞍袋里取出弓,从箭袋里摸出一支长杆短羽箭,搭箭拉弦,整个动作一气呵成——与萨尔马提亚兄弟在一起消磨的时光总算没有白费。山坡另一侧,第二个骑兵也循着足迹追了上来。两个骑兵俯身在马鞍的前桥上仔细查看地上的痕迹。右边的那个突然摇晃了一下,一头从马背上栽了下去,短羽箭不偏不倚穿过他的身体,前胸入,后背出,射入后面的一棵树。尼古斯露出残忍的笑,轻轻碰了碰马,重新回到灌木丛中隐蔽起来。

然而,仅仅数秒之后,他的笑容便僵在了脸上——二三十个铠装骑兵出现在山脊上,号角声同时在他的东面与南面响起。真他妈见鬼!他低吼着策马往灌木丛深处跑去。来的居然是他妈的一整支骑兵!

红棕色的马冲着迪亚蒂丝轻轻嘶叫,用马鼻子碰了碰她的头,然后又碰碰她的耳朵,想知道里面是不是藏着胡萝卜。她伸手摸了摸肉乎乎的马鼻子,身后敌人追得很紧。溪谷中很快便响起密集的马蹄声,这时她的马反而安静了。在溪谷靠下游的一头,三个波斯斥候的身影在密密麻麻的矮小灌木中闪过。迪亚蒂丝略抬起身,时刻准备迎敌。

她听到敌人正骑马穿过位于她下方山坡上的灌木丛。之前被她伏击的那个波斯信使在马鞍前桥上的一个涂漆小木箱里挂了把短小的马弓，她将弓取出来，半拉弓弦。四支带褐色羽毛的短杆弩箭钉在她前面的地里。虽然这几支只是狩猎箭，不过到了她手中作用就不一样了。

她选择的隐蔽点极佳。散发着甜蜜气味的灰蓝色灌木在她身前与左侧形成密密麻麻的天然屏障，往外伸出的叶片好似尖尖的矛头。右侧，小溪在亚拉腊山山脚地带冲出一道溪谷，向远方的杜古拜亚斯平原蜿蜒而去。在离她仅三十英尺的下坡方向，河床向溪谷左侧拐了个弯，从一棵巨大的荆棘树下穿过，波斯人正在树下的灌木丛中披荆斩棘。溪谷两侧的风化火山岩与沉积物上，开凿出了两道高达二十英尺的峭壁，峭壁顶上生长着长长的野草，峭壁间露出一块蔚蓝的天空，雨云正从头顶飘过。

第一个斥候从荆棘树伸出的枝干下爬出来，手握长矛站起来小心翼翼地四处张望。他面前是一片乱石滩，难以行走。河谷里的沙地上有些杂乱的脚印，估计是经过的动物们留下的。迪亚蒂丝一动不动地藏着，身边的马此时似乎与她心有灵犀，也默默静候一旁。

"找到什么没有？"等在荆棘树另一侧的一个斥候喊道，口音中带着东波斯高地居民特有的喉塞音。他身旁还站了一个斥候。

先爬过来的斥候用力吸了吸面前的空气，目光再次仔细搜索了一遍周围的地面。

"没什么发现，"他回道，"不过我想他们肯定是从这儿走的，我们再到前头去看看。"

另一侧的那两人没有异议。最先过来的那个人抽出长剑在荆棘树上一阵猛砍，试图砍出一条足以让马通行的路。不过，很快他便发现了迪亚蒂丝之前所发现的东西——在树的右侧，一根韧性极好的树枝挡住了大部分灌木丛。他用肩将树枝顶住，肩头上留下两道长长的刮痕和无数细小的擦痕。另一侧的两人从树枝隔出的空地上骑马走了

第三十九章

过去。

就在最后一个人快要从树前走过时,迪亚蒂丝弯腰从地面拔出一支箭,拉弦搭箭,一松手,那箭"嗖"地一声冲着顶着树枝的那个斥候露在外面的脑袋飞去。只听一声闷响,短而重的箭头直直钉入目标耳朵上方的头骨足足九寸深。血水从伤口迸出模糊了他的眼睛,鲜血从口中涌出。第一支箭刚中目标,第二支箭已上弦。那中箭的斥候倒了下去,粗树枝猛地弹回去"啪啪"两声正好抽在最后走过来的那个斥候的脸上和马身上,被树枝缠住,无数细小的尖刺打在他身上,痛得他尖叫起来,一时手忙脚乱。被抽痛的马嘶吼着直往后退。那人试图想稳住马,但马的脸和鼻子都中了树刺,根本不听指挥,最后竟挣脱了缰绳。

第三支箭冲着走在中间的第二个斥候飞了过去,结果他正好扭头对第一个人喊着什么,恰恰躲过了这一箭。那箭从他脸前险险擦过,在溪谷的黑色峭壁上打了个粉碎。他惊得大叫一声,扭过头来纵马狂奔。迪亚蒂丝放下弓箭,从灰色灌木丛中拿起一支狩猎矛。这时波斯人已骑马冲到了她所在的位置,正举着手中略带弧度的长剑左劈右砍。迪亚蒂丝忙举起手中的矛挡住对方的剑,木头矛杆在剑下一分为二,整支矛几乎断成了两截,后面半截有气无力地吊着。波斯人提马一个腾跃回转身来,冲她刺来第二剑,她将几乎被完全砍断的矛用力往对方脸上掷去。对方眼疾手快将身往旁边一闪,矛错失了目标。

"嚯!"波斯人大吼一声,继续往前冲,探出长剑准备再次攻击。迪亚蒂丝"唰"地一声从红棕色马背上的剑鞘中抽出长剑,飞快蹲下身子从马肚下钻到马另一边的空地上。波斯人也掉转了方向,极有经验地用膝盖指挥着马向她走来。溪谷太窄了,并不适合骑马作战,更别说周围还全是灌木丛。迪亚蒂丝猛地一剑向对方身下的马脸砍去。不料,波斯人连人带马往旁边一跳,居然又躲开了,并且立刻抬手向她还击,迪亚蒂丝差点儿来不及反应,勉强硬接下这一击,两剑相碰发出一声清脆的响声。

"该死的!"她咒骂一声,往更右边的位置跳开,离开峭壁,右手从腰间摸出把长匕首。

波斯人策马紧贴峭壁往前走了几步,把女孩儿封闭在这小小空间里,挥动长剑试图将对方钉穿。迪亚蒂丝不甘示弱反击回去。一时间,只见一片刀光剑影闪过,两剑相接发出清脆的响声。下一秒,迪亚蒂丝一脚踢向对方的马腿,马被踢退,封闭的空间破了个缺口,于是她飞快地向左冲过马头,挥舞着泛着银光的长匕首向对方砍去。

波斯人用膝盖狠狠一顶马肚,试图让马转向紧追女孩儿。不料马鞍上的带子被砍断了,马鞍一松,马反倒将他掀翻在溪谷的乱石滩上,随即马也被绊倒了。迪亚蒂丝趁机冲过来,绕过胡乱踢腿的马,将剑尖一下子刺入波斯人的咽喉。暗红色鲜血像喷泉似的喷在波斯人脸上和紧身衣上。迪亚蒂丝跟跄着往后退了几步,激烈的打斗令她血脉偾张。悲鸣的马儿终于挣扎着站了起来。迪亚蒂丝转过身,靴子踢起地上的砂砾。

领头的那个波斯斥候已经死了,尸体倒在荆棘树下,头上插着一支箭,像个恐怖的路标。被树枝打中的那个斥候不知道躲到哪里去了。领头斥候的马在主人的尸体旁不断用马鼻子碰他,轻轻喷着鼻息。迪亚蒂丝微微蹙眉,小心地从马侧面走过去牵起缰绳。那马不明所以地跟着迪亚蒂丝走到她自己的马旁边,两匹马开始打起招呼。苍蝇闻到了死人的气味,嗡嗡地往尸体周围聚集。

迪亚蒂丝翻身骑上红棕色马。左手臂一阵剧痛,她倒吸口气,卷起汗衫一看,从肩头到上臂斜着拉了一道又长又深的口子,伤口处的血已经开始凝结。这是怎么伤的?她有些纳闷。她用肘轻轻碰了碰马,马沿着溪谷向前跑去,另两匹马的缰绳被她抓在手里,跟在她身后。她希望溪谷前方的山脊上会有一个垭口,那样就可以抄近路翻过这座山。天就快黑了。

第三十九章

尼古斯拼命迈开腿往前跑，撞入池塘边的一片香蒲丛中。号角声在他左侧的山林间回荡，先是往山坡上移动，然后又回到了侧后方。他在池边大步涉水前行，激起一大片浑浊的泥水与碎海藻。天色渐暗，黑影开始笼罩山下。号角声再次响起，这次是从更高的地方传来，但却似乎离得更近了。尼古斯纵身跳入深水区，连走带游奔向对岸。

身后不远处传来马的喷鼻声。他悄无声息地潜入水下。西边的天空好像一盘五颜六色的调料，橙色、紫色与深蓝色纷纷登场。腾杜瑞克山上空云层密集，此时夕阳也投身其中，将这苍穹渲染得五彩缤纷。日落时分的暮光笼罩着这一方水池，池水在模糊的深灰色与蓝黑色之间变换。尼古斯躲在水下，缓慢地退着往对岸游去，只在水面上露出一双眼睛，紧紧盯着他刚站过的岸边。有些人骑着马在岸边搜索，他只能看到他们身上模糊的反光，岸上至少有两个人。

水面上传来模糊的说话声，此时岸上至少来了三个人。号角声在敌人身后的树林里响起，回荡在暮色中，格外响亮。高处山林间有人做了回应，更多的身影出现在岸边。居然落入这般田地，尼古斯暗自咒骂诸神和该死的运气——尤其是在两里外的小路上将自己的坐骑与全部武器装备洗劫一空的那个人。突然，他的手触到了岸边的硬泥地。

有人用火石擦出火花，聚集在树下的人群中亮起一盏灯，明亮的头盔和盔甲在温暖的灯光中闪闪发光。这时从树林间出来的人已有三四十人之多，个个脸形削瘦，蓄着小胡子。其中有些人在盔甲外还套着红色外衣，另一些则戴着高高的星形盔。人群中传出响亮的号令声，人群开始往某个人身边聚集，不过在交错的人马身影中，尼古斯看不清那人的模样。他潜在一棵扭曲多瘤的古树突出的树根下。

聚集在岸边的人群随着号令声分成若干小队，其中一些骑马向树林间走去；另一些则从马背上卸下行囊，在岸边扎下营地，四处收集柴火。有个人影一直站立在池塘边，目光注视着黑暗中的池塘。尼古斯借着火把与油灯的光看去，那人虎背熊腰，脸上留着一大把胡子。伊利里亚人将身隐藏在古树的枝干后面，小心翼翼地往岸上爬去，不一会儿便消失在了黑暗里。

迪亚蒂丝撕下一块布，咬牙包住受伤的手臂，痛得倒吸一口冷气。她坚持带着三匹马长途跋涉翻过亚拉腊山的侧面，结果使得伤口流血加剧。波斯人的号角声一直在她下方远处回响，有时候听起来又比较近。沿猎道翻越山坡是一件非常吃力的事，山坡上不时出现一些难以逾越的沟谷，她不得不绕道而行。从杀死两名波斯人的溪谷出来后，她不过才前进了数里。牵着马从一个由摇摇欲坠的页岩和岩屑堆组成的险峻山坡上爬下去，她来到了一条宽阔峡谷的底部，刚开始这里还很好走，但很快就走到了一处瀑布边，悬崖边的石面光滑如镜，一条细细的水流直下六十英尺。

黑夜已至，除了银色月光，峡谷内再没有一丝光亮。想在漆黑的夜晚摸索着走下悬崖，完全是自寻死路。于是她在瀑布上游凸出的岩石上找了个洞穴藏起来。迪亚蒂丝在脚边生了一堆极小的火堆，几匹马的脸在微弱的光线中若隐若现。她已经把从鞍囊中找到的最后一点水与粮食都喂了马。所谓的火堆，不过就是在几块小石头上架了几根细树枝点燃。凸出的岩石边缘有些许木头。

她重新裹紧上臂伤口的布条，用牙齿配合另一只手将布条末端打结系紧。待到视线适应之后，她看到自己所在的是一个原始石洞，夜空中的星星在石洞周围窥视。火光不断跳着舞蹈，她依稀辨认出头顶岩壁上刻着一些图案——狮子、瞪羚，还有一个扛着蜂箱的胖女人。这些图案在黑暗中反射着微弱的火光。迪亚蒂丝闭上眼，不知不觉中进入了梦乡。

尼古斯慢慢小跑着，每跑一步，就感觉双腿好像陷在淤泥里，十

第三十九章

分艰难。从池塘里出来时他浑身湿透，现在衣服已经干了，粗硬的布料磨在皮肤上很不舒服。眼前是一片乱石平原，点缀着各种奇形怪状的土丘和人工垒砌的黑石塔。一不小心，他踩到一块石头，差点儿扭了脚。他停了下来——在连月光都难以见到的夜晚，在不熟悉的环境里奔跑是件蠢事。不过似乎停下来也不是什么好主意，他感觉手臂仿佛灌了铅似的沉重，身子一软倒在了最近一块露出地表的岩石上。粗糙不平的岩石表面上有些细小锋利的边，刺进他的手掌，但他却像是隔了许久才感觉到疼痛。他摇摇晃晃地站起来，在绑腿上擦了擦手上磨出的血。

他继续逃命，迷迷糊糊地穿过被侵蚀的熔岩地带。一阵深深的疲倦感袭来，待他再次清醒时，发现自己正蜷着身子躺在一小块沙地里的两块凹凸不平的大石头之间，夜空中的月亮已经走过了大半路程。他又爬起来继续走。

出了熔岩地带再走了一里，他面前出现一条狭窄的河道，河道早已干涸成了旱谷。他从河道侧面滑下去，好不容易穿过河底沙地，却发现自个儿根本没有力气爬上对岸。他只好沿着河谷底往前走。银河高高地悬在头顶，前方的大山在星光中若隐若现，隐约披了层银色月光。

迪亚蒂丝在清脆的铃声中醒来。一睁眼，便看见头顶上的抛光黑色杉木天花板。淡淡阳光从金色帘子透进来，洒在她所躺着的平台四周。周围似乎有很多人在低声说话。她试了试，发现手脚根本不听使唤，心里很是纳闷。天花板不停地前后晃动，她意识到自己身下这个不知道是马车还是什么的东西应该正行走在崎岖不平的道路上。熏香的烟在空中袅袅妖娆，慢慢向她身后飘走。她身上盖着一块厚重但柔软的绸缎，额头上戴着银色叶片做的额饰。

眼睛终于能动了。从眼角余光，她看到自己所躺平台四周围绕着数根金色柱子，柱头上精心雕刻着繁密的枝叶与花朵，在深绿色与黄色涂料的装点下明亮而鲜艳。空气中飘着花香，她估计这平台肯定是被鲜花簇拥着。银铃声再次响起，马车停了下来，外面说话的声音越来越大，人们在低声喊着什么。

马车内的空气仿佛静止了，焚香的烟在梁下聚积不散。各种声音此起彼伏，但之前一直萦绕四周的吟唱声不知何时已消失了。一只戴着手套的手小心地拉开棺材架左边的金色帘子。迪亚蒂丝挣扎着想要坐起来，沉重的四肢却使不上劲。面前出现一个男人的脸，低头看着她，目露悲伤。这是个上了年纪的男人，一头灰白短发，额头宽阔方正；胡子修剪得短而齐，夹着根根银丝；深紫色亚麻汗衫外套了一件典型的勃艮第风格披风，用金钩银扣牢牢系住。他将一只手轻放在迪亚蒂丝额头上，自己也低下头来。

他看着迪亚蒂丝，突然肩头轻颤，两眼垂泪，泪珠在尘土飞扬的阳光中闪闪发亮。迪亚蒂丝眨了眨眼，把滴到眼睛上的泪水弹开。那人完全沉浸在巨大的悲痛中，没有注意到她的这个小动作。最后，他终于平复了情绪，抬起头，向她靠近，迪亚蒂丝闻到了对方身上的干净织物、芫荽和百里香的味道。他的双唇拂过女孩额头，然后一动不动地停住了。天花板的阴影投在他脸上。他再次恢复了国王的气势。

"永别了，亲爱的兄弟。"他温柔地说，"我要带你去你真正的故乡，为你建造一座万古不朽的纪念碑。"说完他便转身穿过金色帘子走了出去。当他的身影出现在阳光下时，外面的人群沸腾了，士兵们呐喊着同一个名字。迪亚蒂丝努力地想要听清楚这个名字，但眼前的一切渐渐模糊，变成了一个光影交错旋转的黑洞。人们的欢呼声慢慢远去，她再次陷入深深的睡意里。

正在梦乡里的尼古斯突然被靴子踩过碎石发出的嘎吱声惊醒。他躺着没动，一只眼悄悄张开条小缝。视线中出现一双沉重的皮马靴，

第三十九章

站在细沙与乱石上,后面还跟着一双脚。马的鼻息声打破了四周的宁静。他稳住呼吸继续装睡,知道自己早已错过了逃跑的时机。突然有个尖东西戳了戳他的耳朵,他痛得抽搐了一下。

"你知道,"一个人操着带喉音的波斯语慢吞吞地说,"这个家伙可能已经醒了。"

肩上也被狠狠刺了两下,尼古斯这才睁开一只眼,挪了挪脑袋。三个波斯骑兵在他身边排成一排,离他最近的那个跪在地上,手里拿着把长匕首,刀尖轻轻抵着他头的侧面。那波斯人的胡子刮得看不到任何胡楂,见他睁眼,冲他笑了笑,将刀尖顺着他脸颊移到喉咙上。尼古斯咽了下口水润了润喉。

"我没打算跑。"他说,"先让我起来,你就可以搜走我的武器。"

"这家伙脑子还算清醒。"另外有个波斯人说。于是正冲着尼古斯的两支长矛与一把匕首略往后退了退,既给他留出足够的空间站起来,又始终保持着警惕。尼古斯从地上爬起来,本来被吵醒之后还有点困乏,此刻一吓,反倒清醒了。昨夜他选了个自以为茂密的灌木丛,趁着天未亮时爬进去躲了起来,谁料如今天亮之后再一看,这灌木丛又小又稀疏,看来他是在黑暗中看走了眼,难怪会被敌人发现。另有一个波斯人骑马停在距离灌木丛较远的地方,手里拿着弓和有锯齿的箭。尼古斯慢慢转过身,看到西北方向的高山,那边还有另外两名骑兵。他知道此刻反抗无益,于是举起双手抱着头。

拿着匕首的波斯人麻利地卸下伊利里亚人的短刀、烹饪用的小刀以及绑在左腿上的匕首,接着再把对方身上的汗衫和短裤口袋都翻了个遍,直到觉得满意了,才把搜出来的武器交给一个手下,然后拿出一段绳子。

"现在转身,"士官命令道,"双手放在背后。"

尼古斯一一照办。灿烂的阳光穿过厚厚的云层照向大地,丘陵地带也许会有场雨。他抬头望着白雪皑皑的亚拉腊山山顶。

"丫头，愿众神保佑你，祝你好运！"他默默想着。

波斯人将尼古斯双手绑在其身后，把他扔到其中一匹马的马背上。这支骑兵向南疾驰而去，所经之处扬起一片白色尘埃。手腕被绳子勒得死死的，尼古斯的双手渐渐麻木。

迪亚蒂丝一醒来，便感觉自己胸口好像压了个什么东西。肩胛骨下有块石头硌得慌，她抬了抬身子，突然听到耳边传来"嘶嘶"的声音，不由愣住了，感觉有个软软的东西一收一缩地在她胸口双峰间移动。她躺回地上，不敢乱动，慢慢睁开眼睛。眼前有颗三角形的脑袋，正睁着一双圆亮的黑色小眼睛与她对视。一条角蝰，长长身体上布满鳞片，蛇身重重压在她胸腹之上。迪亚蒂丝屏住呼吸，暗地试了试手脚，手脚能动。角蝰摇晃着小脑袋，不住地吐着粉红色的蛇信子。它卷起尾巴在她身上滑行，接着钻入她的外衣，紧紧贴着温热的肌肤。蛇头缠上迪亚蒂丝的脖子，她感觉到一阵冰凉贴到了脸上。

在此生死存亡关头，她竟然出奇地冷静，镇定地看着蛇卷起身体爬出她的衣服从肩头滑了下去。这条蛇的长度足有两到三英尺，其身体中间的肌肉十分发达，有如壮汉的手臂一般粗壮。最后，这小东西的尾巴扫过她左胸后就消失了。她长长吐了口气，不敢作声，只扭头去看它的踪迹。

奇怪的是，那蛇就像凭空消失了似的，满地灰尘中根本没有一丝爬过的痕迹，只有她自己的脚印。之前拴在阔叶树上的三匹马还在安静地啃食树叶。与意料中的一样，身体依然很疲惫。她坐起身。洞外，一轮烈日高挂在空中，河谷底部洒满阳光。之前生火的地方留下了一堆灰烬。刚才做的那个梦好奇怪，梦中的场景一直停留在她脑海里。那个盯着她看的男人似乎也很眼熟——她不知为何想起了自己的父亲，不过这两人可一点儿也不像。迪亚蒂丝嘲讽地摇了摇头，想再多也没用。

第三十九章

尽管她手中没有苹果或饼干，但是看到她的重新出现，马儿们仍然很是欢喜。她将它们的缰绳一一从树上解开，带它们到小溪边饮水。日头很高，此时接近正午。她在小溪里找了处岩石围起来的浅水塘，狠狠喝了几口水，顺便也清洗了脸和头发。看着水中的倒影，她发现自己额头与耳朵晒得有点脱皮。在烈日下奔波对她而言是常事，虽然脸色还有些苍白，但至少手臂、腿和腹部都已晒成了小麦色。

早餐很丰富，前一天死在她手上的两个波斯人的行囊里有足够多的食物可供她挑选。她坐在溪边一块突出来的又宽又平的大石头上，一棵阔叶树伸出茂密的枝叶替她遮挡了头顶的太阳，树皮呈现出斑驳的白色与茶色。她把那两个波斯人的随身物品取出来一字排开，有小护身符、刀、装硬币的小皮袋、卷成团的布条、火石、打着结的麦秆、搭扣、一串珠子，还有一张画在粗劣羊皮纸上的临时地图。她把这张地图与自己原先携带的做了比较，这张地图上显示了陶里斯城周围的地区，而原来那张则没有。她有点纳闷，波斯斥候带着这么份地图做什么？

她想："这些骑兵肯定是从西边而不是东边过来的，可能是某支军队里的骑马侍从。"如此看来，当前有一支军队正赶往她所要去的山谷；这支军队既非来自南方亦非来自东方，而是来自她身后的西方。她估计是之前跑到安纳托利亚高原上烧杀劫掠的部分波斯军队正在班师回朝。尼古斯没说错，战争已经爆发了，眼前这就说明了敌军的动向。

她吃完腌制的羊肉条，把水囊里的水喝掉大半再重新装满。待一切收拾停当，马儿也饮饱了水，她翻身骑上红棕色的马，轻轻一踢马肚，再次出发了。要出峡谷的话，肯定得往上游而不是下游走。看来，她只能孤身一人前往遥远的陶里斯了。

第四十章
马发源地,奎利纳雷山,德奥列里乌斯府邸

黑暗中传来一声清脆的铃响,阿纳斯塔西娅眨了眨眼醒来。一束细长的月光穿过高大窗户上的薄纱帘照进室内,家具与厚地毯的轮廓隐约可见。她无声地叹了口气,坐起身,丝绸被单从她身上轻轻滑落,光滑白皙的肌肤暴露在夜间清凉的空气中。

"谁?"她对着黑暗出声询问,声音里倦意正浓。她伸手捋了捋头上有些凌乱的卷发。一个身影应声出现在门边,门闩"喀哒"一声拉开了。

"主人,您醒了?"门轻轻打开来,透进一束灯光,打破了一室黑暗,一个声音小心翼翼地说,"亲王殿下来访。"说话的是新来的女仆贝提亚,这个金发小女孩儿还没习惯与女主人相处,显得很紧张——更何况,仆人们私下里都说克里斯塔是因为不服从女主人的命令才"神秘"失踪的。

阿纳斯塔西娅又眨了两下眼睛,单手扯过被单盖在胸前,灯光照着她的胸口与半边脸庞:"来的是奥勒良亲王,还是马克西安亲王?"

"是马克西安·恺撒,夫人,他正等在楼下。"

阿纳斯塔西娅叹了口气——某些夜晚似乎永远没有尽头:"噢,

第四十章

真烦人！好吧，请他上来。"

"请亲王来这儿吗？"贝提亚紧张地问，声音里满是诧异，"来您的卧室？"

"没错，亲爱的，"阿纳斯塔西娅冷冷地说，"别让亲王久等。"

贝提亚"啪哒啪哒"地一路小跑下去了。阿纳斯塔西娅用手抖了抖头发，重新理了下床上的枕头，背靠在上面。她又叹了口气，看来自己的确是累坏了。她把其他的被褥都从床上推了下去，只留下一床几近透明的床单盖住自己。

"特罗斯，"她对站在门后暗影中的奴隶吩咐道，"帮我点上半数的灯。"

这个奴隶来自某个海岛，体型壮硕。他用一根点燃的香按照她的吩咐点燃油灯。阿纳斯塔西娅挪了挪枕头，好让自己躺得更舒服。走廊上响起一个男人穿着重靴的脚步声。

"退下。"阿纳斯塔西娅示意特罗斯离开。海岛人带着一脸莫测的表情闪到通往阳台的门外，同时拔出短剑。房门开了，公爵夫人扬眉润了润嘴唇。

"德奥列里乌斯夫人，"马克西安一边问候，一边转身利落地关上房门，"很抱歉这么晚还来打扰您……"他转了个身，看到面前的女人，突然停住了，忘了后面要说的话。他深深鞠了个躬，掩饰自己脸上不自然的红晕："请原谅，夫人，我不知道您已经就寝了。"

"呵，"阿纳斯塔西娅柔声说道，"没关系，我还常常盼着您在这个时候来呢。"这话里隐隐含着一丝笑意，马克西安深吸了口气，尽量不动声色。房间四周点着数盏灯，散发出暖暖的黄光，从光线看，灯里点的是黄蜡烛。盖着薄被的公爵夫人在这暧昧的光线中显得格外迷人。他转开视线，把窗户边的一把椅子挪到床脚边。

"夜深了，为了不过多地打扰您休息，我就开门见山了。您有样东西放错了位置，跑到我那儿去了。我因为忙着其他事情，也没有及时归还给您,真是抱歉。"

公爵夫人坐直身子,偏着头看着他,身上的被单滑了下去,就在几乎完全滑落时才伸出一只纤白玉手抓住。马克西安不由自主地咽了下口水。她曲起一条腿,脚趾朝向对方:"我不得不承认自己无知,恺撒大人,我怎么不知道自己掉了什么东西?告诉我,是什么?"

马克西安仰靠在矮椅上,右腿叠在左腿上,目光镇定地与女人对视,感觉两人之间的氛围似乎正起着某种微妙的变化。女人紫色的大眼睛在昏黄的烛光中看起来格外明亮,他险些咬着了自己舌头。

"您的一个女仆在我的庄园里迷了路,我的侍卫将她看管起来却没有向我通报,我到现在才知道。"

"难道是克里斯塔?"公爵夫人的声音里有隐隐的怒气,她一下子盘腿坐起来,手紧紧抓着被单,被单贴在她腹部曲线上,勾勒出优美的弧形,"您有没有教训她?就算您没有,等她回来,我也会狠狠教训她。"

看到公爵夫人眼中的怒火,马克西安微微一笑,想:"呵,原来是没经过主人同意就擅自离开……真是鲁莽,这看来,她应该还不知道我们在做什么!"

"说实话,公爵夫人,"他站起来理了理外衣,"当侍卫把她带到我面前时,我其实很高兴。我从宫里出来的时候,忘了带仆人随行,她正好派上了用场。"他走到床边坐下,坐在被单一角上。公爵夫人睁大了眼睛。

"如果她真能让您满意的话,大人……我很高兴。"阿纳斯塔西娅手中的被单一寸一寸慢慢往下滑落。马克西安把右腿放到床上,公爵夫人手中抓着的最后一寸被单终于随着他的动作被扯了下来。空气有点凉,她轻轻倒吸口气。

"与德奥列里乌斯家打交道,"马克西安俯身凑近阿纳斯塔西娅,"我从来都很满意。事实上,我突然有了个提议。"

第四十章

"真的?"公爵夫人嗓音轻颤,转头与他对视,右手搭在他大腿上,"那,今晚你想从德奥列里乌斯家得到什么?"

"这个女仆,亲爱的夫人,我想留下她。我正好需要有人帮我打理屋子。您想要我拿什么东西来交换她?金钱还是其他交易?"马克西安拿起滑落的被单盖在她胸上,光滑的丝绸从她肌肤上滑过,手掌所经之处引起一片滚烫。

"那就做笔交易吧,大人。不过,此时此刻,恐怕您得付出不少。"

他的唇覆上她的,她身体往后倒去,手指甲深深刺入他肩头。

第四十一章
罗马帝国，西里西亚行省，索利港

"第三昔兰尼加军团第四步兵中队？那是支骑兵。迪亚戈！你这个蠢货，你在哪儿？"百夫长杀猪似的喊起来，声音穿破索利港的喧嚣。闷热的帐篷里，近六十个军团士兵挤在薄薄的木隔板前，担任军需官的百夫长板着脸坐在屏风后一张折叠桌旁边的三角形行军凳上。身穿半甲的士兵们手拿兵器，像一根根树杆似的杵在隔板前，挡住不断往前挤的人群。军团士兵们你推我挤，吵个不停，都想挤到前面去。

"迪亚戈！"高级百夫长怒气冲冲地喊道。帐篷后面开了个小门，地中海火热的阳光趁机一涌而入，一个脸色不佳的希腊人探进头来，"死变态，你他妈到底死哪儿去了？"

希腊人咧嘴一笑。

"他，"军需官伸出一根又短又粗的手指指着迪林。迪林站在把那群愤怒亢奋的士兵与桌子分隔开的唯一的一小块空地上。"给这小子一匹马和装备，他要找的部队三周前就出发去萨摩沙塔了，他得自己追上去。带他去马厩，看看那边还有什么马，完事之后你立马给我滚回来！"

第四十一章

此刻他们所在的，是一个由成百上千顶帐篷组成的典型罗马军团兵营，兵营的规模还在迅速扩张。此时，东帝国与西帝国的联合军队正忙着从到港的帝国舰队上卸货；然而，仅仅就在四周前，在西罗马帝国皇帝盖伦率先头部队抵达这里之前，这里还只是个默默无名的小渔村，其特别之处是在开阔的海岸线上有个半月形浅水湾，但那个摇摇欲坠的木码头一次只能停泊一艘船。码头后的渔村里全是泥砖房与弱不禁风的木屋。

盖伦先派两千步兵登陆海岸，宣告了其对村庄的所有权。当看到黑色舰队出现在海面上时，大部分村民们都举家逃跑了，有些来不及逃走或者偷偷回来拿东西的人则被扣留做劳工。当三百技师、石匠和其他工匠乘坐的大艇抵达码头后，他们仅用了两天时间便将原来的村庄夷为平地，同时用拆下来的泥砖、木料与石料把码头扩建了足足五十英尺。然后，盖伦才带着五百名萨尔马提亚轻骑兵和他的私人卫队登陆港口。随后，狄奥多西亲王率领萨尔马提亚骑兵向内陆挺进，目标是夺回东北方向十八里外的塔尔苏斯城。该城名义上属于罗马，但实际上早已脱离了罗马的控制。

当迪林从君士坦丁堡乘船经过十二天航行抵达港口时，西帝国皇帝已让随先头舰队登陆的一万五千人马在岸上扎下了营地；狄奥多西率领的轻骑兵部队拿下了塔尔苏斯，同时控制了所能找到的全部地面运输工具；盟军部队则分成若干小队，在周围地区搜刮一切物资，包括马、骡子、马车以及可运走的粮食和饲料；原先老港口里的一个码头变成了三个——两个新码头中，有一个是把商船沉没之后堆成的，另一个则是用从村庄后面的山上挖来的砂石建成。

最初的营地早就不够用了，先是扩大成了原先的两倍大小，后来又变成三倍——每一次扩大规模时都会挖建相应的新壕沟与防御栅栏。西帝国皇帝及其私人卫队、全军参谋人员以及仆人们住在第一个，也就是最靠内的营地。与盖伦同期登陆的三个西罗马军团——第六日耳曼军团、第二堤亚纳军团以及第三奥古斯都军团——组成第二营地。最外面一个营地则驻扎蛮族军队。在最外一层壕沟外很快又建起了一个巨大的牲畜场，里面有马厩、畜栏和饲养场，成千上万匹马、骡子和毛驴住了进去——它们可是罗马军队必不可少的后勤队伍。

每天都有更多的船抵达港口，卸下给养、物资和人员——有整支部队，有小队人马，也有像迪林这样落单的。西帝国军官们每天从早忙到晚，既要安排新来的人，又要不时地疏导港口糟糕的交通状况，一个个忙得焦头烂额。

"有够乱的，是不是？"迪亚戈粗鲁地一把将迪林拉过来，以免他撞上满载着一捆捆箭走得"吱嘎"响的马车。泥浆溅到了迪林腿上。最近并没有下雨，只是索利港周围低地里的地下水位都很浅。营地里所谓的"道路"，其实就是在行走的路面上铺了层烂泥。迪亚戈很瞧不起这种泥巴："跟我们东边的泥巴可一点儿不像——这个稠得跟焦油似的，颜色黄得像胆汁。"

两人穿过中间的营地，迪林满怀敬畏地四处打望——数千顶帆布帐篷整齐地排列成若干个区，各区以其所驻扎军团和步兵中队的军旗为标志；成百上千个军团士兵匆匆进出营地；劳工们在进一步挖深壕沟和巩固堡内的栅栏；不时有士兵列队走过，腿上、盔甲上都布满厚厚的尘土。空气中喧声震天，有种强烈的能量满溢的感觉。

"哈！"看到一个步兵中队扛着重重水袋从外营地的方向走进大门，希腊人说，"不能让他们闲下来。走吧，我们还要走好一阵呢！小子，你说你投的是第三昔兰尼加军团？那可是魔法师军团——我们会给你标准装备，有马，不过没盔甲。我先跟你说，现在不可能挑到什么好马了。所有的好马要么已经被狄奥多西亲王带上战场去了，要么就是给东帝国军队留着。那些家伙太娇贵了，不愿意走路，怕弄脏他们的脚！"

第四十一章

迪林拖着一袋沉重的装备：一套炊具、一个睡袋和一个已打包好的披风；一套皮挽具折起来挂在腰间；一把他拿起来还有些吃力的短刀，上面还挂着一把匕首。标枪没要——他所在的部队不需要。他一边肩头上挂着个布口袋，里面装着些硬面饼、干肉、奶酪和面包卷；另一边肩头上挂着个水袋。这些东西加起来的总重量接近七十磅——他几乎快站不稳，为了不被压倒，只好不停地走。

中间营地与外营地之间的壕沟里，几百个光着上半身的人正奋力挥舞着铁锹。壕沟上用原木搭建了一座桥梁，可通往外营地。壕沟外侧有一条压实的斜坡，方便运走挖出来的泥土。壕沟靠东的一头用水坝挡住了埃夫伦克河的河水。这条河之前是村庄里的水源，现在河水被引到了营地东面，就等壕沟修好后放水灌沟。

"波斯人要向我们进攻了吗？"穿过木排桥进入嘈杂的外营地时，迪林忍不住问。外营地位于一大片沼泽地上，到处是淤泥、马毛帐篷和成群结队的异族盟军。一条直路通往外大门，就这点看起来也许还有点罗马风格，但其他有异族人聚集的地方就一点儿不像了。长头发的匈奴人、浑身刺青与宗教印记的萨尔马提亚人、红头发的哥特人、阿兰人、身上涂蓝的凯尔特人、满头金发的斯堪的纳维亚人、从比毛里塔尼亚更远的地方来的非洲黑人——这些是冲在最前线的杂牌军。争得面红耳赤的、打架的、赌博的、擦拭兵器的、睡觉的，等等，用各自的方式打发着时间。所有人都在等北上的军令。

"不，"迪亚戈做个了鬼脸，"离我们最近的波斯军队也远在两百里之外，而且是在伊苏斯海湾的对岸。"他指着东南边辽阔蔚蓝的地中海，"我从来自塞浦路斯的一艘沿海贸易船的船长那儿得到的最新消息是说，那支敌军由沙欣亲王亲自指挥，他准备挥师南下攻取大马士革。现在你眼前所见到的忙碌景象，不过是为了让大家在军队动身之前不要松懈。本周之内，大部分西帝国军队就会出发到塔尔苏斯与狄奥多西亲王的军队会师。再过一个月，这里将会只剩下一支卫戍部队。"

迪林跟着希腊人出了蛮族营地后往右拐，便看见了迷宫一般的畜舍，弯弯曲曲地分布在埃夫伦克河岸边，这也是为了方便给动物们取水。当他们走近畜栏大门边的帐篷时，一队骑兵骑着马从旁边跑过。迪林看着他们的身影——白人，留着长长的黑胡子，披着金色与铜色交织的披风，马鞍两侧托架里放着标枪。

迪亚戈推开其中最大帐篷的门，俯低身子钻了进去。迪林跟了进去，眨了眨眼，里面光线有点暗。帐篷里又是一样的情景——一群愤怒的人围着小桌子。迪亚戈与最后一张桌子旁的一个身形瘦削的西西里人开起玩笑来。迪林看看四周，在帐篷角落里找了个小空地放下装备。虽然帐篷里的空气沉闷得几乎令人窒息，不过至少避开了烈日。

希腊人走过来在他肩头上拍了拍，递给他一堆劣质羊皮纸："这是你的通关文件，小子。他们会给你匹老马。刚刚打听到的消息，第三军团比狄奥多西还早离开了塔尔苏斯，现在正在去萨摩沙塔城的路上。整个大军会从那里出发。那个家伙说——"他懒懒地指了指之前与他交谈的那个人，"从这里到第三军团驻扎的地方，一路上都畅通无阻。"

迪林把文件塞进外衣里，也拍了拍希腊人的肩头："非常感谢你，迪亚戈，我这就出发。"

迪林骑着一匹毛色难看、眼睛老爱乱转的矮马出了索利。别看它模样不好，能力可不差，是在该省征马时收集来的草原马，体型不大但很壮硕。迪林叫它"马赫"，希望它能有点战争女神的勇猛劲儿，迈开又短又粗的四条腿跑快些。可惜天不遂人愿——它始终悠闲地踱着步，几个钟头过去了，仍然没有一丝提腿跑的意思，更别说飞奔了，不过，这家伙脾气倒不错，不咬人。

从索利港到塔尔苏斯城的大道上，来来往往的军团士兵、载着沉

第四十一章

重货物的骡子与马车队伍川流不息。塔尔苏斯是个杂乱无章的小城，红色砖房与灰扑扑的劣质大理石建筑毫无规划地胡乱搭建，到处都是来自东罗马帝国的军官与骑兵。迪林在城东找了个谷仓睡觉。军队宣布征用民居，城里所有能寄宿的地方都挤满了人。他草草吃了早饭，然后带马赫去城镇最东端的井旁饮水。井边来提水的市民们七嘴八舌地议论着，说狄奥多西亲王打算不等还在索利港登陆的其他部队就孤军东进攻入波斯本土。等迪林赶到横跨塔尔苏斯城后小河的那座三孔桥时，桥上早已被挤得水泄不通，无奈，他只得等在一大群哥特骑兵和昔兰尼加弓箭手后面。

在桥的另一头，有辆马车的车轴掉了。车上装着一篮篮铅弹与按规格预先裁制好的木料，太重了，罗马技师们只得先把车上的物资卸下来。来自北方的骑兵们见此情景，肆无忌惮地在旁边哄嘲笑。昔兰尼加士兵排成一个长列蹲坐在桥边，三三两两小声交谈着。他们身披棕褐色披风，皮肤清一色的黝黑发亮，与哥特人形成鲜明对比。哥特人的脸被太阳晒得黝黑，金色或红色的浓密头发用发油抹得整整齐齐。迪林想方设法让自己的小马从马车靠上的一侧绕过去，正指挥一帮人移动马车的一个百夫长对他骂骂咧咧。车上的物资实在是太重了，根本推不动，技师们渐渐失去了耐性，相互指责争吵起来。

过了这道阻碍，前方的路便畅通了，迪林继续骑马前进。河对岸有另一个较小的营地。看着这个几乎被红披风和一身装备掩埋的爱尔兰男孩儿骑马经过，一帮脸刮得干干净净的黑发凯尔特卫戍部队士兵笑起来。

"快回家吃饭吧！"他们大笑着冲男孩儿的背影喊道。

他挥挥手，继续前进。眼前是平坦的阿达纳平原，肥沃的河谷中生长着橄榄树林、雪松林、云杉林，也分布着葡萄园和白墙泥砖房。河谷后方，数座小山从北面的海岸向东延伸到托鲁斯山脉的大悬崖。尽管空气十分潮湿，但迪林依然能看到左边的雪山顶反射着灿烂的阳光。山峰之间虽云雾缭绕，阳光依然刺眼，能见度还不错。除了纤细的红色小鸟在路旁树林间欢啼，周围的一切是么安静祥和，这里已远离了军队所带来的喧嚣。

他催着马赫走快点儿，去萨摩沙塔的路还很长。

寒风从北边呼啸而至，卷起一阵细沙尘，打在爱尔兰男孩儿迪林身上。迪林用披风紧裹住脑袋和肩膀，迎着风倾斜着身体，盖满沙尘的披风变成了浅色。迎风而行是件痛苦的事，他能清楚地感觉到风卷着砂砾毫不客气地打在他腿上。马赫埋着头，跟着他手中的缰绳一同吃力地往前走。从与海相接的迷人峡谷出来后，迪林翻过一片荒凉阴冷的丘陵，进入了这一片似乎永远望不到尽头的由干泥和宽阔的干涸河床组成的平原。托鲁斯山脉依然耸立在北边的地平线上，看上去是那么遥远和冰冷。脚下的这条罗马古道几乎是沿着正东方向而行，穿过一片广袤河流平原的河源地。

贫瘠荒凉的大地上，每隔十里便有一个石碑路标，但如今大部分都已淹没在风沙里。立碑时一笔一笔清晰刻下的代表罗马与下令树立石碑的皇帝的各种印记符号，在岁月与风沙的洗礼下早已模糊不清。堆积在笔直的道路两侧的石头也摇摇欲坠，仿佛随时会滚落下来。有时候能远远地望见离路很远的地方有村庄，不过也许只是被遗弃的废墟。路边石缝中生长着稀稀拉拉的短野草，除此之外，四周的矮山丘全是一片不毛之地，干裂的黄褐色地面上毫无一丝植被或文明的迹象。就连数周之前罗马军团路过时在干裂的泥地上扎下的营地，此时也已被沙尘与塌陷的墙体掩埋过半，宛如荒废数年从无人烟。

四天前，迪林翻过被废弃的加济安泰普城外的大山，一出山区便感受到了强风的厉害。白天，平原上热得跟火炉似的，一到夜间温度便骤降到几近零度，但不管昼夜温差多大，风永远无休无止地吹着。风里全是沙土，吹得他几乎睁不开眼，头发和鼻孔里盖着厚厚的一层

第四十一章

黄沙。他沿着古道艰难地往东边走去，累了就在附近找个光秃秃的山洞暂避风沙休息。每隔三个路标，路边便有一间用石头或泥砖垒砌的房子。这些破旧不堪的房子里有用石头砌边的水池，虽然不深，却往往还能在池底找到些许剩下的水。迪林日复一日地往东走，平原上大多数时候都很闷热，太阳就像大大的铜盘挂在天上，在沉闷的空气中放射出万丈光芒。

之前迪林心里还有些不安。虽然像那夜在父亲河上被意识之眼完全控制身体的情况没有再出现，但偶尔还会有些奇怪的感觉。不过，自从来到这片平原后，他的心境似乎悄悄起了变化。在这一望无际的平原上走得越久，杂念就越少，最后几乎只剩下最基本的抬腿的本能。一路上，耳边不断听到嗡嗡的声音，他隐约能感觉到深藏在地底的能量。有时候，在穿过某个小峡谷时，他甚至能感觉到脚底下流淌着清凉的地下水，可惜藏得太深。有时候也会有些奇怪的感觉。比如，当夜幕降临时，似乎能听到某些声音，好像有人在注视着这片土地，空气中弥漫着某种愤怒的情绪。特别是有一晚，他睡在一面古墙后的背风处，夜里突然醒来，一睁眼便看见四个身影站在淡淡的篝火光圈后。身侧传来靠墙睡得正香的马赫缓慢而沉重的呼吸。那四个苍白的身影俯视着他，脸藏在阴影中，身上穿着长袍，头上戴着有铜槽的平顶头盔，弯弯的胡子上了颜色。他们的身影模糊得就像一层淡淡的纱帘，迪林甚至能从他们眼中看到夜空里的点点星光。他一爬起来，这些身影便消失了，却在空气中余留下愤怒与恨意。迪林吓坏了，天不亮便收拾行李摸黑离开了那个地方。

进入平原四天后，迪林眼前出现一座山势极平缓的小山丘，他甚至都还没有爬山的感觉便已在山顶上了。站在山顶往下望，一条大河如同一条浅绿色缎带缠绕在山脚。前面一条小路通往山下的一个小村庄和村后一座用石桩与木架子垒砌的大桥。远远地，他望见桥两头的圆形石塔上站着一些穿着红披风的哨兵。整个河面宽度估计两百来步，湍急的河水在砂石桥桩下呈现一种深蓝色调。嗅到河水与草木的气息，马赫兴奋地仰头嘶鸣。迪林微微一笑，双腿一夹马肚，向山下跑去。

村外一栋屋子的阴影中躺着一具死尸。迪林沿着小路策马慢慢走到距离村口三十英尺远的地方停了下来。村庄里出奇地静，只有风随意吹动百叶窗发出"啪嗒"的声音。空气中弥漫着死人的气味，他望了望，死尸朝外伸出的胳膊已经浮肿变色。迪林摸着下巴想了想，脱下肩头的军团士兵披风，骑着马慢慢往前走去。一时间，脑子里闪过各种念头，他稳了稳心神，用意识探查被烈日晒得滚烫的墙壁后面和各家各户门前的阴凉处。

村子中央有一小块泥土地的方形广场。广场后面是一座废弃的神庙，庙里立着四根砖柱，柱面贴着涂成大理石色的雕花木条。广场周围还有一些房子，房门大张，像一个个黑黑的大洞。迪林沿顺时针方向绕广场走了一圈，向桥边的哨塔走去。正当他从神庙对面经过时，他看到柱廊上又有两具死尸，腿赤裸着，看不出是男是女。村子中央的空气仿佛停滞了一般，苍蝇成群结队地在空中肆意飞舞。突然有扇门响了一下，他感觉到是风在吹，没有在意。

他嘴里念动咒语，打开最初级的防御术"雅典娜之盾"保护自己，透过半开的意识之眼，他看到一层淡蓝色光圈将自己与太阳隔离开来。河水的能量近在咫尺，像翻腾的绿色浪花冲击着桥桩，反卷回来形成漩涡。他将意识探进漩涡，脑海深处开始有炽热的火花闪现。马赫不慌不忙地走过死寂的广场，来到后面的小巷。

小巷里的房子要建得好一些，粗石垒砌，灰泥抹面。巷子左边是一堵花园墙，墙面爬满蔓藤，点缀着蓝色与白色的小花朵。迪林有些不安起来，似乎有某种冰冷饥饿的欲望将保护盾团团围住。他松开挂在右臀上的刀鞘里的短刀。整条巷子里除了他便空无一人，马蹄声在

第四十一章

巷子里回响,显得有些空旷。走过这些房子,路旁种着一排棕榈树,还有一个小花园。最后一间屋子刷着暗红色漆的房门紧闭。经过房门时,他猛地往右看去——有东西。

突然"啪"的一声巨响,迪林被一股巨大的冲击力从马背上撞了下来。他就势打了几个滚,身上的雅典娜之盾瞬间光芒大织。马赫痛苦地长嘶一声倒在地上,烈火将它的后腿烧得几乎只剩骨架。迪林眼中出现一道Z字形蓝白亮光,模糊了视线,脑海中的火花炸开,他不由自主地手舞足蹈起来,划出"地神咒",被眼泪模糊的双眼看到从巷子左侧的棕榈树林中窜出一些人,迎面向他扑来。从大地与河流中吸取的能量已在他体内蓄势待发,他伸手一指,能量从指尖一泻而出。

一道鲜红色火墙仿佛在路中央拉开一道口子,直直劈向冲过来的袭击者。领头的两人身穿沙漠长袍,外套轻锁甲,当即做了大火的头一道美餐,尚不及出声便化成了灰与烟尘。去势汹汹的火墙继续向后面冲上来的人卷去,火舌仿佛幻化出一双双手撕扯着他们的衣服,剩下的人惊恐地连声尖叫。迪林浑身包裹在一圈耀眼的白色火焰中,踉跄着往前走了几步。他忠心的伙伴的残骸先是冒出黑烟,然后蹿起明火,一种烧油脂的气味开始侵入空气。九个浑身是火的家伙绝望地在地上哀号,周身皮肉被迪林召唤出的烈焰烧得哗哗作响。起初每个人还像发了疯似的拼命打滚挣扎,但渐渐地,皮肤变成了越来越深的红黑色,动作越来越小,最后终于一动不动地躺在了地上。

眼前的场景令爱尔兰男孩感到作呕。一具具死尸以各种扭曲的姿势倒在满是灰烬的地上,表情定格在了尖叫的那一刻,空空的眼望着他,仿佛是在嘲笑。他走上前去,一剑结束了最后一个袭击者的生命。路旁着火的棕榈树上升起了白色烟柱,直冲云霄。迪林往周围一看,惊呆了,自己居然能有如此大的破坏力!田地和近处的房屋全都未能幸免。墙烧得发黑,火苗在屋檐上跳动,四处浓烟滚滚。刹那间，意识之眼失控了，各种颜色与声音交织成洪流淹没了他的视线，现实世界逐渐从眼中褪去。他跪倒在地，双手捂着脸，张嘴拼命喘气，却怎么也叫不出来。

微暗的火光中，一缕缕黑烟升上夜空，像一根根长长的丝带在天空中飞舞，星星和月亮隔着烟雾透出朦胧的光。除了照在黑烟上的几簇暗淡的红色火光，四周一片漆黑。迪林呻吟一声，眨了眨眼，眼里进了沙子。他坐起身，一层薄薄的灰从身上落下，仿佛浮起一片白色的云。他又回到现实世界了，脚下不再是充斥着火焰与各种强大能量的无底深渊，而是结结实实的土地。头顶也不再是旋转火球一个紧挨着一个的令人晕眩的无边虚空，而是洒满柔和星光的低垂夜幕。

棕榈树林已被大火夷为平地。近处的房屋没了屋顶，石灰水刷过的墙面上有一道道烟熏的痕迹，窗棂上爬满了火燎过的黑色疤痕。死人的尸体与可怜的马的残骸都还原封不动地摆在原地。黑暗中传来窸窸窣窣的声音——蝎子与其他食腐动物见到这个突然坐起来的人吓了一跳，正急欲逃走。他硬撑着虚弱的身体站起来，有气无力地弹了弹身上的灰。所有装备都放在马上，这下倒好，全都烧没了。他再一看腰带，顿时气得破口大骂。

"风暴之母！该死的盗墓贼……"

显然，有人趁着他昏迷不醒时摸走了他的钱袋、刀、剑等一切有用的东西，除了他身上穿着的羊毛汗衫、脚上的绑腿和压在身下的披风。噢，好歹还给他留了双靴子！他赶紧翻开用皮绳系在脖子上的小袋子，发现文件与身份牒还完好无损，这才大大松了口气。他摩挲着薄薄的身份牒，稍稍安下心来，因为他知道，只要找到个军团前哨就好办了。他走到马的残骸旁，俯下身子轻声为它诵念祷文。替亡灵祷告之后，他捧起双手吹了口气。过了一会儿，一个白色小火星跳了出来，散发着幽幽冷光在他面前上下飞舞，为他照亮前进的路。

第四十一章

桥上已没人了，靠近村子的桥头附近还有军队扎营的痕迹，但士兵们已经不在了，留在土坑里的煤块都冷了。迪林在军队留下的帐篷里搜索了半天，希望找到一点儿能用的东西，可惜徒劳无功，只找到一根长矛，被他充当手杖用。带路的小光点被吸引过来，绕着矛头转了一圈，最后停在矛头上不动了。河水从桥下缓缓流过，发出轻轻的汩汩声。迪林从桥上过了河，停在桥的另一头。

空中没有一丝风。他转头望向桥那头来时的路，桥面在皎洁的月光下反射着淡淡的光。之前在村子里袭击他的是一股风暴能量。要不是他早有准备提前打开了保护盾，恐怕早已死在那里。从空气中，他什么也感觉不到，大地做着酣梦，只有绿色的河水依然不眠不休地默默奔向远方。他转身继续前进，踏上桥下的硬路面。突然，一个亮点从眼角一闪而过，他没有停下脚步，只微微转过头想看看是什么东西。

东岸最后一根桥桩下的阴影中蹲着个人。虽然只是模糊的身影，但此刻已经很警觉的迪林却能清楚看到对方体内的热能量正如波浪般起伏。他停下来，挂着长矛转身面对对方。

"我没有恶意。"话一出口，他却发现自己声音出奇地尖细，于是便顿了顿。他本想让自己听起来充满自信与力量，不过这声音怎么听都只是个疲惫不堪的十六岁少年，"请出来说话。你是罗马人吗？"

桥桩下的身影动了动，慢慢站起来，暗色披风下露出反光的刀刃。那人"唰"地一声将刀插回刀鞘，小心翼翼地从暗处走出来，停在迪林手中矛头上的冷光所能照到的边缘。他看起来年纪不小，留着褐色长发和粗短胡楂，一张常年生活在烈日与风沙下的饱经风霜的脸，一双深陷的眼睛在暗淡的光线中微微发亮；身穿用圆形重铁环和硬皮带编织的锁甲，外披一件罗马士兵的披风；肩头挂着一只扁扁的皮革口袋，除了一把短刀，身上还带着两把长匕首和一根短矛。他谨慎地往旁边走了几步,离开桥边。

"你是谁?"他的声音低沉粗哑,"你是从村子里过来的?"

迪林无力地点点头,身子没有动。他知道自己只要有任何举动,那人随时都会掉头跑掉。

那人闻言也点了点头,但丝毫没有卸下防备的意思,把短矛换到右手。

"我叫科隆纳,"他说,"隶属第三昔兰尼加军团第六小队第四小分队。你是谁?"

"迪林·麦克唐纳,"迪林答道,"我是第三昔兰尼加军团第三魔法师队的新兵,到君士坦丁堡报到的时候部队已经出发了,我现在正赶往部队。"

科隆纳轻蔑地哼了一声,把短矛随手一甩扛上肩头,走上前来仔细打量迪林:"这么说,你是个魔法师咯?这么年轻,可一点儿不像。"

迪林表情僵硬地看着对方,脸一直红到了耳根。对方刚才还一副小心翼翼和担惊受怕的模样,这会儿就傲慢无礼起来,几乎毫不掩饰脸上的嘲笑。看着对方脸上的表情,迪林并不陌生——这表情与之前村子里袭击他的人如出一辙。

"这里出了什么事?"迪林镇定地问。

科隆纳耸耸肩:"昨天一伙山贼突袭了村子,五六十个贼人骑着马和骆驼冲进来,与我们在村子里展开了恶战。分队指挥官决定撤到桥边,我们很多兄弟都战死在了桥上,但我们成功击退了山贼。后来我不小心掉到河里,等我好不容易回到这里,却发现其他兄弟都战死了。所以我躲在桥下,暗中等待时机。"

说着,士兵回头用手指了指桥。

"今天他们开始在村子里有所动作,还派了些人披着死去士兵的披风守在桥上。我偷偷移到桥下观察他们的动向——中午时分,大部

第四十一章

分贼人押着村民们离开了。他们是一伙从北边下来的流匪,想趁着战乱大捞一笔。后来,趁着村子里有好戏上演,我偷偷去营地里拿回了我剩下的装备。"

迪林闻言抬了抬眉:"好戏?"

"是呀,那家伙,又是电闪又是雷鸣的,火蹿得老高,整个村子几乎都被铲平了,所以我就想躲到河这边来留心对岸的战况。不过奇怪的是,很快就没声了,剩下的贼人都跑掉了。不过我怕不安全,就没敢回去,想先在这儿等一天,看看接下来的情况再决定。等着等着,你就过来了……"

"我们可以一起走,"迪林打断他的话,"除非你还藏了些马,我们得走了。从这儿到萨摩沙塔还有多远?"

科隆纳双手握着短矛两头搁在双肩,将面前的男孩仔细打量了一会儿,然后把矛放下来,矛杆末端"啪"的一声敲在石头上。迪林虽然已经很疲倦,但还是耐心地等着。最后,士兵耸耸肩,伸手理了理背上的袋子。

"还得走三天,小子,步行,你确定吗?不想在这儿等后援?很快就会有另一支补给队从这儿经过。除了这儿就全是荒郊野外,十里八里不见人烟。"

"我不想等。"迪林说完便往前走去,他实在连一秒钟也不想多待。

"这儿可危险了。"科隆纳说。两人此时刚爬上一个小山头,开始沿着长长的下坡向一个峡谷走去,远远望去,峡谷中到处都是绿色果树与田地。老男人和男孩一人戴了顶草帽,帽子是用从之前路过的最后一个干涸河道岸边采来的芦苇与野草编织而成。迪林没理旁边这个西西里人的嘀咕,与这个压阵者结伴同行三天了,他逐渐把更多的时间用来想问题。不知道学院里的老师们此刻在干吗?过去他们费尽了功夫往他这颗榆木脑袋里灌输的那些知识现在统统从记忆深处翻涌上来，他一边走一边回忆，不断地反复练习。

"白天，太阳热得能把人烤熟了，到了晚上，又冷得要死；土著人都是魔鬼，一发现有落单者绝不手软；还有那水，喝了就拉肚子。"

科隆纳喋喋不休地念叨，抱怨似乎永无休止地折磨着迪林的耳朵。迪林想，从某个角度来看，这个老兵不停地絮絮叨叨说自己入伍多年的所见所闻，是想帮他。但迪林还是开始觉得头痛起来，在心里默默祈祷他们抵达的下一个城市就是萨摩沙塔，这样，至少他就不用再与这个家伙同行了。

"剧毒的角蝰盘踞在石头下，你只要一睡着，它们就会趁机爬进你的睡袋，用毒牙咬断你的美梦。能供马吃的草料又少又难吃——那些不是土生土长的动物在这儿撑不了多久，有些根本就走不出去。这个地方不欢迎我们，一直……"

迪林根本没听他的嘀咕。他只觉得浑身一阵发冷，真是奇怪，明明这鬼天气热得要死，但四周干裂的土地与废石里却有什么东西在干扰他。前方城市的景象在正午的热浪中模糊起来，显得那么遥不可及。他停在路中间，转身盯着下山的蜿蜒小路，不安的感觉不断在心中扩散，有如芒刺在背，似乎有人躲在身后的山脊上监视他们。

科隆纳见状也停下脚步，累哼哼地靠在手杖上，像个老人。迪林慢慢环视了一圈，四周并无异样。

"有什么不对劲吗？"老兵问。

"嗯，好像有人在暗中监视我们。"

科隆纳点点头："我也一直有这种感觉，有人躲在岩堆里看着我们。我说过，我们在这儿不受欢迎，当地人不喜欢我们。他们不过是在等一个毫不费力就可以杀死我们的机会。"

两人又继续朝前走。迪林一边走一边密切注意光秃秃的高地和山窝地缝中稀稀拉拉的植物，他始终有种危机四伏的感觉，觉得平静的

第四十一章

表面下似乎隐藏着某种敌意，随时准备扑上来用铁齿撕碎他们。太阳仿佛一团熊熊燃烧的烈火，照亮了整个苍穹，令天空看起来宛如一个金色大碗扣在头顶。透过意识之眼，迪林隐约看到路边匍匐着一些淡绿色与暗红色的东西。他们穿过一栋七倒八歪地立在灰扑扑的平原田地上的房子。红土地上，风化破裂的白色柱子歪歪斜斜地靠在一旁，就像一个人牙龈中残留的断牙。穿过神庙时，迪林忍不住颤抖起来，感觉地上散乱的砖块积聚了深深的绝望。他换到路的另一边，让科隆纳走在他与这股绝望之间。

这个时候，科隆纳不说话了。

萨摩沙塔城仿佛一座阴森森的迷宫，大街上空无一人。守在西城门的卫兵没有盘问便放他们进了城。这里的人喜欢用长长的头巾遮住脸，只露出两只眼睛，甚至连手上也缠满了布；宝石镶嵌的甲胄上挂着长长的矛和弯刀。大街上看不到一个人影，两边的房子是清一色的灰白色墙加紧闭着的玫瑰红窗户。他们穿过城市中的广场，有种封闭闷热的感觉。

来到城市另一头，两人停了下来。虽然四周看不到一个人，但却感觉有什么东西在等着他们，这种预感逐渐在空气中弥漫开来，就好像水从一个针孔渗入水囊。与城东围墙相邻的是一个三十英尺长的广场，广场上建了栋三层高的泥砖房，外墙上刷着厚厚的灰泥。城墙上有一扇大门，两座方塔分立门两侧，城墙上看不到卫兵，城门下也没有。科隆纳来到广场东南角的一口井旁，提起井下的水桶。迪林站在他身后，回头望着窄巷，他们刚刚就是从那里出来的。

静寂的广场上，只有井下的水桶和井绳摩擦传来的刺耳声音。迪林斜靠在自己的手杖上，拉起帽子盖住大半张脸，闭着眼，定下心，感觉身边的空气抖得厉害。总在脑海深处闪烁的小火花变成一团烈焰，驱走了内心的恐惧。

"别紧张，小子，"科隆纳耳语般的声音传来。一改之前一路上满腹牢骚的样子，显得十分从容镇定，"我也感觉到了，先别慌，看看再说。"水桶擦过井口石壁的边，发出"咔嚓咔嚓"的声音。科隆纳用拇指顶开水囊的盖，小心地把凉爽的井水倒入脏兮兮的水囊口。把水囊装满后，他重新盖好水囊，这才举起水桶如饥似渴地喝起来，水从两边嘴角流出来，浸湿了披风的前襟，"嗒嗒"地滴到了地上。喝完后他把水桶递给迪林。

男孩接了过去。桶很沉，是用木头做的，上面用螺钉安了个弧形铜提手。没剩多少水了，桶底还有些淤泥在浮动，他一点儿也不在意，仍然举起来就喝。干燥的空气令人口干舌燥，水成了最令人渴望的灵丹妙药。喝完放下桶，他瞥见广场对面一个巷口出现了两个身影，于是转身看着来人。

那两人穿着跟当地人类似的沙漠长袍，白色厚毛呢的长袍罩住全身；身上看不到兵器，却有一股浓浓的危险气息似雾似云般向罗马人涌过来。迪林感觉到科隆纳从身后走上前来，"当"的一声抽出长矛。沙漠住民站在巷口外的广场上，某种黑暗气息盘踞在那个巷子里。惊骇之下，迪林倒吸了一口冷气。

"怎么了？"科隆纳低声问，"那里边是不是藏着什么东西？"

迪林抬手制止住他。对面巷子的暗处的确有东西，似乎身负重伤，散发出滔天的怒气与黑暗能量。即使隔着整个广场，两个罗马人也能闻到一种仿佛肉烧焦的臭味。

"呃……这个味道闻起来可不妙。"科隆纳举起长矛换成了投掷的姿势，迪林则把手杖斜向下指着广场地面的石板。石缝间流淌着微弱的红黑色能量，更多的能量在他身后那口深蓝绿色的井中。他以手杖为中心，开始从石头中吸取能量，虽然不多，但聊胜于无。

对面巷子里的东西向他们靠近，它的恨意仿佛篝火的热浪般扑向迪林。更多的沙漠住民出现了。来自石头、空气和水的能量突然一改

第四十一章

方向往巷口涌去,就好像金属锉屑被磁石吸引过去一般。迪林开始流汗了。从巷子暗处过来的那个东西力量太强了。他体内的能量已准备就绪,脑中的火花已变成了熊熊烈焰。

"准备好,"他低哑着嗓子对科隆纳说,"闭上眼,躲到我后面。"

一阵嘎吱嘎吱的声音打破了广场上宁静紧张的气氛。一环一环降下的重铁链撞擦在黄铜罩子上,两座方塔之间的城门发出咯吱的响声,门即将打开。一些穿着暗棕色长袍的卫兵从双塔下的黑洞中走出来,将庞大的木城门往两边拉开。迪林看看城门,又迅速将目光移回阴暗中的小巷。沙漠住民退了回去,很快就钻入旁边的小巷消失了,那个诡异生物所散发的强烈恨意也随之消散。空气中传来马蹄踏在石板上的声音。

"真是密特拉神保佑!"科隆纳重重吐出口气。一队穿着皮甲与短红披风的罗马骑兵穿过打开的城门轻跑着进入了广场。这是支东罗马骑兵,背上挎着轻弓,脚边皮套里插着长矛。领头的军官皮肤黝黑,留着一大把黑胡子。那军官策马来到井边,迪林抬起苍白疲惫的脸看着对方,对方一脸不解地低头看他。有一瞬间迪林体内的火器叫着要冲出来吞没眼前的这位军官,但他最后只是呻吟一声,把火死死压了回去,身体无力地往地上倒去。

就在此时,科隆纳一把抓住他肩头扶住了他。科隆纳冲着军官咧嘴一笑,敬了个军礼,说:"长官,他还不习惯这么热的天气,喝点儿水就好了。"

第四十二章
大叙利亚行省,大马士革

艾哈迈德坐在一棵橄榄树的树荫下,帽子反着放在膝盖上。已近傍晚,众人在一个山坡上休息。除了他之外,穆罕默德的所有伙计包括护卫都在小树林的树荫下睡着了。骆驼与马在林间低矮的草地上悠闲地啃着青草。这儿就连苍蝇都特别安静,只有寥寥数只在他附近懒洋洋地飞来飞去,发出细细的嗡嗡声。他剥开一个橘子,把果皮扔在帽子里。这个位置视野开阔,能望到小山丘下雄伟城市的城门。朦胧的烟尘笼罩了南来的路。橘子剥好了,他剥下一瓣扔进嘴里,洁白的牙齿一口咬下去,水果的滋味十分美妙。

一条湍急的大河奔行在群山与大马士革城墙之间。昨天在路上碰见的那群牲畜贩子称它为"拜拉达河"。河上跨着两座一模一样的拱桥,灰色石头垒砌的巨大桥墩支撑着长长的木桥拱,架起一条进出城门的路。走过桥头,先是一个由塔与门组成的棱堡,穿过棱堡便进入了错综复杂的城市街道。城南与城东两面被沼泽地与水景花园重重包围,依靠三条架高的道路实现与城门之间的交通。对此,艾哈迈德并不觉得有什么特别,亚历山大城比这个行省省会城市大了不止十倍。

从昨晚到现在,通往河边的路上始终人声鼎沸。不断地有人从大

第四十二章

马士革南下，骑骆驼的、骑马的、坐轿子的、赶马车的，甚至还有徒步的。与此同时，一队队士兵或骑马或步行朝着相反的方向北上而去。艾哈迈德正看着，又见一队骑兵举着长矛挤开拥挤的人流从山脚下跑了过去，矛尖上装饰着鲜艳的三角旗。傍晚沉闷的空气中远远传来一片不满的抱怨声。东罗马帝国亲王们的军队想去到拜拉达河上的北岸，不过此刻就连贵族们也被堵在桥边难以前进。

日近黄昏时，众人陆续醒了过来，开始拾柴生火。艾哈迈德背着双手站在树林边上，隔着狭小的山谷眺望城市的灯火。鸟儿成群结队地从沼泽地里飞出来，仿佛一团团黑色与银色的巨型云朵在天空中迅速飘过，趁着夜幕尚未降临追逐着各种昆虫。暮色渐染山谷，埃及人望着从北边和西边进入城市的道路，路旁的营地已然亮起了灯火。古城的灰白砂岩城墙下是一片片用木头与帆布新搭建的郊区，呈现一派繁忙景象。

穆罕默德回来时，城西群山上空渐沉的夜空中已有星光初露。他爬上山坡向橄榄树林走来，肩上扛着两个大袋子，手中牵着一匹驮着重物的马。

"嗬，祭司！"他气喘吁吁地打招呼，"快，给我这个可怜的劳工搭把手。"说着，他甩下肩头的一个袋子，艾哈迈德一把接住，袋子重得他也哼了一声。穆罕默德的一些弟兄跑上前来接过其他的东西，把马牵到一旁。商人直起腰舒展了一下身子。

"啊，这下舒服多了！这里简直就是个魔窟，太折磨人了，待会儿再跟你说，这地方就是个疯人院！"穆罕默德看看周围，先清点了人数。看到每个人都在，他很满意。等其他人都散开后，他冲艾哈迈德勾了勾手指。两人走出营地爬到山顶上。山顶上是一片乱石堆，穆罕默德选了块平坦石面坐下，开始脱鞋。艾哈迈德坐在不远处，身影在这昏暗的暮光中显得有些模糊。

"我去打听了一下你朋友的消息，"南方人说，一边用力揉捏酸痛的脚掌，"但城里没有罗马军团的士兵。东帝国里有各种战士，城里都有——阿拉伯人、叙利亚人、纳巴泰人、巴勒斯坦人、哥特人、土耳其人、阿比西尼亚人，甚至还有一整支巴尔米拉军队——不过就是没有罗马帝国的军队。"说到此处，穆罕默德停了下来，目光望向拜拉达河上的桥。

"如果不知内情的话，我还以为这座城市的人要造反呢。不过这里所有人都是冲着打倒波斯王科斯洛伊斯来的。我找了以前在这里结识的所有朋友，他们都说城里没罗马军队。地方长官有支守城军，不过，据我一位做玻璃工匠的朋友巴萨米斯说，之前驻守于此的隶属第二堤亚纳军团的两个步兵大队在一个月前被抽调去了沿海城市提尔。"

艾哈迈德不解地摇了摇头。"真奇怪，"他说，"亚历山大港的军需官曾明确告诉我，第三军团与另一支军团一起来了大马士革。"

穆罕默德耸耸肩："不管怎么样，朋友，你要找的那个人现在并不在这里。也许那些军团就快到了——集市上的人都这么传——不过到那时……"

艾哈迈德站起来，一脸困惑地绕着一堆石标走来走去。

"那我就去海边，"最后他说，"去提尔，或者任何有罗马军团的地方。"

穆罕默德微微转过头看着对方："你一定要去找他吗？他值得你为他如此付出？"

"没错，"艾哈迈德的声音里透着悲伤，"这是我欠他的。我怀疑，不，我确信，他根本不知道我在找他，但是，如果我对他的遭遇视而不见，我又如何对得起自己的良心？"穆罕默德摊开双手以示不解。艾哈迈德叹了口气，又坐下来，把脸埋进双手："几周前，我不但是祭司，还是埃及北部一个学院的老师，我们学院专门传授赫尔墨斯·特利斯墨吉斯忒斯教派的知识，同时也会教习一些其他古代智者的知识。学院的名气虽然一般，不过还是有很多有钱人会把儿子送过来学习如何观察世界和运用能量。我是学院里最年轻的魔法师,也是老师。"

"有一天,亚历山大神庙发来了一封征兵令——强令学院派一名三级魔法师加入罗马军团。院长选中了我的一个学生,他叫迪林·麦克唐纳。虽然我对此表示了抗议,但迪林最终还是被送走了。"

穆罕默德听到这里惊讶地扬了扬眉,之前从这位沉默寡言的埃及朋友的言行举止中,他已对他的背景来历猜出了一二,但却从来没意识到与自己结伴同行的居然是个魔法师。他暗自偷笑:"这个同伴真是选得再合适不过了!"

"这位迪林是不是不愿意去?他是怎么想的?"

艾哈迈德反感地嗤了下鼻:"我知道迪林还以为被选中是自己的荣幸——可是,我的朋友,说迪林是三级魔法师,这个说法也未免太牵强了。他甚至都算不上我的学生中最拔尖的!这个孩子才十六岁,虽然有些天赋,但完全没有经过正规的魔法师训练!唉,从一开始,我就该代替他去。"

"你们那儿的学生十六岁就出师了?"穆罕默德很是疑惑。

"才怪!"艾哈迈德激动地喊道,"院长一接到征兵令,就命令我带迪林去秘密圣殿把他的能力越级提升到三级魔法师——可是,那孩子根本没接受过相应的训练,也没有足够的耐力!这样做无异于拔苗助长,强迫他进入了一个他无法理解也无法掌控的世界。他还是个孩子——一个爱惹麻烦的孩子——就因为不想留下这个麻烦的孩子,院长就把他送去打仗,让他成为这场战争的牺牲品,这简直是荒谬至极!说不定,他这会儿都已经没命了。"

说完,他一脸黯然地望着遥远的夜空。

穆罕默德轻轻拍了拍他肩头,问道:"这么说,你就舍弃了学校的工作出来找他了?假如让你找到了他,你又会怎么做呢?"

"我想把他换下来,"艾哈迈德低声说,话里透着疲惫,"如果军队不允许的话,我就陪他一起上战场,将我所知道的一切都传授给他。虽然他以前总爱耍些小聪明,有时候也很无礼,让人哭笑不得,但他始终是我的学生,我要对他负责。他是个有潜力的孩子,我的朋友,他将来必定能成为一个优秀的年轻人,闯出自己的天地。而现在,学院院长为了避免触怒某个政治人物,想让这个小麻烦消失掉,但又不想脏了自己的手,所以就借此机会把这孩子送上了战场。一想到他会因此丧命于战场,我就觉得无比难过。"

穆罕默德在黑暗中无声地苦笑。这个世界不正是如此吗?

"这个世界上最难的事便是做人对得起自己的良心。"他郑重地说,"艾哈迈德,明天我们的商队就会进城,把玻璃器皿与陶器交到我妻子堂兄的兄弟的仓库里。办完这件事,我这趟生意就结束了。我想,到时我们先去军营里问一问,看罗马政府当局是否知道第三昔兰尼加军团的去向。然后,如果你愿意让我同行的话,我们俩就出发去找你的学生,更正这个错误。"

艾哈迈德抬头望着他:"我们不过才认识三周而已,这个提议未免太过慷慨,为什么?"

穆罕默德叹了口气,双手在身前交握:"你是出于正义感和身为老师的责任去做这件事。我不是。在老家,我家境富裕,娶了一位好妻子,假如我每天看看书,谈谈哲学,这日子也就过去了——事实上我过去的确如此。我也过过马背上的日子,去到各个沙漠绿洲和村庄,深入与我的部落敌对的部落的地盘,到遥远的城市与地区经商。可是,做过这些之后,我依然感觉内心空虚,找不到充平静的感觉。我的朋友,我想要了解这个世界上的一切。"他抬手指了指天空、树林和脚下的土地。

"当然,我也会怀念温柔的妻子与舒适的家,可是,那里总像少了点什么。所以,我愿意与你同行,至少去见识见识我未曾见过的世界。也许到那时我能知道我一直在寻找的到底是什么!人永远不知道

第四十二章

未知旅程的终点会是在哪里。真理也许在下一个山头，也许就在下一个转角。"

即便是在平静的日子里，大马士革里大大小小的集市也总是人声鼎沸，屋檐下窄小的街道上人来人往，十分热闹。而现在，随着大量军队入驻城市周围和城内，情况变得更糟了。街道中不光有本地居民和摇摇欲坠的简易货摊，还多了一队队全副武装的战士。艾哈迈德花了足足三个小时才终于从拥挤的街道里脱身出来，一出来外面便是古城的中心——一个被宏伟神庙与政府部门建筑围绕起来的宽阔广场。一踏入广场，艾哈迈德便感觉顺畅的呼吸又回来了，脚下步子也轻了，他向着宙斯神庙前壮观的柱廊走去。神庙柱廊以高高的姿态俯视整个广场以及周围的所有建筑，给人一种鹤立鸡群的感觉。

他经过神庙前的一排喷泉，沿着长长的台阶走上去。喷泉的水流到整个建筑脚下一系列装饰用的浅水池里。走入中殿边阴暗的凹进处，他听到很多祭司和告解者的脚步声在高高的空间里回荡。里面有许多小房间，他向神庙前的一个奴隶问清方向后，走到最末端，在一个四壁空空的房间里见到了自己要见的人。

"您就是莫尼莫斯老师？"坐在一张矮桌旁的一个小个子男人闻言抬起头，头发稀稀拉拉没剩几根。他身边堆着无数个木书筒，像坐在一个用光亮的铜把手与老旧的木栓堆起来的蜂巢里似的。满是皱纹的沧桑的脸上有一双深邃的蓝色眼睛，给人一种亲切开明的感觉。

"我就是，"他的声音比较像清脆的男高音，"请坐。如果你渴了，这里有酒，别客气。"

"多谢大师。我叫艾哈迈德，来自埃及的普塞密斯学院，也是赫尔墨斯·特利斯墨吉斯武斯教派中人。"

莫尼莫斯坐着欠了欠身，拿起一个古朴的红黑色陶罐给两个巨爵盛上酒，然后把其中一杯递给艾哈迈德，自己则礼貌地举起另一杯浅呷了一口。艾哈迈德也照做，然后将这种古老的酒器放在桌子边缘。莫尼莫斯静静等着来者说明来意——这是他们这一派惯有的风格。艾哈迈德清了清嗓子，犹豫着该如何开口。他想了想，如果是穆罕默德，他会怎么说呢？最后他决定开门见山。

"莫尼莫斯大师，请原谅我的唐突，有两件事我想请求您的帮助。我因为事态紧急，没有征得我所在学院院长的同意就匆忙离开了学院，可能这一点让他很不高兴。我可能很长时间不能回去，不过，我想我应该告诉他为何我会走得如此匆忙，让他知道此刻我身在何处以及接下来要去哪里。"

艾哈迈德打开在杰拉什买的一个沉甸甸的布袋子，取出一封写在劣质纸莎纸上的信，放在两人之间的桌子上："如果您能派人把这封信交给埃及北部帕诺波利斯附近的普塞密斯学院的尼斐德院长，我将不胜感激。第二件事则更为紧迫，我想问问，不知道您是否知道关于第三昔兰尼加军团的消息？我要找的人在这个军团服役，我一定要找到他。我最后得到的消息说这个军团往这边过来了，但至今还没到。"

莫尼莫斯坐了一会儿，没有说话，蓝色眼睛打量着艾哈迈德。在对方打量的目光下，埃及人心里开始七上八下，但仍然稳稳地一动不动。过了好一会儿，叙利亚祭司叹息一声，拿起桌上的信。

"派人送这封信到帕诺波利斯的学院肯定没有问题，我在艾菲索斯圣殿时就认识了你说的这位尼斐德院长。如果我没记错的话，他虽然为人严厉，但还是关心下属的，而且心胸宽广。至于你问的第二件事，我给不了你答案，因为我的确不知道。这场与波斯之间的战争在城里闹得沸沸扬扬，不过我并未听说帝国军团会来这里。你必须要找到你想找的人吗？"

艾哈迈德点头默认。

老祭司抚着信纸的边，一脸担忧："你应该知道给这些学院下的征兵令了？"

第四十二章

艾哈迈德愤愤不平地点点头。

"这的确是场灾难,"莫尼莫斯降低声音说道,"这么做不会有什么好结果的——可是,这也是没办法的办法。可能你们在埃及那边的人还不会有太大的感觉,但是,在这个紧邻边境的地方,我们常常都感觉波斯祭司在谋划什么阴谋——特别是在最近几个月里,几乎天天如此。我们所在的这个世界与其他异世界之间的障碍即将被打破。每当夜里黑暗赶走月光时,这种感觉更强,令人浑身颤抖。为了战胜罗马,波斯人不惜一切代价,一心寻求强大的力量。

"如果你要往北边或东边去,请小心一些,邪恶力量正在那些地区滋生。"

艾哈迈德点点头,随商队越往北走,这种不安的感觉便越强——阳光异常暗淡,空气阴冷稀薄。用意识之眼看去,空旷的沙漠中到处都是忽明忽暗的鬼火与似真似幻的声音。各种紧张的情绪与能量正在魔法世界里聚集。

"大师,我在路上会提高警惕的。"艾哈迈德深深地鞠了一躬,头几乎要垂到瓦面地板上。

莫尼莫斯向他回礼,看着他离去。莫尼莫斯将目光移回关于在主楼后面修建一个新公寓所需木料的公文上,不安的感觉始终在心头挥之不去。

穆罕默德正等在宙斯神庙的圣殿门厅的阴影处,仰望着高大的大理石风暴神雕像。虽然在雕刻宙斯身后的云朵时没怎么下功夫,但斜倚在云朵上的宙斯却栩栩如生,一只手握着一把青铜闪电抵在云朵上,另一只手高举石火炬。火炬上灯油燃出的火光在神庙天花板上投下斑驳的光影。在摇曳不定的灯光下,神像的皮肤与染色的头发仿佛都要活过来似的。艾哈迈德走到旁边,礼貌地咳嗽一声。

穆罕默德摇了摇头,转头看着他的朋友。虽然他脸上挂着貌似虔诚庄严的表情,但艾哈迈德能看出在他那浓黑的大胡子下几乎快要绷不住的笑。

"走吧，"商人大声说，"今天早上一切都搞定了！"

穆罕默德跃下台阶，艾哈迈德加快步子跟上去。商人疾步穿过广场，途中停下来买了根烤肉串。他一边吃着肉串一边跟艾哈迈德说话。

"酋长们和亲王们今天晚上要开会，我的朋友，就在罗马军营里。被召唤的所有领主们昨天晚上都已到达。今晚这场会议的目的是进行战略部署，届时所有人都将到会，包括纳巴泰亲王与巴尔米拉亲王，这是我们打听第三军团驻地与动向的最佳机会。"

"怎么做？"艾哈迈德急不可耐地问，"是不是要秘密潜进去？"

"呵，我的朋友，美妙之处就在于，有我在，这些都不是问题！我们运气好，巴尔米拉人雇佣的其中一支枪骑兵中，有一个人是我妻子兄弟的妻子的叔叔的侄子，我便与他们的队长，一个叫阿慕尔·伊本·阿迪的台努赫人，商量好了——到时候我们就骑马混在他们之中，冒充他的手下参加今晚的大会。"

"噢，"艾哈迈德说，"你是不是常常让你的朋友们卷入这样的麻烦？"

穆罕默德闻言大笑："绝无此事！我的所有朋友都喜欢跟我交往——他们都说我是他们所见过的最风趣的人！对了，阿慕尔·伊本·阿迪不会说拉丁语和希腊语——这样一来，你我便可做他的翻译。"

入夜后的城市依旧亮如白昼，数千盏灯从夜市货摊口一直挂到每家每户的门前。一座座私家花园的围墙上点着火把。成群结队的人们在手持火炬的小童带领下从街上走过，慢慢地往位于城市最北端城门附近的罗马军营大门汇聚。灯光染亮了城市上空低垂的云朵，云间洒下淅淅沥沥的小雨，洗净所有街道。

艾哈迈德与穆罕默德正混在沙漠酋长阿慕尔·伊本·阿迪的队伍

第四十二章

中往城门走去。酋长是个粗犷不羁的大汉,下巴留着一把卷曲的长胡子,嘴唇边留着灰白的山羊胡。他身上套了件破旧的带风帽的披风遮住里面华丽的服饰。他的三个侍卫——总督允许一人最多带三名侍卫——则连这种伪装都不屑于做。这三人皆虎背熊腰,披着朴素的旧披风,里面穿着合身的盔甲,带着兵器。相较之下,穆罕默德则穿着暗红色汗衫、黑色短裤,披着白绿条纹相间的长披风;艾哈迈德素来朴素惯了,在他看来,他朋友这一身的确有点浮夸了——这套衣服平日里收在一个小箱子里,显然是他最好的衣服,专为今晚这样的场合准备的。艾哈迈德没有这样的服饰,不过是在入城之前提前洗了洗简单的白色束腰外衣与长袍。他把习惯带在身边的随身物品与皮革书袋挂在腰间,一头浓密黑亮的长发用两根发带与一个银钩束起。

罗马总督住的地方是从城市西北角的建筑群中划分出来的一个加固的军团营地。木头与钢铁打造的厚木门关闭了通往营地的道路,一帮胖乎乎的大汉穿着不合身的盔甲守在门旁。守门的士兵头是个退休的军团士兵,年纪不轻,一头很短的白发,脸上带着疤。他将伊本·阿迪一伙人拦下来进行例行搜查,连艾哈迈德带的包与物品也都没放过,检查完才放他们进了营地。

艾哈迈德站在整齐的队列里,好奇地打量四周一排排点着灯火的砖房,各排房屋之间隔着铺了路面的街道。明显这座城里往常应该有一支强大的戍守部队,不过眼下所有这些住所的主人都已离开了,所有屋子都关得紧紧的。穆罕默德也在四处张望,脸上略有不解之色。宽敞的街道从营地中央穿过,酋长们带着侍从络绎不绝地行走在路上,穿着丝绸或亚麻的沙漠长袍,长袍下隐隐露出盔甲。

"这些酋长为何愿意为罗马出战?"埃及人问。此时两人正随着伊本·阿迪的手下们往前走,"其中大部分人看起来跟流匪强盗似的。我还以为前线的人不一定拥护帝国的决定呢。"

穆罕默德点点头,嘲讽地一笑:"即便有,也没几个人真心拥护罗马,我的朋友。只不过人人都知道波斯和罗马半斤八两,也许还会更糟。在罗马的统治或者说'保护'下,这里还存在着所谓的法律。然而,一旦落入那个万王之王科斯洛伊斯的手中,法律就是个笑话。这些酋长到这里来的目的,不过是想保证他们今天所拥有的特权与秩序不被颠覆。罗马帝国在这里的统治已持续了数百年,一旦落入波斯人之手,这里的天就要变了。"

艾哈迈德点点头:"所以,从自身利益出发,他们谁也不愿意站到波斯一边?在我看来,这不失为一个打击对手巩固自身的好方法。"

南方人笑了笑,声音很轻,因为伊本·阿迪的一个侍卫正侧头想听他们在谈些什么。此时众人正往营地里面走,穿过又一个石头拱门,此处墙面用精心雕琢的石头垒砌而成。四个高大的身影站在过道的阴影处,满头红发,穿着锁甲和皮制裙甲,腰带上挂着长剑,双臂戴着大量臂环手镯之类的饰品,比从他们中间经过的所有人都要高出两个手掌的长度。艾哈迈德走过时,离他最近的那个人一直盯着他,他用同样冰冷的目光回敬对方。走进总督的营地时,他想,那应该是日耳曼人。

"至于那些经过深思熟虑后决定支持万王之王的人,他们今晚就不会在这里出现了,现下已经骑马北上去了安条克,去为伟大的沙欣亲王效力。"穆罕默德的声音虽小但很清晰。他稍稍比艾哈迈德落后半步,两人走得很近。

"今晚来这里的人及其部落都是在罗马帝国的庇护下才得以昌盛,一旦罗马被击退,他们就要倒大霉了。这些人,一旦有人胆敢与他们为敌,他们就会以叛国者、异教徒或者逃税者的罪名整垮对方。他们不过是帝国制度下的产物,世世代代在罗马的监督下执掌地方大权,利用权势垄断最炙手可热的贸易线路,驱逐或者吞并其他比自己小的部落。"

艾哈迈德回头扫了一眼,察觉到穆罕默德话里的愤怒与恨意正在

第四十二章

飙升:"这么说,你恨罗马?你所说的正是你的家族遭遇吧?"

穆罕默德眨了眨眼,显然并未意识到自己的语气:"恨罗马?不,我并不仇恨帝国。国家就是这样。我恨的是那些恃强凌弱、滥用权势排除异己之人。帝国就像一块停在山坡上的巨石,一旦滚动起来,就会碾碎一切阻挡它前进的东西,它无法顾及那些对它而言无足轻重的东西,就好像你我这样的人,这是它的天性。我们的力量与之相比,无异于以卵击石。不过,我也不爱罗马。既然它都不爱我,又教我如何去爱它?"

走在前面的伊本·阿迪及其手下停在一段台阶下,台阶上是一个宽敞的大游廊。墙面铁灯架上挂着的灯投出一片片温暖的光,昏暗的阴影中有卫兵的身影。酋长回头向穆罕默德示意了一下,后者走上前去微微欠了欠身。艾哈迈德也往前靠了靠。

"记住,两位新朋友,今晚主人们爱说的那些蛮族语,我一点儿也不会。"伊本·阿迪的声音低沉有力,如疾风刮过沙漠。虽然亚拉姆语并非艾哈迈德最擅长的语言,但要听懂完全没问题。"古来氏人,你翻译我说的话,你的埃及朋友就翻译其他人说的话。说话的时候请小点声儿。祭司,老天爷让我的听力远远胜过其他酋长,我们不能白白让其他人占了便宜不是?还有,兵器别离身,我们得时刻预防着有人惹麻烦,但是没有我的命令千万不能动手!"

穆罕默德与艾哈迈德点点头。酋长看了他们好一会儿,尤其是一脸笑嘻嘻表情无辜的穆罕默德。最后老人微微一笑,转身踏上了台阶。他走得有点吃力,一条腿似乎有点跛,更多地依靠着手杖支撑着身体。穆罕默德与艾哈迈德对视,眨了眨眼。

走进木房子,里面是一个有着高高穹顶的大厅,数根木梁支撑着板岩屋顶。大厅里已聚集了五六十人,厅内放着些躺椅和长沙发,大致围成圆形。桌子都被推到了墙边以便腾出空间来。对着大厅门的一侧有一个高出地面的平台，平台上立着一个用浅色石头垒砌的祭坛，后面的墙面上有一头用青铜铸就的牛，已被腐蚀成了绿色。沿着整个大厅的长度方向列着两排带凹槽的木柱。老酋长没有从聚集在大厅中间的人堆里挤过去，而是穿过人群走到右边一根柱子前。穆罕默德站在他跟前，艾哈迈德在他左手边，另有三名侍卫守在柱子后面。

头顶木梁上垂下一盏盏灯，柱子的铜烛台上点着细长的蜡烛。木梁上方的穹顶里烟雾弥漫，不过艾哈迈德看到上面有用格子覆盖的窗口用于排烟。不断有人进入大厅，进来的人纷纷挤到大厅中央的躺椅上就座，嘈杂声一片。艾哈迈德仍然没动。酋长靠在柱子上，看上去十分放松。穆罕默德觉得自己所处的这个位置视野也不错。

透过站在前面的人之间的缝隙，艾哈迈德看见在躺椅围成的圆圈的最末端，远离厅门的地方，有三个更为华丽的长沙发空着。他正要问穆罕默德这是在等谁，门口突然传来一阵骚动。众人纷纷转头，大厅里一下子安静了下来。

四个穿着暗红色服饰的人走了进来——身穿长斗篷，头戴大风帽，佩戴着闪闪发光的银手镯与项链，脸长长的仿佛鹰脸——他们以楔形队形走进大厅，站在他们面前的沙漠酋长及其手下们纷纷往两边退让，就像潮水从石岸上退去，留出中间一条道来。四人簇拥着一位中等身高的男子，深橄榄色的皮肤，胡子精心修剪得很整齐，颧骨尖尖；浑身上下戴的饰品不多，只在两只手上各戴了一只金戒指，头上戴着精致的齐眉银色金属薄饰环；身穿一件简单的浅玫瑰色丝质束腰外衣，黑色腰带束腰。当这几人从跟前走过时，艾哈迈德感到一股隐藏的能量如轻风般从身边扫过。"这人是个魔法师。"他心想。许多天来他体内的魔法能量第一次被完全激发起来。

他集中精神微微张开意识之眼。那四个戴着风帽的人身上闪着紫黑色火苗，就像在白热的锻铁炉边缘闪动的火焰。他打了个哆嗦，意识到这些是与恶灵订了契约的人——一些异界的鬼东西，比如这种可

第四十二章

怕的小恶灵,有时候会被人从人类世界的裂缝里召唤出来。这四人显然是中间那个穿玫瑰色服饰的人的随从。走在中间的那人身上有股能量若隐若现,就像透过一层彩色玻璃或冰块去看后面的强光。那人走到三个空着的躺椅中最左边的那个坐下,四个随从默默无声地站在他背后。艾哈迈德想,不知道对方是否也察觉到了自己的存在。

"来人名叫亚哩达,"埃及人身后的伊本·阿迪压低声音说,"是南部佩特拉城的亲王,其家族的第九代传人,自称'纳巴泰人之王';事实上,更准确地说,纳巴泰人应该是小阿拉伯行省总督的子民。此人骄傲自大,是个危险分子。"

佩特拉亲王坐下后,接过下人递来的一个水晶酒杯。这时厅门再次打开,众人纷纷转头去看来者何人。与隐隐透着威胁的纳巴泰人及其随从相比,这次进来的人令艾哈迈德感觉像是一个在上司的工作会议上迟到的普普通通的书记员。此人高高瘦瘦,头顶微秃,鹰钩鼻,有精致镶边的白色束腰外衣垂在身上像披着被单似的。之前在拱门处见过的四个红发侍卫簇拥着此人走到最中间的躺椅上坐下,艾哈迈德立刻意识到,此人必是腓尼基行省总督。

"这是卢修斯·乌尔皮乌斯·苏尔皮基乌斯,一个冷酷无情的罗马人。虽然他管辖的省会是海边的提尔城,不过大马士革也归他管。"伊本·阿迪听似尊敬的语气里微微透着嘲讽。那个人坐在中间躺椅上,一副呆样,似乎坐立不安。他的日耳曼侍卫推开一些企图往亚哩达身边靠拢的阿拉伯人,给他身边清理出一大块空地。

卢修斯清了清嗓子,瘦骨嶙峋的手在躺椅扶手上敲了敲:"朋友们,既然只有一个人未到,我们就不再等了。此时天色已晚,我们要谈的事情很多,这就开始吧。我也不拐弯抹角了——首先,帝国感谢诸位的倾力相助,一是感谢诸位今日依约来此相聚;二是感谢诸位为帝国招兵买马。你们的付出会有回报的。谁来了,谁没来,帝国都记得很清楚。"

穆罕默德微微侧头对艾哈迈德低语道:"哼,君士坦丁堡会记住那些向他摇头摆尾的哈巴狗……"伊本·阿迪犀利的目光扫了他一眼,他立即不作声了。艾哈迈德把总督用拉丁语说的内容翻译过来,伊本·阿迪点了点头。

"现在有人想要入侵我们的领地,"总督接着说,"如果无人制止,甚至如果让他们打到大马士革或提尔,那么,这对我们所有人来说都将是一场灭顶之灾。根据北方传来的最新线报,来犯的敌军十分强大,有近六万人。"

众人闻言纷纷低声议论起来,艾哈迈德往身边看了看,好多人明显都被如此庞大的波斯军队震惊了。他不禁想,不知道这里的酋长们究竟召集了多少骑兵?不过,当他把这话告诉伊本·阿迪时,对方似乎并不怎么关心。老人似乎对其他首领与军阀的反应更感兴趣。

"大家不必惊慌,"总督提高声音压住众人的窃窃私语,"我方的军队绝不少于敌方,甚至会更多。在未来的三天里,剩下的部队会全部在此会师,然后我们就挥师北上,翻过群山,在埃美萨与入侵者展开战斗。我们有坚定的信念,我们将击败波斯人,把他们赶回幼发拉底河对岸去。"

"拿什么去打?"其中一位穿着厚重织锦长袍的光头酋长从躺椅上站起来,下巴上浓密的黑胡子在末梢编成了小辫,小辫上装饰着小巧玲珑的宝石,"今晚这里来了很多勇士,不过我们能派上战场的都是轻骑兵与弓骑兵。君士坦丁堡说得好听,但这里连罗马士兵的影子都看不到。军团究竟在哪儿?从杰拉什到这里,我们足足骑了六天,但一路上均无军团。我的表兄告诉我,波斯特拉与拉琼①的军团营地都是空的。这里也没有军团。那罗马人到底在哪儿?东罗马皇帝又在

---

①拉琼(Lejjun):又叫 Lajjun,是因为当年罗马军团(Legion)在此驻扎而得名的一个村庄,位于今天的巴勒斯坦北部城市杰宁(Jenin)西北方向16公里处。

第四十二章

哪儿？"

卢修斯坐着没动，一脸沉着："军团往海边去了，到提尔与来自埃及与西罗马的增援部队会合，之后他们会沿海岸线前进。届时将有三个军团——第三昔兰尼加军团、第二堤亚纳军团与第六铁壁军团——在埃美萨与我们会合。有了军团及其辅助部队，我方将以超过八万人的兵力迎战波斯人。"

"我不相信你！"杰拉什酋长愤怒地喊，激动得满脸通红，"等那些戴着铁帽子的波斯人打过来的时候，鬼知道罗马人会在哪儿！我们只能穿着轻甲举着弓箭孤军作战，这完全是送死！任何去到北边的人——"他的目光往四周的人群扫了一遍，"必死无疑。"

"胡说八道！"卢修斯终于忍不住站起来，苍白的脸气得发黑，"罗马不会弃你们于不顾。帝国的荣耀与你们同在，帝国的将士也将与你们并肩作战！"

"放屁！"杰拉什人挥着拳头冲总督吼了回去，"罗马不过是在玩我们，就像在广场的台阶上玩弄他的女儿们一样！"他的手下们也开始嚷嚷起来，日耳曼侍卫冲上去挡在南方人与总督之间。厅里乱成一团。在艾哈迈德前面的人纷纷往前挤，想看看会不会打起来。艾哈迈德则退出了拥挤的人群，忙着把杰拉什人对总督的这番不敬言语翻译给同伴听。伊本·阿迪微微翘起嘴角，快要笑出来。他的侍卫们围拢过来，手按在兵器上戒备着。

要想越过眼前这一大堆大喊大叫指手画脚的人看到前面的情况是不可能的。艾哈迈德往后退了一步，结果身后的人撞到了一起。他转身正要道歉，话到嘴边却停住了。

一名女子站在他身后，一只手抵在他肩头。起初，他只看到了一双眼睛——比天空更深的钴蓝色——眼睫毛又黑又密，一张椭圆小脸十分精致。这双眼睛冲他笑了笑，他顿时觉得浑身仿佛触电一般。女子把他往旁边轻推了一下，低声说了句："抱歉，祭司。"恍惚中，他看见一头极富光泽的黑色卷发，头发下露出白润光滑线条优美的脖子，接下来一副青铜与钢打造的坚固胸铠映入眼帘。这时他感觉穆罕默德与酋长在他身后伸手扶了他一把。女子举着长矛走进人群，一队全副武装、皮肤黝黑的士兵穿着坚固厚重的铠甲与重锁甲举着盾牌与长矛紧随其后。艾哈迈德这会儿才想起来呼吸。

"我告诉你，"混乱的人群中传来杰拉什酋长的咆哮声，"除非那些缩头乌龟肯与我们并肩作战，否则我决不领兵北上！我才不管你什么荣耀不荣耀，卢修斯·乌尔皮乌斯，我要对我的子民负责，而不是对君士坦丁堡与罗马的国库负责！想利用我，没那么容易！"

"你父亲曾发誓会在危急关头与帝国共存亡，"总督冲对方低吼回去，双手紧攥，"当初我与你站在他老人家棺木前时，你也发过同样的誓言。难道你现在要做个背信弃义之人吗？背叛你的父亲？背弃你自己的荣誉？"

杰拉什酋长骂了一句没听清楚。嘈杂的人群中传来一声刀出鞘的声音。在躺椅围成的圆形空地里，站在总督与杰拉什亲王身后的两帮人都被吓得忘了呼吸，眼睁睁看着亲王的刀一闪而过。气红了脸的杰拉什酋长挥舞着刀往总督扑去。刀尖离自己胸口仅一尺，卢修斯·乌尔皮乌斯大惊失色。突然，那位长发女子走上前挡在总督面前，锋利的刀尖斜着划过了女子如脂般雪白的胸脯，胸脯上顿时冒出一个血点。

"难道你要杀我吗，扎马纳斯？"女子亲昵的话语传入每个人的耳朵里，"你要破坏帝国与戴克波利斯十城联盟之间的信任吗？"

杰拉什亲王惊得瞪大双眼，往后退了几步，手中的刀无力地垂下。他的一个仆人从他无力的手中取下刀，放回他的长袍里。总督也退到侍卫保护下的安全地带。女子转过身，无视总督，径自站到了他身旁的躺椅上。

站在大厅后面的艾哈迈德一见那女子的身影出现在挤挤攘攘的人

第四十二章

群中，顿时又有呼吸停止的感觉，仿佛周围一切皆已黯然失色。她身形高挑，高约五英尺半；双眼仿佛两点蓝色星光，即使隔了整个大厅看过去，亦令艾哈迈德心头颤动；一头卷发在顶上以金线珍珠织就的发网圈住，露出光洁的额头与脸庞，发梢如瀑布般扫过雪白双肩，披散在后背；一袭深紫色罩衣，下摆上绣着小巧的玫瑰与百合形状的图案。虽然她的身材算不上丰腴，但在埃及人眼中，那丝绸包裹下的起伏线条却是世间最美之物。女子胸口上的点点血迹还在，犹如点缀其间的红宝石。她说话的声音听起来像一只慵懒的小猫，但即便是在大厅后面的人亦可听得一清二楚。

"罗马召唤我们来此，"她的声音美如银铃，"但我们来这里，并非为了罗马，而是因为我们面临着共同的威胁，因为属于我们的伟大时刻到了。过去，在我们面临波斯威胁的时候，保护我们的只有罗马帝国，而它为此付出了沉重的代价。现在，十城联盟的人们、佩特拉与巴尔米拉的人们，是时候离开保护我们的羽翼了，是时候自己为自己战斗了。我将迎战疯狂的波斯王科斯洛伊斯。就算只有我一人，我也必将像与我同名的前辈那样孤军奋战到底。我问你们，可愿意与我并肩作战？"

艾哈迈德侧头看着伊本·阿迪，后者慢慢露出意味深长的笑容，仿佛一只准备享受美食盛宴的狮子。

"她是谁？"他低声问道。

"我们的女王。"老酋长骄傲地说，"巴尔米拉的芝诺比娅，丝绸女王。"

当酋长们的秘密会议终于结束时，东边天空中已有淡金色曙光微露。整个晚上大部分时间艾哈迈德都在冥想，这时完全清醒了过来。沙漠住民们陆续走出大厅，一边走一边低声交谈。灯光渐暗，基本只剩一丝微弱的火苗，有些甚至已完全熄灭。细长的蜡烛替代了灯，恢复了光明。坐在偏远墙边的埃及人站起身，从堆满空酒杯与脏餐盘的躺椅之间走过去。空气依然沉闷，弥漫着烟气与一大群人在密闭的房间待过后留下的浓烈气味。之前在众人讨论得最激烈的时候，穆罕默德也一直没睡，此时双手撑着头坐在罗马总督之前坐过的那张躺椅的边缘。

艾哈迈德走到南方人身边停下来，轻轻扯了扯他的耳朵。穆罕默德抬起头，脸上布满倦色。埃及人低头冲他一笑，双手放在他太阳穴上，在心里默默唱起幼年时母亲在柳条摇篮旁唱过的摇篮曲。穆罕默德的眼皮开始打架，最后完全闭上了，打着呼噜靠在椅背上睡着了。艾哈迈德帮他平躺在椅子上。"你也能像这样帮我入睡吗，祭司？"她的声音听起来疲惫粗哑，细若游丝，不再似昨夜那般清晰有力。艾哈迈德转过身，单膝跪在她身旁。她的罩衣被压皱了，下摆上有食物与酒水留下的污迹；大部分头发都从精致的金丝发网中散了出来，现在只用了一根发带束在脑后；光彩夺目的脸宁静从容，露出浓浓的倦意。纵然如此，她的双眼仍牢牢看着他，他从容地迎上对方的目光，隐隐有点从气势上压倒对方的趋势。

"夫人，我可以帮您入睡，不过您应当先回自己营地。如果我所想无差的话，您昨晚的言行已经为您树敌不少。而且……我并非祭司，我叫艾哈迈德，曾供职于普塞密斯学院。祭司的身份于我已是很久之前的事了。"

芝诺比娅优雅地轻轻摆了摆手，没在意他的推辞。她从躺椅上坐起身，牵起他的手。两人四目相接，在这一刻，她的眼神变得脆弱，充满柔情，不再似昨夜那般高傲冷漠。

"那就带我回我的营地吧，艾哈迈德，让我睡个好觉。若没有你的帮助，我便只能等耗尽所有的精力后才能睡着，但那一睡，就误事了。"

她抬起一只手放在他脸颊上，她的手凉得像冰块，艾哈迈德颤抖

第四十二章

了一下,把这只手握在自己手中。

"你真暖和。"她抬起头,冲他笑了笑,把头靠在他胸膛上。他不由自主地将她紧紧拥入怀中。女人舒服地蜷在他温暖的怀抱里,终于放松下来。他不慌不忙地抱起她走出罗马神庙,向大门走去,用只有她能听到的声音温柔地吟唱。

第四十三章
罗马城外，埃及别墅

乌云满天，雷声大作，闪电在云层中一闪而过，大雨将至。一阵寒风卷起稻草与树叶，从屋外拱廊里呼啸而过。别墅外高处山坡上的树林都被风吹得直不起腰来。花园下方山坡上的野草随风摇摆，荡起一层层涟漪。别墅内每个房间都生起了火——有铜火盆，也有嵌在外墙上的壁炉。在地下室的地面上有一个极深的用砖做内衬的地坑，也生着火。地下室的天花板上垂下数根圆柱，刺目的白光从圆柱上投下来，照在洒满血与盐水的光滑石面上。在整栋房子的石地板下，一股力量在土地里横冲直撞，仿佛一条蓝黑色的暗河在涌动。

房子与地下室被笼罩在一层闪着淡红色光辉的保护圈里，蓝色烈焰在保护圈上跳跃。在这道肉眼无法看见的屏障周围，绿草迅速卷曲枯萎。生长了两百年的古树瞬间枯朽化作一副空壳，最后只剩下树皮与树干残留的痕迹。叶子一落到地面，还来不及燃烧便化为灰烬。石头崩裂，直至最终化作尘土。在五里以外的尤尼乌斯·阿比修斯·奈哲尔庄园里，人们纷纷从梦中惊醒，发现庄园内的所有动物——不管是家养的还是野生的——都死了。天空如同发怒般打下一道道闪电，伴着滚滚雷声，向山上的别墅劈去，打在淡红色的保护圈上，想要撕

第四十三章

开冲进去,却无可奈何地被挡在了外面。石头在突然爆出的一道道强光下颤抖。在一道道闪电发出的地狱般可怕的强光中,摆放在前厅里的亚历山大雕像的脸上仿佛露出了微笑。

马克西安痛苦地叫着,手指半埋入剧烈抽动的幼小尸体的胸腔。在他周身涌动的能量仿若第二层皮肤,在红色与深紫色之间不断变幻。他的脸、胸口与腿部的肌肉随着能量的涌动不受控制地抽搐。石地板上有一个用金子打造的巨形圆坑,坑里蚀刻出了一个巨大的三角形,里面填满了狼毒与银。马克西安站在三角形的其中一角上。阿卜迪马丘斯与盖乌斯·尤利乌斯分别在另两个角上,两人都痛得直哆嗦,浑身只裹了条白色棉质缠腰布,躺在用彩色粉笔与金丝勾画出的三层圆圈里,紫色火焰像蛇一般从他们身体里钻出来,烧得噼啪作响。空气中的能量如奔腾的洪水,从马克西安的胸口一个倒金字塔形的纹身涌入他的身体。

幼童的尸体在一大摊鲜血和排泄物的混合物中扭动,发出呜呜的声音,马克西安的手指在尸体中疯狂翻找。他从土地、天空和死人吸取的能量在这副小小的身躯里激烈交战,冒着气泡的黑色腐烂之气撕扯着幼童的五脏六腑。马克西安一脸惨白,却再也流不出一滴汗——早在一分钟之前,他身体里的所有水分便已流尽。他觉得头痛欲裂,眼前冒出的一团团白色火星几欲令他完全失明,但却仍然顽强地抵抗着这腐烂之气。没办法,不管他如何努力地想要把它完全驱逐出去,都失败了。他在尸体体内的骨头、血液和组织的混合物中重新化出的完整器官才刚刚成型,便又开始腐烂。

时间一点一点过去,突然,一道带红边的黑光闪过,马克西安跟跄着后退几步瘫倒在地。倒下去时,他的身体正好横在三角形的一边上,只听一声霹雳巨响,室内扬起一片灰尘,房子里所有玻璃、陶罐与盘碟统统碎裂,那紫色的火焰突然凭空消失了。接下来四周陷入一片安静,就连外面暴风雨的咆哮声似乎也向天边远去了。马克西安呻吟着翻了个身,这个仪式的反噬太强,他的身体仍然不断抽搐。放在桌面上的幼童尸体发出一阵汩汩声,化作一摊暗绿色汁水,越来越多,慢慢从桌边滴下,在地面上溅开来。

阿卜迪马丘斯还留在保护圈内,剧烈的疼痛令他浑身颤抖,嘴角淌着口水,双目无神。盖乌斯·尤利乌斯像被从河中叉起来的鱼一般抽了两下,便躺在地上不动了。过了一会儿,他才睁开眼恢复了神志,身上那种鞭打般的疼痛消失了。他僵硬地坐起身,机械地往两边转了转头。灰从赤裸的皮肤上往下掉,他心不在焉地拂了拂灰,旧伤口冒出的新鲜血液已凝结,留下点点印迹。他小心地看了看周围,尚未完全恢复的视力找到了亲王的位置。死人看着通往地面的楼梯。他的主人此时已失去了知觉,也许命不久矣。他知道事情并非如波斯人所言——就算没有亲王体内那股隐藏的力量,自己照样能活下去,否则的话,早在骑马出山时便已灰飞烟灭。

他叹了口气,小心跨出圈外,俯身查看亲王的情况。年轻人的左瞳孔已放大至整只左眼;呼吸极为缓慢,若有若无;双手双臂血红一片,布满裂痕,仿佛从火堆里捞出来似的;嘴唇变成了蓝色,脉搏微弱,命悬一线。见此情景,盖乌斯·尤利乌斯又叹了口气,扶起青年让他靠在自己胳膊上。突然他感觉有什么东西刺到了脖子,便扭头往楼梯那边看去。

"令人钦佩的选择,老家伙,"克里斯塔手持弹簧枪抵着他脖子,"带亲王上楼,我来照顾他。你把这儿打扫干净,别让那个东方人溺死在他自己吐出来的东西里。"

盖乌斯·尤利乌斯咕哝了一声,左眼跳了跳,压抑着怒火。女孩此刻套着简单的黑色束腰外衣与中等长度的灰裙,她身形一晃就站到了他身后看不到的地方,弹镖锋利的铁尖在他脖子的皮肤褶皱上划出了条细痕。"那天我就不该把她抓回来,"死人懊恼地埋怨自己,"直接让她溜了就是了……"

第四十三章

地面上,狂风过去了,但大雨依然在下,别墅四周的山头上偶尔有闪电亮过,伴随着轰隆隆的雷声。死人抱着亲王来到北边的卧室,让他平躺在克里斯塔上周吩咐下人从城里拉过来的床上,拉过厚棉被盖在颤抖的青年身上。女孩重新点燃窗户旁边壁炉与火盆里的火,关上被风吹开的厚百叶窗,插好蛇形青铜插销。风暴声已远去。此时盖乌斯·尤利乌斯猛然感觉一阵虚弱,坐下来的时候双手都在抖。青年的脸色更差了。

克里斯塔看着死人的眼睛,了然地点了点头。

"如果他死了,你也活不了。"她说,"刚才在下面,我看到了你的挣扎,你以为自己能从此自由?不,不可能。若他死了,你会重新变回尸体。你愿意?"

盖乌斯·尤利乌斯没有说话。两人看着对方。

最后,他摇了摇头:"不,我想活。"

"那就去找点烈酒或者肉汤之类的东西来。还有,这里的柴火不够。"

死人照她的吩咐离开了。克里斯塔到地面上的其他房间找了找,找到两张毯子和一个火盆。她拖着重重的东西回到卧室。火盆的几个支腿雕成海豚形状,海豚的嘴顶着有凹槽的金属盆的几个角。她手脚麻利地给已经熄灭的炭浇上油然后用火石打火,看到出现小火苗后,便轻轻地吹气助燃。当盖乌斯·尤利乌斯扛着一个炖锅、两只双耳陶瓶和三根粗圆木回来时,室内已被照得一片亮堂。

克里斯塔破开装着勃艮第烈酒的酒壶上的封印,把酒倒入放在最近一个火盆上的浅铜碗里。酒一倒入早已烧热的碗,便冒出热腾腾的蒸汽。过了一会儿,她把碗从火上取下来,把酒倒入一个墨绿色大玻璃杯,然后往里面加了一勺肉汤。女孩儿蹲在床边,翻开亲王的眼皮看了看。他的皮肤白得可怕,呼吸几乎难以觉察。她小心地摸了摸他的脸，冰得像石头，她不安地倒吸了一口气。她强行扳开他的嘴，把温热的液体倒进去。他抽搐了一下，差点儿碰掉她手中的酒杯，她用手指轻轻在他的颈侧安抚。

马克西安喉头滚动，吞下了酒。克里斯塔抬起他的头，确保让他顺利咽下而不会呛着。又喂他喝了一些后，他的唇上终于有了淡淡的血色。

"再多弄些，"她对死人说，"尽量让他喝够。"盖乌斯·尤利乌斯点点头，将更多的酒倒入铜碗加热。

外面依旧有暴风雨的声音隐隐传来，从山上流下的溪流不断上涨，已经死去的鱼和青蛙的尸体堆积在河道中，泡得发白。

克里斯塔和死人坐在卧室里。女孩儿身上盖着被子，紧紧抱着熟睡的亲王。他的身体依然冰凉，但死气已从他的脸上和手上消失了。一只皮毛光滑的小黑猫蜷在她旁边的枕头上。盖乌斯·尤利乌斯坐在炉火旁，往火里添小树枝。树枝燃烧时发出噼啪的声音，壁炉前升起缕缕细烟。瓦管将烟从屋顶带出去，同时也将热气散发到室内各处，温暖了死人冰冷的身体。

"你为什么还不走？"在明亮的房间里来之不易的片刻安宁中，盖乌斯·尤利乌斯用疲倦的声音轻轻问道，"自从那天我在楼梯上抓到你之后，你明明有很多逃跑的机会。"

克里斯塔想了想，才说："从那天落到你手上被关起来之后，亲王曾去牢房里看过我。他跟我说，他和波斯人正在追查一个可怕的诅咒，这个诅咒正在伤害罗马城里的每个人。在所有知道这件事的人当中，只有他和波斯人逃过一劫。他说，在他知道如何解除诅咒之前，他不会将此事告诉任何人，包括他的哥哥。我当时没听明白，于是他把我从牢房里放出来，带我上楼。

"花园回廊里有个柳条箱，里面装了一只信鸽，亲王说是当天刚

第四十三章

从宫里带过来的。他写了张小纸条，放进绑在鸽子腿上的一截细管子里。然后他便松开手，鸽子往花园外飞去。你知道当时发生了什么吗？"

盖乌斯·尤利乌斯站起来，向火焰伸出手去。被黑暗笼罩的群山上空传来轰隆隆的雷声，百叶窗也在这吼声中格格地震动。"不知道，"他问，"鸽子怎么了？"

克里斯塔用双臂紧紧抱住亲王："它刚飞出花园，突然有一道黑色闪光，就好像一只大鸟冲过来，然后，我就看见，那信鸽不见了，只剩下一堆羽毛从半空中飘落下来。我说肯定是给猫头鹰吃掉了，亲王就带我去花园边看个究竟。我看到波斯人用石头堆出的花园边界。那只鸽子就在那儿，或者应该说，是鸽子剩下的部分，因为它已经腐烂了，生满蛆虫与苍蝇卵。

"'看到了吗？'他对我说，'所有知道这个秘密的生物，除非被保护起来，否则必死无疑。这栋房子是安全的。如果你与我或者阿卜迪马丘斯待在一起，你也不会有事。这里是最安全的地方。'所以我就留下来了，老家伙，因为我没有其他地方可去。你，或者那些仆人们，不都是这样吗？"

盖乌斯·尤利乌斯站在窗边的黑暗中。这的确也是他所担心的。过去两周里他有过各种念头，此时才真正下定了决心，就像一颗晶莹圆润的露珠从叶尖滴落到一池静水中。他转身面对着她。

"如此说来，我们只有一个选择。"他说，"如果我们要想逃过此劫，就必须尽一切努力帮助这孩子破除诅咒。"

克里斯塔睁开一只惺忪的睡眼瞥着老人："老糊涂，你的意思是，我们没尽力？"

盖乌斯·尤利乌斯笑了笑，灯光在他脸上投下深深的阴影："是，孩子，我们是还没尽力。如果我所料无差，这不过是才开始。"

克里斯塔嗤之以鼻，扯过被子盖住头。天色已晚，她累坏了。

老人坐着沉思了一阵,把最后的柴加进火里。记忆中,这还是自己第一次有时间在一个足够安全的地方独自坐下来思考问题,也是这么多年以来自己第一次没有困在梦魇中无法自拔。他心头一惊,突然站了起来。

他并非在做梦!

在漆黑的房间里,盖乌斯·尤利乌斯咧嘴大笑。回忆起最初复活的那一刻自己从古墓散发着霉臭的泥地里钻出来,他意识到自己并非在做梦。现在数周过去了,他闭上疲倦的双眼,只感觉到无边的黑暗深渊,没有任何声音,也没有不祥之兆。

"我自由了。"他大声宣告。此时克里斯塔已经睡着了。只有那只小黑猫打了个哈欠,露出粉红色的小舌与白牙,然后又用尾巴盖住鼻子,蜷着身子继续睡了。

沿着狭谷一路向上便来到了一道光秃秃的山脊。疾风扫过怪石嶙峋的山顶,哥特侍卫们裹紧了身上的披风。马克西安驻马停步,眺望峰峦起伏的壮丽景色。群峰之间,山谷中云雾弥漫,远远望去,一座座山头好似一个个战士从一片白色雾海中露出的头盔。寒风吹起父亲梳得一丝不苟的白发,仿佛给他头上戴了一个光环。这寒意丝毫未扰乱父亲的思绪,他指着西边,烟雾弥漫的峡谷的对面。马克西安扭头顺着他的手指望向烈火中的蒙塞古要塞①。年少时的一幕在眼前重现。

远远望去,要塞就像在一个巨大的花岗岩柱子上摇摇欲坠的一大堆白色石头与方塔,起伏不平的山头侧面是陡峭的悬崖,只有在山的南面有一条蜿蜒小路可以上山,小路上有多处位于突出的墙壁下。在半空中若隐若现的蒙塞古总是给人一种圣洁的感觉,然而今天却陷入了熊熊大火之中。一大股黑烟从燃烧的城堡冲上云霄,即便站在两里

---

①蒙塞古(Montsegur):位于法国南部的一个要塞。

第四十三章

半的地方,马克西安依然能看到从方塔窗户与长方形柱廊大厅里蹿出来的火舌。

站在光秃秃的山脊望向对面正在坍塌的要塞,空气透明得如同晶莹剔透的玻璃。马克西安看到一些小小的身影带着红色火光从要塞的墙上跳下,坠入四周云海,仿佛在海中瞬间即逝的火花,只留下缕缕黑烟。堡垒已是人间炼狱,热浪在石灰岩墙上空翻滚,连空气也微微闪光。

耸立在南墙上的其中一座方塔突然从底部裂开,整个滑入深渊。父亲奥勒良嘴里咕哝了一声。这个足有七十英尺高的建筑刚掉下去时还保持着原形,但很快便撞上了悬崖,一声巨响震彻山谷,方塔四分五裂。这巨大的声浪吓得马克西安退了一步。一分钟后,山谷中才响起了回声。

"走吧,儿子,我们去看看皇帝的杰作。"奥勒良催马向前,顺着在山侧铺满碎页岩和小圆石的长坡上开出的一条石路往山下走。

云海之下,蒙塞古要塞下的山谷中一片繁忙景象。数千人在贫瘠的土地上、杂木丛生的矮树林里开辟出了一个营地。马克西安跟着父亲穿过营地,里面的各种军旗让他大开了眼界。这里有西罗马的四个军团,各个军团绕着山脚按同等间距扎下营寨。山谷中修起了一条路,直通山的侧面。当他们骑马经过一排排帐篷时,许多工人正在路两旁忙碌着,沿直线竖起一排高杆,每根杆的顶端都有根粗糙的松木横杆。

一条加高的壕沟环绕着山脚修筑起来,壕沟后面是一排低矮的护墙,护墙与壕沟之间的泥土狭道上立着一排松木栅栏。壕沟的两头消失在雨雾中。沿壕沟修筑了数个瞭望塔,当他们骑马从塔下往山路上走时,站在塔上的军团士兵低头注视着他们,头盔投在脸上的阴影中露出冷冰冰的眼睛。

当他们靠近几乎完全笼罩在低垂云海中的山脚时,马克西安听到前方传来隆隆的回声——那是大火燃烧与石头迸裂交织的声音在回荡。悬崖与护墙之间有一片杂草丛生的荒地，一些尸体横七竖八地躺在那里，引来乌鸦啄食。护墙门内有两具钉在水平横杆上的死尸。马克西安偏过头去，死尸腐烂的脸令他作呕。老路的头三个转弯之前的这一段是修在一面又长又陡的土坡上。

众人默默骑马走上斜坡。马克西安害怕地四下张望。低低的云海仿佛变幻不定的灰色屋檐般盖在头顶上。父亲奥勒良继续往前，马克西安夹了夹马肚跟上去。走在云海中的感觉非常奇特——雾气包裹着他们，在每个人的脸上留下湿湿的水痕。云雾织就的海中有奇怪的声音在回响，马克西安突然陷入一种恐慌，心怦怦直跳，感觉仿佛自己永远也走不出眼前这片暮光。好在走了一会儿后，雾气便淡了，此时他们来到了斜坡上的第二个转弯处。四周到处都有呻吟声，不知何处传来了金属碰撞的声音。

走在前面的奥勒良离开路中央站在内侧边缘。马克西安与三名哥特侍卫跟了过去。很快，眼前的迷雾中出现了多个身影，如同溺水而亡的尸体浮上水面扰乱了一池静水。一长列光着身子戴着铁项圈锁在一起的男男女女跌跌撞撞地走了过来。军团士兵们穿着沾染煤烟的盔甲骑马跑在一旁，一旦有人走得慢了，便有士兵举起手中带钉刺的粗木棒一阵猛打或是脚踢。俘虏们的脚上鲜血模糊，所经之处皆留下暗红色的泥浆。

马克西安一直看着这群人，直到他们渐渐走远消失在雾色中："父亲，他们如此虐待俘虏，不是折损了自己的战利品吗？"

父亲奥勒良笑了，目光越过他的肩头："他们一文不值，孩子。这些人的下场只有一个——被钉死在十字架上。他们活不过今天，很快就将变成从这里到纳尔榜的路旁的装饰品。后面这样的人还很多，你管不了。"

"父亲，这些人是什么人？叛逆者？野蛮人？"

第四十三章

　　总督闻言嗤之以鼻,对着自己的马吆喝一声,便加快步子往前走。马克西安十分尴尬,涨红着脸跟了上去。

　　前方的路变得狭窄难走,中途马克西安与父亲不得不停下来六次。一大队一大队的俘虏从他们身边经过,身上不是鲜血模糊便带着烧伤,空洞的眼神毫无生气。其中很多人伤势严重,身上有鞭子和粗木棒留下的伤痕。这些人脚步踉跄地走过,死沉沉的眼睛盯着马克西安,马克西安不安地避开这些目光。山路最末端的黑色石头地面上有一座用白色石灰岩砌块修筑的巨塔,一个长长的隧洞穿过塔身,洞里光线昏暗,地面湿滑,洞口有一些士兵正把尸体从马车上拖下来扔进山涧。黑暗的洞口路面的岩石中开凿了一条排水沟,泛着泡沫的红色液体从里面汩汩流出。当马从上面踏过时,水面漂过一些骨头。马克西安骑的马闻到洞里飘出的气味,不肯上前。马克西安扬起短马鞭在马身上抽了一下,马跑进了黑暗的隧洞。

　　淡淡的阳光照进隧洞后面的院子。奥勒良骑马走到一旁,对门楼与中间建筑之间的大屠杀场景无动于衷。焚烧长方形柱廊大厅的熊熊烈火近在咫尺,耳边充斥着噼里啪啦的火声。穿着脏污盔甲的一队队士兵小跑着进了隧洞,挂在肩头的兵器上的血迹早已凝结。一个百夫长跑在最后面,从总督身边经过时举手向他行了个礼。马克西安仰起头,看着一团团火从房子的窗户往下掉。

　　突然传来一阵低沉的碾压声,房子的整个上层坍塌下来,发出一声巨响,连大地也颤抖起来。废墟顶上冒出一大堆火花和黑烟,漫天的烟雾更浓了。天空中下起滚烫的煤雨,空气闷得难以呼吸,马克西安掩住脸。奥勒良接过儿子的缰绳,夹了夹马肚,继续往前走。灰色母马迈着高高的步子从院子里零落的死尸堆之间穿过,然后走上外墙边的一段石头斜坡,来到防御土墙边的一个平台。

　　云与烟在众人四周似海浪般翻滚。城堡其他地方都着了火,不断有罗马士兵拿着从死人身上搜刮来的东西从烟雾中跑过。被染黑的云朵渐渐升高,模糊了小路上方的天空,笼罩在大门上空。马克西安俯视着这白色泡沫一般的海洋,正在崩塌的城堡喷出的火热气息从他身边吹过。父亲下马把马拴在石坡顶端一截残树桩上。

"儿子,你知道眼前这一切是怎么回事吗?"

骑在马上的马克西安身子晃了晃,几乎要流出泪来:"不,父亲,我一点儿也不明白。这些人是什么人?为什么要如此残忍地屠杀他们?他们是不是反对皇帝的叛乱者?"

奥勒良抬头凝视着儿子,神色凄凉:"不,儿子,他们不是叛乱者。他们只不过是想在自己的村子里享受平静的生活,信奉自己的信仰。他们从不伤害别人,一生行善,教导子女侍神虔诚待人诚恳。如果是在高卢或伊伯利亚半岛上,他们走到哪里都会受到当地人的欢迎。"

马克西安忍不住哭了出来,一边抽泣一边断断续续地问:"那为什么他们会死?他们是不是很坏?为什么要惩罚他们?"

总督走到儿子的马旁伸手把儿子从马上接下来。男孩儿紧紧抱着他大哭起来。今天看到的这一切对他而言太可怕了。

奥勒良紧紧抱住儿子,摸着他的头发:"儿子,他们之所以死,是因为他们不愿意在皇帝的祭坛上为皇帝献祭。他们认为他是个人而不是神,因此不配让他们敬仰。他们坚信只有他们的两位主神是值得敬仰的。但是皇帝,或者说帝国,无法容忍他们的这种作为。

"你看,帝国就好比一个大家族,皇帝就是大家长、领袖和保护人。所有的人都要遵从他的指挥,服从他的决定。他就像父亲一样保护子民不受蛮族和叛乱者之害,为所保护的年轻一代树立榜样。皇帝可以做出最终裁判。他让生命得以延续,为新生代的成长创造条件。最重要的是,他必须得到尊重。他如同一家之主一样坐在主位上,介于人与神之间。

"但是,倘若臣民不服从皇帝,就像子女不尊重家长一样,皇帝

第四十三章

也无法治理国家。这样的父亲无法做好大家长,整个家族会四分五裂,儿子们会彼此争斗不休,女儿们变成他们的战利品。这样的情况如果上升到国家的高度,结果就是城市秩序荡然无存,乡野间流匪横行。在信仰这件事上,皇帝一直都扮演着一位慈爱父亲的角色,以宽容开放的态度允许在其羽翼下的各族人民按各自的方式崇拜其自己的神祇。但是,为了保证整个家族的繁荣昌盛,每个人,无论男女,都必须同时也向父亲,也就是皇帝,表明敬意——要么在神庙里,要么在自己家里。"

"这些人,"他用一只手指指着已成废墟的城堡,"虽然是公认的好人,却不敬皇帝,拒绝以皇帝为尊。即便为此付出沉痛的代价,亦不愿尊敬皇帝的名讳。他们秘密集会,唆使其他人与他们同谋。他们表面看起来恭敬,实际上却最不把皇帝放在眼里。他们从不在神庙里敬奉皇帝,对皇帝的名讳轻描淡写一带而过。这是不被容忍的。你看到了,这便是他们的下场。今后也不会有人敢公然谈论此事。这便是对他们和他们所信仰的波斯宗教的最终审判。"

马克西安无法止住眼泪,把头深深埋在父亲温暖的臂弯里。老人抱着儿子在护墙上站了良久。倒下的神庙的石灰岩墙与柱子上燃着绿色的火,发出啦啦的声音。黑烟越升越高,最后消失在越来越深的夜色中。

在侧花园里高高的灌木丛中,克里斯塔跪在泥地上。起风的天气有些微寒,她用头巾把头发扎起来,穿了一条从老家伙那里偷来的墨绿色羊毛针织马裤,这可比轻薄的束腰外衣挡风多了。她用一把锋利的铲子在地面上刨出一个五六掌长的椭圆形小坑,把草皮小心地推到一旁,然后把一个用棉絮和绳子裹好的小包袱放在泥坑里。她打开一个从地下室借来的陶瓶,小心翼翼地将一种灰绿色的粉撒在包袱上,顿时飘来一种非常强烈的气味。做完后她别开了脸,重新盖好瓶子把它放到一边,接着在包袱上堆了些石块。

她把草皮重新铺好,拍实泥土,蹲在地上把一切整理干净,然后把铲子和陶瓶放回袋子。她叹了口气,俯身看着被掩盖起来的地方。

"愿你安息,小宝贝。"她一边说一边做了个祈祷和告别的手势。虽然被挖开的草皮很快又会长回去,她还是在墓地上洒了些小麦与酒。她希望小男孩的灵魂能到忘川后面的绿野。然后,她神不知鬼不觉地离开了灌木丛,往别墅前走去。这回谁也没看见她。

"我们这次是孤注一掷,恐怕我做不了一个好指挥官。"马克西安的声音仍旧有些嘶哑。他坐在一把椅臂上弯的木椅子上,身上盖着棉被,虽然体力已经差不多完全恢复了,但脸色依然苍白,眼睛周围的暗影让这张年轻的脸看起来比上一周苍老了不少。克里斯塔坐在他身后的床沿上,小黑猫俯在他膝盖上。死人与波斯人坐在另外两把椅子上。不过看上去只有阿卜迪马丘斯比较放松,他像传统的波斯人一样盘腿而坐。

"我在这件事上考虑极不成熟,令大家都陷入险境。我一直把它……这个东西……看作某种传染病。不,它不是,它是魔法所组成的诅咒。我们必须清楚这一点。"马克西安抬手阻止了张口欲言的阿卜迪马丘斯。

"我知道,我的朋友,有很多魔法师离成功都曾只有一步之遥,但最终还是两手空空地离开或者死去,但是这诅咒有其特有的作用范围和模式。它与疾病不同,我相信也不可能像诊治病人一样逐个解决。这其中的每件事都紧密相连,就好像一个谜语,或者修桥用的石头。如果把这比喻为一座房子,只要以恰当的方式拆掉拱顶石,整栋房子便会倒塌。我相信,如果我们能做到这一点,我们就能完全破除诅咒。"

阿卜迪马丘斯有些不安,抬了抬白眉毛:"是什么,亲王殿下?

第四十三章

你说的那个像拱顶石一样的东西是什么?"

马克西安微微一笑没有作答,他正了正脸色,说道:"我也知道,不管你们觉得我现在的能量有多厉害,对眼前的情况而言,它都显得那么微不足道。我必须找到更强大的能量,仅仅从岩石里吸收的能量远远不够,我们三个所拥有的能量加在一起也不够。那么,到哪里去找这样的能量呢?"

在亲王犀利的目光下,波斯人打了个冷战,他看向盖乌斯·尤利乌斯,死人只是一脸和气地笑着,询问地挑了挑眉。克里斯塔没理他们,躺在她膝上的小黑猫翻了个身,用两只小爪子去抓她的发辫,抓到一根发辫就往上咬。

阿卜迪马丘斯回头看着亲王,对方热切的目光仍然定在他身上:"呃,亲王,我……我不知道哪里有这样的能量!从地里挖出来的死人身上蕴藏着巨大能量,这一点您在古墓的时候已经见识过了,包括盖乌斯身上的法力。我真的不知道!也许是跟他一样备受爱戴的其他哪个皇帝?或许,我们能找到奥古斯都·屋大维的尸体,然后……"

"呸!"盖乌斯·尤利乌斯激动的声音在密闭的房间里听起来有些刺耳,"他?没有人会侍奉他的神庙!他出生的那天也没有游行。我没告诉过你吗,亲王?你需要的是神的力量,足够强大的力量才能让对手一击毙命。"

"没错,"马克西安低语道,双眼仍然盯着波斯人。东方人在他的目光下微微发抖,不自觉地用手抹了抹唇边的汗珠。"没错,盖乌斯,我需要的是神一般的力量。"

"那么,"死人从椅子上站起来,转了个圈走到阿卜迪马丘斯身后,后者惊恐地看着他,"如果我们不能砸开奥林匹斯山的大门扯着宙斯的头发把他揪出来替我们办事,我们就只得另寻他法。波斯人,你知道我们要找的是什么,是不是?你手抖得这么厉害,我打赌,你还知道我们该去哪里找。"

"你什么意思?"阿卜迪马丘斯声音很小,仿佛被人掐住了脖子,脸上浮现出极度的恐惧。

"我是说,"盖乌斯·尤利乌斯将双手轻轻放在小个子波斯人脖子两侧,"我读过历史。我知道,自从三百六十年前罗马皇帝瓦勒良不幸被俘于波斯王沙普尔之后,古墓里便什么也没有了。我也知道罗马为了赎回他付出了什么样的代价。但我所不知道的是,那个石棺去了哪里?你能不能告诉我?波斯的万王之王沙普尔一世究竟把它藏在哪里?"

"不不不!我对这些一无所知!这些是禁忌!只有大祭司知道!我不过只是个最低级的祭司,不是什么大人物!"

盖乌斯·尤利乌斯苍老如橡树根一般的手指掐住波斯人的脖子。阿卜迪马丘斯被指甲刺痛,颤抖了一下,却喊不出来。死人凑近他的耳朵说:"他们相信你,才送你深入虎穴,让你潜伏在敌人的家里。你也不弱啊,居然能够保护这栋房子免受世界上仅次于神力的诅咒力量的伤害。"

捏着小个子波斯人气管的手指加重了力道。阿卜迪马丘斯拼命挣扎着喘气,几乎不能呼吸。

"石棺在哪里?说!"

马克西安用左手做了个小手势,盖乌斯·尤利乌斯突然松开手。重新得以呼吸的波斯人大口大口地喘着气。等他恢复之后,亲王又做了个手势,盖乌斯·尤利乌斯皮笑肉不笑地递给他一杯酒。阿卜迪马丘斯一饮而尽,把空杯子放到一旁。他先是惧怕地看了死人一眼,然后把目光转向亲王。

"亲王殿下,一定要这样吗?我对您可是忠心耿耿!是,我是波斯人,我也的确是被派到敌国首都的细作。但是,我是您的朋友,我可是把自己的命都交给了您!请您别逼我!"

马克西安探身过去,脸被阴影挡住了,粗哑的声音听起来好像石

第四十三章

头从死人骨头上碾过一般:"阿卜迪马丘斯,你的确忠诚,但是目前这种困境,要么赢,要么死。如果你不爽快地把我要的东西给我,那我就杀了你,再从你的脑子里把它找出来。盖乌斯·尤利乌斯会很乐意结束你的生命,等我把你复活后,你就彻底成了我的傀儡,你的秘密就不再是秘密。相反,如果你全心全意只为我效忠,你不但不会死,也会获得自由。现在,你必须做出选择。"

阿卜迪马丘斯颤抖着避开亲王的脸,脑子却在飞快思考。就在亲王说话的时候,死人拿出一卷绳子放在波斯人脑后。正在逗猫的克里斯塔抬起头看了一眼,微微蹙眉,抱起小猫走出了房间。

"亲王殿下……"阿卜迪马丘斯欲言又止,恐惧、奸诈和绝望的神色从他脸上接连闪过,最后只剩下听天由命,"是,如您所愿。"

马克西安笑了,但这笑意并未到达眼底。他掀开有花纹的被子从椅子上站起来,俯下身子双手捧起阿卜迪马丘斯的头与他对视。房间里不知何处响起嗡嗡的声音,就好像置身于蜂箱之内。波斯人突然抽搐了一下。马克西安放开他,替他理好凌乱的灰色头发。

"那么,"亲王说,"石棺到底在哪儿?"

阿卜迪马丘斯呻吟着跪倒在地,一只颤抖的手在自己前额摸到一个魔法印记,飞快地缩了回去。虽然他看不到,但他知道那是个倒金字塔形的印记,比任何纹身都要深刻。他跪在亲王面前,额头抵着地面,流下了眼泪。

"我听说,伟大的波斯王沙普尔把石棺交给了大穆贝德[1],以此为交换让大祭司替他杀死他的兄弟们。祭司们害怕敌人夺走石棺,于是把它带到东边某个地方藏了起来。"阿卜迪马丘斯顿了顿,声音听起来很害怕,"但是,虽然试了很多次,却没有任何人能打开石棺,他们只好用黄金和铅打造了一座新墓,把石棺放进去。大祭司至死都

---

[1] 大穆贝德(mobehedan – mobad):波斯的国师,也称大祭司。

在想如何解开石棺的秘密。我不知道大祭司把它藏在哪里,只知道是在波斯国内……求您了,那东西根本不可能找得到!"

盖乌斯·尤利乌斯笑了笑,亲昵地拍了拍波斯细作的脑袋:"孩子,世上无难事,只怕有心人。"他看着马克西安,后者又懒懒地躺到了椅子上,刚刚那几个动作已经耗尽了他的全部力气,"那个石棺里有你想要的全部力量,亲王。我们要做的就是找到它并夺回来。"

死人随意把玩着一把刀。这把刀很有些年头了,是从城里卖稀奇玩意儿的一个商人手里买来的。他把刀抽出来,铁刃与铜擦出刺耳的声音,波斯人惨淡地一笑。

"告诉我,哪里能找到知道老巫师们藏尸地点的人,波斯朋友?"盖乌斯·尤利乌斯俯身靠近波斯人,他的秃头在火光中微微发亮。

阿卜迪马丘斯咽了下口水,退了退避开死人:"不,求您了,亲王殿下!这件事是高度机密!我们根本连提都不敢提。在波斯,谁要是提了这件事,穆贝德的杀手就会让他没命!"

"那么,"盖乌斯·尤利乌斯手中的刀刃贴着波斯人的脸颊滑动,"也许我们要找的知情人不是波斯人?是埃及人,还是迦勒底人?"刀尖抵在阿卜迪马丘斯的眼角。

"啊!别,别……是有这么个人,在君士坦丁堡。他喜欢收集稀奇古怪的东西——书、艺术品、秘密消息之类!他也许知道石棺的下落。啊!"

鲜血慢慢从刀尖周围渗出来,死人愉快地咧开嘴笑起来。

"我见过这个人!求你快住手,我带你去见他。你只需要用黄金或者秘密消息,就能从他手中换取你想要的任何东西!"

"够了,"马克西安不想继续下去,"阿卜迪马丘斯,去把地下室整理干净。"

波斯人慌忙跑了出去,盖乌斯·尤利乌斯盯着他的背影,愉快地吹了声口哨。

第四十三章

马克西安抬起头，疲倦的双眼半睁半闭。死人却兴奋得很，甚至有些迫不及待。这是一次值得一试的新冒险。

"怎么你对那石棺里的尸体这么感兴趣，盖乌斯·尤利乌斯？现在那里面不过只是些烂骨头罢了。"

"在你唤醒我之前，亲王，我也只不过是一堆烂骨头。如果我们能把征服者①的尸体偷回来，你就能像复活我一样复活他。没错吧？"

马克西安谨慎地点点头。死人的举止有些反常——他好像试图表现出一副热心肠。

"你要知道，亲王，我一生都梦想着成为征服者，像他那样去征服世界。我用了一生时间去实现这个梦想，但到头来还是失败了。如今我已是死而复生，其他的我都不再关心，只有一件事……是我想要的。我想亲眼看到他，活生生的人，我想与他说话，我想与他并肩作战。"

看到亲王脸有忧虑的神色，盖乌斯·尤利乌斯停了下来。

"是的，"死人的语速缓了下来，"作战。你知道，我们这么做终究难免一战，而且会比之前的战斗都惨烈。要想成功，就必须战胜敌人。但是，你想想！如果有他来指挥你的军队会是什么样的情景！这样的军队将在全世界所向披靡！"

马克西安抬起一只手阻止了对方后面的话。他站起来，看起来是那么地疲惫，单薄的身子裹在被子里。他盯着老头子看了一会儿，才开口说："明天一早，带上阿卜迪马丘斯，去奥斯提亚港找一艘快船。我们必须尽快动身去东边。我会和仆人一道把这里打点好，做好准备。对了，一定不能让我的皇帝哥哥知道我们要走，也不能让他知道我们要去的地方。动作要快。"

---

①征服者（the Conqueror）：此处指马其顿帝国的亚历山大大帝，曾经彻底征服波斯。他的石棺在公元4世纪失踪，迄今下落不明。

盖乌斯·尤利乌斯鞠了一躬——这也是个反常的举动——然后离开了房间。马克西安走到壁炉旁,凝视着炉火。他觉得身上发冷,心里很空。与诅咒的对抗几乎耗尽了他所有的力量。他检查过自己的身体,正如克里斯塔所说,他与死神擦肩而过。要不是她当时反应快,他早就已经死了。他想,对于这个救了自己的女孩儿,该怎么办呢?

身后传来小动物的爪子踩在地上的嗒嗒声,他转过身。小黑猫"嗖"地一下蹿进房间蹦到床上,黄色小眼睛看着他打了个哈欠,露出一口猫牙,然后就钻进被子里。他笑了笑,慢慢走回椅子旁。

"嘿,克里斯塔。"他一边说一边坐到硬木摇椅上。

"是,主人。"女孩儿走进房间,全身黑与灰的搭配,看起来像个暗夜幽灵。她拂了拂脸旁的头发,头发像飘动的云彩般垂到后背。

"过来这边坐。"他说。她走过来坐到对面的躺椅上。

"我们很快就要动身去东边。盖乌斯·尤利乌斯明天会去港口……"

"我都听到了。"

他停了下来,她看起来不太高兴。他一向说话委婉,不过认为现在还是不拐弯抹角的好。

"你救了我,"他说,"我想报答你,但我认为用物质做回报是远远不够的。我曾想过把你从公爵夫人手中买过来然后给你自由身,但考虑到你已经被卷入了我们正在做的这件事,我想,此时的自由只是有名无实而已。在诅咒被打破之前,我们都不得自由。在这件事结束之前,你和我,或者阿卜迪马丘斯,都是拴在一根绳上的蚂蚱。"

克里斯塔眯着眼睛,这点她早就想到了。

"那我就陪你去东边,"她愤怒地说,"我又算什么?还是奴隶?半调子的自由?我看,我还是个奴隶,而且永远都是!你其实根本没必要把你们的事告诉我,你原本可以把我遣得远远地,或者干脆让我逃走算了。但你没有。我不能见死不救,我在这儿是因为你喜欢我陪你,不管是床上还是床下。你所谓的感激对我这样的奴隶而言根本毫无意义,那不过是主人对在狩猎中表现出色的猎犬的赞赏——第二天一早就全都忘了。"

马克西安气得鼻孔大张,但没有更大的反应。他叹了口气,移开目光:"是的,我的确想你在我身边。我不相信波斯人,也不相信老家伙。只要一有机会,盖乌斯·尤利乌斯就立刻会把我变成他的奴隶。阿卜迪马丘斯——在今晚之前,他以为一切都在他的掌控中;现在他反倒成了我的傀儡。我很想找个人说话,找个可信的人。如果你还愿意和我一起,我希望那个人是你。"

"我别无选择,"克里斯塔无可奈何地说,"一旦我出了你和波斯人的保护范围,必死无疑。我不想死。所以,没错,我会跟你一起去。我不认为你会把我当作自由人看待,不过,好死不如赖活着。"

她的抵触令马克西安备受伤害。为什么她不能明白他是想帮她呢?虽然他现在无法办到,但是那一天很快就会到来!

他转身爬上床,小心避开床上的猫。克里斯塔关上壁炉,脱下衣服。屋里很静,只有雨点打在板岩屋顶上的滴答声。

第四十四章
陶里斯城外群山，波斯边境线

一头红棕色母马走在绿树成荫的泥泞道路上。骑在马背的人打着瞌睡，拉低的宽边草帽遮住她的眼睛，沾满泥垢的棕色外衣与绑腿藏在一件破烂的灰色披风下。然而，一缕散落的金红色卷发却泄露了身份。另有一匹马被绳子牵着紧随其后。这条路从山麓小丘蜿蜒而下，通向一个宽敞的山谷，谷中一派田园景象，遍地的葡萄，潺潺溪流，远远地还能望到一条波光粼粼的河。河对岸是一面立在巨型火山锥前的铁红色悬崖。马没有走在路中央，而是选择了更阴凉的左侧，路中央有很多地方都被经过的马和马车压得凹凸不平。

路突然转了个方向，直指河岸上更为茂密的柏树林。从山脚到河岸的一大片开阔地上生长着高高的野草和明亮的黄色野花。下山的时候，迪亚蒂丝看见一队全副武装的人从树林里跑出来，标枪的尖头在阳光下闪闪发亮，队伍中飘舞着蓝色与红色的旗帜。

迪亚蒂丝恨恨地咒骂一声，掉转马头离开道路，从茂密的灌木丛里抄近道穿过山的正面。走到离道路一百英尺的地方，她停住马，从马上滑下来，把马拴在最近一棵树上，匆匆从驮马上取下饲料袋，喂了一把谷子好让马安静下来。她从红棕色母马背上取下一支狩猎矛，

第四十四章

在灌木丛里面朝道路潜伏下来。

在离路大约三四十英尺远的山坡低处生长着一片茂盛的刺柏林，迪亚蒂丝下山的时候就注意到了——那是处绝佳的隐蔽地点，路上的一切尽收眼底——于是她从山坡高处向树林爬去。骑兵们越来越近，她已经能听到马嚼子与缰绳碰撞发出的叮叮当当的声音，要不了多久他们就会绕过弯道往山上来。她全速冲过最后的十五英尺，一头扎进刺柏林，躲到她所看见的最大一棵树的树干后面，然后谨慎地看了看树干周围。

三个骑兵跑过弯道，个子都很高，穿着黄褐色与棕褐色皮革的马靴与束腰外衣。他们跑得很快，一边跑一边互相喊着什么。

"肯定是往山顶去的。"她心想。

剩下的三十人则不紧不慢地跟在后面，全副武装，装备精良。迪亚蒂丝数了数他们带的兵器，里面有矛、弓、长弯刀。不过他们没带水袋，也没有看到任何重武器或准备扎营的迹象。她估计这是支巡逻队，现在肯定已经封城了。

一匹马略微落后于前面的队伍，骑在马上的波斯人个子不高但体格壮硕，蓄着一把又黑又密的大胡子，左肩挂着一张圆盾，盾面上用褐色、黑色与白色画着一张长着獠牙的野猪脸。波斯人骑马懒懒散散地往山上走去，整个人无精打采，困得上下眼皮直打架。迪亚蒂丝屏息凝神，尽量俯低身子趴在铺满落叶的地面上。波斯人的马肩上横放着一把弓，弓上搭着一支箭。迪亚蒂丝等了很久，直到波斯人的身影消失在山头上，她才松了口气，翻身靠在树干上休息。

"这家伙很安静，不是吗？"

一个很轻的声音传来，迪亚蒂丝瞬间浑身一僵，耳朵动了动。左右两边的灌木丛与树叶发出轻轻的沙沙声，她心头一惊——不知何时，她身旁出现了三个人，穿着褐色、茶色与绿色交织的杂色披风，戴着遮住一半脸的木面具，面具刻成短胡子斜眼的模样。左边的两人带着石把长刀和铁头长矛。说话的是右边那个人,拿着一把黄木长弓,两头弓稍反向弯曲。弓箭手蹲下来把兵器放到地面的落叶上。

"你好,"他的希腊语带着某种怪怪的口音,"我和我的朋友没有恶意。"

迪亚蒂丝曲腿坐起来,仔细凝听树林是否还有其他人。她什么也没听到,但之前这三个人靠近的时候,她也没听到,即使他们近在咫尺。

"你们是什么人?"她的希腊语实在也不怎么好。左边的一个人惊讶地嘘了一声。他们站得很开,并不全在她的视线范围内。她看着正前方,这样的话,这几人都在她的眼角余光范围内。右边的人举起一只戴着手套的手阻止其他人开口。

"我是达沃斯,这是我的兄弟优素福和萨胡尔。"面具后传来低沉的声音,"很高兴遇见你,同路人。"

迪亚蒂丝没有说话,看着他们。面具很古怪,在树林里戴着它们肯定会遮挡视线。他们穿着适于骑马的靴子,所以马肯定藏在附近。他们穿着浅色汗衫,袖口和领口上有复杂的刺绣。左边的一个人的小臂上戴着不轻的银手镯。他们同样沉默着等她的回应。

最后她开了口:"我是迪亚蒂丝,你们好。"

那三人互相看了看,点点头。右边的那个人似乎是他们的头儿。他叹息一声,取下木面具放进身侧的布袋里。这是个皮肤白皙的年轻男子,蓝色眼眸,容貌并不出众,胡子刮得很干净。他拉下披风的帽子,一头红发用彩色布条绑成长长的辫子。迪亚蒂丝侧了侧头,眼角余光看见另外两人也取下了面具。令她微感诧异的是,这三人都没有胡子,只有看起来最年长的那个有点胡楂。最年长的那个人比另外两个更矮更壮,沙褐色头发里夹着缕缕灰发,水蓝色的眼睛保持着警惕。从外貌上看,较年轻的两个的确有血缘关系,但年纪最大的这个却有些不同。

第四十四章

"古里古怪,"她一边说一边注意周围的树和浓密的灌木丛,"你们怎么把胡子刮得这么干净?"

有着一双明亮的蓝色眼眸的那个领头的年轻人笑了笑,迅速看了另外两个一眼。

"因为,"他答道,"我们是罗马人。全世界都知道,罗马人爱刮脸。"

迪亚蒂丝扑哧一声笑了。

"你们,"她说,"是我见过的最衰的罗马人的模样。"

"你又知道罗马人什么样儿?"蓝眼睛反驳道。

迪亚蒂丝微微一笑,露出一口整齐的白牙。

"我跟罗马打了多年交道,自然学到了些,"她说,"更何况,我就是个罗马人,我可爱的蛮族朋友们,对此我当然有经验。你看,我不也没胡子?现在告诉我,你们干吗要刮掉胡子装成罗马人鬼鬼祟祟地躲波斯巡逻队?"

这回轮到最年长的那个人扑哧一笑。他捡起之前放在地面上的刀,一个纵身跳进灌木丛里消失了。另一个有着一双褐色眼睛的男子耸了耸肩,靠着一棵树坐下,整个人一动不动地裹在披风里,仿佛与斑驳的树皮和树叶融为一体。

达沃斯做了个鬼脸,把玩着手中的刀柄:"我们从北方来,只是来看看好戏。"

迪亚蒂丝挑了挑眉——她回忆起很久之前在君士坦丁堡得到的某些情报。她冲着野蛮人微微一笑。

"你们,"她缓慢地说,"是可萨游牧民,也许还是从大草原穿过阿拉斯河谷①而来的统叶护可汗军队派来的斥候。"

---

① 阿拉斯河(Araxes):发源于土耳其东北部的一条河流,流程约965公里(600英里),大致沿土耳其—苏联及苏联—伊朗边界向东流。

"我们才不是可萨人!"达沃斯厌恶地嘘了一声,"我们是保加利亚人!我们的勇气远胜于他们,我们的人数远胜于他们!我们的箭能飞得更远,我们的标枪更锋利!呸!可萨人得管我们叫老子!"

迪亚蒂丝扫了另一个人一眼,对方翻了翻白眼,她估计那个是优素福。

"很高兴认识你,可萨领主手下的勇敢的保加利亚人。那么,你们在河谷里待了多久?见到多少波斯人?有没有去摸摸木城门以证明自己的勇气呢?"

话里隐含的嘲笑激怒了达沃斯。"当然,罗马人,我们——还有其他人——已经来这里五六天了。我们见过……"他停下来想了想,"路上有两千个铁帽子兵,城里更多。他们都骑马往南边的城市去了。优素福能说波斯语,我不能,所以他进过城。城里乱得像被捅了的马蜂窝。"

迪亚蒂丝琢磨着他的话,然后捡起一根小木棍在两人之间清出一块空地来。她在一边画了个椭圆形,然后画了条从椭圆形蜿蜒出来的线。

"你们见过湖了?"她指着椭圆形问,那两个人点点头。优素福凑近一点以便看得更清楚。"这条歪歪扭扭的线代表流进湖里的托尔克河。这个正方形是在咱们南边的陶里斯城。"她在离湖不远的河流上游处添了个正方形,"你们去过城市南边没?"

"没,"达沃斯说,看了兄弟一眼以确认,"城市与湖之间是一大片沼泽地——马和马车都无法通行。现有的路是绕着沼泽地走的,进城的话得通过一座红砖桥。城的另一边则是悬崖峭壁,非常难走,马根本上不去。"他也捡了根木棍在代表城市的正方形背后画了一道弧线代表悬崖。

"可汗,"他继续说,"会沿着这条路从北边过来围城。但是守在那里的铁帽子非常多,而且城墙固若金汤。只要铁帽子还在城里,他们就无法过河。"

迪亚蒂丝点点头,这跟她之前了解的情况一样。看来她必须想办法让罗马军队与盟军顺利会师。看起来眼前这几个人倒能派上用场。她冲着两人微微一笑。

"我的王,罗马皇帝,也会来这里。我曾经对皇帝发过誓,在他兵临此城之前,我将尽一切努力为攻城做好充分准备。这便是我来此的目的。如果你们想证明你们的勇气,就跟我一起去南边,我要避开铁帽子偷偷潜入城里。你们敢不敢去?"

两兄弟对视一眼,又看向她。

达沃斯先开了口,在树荫下露出个灿烂的笑容:"女士,我乐意前往,让你知道保加利亚人是最勇敢的战士!"

优素福看着兄弟,失望地摇了摇头,没有说话。最终他点了点脑袋,但脸上写满忧虑。迪亚蒂丝回头看了看,确认路上没异样,然后站起身拍了拍屁股上的灰。达沃斯跳起来,把弓箭挂到背上。迪亚蒂丝低头看着仍然靠树而坐的优素福,向他伸出一只手。他盯着她,那目光仿佛把她当成条毒蛇,但最后还是抓住了她的手。

"好吧,"她说,"出发。"

太阳下山之后,云朵汇聚过来,月亮和星星都玩起了捉迷藏。午夜过去许久之后,迪亚蒂丝才和萨胡尔一起回到保加利亚斥候们在城市背后山区里的一块干地上扎下的小小营地。漆黑的夜里伸手不见五指,甚至连萨胡尔自己也辨不清方向,两人在一大片农田和灌溉渠交错的迷宫般的野外跌跌撞撞走了大半个钟头后,才终于走到了山里。迪亚蒂丝拖着酸痛疲惫的身体钻进一顶小小的毛毡帐篷,脸上带着坚定的神色。见到大哥与罗马女人进来,达沃斯和优素福往旁边挤了挤,给他们挪出空间来。

靠近篷顶的地方挂着一个小小的铜烛台,烛台上插着一支孤零零的蜡烛,蜡烛燃烧的烟从篷顶上一个用皮革缝边的小圆孔里飘出去。在昏暗摇曳的烛光下,迪亚蒂丝一一审视着身边几个同伴的脸。帐篷外面的黑色夜空下还睡着另外六个保加利亚人。

"现在,"她想,"我又有队伍了。"

虽然她之前没有特别在意过,但这些人没有一丝疑虑就接受了她,让她来指挥行动,的确是件奇怪的事。她猜想,也许在他们眼中,自己就像幽灵般突然凭空而降。一个擅长战斗的女人背井离乡来到此地,这个想法本身就令人难以置信。这么一想,让她做主也没什么难接受的了。

"萨胡尔和我走到了河边城墙下,看见一个庞大的骑兵营地——帐篷、成排的马桩——就在城市北面的平原上。城市易守难攻,城墙是新筑而且加固过的,上面有很多卫兵。我们沿着河边回来的时候,还看见了三支巡逻队。"

她一边说一边用细树枝和树叶在帐篷地毯上摆出地形图。几个人都凑了过来,空气中充斥着马、汗水和皮革的味道。萨胡尔在喉咙里咕哝一声,用手做了个向下的手势。

"对,"她说,"我们还看到了一个东西。城门上插着的旗帜跟我两天前在骑兵盾牌上看到的纹章一模一样。我想那肯定是波斯将军沙赫·巴勒兹的军队的标志——他又有个绰号叫'皇家野猪'。如果是这样,想攻下此城就是难上加难了。沙赫·巴勒兹手下的不朽军是波斯最优秀的战士。"

达沃斯咳了一声,拿着根草茎在地图上敲打:"那怎么办?当逃兵?"

迪亚蒂丝哼了一声,嘲笑地与萨胡尔对视一眼。"愣头青!"她想,"我要死也是被你们害死的。"萨胡尔耸耸肩,脸上没有什么表情,眼中却透出笑意。

"不,我们要加倍小心。我们现在要做的第一件事,就是找个愿

第四十四章

意帮助我们的当地人——我们必须先弄清楚城里的地形,然后再溜进去想办法找到'野猪'的弱点。"

几个人继续讨论了一会儿直到萨胡尔离开。看着他离去,迪亚蒂丝眨了眨眼,这个年纪最大的兄弟走路像个幽灵。达沃斯打了个大大的哈欠,意思是要走了,不过在优素福把他推出帐篷之前又逗留了一会儿,随即排行第二的兄弟也鞠了个躬退出去关上门。最后只剩下迪亚蒂丝独自一人坐在昏黄的烛光下,寂静一下子涌过来包围了她。从她与保加利亚人在陶里斯山谷中度过第一晚开始,萨胡尔便把这顶帐篷让给她用。虽然游牧民从没开口说过话,甚至连大草原上的方言也没说过,但他的意思很明白——如果队伍中有女性,自然要优待女士。

迪亚蒂丝没心情跟他争辩这些。独自一人从亚拉腊山一路提心吊胆地走来,她早已筋疲力尽,现在终于能在有人放哨的夜里好好睡一觉,尽管她从来都睡得很浅,但也令人轻松了不少。太阳还没有露面,外面开始刮起东风。迪亚蒂丝吹灭了蜡烛,躺在地上,头枕着卷起来的被子。这群保加利亚人简直有趣,在敌人的地盘上做斥候,还带这么一大堆杂七杂八的东西。不过,他们的确是她所见过的最擅长丛林生存和追踪的人,甚至胜于尼古斯或者萨尔马提人。

一想到手下那些伙计们,尤其是尼古斯那张褐色的大脸,她几乎要崩溃。她多想停下来为他们哀悼悲痛,但是时间不允许她这样做,这些陌生人也不会理解她的悲伤,也许还会起反效果。她咬咬牙,勉强自己不再去想这些已经死去的伙伴,思考着接下来的行动。

就在她快要睡着的时候,帐篷门帘上传来一声轻微的刮擦声。她睁开一只眼,看着头顶上小圆洞里透出的星光。夜晚就要过去了。她叹了口气,对着黑暗轻声说:"进来吧。"

一个瘦瘦的黑影钻了进来,站在毛毡帐篷壁前——是优素福。昏昏欲睡的迪亚蒂丝有点惊讶,她以为第一个来的会是达沃斯。

"抱歉，"他的希腊语比弟弟的要好，"我想跟你谈谈。"他的嗓音很低沉，令迪亚蒂丝联想起昏暗的森林和参天巨树。他在门边盘腿坐下来。迪亚蒂丝静静地坐起来，等他先开口。

"我和萨胡尔谈过你……"

迪亚蒂丝尴尬地捂着嘴，她没想到自己会笑出来。

"萨胡尔会说话？"她好奇地问。虽然四周很黑，但她感觉出优素福在笑，心里有一丝温暖——他很多时候看起来都很严肃。

"是，"优素福谨慎地说，"偶尔会，在他觉得必要时。有时候他也会唱歌，不过都只是在重要的日子里，或者节日。他嗓子很不错。"

"接着说，"迪亚蒂丝说，"在明早动身之前我还想再睡一会儿。"

"虽然如此，我还是要为打扰了你再次说声抱歉，不过我和萨胡尔都有点担心。当时，你从森林里出来的时候，仿佛正在追捕猎物的黛安娜女神，脸上写满杀气。你说你是罗马人，向你们的皇帝保证过，潜入陶里斯城为他的到来做好准备。但是关于你是如何来到这里的，你却只字未提。本来，达沃斯是我们的头儿，如今却像个初坠爱河的毛头小子一般跟在你屁股后面。我们一直向他提建议和忠告，让我们的经验为他提供帮助，但他现在把指挥权交给了你。我们——我和萨胡尔——想知道，你是不是一个人来的？如果不是，你自己的人在哪儿？"

"死了，"迪亚蒂丝淡淡地说，"就在我们到达湖岸的时候，要么死在波斯人手上，要么下落不明。只有我逃了出来——用他们的命换的。"

"这正是我担心的。"优素福说。迪亚蒂丝感觉他做了个手势，但光线太暗看不清。"萨胡尔知道的话，会说你的肩头停着一只乌鸦，带着死亡气息。我们能看出来，你是惯于指挥的人。不过，我希望你知道，来自罗马的女士，达沃斯愿意跟你，我们就没异议——我们视他为英雄——但是，如果他死了或者改了心意，我们就要按我们的一

第四十四章

套去做。"

"你认为我会害死你们?"

"罗马女士,我知道我会为此送命。我在乎的是萨胡尔和其他人。不要让他们枉送了性命。"

说完,优素福慢慢爬出了帐篷。帐篷里又只剩了迪亚蒂丝一个,一阵疲倦感袭来,她沉入了梦乡。

迪亚蒂丝眯着眼,举起戴手套的双手遮挡住傍晚夕阳的余晖。越过蓝绿色的河面望过去,陶里斯的城墙仿佛砂岩悬崖般耸立在对岸。护墙上金色与红色的旗帜在轻柔的北风中飘动。她和保利亚人蹲在河西悬崖上一片落叶松与榛树混杂的树林里。优素福与另一个人已经先行下去侦察河岸的情况。迪亚蒂丝一边等,一边数着城墙上的人数和城墙下营地里的马匹数。

萨胡尔碰了碰她的肩头,她迅速转过头,看见优素福推着一个皮肤黝黑的小个子从树林中走过来。萨胡尔往前跨了一步,挡在迪亚蒂丝和陌生人之间。优素福推了小个子一把,让他跪下,然后自己也跪下。他呼吸急促,脸上有一处明显的瘀伤。

"遇到麻烦了?"迪亚蒂丝低头看着俘虏,轻声问。

优素福摇摇头:"我在河边高芦苇地里侦察的时候,看见一队铁帽子正在河的一条支流里洗澡。我游到他们的上游处,发现这个家伙正在往河里撒尿,于是便说服他与我一同来见你。"

迪亚蒂丝笑了。陌生人正四处张望,打量着树林里那些穿着绿色与褐色服饰的人,观察他们的举止与兵器装备。此人个子不高,只有四英尺,一头深褐色卷发,短短的胡子修剪得十分整齐;上身穿着一件只在领口与袖口缝起来的肥大的灰色汗衫;下身穿着一套暗红色羊毛裤;脚上穿的靴子虽然质量上乘,但从磨损的痕迹来看已经穿了很久。优素福在最近的树旁放下一个口袋、一把弓、一袋箭和两把匕首。迪亚蒂丝对陌生人友好地笑了笑,对方却怒目以对。

"你会说希腊语?"她试探着问,"拉丁语?阿拉姆语?"

俘虏又朝四周望了望,然后从跪姿改为盘腿而坐。

"我会说一点希腊语。"他的口音很重。

"我是迪亚蒂丝,"她从自己的袋子里取出一块饼干,掰下一块放在陌生人面前,自己拿起手中剩下的咬了一口,"欢迎你,请用,别客气。"她用牙齿咬下酒囊的蜡塞,先浅呷了一口,然后递给他。

那人盯着地上的饼干看了一会儿,又看看她,然后再看看保加利亚人。就在她刚才说话的时候,大部分保加利亚人又回到灌木丛中隐藏了起来。他小心翼翼地拿起饼干咬了一口,皱了皱眉,拿起酒囊狠狠灌了一口,手捏着袋子底部把酒挤进嘴里。吃喝完后,他用袖子抹了抹嘴,打了个响亮的嗝。迪亚蒂丝也吃完了手中的饼干,味道的确很糟糕。

"我叫巴格拉图尼,"黑皮肤男子说,"谢谢你的款待。"

"欢迎,巴格拉图尼,"迪亚蒂丝说,"你喜欢波斯人吗?"她指了指河对岸的城墙。

对方大笑一声,笑声短又尖,好像犬吠。

"我冲那些低地来的人撒了尿。"他比了个手势,迪亚蒂丝猜那个也没什么好的意思,"你们是来杀他们的?"他指了指优素福的剑和弓,然后又指了指她的。

迪亚蒂丝偏着头看着他。她对面前这个小个子有种直觉,但不知道到底能信他几分。

"那些低地人正是我们的猎物,"她指了指自己和藏在暗处的保加利亚人,"这是场有趣的狩猎。你能祝我们一臂之力吗?你去过城里没有?"

巴格拉图尼一拍大腿,高兴地笑了。他摸着鼻子想了想:"要想对付那些低地人,城市可不是什么好的选择。如今城里已经没多少自

第四十四章

由的活人了——几乎全部是低地人和他们的女人。进城太危险了。"

迪亚蒂丝眯着双眼问道:"你说没有自由的活人,那奴隶呢?城里是不是还有很多奴隶?"

巴格拉图尼点点头,脸上的笑容渐渐消失。

"是,"他缓慢说道,"城里有很多人成了低地人的奴隶。当那些低地人来到这里时,强迫大家没日没夜地劳作,却没有食物,没有休息,很多人都死了。低地人把孩子们的骨头放进修筑房子用的砂浆里,以此取乐。"

"巴格拉图尼,你有没有办法让我们混进城去?"迪亚蒂丝略微探身过去,"不是所有人,只是我们中的一部分。"

盘腿而坐的巴格拉图尼晃了晃身子,嘴里啧啧地赞叹。

"或许可以,"他慢吞吞地说,"如果你放了我,我会回来带你们走密道进城。不过我手头还有要紧事,所以我必须得马上走。"

迪亚蒂丝瞥了萨胡尔一眼,后者依旧面无表情。她又看了眼优素福,对方担忧地摇摇头。她把目光转回巴格拉图尼身上,微微一笑:"尊敬的客人,如果你有急事要办,我当然不会强留你。"

她小心地站起来,让一排榛树挡在她与远处的城市之间。巴格拉图尼虽然一脸不解,但也跟着站了起来。

"放心地去吧。"说着,她示意优素福把小个子的兵器还给他。巴格拉图尼把自己的剑与匕首重新放回腰带上,迅速鞠了一躬,立刻钻进了灌木丛。迪亚蒂丝看着萨胡尔,朝着本地人离去的方向摆了摆头。萨胡尔会意地点点头,悄无声息跟进树林,身后只惊起一片落叶。她又转头看着优素福,后者正靠在自己的长矛上,长长的脸上写满愤慨。

"你说要找个本地人——好吧,我找到了,相当合适,甚至身强体壮!可你又把他放走了。"

迪亚蒂丝冷冷地看着他,他立刻站直身。

"留个人在这里看他是否回来——看他有没有带别人过来。其他人随我拔营。如果日落时他还不回来,我们就自己想办法过河。"

优素福点点头,闪身钻进了树林。迪亚蒂丝转身凝望着河对岸,心想:"我还有多少时间?目前没听到任何关于罗马军队动向的消息。保加利亚人什么也不知道。如果待在河对面那座金棕色的城里的真的是'野猪'本人,那我就不能再等了。"

第四十五章
拉丁姆,奥斯提亚港

朱苏德拉笑容可掬地张开强壮的双臂:"看,大人,我说得没错吧?它是个美人。"

盖乌斯·尤利乌斯一跃翻上船。这艘船的确令人惊叹,他好不容易才让自己不面露讶异。

"这个宝贝,快得像海上吹过的风,轻得像翩翩起舞的小姑娘。"

盖乌斯·尤利乌斯挑了挑眉,打量着尼西尔号宽敞的柚木甲板。长长的大船干净整洁,所有绳索都绑扎整齐。甲板两侧都有高高的挡板,光亮的木质前甲板上立着两根桅杆。前方的船头翘起成卷曲状,涂成灰色与深蓝色。船尾有两个高大的操纵桨。视线中不见任何来自提尔的水手,只有盖乌斯·尤利乌斯与朱苏德拉两人站在高高的桅杆下。

"看起来很结实,"罗马人试了试系在主桅杆上的其中一根编织绳的结实度,"它到亚历山大,或者到毛里塔尼亚海岸线上的丁吉斯,需要多久?"

提尔人笑了笑,浓密的红胡子里露出白白的牙齿:"这个宝贝又快又稳——夜里我能利用星辰辨认航向。我曾用了八天从奥斯提亚航行到亚历山大,四天抵达伊伯利亚半岛海边的加的斯。尼西尔号就像天神的战车,能带你去任何你想去的地方。"

盖乌斯·尤利乌斯好笑地摇了摇头——内海上的船长们都这么说。他摸着自己的长鼻子,打量着船长和他的船,衡量着脚下木头的结实度。

"据我所知,你之前某趟航行……好像误了点儿时间。"

朱苏德拉眯起眼睛,看着面前这位脸上挂着浅笑的贵族:"是有点……麻烦……那是一个月前运送鳗鱼的生意。不过那纯属货主自己的问题!我们可是完全按照约定计划行事!"

"那批鳗鱼,"盖乌斯·尤利乌斯慢慢说道,"从船底侧舱口溜掉了,我亲爱的提尔朋友,你的两个手下还去看了医生才把身上的鳗鱼取下来。对此不幸事件,我深表同情。不过这让我不得不怀疑,你的船是否能把珍贵货物安全送达目的地。"

提尔人双手叉腰回头瞪了盖乌斯一眼。如果他是一锅沸水,此时早已炸开了锅:"那些篮子本来应该能防止鳗鱼逃跑的!唉,那个味道臭得要死!足足刷了一个星期,才把木板上的味道刷掉!难道你要运送什么珍稀动物吗?"

"不是,"盖乌斯口气软了下来,微微一笑,"就是几个观光客——不过,我的朋友,因为这是趟很私密的旅行,所以你不能让其他人搭船。哦,其他的货物也不行。你这条船只能搭载我和我的朋友。"

"什么?不能装货!"朱苏德拉气愤地吼道,"那我要怎么赚钱?我还有一大堆债要还,大人。走这一趟要是赚不到钱,我可不干!"

"那不是问题,"盖乌斯从衣服里拿出一个不起眼的木卷轴筒,"恕我冒昧,去找了你的债主祖希斯,他很乐意把你的债权转给我。这是件皆大欢喜的事,这艘船不错,值得拥有。"

盖乌斯·尤利乌斯露出白白的牙齿,冲提尔人笑了笑。朱苏德拉怒气冲冲地瞪着他。

"如果你干得好,待我们办完事之后,尼西尔号就还给你。"

第四十六章
幼发拉底河平原北部，萨摩沙塔城外

冷水激在头上，迪林被淋醒了。他喘着气骂骂咧咧，拧出流进鼻子里的水。一只强壮的大手把他从水槽边拎起来，他甩了甩头，冰冷的水流进了汗衫里面，在炎热的天气下，反倒让人觉得很舒服。

"醒醒，伙计！"一个熟悉的声音在耳边低喊，这个声音已经完全没有了前些日子里的紧张情绪，"该回魂了！"

迪林眨眨眼甩去水珠，看看四周，发现自己置身于另一个帝国军营，到处都是帐篷，周围有一道仓促垒砌的防御土墙。他此刻正站在一个大帐篷边上。帐篷后面有个木架子，支撑着足有三十英尺宽的一张大帆布篷的一侧。帆布篷挡住落日余晖，在军营里留下一片阴凉。

科隆纳用拇指翻开他的眼皮，看着他的眼睛。

"嘿，"老兵说，"你恢复得不错。怎么？你常常晕倒？"

迪林推开他的手自己站起来，感觉膝盖还有点发软："我的部队在哪儿？我得去报到。"

"这个嘛……"科隆纳抓了抓胡子，望着远处，"先吃点东西吧，然后去见保民官。反正你都迟了，再稍等一等又有什么关系呢？"

迪林想了想，空空的胃的确在抗议。好吧，那就先吃饭。

靠近军营中央的地方搭了一顶大帐篷,用来烧饭。跟港口那些井井有条的营地不同,这个营地完全没有规划,帐篷、水沟、矮墙,想怎么搭就怎么搭。营地里四处可见皮肤黝黑、留着金色长发的野蛮人坐在自己的兽皮或马毛帐篷前。科隆纳掀开大帐篷的帆布门让迪林先进去。里面没有桌子,只有数口煮着菜的大锅。科隆纳递给男孩一个旧锡碗和一只用动物角刻成的勺子。

"一会儿别忘了还回来,伙计,这是我自己的东西。"迪林点点头,向一个头发斑白的独臂士兵伸出碗。独臂士兵用长柄勺给他舀了点深褐色的汤水,里面漂着一大块不知道是什么动物的肉。跟在他身后的科隆纳也递出手中更大一点的碗。

两人拿着食物到帐篷外就餐。科隆纳靠着军用炊事帐篷站着,用自己的铜弯勺舀了一勺食物放进嘴里。迪林实在没什么力气站起来,就蹲在地上吃。碗里的肉可能是羊肉或猪肉什么的,但此刻他已顾不得这么多。吃完后,科隆纳给他喝了点不知道用什么水做的饮料,好把食物冲下肚。那水一股子酸味,迪林刚咽了一大口,就猛地咳嗽起来,差点儿没吐出来。

老兵拍了拍他的后背,他咳得更厉害了。

"军团里的特饮,伙计,掺水的醋,据说很解渴。我自己也喝不惯,不过你最好习惯这鬼东西。"

等到天几乎黑透了,科隆纳才带着迪林去见保民官。靠内的营地周围用嫩树枝按一英尺宽的间距打入地里作为栅栏。一个卫兵孤零零地守在栅栏上通往魔法师军营的其中一个入口,穿着简单朴素的束腰外衣与靴子,身下坐着一个三角形板凳。科隆纳和迪林走上前去,向卫兵说明身份并出示了身份牒。栅栏内,帐篷之间光线暗淡。穿过栅栏时,迪林忽觉浑身一冷,往四周看了看。卫兵哈哈大笑,指了指保民官的帐篷。

遮光的大帆布篷仿佛一个巨型屋顶罩在魔法师军营的最中央，篷下地面上堆着一圈石头，橙红色烈焰在圈里熊熊燃烧，火光在篷底摇曳。四周不见人影，帐篷与帐篷之间的过道上空荡荡的，只有微弱的光亮。内营是如此安静，而且一进了栅栏，外营的所有声音就仿佛突然消失了一般，听不到骆驼叫，也没有一点儿人声。这令迪林心里有点发怵。其中一顶帐篷跟周围帐篷分得比较开，这顶帐篷前立着一杆军旗，很像标准的军团鹰旗，不过这上面只有一个圆盘，圆盘上画着荷鲁斯之眼，而不是城堡和月桂枝。军旗上也没有悬挂战役名单。

"保民官昆图斯·梅特路斯·皮乌斯在不在？"科隆纳那种抱怨的语气又回来了。

"进来。"帐篷里传来一个粗哑急躁的声音。

迪林跟着科隆纳走了进去。帐篷里点着一盏铜灯，古怪的白色灯光照着一张床和一张桌子。保民官正坐在桌子后面的一把行军凳上，俯身看着放在一块布上的一大堆小金属片。迪林看了一眼灯，被吓了一跳。那并不是一个点着火的普通灯，而是一个装着一只小精灵的玻璃球。他走近些，看到一张很小的脸抵在玻璃上，后面似乎有一双翅膀，一双金色小眼睛恨恨地看着他，眼里满是痛苦。

"保民官，我叫科隆纳，是第三军团第六小队第四小分队的压阵者。"科隆纳行了个军礼。

保民官闻声抬起头，水蓝色的眼睛迅速扫了一眼面前的两人，又继续埋头摆弄那堆乱糟糟的金属弹簧和齿轮。

"何事？"他冷冷地问。科隆纳挺直身体。

"这个叫迪林·麦克唐纳的小伙子前来报到，长官。他应征入伍，从君士坦丁堡一路赶过来，长官。因为误了时间，刚刚才到。"

"哦。"保民官应了一声，小心翼翼地把一个齿轮装到一个看似锡做的蛋形物件侧面一根上了油的小杆上，"那就带他去找布兰科把一切安排妥当。四号帐篷应该还有些空床位。你们可以走了。"

科隆纳脚下没动，回头看了眼迪林。迪林几乎站着都要睡着了。在城里的那场遭遇的确耗费了他太多精力："呃，长官，有点小问题，我能不能……"

保民官再次抬起头，这回终于放下了手中的金属部件。他用油腻腻的手理了理红色短发，在头发上留下一条油和煤烟的痕迹。白光照出他严肃的脸，老成持重的样貌算不上英俊。有那么一瞬间，迪林感觉面前似乎是一头大耳朵牛呆呆地站在干草地上。他立刻打消了这个想象。

"继续。"保民官这才终于正眼看了看迪林。看到边缘被火烧过、烂得不成样子的披肩，看到爱尔兰男孩一身风尘仆仆的衣着，他挑了挑眉。

科隆纳咳了一声继续说道："这个小伙子在幼发拉底河的一座桥上被人偷袭，他的马和装备都丢了。能不能给他发点新装备？"

保民官脸上闪过一丝冷笑，他从桌面上直起身："可选的不多，压阵者。只有些淘汰品和死人留下的东西。不过这孩子的确需要衣服和装备。没问题，我写个领取单你拿去便可。"

保民官把手伸到桌子底下，下面传出一阵哗啦的声音。他从一个小桶里翻出一块碎陶片，从桌上拿了个尖锐的金属工具在上面划拉了一阵。科隆纳接过领取单，又敬了个军礼。迪林也依样画葫芦敬了个礼，然后就被科隆纳急急忙忙拉了出去。

"还不算太糟，"走在帐篷间的过道上，老兵说，"至少你又有装备了。"

快到大门口的时候，两人停了下来，科隆纳转过迪林的身子与他对视。

"明天早上去向百夫长报到的时候，你可得当心点。我知道这个小队的百夫长布兰科，那是个狠角色。你丢了装备，重罚是跑不掉

第四十六章

不过只要你按他说的做，就会没事的。好了，四号帐篷到了。"

科隆纳把陶片塞到迪林手里："我得去向步兵队的保民官报到了，你自己好好休息。"

说完，西西里人便急匆匆地走了，摇曳的火光照在他离去的路上。迪林转身摇摇晃晃地走进了四号帐篷，心想："终于到家了。"

迪林站得笔直，腿麻了，麻木的感觉从腿上一直传到手上。百夫长抬起头，问："有什么问题，麦克唐纳？"

迪林咽了下口水，干干的嗓眼里满是灰："我没有装备，长官，我的马死了，装备被人偷了。"

布兰科点头叹了口气，宽阔的胸膛把浅色外衣绷得紧紧的。他冲着桌子另一边的床铺挥了挥手："坐吧。"

迪林依言坐下。

"科隆纳已经带你去见过保民官了吗？"

"是的，长官。"

"关于你的装备，保民官对你，或者对科隆纳，是怎么说的？他说了些什么？"

迪林的脸一下子就红了，脑子里冒出一个火花。他曾无数次从学院老师们口中听到过这种暗含讥讽的口吻。他讨厌被人当成小屁孩，即使他的确年纪很小。

"长官，他让我领些新装备，还说把我分到，长官，分到……"

迪林说到这里便说不下去了。布兰科握紧拳头，迪林只觉浑身一紧，头晕眼花，眼角余光有白光闪动。他咬着唇，唇破了，血流进嘴里。能量在迪林身边的空气中涌动，他用双手撑在床铺上。

布兰科摇了摇头。

"不对，"百夫长说，"张嘴。"

迪林感觉脑袋里有个嗡嗡的声音在叫嚣，就像拿把锯子在大理石上锯，呼吸也艰难起来，脑中的火花噼啪一声灭了。百夫长粗壮的拳头微微动了几下，他隐约感觉到一条绿色的东西缠上了自己脖子。

"别去想。"一片嗡嗡声中响起科隆纳的声音。

迪林身子一软倒了下去，脑海回到最初的冥想状态。眼前的景象开始变得扭曲，逐渐消失。他眼中的蜡烛发出的光退散开去，只剩下一团火焰。

"慢，太慢了。"这是他失去意识前听到的最后一个声音。

耳边传来骆驼咕噜咕噜的叫声。迪林睁开眼，眼前晃过一片砂砾石块。有人紧紧抓住他的胳膊和大腿把他提起来，暗蓝的天空从他视线里一晃而过，额头撞上了一根柱子。嘴里还残留着血腥味。另一双手拉起他的胳膊绑在厚皮带圈里。视线突然变得清晰，他看见自己的另一只手也绑在黑色皮带圈里。视线远处是炊事帐篷宽大的篷顶和其他帐篷。一股冷风从他光光的两腿之间刮过。

他被吊在一个木架子上，架子两边各站了一个年纪与他相仿的男孩。左手边的黑发男孩身材矮小、皮肤黝黑，穿着简朴的白色汗衫和长裤，长长的脸配着瘦瘦的鼻子，一双黑色眼眸正警惕地盯着他。右边的男孩身形要矮胖些，也是一身白色的简朴打扮，留着金色短发，一张原本活泼的大饼脸此刻也挂了副防备的表情。

有人把他的一条腿往后拽，用以钢丝为芯的绳子在上面绕了三圈。迪林的意识渐渐清醒，深深的恐惧在心里蔓延开来。

他清楚接下来会发生何事。百夫长没有说笑。他正被绑在一个鞭刑架上，一会儿就会有个足足有二十年军龄、腰圆臂粗的老兵拿着钉满柳钉的蛇皮鞭冲他来个三十至四十下，直到他的后背和腿全都皮开肉绽为止。他感到呼吸困难，轻轻呻吟了一声。

一个巴掌狠狠甩到他脸上，打偏了他的头。他瞪大双眼，面前站着一个年轻女孩。女孩伸出一只黝黑的手把他的头扳正。

第四十六章

"闭嘴。"她厉声呵斥。女孩的头发又黑又密,额头上绑着一根暗红色发带,一张脸与站在左边的男孩一样又瘦又长,优雅的黑色眉毛下露出一双深褐色眼眸。她又摇了摇迪林,宽松的白色衣服从她结实黝黑的手臂滑下来。她一把把他的头按到架子上。

"你要是叫得像头猪,凯尔特人,我决不会让你好过,你懂吗?你现在是我们五人队的一员,你要是让我们难堪,我会亲手剥了你的皮。"

女孩推了他一把,蹲下来把他的另一条腿也绑在架子上。在炊事帐篷背面的这一小块空地的另一边,布兰科与科隆纳正坐在一张长椅上端着陶土酒杯喝酒,身边放了两个木盘,盘边还有早上喝的粥水残渣。两人凑着脑袋正聚精会神地讨论着什么。

越过帐篷和乱糟糟的绳子、金属丝和线网,迪林望见了远处陶里斯城周围的高山。太阳半躲在被冰雪覆盖的白色山尖后面闪着光。从雪山上刮来的东风送来丝丝凉意。这时有人咳了一声。

有人踩着砂砾嘎吱嘎吱地走来,迪林强迫自己睁着眼睛,慢慢转头看向声音来源处。黑发女孩从架子边走开,与两个男孩站到一起。

布兰科与科隆纳放下手中的酒杯站起来,冲着走进小广场的保民官行了个军礼。保民官今天的衣着与昨晚一样,仍然是褪色长裤与皱皱巴巴的汗衫。看起来有些心烦意乱的他向两人回了一礼,然后看了看他们的准备工作,冷冷哼了一声。他走到炊事帐篷背面,举拳在门柱上重重敲了几下。一个厨子掀开帆布门帘探出头来。

"我要点热的东西,小子。"说完,保民官转身靠在门柱上。他冲布兰科示意了一下,然后仰坐下来。

布兰科背着手走到小广场上,清了清嗓,朗声说道:"军团士兵迪林·麦克唐纳,丢失军队配发的装备和马匹,依律当领二十五鞭,以整军威。"

说完,他退了回去,示意女孩可以开始了。女孩走到架子旁,退后少许，抖出一条长长的生牛皮鞭，鞭子末端加了重物。她按惯例向迪林展示了一下鞭子，然后走到了架子背面。迪林被吓得脸唰地一下就白了，咬紧牙关绷紧后背。

身后传来女孩抖了抖鞭子，鞭子尖端在砂砾石块中滑过，然后又回到女孩手中的声音。女孩在砂砾上走动，脚下发出嘎吱的声音。迪林在心里哭着祈祷，被皮带绑住的双手满是汗。一阵风刮过，他浑身冒起鸡皮疙瘩。

"一。"布兰科低沉的声音传来。

迪林心头一紧。

第一鞭狠狠打在他的后背和颈侧，然后抽离。迪林吊在绳子上的身子往前倒去，又弹了回来。

"二。"

迪林猛地吸了口气。火辣辣的感觉从后背传遍全身。第二鞭落下时，他几乎咬碎了一口牙。肌肉和神经都在痛苦地哀嚎。他又猛喘了口气，死死压着身体里想要尖叫的本能。

"三。"

一声长长的呜咽从他牙缝里溢出。他感觉到女孩投来鄙视的目光。

鞭子"嗖"地从光裸的背上滑过，鲜血"咝咝"冒出的声音传入耳中。吊在绳子上的身体再次往前倒。一声长长的呜咽从他唇间溢出，他死咬着唇忍住。在这块方形小沙地的另一边，坐在椅子上的布兰科抬起头，看得津津有味。站在架子旁边的两个男孩紧张起来，仿佛拴在链子上的猎狗。透过眼角朦胧的灰霾，他们的本质形式在迪林眼中忽隐忽现，先是鲜艳的绿色，然后变成淡蓝色。

女孩把皮鞭轻轻往上一抛收回手中，调整了一下小臂上的皮带，额头上的红色发带下冒出粒粒汗珠。她甩了甩头，甩开挡住眼睛的头发，斜眼瞟了瞟。此时太阳已完全升上了陶里斯的山头，炙热的阳光

第四十六章

斜斜洒满整个营地，帐篷撑杆和旗帜在明亮的光线下清晰可见。

迪林无力地吊着，双眼盈满泪水。

"神啊，我怎么能在她面前哭？"他在心里怒斥自己的软弱，挣扎着想控制不停颤抖的神经与肌肉。女孩活动了一下肩膀准备继续行刑。他听到她的靴子踩在砂砾上沙沙作响。

迪林脑中的火花砰地一下亮了起来，在黑暗中飞旋，从他的愤怒中吸收能量。布兰科张开两腿稳住身体，科隆纳又坐了回去，一抹笑意慢慢爬上他的脸。一个厨娘出现在厨房门口。她把在食堂里干活儿的男孩们赶回去做事，自己却靠在那儿看，她的脸在简易门楣下的阴影中一动不动。她穿着长长的蓝色衣服，衣服边缘上有卷曲的红色和黄色花朵图案。虽然迪林感觉身上一阵阵剧痛，但依然能清晰地看见眼前这一切。

"五。"布兰科坐在长椅上沉声发令。身体再次背叛了迪林的意志，肌肉紧绷，先是往前一僵，然后再弹回来。这回女孩抡开手臂挥出一鞭，鞭子带着一道白色火光抽上他的背。火花呼啸着钻入脑海深处，开始暴涨。全身的神经都在尖叫，仿佛碾压着石头和树枝一般。

"六。"

"七。"

布兰科的声音远远传来，听起来像姑娘在细声尖叫，但迪林的心里只有沉沉的黑暗。布兰科微笑着，半闭双眼，脚跟点地，身体前后晃动。科隆纳仰靠在厨房墙壁的暗灰色厚木板上，双眼闪闪发亮。

"八。"布兰科吹起口哨，沿着音阶升高又降低。迪林的右眼无法视物，只是一片唯有他能看到的模糊的白热火花，仍可视物的左眼只看到了科隆纳嘴里参差不齐的白牙。他看到百夫长转身对西西里人说了些什么，后者哈哈大笑拍了下膝盖。迪林恨恨地咒骂，唾沫星子从嘴里飞出来。

"九。"

"十。"

"十一。"女孩的动作慢了下来,拖长每一鞭的时间。她看着迪林血淋淋的后背,鄙视的眼神渐渐消失。迪林感觉到两个男孩在无声地嘲笑自己。飞旋的白热火花突然模糊了左眼,眼前只剩下一些断断续续的白色与橙色,其间夹杂着绿色与紫色。迪林感觉身体突然崩溃,淹没在黑色与红色的痛苦中,他在没有冥想入定的情况下进入了魔法世界。能量飞速流动,明亮的能量流与各种魔法形式围绕在他身边不停地旋转。这已不再是自己熟悉的感觉,他被困在一个不断变幻的虚空中,各种形式在他四周不停旋转。曾经熟悉的土流与生命能量的形式变得模糊难辨。他努力定下心来进行冥想,但只是徒劳,除了飞旋的火花便什么也没有了。

在这虚空中,每一层都与下面的空间反向旋转。一个幻象出现在眼前的形式旋涡中,向内收缩然后爆发出能量。迪林隐约感觉到女孩的鞭子正落在他身上,但从幻象所迸射出的蔚蓝色与玫瑰色条纹并没有触碰到他,而是在虚空中便爆裂开来。他的心开始向外延伸,面前的虚空被火花打破,变成无数如同镜面一般的碎片。土流呼啸着冲过来将他紧紧包裹。

他在虚空中的形式变得更稳定。突然,在他身后的女孩和在他两侧的男孩的幻象,如同闪光的蛇一般,从空中翻腾的大旋涡中现身。狭长的鞭子像一条黑影迅速向他挥来,火花突然光芒大盛,瞬间吞没了黑影。迪林无声地咆哮,身体发出炽热的黄光,撞击在他与两个男孩的蛇形幻象之间的淡蓝色空间。

女孩的幻象向他扑来,带着能量的赤热双拳打在他身上。火花在他脑海中旋转,层层叠叠堆积。迪林稳住自己,用来自他身下土壤中的暗绿色能量向对方打回去。他把木架子上的暗火融入自己的攻击中,浑身光芒四射。

女孩的蛇形幻象飞快地旋转飘移,将他这一击吸收化解。两个男

第四十六章

孩同时从反向对包裹着迪林的旋转防护球展开攻击。防护球被打出一条裂缝,女孩趁机向球内攻击,在迪林身上打出一个极细的小孔,迪林的本质形式从这小孔开始破散。面前的三个对手像水银一般滑开,狡猾地躲过了他的反击,同时把他的防护球撕开数条长长的口子。他拼命从土壤中吸取能量,可惜能量流埋得太深无法够及。石头在他的脚下纷纷碎成粉末。闪电如波浪一般扩散,他佯攻两个男孩的幻象,试图把两人绑在一起。他抓住了其中一个,但此时女孩将防护球剩下的部分一扫而空,打中了迪林赤热的身体中央。第二个男孩紧随其后,切断了迪林与土壤之间的连接纽带。迪林两眼一黑,什么也不知道了。

迪林喘着气睁开眼,一轮烈日映入眼帘。阳光在不久前才刚刚照在悬挂内营上空编织网所用的支撑件、导轨和绳索上。一张脸挡住了眼前的天空,迪林眨了眨眼,认出是那个女孩,汗水顺着女孩的鼻翼滴下来。女孩有一双细长的眼睛。她用大拇指翻开迪林两边的眼皮看了看,又轻轻拍了拍他的脸。迪林感觉呼吸不畅,想要坐起来,谁知刚一动身子,后背便是一阵撕心裂肺的痛,泪水毫无防备地从他眼睛里涌出来。

耳边有个声音说:"他没事,一切正常。涂些药膏,一个星期之后就好了。"

迪林吃力地喘着气。一双手温柔地把他抱起来。他飞快地眨了眨眼,淡淡的天空消失了,眼前出现一个帐篷顶。他被放到一张帆布床上,耳边传来叮叮当当的硬币声,眼角余光扫到之前那两个男孩正安静地待在一旁。金发男孩嘴角还沾着红色的果汁,对着他露出一个鼓励的笑脸。

"石榴?"他试着问了一句。另一个男孩皱了皱眉凑过来,浓密的黑发遮住眼睛少许,他拨了拨头发。迪林微微转过头来看着他。黑发男孩伸手从迪林看不到的地方取来一只皮革水壶,把有凸边的铜壶嘴凑到迪林嘴边。清凉的水流了出来,迪林如饥似渴地喝着。后背上又痛又痒的感觉越来越强烈,甚至比在架子上受刑时还要难受。金发男孩掰了点石榴塞到迪林嘴里,迪林咬着苦涩的果肉,发出喀嚓喀嚓的声音,酸酸的果汁流了一嘴。

"你运气不错,"金发男孩嚼着剩下的石榴说,"一般呢,就算你晕过去了,他们也会继续打完剩下的鞭子。"

"他说的没错,"黑眼睛男孩肯定地说,"有一回我弄丢了头骡子,挨了十五下,一下不少。"两个男孩一致点点头。

"真幸运。"他们说。迪林觉得眼前一片灰蒙蒙,再次失去了知觉。

第四十七章
大叙利亚行省南部，代纳巴罗马军营

"全是空的！"芝诺比娅骑马奔驰在营地里的横营道上，高声喊道。一阵干燥的风卷着蓟花和垃圾从道上呼啸而过。她跑到正中央，在指挥部的正前方停下来，掉转马头看着后面跟上来的同伴，包括艾哈迈德与穆罕默德在内的其他人骑马小跑追上了她。指挥官面前的这片广场是用平底石铺在硬泥地上修筑而成。芝诺比娅身后的建筑空无一人，门窗紧闭，门上都用木条钉死了。展现在众人眼前的是一个荒废的营地：数百栋用烧结砖修筑的建筑整齐地排列着，房屋间的街道肮脏不堪。浴场的桶形穹顶耸立在广场一侧，艾哈迈德看见浴场的门半开着，任凭风沙肆虐。

"连只鸡或猪都不给留，"巴尔米拉女王说。她俯在马背上挠着马的耳朵，"真是十足的罗马人作风，所到之处一扫而空。古来氏人，你的探子在附近有何发现？"

穆罕默德摇摇头。名义上，伊本·阿迪酋长是这支由土著部落、巴尔米拉人、叙利亚人和纳巴泰人组成的杂牌军的指挥官——纳巴泰人是军队中的轻骑兵——但是，实际领导人却是穆罕默德，因为伊本·阿迪大部分时间都在给芝诺比娅当高级幕僚。在艾哈迈德看来，自从两人结伴而行,他从未见过这个南方人有比现在更开心的时候。

"一无所获,女王,四周全是荒山,连那些随军迁徙的平民的营地都全部废弃了。据我手下的探子回报,往河的下游再走三四里,那里有个适合扎营的好地方。我们要不要去那里?"

芝诺比娅大笑起来,乌黑的长发如同黑色波浪般在脑后舞动:"干吗?白白浪费眼前这现成的好地方?既然我们要做罗马人的活儿,我们自然也该享受享受他们的东西!今晚就在此扎营,作好在这儿待一两个星期的准备。我的兄弟很快便会带着城里剩下的军队来此与我们会师。让队伍安顿下来,派出征粮队,修复荒废的防御工事,立刻去办!"

穆罕默德坐在马背上半欠了欠身,急匆匆地走了,长袍在身后随风飘动。另外两名指挥官,扎布达与阿希莫斯,也欠了欠身,各自领命而去。扎布达指挥的是甲胄骑兵,成员主要是来自戴克波利斯、纳巴泰和叙利亚的重装和铠装贵族;阿希莫斯领导的则是这些城邦的步兵大队。芝诺比娅看着他们离去,待他们走到够远的地方时才叹了口气。她掉转马头,打量着广场上剩下来的人。

"等沃罗梓带着我的步兵来到这里,我们还得花点时间部署,才能挥师北上。"女王向伊本·阿迪示意,后者似乎骑在马背上睡着了,闭着双眼,白花花的胡子下甚至还传出了轻轻的鼾声。

"老前辈,等你睡醒了,去周围找些熟悉这些山头的人,派他们守着各条进出的路。一旦有人来就立刻向我报告。"

伊本·阿迪一只眼张开条缝,点了点头,用手肘轻轻推了推马,一人一马慢悠悠地朝着从南边过来的路走去。此时军队在南边的路上铺开足足半里长,各个分队都忙着在营地里找分配给自己的位置,都快吵翻了天。

纳巴泰亲王亚哩达看着老酋长离去的背影,冷冷一笑:"姐姐,那只老虎从没有打盹的时候。"

第四十七章

芝诺比娅回了他一个同样的冷笑。"兄弟,"她的话里带着一丝不易察觉的讥讽,"如果你和你的祭司们不介意住宿营帐篷的话,我可以不用指挥部。请你派人把神庙里的火点上,与神相关的事宜就拜托你了"

亚哩达点点头:"能住进军营指挥官的地方,是我们的荣幸。我们将保护军队不受邪恶的黑暗力量的侵害。"

亲王做了个手势,与他一样穿着黑色勃艮第战袍和珐琅盔甲的侍卫们走上前来。他优雅地向女王身边的人挥挥手,脸上闪过一丝冷笑,然后便离开了,去找专为他个人服务的行李搬运车和驮着重重行李的步兵队。看着佩特拉亲王走远,艾哈迈德心中忽然有种不安的感觉。南方高地国王并不是个深得人心的君主,而他丝毫不在意这一点。他几乎将自己的全部军队都交到了芝诺比娅手中,但是每次在指挥官们热烈讨论的时候,他却总是置身事外,从不参与。他似乎很满足于一切服从芝诺比娅的安排。

女王提马侧跨一步靠近艾哈迈德,对他微微一笑:"埃及之子,由你来主持医院和浴场的事务如何?对于这样重要的工作,我想再也没有比你更合适的人了。在大门那边乱哄哄的人群中,你可以找到我的表兄扎拜,你们要把厨师、军需官和军医都安置在医院里。当然,在这么大的营地里,没有泉水是不行的。你还要找到合适的泉水,确保围墙内有足够的水源。我们得在这儿待上一段时间,在这段时间里要尽量让大家过得舒心。"

"是,夫人。"艾哈迈德微微欠身答应了。

女王笑了,柔声说道:"等这些事办好之后,到骑士团辖区来找我。如果你乐意的话,就住到离我较近的地方,我还有些话想跟你说。"

艾哈迈德点点头,心潮澎湃,有些头晕目眩。芝诺比娅转身离开了,但她明亮的双眸与完美无瑕的脸庞却好像一直在艾哈迈德眼前。

艾哈迈德甩甩头让自己清醒过来，还有好多工作等着他呢。

艾哈迈德和一群应征入伍的叙利亚石匠用背抬着一根杠杆喊着号子用力往上抬。蓄水池墙壁中的一块石头被撬松了，不住地摇晃。最后，一声刺耳的摩擦声传来，石头滚落到一旁。黑漆漆的凉水猛地喷进环室。

"扔绳子！扔绳子！"水一下子冲倒了艾哈迈德，他急忙大喊。其中一个火把被撞松，掉进地面上旋转的水流里"呲"地一下熄灭了，石匠们惊慌失措地大喊着。站在蓄水池石壁上一个方形大洞里的其他人急忙给水塔底下的人抛下绳子，艾哈迈德在水里挣扎着站起来。那块封住与水渠相连的旧水管的巨大的玄武岩被汹涌的水流冲得不停地摇晃，突然松了，直直向众人撞来。埃及人在深及大腿的水中往旁边避让，刚一走开，巨石便猛地撞上了他们刚才所站的地方，吓得他心怦怦直跳。水还在疯狂上涨，他抬头看着上面。

石匠们像一串吊在绳子上的猴子，正一个接一个抓着绳子往壁上的大洞爬去。站在洞外的人则奋力把绳子往上拉。艾哈迈德抓住其中一根绳子，把脚蹬在石壁上的缝隙里。水流不断地拉扯他，他拼命蹬着墙往上爬，上面的人等他爬到洞口就立刻把他拽进去。

"等水涨到石标处，"他喘着粗气说，"就打开水闸放水到浴场。"

说完，他便倒在了热浴室的镶嵌地板上，刚刚与死神擦肩而过，四肢还抖个不停。躺在此处，他依然能感觉到汹涌的水流像一群疯狂的公牛般撞击着蓄水池。快到了，就快到了，他想着，然后在海绿色瓷砖上翻了个身站起来。

营地指挥部的走廊里，火把摇曳出忽明忽暗的光，空气中充满了刺柏树脂的浓烈气味。艾哈迈德蹒跚着走进营地指挥官办公室前的中庭，芝诺比娅的侍卫拦下他进行例行检查。这是一队大夏禁卫军，头

第四十七章

戴高高的穆斯林头巾，鹰钩鼻，胡子编成两根尖尖小辫，个个一副凶神恶煞的模样。他们只是应丝绸女王之号召而来的数千名雇佣兵中的一个小队而已，外面的营地里还有更多这样冲着女王的财富而来的人——布伦米弓箭手、阿克苏姆枪兵、阿拉伯轻骑兵、印度士兵、索特弓骑兵和剑士、台努赫士兵，里头甚至还有波斯重装骑兵，或甲胄骑兵。军纪严明训练有素的纳巴泰骑兵与重装步兵在这支由各色人等组成的混乱的杂牌军里，反倒显得是那么的格格不入。最终确认艾哈迈德无威胁后，大夏侍卫放他进了保民官的办公室。

芝诺比娅从一张大理石长椅后面抬头对他一笑，一头长发简单利落地绑在脑后。这张长椅被她当成了桌子，她的秘书与书记员们坐在靠墙的便携式小桌子上，她的两个贴身女仆正坐在软垫上做着缝纫活儿。女王此时已把骑马时爱穿的重磅丝绸长袍换成了简单的棉质束腰外衣，腿上打着亚麻绑腿。作为统治者象征的金饰环也被放在了一旁。她左脸上沾了个墨点。艾哈迈德鞠了一躬，这才发现自己的短裙破了，还粘了些泥垢。

"让一位圣洁的祭司在女王面前沐浴，"她语气轻松地打趣道，"可是件失礼的事。"她随即语气一转，"你没受伤吧？"

"没有，"他一边回答一边拍着不知何时粘到外衣上的泥土，"医院里都安置好了。蓄水池里重新蓄满了水，浴场里也已经开始供应热水。之前罗马人封了水渠，启封的时候费了点劲。"

芝诺比娅点点头，把头偏向一侧，黑色眼睛严肃地打量着他。然后她摇了摇头，把两束纸莎纸卷轴从长椅上推向他这边。她之前戴着的用天青石和翡翠打造的精致戒指也取下了；手指甲不长但修剪过，大概是常常要戴着手套骑马的缘故。

"我需要你看看这两份急件——我知道你的拉丁语、希腊语和埃及语都很好。我相信我看懂了上面的意思，不过还想确认一下。看完之后再过来，不过也不用太赶，在哨兵第二次换岗之前我还有很多事要忙。"

艾哈迈德挑了挑眉，暗想："第二次换岗，那不是快到半夜了？"尽管如此，他还是鞠了个躬离开了。虽然刚才被她那么调侃过，不过他觉得既然现在浴场里有热水，自己还是应该去好好洗个澡刮个背。

哨兵第二次换岗的铃声响过后，艾哈迈德再次来到指挥官办公室。此时担任警戒的只有两名大夏侍卫，他们悄无声息地站在大门口的暗处，密切注视着周围的一切，但看到他进去时并没有加以阻拦。秘书与书记员都离开了，只有女王一个人坐在桌边，整个房间里十分安静，只听到她手中的笔在粗糙纸面上划动的声音。

此时除了站岗放哨的士兵，整个军营都沉入了梦乡。从大马士革北上，经过艰辛的长途跋涉，所有人都累坏了。军队一路走走停停，速度并不快。从大马士革出来三天后，芝诺比娅进行了一次大规模整编，这又耽搁了军队的行程。如今，按照东罗马帝国的说法，这支军队被分成四个大队：轻骑兵，不管这些士兵的出身来历如何，指挥官是伊本·阿迪，穆罕默德是他的第一副官；铁甲重骑兵和超重装骑兵，由带着重甲、战马、标枪、狼牙棒和长剑的贵族子弟组成，指挥官是女王的表兄——奥迪纳图斯家族的扎布达；弓箭手、枪兵和投石兵，由曾在东罗马帝国军队里服役过的叙利亚亲王阿希莫斯·加利流率领；唯一的弱点便只有纳巴泰人——亚哩达态度强硬，拒绝交出自己的私人侍卫，即足足两千个全副武装的重骑兵，最后芝诺比娅不得已只能任命他为预备队指挥，这其中包括了她自己的私人武装和一队来自伊朗最东南端的波斯骑士。芝诺比娅的另一个表兄扎拜则负责行李搬运车和医院。

艾哈迈德安静地坐下，把两束卷轴放在自己面前，安静地等着。

她写字的手十分有力，虽然落笔得很快，但字迹整洁清晰。她的侧脸给人坚毅的感觉，眉骨比较高，弯弯的眉形很是精致，照着桌子的蜡烛在她光滑细腻的脖子上投下部分阴影；一对小巧玲珑的金耳环从耳朵上垂下来，耳环中央镶嵌着红宝石；上臂戴着蛇形金臂环，蛇眼的位置镶着闪闪发亮的黑玉。看着眼前的情景，看着她绾在金色发网里的头发，艾哈迈德似乎记起了点什么，但仔细一想，却又了无痕迹。

写完后，她在文件表面撒上一层细砂。她抬头冲着他微微一笑，用吸墨纸在纸面上按了按，最后在外面盖上自己的紫色蜡封，这才算完成了。

"完成了。"她疲倦地叹了口气，"急件看了吗？"

艾哈迈德点点头。

看见她想站起来，艾哈迈德走上前去扶着她。芝诺比娅撑着他站起来，甩了甩左脚，脚坐得有些麻了："这个房间后面有段楼梯可以上到屋顶，咱们上去吧。"

女王拿起放在长椅末端的一盏提灯，灯里有根熄了明火但还在冒烟的蜡烛。她弯腰点上蜡烛，把灯举到与肩同高。她拉开挂在房间后门上的一块帘子，门外走廊右手边有一段窄窄的上行楼梯。两人踩着旧石阶爬了一会儿后便来到了屋顶。每个房间的屋顶都是一个三角形穹顶，这样便在整个屋顶形成了一道道屋谷。芝诺比娅沿着墙壁的顶端往前走，小心翼翼地避开板岩顶板与宽大的红色弧形瓦片。最后两人站到了指挥部面朝浴场的一侧。一条漆黑的窄巷隔开了两处建筑。从这个位置望过去，营地里几乎没剩多少灯火还亮着。地面一片黑暗，夜空中却是群星闪烁。

芝诺比娅靠着身后的斜墙坐下来。

"坐吧。"说完，她掐灭了灯，四周顿时暗了下来。艾哈迈德挨着她坐下，惊讶地发现这里居然铺了一张厚厚的羊毛毯。一股微风从群山的方向吹过来，他闻到了她头发的香味。女王拿起另外一张毯子，裹住自己和祭司。艾哈迈德的手仿佛自己有了意识一般自动环上她的腰，把她紧紧搂住。她微不可闻地叹息一声，把头靠在他胸口，伸出一只手与他的手相握。

坐了一会儿，就在他以为她已经睡着了的时候，她突然又动了动，轻轻捏了捏他的手。此时，明月已经升上了光秃秃的群山。

"你看了急件没？"她用带着睡意的声音问。

"看了。"他的声音有些沙哑。在这充满寒意的夜晚，她身上传来的温暖令他有些心猿意马。

"你怎么看？"

这下轮到他叹息了。在亚历山大、提尔、西顿甚至卡萨里亚的巴尔米拉商人都送来了同一个可怕的消息。虽然一开始他几乎不敢相信，但现在看来，那应该是确信无疑的了。

"我想，你在卡萨里亚的人没有说错。帝国调到海岸线上去的三个军团不会回来了，皇帝向你派去的使者阿达萨斯承诺的两个军团也成了泡影。我们成了孤军，而沙欣的军队正在安条克准备一举攻破整条海岸线。你还打算继续北上吗？"

芝诺比娅在他怀里挪了挪位置，趴到他的大腿上。他一下子蒙了。等他又能思考的时候，发现她背靠在他胸膛上，而他的两只手环抱在她胸前，她的头发扫到他的鼻子，有点痒。

"四百年前，有位巴尔米拉国王曾面对过比今天更不利的局面。当时，整个罗马帝国陷入内战，四分五裂。就在那样的局势下，他还在奈斯佛罗姆正面迎战波斯人，而且取得了胜利。罗马的加里恩努斯皇帝授予他'罗马领袖'与'东方总督'的封号以示嘉奖。从那时起，巴尔米拉便是罗马帝国抵御波斯的一张盾牌。我的名字取自第一位芝诺比娅女王，她后来嫁给了罗马的奥勒良皇帝，把自己的王位传给了她的一位表亲蒂莫劳斯。击退入侵者，捍卫我们的土地，这是我身为女王的职责。"

"哪怕，"艾哈迈德埋在她如柔云般的发间轻声问道，"罗马放弃了你?"

她大笑起来,笑声中带着苦楚:"罗马并不保证什么。正因为我们一直都站在他们那边,所以他们便认为我们永远都不会背弃他们。每天,亚哩达都会提醒我这一点。但是……希拉克略是一位足智多谋的明君。如果他真的让罗马军队从叙利亚撤离,我相信,那肯定是另有妙计,而不是放弃。我知道他不会丢开这些行省不管。别的且不说,首先,他是个罗马人;其次,这些省份的赋税是一笔丰厚的财富!虽然目前尚不知道在他的计划里我们扮演的是怎样的一个角色,但是,如果我们能奋战到底,最终的结局就不会令我们失望。"

"你手下的酋长们似乎害怕与波斯开战,"艾哈迈德慢慢地说,"他们缺乏信心,左右摇摆。要是让他们知道罗马不会来相助,他们就会逃进沙漠里。"

芝诺比亚厌恶地哼了一声:"我知道那些家伙,一群懦夫!平日里就知道纸上谈兵,然而当战斗真的打响了,他们却裹足不前。我是不会退缩的,即使面对锋利的尖角,我也会把矛钉进猎物的心脏。如果由我领头,他们就不会退缩——他们的骄傲不允许他们退缩。如果一个女人都敢挑战虎狼般的波斯,他们又怎么能说自己还不如一个女人呢?我决定带领他们继续北上。沙欣的军队是强大,但是既然那头'野猪'没跟他在一起,那么,沙欣将不足为惧。"

艾哈迈德笑着把她搂紧,她转过脸对他一笑。

"女王,你是最伟大的征服者。"

她俏皮地皱了皱鼻子,又疲倦地躺回他怀里。

"你敢拿我寻开心,"她佯怒道,"小心我砍你的脑袋。"

艾哈迈德假装害怕地抖了抖,说:"那谁还能给你唱睡眠曲呢,沙漠公主?"

"没有了,"她悲伤地说,"我又会孤身一人。"

两人相拥坐了很久,默默地看着夜空中流转的星辰。月亮终于开始返航了，夜晚正在消逝。沙漠里开始起风，寒意更重。

"请别生气，但我想知道，为何你会看中我？我既没有出众的外表，也没有傲人的财富，相反，我只是个出身贫贱前途黯淡之人。你对我如此器重，肯定会让你手下那群本就不安分的部落酋长们心生不满。就说亚哩达吧，他看我的眼神，简直恨不得吞了我。"

芝诺比娅闻言笑了起来，一只小手从毯子里滑出来捏了捏他的鼻子："你这个人啊！如此没有自信。傻瓜，你说的那些正是我看中的。所有人，包括那个老是阴沉沉的亚哩达，都只会以为你不过是我在这个夏天找的一个情人——神秘的埃及祭司，落入狡猾女人编织的情网。当他们围在营火旁议论此事时，只会说，我跟你在一起是为了拍神的马屁。亲王和领主们会嘲笑我，背着我议论纷纷，说我选男人的品位太差什么的。总之，如果有人要对付我，没有人会把你视作绊脚石。"

艾哈迈德皱起眉头："这样的日子，你怎么受得了？"

"我生在这样的世界，"她冷静地说，"这便是我一直以来的生活。塞普蒂米乌斯·巴尔米拉家族唯一的女儿，要么成为别人最有价值的战利品，要么，就成为胜利者掌握自己的命运。从儿时起我记得的第一件事，便是我的两位姨妈在我母亲的葬礼上为了王位而争斗。过去、现在、将来，皆是如此。我喜欢你，是因为你心地善良而且并不了解我。只有在你身上，我才能找到真正的自我——不是女王，不是阴谋家，也不用背负帝国的命运——只是作为一个名叫芝诺比娅的女人，一个失败的诗人、学者。"

艾哈迈德点点头，明白她的意思。

"艾哈迈德，我只要求你做一件事。虽然难以启齿，但我别无选择。"她转了个身看着他，一脸凝重，"很快我们就会开战，我会率军冲入战斗最激烈的地方。当那一天到来之时，如果你能留在我身边保护我，我将不胜感激。"

第四十七章

"保护你？可我并不是什么战士！"他不解地看着她。

她悲伤地看着他，似笑非笑："不，你是，亲爱的朋友，而且你是我们最宝贵的战士。波斯此次带来的不只是能战斗的士兵，而且会带来魔法师和其召唤的可怕怪物。所以我才恳求你的保护，为我抵挡敌人的黑暗力量。"

"可是，"他说，"我以为亚哩达——"

芝诺比娅摇摇头，手指按住他的唇："如果我倒下了，亚哩达会接过指挥权。他和他的魔法师要保护整支军队，我相信他们一定会做到的。但是，波斯人也不傻，他们知道对手是谁，所以，我会成为他们攻击的首要目标。我恳求你，留在我身边保护我。"

她脸上苦苦哀求的表情融化了艾哈迈德心里仅存的一丝犹豫。

"当然，"他说，"我会守在你身边。"

此时，失踪的学生已经完全被遗忘了。

芝诺比娅的军队占领代纳巴之后第四天，艾哈迈德与穆罕默德坐在指挥部的住所里，玩着一名印度军官送给祭司的游戏棋。穆罕默德用骑兵从右突进。艾哈迈德皱了皱眉，自己还在想在这红黑方格的棋盘上棋子该怎么走，阿拉伯人便已来势汹汹。他用象堵住对方骑兵的进攻路线。

穆罕默德正在仔细研究棋局，这时门上传来急迫的敲门声。两人转过头去，只见一个风尘仆仆的台努赫斥候"扑通"一声跪倒在混凝土瓦地面上。"报告长官！"他急急喊道，"北边有消息了，波斯军队已经从阿瑞图萨渡过了欧伦特河。"

穆罕默德猛地站起来，立刻把棋局忘到了脑后："敌军来了多少人？'野猪'有没有来？是否带着大象？"斥候坐在脚跟上，一路疾驰让他累得脸通红："信使说，有六万敌军，打着沙欣亲王和拉扎特斯亲王的旗号，没有看到大象。"

"太好了，干得好，阿布·卡比尔！带你的马去休息，这个消息你要绝对保密，不能告诉其他任何人。"

台努赫斥候没想到首领居然记得自己，激动得满脸通红，鞠了一躬离开了。穆罕默德转身看着艾哈迈德，后者仍在一脸困惑地研究着棋局。

"阿瑞图萨在此地往北九十里，我的朋友，女王的战争就要开始了。最迟六天，沙欣的大军就会出现在我们面前。"

艾哈迈德先是点点头，又不悦地摇了摇头，这盘棋局他很难守得住了。他站起来收起自己的东西："你要去向女王报告吗？"

穆罕默德点点头，激动得就差跳起来了。

"好，"艾哈迈德说，"你得派些骑兵到去巴尔米拉的路上打探打探，看沃罗梓的军队来了没。女王肯定不希望在没有增援的情况下开战。"

走到门边的阿拉伯人闻言停了下来，锐利的目光看向艾哈迈德，后者正在系腰带："怎么？你现在是将军了？"

艾哈迈德微微一笑，摇了摇头以示否认："不是，那是你擅长的事。我只不过是对她的想法略知一二。我现在去看看医院的情况，你得马上去见女王。"

第四十八章
君士坦丁堡，竞技场附近

"看起来，这是你的朋友收集到的最后一个秘密，波斯人。"盖乌斯·尤利乌斯戏谑道。

阿卜迪马丘斯低声咒骂，挠了挠原本就稀少的头发。在公寓楼和仓库之间的狭窄街道突然变宽，原因就在于北边的建筑中出现了一个巨大的缺口。用砖块灰浆砌筑的柱子被烟熏得乌黑，柱子周围横七竖八地堆了一地废石和烧焦的木头。一些小孩儿在房子的废墟中捡着还能用的东西。城市上空阴沉沉的天气与薄薄的灰烟为此情此景更添加了几分压抑。

"他的藏书室如果不是被埋在下面，就是早已付之一炬。"马克西安淡淡地说。他把克里斯塔拥在怀里，双手横过她胸前，她的手搭在他的小臂上。他戴着一顶宽大的皮帽，正好替两人挡住了细雨。克里斯塔穿着黄褐色束腰外衣和系带靴，外面披了件暗绿色披风。他则是一身深灰色与黑色，正如他此刻的心情。

"也许没有，亲王殿下，"阿卜迪马丘斯低声说，"东西肯定在地下室里，有木石和法力的双重保护，很安全。"

"没错。"亲王坚定而严肃地说。在从奥斯提亚快速航行到东帝国首都这一路上，他想了很多，对于自己的对手和击败对方所需要的力量，有了一些想法。洗劫一位已故的古文物收藏家的地窖是否有什么不妥，这种事已不在他关心的范围内。"这里没有保护现场的卫兵，如此看来，继承人并不关心这里，或者说根本没有继承人。盖乌斯？"

"什么事？"正在打量周围建筑的老罗马人转头问。

"去打听打听，看这处产业卖不卖，价格多少。如果在我们能承受的范围之内，就买下来。还有，我们得在周围找个住处。这些事情你去办。我和克里斯塔回港口去把行李卸下来，顺便跟朱苏德拉船长把事情了结了。"

盖乌斯·尤利乌斯饶有兴趣地看着两个年轻人手挽手离开了。他用手指摩挲着鼻子叹了口气，想起了自己一去不复返的青春时光。天空中继续下着雨，云朵的颜色越来越暗。

"哈，"他转身对小个子波斯人说，"坏事只有我俩去干了。我估计不少于——"

阿卜迪马丘斯抬头看着他，眼中写满担忧："买下这栋房子，怎么可能呢？如果这家人还有亲戚在，光是走法律程序就得耗上好几个月。"

盖乌斯·尤利乌斯微微一笑，手指掂着系在腰带上的沉甸甸的钱袋，里面装的全是奥里斯金币："别担心，我的朋友。我曾经与一个专门靠烧房子吃饭的家伙共事过，我对这种事还有点经验。跟我来，我可爱的外国朋友，我会让你看到，罗马帝国的市政议员们是怎么在一堆破房子上讨价还价的。"

"那房子可不便宜，"盖乌斯·尤利乌斯煞有介事地说，"背了一大笔税金。确切地说，是六千奥里斯。"

马克西安坐在尼西尔号客舱里一把无靠背的椅子上，火辣辣的烈

第四十八章

日让他有点受不了。他的父亲老奥勒良曾煞费苦心要让儿子们继承罗马人节约的优良传统,结果便是马克西安变成了个"吝啬鬼",尤其是在大笔开支上。

"所以呢?我们只能偷偷去挖?"

"那倒不用,"盖乌斯·尤利乌斯咧嘴一笑,"最后我成功地以四千奥里斯买下了这处产业。当然,这里头还不算塞给城市档案书记官的那笔可观的好处费。看情况,那房子之前就没什么好名声,现在着了一场古怪的大火,自然就成了谁也不要的烫手山芋。"

"你说得古怪,"马克西安在港口海关那边也听到点儿消息,"是不是关于龙的传言,说是房子地底下沉睡着一条龙,有一天那条龙破土而出,喷火点着了房子,然后飞到东边去了?"

阿卜迪马丘斯咳了一声,立刻用手捂住脸,好像在笑。

盖乌斯·尤利乌斯瞪了他一眼,把一个小皮包放到桌子边缘:"不是龙,殿下,我相信那是个魔法师。我跟在房子里做过仆人的两个年轻人聊过,他们一致说,就在发生爆炸起火之前,他们的主人巴格尔·德古拉正在会见一位从东边过来的神秘客人。我怀疑,我们的波斯盟友的这位朋友当时正在与敌人密谈……"

马克西安盯着船舱顶看了一会儿,整理着思绪。嵌在墙上的铁炉散发出的热量温暖了这个小小的房间。克里斯塔已经把他们的所有东西差不多都打包好了,此时正在收拾铺在床上的所有毯子和被子。她的头发在脑后扎成一束垂在腰背上,手上的动作干脆利落。看着她收拾东西,马克西安略微走了一会儿神。他意识到,之前在罗马城的时候始终压在他心上的那股沉重的压力消失了。

"那两个仆人现在何处?把他们找来问一问。"

盖乌斯·尤利乌斯又笑了笑,走到舱室门口,在门上重重敲了一下:"他们是外国人,要跟踪他们不太容易,不过这难不倒我。我从他们口中得知,房子毁了之后他们就没工作了,于是我说给他们找了个新主人，他们听到这个消息很高兴，虽然不像土地官员那么兴奋。我跟那位官员说有位阿斯克勒庇俄斯祭司要搬进去住的时候，他简直欣喜若狂，我想，他对房子遭到诅咒的说法是深信不疑的。"

安装在光亮的黄铜铰链上的舱门向外打开来，两个年轻人弯腰跨进门内。这两人身形瘦削，留着又长又直的黑发，浓密的眉毛，穿着暗蓝灰色束腰外衣，那衣服颜色就像刚破开的板岩，左手臂上都戴着银手环。其中个子较高的那个有着一双深褐色眼睛，两眼深陷，他站得比较靠前。另一人微微有点驼背，不安地环视客舱，两只苍白的手紧张地握在身前。

"主人。"高个子跪在甲板上深深低下头去，说，"能为主人效劳，是我们的荣幸。"

马克西安略微坐直身子，他隐约有种感觉，这两个年轻人的眼睛里写满痛苦，他能感觉到他们身上的痛楚，就像他在军队医院里感受到人们承受的巨大痛苦一样。

"欢迎你们，"他从书桌后面站起来，走到第一个仆人身旁，轻触了一下他背上的发尾，"你们生病了？"

"是的，主人。"两个仆人轻吸了口冷气，深深低下头齐声答道。

"也许我能帮到你们。"亲王伸出手，感觉到两人身上的病痛带着如旋涡与湍流般的力量传递到他的手中。

"你们叫什么名字？"他问，"来自哪里？"

克里斯塔终于收完了所有毯子，坐在床边打起了哈欠。

第四十九章
萨摩沙塔，大本营

迪林站到离箭靶数码远的地方，脚下踢起一片灰尘。他的脖子和手臂上都晒脱了皮，还未掉完的老皮下，新生的皮肤成了深棕色；后背上那六道细长的伤口尚未完全消肿，不时地发痒。与奥迪纳图斯和艾瑞克一样，他也穿着朴素的白色棉质束腰外衣，整件衣服只在下摆处简单缝了缝，下身则是同样朴素的茶色羊毛马裤。在烈日下，他的头发已经沦落成了一头乱蓬蓬的浅红色稻草，他用一条薄薄的皮发带把头发在颈后扎起来。他眯着眼瞟了瞟在头顶上移动的天空。到今天，他已经在这片冲积平原上晒了两周太阳了。当初佐伊说的"五人队"，事实上，只有四个。

战争迫在眉睫，但城市和军营周围都没有波斯人的踪迹。迪林一直没有离开过内营，但听布兰科和保民官讲，围绕整个营地的大壕沟又被扩建了一段，大量新帐篷也搭了起来。炎热的日子一天天过去，高级魔法师们的脸也越拉越长。但新兵们没有被告知任何消息，布兰科只是带着他们做一些很基础的训练。

每天天不亮四个人便起床了。先是跟着布兰科绕着内营跑一个钟头，中途不能休息。每个人都必须紧跟百夫长的步伐，不能快也不能慢。

迪林还算勉强跟得上，但他知道佐伊和艾瑞克都有些吃力。不用说，佐伊自然是什么都不说的，跑到终点时总能紧跟在他身后，就是气喘得厉害。艾瑞克每跑完一圈都会夸张地呻吟，常常一到炊事帐篷门口就跪下来要求喝水。布兰科从来不理会他的要求，只要有人落后，他就会立马挥来一拳或者用鞋底有平头钉的靴子踢上一脚。

日子在舞棍弄棒的训练中一天天过去，布兰科不允许他们碰开刃的兵器。

"刀剑不是小孩子玩的，"他总是皮笑肉不笑地说，根本无视佐伊投来的愤恨目光，"对你们来说，牧羊人的棍子比短刀更合适。"

不管怎样，每天迪林都还是会带着一身瘀青全身酸痛地倒在床上。科隆纳很少过来，不过每次来都还是那么尖酸刻薄；他到了军营之后就看起来没么害怕了，似乎表现得更为成熟了些。不过每天都过得又累又痛，迪林的感觉早就麻木了。

布兰科带着新兵们来到了位于内营北边的训练靶场。靶场位于魔法师营区最边缘的斜堤与栅栏下方，是一块五十英尺长的长条形空地，最东端堆着个土墩和一大堆干草包。每个干草包跟前都立着个用重木制成的结实靶架。走近后，迪林看见木头上留着深深的刻痕与裂缝，木板深处闪着金属光泽。

一颗颗汗珠挂在迪林眉毛上，他走了几步与木板隔开一段距离，面朝靶场的另一端。站在另一端的布兰科举起一把短弓。说是弓，其实就是在一根弧形木棍上绑上肠线和动物肌腱。

"嗨！"百夫长大喝一声，手握一支黑翎箭拉开弓弦。迪林站在靶垛旁，一动也不动，眼神没有焦距。在过去的两天里，四个新兵每天都要花上数个钟头看射箭。"啪"的一声，箭从布兰科手中飞出来，又"嗖"的一声以一尺之遥从迪林耳边擦过。在意识之眼下，爱尔兰人眼前的一切都清清楚楚，甚至能感觉到箭从空中飞过后留下的闪闪发光的箭道。

布兰科再次拉开弓。迪林能感觉到弓弦的张力和百夫长手上紧绷的肌肉。他往后退了退，摒除杂念。耳边回忆起百夫长说过的话，看得太多还不如什么都不看，要看就看重要的。百夫长松开手，铜镞箭在视线中模糊成一团，向迪林飞过来。迪林从空气与石头中吸收旋转的能量，打出一道青色热气流，把箭弹开了。

站在旁边的奥迪纳图斯用手拍了拍他肩头。布兰科再次射出一箭，飞速前进的箭在肉眼中一闪而过。迪林却清楚地看到了向自己飞过来的箭杆上不停旋转的箭翎。迪林再次改变在自己与箭之间旋转的能量流，箭被打偏，插入离他四尺远的土里。他先是笑了笑，马上倒吸了口冷气——布兰科居然又一口气连射四箭。

爱尔兰人咒骂着往旁边躲闪，三支箭瞬间飞过他刚才站的地方，剩下的那支被他打偏，射入右边的警戒塔的柱子上。他吓得汗如雨下。

"再来，"布兰科的喊声从射击台那边传来，"这次让艾瑞克站到你旁边。"

晚上，一名军医来给他们包扎好白天训练时受的伤。保民官和布兰科轮流给他们训练军团里的各种基础技能。每晚睡觉时，迪林都疲惫不堪。军营里，成千上万的人跟他一样累得倒头便睡。士兵的数量还在不断增加。两位罗马皇帝可不希望这支刚集结好的军队被懒散消磨了斗志。

第五十章
君士坦丁堡，巴格尔·德古拉住宅附近

房子废墟上依然冒着寥寥黑烟，周围已经清理出了一块空地，被烧毁的房子拆掉了，通往相邻建筑的入口也用砖封了起来。灰色乌云低垂在城市上空，整个城市笼罩在一片朦胧的雨雾中。北方吹来的寒风将烟吹散。三个身披深色羊毛长披风、头戴风帽的身影爬上废墟，小心地试探脚下每一步是否稳当。一些城市卫兵在他们身后看了一会儿，很快觉得无趣，便转身走进了狭窄的巷子。领头的那个人是三人之中个子最矮的。他停住脚步，看着脚下一段被倒塌的房梁与灰烬堵住的楼梯。

"在这儿！我感觉到下面有什么东西，某种被破坏的形式。"

另外两人闻声从破砖碎石上爬过来。支撑房子的混凝土柱子在强大的热量下已经粉碎，只留下一堆白色颗粒状的灰烬。脚下的废墟摇摇欲坠，好在有惊无险，两人走到了第一个人身边。第二个走过来的人跪在凹坑边上，用戴着手套的手刨开地板上的砂砾。蓝绿色马赛克的一角露了出来，但当他一碰其中一块瓷砖，那瓷砖瞬间便化成了粉末。地板另一角翘着，透明得几乎像玻璃一样。

"找些嘴严的工人来，"跪着的人对第三个人说，"挖开这段楼

第五十章

梯。下面的通道和房间中可能还有没被破坏的。这件事务必万分谨慎。"

第三个人点点头转身离开了。剩下的两人在楼梯口看着他离去。看到他走出了听力范围,第二个人掀开头上的帽子,仰头望着乌云密布的天空,雨点打在脸上。这场冰凉的小雨来得正是时候。雨水顺着他刚长出来的短胡子往下滴,他擦了擦眼睛周围的雨水。

"干得很好,"他对第一个人说,后者闻言深深鞠了一躬,"我的仆人告诉我,你和你的人言行审慎,这样的人是我眼下正需要的。当然,他们也跟我说了你目前的困难处境。如果你能忠于我,这个问题自然也能解决。"

第一个人点点头,戴着手套的手在身前交握:"听起来不错,亲王殿下。如果能实现,我们感激不尽。请原谅我的直率,但我们过去经历过太多背叛,所以不敢轻易相信。"

亲王点点头,这也在他的意料之中。他从挂在腰间的袋子里取出一枚穿在铜链上的金币,放在自己摊开的掌心,向对方伸出手:"信任是双方的。请你给我一次机会,让我向你的人证明你们可以相信我,我绝不会让你们失望。请把我的话转述给你们的头领。"

对方点点头,用戴着手套的手在亲王掌心一拂,金币和铜链便消失了。

"如果他们愿意,我会把消息带到您的住处;如果他们不愿意,这就是我们的最后一次见面。"

亲王半欠了欠身,对方戴着风帽踩着轻快的步子离开了摇摇欲坠的废墟。当对方走了之后,马克西安重新戴上自己的风帽。他感觉疲惫,雨水越来越冰冷。他在旁边一块伤痕累累的大理石上坐下来,从四周的空气中,他能感受到当时那场大火是如何来势汹汹,又如何疯狂地烧毁了这一切。这里曾经有个强大的存在,虽然短暂,却足以造成如此恐怖的破坏。想到那种可怕的力量,他的手指抽搐了一下。他叹了口气，说起来，自己所面对的比这可怕多了——至少让这栋房子消失的还只是人力，而不是近似于神的存在。他把头埋进双手之间，感觉好累。

克里斯塔往研钵里放了一把油亮的树叶，用力捣碎。叶子顶面是绿色，底面是灰色。一股浓郁的香味从研钵里飘出来。觉得捣得差不多了，她把碎渣和汁液一起倒入架在火上嗞嗞作响的一个罐子。罐子里的水正开着，一倒进去，芳香的气味顿时蒸腾出来，飘满了整间厨房。她微微一笑，此情此景让她回忆起在提拉的某个清冷早晨。趁着茶水还在熬，她装了一大盘新鲜面包和软奶酪。外面还在下着冷冷的雨，房子的中央花园里已经积了不少水。

马克西安正待在被他称为"工作室"的里屋——房间里堆满了从街对面被烧毁房子的废墟里挖出来的东西。租这整栋建筑的过程非常顺利。因为之前那场损失惨重的大火和关于起火的那些奇奇怪怪的传言，整片街区都笼罩在一层不祥的阴云中，住在当地的很多人都因此搬走了，结果倒让这群来自西部的神秘人士白白捡了个大便宜，没花多少钱便搬了进来。

在马克西安吩咐阿卜迪马丘斯做的所有事情里，就数挖瓦拉几亚商人家的废墟最令这个小个子波斯人高兴了。他有空便主动过去帮忙，将自己年少时在盗墓贼猖獗的佩特拉峡谷中学到的各种本领施展了个遍。即使现在外面还在下雨，他仍然待在地道里催促手下干活儿。不定时地会有一些传信人从街对面过来，带来被烧黑的柳条箱、盒子或者其他一些难以辨认的废品。这些东西都堆在一楼的房间里，一群小老太——克里斯塔完全不知道阿卜迪马丘斯是到哪里找来的这些人——在这堆废品里挑挑拣拣，把被烧熔的玻璃和烧过的纸分离开来。

看到波斯人的这股子热情劲儿，盖乌斯·尤利乌斯笑道："一日

第五十章

盗墓贼,终生盗墓贼!"

克里斯塔进去的时候,马克西安抬头看了一眼,又埋头继续研究古代卷轴。他这些日子来,不是待在这里,便是去到街对面黑漆漆的地下,脸色越来越差,身形也更为消瘦,几乎只剩下皮包骨。她把一杯熬好的茶放在他旁边,但避开了他的手肘,因为他已经好几次因为不注意而打翻了东西。她坐到窗边的躺椅上,望着窗外。在灰蒙蒙的天空下,城市里建筑的轮廓变得模糊,甚至连东北边那片宏伟的宫殿也难以看清。这座城市几乎从不缺少雾气。经历过阿瓦尔人围城时的大火,这里的空气也没有好些;即便是在晴朗的天气里,太阳也总是躲在薄雾后。

"亲王殿下,喝点热的东西吧,天气有点凉了。"

马克西安眨了眨眼抬起头,过了好一会儿才看清楚眼前的人。看见她,他笑了笑,仰靠在高高的椅背上:"噢!谢谢。有没有……啊,奶酪,太好了!"

这时他才觉得饥肠辘辘,拿过餐盘一阵狼吞虎咽,不一会儿就吃完了所有面包、奶酪和油腌橄榄。吃完后,他环顾四周,叹了口气,端起茶喝了一口。茶的味道很浓郁,芳香扑鼻。他顿时觉得脑中一片清明,意识到自己之前完全是浑浑噩噩。

克里斯塔走到他身边,翻了翻桌上的卷轴:"这东西很重要?"她半信半疑地问。

马克西安看了看,笑了:"不,相反,可能根本毫无用处。这是一位名叫瓦鲁斯·特里吉什的迦勒底建筑师的笔记,他热衷于机械与钟表。这些图表里的内容是他曾经想要完成的工程,但至今仍未能实现。"

克里斯塔把其中一幅卷轴倒过来看了看,又翻转回去,问道:"他打算造一只蝙蝠?"

马克西安眯着眼睛看了一眼:卷轴上有部分内容被水浸花了。

"我觉得,"亲王把卷轴往侧面转了转,说,"他解剖了蝙蝠,想看看它们的身体构造。"

克里斯塔闻言皱了皱眉,转身回到躺椅上。"你要的东西找到了没?"她的声音很平静,但马克西安知道她已经厌倦了这种东躲西藏的生活。她在这儿没什么事做。他犹豫着没有说话,心想:"她是个细作,但我也不需要监视什么人啊?"他突然感觉自己似乎犯了什么糟糕的错误。

"啊,"他暂时抛开这个念头,"没有。我们来此是为了到东边去找到征服者的藏骨地。我希望离开之前可以找到关于石棺下落的一些蛛丝马迹。对面那栋被烧毁的房子的前任主人德古拉是一位热衷于收藏古籍和石器文物的收藏家。阿卜迪马丘斯原本希望他能帮我们找找看当年修筑石棺的工人是否有留下什么记录。"

"那这位特里吉什也是当时的工匠吗?"

马克西安的脸红了红:"不是。我只是在翻看这些书的时候恰巧看到了他写的《冥想术》而已。纯属浪费时间……"

克里斯塔皱了皱眉,站起来。这间屋子里有一边堆满了箱子,箱子里满满当当地全是从地道里挖出来的书、卷轴和羊皮纸。其中大部分已经毁于火灾或水患,其他那些则全是用无人能识的语言写成。她两手叉腰看着马克西安问:"再次出发之前,你要把这些统统看完?"

马克西安点点头,一边嘴角上翘露出个苦笑:"至少得要知道,这里头有没有与我们手头的事相关的内容。"

"这些是用希腊语还是拉丁语写的?"

马克西安不解地问:"为什么这么问?"

克里斯塔径直从中间那堆东西顶上拿下来一只箱子,取出放在最上面的那本书。

"《七勇士远征底比斯》,"她大声朗读道,"作者,希腊人欧里庇德斯。"她瞄了一眼亲王,后者正目瞪口呆地看着她,"别那么傻乎乎地看着我。我识字有什么好奇怪的——希腊语和拉丁文我都会。我的女主人可不会要一个不会读写的傻瓜。"

她随手把剧本丢到地上,又从箱子里捡起另外一本书。马克西安慢慢合上《冥想术》,把卷轴放回圆筒里。他的确不需要细作,他必须再好好想一想。

"《亚特兰蒂斯第二卷》,"她继续念道,"或者叫作《给轻信之人的警言》。作者,柏拉图。我不相信金匠、木匠或尸体防腐者。"

克里斯塔叹了口气,把卷轴丢进自己从公牛广场集市上买回来的柳条筐,从下一个箱子里抽出另一个铜质圆筒,擦拭着粘在斑驳的绿色筒身上的厚厚的泥和灰。她掂了掂,手上猛地一沉,里面的卷轴从圆筒一头滑到另一头,这一个好重。大火之后,这里一直下着大雨,房子废墟下面很多地方都积了很深的脏兮兮的水。她一脸厌恶地把圆筒放进柳条筐里。她走回窗边的躺椅前,突然停住了。

阿卜迪马丘斯领着八个工人扛着一个硕大的木箱子从街对面急匆匆地走过来,她听到他的声音从窗下的街道上传过来。工人们走出了她的视线。

"亲王殿下,"她回头叫着马克西安,后者正坐在他一贯常坐的座椅上努力翻译刻在数块小木块上的一段长长的文字,"波斯人他们抬着什么东西过来了。"

马克西安停下来揉了揉眼睛,用意识打开他之前留在东方人身上的魔法印记。小老头兴奋得都有些飘飘然。马克西安站起来,断开了魔法连接,被别人的情绪冲击是一件不怎么舒服的事。

楼下的厨房里有一张粗桌腿的结实的橡木桌。从废墟下的地道里钻出来浑身沾满黑色烟灰的工人们喊着号子地把沉重的大木箱抬到橡木桌上放下,箱子"砰"的一声重重落在桌面上。

"主人!我们找到了有趣的东西!"

阿卜迪马丘斯近乎讨好地抓着马克西安的袖子，把他拉到桌边。亲王冲着东方人皱了皱眉。自从他在波斯人身上留下魔法印记之后，波斯人的性情便起了微妙的变化，一改之前的淡漠超然，俨然变成了一个忠心耿耿到近乎谄媚的好仆人，为达成"主人"的愿望而不知疲倦地努力工作。不过，马克西安却感觉现在他反倒要在波斯人身上花更多的精力。他甚至想过消除魔法印记，却郁闷地发现自己根本不知道如何消除。

木箱由楔形板和木钉制成，长度接近七英尺。马克西安判断这是在上周的大火后遗留下的东西。箱子上用麻绳系着一个盖子。

阿卜迪马丘斯拉过一把椅子，站到椅子上去解绳子。"皇天不负有心人，主人，辛苦这么久，终于有回报了！那栋房子的前任主人巴格尔·德古拉藏着很多秘密——绝不仅仅只是帮波斯人做事这么简单！但是，在他的所有财富中，这是最令人惊叹的东西。"阿卜迪马丘斯吃力地哼了一声，推开了箱子顶上的盖子，借着从天花板木梁上投下来的灯光往里一看，兴奋得倒吸一口冷气。

"哦，没错！看呐，主人，一件伟大的艺术品！"

马克西安从桌边俯身往箱子里看，里面居然躺着一具尸体，或者说一个看似人类的物体，其身体有一半埋在沙子、灰和炭化的木头里。亲王摸了摸尸体颈侧，令他惊奇的是，皮肤仍然富有弹性，甚至可以说是柔软。他的手指摸到了尸体颈部上一条凸起的线条，不由得惊讶地吹了声口哨。

"没错，主人——这是个奇迹！"阿卜迪马丘斯兴奋地摩擦双手。

"什么东西？"克里斯塔问。她和盖乌斯·尤利乌斯站在桌子另一侧。看着尸体，她的脸上露出厌恶的表情。尸体十分丑陋，半透明的黄绿色皮肤上布满黑色尸斑和伤痕，乱糟糟的头发紧贴在脑袋上。从尸身上和周围泥土中残留的布料来看，死者穿的应是黑色披风和束腰外衣。

"女士，这是个尸鬼！"阿卜迪马丘斯兴奋得声音都有些不稳，

第五十章

"这是最厉害的魔法！用死人的躯干拼出一个完整的人，用魔法赋予其新生。你看他的皮肤……"

"缝起来的，"马克西安把尸体的胳膊从土里拉出来，凑近布满尸斑的皮肤仔细端详尸体缝合的痕迹，"要造出这样一个东西，肯定需要耗费数月。"他放下尸体的胳膊，那胳膊软软地垂在桌边，但手指还痛苦地张着。

"盖乌斯，阿卜迪马丘斯，你们俩来帮我把这个东西抬出来。克里斯塔，准备一些热水和布。"马克西安开始动手掰去粘在尸体上的泥块。

一个钟头之后，尸鬼便被剥去了已经烧烂的衣服和靴子，一丝不挂地躺在桌面上。马克西安与盖乌斯·尤利乌斯把尸体清洗干净了。尸鬼的脸皱皱巴巴的，额头很高，手臂很长，相比之下显得上半身长腿短。尸身上有一些早已结疤的旧伤痕，留着一头还不及肩的黑色直发。

"爆炸时，这个东西肯定是放在楼上的。"阿卜迪马丘斯一边清扫一边说。他把清理下来的泥土之类的垃圾扫起来，重新扔进已经被推到了厨房墙边的箱子里。此时窗外已是夜色朦胧。

"我们在挖烟囱底的时候发现了他。这个箱子当时被碎石压在竖井最底端的泥土里。虽然隔着砖石，我仍然感受到了下面有什么东西，就像一团快要熄灭的火。要不是他的主人死在了那场大火里，兴许他就能复活。"

"不过，"盖乌斯·尤利乌斯说，"就算有尸鬼在那栋房子里活动，又关我们什么事呢？"

阿卜迪马丘斯瞪了他一眼："我的朋友，这种东西是用来执行机密任务的，也就是说，他了解这栋房子里的许多秘密。如果能让他再次开口讲话，我们就能知道他的主人到底在忙些什么——甚至也许能得到我们需要的信息。这东西也许都存在了好几百年了，啊，想想他曾见过的那些……"

马克西安弯下腰,双手轻轻抚过尸体的脸、喉咙和胸腔,仔细研究起来。盖乌斯·尤利乌斯在通往后面厨房的台阶上坐下。克里斯塔也坐在那里,看到死人坐下来,脸唰地一下就白了,悄悄往台阶的另一侧挪了挪。死人假装没看到她的小动作。亲王开始哼起一段曲子,地面的石头立刻发出一声低沉的回应,然后便戛然而止。马克西安抬起头,目光涣散。当他眼中重新找到焦距之后,他冲着盖乌斯·尤利乌斯扬了扬头。

"我能复活这个东西。我需要血,新鲜的血。至少得要一加仑。"

死人瞪大双眼。亲王一脸神秘莫测的表情。

"啊……你是说血?什么样的血?"

马克西安看出死人眼睛里的不安,笑了:"猪血即可,盖乌斯·尤利乌斯。不过要快,要做的事情很多。"

死人拎着一只铜桶离开了狭小的厨房,克里斯塔也上楼去了。马克西安坐在台阶上,裹紧身上的披风。一楼的房间真冷啊。阿卜迪马丘斯坐在椅子上,盯着尸鬼不住地喃喃自语。

一大团蓝色火花从马克西安指尖升起,跳到尸鬼的脑袋上,烧得头皮嗞嗞作响,嗖地一下就钻进了皮肤。亲王俯身将双手停在离尸体一指远的地方,他身边腾起热霾,空气如波浪起伏。他低声唱起一种古老的静心咒,集中精神。阿卜迪马丘斯跪在桌边,在用粉笔和银粉绕着桌子仓促画的一个圆圈里为他护法。蓝白色闪电在两个魔法师之间的空气里闪烁,闪电的光芒将尸体笼罩起来,尸体突然一阵抽搐。马克西安开始大声吟诵,四周空气与砖石中蕴藏的能量如同水流过漏斗一般注入尸体里被他召唤出来的颤抖的形式。

虚幻的灵魂化作一个闪闪发光的完美形式融入尸体,尸体突然如发了狂一般扭动起来。他的眼皮微微颤动,睁开了一双红瞳金眼。

第五十章

"啊——"尸鬼沙哑地喊着,干干的嗓子里堵满了烟灰,他猛烈地咳嗽起来,不住地喘气。马克西安看了盖乌斯·尤利乌斯一眼,老罗马人带着一副厌恶的表情跳到桌子边把尸体翻了个身。尸鬼断断续续地吐出来一些烟灰和水。一道道闪电顺着桌面钻进尸体。每次被击中,尸鬼就发出一阵号叫,剧烈地抽搐。最后,空气终于得以进入他的肺,呼吸变得顺畅了。

盖乌斯·尤利乌斯把尸体翻过来死死摁住,马克西安对克里斯塔厉声喊道:"快拿血来。"尸体疯狂扭动,老罗马人额头上青筋暴出;虽然尸体还很虚弱,但罗马人仍然拼尽了全力才用自身重量勉强压住对方。克里斯塔犹豫了一下,还是走到了桌边。她一手握着一只装得满满当当的水囊,另一只手拿着一根用猪肠子做的软管。她猛地伸手把管嘴塞进尸体嘴里。尸体痛苦地嘶吼,疯狂摇头。

马克西安用双手按住他的头不让他乱动,尸鬼脖子上肌肉暴涨,几乎把他甩到一边。克里斯塔冷着一张脸,把管子塞得更进去了一些。尸鬼冲着她的手张嘴就咬,马克西安用手指抠进他的眼角,尸鬼又使劲摇头,双脚在桌面上狂踢。克里斯塔用右胳膊挤了挤水囊,软管里充满了黏稠的红色液体。尸鬼的嘴里、嗓子里灌满了鲜血,一阵咕噜咕噜的吞咽声淹没了他的尖叫声,而那些来不及咽下的血便从嘴里喷溅出来。尽管克里斯塔一脸厌恶,她还是扑上前去,一手抓着他的下巴合上,一手稳住他嘴里的软管不让它滑出来。盖乌斯·尤利乌斯咒骂着,他的脸上和胸口全是猪血。

亲王松开手,手指在尸体上空舞动,尸体的嘴突然合拢将管子紧紧咬住。克里斯塔惊呆了,捂着嘴跌跌撞撞地往后退。看到管子终于稳住了,马克西安将手指插进尸体脑袋周围的头骨和筋腱,尸体最后抽搐了一下便不动了。过了一会儿,尸鬼眼中开始发出白热的光芒,亲王收回手,尸体的骨头重新长合到一起,之前裂开的窟窿消失了。

盖乌斯·尤利乌斯把浑身是血的尸体翻过来,然后自己便重重倒在石头地板上狂吐不已。克里斯塔双手捂着脸缩成一团靠在墙边。现场还能站着的就只有亲王和阿卜迪马丘斯。马克西安伸出一只手,轻轻放在尸鬼颈侧。尸鬼的嘴松开了,管子滑落到桌面上,流出最后的一点血。尸鬼开始呼吸,虽然身体还在一个劲儿地哆嗦。他眨了眨眼,睁开眼睛,抬起头,血红的瞳孔定定地盯着马克西安沉着的褐色眼眸。

"欢迎复活,"亲王脸上露出恶魔般的微笑,"我是你的新主人。"

尸鬼的头重重向后倒去,撞在桌上,嘴里绝望地发出一声长长的叹息。

通往宅子中央花园的厨房门上传来一声很轻的敲门声。盖乌斯·尤利乌斯正在厨房里卖力地拖地,清理石头地板上已经凝结的血迹和内脏,听到敲门声,他抬起头看了看。又有一声。透过门板上的玻璃窗格,他甚至能看到一只苍白的手。他看看四周,除了正在工作室里盘问尸鬼的亲王和波斯人之外,其他人都还在楼上呼呼大睡。

死人松开刀鞘里的刀,走到门边,伸手要拉门闩,但又停住了。后墙上没有门,这些人是怎么进来的?他想了想,摇摇头,觉得自己好笑:"反正我都是死了的人,还怕什么?"他拉开门闩打开了门。

门外铺着浅蓝色六边形地砖的花园拱廊里站着三个人,每个人都用硕大的墨绿色羊毛风帽遮住脸,外面还披着一件长及地的披风。站在中间的人拄着一根足有一人高的白象牙手杖,拄着手杖的苍白手上戴着数个黑色金属细手镯。盖乌斯·尤利乌斯心里突然有种不安的感觉,他不自觉地舔了舔嘴唇。面前这只手的深蓝黑色指甲又尖又长,就像埃及圣甲虫的壳一样。

"你们……你们想干什么?"他弱弱地开口,然后语气一转。开玩笑,他是什么人——铲除德鲁伊教、开创罗马帝国的人,难道还会怕什么午夜幽灵?

"我们没有恶意,"中间那个人用沙哑的声音低声说道,"只是想与这家主人谈一谈。他曾经找过我们的一个朋友,给了我们一个信物。"

那人把手伸进长袍里,再次拿出来时,手中多了一枚缠着细铜链的金币。盖乌斯·尤利乌斯眯着眼点点头。他拿起金币看了看,正面印着盖伦·奥古斯都的头像,反面则是马克西安的简单画像。"是纪念币。"死人心想。

"我去说一声,在这儿等着。"

老头子走上通往三楼的楼梯。暖黄色的灯光从工作室里透出来,洒在楼梯平台上。盖乌斯·尤利乌斯走进房门。尸鬼穿着一件样式简单的深棕色羊毛束腰外衣坐在屋子中间的一把凳子上,耷拉着肩膀,缩着身子。马克西安坐在平时被他用作书桌的桌子边缘,波斯人在尸鬼背后不停地走来走去。克里斯塔裹着毯子蜷在窗边的躺椅上,闭着双眼,似乎睡着了,不过盖乌斯·尤利乌斯不确定她是否真的睡了。

"亲王殿下,您有……"

"我们来了,"他身后突然响起沙哑的声音,"如您所愿。"

突然听到陌生声音,马克西安惊讶地抬起头;盖乌斯·尤利乌斯大吃一惊,一下从门边跳开,转身时匕首已握在手中。一个女子站在门口。看到她走进来,罗马人往后退去,后面又跟着进来两名女子。马克西安站起来,从桌边走上前去。

领头的女子身材高挑,几乎与马克西安同高,浅象牙一般的肤色,一头红到发黑的头发一直垂到腰间,一张精致的银发网将头发拢在脑后,露出高高的额头,水滴状的红宝石在耳朵上闪闪发亮;披风从光滑白皙的肩头垂下,露出里面的黑色丝绸罩衣,罩衣上缀着一颗颗白骨纽扣。女子很瘦,仿佛一阵风便能吹跑。双唇带着淡淡的玫瑰色,出众的相貌惊为天人。亲王迎上她的目光,发现她眼角微翘,眼睛是极淡的蓝色,白眼仁里几乎看不到虹膜。

"您给了我们信物和承诺,亲王殿下,"女子缓缓走进房间,罩衣下露出一双赤脚,"我们正是为此而来。"

马克西安站着没动,双手轻轻握在身后。后面跟来的两名女子留守在门口。其中一个留着浅金色长发,另一个的头发则是乌黑发亮,无论哪一个都美得让人移不开眼睛。从她们长袍滑开的缝隙里,隐约露出雪白的大腿与裹在贴身丝绸内衣里的丰满胸部曲线。然而,跟她们的女主人站在一起,两人顿时黯然失色,犹如众星捧月般陪衬着前面的女子。

"没错。给你们带去信物的人说了我的提议吗?"

"当然,"领头的女子走到桌边,纤长的手指懒懒地翻动桌上打开的卷轴,"您的要求很不简单,但我们能做到。不过前提是,我要知道您的目的。"

她转身看着马克西安,慢慢露出一个微笑。看着对方眼中的暗示,亲王几乎哆嗦了一下。他放慢呼吸,在魔法世界中用屏障把自己、克里斯塔和盖乌斯·尤利乌斯保护起来。现在他对周围能量的运用愈发纯熟。阿卜迪马丘斯退后靠在窗下躺椅旁边的墙壁上,一个肉眼看不见的火球在他身边旋转。

那女子笑了,笑声仿佛水晶在微风中敲击作响:"噢,亲王,您在寻找盟友,或者说,优势。我们知道您很强大,所以不会与您为敌。如果不能成为朋友,我们会如同水迎刃而退一般自动消失。如果我们有心躲起来,没有人能找到我们。给我们带话的人提到相互信任这个话题。那么,您是否也需要我们的信任和友谊呢?"她站到离亲王更近的地方,后者转身看着她。

"那要看,您能否赢得我的信任。"马克西安一字一词地说。房间里光线越来越暗。站在门口的两名女子走进房间,分立两旁。火盆里的火不知何时已经灭了。亲王听到身后的克里斯塔在毯子里轻轻动了动。他说:"您能不能成为我的朋友?"

女子张开双臂深深鞠了一躬,紫红色卷发披散在雪白颈侧:"做

第五十章

亲王的朋友,要什么样的代价?您想要什么,亲王殿下?黄金?珠宝?杀人?还是,我?"

马克西安轻轻笑了,声音恰好盖住了在他身后的克里斯塔发出的愤怒的嘶嘶声。

"我可不是安东尼,"他带着笑意说,"路遥知马力,日久见人心,女王陛下。我们不妨从头开始,先给彼此一份见面礼。如果双方都认可了,再谈后面的合作。"

"好主意,"女王的声音醇厚甜软,"那您会送我们什么呢?"

"减轻痛苦,女王陛下。"

女子惊得倒退一步,双眼圆睁,咬牙怒道:"您什么意思?您都知道些什么?"

马克西安走到桌边,拿起放在蜡烛旁边的一个小黑匣子打开。匣子打开时"啪"的一声,在死一般寂静的房间里格外响亮。他从里面取出一个小玻璃瓶,烛光下,玻璃瓶里的东西闪着暗红的光芒。

"作为一名治疗师,女王陛下,我会的东西不少。通过谈话我便可以知道对方的健康状况。此刻我能感觉到您的痛苦,那种蚀骨钻心的痛。我有种药可以减轻你的痛楚,不过这点剂量只能支撑到下一个满月。到那时,如果我们赢得了对方的信任,我便会告诉您这种药的制法。"

女王冷冷地盯着玻璃瓶看了一会儿,转身往门外走去:"友谊必须建立在平等的基础上,亲王殿下。您的游戏,恕我不能奉陪。"

三个人走出房门,黑色长袍随风飘动,其中那个金发女子离开时回头望了一眼,悲伤的神情落入马克西安眼中。

室内一片安静,马克西安感觉到那三人从花园大门走了出去。待她们离开后,他才战战兢兢地长长吐出口气,身子重重靠在桌子上。

"她们走了,"他面对着屋内众人说,"盖乌斯,快去把花园门关好。"

阿卜迪马丘斯一屁股跌坐到地板上，双手抱着腿："亲王殿下，刚才真是……真是好险呐！"

马克西安低头看了看波斯人，翘起嘴角浅浅一笑。

"我们的力量也不弱，"他说，"真要动起手来，我们俩足以抵挡一阵，而对方的力量对盖乌斯和克里斯塔他们俩又根本没用。"

身后传来"咔哒"一声。马克西安转身看见克里斯塔把弹簧枪重新收回毯子里。她先是严肃地看着他，然后突然一笑。

"幸好你没被她迷住，亲王殿下，"她说，"否则我只有杀了你。"

马克西安点点头，转身看着尸鬼。在刚才的整个过程中，自始至终尸鬼都坐在屋子中间一动未动。

"这么说，"他看着尸鬼冷冰冰的脸问，"你叫西罗恩……"

尸鬼慢慢抬起头，黄色眼睛盯着马克西安。

"我是西罗恩。"他用冰冷的声音一字一词地说。

"谁是你的主人，西罗恩？"马克西安以对待小孩的口吻耐心地问。

"我的主人是巴格尔·德古拉。"他回答，脸上出现一丝疑惑不解。

马克西安靠近些，看着对方像爬虫眼睛一样的双眼。

"巴格尔死了，"他说，"现在我，马克西安·阿特柔斯。我是你的新主人。我让你复活，也能让你再次沉睡。你现在属于我了。"

"我，属于马克西安·阿特柔斯。"他机械地重复着。突然，他抽动一下站了起来。马克西安退后一步，双手抱在胸前。尸鬼似乎很高兴，前后左右不住地看，显然刚刚才恢复了意识。他慢慢打量着房间，在看到阿卜迪马丘斯和克里斯塔的时候顿了顿，然后目光转向马克西安："你是我的主人。"

"你还记得什么，西罗恩？你最后看到的景象是什么？"

尸鬼犹豫了一下，透过半透明的皮肤，可以看到他下巴上的肌肉

第五十章

在跳动。看着在冰冷皮肤下蠕动的肌肉,克里斯塔感到十分厌恶——那东西就像无皮的蛇,看着就让人恶心。她偷偷瞥了一眼亲王,后者似乎正为自己成功复活了这具尸体而高兴。她藏在被单下的手微微动了动,食指扣住弹簧枪的扳机。她心里清楚,只要自己扣动扳机,六寸钢钉就会钉入亲王的脑袋,甚至可能对耳穿过,使其当即死亡;而盖乌斯和这个叫西罗恩的东西都不过是提线木偶,主人一死,自然也活不了。那要对付的就只剩阿卜迪马丘斯。她看向波斯人,对方正沉浸在复活尸鬼的喜悦中。

她想:"我们已经出了西罗马帝国疆域,也许罗马诅咒的力量并不能到这么远的地方。哦,不,必须得确定我没有生命危险。"

"火,我记起来了,"尸鬼低沉的声音里透出痛苦,"我的旧主人正在花园里会见重要的客人。我给他们带去一个男孩儿,一个金红色头发的有天赋的孩子。那个黑袍人觉得那孩子很有趣,打算买下来……后来,天上开始闪电,然后是火,像太阳一样。所有东西都烧起来了,我跳进楼层间的餐用升降机打算逃命,那里头又黑又冷,很快整栋房子都摇晃起来,我就被埋在了里面,很多东西压下来,我根本动不了。后来水灌了进去,空气越来越少,最后我被完全淹没在里面,什么也看不见了。"

尸鬼耷拉着脑袋,双手忍不住颤抖抽动。马克西安抬起尸鬼的头,看见一双半闭的眼睛。

"西罗恩,现在你重生了,你又活了,能走路、能说话、能听、能看。我,作为你的新主人,要你复活。"马克西安手中出现一缕深蓝色的光,那光没入尸鬼的脸上,尸鬼睁开眼醒了过来。

"你的旧主人藏有不少秘密,西罗恩,你肯定了解他的很多事。只要你告诉我他的秘密,我不但让你复活,还会给你血喝,新鲜的血液。"

尸鬼猛地抬起头,脸上露出饥饿的表情,黄色眼睛迸射出光芒,死气沉沉的模样消失了。"血?"他低声问,一只虚弱的手无力地扯住马克西安的袖子,"你会给我血喝?"

"没错,"马克西安温柔地说,"血,滚烫的鲜血,充满生命力的鲜血。"

西罗恩突然跪倒在地,冲着亲王低下头:"我尊贵的主人,我将永远追随您!请尽管问吧,我一定知无不言。"

马克西安低头看着他,脸上挂着亲切的微笑,用手抚摩着尸鬼坑坑洼洼的脑袋:"你有没有听你的旧主人提过'征服者石棺'?那是件老东西了,很久以前便下落不明了。"

西罗恩扭头朝亲王笑了笑,露出一口尖尖的黑牙:"当然,经常听到。那是我的旧主人梦寐以求的东西——而黑袍人,正是为了那件东西,那口充满黄金和铅的棺材,才来到这里。"

克里斯塔感觉到阿卜迪马丘斯一下子紧张起来,于是朝他望了一眼,发现波斯人正惊恐地盯着尸鬼。

"好孩子,接着说。"马克西安鼓励道。

"尊贵的主人,德古拉的确知道很多秘密——他是个厉害的巫师——但是,就像罗马人对黄金的渴望一样,他渴望拥有更大的力量。黑袍人想要他做一件他力所能及的事,而他又想从黑袍人身上得到一个秘密——黑袍人曾亲眼见过那口棺材。所以,起火的时候,他们正聚在一起秘密谋划这笔交易。"

马克西安双手捧起尸鬼的脑袋,温柔地问:"那口棺材在哪儿,西罗恩?你的旧主人都得到些什么消息?"

"尊贵的主人,他们没让我留在那里!我只听到只言片语,一点点!主人,求你了,给我点血吧?"尸鬼低声下气地哀求着,但马克西安只是慢慢摇了摇头。

"你必须先告诉我,"亲王说,"然后才有血喝,如果我愿意的话。"

第五十章

西罗恩垂着脑袋痛苦地抽泣起来,泪水裹着灰尘从脸上流下:"求求你,主人,一口,就一口!"

"你离开房间的时候,听到些什么,西罗恩?"亲王的声音变得严厉起来。

"我只听到他们说了个地名,主人,那是个地狱一般的地方,从来没有人进去后还能活着出来。黑袍人说,在最远最远的东边有一座城市,叫达斯特盖尔德。"

阿卜迪马丘斯无声地倒吸一口冷气。克里斯塔觉得他脸上的恐惧更深了几分。

"好,很好,西罗恩,"亲王拉起尸鬼,"我会给你血的。阿卜迪马丘斯,去厨房再取点猪血过来。"

奇怪的是,阿卜迪马丘斯听到话却没动,只是惊恐万分地看着尸鬼。

"阿卜迪马丘斯?"马克西安担忧地向波斯人走去。

"什么……"阿卜迪马丘斯颤声问,"那个'黑袍人'叫什么名字?"

站在亲王背后的西罗恩转过头,在亲王身后微微蜷缩着身子。看见这个活人脸上的恐惧,他笑了:"我的旧主人叫他'老伙计',他说他自己叫'达哈克[①]'。"

阿卜迪马丘斯的脸唰地一下全白了,两腿一哆嗦,身子一软,便往地上倒去。正好走到他身边的马克西安立即一把扶住他,波斯人紧紧抓着马克西安的手臂。

"怎么了?"马克西安看见波斯小老头脸色极差,急忙问道,"这个达哈克是什么来头?克里斯塔,还有没有茶水?"

[①]达哈克(Dahak):这个名字出自阿日达哈克(Ajhidahak),或称扎哈克(Zahhak),意为"狰狞可怖的巨龙"。阿日达哈克是古波斯神话中的三头蛇妖,恶神的重要帮凶之一。

马克西安轻轻地把小老头平放在地上，拿布料裹了个枕头塞在他头下。克里斯塔从桌上取来最后的一点热茶水，把罩衣往身后一甩，跪下来把茶水倒进杯子里。亲王把薄瓷杯凑到阿卜迪马丘斯嘴边，倾斜杯子把茶水喂进他嘴里。波斯人一脸感激地喝了下去，他额头上青筋毕露，皮肤白得没有一点血色。

"亲王殿下，"他轻声说，"这是个不祥的名字，代表一个远古的妖魔，数百年以来声名狼藉，是恶神①手下几大妖神之一。会给自己取这个名字的人，必定是个非常强大的巫师。我担心，曾经在对面那栋房子里待过的是个强大的人物，他的气息就像生了根似的，至今还盘踞在房子中间那些破砖烂瓦上面。"

马克西安安抚地看着小个子巫师，手指按着他颈侧，感觉到他的脉搏有些紊乱："别害怕，我的朋友，你不会死的。你现在只是需要休息，好好睡一觉，你累坏了。接下来的事情由我接手。告诉我——这个叫达斯特盖尔德的地方在哪儿？离这儿有多远？去那里需要多长时间？"

阿卜迪马丘斯叹了口气，痛苦和疲倦让他连说话都没有力气："达斯特盖尔德是波斯祭司的大本营，位于伟大的底格里斯河的河岸，波斯首都泰西封以北二十里。那座城是不允许外人进入的，只有波斯祭司及其仆人可以出入。在我很小的时候，我曾经被带进去一次，进行入教仪式。但我所记得的，就只有用黑色玄武岩和绿色皂石修建的高耸的建筑。"

"泰西封……"马克西安站起来，示意盖乌斯·尤利乌斯与克里斯塔拿些毯子和棉被给老人盖上，"是还很远，看来我们得加快动作了。"他皱着眉头，喃喃自语，"都是我哥哥们挑起的这场该死的战争！要不是因为在打仗，我们也不会走得这么慢。"

---

①恶神（Ahriman）：琐罗亚斯德教中的恶之神。

第五十一章
萨摩沙塔城外山上

"左边!"艾瑞克躲开旋转的蓝色火盘,大喊一声。

火盘在山坡石头上弹了两下之后撞上一棵矮刺柏树,树上腾起熊熊烈焰,摇曳的火光在暮色朦胧的山坡上投下长长的影子。迪林跟随艾瑞克在乱石间穿梭,往山上走去。他伸出右手隔空一抓,那火燃得更旺了,很快便把木头烧成了白灰。火迅速分成数个火球,从树干残骸飞到半空,呼啸着往山下隐约可见的另一队步兵冲了过去。

一道白光闪过,照出一个泛着淡淡绿光的圆球。迪林被自己的杰作惊呆了,在易碎的石头上绊了几下。艾瑞克停了下来,狼狈的年轻脸庞全神贯注。爱尔兰人用手抓住尖锐的石头边缘,血从指尖慢慢流出来。疼痛让他一个激灵,他突然看见了山坡上空气中如波浪般交错涌动的各种能量。在山坡下,石头上有三组光在移动。当其中一组光亮移动的时候,另一组就在空中释放出肉眼无法看见的闪电。如犬牙般交错的白色卷须在石头上蔓延,为前进的人开路。

艾瑞克身形有些不稳,他的保护盾在爆炸中受到了侧面冲击。迪林猛地喘了口气,想起自己也应该掩护队友,于是努力想让自己冷静下来,好帮北方人稳固眼前这面挡在他们与凶猛攻击者之间的保护盾。然而这似乎比从树上的火焰中吸取能量要困难得多，进展非常缓慢，挡在他与从火山碎屑上爬过来的人们之间的雅典娜之盾颤悠悠地摇晃着。

又有另一束光照亮了天空。在离他们不到十五英尺的地方，一段松软多孔的黑色岩石弯槽被炸得四分五裂，一大堆碎片飞出来，击碎了艾瑞克的保护盾。一块长条碎石在迪林脸上擦出一道口子，疼得他倒抽一口凉气。他跳到艾瑞克前面，高举手臂，变出一道火墙，挡住了劈头盖脸向他们打来的石块。碎石冒着黑烟，如下雨般噼里啪啦地落到了地上。

"起来！快起来！"迪林扯着艾瑞克的手臂，让他把手搭在自己肩上。艾瑞克的脸上和手上伤痕累累，鲜血直流。迪林与北方人一前一后跌跌撞撞地往前走。充满能量的空气嗡嗡地颤动。更多的小石头从不断变暗的天空中落下。

从太阳升上平原的那一刻开始，他们就开始了这种布兰科所说的"训练"。营地北边有一排很长的低矮山丘，山上只有稀稀拉拉的几棵灌木、仙人掌和瘦不拉几的小树苗；石头极易碎，到处都坑坑洼洼，有些石头甚至一掌就能击得粉碎。另外有一些又硬如燧石，锯齿形表面上露着暗绿色。这个地方简直要人命。

保民官也没闲着，派出他的骑兵不断地攻击他们。从今天破晓时分起，佐伊四人便被派出去，在其他大队的学徒们的训练中充当猎物。这一天尤其难过。几个年轻人按佐伊的要求尽量隐藏自身的力量，在干涸的河床上和乱石林立的峡谷中东躲西藏了好几个钟头。佐伊和奥迪纳图斯对于如何在荆棘植物与铺满沙的排水道里藏身很有经验，从早到晚都一直没有被人发现。艾瑞克怕热，迪林也不好受。又热又干的空气就已经让他们精疲力竭。不过，幸好有佐伊，四人安全地躲藏了很久。

现在他们已经无处可逃。一声闷雷传来，夜晚的空气颤颤发抖。

第五十一章

迪林推着艾瑞克往前走，感觉自己脖子上的汗毛都竖了起来。两人跌跌撞撞地走下一个碎石坡，脚下频频打滑，白色幽灵幻象在身边萦绕。迪林感觉耳朵疼。整片天空被蓝绿色的火光照亮。

"出去走走如何？"

迪林躺在床上翻了个身，胃里火烧火燎地难受。佐伊是四个新兵里的头儿，此刻正站在床边看着他，黑色头发松散地垂在肩上。迪林半眯着眼瞥了瞥用粗帆布搭建的帐篷，感觉嗓子眼发苦。佐伊的鬓角旁用细绳子绑着绷带，让她本来就严肃的脸更冰冷了几分。爱尔兰人在心里呻吟着又翻了个身，用小臂挡住脸。

佐伊咬牙低吼，举起手中的短木棒狠狠敲在他膝盖上。迪林怕痛，缩了一下，迅速翻身站起来。个子比他矮几英寸的佐伊仰头盯着他。

"走吧，野蛮人，边走边说。"她推着迪林出了帐篷。艾瑞克还在帐篷里呼呼大睡，双手都缠着浸过蜂蜜的薄纱绷带。

营地里一片忙碌。夕阳西下，天色渐暗，炎热的一天即将过去，暗淡暮色笼罩着营地，带来丝丝凉意。挂在泥泞道路旁高杆上的灯引来一群群昆虫，夜鹰与蝙蝠不时从中掠过，大快朵颐。令人窒息的闷热既已消散，人们陆续走出帐篷。各条道路上人来人往，整个营地里人声鼎沸，甚至还有鼓声与笛声从位于营地另一头的辅助部队营区里传来。

出了魔法师营区，佐伊飞快往山上走去。营地的这一边靠着一座小山丘，山顶上有一座用粗石与木杆修筑的瞭望塔。迪林闷闷不乐地拖着步子跟在她后面慢慢走。走到瞭望塔下的木板门前，佐伊冲着放哨的骑兵点点头，骑兵打开门，佐伊悄无声息地溜出了营区，迪林咽了下口水，紧随其后。

圆圆的山头上布满乱石与荆棘灌木。巴尔米拉女孩儿从山的远侧蜿蜒而下,走到看不到营区灯光的地方,挑了块露出地表的石头坐下,远远可望见瞭望塔的塔顶。迪林站在一旁,凝视着黑暗,双手握在身后。佐伊叹了口气,用手垫着头躺在地上望着夜空。星星闪出灿烂的光芒,仿佛有人不经意地向夜空抛下一大堆宝石。夜风吹拂着她的脸,凉爽而清新。

"你给我找了不少麻烦,麦克唐纳。"她平静地说,一字一词清晰地传到迪林耳中。迪林脸红了红。

"你的能力很强——不逊于奥迪纳图斯或我,但是你的控制力还不如第一年的学徒。你动作很快,就是顾头不顾尾,把事情弄得一团糟。你能从没有生命的石头里召唤出火,却连最简单的防御都弄不好。我从没见过像你这样拼命练习却还如此糟糕的人。"

女孩话里的讽刺让迪林愣了一下,他也坐了下来。

"要论单打独斗,学徒甚至可能一些老师都不是你的对手——但是,在真正的战场上要想活命,我们五个必须配合作战——而你一旦到了团队里,就一团糟。今天你和艾瑞克早就死了十几次了——全都因为你那个野蛮人的大脑袋里根本不知团队合作为何物。"

说到这里,佐伊停了下来,噘着嘴慢慢吐出口长气。她拿着短棍漫不经心地在石头上敲着,发出"嗒嗒"的声音:"今天我被保民官骂了一顿。百夫长布兰科问我,要不要把你调到其他五人队去。天知道我当时怎么想的,我居然跟他说,别担心,我能解决你的问题。"

迪林哆嗦了一下,感觉对方手中那根冰冷光滑的短棍正抵着自己脖子。

佐伊靠了过来,他感觉到她的气息吹在自己额头上:"你像头蠢驴,麦克唐纳,只能执行简单的任务。不过,赫卡特在上,既然这头驴子归我管,我就要看看你的承受能力到底能有多强。你要学会团队作战,提高效率。如果你办不到,我就会把你处理掉。你听明白了吗?"

第五十一章

迪林点点头，虽然看不见，但能感觉到她从自己身边离开了。她穿着凉鞋嘎吱嘎吱地踩过泥土与砂砾堆积的山坡，脚步声持续了好一会儿。迪林坐在石头上没动，夜色将他紧紧包围。泪水从他脸上流下来，他猛地抽了下鼻子。他已经十六岁了，不会再为这种事情哭泣。头顶上，星星在慢慢旋转，透过清澈的沙漠空气，洒下明亮的星光。

在步兵帐篷前的空地上，一只马车轮子没有任何支撑地悬浮在半空，前后摇晃。迪林和艾瑞克两人闭着眼站在木轮子两侧。爱尔兰人脸上的汗像下雨一样往下滴，打湿了他胸前薄薄的外衣。艾瑞克也好不到哪儿去，肉乎乎的拳头在身侧紧握，呼吸沉重。车轮又升高了三个手掌的距离，像喝醉了酒似的打起转来。迪林感觉到沉重的木和铁就快脱离自己的控制，他咬紧嘴唇强打精神，想要把车轮稳住。

车轮的重量压到迪林这头，往他这边甩过来。艾瑞克跟跄着往前迈了一步，举起一只手，结果一下子没控制住，那轮子便一个加速度往迪林脑袋上砸过来。

看到轮子旋转着朝自己砸来，迪林惊得大叫一声，拼命把它往回推。轮子在半空中打了个转，调头往空地的另一边飞去。艾瑞克慌忙跳到一旁，手舞得像风车似的，惊恐地瞪大双眼。只听撕裂声，车轮扯破艾瑞克身后一排帐篷，直直撞到了马车上。迪林重重跌坐到地上，累得汗流浃背，把脸埋进双手里，不住地颤抖。

"看来，"一个令人不寒而栗的声音在他头顶上响起，"车轮训练也失败了。"

迪林挣扎着站起来，面对着百夫长。这一次，布兰科脸上并没有狂怒的表情，反而是一脸无奈，带着一点近似同情的东西。佐伊一脸黯然地站在百夫长身后，头低得不能再低了，眼神冰冷。迪林咽了下口水，什么也没说。

"小子，你必须学习如何与其他魔法师协同作战。"布兰科平静地说，指了指旁边被破坏的帐篷和被惊动之后从里面探出头来查看的士兵。

"这是个简单的练习，非常简单，就跟蛇形前进一样。只需要合力让车轮悬在半空旋转即可。看在密特拉神的分上，这就是个轮子，一个需要旋转的轮子。"

"呃，蛇形前进，长官？"迪林有种被人当头一棒打蒙的感觉。

"是的，麦克唐纳，蛇形前进——学校里教过的那种，明白吗？"布兰科停住了，眯起双眼看着男孩不解的脸。

"这么说吧——"他顿了顿，在想用哪个词比较合适，"就像旋风一样行进。在你们老家是这么说的吧？或者——啊，佐伊，在巴尔米拉管蛇形前进叫什么来着？"

"就叫蛇形前进，长官。"佐伊一字一句地说，言语中透着讽刺。她很不高兴。

"我不知道，长官，从来没听说过。"迪林有点头晕。

布兰科身子往前倾，第一次仔细打量这个最后来的新兵。他意识到，把新来的魔法师丢给他们的伍长是自己的疏忽。这个爱尔兰男孩已经来了数周，但自己从未花时间了解过他的出身来历与过往经历。百夫长扯了扯自己的耳朵，指甲刮到耳朵上的一条疤。现在仔细看看这个男孩，似乎比他最初记忆里的年龄还要小，甚至都还没成年。男孩的身材瘦而结实，但脸上还带着点婴儿肥。布兰科双手握拳叉着腰。这孩子第一次出现在他眼前时，说什么丢了马之类的云云，给人感觉完全是个累赘，但是……

"跟我说说你在学校里的事儿，麦克唐纳，哪个学院，哪个老师，事无巨细，我都要知道，包括你学的什么派系，他们教过你哪些技能？"

迪林冲长官苦笑了一下。从来没人问过他是如何被招入军团的。所有人看到他，什么也没问，就让他做这做那。如今，眼看有可能会

第五十一章

被开除，他才意识到自己渴望赢得艾瑞克、奥迪纳图斯甚至佐伊的尊重的念头有多强烈。他不自觉地挺胸抬头，鼓起勇气直视百夫长的眼睛。

"长官，在我八岁的时候，有个寻找魔法师苗子的人发现了我……"

布兰科重重地坐到自己的轻便折椅上。他体格强壮，肌肉发达的四肢看起来像老树根一般粗壮，他一坐下去，那把用黄铜与木头制作的折椅便吱嘎吱嘎地响，让人担心它是不是要断了。帐篷顶上的蜡布挡住外头火辣辣的烈日，只透进来淡淡的阳光，却足以让佐伊看到里面还有一把折椅，她也坐下来，折椅没有发出任何声响。百夫长脸上的表情毫无破绽，她无法从他眼中看出他此刻的想法。

他的心思似乎飘到了远方。佐伊等待着，努力让自己不要表现得坐立不安。其实内心非常想用手指拨弄散下来的头发末梢，不过她忍住了，她把双手放在自己黝黑的大腿上，坐在一旁默默等着。

大约过了一个钟头，布兰科眨眨眼，挪了挪身子，抓了抓下巴上的短胡楂，打开放在床底的一个木箱子，从里面取出一个沉甸甸的皮囊拔掉塞子。接着，他又拿出两个旧锡杯放到小小的地图桌上，往每个杯子里倒了一些淡红色的液体。放好水囊后，他一口气喝完一杯。

"来，喝一杯。"他用粗粗的指尖把另一杯推给她。

佐伊蹙了蹙眉，也一口气喝掉杯中的调制醋，酸酸的液体滑过喉咙时，感觉到微微刺激。她把杯子放回桌上："谢谢，长官。"

布兰科哼了一声。

"现在，"他说，"关于新来的那个麻烦的小鬼，你打算怎么办？"

佐伊耸耸肩："没想好。他的训练，我估计全都得从头开始。我本以为他应该已经具备了一些基本技能，但有一半他都不会——那些我们其他人都见怪不怪的东西，他甚至连见都没见过。"她轻轻叹了口气，把杯子倒过来。

"送这么个什么也不会的孩子来参军，似乎太残酷了点。我觉得简直令人难以置信，埃及学院居然会这么干——他们可是一直宣扬自己把学生照顾得多么多么地好。"

布兰科点点头："更糟的是，他可能会缺胳膊断腿，那我们就需要找替补……我想，伍长佐伊，他们学院的院长之所以派他来，是想保护其他学生——那些优秀的学生，或者那些付得起高昂学费的学生。所以他们觉得牺牲掉这一个也是应该的。"

"我想也是如此——不过他始终只是个孩子！我真不该对他那么凶。"

布兰科笑了，说："世道如此，伍长，习惯就好。现在的问题是，你准备拿他怎么办？"

佐伊抬起头看着百夫长的眼睛。虽然心里很不愿意在长官面前表现出无知，但她实在不知道怎么办好。在心里稍作挣扎之后，她摇了摇头："我也不知道。也许应该让艾瑞克陪他一起作些基础训练，只希望真到了战场上的时候，他不会拖后腿。"

"为何选艾瑞克？"布兰科皱着稀稀拉拉的眉毛，斜眼瞥着她。

佐伊有些不解地看着他："他们已经是搭档了，干吗要另选他人呢？"

"因为，"布兰科慢慢地说，"艾瑞克不适合做老师——在你们这个五人队里，论能力艾瑞克倒数第二，他的经验也不比迪林多多少……应该让你们队最好的魔法师来带迪林，那样他才能学得最快，才能扬长避短。"

佐伊皱了皱眉。她之前也想过，但几乎是立刻就否决了这个念头——她和奥迪纳图斯配合得天衣无缝，实在不想散伙。

"我不能让奥迪纳图斯去带他，"她说，"我跟奥迪纳图斯是完美的搭档，彼此有默契，知道对方的想法。"

第五十一章

布兰科哄然大笑:"哈!奥迪纳图斯?我压根儿就没想过他——我考虑的是你。奥迪纳图斯和艾瑞克两人好得跟亲兄弟似的——他们俩做搭档不会有任何问题。而你,作为伍长,你有责任教导迪林成长。"

百夫长说得如此坚定,佐伊知道,他已经下了决定,这是命令。

"呃!"她想,"要花很多时间去教那个野蛮人……那个臭家伙!"

"遵命,百夫长。"她没有反对。

"你等着,麦克唐纳,我要让你为此付出代价。"她心想。

第五十二章
泰西封，百鸟宫

"国王陛下驾到！所有人向波斯万王之王行礼！"

号声响起，回荡在皇宫正中央的大殿内。两千名侍从、大使和贵族跪在大殿两侧，四周一片衣料摩擦的沙沙声，仿若微风拂过海面。一束束阳光从天花板上高高的窗户透进来，照在殿内众人身上，仿佛一片由各种金银、红色丝绸、亮蓝色羽毛和华丽锦缎交织的微微泛光的海洋。在大殿的尽头处，一把高高的椅子安放在金字塔形釉彩砖基座上，高高的椅背上镶嵌着光彩夺目的珍珠，还加上了厚厚的深紫色天鹅绒软垫。一顶镶嵌着珍珠、翡翠与印度红宝石的金冠被数条银链悬挂在椅子上方。

孔雀宝座下的金字塔形基座有四级台阶。虽然身穿繁重的锦缎和丝绸长袍有些行动不便，卡瓦德·希洛还是跪在了第二级台阶上。他不喜欢这种让他的父亲高高在上的仪式，但却无法改变。万王之王喜欢各种典礼与仪式，就像孩子喜欢新鲜玩具一样——只要是能让他的荣耀和王权锦上添花的东西，他都喜欢。

大殿门口传来脚步声。希洛抬起头，从为了应付仪式才戴的厚礼帽的帽檐下瞥了一眼。在国王前面走着一大群人，黑皮肤，个个身高

第五十二章

不矮于六英尺，身穿亮闪闪的金鳞甲，头上戴着黄铜与银打造的头盔，赤裸的手臂和腿露出强健发达的肌肉。每个人都在身前举着高高的旗杆，杆顶挂着萨珊王朝的纹章。

在这群人后面走来三列身穿用亚麻和六股丝锦缎做的服装的侍从，换下了那些举着光明神[1]火杯和拿着小金字塔形铜香炉的仆人。最后，在这些侍从之后走来一队卫兵——这些来自北印地诸国的剑士们，从头到脚都罩在装饰性的连锁板甲里，金属鞋踏在天蓝色与绯红色地砖上发出重重的脚步声，板甲的每块金属板上都刻着镶金的防御与胜利的标志，高高的羽毛在头盔上随着走动不停晃动，严实的头盔上只有两道狭长的缝隙可露出眼睛。每个卫兵都在身前举着装着水淬钢刀的精制皮革刀鞘。

看到父亲出现，希洛有点心虚。科斯洛伊斯——波斯帝国的万王之王，坐在一顶由十六个阿比西尼亚人抬的大轿上，戴着过去九年来从不离身的金面具——这是仿古波斯阿契美尼德帝国国王大流士一世的模样雕刻的。他的下巴上留着卷曲的金色胡子，精致的面具下露出眼睛。用最上等的暗紫色丝绸制作的长袍从他宽阔的双肩垂下，长袍下白色的紧身束腰外衣若隐若现。他懒懒地坐在被鲜花簇拥的小型象牙宝座上。当他经过时，群臣站起来，四周传来一片窸窸窣窣的声音。在最后一队卫兵后面走着四个穿着棉短裙的奴隶，手中举着巨大的棕榈叶形扇子为国王打扇。

看到国王的轿子往这边过来，希洛与站在台阶上的所有其他高官们一起跪拜在地，深深低下头。侍从走到台阶下时自动往两边分流。只有最高等的卫兵踏上台阶，面朝大殿守卫在第二级台阶上。两个小男仆从王座后面急匆匆地跑出来，小心翼翼地在镶满了缟玛瑙、紫水

---

[1] 这里说的光明神（Lord of Light），就是指善神阿胡拉·玛兹达（Ahura‑Mazda），是琐罗亚斯德教的创世之神。

晶和其他各种玉石的华丽王座前铺开一张特殊的毯子。毯子里裹着干花，一打开来芳香四溢。国王科斯洛伊斯下了轿，踏着满地的玫瑰花瓣与百合花朵走到王座前，先是仔细整理了一下自己的长袍，然后才坐下。

伴着隐隐鼓声，号声再次响起。国王的伙伴，贴身侍卫贡达纳斯普，在最低一级台阶上向前迈出一步，举起一只珐琅铜喇叭放在嘴边。

"万王之王，"他通过喇叭喊道，声音在大殿里回响，"像古泰坦巨人一样征服世界的伟大的科斯洛伊斯，在此接见诸位。有事启奏者走上前来，领受皇恩！"

希洛在心里呻吟一声，手指拉了拉硬邦邦的衣领，这玩意儿磨得脖子很不舒服，常常害他出皮疹。他讨厌这里——只要是上朝听政的日子，他每天都得在父亲旁边站六七个钟头，绝无例外。此刻他只想回到自己的住所，跟巴西妮和其他情人们消磨愉快的时光。

在下面的人群中，撒马尔罕王子派来的使节站了出来。这些人皮肤黝黑，穿着深蓝与黑色相间的长袍，往后梳的发式看上去像乌鸦翅膀。希洛叹了口气，没完没了！站在他身后的维齐尔·霍梅恩[①]轻轻用手肘碰了碰他，王子立刻挺直身子正了正脸色。王子大部分时间都消磨在面见朝臣和无休无止的典礼仪式上，不过所有聪明人都知道，在臣民面前显示帝国的强大与永恒是绝对有必要的。

随着最后一下钹声尘埃落定，在漫天飞舞的半透明丝绸、羽毛和彩带中，最后一队舞者退下了宴会厅正中央加高的舞台。仆人们陆续走进来，开始清理环绕舞台三面的长餐桌上的金银餐具。舞台背面是一面有多个拱门的墙，墙外是长长的阶地，穿过阶地上的花园便可到

[①]维齐尔·霍梅恩：伊斯兰教国家元老，高官。

第五十二章

达由希洛祖父下令修建的天堂湖，方方正正的广阔湖面上波光粼粼，湖边长满芦苇，俨然已是各种鸟类和鱼类栖息的天堂。在皇宫北面湖边阶地上的花园里，柑橘、茉莉与玫瑰争相斗艳，满园飘香。每当有风吹过湖面，花园旁的各个房间里就会充满沁人心扉的浓郁香气。希洛饮尽杯中的卢里斯坦葡萄酒，随手将镶银的红宝石青铜酒杯扔到躺椅底下。一个女仆从旁边走过，手上端着重重的餐盘与酒杯。他冲着女仆有气无力地笑了笑。

女仆一门心思全在手中的水晶杯与金餐具上，生怕一不小心打翻在地，对他的笑根本没反应。他皱着眉看她离去，很快便没了兴趣——这里有上千个女人，每个都比她漂亮，他爱怎样便怎样，只要他高兴。他漫不经心地吃着放在身前矮桌上的甜美多汁的葡萄与蘸有蜂蜜与糖的切片水果。

"打开世界地图！"父亲的声音从金面具下传来，有一种异样的回声。希洛朝上瞥了一眼，又长又黑的睫毛遮住眼睛，他不屑地哼了一下。国王正踏上舞台的台阶，笨重的紫色长袍已脱下，露出万王之王厚实的双肩与手臂；从其身后看去能看到金面具的皮绳，绑在稀稀拉拉的头发上。希洛打了个响指，立刻就有一个希腊人长相的仆人给他递上一杯新鲜的美酒。

科斯洛伊斯双手叉腰抬起头。

他头顶上的天花板徐徐下降——一个用瓷砖镶嵌的大圆盘。在天花板背后，绞盘滑轮和滑动的绳子相互摩擦发出嘎吱嘎吱的尖锐响声。大厅中央的舞台上方正对的天花板是一层层的圆圈，此时落下的是正中间的圆心，圆心在下降的同时开始旋转，最后直径足有三十英尺的圆盘在地面垂直而立。天花板上则露出了一个隐藏的阁楼，阁楼里装着绳子、铁链和各种各样的机械装置。仆人们悄无声息地快步走上前去点起许多蜡烛和油灯。圆盘上，一幅用成千上万块彩色镶片拼出的完整的世界地图呈现在众人眼前。

地图以波斯朝廷所在地泰西封为中心,西至现今已知世界的边缘——被罗马人称作"大西洋"的无边大洋上的狗岛,南至阿克苏姆和卡诺珀斯的原始海岸——海岸沿线的瓷砖上绘有狰狞的野兽与奇怪的种族,东至比印度更远的塞里卡——再往东便全是荒漠与丛林,北至广阔的锡西厄大草原与被无边无际的森林与积雪覆盖的匈奴地区——这部分疆域在地图上的位置远高于国王的头顶。在地图中心,也就是科斯洛伊斯张开双臂所站的位置,精心描绘出了波斯帝国的上千座城池和要塞的位置。

"胜利就在眼前,"国王高声说道,"罗马已经屡次成为我们的手下败将。我们的军队已经抵达了他们的首都,我们的盟友包围了他们的城池。伟大的沙欣亲王与拉扎特斯亲王即将率军席卷累范特海岸,从罗马人手中抢下埃及。一旦失去埃及这座粮仓,罗马和君士坦丁堡必将陷入饥荒。"

一名身穿浅茶色长袍的书记员侍从捧着一根长指示棒走上台站在国王身后。国王停下来,藏在面具下的眼睛——扫过面前的诸位将军、维齐尔和王族。看到希洛时,他的目光略停了停。正拿着一片蜜饯肉啃得津津有味的希洛心虚地看着他。国王移开了目光,希洛松了口气,一下子瘫坐在座位上。"他希望我怎么做?"王子总是不懂这位冷漠疏远的父亲到底期待自己怎么做。

"粮食已经收获了,我的贵族朋友们,敌人终于开始行动了。根据驻扎在加尔西顿城的沙赫·巴勒兹传来的最新消息……"侍从拿起指示棒指着君士坦丁堡城对面的海岸,黑海与爱琴海在此细长海峡里交汇,"曾三次败于我军的罗马皇帝希拉克略率领的军队已经乘船跨过黑海北上,毫无疑问,他的目的是在特拉布宗城登陆——不过,他的结局只有一个,那就是变成我的阶下囚,最低贱卑微的奴隶。"侍从把指示棒沿着本都北部长长的海岸线向东移到黑海最东端。

"罗马狗可以从那边的山区潜入,从北边突袭我们。我最器重的

第五十二章

绰号'野猪'的巴勒兹将军已经率领他的不朽军抵达了位于东边马蒂纳湖畔的陶里斯城。"指示棒往东南方向移动,指着群山之间用蓝色与白色圈示的一个湖,湖的东岸标记出了一座由红色城墙与圆屋顶构成的城池,"罗马人要想从特拉布宗往东走,就必须穿过陶里斯——'野猪将军'正在那儿恭候他们。"

"有消息称,有一支罗马军队登陆了西里西亚平原上的塔尔苏斯。"侍从急忙跑到左边,指出地中海最东端的一个海湾,位于罗马治下的塞浦路斯岛以北。"不过,据派到敌人首都的探子回报,那不过是由皇帝马修斯·盖伦·阿特柔斯率领的一支小规模的西罗马军队。"

科斯洛伊斯停下来,先是咯咯地笑,然后仰起头发出雷鸣般的大笑。

"这两个皇帝都会变成我的仆人,"他吼道,"我的奴隶!他们永远不可能有赎身的机会;我要把他们永远拴在身边,让他们变成不能看的瞎子,不能说的哑巴!哪怕他们死了,我也要让最好的工匠把他们的尸体填上香料和盐,做成装饰品挂在大殿里,让他们生前死后都臣服于波斯王,伟大的万王之王!所有叛徒和弑亲者都应当落得如此下场!"

父亲的雷霆怒吼令坐在躺椅上的希洛不禁打了个寒战。万王之王近来愈发地令人畏惧,吓得他的儿子一有时间就躲进自己的住所里消磨时光。

"他疯了,"希洛悲哀地想,"完全是个疯子,毫无人性,叫我如何敬爱这样的父亲?"

"看着你们的眼睛,我知道,你们害怕了!我们从没有过如此彻底挫败罗马人的机会。就算是在先辈们的光辉岁月里,波斯也从未有过如此充分的准备——把该死的希腊人从我们手中夺去的一切重新夺回来!虽然面前有三支军队来袭,但他们的数量少得可怜,部署分散,战斗力极弱,根本不足为惧!我们将以压倒性的优势将他们一一歼灭,用无数罗马人的头为我的城市增添一道风景!"

科斯洛伊斯顿了顿,等着自己的回音消失在大厅高高的壁龛里。他的话在底下的将军与维齐尔们中引起了轰动,众人纷纷交头接耳,厅里一阵窸窸窣窣的响声。看到国王的目光看过来,大家不约而同地噤声转头看向别处。当父亲的目光最后落到自己身上时,希洛害怕地抬起头。

"国王……陛下。"王子摇摇晃晃地站起来,口齿不清地说。他感觉腿软无力,于是抓着躺椅扶手上的厚垫子,"万王之王,我们……要如何……如何打败他们?我们只有……只派出了两支军队。'野猪'和沙欣的军队一个在北,一个在南,都离得太远。如果罗马皇帝盖伦从安条克向首都发起攻击,就无人能挡了。"

万王之王一步一步地慢慢从舞台上走下来,四周的火把照得金面具闪闪发光,站在他面前的贵族和维齐尔默默退向两旁,在国王与王子之间留出一条空道。王子站在躺椅边上微微发抖。科斯洛伊斯走到儿子跟前,从上往下俯视着他。与父亲强壮的身形相比,希洛显得弱不禁风。科斯洛伊斯比儿子高出一个手掌,肩宽臂粗,浑身上下唯一的缺陷便只有闪光的面具。年轻时候,他的容貌比起他的身材毫不逊色。国王鹰一般的目光牢牢盯着王子。

"沙欣亲王将会班师回朝,王子——我第一任妻子生的孩子,"国王说,"住在沙漠里的那群乌合之众会阻拦他回来的路,但那不过是让他提前热身而已,最终他会横扫北方平原上的城池。'野猪'会带领他的一万不朽军北下,给入侵者以迎头痛击,但是到那时,在北边的罗马军队会在高地各省大肆横行。"他抬起一只手放在儿子脸上,微笑面具下的脸露出一抹残忍的笑。

"难道波斯不是世界上最强大的帝国吗?"

国王转过身。在他的目光扫视下,站在四周的贵族子弟本能地往后退缩。

"难道波斯不是世界上最强大的帝国吗!"他大叫道。

贵族们纷纷跪倒在地,齐声说道:"陛下,波斯是世界上最强大的帝国!"

科斯洛伊斯点点头,咯咯地笑了:"我忠心的臣民们……组建起了一支新军队,人类有史以来最强大的军队。当四万罗马人从塔尔苏斯向我们进发时,迎战他们的将是四十万波斯勇士!等战争结束之后,波斯帝国的土地上将到处都是敌人的尸体在波斯的太阳下腐烂。贡达纳斯普——我忠诚的侍卫……"

面无表情的宫廷侍卫首领站起身来。作为科斯洛伊斯最忠实的心腹,他了然地笑了笑,粗硬的黑胡子下露出满口金牙。他能猜到主人在想什么,不管国王的决定是如何地突发奇想,他都只会唯命是从。丑陋可怖的疤痕爬满他的脸,都是过去长年在格斗场里生活留下的纪念品。当他站起来的时候,身上穿戴的不死侍卫的鱼鳞甲碰撞出轻轻的叮当声。他的一只胳膊下夹着全覆式头盔,光滑的金色盔面只在眼睛的位置留有一道狭长的开口。

"请下命令吧,国王陛下。"他的声音粗哑——常年在战场上嘶声力竭地喊话,嗓子早就坏了。

"立刻召集这支军队,"国王转身从人群中往回走,"所有人,无论头衔高低,都贡献人力、兵器和黄金。粮食已经收割完毕,运河的围墙很牢固,粮仓里堆满了谷子和橄榄。这将是一场空前的胜利,波斯所有的成年男子都将在战场上高举长矛欢呼胜利!"他重新走上舞台。

"传我的命令,如果有谁胆敢不与我们站到同一战线,他将因其卑贱受到惩罚,失去他的财产和妻子,他的土地也会被分给那些愿意与我们共同抵御罗马的光荣的战士!波斯的荣光容不得丝毫折损!"

希洛重重跌坐在躺椅上,无力地示意仆人上酒。一个仆人低着头，用颤抖的双手捧着酒杯，蹑手蹑脚地走到他面前。万王之王背对着贵族们站在舞台上，凝视着世界地图。底下的人们没敢出声，站了好一会儿才意识到国王暂时不会再理会他们了。在人群中走动的贡达纳斯普笑得像只闯入米诺鱼群中的鲨鱼。许多人开始悄悄往外走，想在国王的侍卫注意到自己之前溜之大吉。最后所有人都走了，贡达纳斯普也退了出去，大厅里只剩下了希洛与父亲两人。

希洛醒来时，火把已经熄灭，就连放在舞台四边照亮世界地图的四个大火盆里的火也烧得没那么旺了。父亲好像根本没看到他的存在，王子在不知不觉中便睡着了，但即使是睡着了也依然紧张得要命，一连做了好几个古怪的梦。当他完全清醒过来时，只感觉手脚冷得像冰。他小心地翻了个身。

父亲还站在舞台上，双手在身后交握。不过这时他的目光已经从地图转到了黑漆漆的花园。希洛顺着他的目光看过去。奇怪的是，往常这个时辰，月亮应该已经升到了水池上空，让果树和鲜花沐浴在银色月光下，然而今天拱门外面却是漆黑一片。几个火盆里突然蹿出大火，在世界地图上投下父亲瞬间膨胀的影子。然后除了离拱门最远的那个火盆里，其他火盆里的火都灭了。外面传来鸟鸣，有人踩着大理石瓷砖轻轻走来。希洛感觉一阵阴风吹过，掀起身后的窗帘，他吓得躺在原地一动也不敢动。

"达哈克大人。"科斯洛伊斯低沉的声音响起，仿佛来自遥远的天边。

"陛下……"回答他的是一个低语般的声音，一个又高又瘦的身影出现在花园里刻有凹槽的两根柱子之间的阴暗处。这个人仿佛幽灵般悄无声息地走了出来，苍白的肤色在暗淡的光线下微微反光，一袭黑色丝绸长袍松松垮垮地垂在瘦削的肩头，胸口光滑白皙的皮肤上分布着一些可怕的伤口，一张尖削的脸上满是疤痕与狰狞的血肉。科斯

第五十二章

洛伊斯看到对方的模样，惊得倒吸一口冷气，面具下发出一声古怪的啸声。

"您没看错，陛下，我们现在是同病相怜。东罗马首都一行突生异变，大败而归。"黑袍人的薄嘴唇勾出一抹讽刺的微笑，露出洁白的牙齿。他伸出一根细长的手指抚摩着自己脖子与胸膛上的疤痕，"有些礼物还是永远别打开的好。"

"这是怎么回事……你还有哪里受伤了吗？"

科斯洛伊斯问得有些急，就像一个人突然在一向用得很顺手的工具上发现了出乎意料的缺陷。国王不由自主地抬手摸向自己的脸。

达哈克鞠了一躬，长发好似黑色波浪般滑过肩头："我的力量还在，别担心，亲爱的陛下，我依然能够为您效力，偿还我欠您的债。"

"好，"国王咬牙切齿地说，"你欠我太多，远没有还清。"

"这点我很清楚，国王陛下。虽然您对我诸多指责，不过我的罪过我自己承担。只要您吩咐，就算是要撼天动地，我也会满足您的要求。"

科斯洛伊斯哼了一声，手指把玩着面具上的金色卷边。希洛觉得黑袍人似乎要有所动作，但那人只是沉默地站在国王面前。

"现在你刚好可以派上用场，"科斯洛伊斯说，"罗马人兵分三路攻打我国，而我手下只有'野猪'可以率军与之抗衡。"看到魔法师脸上一闪而过的表情，他停住了，"有什么不对？"

已经走上舞台的达哈克凝视着世界地图。看到这个可怕的人和他的父亲肩并肩地站在一起，希洛突然有种不祥的预感。虽然国王的体格比这位瘦削的夜半来客更为魁梧，但两者之间却有一种古怪的默契。

"陛下，您面对的只有两支敌军。从君士坦丁堡回来这一路上我略作停留，打听到了一些消息。所谓的往黑海海岸线上的特拉布宗去的罗马舰队不过是做个样子。实际上，敌人的大部队是从塔尔苏斯……"

在累范特与亚洲海岸的交界处，西里西亚平原上表示塔尔苏斯城的小标志上突然蹿起绿色火苗。

"往东，经过阿尔巴尼亚，抵达陶里斯。"绿色火苗一路往东卷过去，穿过底格里斯平原的北部边界与幼发拉底河，穿过北部的高山，冲进用蓝色与白色表示的湖泊旁边一个宽阔的山谷。

"敌人首先会攻打'野猪'驻守的陶里斯，巴勒兹会非常期待这次较量……"

科斯洛伊斯凝视着被一闪一闪的绿色火苗照亮的地图。

"罗马皇帝要的不是战争，"万王之王低声咆哮道，"他是想突入米底高地，摧毁被视为帝国命脉的那片地区。卑鄙的罗马人！他居然用税收官的手段来对付我们，简直是无耻……"

感受到国王心中的愤怒，达哈克点点头，笑了。他把双手插进长袍里，悠然地站在一旁。

科斯洛伊斯转向他的盟友："你能否在一天之内将一个人从帝国的一头传送到另一头？"

"当然可以，陛下，这对我不过是小菜一碟。"

国王望了望漆黑的花园，又转回目光看着达哈克。

"去陶里斯找'野猪'，他此刻正准备派他的不朽军南下与我和贡达纳斯普新集结的军队会合。你去告诉他，让他把陶里斯城的防御事务交给可靠之人——至少抵挡住罗马人一个月的时间！然后你马上带他去南边找沙欣，告诉他务必歼灭沙漠部落的军队。让他事成之后立刻回我这里来。等巴尔米拉女王那个臭婊子一死，沙欣就要尽快率军攻打埃及。你要尽你所能帮助他尽快解决战斗。"

达哈克鞠了一躬，一脸的波澜不惊："遵命，国王陛下，我这就去办。"

达哈克走下台阶，消失在拱门下的暗影中。地图上的绿色火苗慢

第五十二章

慢熄灭了,黑暗笼罩了大厅。希洛壮着胆子偷偷从躺椅边缘看出去,看到笼罩在花园里的黑暗往魔法师身边聚拢过去,魔法师飞上了天空,巨大翅膀扇动的声音在瓷砖上回荡。月光终于洒进了花园,在大理石地面发射出微光。王子一屁股跌坐下去,终于松了口气。站在舞台上的科斯洛伊斯最后望了世界地图一眼,离开了大厅,靴子在地面上响起沉闷的脚步声。

第五十三章
到陶里斯的路上

迪林举起皮革水囊一阵痛饮，嗓子干得要命，恨不得喝干水囊里的每一滴水。喝了几口后，他舔了舔嘴唇，放下盖满黄色灰尘的手吐了口唾沫，把水囊递给坐在他下方一堆摇摇欲坠的石头上的艾瑞克。日耳曼人跟迪林一样，浑身上下盖着一层厚厚的黄色灰尘，几乎都要认不出来了。戴着宽边帽的艾瑞克冲迪林点点头以示谢意，接过水囊喝起来。迪林摸了摸鼻子，鼻子被火辣辣的太阳晒得通红，又开始脱皮了。

在两人所坐的石堆下方，上万双穿着靴子的脚在翻越拉旺杜兹峡谷的路上踏出沉重的脚步声。迪林望过去，只见由闪闪发光的钢铁组成的长蛇般的队伍沿着峡谷的一侧蜿蜒而上，蛇尾似乎伸到了远处辽阔的平原上。两个男孩身上的干泥和野草便是在穿越平原时沾上的。听说东西帝国的联合大军的兵力高达六万，这个数字远远超出迪林的想象。步兵大队、农兵团与骑兵翼源源不断地从堆着平坦石头的出露岩石层下方走过，队伍仿佛永远没有尽头。一个百人队摇摇摆摆地走过，背上背着盾牌与行囊，皮带上挂着头盔，步伐整齐划一，仿佛一只钢铁打造的千足虫。

第五十三章

"噢,有一只黄色嘴巴的小鸟,"士兵们一边走一边唱着歌,歌声低沉,"落在我的窗沿上……"

士兵们的脸刮得干干净净,军容整洁,装备精良,身上的锁甲在烈日下闪闪发光,几乎人人都戴着艾瑞克从不离身的那种防晒编织帽,扛在肩头的长矛上下晃动,像一片移动的钢铁芦苇林,钉有平头钉的靴子踏在坚硬的石面上铿锵作响。一个留着白色短发的矮壮汉子走在队伍的最后面押队,声大如牛,即使在这喧闹的百人队伍里,也能清楚地听见他的声音。他走过时一直注视着迪林与艾瑞克,但并没有打扰他们。

在西罗马帝国军队后面走来的是牛和骡子拉的货车队,车上堆满帆布与木料。山路太陡,车子承受不住太多的重量,于是所有车夫统统下车走在车子前面。在道路上方,一段由摇摇欲坠的砂岩屑堆积而成的长上坡延伸到峡谷旁边的巍峨高山。迪林转过脸避开刺眼的阳光。道路一直往上延伸到冰雪覆盖的巍峨群山之中。他知道,过了这片山头便是波斯了。

突然耳朵产生剧痛,有人用拳头打了他一下,迪林咒骂了一声。佐伊站在两个男孩上方,细长的黑眼睛俯视着他们:"起来,两个懒虫,我们要去下一站了。"

迪林抬头眯着眼看她,在耀眼阳光的衬托下,叙利亚女孩儿只是一个黑色的轮廓。虽然她不再像过去那样对他大发脾气,但依然十分严格。其实至多比他大上一岁,他却不敢轻易质疑她的权威。她的拳头和在魔法世界里快如闪电的反应速度都远胜于他;而且她近来对待他也多了些耐心,陪他练习蛇形前进和在她、艾瑞克和奥迪纳图斯看来再基础不过的其他训练。

他觉得很沮丧,以前在学院里接受的训练彻底中断了,现在只能做一些常识性的基础训练。他之前零零散散学了些冥想和召唤咒语,但那些肯定是只有更高级的魔法师才会的。迪林觉得心里没底,他知道自己所会的那些东西其实非常危险，这一点从那些曾经出现过的幻觉里就知道了。

"跟上，野蛮人。"她伸出黝黑强健的手。他抓住她的手，她闷哼一声把他拉到石堆顶上。艾瑞克喘着气跟在他身后爬了上来。数周的体力活儿和持续的体能极限训练也没能让日耳曼小胖子的体格变得强壮一些。迪林、佐伊还有正坐在岩石上伸展身体的奥迪纳图斯都瘦了，但比迪林预想的结实了不少。迪林在自己大腿上拍了一下，感觉硬得像块木头。他几乎想不起来以前在学院里过的是一种多么安逸舒适的生活。

迪林跟着佐伊往坡下走去。她的头发编成三根乌黑的发辫，在她背着的包和铺盖卷上甩来甩去。迪林看着她的发辫，这个女孩儿有一种野性的美，总是让他想起自己远在老家的姐妹。突然脚下踢到一块石头，他绊了一下从坡上滑了下去。幸好前方有一块大圆石，他没滑多远便被挡住了。他站起来拍拍身上的灰。佐伊停下脚步盯着他。

"我没事。"他捡起自己的帽子。

"那就好，"她说，"你走前面。跑起来——我们必须在半分钟内占领下一个哨岗。"虽然她没笑，但迪林脸红了——她肯定知道迪林只顾着看她的脚踝而没看路。迪林滑下剩下的那段山坡，来到道路边缘。一大队身穿浅黄色披风戴着铜臂环的弓箭手从面前走过，所经之处尘土漫天飞扬。迪林提了提肩膀，把背上的包裹系紧，沿着道路外边缘的空隙小跑着前进。昨天跑了一天，小腿到现在还很酸痛，但他此刻也顾不上这些。佐伊紧紧跟在后面。

晚上，几个人挤在一堆小得可怜的篝火旁。艾瑞克之前去用铁桶生火做饭的厨师那里拿回来一些新鲜面包。迪林狠狠咬着有些烤焦了的面包。在参加这次远征之前，他从不知道三天才吃得上一顿的时候，面包居然可以变得这么美味。夜空中，星光消失在汇聚的云层

第五十三章

后,气温下降了。佐伊挤在迪林与奥迪纳图斯之间,拿着个小棍拨弄着架在快要熄灭的火堆上的旧铁锅里的东西。

"还没好呢,"奥迪纳图斯喃喃道,一块羊毛围巾半遮着脸,"这些黄豆至少得煮上两杯水的时间,要不然你吃了会睡不着的。"

佐伊没理他,继续拨弄豆子。当军队在日落前一个钟头停止前进时,她让迪林和艾瑞克找个僻静的地方搭帐篷,避开其他士兵。然后她就拿着弓箭跑进了峡谷深处。军队扎营的地方是贫瘠峡谷里一处狭窄的高地。接下来的几天,他们会穿越高山关卡进入波斯境内。但眼前仍是一片满是巨大圆石与碎石的不毛之地,只有营地下方的谷底稀稀拉拉长着几棵树。在一些较大的石头下的阴影里能看到残雪,峡谷两边山头被万年不化的冰川覆盖。

迪林和艾瑞克找了些重石块,准备用来固定帐篷的绳子,然后在两面巨石之间寻找适合搭帐篷的阴凉处。其他士兵,特别是西帝国的步兵大队,选择了在狭窄小路两侧较为平坦的地面上休息。太阳下山时,士兵们开始在坚硬的地面上挖一条浅壕沟,大致划定了行军营地的范围。

迪林摇摇头,在大圆石和石板之间爬上爬下,最后终于找到一个石洞,洞内靠南的石壁上有烧火的痕迹。他、艾瑞克和奥迪纳图斯把他们几个人的装备从货车上拖到洞里,准备在此宿营。被冬日风雪磨蚀的大块岩石为他们提供了良好的防风墙。东罗马皇帝的军队还在继续往谷中进发,他们是走到哪儿便睡在哪儿。

"你们觉得,我们上了战场会怎么样?"迪林喝了一口酸葡萄酒,咽下口中的面包,"我们看起来就像是误打误撞走到一起的不相干的军队。"

佐伊看着自己放进黄豆里的野生洋葱与杏干,从鼻子里哼了一声,抬起头迎向迪林的目光,火光在她眼底跳跃:"如果你能学会用魔法参与团队作战,野蛮人,这两支军队就能合二为一。"

艾瑞克笑得呛住了，奥迪纳图斯弯下腰使劲拍打他的后背。迪林冲他做了个怪相，把醋递过去。北方人喝了两大口，缓过气来。

"伍长，我是认真的！"迪林无可奈何地摊开手，"你都看见了，他们走得那叫一个乱，想停就停，想走就走，而且还污染了所有我们走过的河流。简直就是一群毫无纪律可言的乌合之众。"

"的确军纪散漫，"在火堆另一边的奥迪纳图斯开口说，"但是他们会与我们一起战斗，虽然西帝国的军团才是主力。如果他们能扛住，我们就能打赢。"

"说得好，"佐伊哼了一声，"豆子好了，把你们的碗给我。"

天黑之后，佐伊出现在五人队营地的边缘，脸色不佳。行军营里摇曳的火光照亮她身后的天空。她拿着碗，碗里只有些野草和洋葱。在山下时，他们根本没有机会捡拾柴火，幸好迪林找到了引火物，这一点让她很是欣慰。队长轻轻的一句"谢谢"让迪林大受鼓舞，虽然翻出以前在洞里扎营的人藏起来的存货对迪林来说不是什么难事——这点事儿他老家的牧羊犬也会。

豆子又酸又硬，但对于跋山涉水走了一整天的迪林来说，却是绝对的美味。行军数周之后，连腌猪肉和羊肉都变得索然无味。他咬了一口洋葱，舌尖味蕾感觉到强烈的刺激。在夜空下，与伙伴们围坐在篝火旁，虽然脚还酸痛得厉害，却是种无比美好的感觉。

"第一场仗就是考验，"佐伊伸出一根长手指刮干净碗里的东西，"到时，如果军心大乱士兵开始溃逃，或者如果我们在战术上输给了野蛮人，那一切就都完了。但是如果我们这支杂牌军能拿下第一仗，后面我们就会战无不胜。"

艾瑞克把锅底刮得格格作响，寻找剩下的残渣，但锅里已经空了。他皱着眉放下锅："我们能做些什么？我是说——在第三魔法师队的所有五人队里，我们排倒数第一——他们能给我们派什么任务？我可不想再去牵马……"

第五十三章

"不,"佐伊说,"我们会打头阵,这是科隆纳昨天偷偷告诉我的。保民官决定让我们与散兵一起行动,跟投石兵和弓箭手一起往前冲。他认为我们可以趁着敌军尚未完全摆好阵形的时候,神出鬼没地不断骚扰他们。噢,我们还得找些大象。"迪林偷偷瞥了眼奥迪纳图斯,听到这个消息后,对方的脸色变得十分难看。佐伊也好不到哪儿去,沉着脸凝视着火堆。迪林想来想去,最后得出一个不怎么乐观的结论。"呃,"他试探着问,"那也就是说,一开始我们就会吸引敌人的大部分注意力,是不是?"

"没错,"佐伊翘起丰盈的嘴唇,露出个似笑非笑的表情,"我们就是引大鱼上钩的鱼饵。值得欣慰的是,如果我们被干掉了,保民官保证会让敌人付出惨痛代价。"

第五十四章
大叙利亚上空

沙赫·巴勒兹往前倾斜身子，扯着拜亚基[①]背上用来固定身体的皮带，兴奋地迎风大叫，但声音立刻就被呼啸的狂风淹没了。坐在他前方同样用皮带和金属扣缚在龙背上的达哈克对人类的少见多怪皱了皱眉。魔法师把身子歪向左边，手中闪烁着蓝黑色的光，引导拜亚基以风一般的速度掠过地面。

拜亚基侧身的时候，巴勒兹俯头看了看地面。在月光下，怪物的两只翅膀模糊成一团灰影，广袤无垠的荒漠在他们身下迅速往后退去。他望了望北边，看到一片微暗的灯光，毫无疑问那是一座城池，错综复杂的银色小径分布在遥远的地面上，仿佛数千条银蛇的蛇背。飞过一大片斑驳的黑色山头，地面上闪过星星点点的光亮。

"就快到了，"魔法师冷冰冰的声音在他耳边响起，"奥伦特斯峡谷就在前方。"

巴勒兹贴近达哈克的肩膀往前方眺望。突然，一座城池从他们下方闪过——在月光下，遥远的城镇灯光微弱得就像一团萤火虫发出的

[①]拜亚基（Byakhee）：克苏鲁神话中的怪物，这里是波斯祭司的坐骑。

第五十四章

光亮,城外西南方向还有一面湖泊微微闪光。巴勒兹的目光在飞速掠过的野外里搜寻着……

在那儿!眼前的情景令他激动不已——庞大的军营,点着成百上千堆营火,油灯与营道两旁的火把长龙照亮密密麻麻的帐篷。拜亚基没有停,如闪电一般飞过,把军营远远甩在身后。又飞过一片黑漆漆的山头,巴勒兹回过头,越过长蛇般的尾巴和扇动的翅膀往后望去。

"怎么回事?为什么不停下?"

他转回头望着前方。拜亚基张开巨大的翅膀,盘旋着向一个光秃秃的高山顶降落。强大的气流扬起地面的落叶与灰尘。怪物细长单薄的脚掌轻轻落在地面上,身体微晃,收起翅膀贴在长满皱纹与触毛的身躯上。

坐在怪物背上的达哈克松了口气,回头看了看同伴。巴勒兹正在解绑在身上的带扣。大个子搭了个沉甸甸的袋子在肩上,把固定在身后的两个藤编篮子扔到地上。魔法师不慌不忙地做着同样的事,但因为疲惫,双手微微颤抖。大个子从怪物毛茸茸的身体侧面滑下去,重重落到地面上,然后伸手拉下来之前坐在身子底下的一大把兵器。看到魔法师,巴勒兹停下了手里的动作。

"达哈克大人,你下来做什么?"他不解地问。

达哈克叹了口气,站在拜亚基宽阔的肩头。怪物感觉到魔法师对自己的控制减弱了,颤抖起来。控制这头普罗米修斯一般的怪物让他精疲力竭,他只得像巴勒兹一样手脚并用爬了下去。

"退后,"他对波斯人厉声说,"它起飞时会产生强气流。"

拜亚基张开双翼,遮住满天星斗。大风突起,卷着山顶四周树林中的细枝碎石往两人身上打来。怪物像猎犬一般悲鸣,飞上天空,翅膀扇出强大的气压,压得山顶摇摇颤颤。待它的身影消失在浩瀚的夜空,巴勒兹才回过神来,吐了口唾沫,一嘴的沙。

"达哈克大人,别见怪,我是想问,你怎么也留下来了?"

黑暗中看不清达哈克的表情。他说:"这是万王之王的命令,我只是服从。他命我在此战役中助你一臂之力。"

巴勒兹盯着魔法师,见对方冷着一张脸,他脑子里转得飞快:"有个魔法师做帮手,岂不是如虎添翼?看来时局将要逆转,必让罗马人付出惨痛代价!"

达哈克裹紧身上的长袍,拉起风帽罩住瘦削的脑袋。

"沙欣亲王的军营,"他说,"就在这片山头的另一面。"他走入北边的树林。巴勒兹抬头望了望月亮,又看了看南边来时的方向。他若有所思地捋了捋刚毛般的胡子——他那广为人知的绰号正是来自于此——跟在魔法师后面跑进了树林。

"野猪"在铁鳞甲和胸板甲外面套了件厚重的披风,走到位于波斯军营的中军帐门前。周围一大片帐篷在油灯与火把的光亮下闪着微光。他没有戴头盔,浓密的卷发梳得整整齐齐,披在肩头,像盖着一张毯子。他的胡子也打理过了——虽然在入夜后的军营里不太好弄,不过好说歹说,总算让达哈克打出白光,这才能在铅玻璃镜里看清楚。一把用皮革包裹的木刀鞘从他的肩头伸出来,里面放着他最钟爱的大刀。达哈克蹒跚着跟在他后面,心情不太好。之前因为夜太黑没留意到山坡,魔法师崴了脚踝,幸好他当时还拄了根很长的花楸木杖。军营里仍未休息的人们看了看这两个人,马上又回到自己的岗位上或帐篷里。

巴勒兹压根儿没把身穿轻锁甲和土黄色长袍站在帐篷门口的两个卫兵放在眼里,高仰着头直接大跨步从他们身边走过。卫兵认出了这位过去的老长官,不敢上前阻拦,因此也没有看见一跛一跛地走进去的达哈克那双闪烁苍白的眼睛。帐篷里分为若干区域,这两人一进去,里头突然全都安静了。

"沙欣亲王。"将军粗闷的声音听起来就像是用一把重斧砍在肉

第五十四章

块上。

沙欣从帐篷正中央站起身来。这位伟大的亲王,万王之王的表兄弟顾硕长健壮的身躯上穿着繁琐华丽的绿色亚麻与丝绸长袍,一张长脸上留着卷曲的胡子,头上戴着一个小巧的金环,手指上戴满戒指。他小心地放下一杯盛满美酒的水晶杯,欠了欠身以示欢迎。

"沙赫·巴勒兹将军,欢迎您的到来。请允许我向您介绍我的同伴。"

巴勒兹粗声粗气地从鼻子里哼了一声。沙欣眯起描画着精美眼线的双眼——从来没有人敢对他无礼,哪怕是对手;他可不喜欢在自己的支持者和军队面前被人如此无礼对待:"省了那些客套吧,亲王。立刻召集你的指挥官和盟军首领,天亮之前还有很多事要做。"

底下的侍臣们刚开始一直坐着没动,静观局势,这时纷纷用手捂着嘴吃吃地窃笑。巴勒兹扫了他们一眼,这些穿着华丽丝绸衣服、涂香抹粉的人令他厌恶。他皱着浓眉;从现场这些贵族们身边众多服侍的奴隶看来,他已经知道了这支军队是如何悠闲地走进敌人的地盘里的。将军转回目光看着沙欣,后者也偏着头看着他,就像一只鹤在沼泽地里打量着一只可口的青蛙。

"虽然看到您很高兴,巴勒兹,"亲王以一种优雅的语调不慌不忙地说,"不过此时天色已晚,我要休息了。您有什么消息必须要在天亮前告诉我们吗?"

"当然,"巴勒兹粗声说,"不过我想先问一个小问题——你知道此刻沙漠部落的军队在何处吗?"

这个突如其来的问题让沙欣有些不解。

"抱歉,不知道。"他一边说一边伸手抚平自己的衣袖,"自进入敌占区以来,一切都很顺利,除了在路上偶尔发现一点点踪迹之外,尚未看见过罗马人及其手下的乌合之众。"

说完,亲王又躺回到沙发椅上,继续享受之前被打断的指甲护理，修剪指甲的两个奴隶都只穿着勉强掩体的丝绸布料。其中靠右边的那个奴隶头上火红的盘发仿佛一朵红云。她惧怕地看了眼巴勒兹，低下头用手中的小锉刀在亲王张开的手指上小心修剪。

巴勒兹不悦地低吼一声，转身怒气冲冲地往门口走去，途中瞥见达哈克也进了帐篷，正坐在某个角落里，众人皆没注意到魔法师，只有一个奴隶给他端上了一碗碎冰。走出帐篷，将军往两个站岗的卫兵的头盔上狠狠拍了下两人。卫兵们转过身正要发作，一看见是绰号"野猪"的大将军，顿时没了脾气。

"马上动起来，小子们，给我把重骑兵、轻骑兵和步兵的指挥官们统统叫来，所有那些头盔上插了羽毛的笨蛋们。快去！"

卫兵们敬了个军礼，转身跑进了夜色中。巴勒兹看着他们跑远，嘴里咕哝了几句，心想："好吧，有达哈克和我在，我们还是有胜算的……"

当他再次进到帐篷里时，亲王和他的侍臣们谈得正欢，仿佛他从未出现过一样。角落里，一个四重唱乐队正在歌唱，一位长笛手吹着轻快的颤音，乐声仿佛一只小鸟在灵巧地飞翔。巴勒兹气得满脸通红，大步往鼓手走去。鼓手一抬头便看到他怒气冲冲地冲自己走来，吓得急忙往旁边躲去。将军一手抓起重鼓，一手在鼓上狠狠敲了一下。

"够了，都给我出去！出去！出去！快给我滚出去！"巴勒兹怒吼着，敲着鼓往人堆中冲过去，吓得众人纷纷跳起来。

"出去！全都出去！""野猪"一边喊一边跺脚。酒桌被掀翻在地，乐手们仓皇逃命。巴勒兹提起鼓就从帐篷前门扔了出去，正好砸中跑到营区道路上的一个倒霉诗人的脑袋。

诗人像被一斧头砍翻在地的牛，瘫倒在泥地上一动不动。亲王跳起来冲着巴勒兹咬牙怒吼，其他贵族和奴隶们早就逃了。巴勒兹一脚端向挡在路上的最后一个醉鬼的屁股，那人"扑"地一声栽进沙堆

第五十四章

里。将军一转头,看见一个戴着沉甸甸戒指的拳头冲自己的脸挥过来。

巴勒兹眼疾手快伸手接下这一击,粗壮的手指死死握住对方的拳头,就像盘扎在镶嵌地板上的树根。亲王疼得倒抽一口凉气,腿一软跪到了地上。"野猪"松开手,居高临下地看着挣扎着想站起来的亲王,毫不掩饰心中的厌恶。

"万王之王科斯洛伊斯国王陛下有令,从现在开始,由我接管这支军队。"

巴勒兹带着决定性的口吻说:"如果你想与国王陛下探讨他这个决定的合理性,我建议你回泰西封去与他理论。"他凑近亲王惨白的脸:"不过,最近他的心情不太好,我劝你最好别去。"

"我……我才不信你说的话!"沙欣退后两步挺直脊背吼回去。亲王在帝国的地位非凡,他的府邸丝毫不逊色于国王的宫殿,他与萨珊王族关系十分密切,而且完全能够组建自己的私人军队。"陛下任命的指挥官是我!是我,你这个愚蠢无知的乡下农夫!你说这是国王的命令,有何凭证?我从未接到过任何此类命令!"

看着亲王涨得通红的脸,巴勒兹愉快地笑了:"今晚早些时候我才得到信儿,现在我来了,你的任务是指挥军队的左翼——这也是国王陛下的意思,给你留点颜面。但是,从现在开始,我才是这里的总指挥,沙欣亲王,你要一丝不苟地执行我的命令。"

沙欣不屑地往厚厚的地毯上吐了口唾沫:"谁送的信?你认不认识?帝国信使?有何书面凭据?"亲王以为抓到了对方的弱点,一脸狡诈地追问。

巴勒兹闻言不怒反笑,微微转过头去:"信使就在那儿,伟大的亲王殿下,难道你对他还有什么怀疑吗?"

沙欣一步跨过巴勒兹,正要破口大骂,看见一只脚缠着布靠在椅子上的达哈克,顿时呆住了。一身黑衣的达哈克微微一笑,用水晶和玻璃制作的油灯里的火闪了几闪，灭了，帐篷里顿时陷入一片黑暗。接着，一阵极轻的蟋蟀叫声响起，魔法师周身发出暗红色的光，眼睛变成了两团火。

"万王之王的命令，"达哈克低沉的声音响起，"你要抗命吗？"

沙欣再也说不出一个字来，惊慌地往后退去，撞上了巴勒兹结实的身躯。"不不不！大人，我绝对服从！"亲王跪在地上连磕三个头，趴在地毯上不敢起身。

油灯里的火重新燃了起来，温暖的光照亮整个帐篷。诡异的静寂被一阵惊慌的呐喊声打破，许多人踩着砂砾"啪啪啪"地跑来。达哈克转过头不再去看在帐篷中央的两人，整个人似乎隐身在了帐篷壁挂着的华美锦缎里。

七八个衣服只穿到一半的大汉举着刀枪冲了进来，当看见空空的帐篷里只有亲王与"野猪"两个人时，猛地停住脚步。刚才只听到有人喊"抓刺客！暴动！"他们便急匆匆跑了过来！

"将军！"这群指挥官们看到一个此刻本应在至少七十里格以外的人出现在眼前，惊讶地喊道。"野猪"给了部下们一个大大的笑脸，露出白亮的牙齿。他随手把被掀翻在地的一张桌子放好，不过原先放在上面的蜜饯水果和美酒都已被打翻在地。

"见到你们很高兴，我的朋友们。轻骑兵的指挥在哪儿？我看到甲胄骑兵、枪兵和工兵的长官们都来了……现在谁在负责斥候？是不是塔赫瓦兹？"

指挥官们纷纷摇头，斜眼瞥了瞥又重新坐回椅子上的亲王，一个奴隶正拿着块湿布给他擦额头。巴勒兹顺着众人的目光望过去，觉得情况不对，眯起双眼。

"亲王，轻骑兵的指挥官到哪儿去了？"巴勒兹这回问得很有礼貌。

沙欣抬起头，画着黑眼线的眼睛里射出仇恨的光。

第五十四章

"那个讨人厌的塔赫瓦兹早在一个月前就被送回泰西封了。他行事鲁莽又不服从命令,这里没有人受得了他。"

巴勒兹抿紧双唇,在之前徒步下山的时候,他就在担心会有这种事,果不其然。他转回头看着下面的指挥官们。现在更多的军官涌入了帐篷里,都想来看看到底出了什么乱子。"哈达姆斯……你指挥的是甲胄骑兵——现在我们的队伍里还有轻骑兵没有?"

重骑兵指挥官沮丧地摇了摇脑袋。

"这么说,""野猪"继续说,"你们一个斥候也没有派出去,就只有些枪兵在军营外围担当警戒哨。难道军队从北边的安条克出发之后,便一直是这样吗?"

指挥官们耸耸肩。哈达姆斯站直身子,迎向老长官的目光:"不,巴勒兹大人,我们一直保持着密集队形前进,只有我手下的一些轻甲骑兵充当大军的侧卫。我们还没遇到过敌人……他们可能还在大马士革……"看到巴勒兹背着手冷冷望着自己,他的声音越来越小。其他指挥官们挪了挪脚,都不敢抬头。

"敌人,"巴勒兹的语气好似在聊天,"就在数里之外,翻过南边的山头就能看到。你们把他们当做一群乌合之众,对方却十分清楚你们的所有动向,你们的兵力,甚至知道你们早餐喝的粥的温度。我亲眼见过敌人的军营,敌军的数量不比我们少,甚至可能更多。"

身后传来挖苦的笑声,打断了他的话。沙欣站起身,他又重新整理好了长袍,脸上恢复了一丝不苟的妆容。

"不必考虑来犯的有多少人,将军。不管敌人摆什么阵用什么兵,我们的重骑兵都会把他们全部踏平。他们的武器远远不如我们,根本无法与我们正面作战!"

巴勒兹淡淡地扫了眼亲王:"你们至今没有见到敌军,也没有与之战斗过,我的朋友们,这正是那些部落给你们设的陷阱,他们就希望你们头脑简单轻率地往前冲。当他们认为时机成熟之时,自然会迎战你们，到那时，他们会偷你们的羊，睡你们的女人。塔赫瓦兹率领的莱赫米弓箭手和枪骑兵怎么样了？也可以把他们派出去侦察……见鬼，这又是怎么回事？"

底下的军官们脸上写满不安。哈达姆斯叹口气，再次挺了挺背，说："将军，佣金方面出了点问题。莱赫米人派来的辅助部队已经离开了。我最后一次看到他们的时候，他们在阿瑞托莎扎营。"

巴勒兹攥紧拳头，终于转过头正视沙欣。亲王退了一步又停住了，咬牙死撑。

"你居然不付莱赫米人佣金？"

"是他们自己背信弃约，居然胆敢要双倍的佣金！我才不会让那些肮脏的部落人从帝国手中敲走一个子儿！反正我们也不需要他们，他们留在这里只是累赘，尽惹麻烦！我命令他们滚回老家，他们照办了。"

脚踝受伤、坐在角落里休息的达哈克嘲讽地笑了。军官们闻声转头一看，吓得纷纷往后退。关于眼前这位爱穿黑衣的瘦高个儿魔法师，坊间可是有不少精彩的传闻。

"部落居民永远不会听从一个浑身香气的纨绔子弟的命令，亲王殿下。如果你把数千名莱赫米部落居民留在身后，他们会从你攻占的土地上夺取他们应得的报酬，甚至更多。"达哈克的声音轻似低语，但帐篷里的每一个人都清楚地听到了，每一个字都令人不寒而栗。

沙欣红着一张脸，却不敢反驳对方的一个字。

"够了。"巴勒兹怒吼一声，"哈达姆斯，叫来你手底下最快的骑兵，带上三倍的佣金，同时派一个你信得过的人去阿瑞托莎，告诉部落首领们——我，沙欣·巴勒兹，请他们前来助帝国一臂之力。就说……就说只要他们肯来助战，今后台努赫就归他们了。告诉他们，这是我——沙赫·巴勒兹——的承诺！"

"遵命，将军。我会派我的侄儿巴赫拉姆去办此事。"

第五十四章

重骑兵指挥官欠了欠身,疾步走出帐篷。帐篷外传来他高声召唤副官和各级军官的声音。

"野猪"看着其他人,示意他们走近些:"我们必须立刻回撤,而且要快。那些部落肯定设下了埋伏就等着我们上钩,我们必须争取一些回转空间。传令下去,在天亮之前,所有士兵必须整装出发,向北边回撤。即便如此,情况也可能对我们十分不利。但是,如果我们动作够快,就能避开敌人的圈套。让部队只带走必需品……"巴勒兹突然停住了,眼里露出一丝狡诈的光。他转头看着沙欣。

"尤其是,亲王殿下,这顶帐篷和里面的一切都不能带走,所有一切都不能动,包括你的那些心腹密友们的帐篷,也是一样。"

沙欣气得语无伦次,但是一见巴勒兹抬起大手,就不出声了。

"你让帝国的军队陷入了可怕的境地,亲王殿下,现在你必须弥补你的鲁莽带来的后果。哈达姆斯手下那位可靠军官所率领的骑兵就暂时交给你了。"

沙欣看了看周围那些指挥官和副官们的脸,没一个支持他的。最后,他气恼地吼了一声,甩动长袍大步走了出去。看到他离开,巴勒兹松了口气。还有正事要做,而且得快。

"你,小子,报上名来。"

一个传令兵从沙欣的随从队伍里紧张地站了出来。这还是个孩子,不过十六岁的模样,从外貌上看是沙漠部落居民。巴勒兹有一瞬间疑惑,这样的人怎么会替万王之王卖命?先不管它,他心想,把这个问题先抛到一边。

"哈立德,将军大人。"

"哈立德,我要你马上去办三件事。第一,把沙欣的马给我带过来。如果马夫阻拦你,你就说是'野猪'要的。第二,把亲王的旗帜和战袍拿给我,这两样我也需要。第三,虽然我刚说过要轻装前进,但北行的时候我还是需要一辆封闭的马车,空间要高,我的朋友现在还走不了路。"

哈立德回头看了一眼静静坐在一旁看着众人忙碌的达哈克，吞了下口水："遵命，将军！我这就去办！"男孩一溜烟儿跑了出去。

"其他人，把目前军队的情况跟我详细说一下……"

达哈克懒懒地看着男孩跑出去。在其他人看来，他似乎已经睡着了，但实际上他是在静心凝神。就在整个军营闹翻了天，几千个人同时行动起来忙着整装待发的时候，魔法师用意识在整个军营外加了一层假象，使其从外面看来不过又是一个如往常一般宁静的夜晚。所以，潜伏在山坡上的台努赫斥候并未发现任何异常。要一直维持这样的假象并不容易，在全神贯注之下，达哈克开始有点恍惚。

第五十五章
陶里斯，亚美尼亚区

"在那儿，女士，我说的就是那个。"迪亚蒂丝没理这个满脸痘疮、瘦而结实的小个子，径直爬过圆屋顶，越过装饰屋顶的边缘往下望。正午的太阳把手掌下的红色瓷砖晒得滚烫。在她下方至少三十英尺的地方有一条窄巷，巷子的另一侧是一面粉刷过的砖墙，足有二十英尺高。除了墙顶上的护栏里开了几个射箭孔和一个斜面洞，墙上没有任何开口。从她趴着的位置，可以看到墙后面的空中花园。花园建在一栋曾是市长官邸所在的大宅子的屋顶上。园中有各式各样的鲜花、蔷薇花丛和矮小的果树，花园一侧还有一座小型喷泉在缓缓流淌。

罗马女孩儿的注意力不在花园和鲜花上。在蔷薇花丛背后还有第二堵只有数英尺高的墙，其后便是这栋宅子的中庭。除了遍地的红砖，中庭里空无一物。四周墙面全都光秃秃的，上面只能看到一楼和二楼的拱门和窗户的大致轮廓——现在这些门窗都被砖和灰泥封死了。唯一能看到的一扇门通往中庭，门边站着个男子，他的脸被屋顶投下来的阴影遮住了，但被绑在身前的双手上有铁链在反光。

"是尼古斯！"她低声叫道。之前巴格拉图尼的表弟告诉他们有个罗马囚犯被关押在旧官邸里,她还不相信,但现在她亲眼见到了。迪亚蒂丝观察了一会儿,约莫半分钟后,门内出来两个卫兵把尼古斯带了进去,她这才从屋檐边爬了回去,穿过光秃秃的屋顶,匆忙向通风井跑去。她之前是通过通风井从地下室爬到光明神庙的圆屋顶上。小个子亚美尼亚人紧随其后。

她拽着通风井里吊着的绳子扯了两下,绳子下端没入黑暗中。虽然现在日头正高,但由于角度限制,通风井里仍只有阴冷黑暗。绳子另一头有人也拽了一下以示回应。她示意"痘疮脸"先下去,"痘疮脸"身手敏捷地顺着绳子滑了下去。迪亚蒂丝汗流浃背地等着,绳子上有了第二次回应。听着神庙窗户里传出光明神祭司的吟唱,她只希望信徒们不会想到来房子光秃秃的屋顶上打扫。她翻过通风井的边缘,两脚撑在内侧砖面上,抓着绳子从墙上走下去。

一进入通风井,头顶的天空便只剩了一块蓝色,越往下走越小,到最后她回到神庙地底下时,天空已经彻底看不见了。地底下潮湿阴冷,周围有缓缓水流声,还有股腐臭味。她站在一块四面都是发霉砖墙的小空地上,脚上的靴子踩进一个水沟。她蹲着身子像鸭子一样摇摇摆摆地穿过一段有三角形拱顶的低矮下水道。走到下水道尽头时,她被臭味熏得想吐,赶紧从墙上的洞爬到外面的更大的下水道里。一双有力的手把她从狭小的洞口里拉了出来。

她拍了拍优素福的胳膊,打手势示意他带路。保加利亚人点点头,沿着狭窄的岩架往前爬去。一条黑色水流从下水道里汩汩流过,水面上有一层厚厚的硬壳。下水道里恶臭难闻,迪亚蒂丝屏住呼吸跟在优素福后面。马上就能呼吸到新鲜空气了。

保加利亚人挤在狭小的阁楼里,迪亚蒂丝已经在这儿住了整整一周。虽然这栋房子很大,但下面几层楼挤满了"野猪"的不朽军——他们把亚美尼亚区变成了军营。房子主人被赶到尚未完全修好的

第五十五章

顶楼和阁楼里。盘踞在楼下的波斯人整日里不是喝酒就是寻欢作乐，完全没注意到原先的房主一家逐渐被迪亚蒂丝、保加利亚人和巴格拉图尼的表兄弟们取代。他们在烧结砖墙上另开了个出入口，这样就可以从屋顶下到阁楼。除了名义上的房主必须露面的时候，大多数时候迪亚蒂丝和她的人都在夜间活动。

低矮的天花板上横着未加工的原木横梁。迪亚蒂丝蹲在一扇小圆窗旁，新鲜空气就是从这里进入这间沉闷的屋子。窗外，太阳正向地平线走去，刚睡醒的保加利亚人正在为夜间的任务做准备。

满是灰尘的地面铺着一张地图，迪亚蒂丝用手在地图上比画着："……囚犯关在花园对面的房子里，在他们对他下手之前，我要把他活着救出来。但是，他知道我的皇帝陛下想干什么，一旦他向敌人供了出去，我们就等于自投罗网。"

优素福叹了口气，凑近挤在他旁边的兄弟达沃斯说："瞧见了没？"这个沉默寡言的保加利亚人埋怨道，"她会把我们全都害死……"

萨胡尔飞快地瞪了兄弟一眼，冲迪亚蒂丝无奈地摊开双手。

"所以，"迪亚蒂丝继续说，"我有个计划，能神不知鬼不觉地把他活着救出来——假如顺利的话。"

看着阴沉着脸的优素福，迪亚蒂丝笑了。

她早就猜到他们对她没什么信心。她趴在屋顶上看着对面的宅子好几个钟头，才想出来这个点子。她曾经想直接从广场上正面进攻冲进旧皇宫杀光里面所有人，但她忍住了，她知道这是送死，成功的概率微乎其微。根据巴格拉图尼最后提供的线报，城里驻扎有近两千名不朽军，而她手下只有十二个人。

"要想让这个计划成功，我们需要做三件事，这三件事都有难度。第一，我们需要知道房子内部的格局。巴格拉图尼？"

矮小精悍的亚美尼亚人耸耸肩，为难地抓了抓鼻子："罗马女士，我的表弟的姐姐的女儿可是冒着很大的风险向我们透露了这个罗马囚犯的消息！我们要是还向她提要求，她准得疯掉！她太年轻了，心理素质没我表弟的姐姐那么好。"他停下来想了想。

"也许，"他慢慢开口道，"我们能另找个侍卫或者仆人什么的，塞点钱或者干脆威胁他们……"

迪亚蒂丝摇摇头："不行，现在想去找个既能被金钱诱惑又不会过于贪心或者向他的主子出卖我们的人，根本来不及。我们必须在接下来的四天内展开行动。"她叹了口气。如果对里面的侍卫和房间的情况一无所知，这个计划几乎完全不可行。

"她有多高？"她说，"我是问你的表弟的姐姐的女儿，她在里面做事的时候戴不戴面纱？"

巴格拉图尼歪着嘴巴一笑，摇摇脑袋："不可能的，罗马女士，虽然她戴了面纱，但她比你矮一英尺，而且她的头发是棕色。你不可能扮成她！"

失望的迪亚蒂丝把一把匕首拍在地板上。

"要是阿纳格赛亚斯在这儿就好了，"她喃喃地说，"没办法了！你再去跟你侄女儿谈谈，巴格拉图尼，好好谈谈，看她能不能再帮我们最后一次……"

"阿纳格赛亚斯是谁？"尽管优素福问得很小声，但迪亚蒂丝还是听到了，她猛地转过头去。优素福眯着眼盯着她。迪亚蒂丝在心里叹了一声——她现在最不希望看到的便是同伴对自己的猜忌怀疑。

"一个朋友。"她一字一词地说，"一个叙利亚哑巴，演戏的天才，身形瘦小，化点妆就完全是个女人，死在来这里的路上了。你满意了？"

优素福低下头，没有看她的眼睛。

萨胡尔往灰扑扑的地板上轻轻拍了一下吸引众人注意，脸色有点古怪。

第五十五章

迪亚蒂丝看着他:"干吗,萨胡尔?"

保加利亚人向两个兄弟打了个手势,不过只有达沃斯注意到了。迪亚蒂丝看着他用手指比画出奇怪的图形,她一直想弄清楚萨胡尔这些日子用的这些符号是什么意思。

最小的兄弟刚开始很不解,很快明白过来后,露出个云开见日般的灿烂笑容。"我哥哥的意思是,迪亚蒂丝小姐,他曾在北门旁边的集市上见过一个哑巴戏子,那人会变戏法,虽然从不说话,但是技艺高超。他说,那个人是个外国人,九天前才来到本地。萨胡尔还说——"达沃斯停了停,努力理解哥哥不断变化的手势,"他说,那个人长相俊秀,扮成姑娘绝对没问题。"

迪亚蒂丝吹了一声尖尖的口哨。可能吗?不,这简直令人难以置信。但是,也许那个外国人能像她朋友那样完美地扮演这个角色……"马上去把他找来见我。巴格拉图尼,去吧,带你的表兄弟们出去活动活动。"

亚美尼亚人咧嘴一笑,牙齿在暗淡的光线中一闪而过。他从通往未修完的顶层寝室的活板门爬了下去。

迪亚蒂丝示意三兄弟围到她身边:"萨胡尔,你的任务最为关键。你必须想办法出城去,走得越远越好。我需要……"

三兄弟一人领到了一项任务。萨胡尔看了她好一会儿,摇摇头,从屋顶的出入口离开了。虽然达沃斯不明白给自己的任务到底有什么意义,但也欣然接受了。只有优素福提出了异议。

"这行不通。"他说,"说好听点儿,你太天真了,想不引起敌人的注意,这怎么可能?跟你进去的人要么白白送死,要么被俘虏,到那时我们剩下的人也都逃不掉!"

迪亚蒂丝微笑着看着他,用之前在地板上比画用的细树枝指了指窗外。

"不出五天,"她说,"会有一次月全食。据巴格拉图尼所言,波斯琐罗亚斯德教的火祭司们届时会举行盛大的仪式,城里和卫戍部队的所有有头有脸的人物都会聚集在神庙里。没了长官监督,看守囚犯的卫兵肯定会放松警惕。那就是我们最好的机会。如果成功——我坚信一定会成功——我们在这里的处境就会得到极大的改善。"

"而你,"他反驳道,"就能把你的朋友救出来!他对你就那么重要?他有那么厉害?"优素福激动得满脸通红。

他的嘲讽令迪亚蒂丝感到愤怒。她把嘴一撇,说:"尼古斯做我的副手两年,他就像我的家人一样。如果今天被抓住的是达沃斯或者萨胡尔,你会怎么做?嗯?你会不会任凭波斯人拷打达沃斯,或者用烧红的烙铁烫他的脚底心?如果真发生那样的事,你肯定会在这儿,在这个阁楼里,担心得要死,就怕四天之后他的命就没了。"

她在地板上往前滑了一段距离,与保加利亚人面对面。他身上有股浓烈的麝香味,让人想起马匹、汗水、钢铁和鲜血。他怒气冲冲地与她对视。迪亚蒂丝伸手揪住他的头发移开他的脸。

"你会不会眼睁睁看着你的兄弟,"她在他耳边轻语,"被砍死在广场上,就为了保全你自己娇贵的皮肤?"女孩儿贴得太近,优素福颤抖起来,一把把她推开。迪亚蒂丝退到后面,嘲讽地笑了。保加利亚人面无表情地转身往活板门爬去。迪亚蒂丝盯着他的背影,手指一下一下敲在木板上,然后从屋顶的开口钻了出去。太阳已经落到了西边群山背后,山顶冰川闪着微光,天空中留下一条条橙色与紫色的色彩。

迪亚蒂丝站在陶里斯城北市集附近一条小巷子里的一扇房门前,全身笼罩在层层叠叠的黑色罩衣、头巾和面纱下。小巷两边的房子之间牵着成百上千根晾衣绳,挡住了大部分阳光,光线微暗的巷子里格外凉爽。巴格拉图尼穿着马裤、汗衫和亚美尼亚下层人士常穿的背心,坐在房门口的台阶上,膝盖上盖着一块毯子,毯子上放了些廉价的铜饰品。

"怎么样?"她的声音从烦琐的衣物后面传来,有些模糊。

"这里不利于观察——这位置不行!只有路上没人的时候,我才能看到巷子那头的情况。"他提高音量吆喝了两声,"卖手镯啦!最精美的手镯!卖手镯啦!"两个亚美尼亚女子从面前跑过,笑声回荡在小巷子里。

"啊!"他说,"看到了。他好像正在演一出戏——扮演一个水手,看他摇摇晃晃的步子,我觉得像是;现在又演了一个红脸小姑娘。噢,我的女士,这家伙蛮厉害的嘛!水手正在送姑娘手镯。啊!他动作真快,把手镯抛出去然后自己再接住!不过我还没看到我兄弟们在哪儿……嚇!现在守财奴又登场了,他想让那姑娘跟他走!"

迪亚蒂丝不耐烦地轻轻跺着脚。这出戏演得好慢,因为自始至终所有角色都只有一个人来演。巴格拉图尼继续念叨着,给她解说剧情。他的表兄弟们还没有露面。

"如果这个人真是阿纳格赛亚斯,我非亲手扒了他的皮不可……"迪亚蒂丝的耐心几乎快磨光了。这个时候要是有个爱管闲事的市政官碰巧来附近巡视,然后看见她穿着这身衣服站在巷子里,准会以为不端的罪名把她抓起来……

"罗马女士,他演完了。观众给了他一些硬币,他鞠了一躬,在空中翻了个跟斗,又鞠了一躬——啊,我的兄弟们出现了!他的确身手敏捷,不过被他们抓住了胳膊。他们朝这边过来了。"

巴格拉图尼往台阶一侧挪了挪,毯子仍然放在膝盖上没动。

"你觉得他演的是哪一出戏?"他回头看着迪亚蒂丝问。

"别回头,看前面!听起来像是《米利都女孩儿》,正是阿纳格赛亚斯的拿手好戏,要是被哪个保守的波斯军官看到了,准会把他扔进监狱里去。"

那演员被巴格拉图尼的两个兄弟架着进了门,起初还在挣扎,被推到右墙上轻轻撞了几回后，安静了。等两个壮汉一松开手，他便飞快地从破烂的彩色戏服底下摸出一把带锯齿的匕首。迪亚蒂丝走上前去，抬起一只手，她面前的人便蹲下去，脚跟碰到身后的墙壁。守在门口的巴格拉图尼又坐回到台阶正中央的位置上。

"我的演员朋友，对于你的批评者，你有什么要说的吗？"

演员闻声猛地抬起头，露出一张黝黑的脸，挺直的鼻子，高颧骨，清澈的褐色眼眸，长睫毛。他握着匕首的手不停颤抖。迪亚蒂丝按捺住心中的激动，慢慢取下脸上的面纱。叙利亚人激动地咧嘴大笑，站着低头向她行了一礼，那把匕首也回到了袖子里。迪亚蒂丝给了对方一个大大的拥抱。

"你还好吗？我的老朋友，"她让他坐下来，激动地问，"我还以为你已经死了。"阿纳格赛亚斯摇摇头，眼中流露出深深的悲伤，伸手在面前比画。迪亚蒂丝深深叹了口气，他的意思是："我跟其他人被打散了，只得藏在灌木丛里直到那些波斯兵离开。但我没有看到他们带走任何俘虏。对不起！"

"没关系，"她用手语回答，"时间紧迫，我需要你办件事。"

叙利亚人再次笑了，俊秀的脸上容光焕发。迪亚蒂丝与他相视而笑。

迪亚蒂丝只穿着裹胸布和缠腰带站在深及大腿的下水道污水里。优素福和两个兄弟从下游走上来，身上也只有短裙裹体，肩上扛着一根粗原木。天花板上挂着一盏油灯，摇曳的灯光照着他们。迪亚蒂丝用右手抓住原木的一头，示意他们停下来。萨胡尔绕过扛木头的手臂看了一眼，回头朝后面吹了声响亮的哨子。哨声在他身后长长的下水道里此起彼伏。

下水道里的水流声掩盖了三十个人在下水道里移动弄出的声响。迪亚蒂丝让原木停在原地，伸手在头顶上方摸到一个厚皮环，皮环挂

第五十五章

在一根长绳子的末尾。

她在污水中走动时，水中的污秽物在她大腿周围打转——这些东西让她的腿变得油腻腻的。她把皮环拉低到与原木同高。她知道，巴格拉图尼和他的表兄弟们正藏在头顶上这座神庙的纵向天窗里，心急如焚地看着挂在嵌在通风井顶端重木架里的滑轮上的绳子。一个沉甸甸的皮口袋在她腰间晃动，里面装着铁棒。原木有一头已经用手斧削成了十字形，她把皮环套上去。

"这么做是不是有点多余？"优素福气喘吁吁地问，肩膀上的肌肉在木头的重压下绷得紧紧的，"直接弄个梯子架在墙上不就进去了？"

"放把梯子在街边肯定会被人看到，"她摇摇头，"从这条路进出不会有人知道。有了你哥哥送来的东西，狱卒只会在数天甚至数周之后才发现事情不对劲。"

套上皮环后，她从袋子里摸出一根铁棒。铁棒呈锥形，一头是钝的，另一头则打平成菌盖形状。原木呈十字形的一端的侧面钻了两个孔，她把铁棒钝的一头插进其中一个，但刚插进一半就卡住了。她不悦地低声咒骂。她在优素福肩头上拍了两下，往下水道出口处的狭小岩架走去。虽然水面上还有热气腾腾的动物内脏漂过，水却依然冰冷，她的腿开始变得麻木。

"你就一定要弄得这么复杂吗？真的，我说，只需要一把再普通不过的旧梯子……"

迪亚蒂丝没理他，拿起一把用布包裹住的木槌走回来。扛着木头的三个人用脚撑在地道的墙上，她拿着木槌敲打铁棒，直到菌盖形的一头比原木表面高出三四个指关节的长度，铁棒另一头从原木另一端伸出同样的长度。然后她走到木头底下，把第二根铁棒以同样的方式从与第一根铁棒垂直的方向打进去。她拉了拉绳子，在通风井上头的巴格拉图尼取下油灯罩子，迪亚蒂丝看见黑暗中有光闪了两下。

"准备!"她对身边三个人低声说,他们按她的指示往前走了少许后停下,让原木正对着下水道天花板上的开口。她拽了绳子三下,上面的人把绳子绷紧了。

"放下来。"她对三人说。优素福向另外两人示意了一下,三人把木头的一端放进哗哗流动的水里。绳子和皮环在打入原木的铁棒上绷紧了,吊着原木的一头,原木的另一头则立在水中。迪亚蒂丝听到头顶上远远传来模糊的咯吱声,她前倾身子,双手稳住原木。原木的全部重量都吊在绳子上,绳子呻吟着把它提了起来。迪亚蒂丝和三兄弟稳住原木,让它从通风井的正中央升上去,看着它消失在头顶的黑暗中。

"把其他的也准备好。"她对优素福说,把木槌和装着铁棒的袋子递给他,"好好想一想,我的保加利亚朋友,这些桥架还能派上其他用场。"

优素福盯着她,脸上的表情近似惊恐。"你是说后面还要再这么搬运?"他提高音量喊道。

迪亚蒂丝瞪了他一眼,指了指下水道出口的方向。

他耸了耸肩,涉水走到散发着恶臭的黑暗中,准备剩下的九根原木。这几根木头是保加利亚人之前趁着夜色运过河,又从城市下水道闸口拉进来的。咯吱咯吱的声音继续回响在他们头顶上,迪亚蒂丝有点担心这声音会被神庙里的人听见。她的手忍不住想拔剑,但她的剑正和她的其他衣物裹在一起藏在通风井的顶端。

头顶上突然传来一个声音,她迅速往旁边一跳,一个装满沙的布包从黑漆漆的头顶上掉下来落入水中。迪亚蒂丝咒骂一声,抹了一把溅到脸上的脏东西。

"快,取下铁钩。"她伸手抓住绳子,紧绷的绳子在她手中颤悠,"等等!"剩下的两兄弟冲过来抓住袋子的顶端,上面钩着一个铁钩,"好了!"

第五十五章

绳子松了,两兄弟迅速取出铁钩。袋子一眨眼的功夫就被水浸透了,两人立刻把袋子拉到上游。铁钩一取,袋子口就开了,里面的沙洒出来就立刻消失在水里,迪亚蒂丝能感觉到沙从她的脚踝边滑过。

"至少不是被老鼠咬。"她想。她松开绳子,希望巴格拉图尼的人能慢慢地把绳子和皮环从六十英尺高的通风井里放下来,要不然准砸到她头上。过了一会儿,东西下来了,她赶紧一把抓住。

"下一个。"她轻声说。另外三个人扛着第二根已经打好铁棒的原木从黑暗中走过来。"靠近点。"她抓着皮环说。麻木的感觉从脚传到了腿上。

"有信号吗?"迪亚蒂丝轻声问,罩在脸上的黑色面纱模糊了她的声音。挨着她蹲伏在屋脊上的萨胡尔摇了摇头。罗马女孩儿微微蹙眉,从屋檐边退了回去。下面的街道空无一人,一片静寂。巴格拉图尼的两个侄儿几分钟前刚从街上跑过,熄灭了一半的街灯。她冲着在黑漆漆的屋顶另一边的优素福和巴格拉图尼招了招手,两人悄无声息地爬到她和萨胡尔身边。

晴朗的夜空中不见月亮,只有一大片如钻石翡翠般闪亮的星辰。潜伏在屋脊上的几个人穿着一身黑,脸上又蒙着黑纱,几乎完全融入到夜色中。只有白色的手泄露了他们的身份——亚美尼亚人会连手上也涂着黑灰。

藏在静悄悄的屋脊上,迪亚蒂丝能清楚地听到从正在光明神庙里举行的仪式上传来的吟唱。之前她看到有近两百个波斯贵族及其家眷、情妇和子女列队进入了神庙。神庙中央祭坛里燃烧着熊熊烈火,噼里啪啦的火声从四周墙上高处开的小窗传到外面。小队长们围成一个圆圈蹲伏在她跟前,只露出眼睛。

"阿纳格赛亚斯潜入旧皇宫,"她轻声说,"至今还没回来,但也没有迹象表明他被发现了。所以,要么就是波斯人比我想的要聪明,要么就是他被什么事情耽搁了。今晚是我们最佳的下手时机,我们必须得上。"

优素福丧气地摇了摇头,一看到迪亚蒂丝在瞪他,立刻停了下来。

她转头问萨胡尔:"第一个桥架弄好了没?"

最年长的保加利亚人点点头,蹲起身子,指尖抵着瓦面屋顶。

"很好,"她说,"拿上来吧。"

萨胡尔沿着用毯子在屋脊上垫出的一条小道飞快地跑开了,软软的垫子上没有发出一点脚步声。他跑到守在第一根原木的人跟前,示意他们往前走。耐心地等在屋顶外沿的两个人看到开始的信号后,吊上来一个顶端为半圆形的重木框架。左边的那个人伸手从身旁一个上了蜡的皮桶里挖出来一大团油脂,把油脂涂在半圆形框架的内侧。当他把这个用来定向的框架准备好之后,十二个人已经从屋脊上把第一个桥架抬了起来。萨胡尔沿着三十英尺长的桥架检查了一遍,确定每个接口都用铁棒固定好了。

桥架是先分成多个八英尺长的小节从下水道里吊上来,直到几分钟前才刚在屋脊上组装成一体的。每根原木的两端都经过了加工,先把原木两两榫合,然后用加了软垫的木槌把铁棒打入榫合口让两根原木牢固地连在一起。迪亚蒂丝坚信这种质地均匀的雪松原木足以承受一个人的重量。萨胡尔不敢确定,不过当时他也不认为他们居然真的能把十根原木运进被敌人占领的城池,然后还能神不知鬼不觉地在光明神庙的屋顶上组装起来。

桥架的前端滑入导向架,顺着油脂往前滑去。桥架末尾最后一根木头上钉着一个金属环。两个保加利亚人在金属环上套上两根粗重的绳子,萨胡尔举起一只手示意大家让桥架停下来。绳子把桥架与钉入屋顶的一个更重的金属环相连。

在迪亚蒂丝看来,现在是最危险的一步。为了不惊动下面神庙里

第五十五章

的祭司,他们小心翼翼地弄了整整两个晚上,才把重金属环成功地钉在屋顶下一根一英尺厚的屋梁上。如果没有这个锚件就无法稳固桥架。看到绳子已经绑好,而且除了抬桥架和固定导架的人员之外屋顶上所有人都已在绳子旁边就位,萨胡尔示意大家开始放桥架。

站在木导架旁的第一个人松手让桥架往前滑了三英尺然后停住。第二个人用左手从身侧一个大柳条篮里取出一根十一英寸长的木桩,右手拿着一个前端加了软垫的木槌。他把木桩插入在原木侧面钻出的一个孔,抡起木槌用力一敲把木桩钉了进去。

第一个人扫了一眼下面的街道,所有人都停下动作仔细聆听。火神庙里的人们还在继续吟唱,旧皇宫和街道无任何动静。导向的人抬起一只手松开拳头,站在桥架旁的人把桥架旋转半圈,拿着木槌的人在与第一根木桩错开六英寸的位置打入第二根木桩。

按这样的方式,每隔两英尺打入两根木桩。站在桥架末尾的迪亚蒂丝竖着耳朵听周围的动静,时间一点一点过去,她不免有些心焦。整个塔架有三十英尺长,总共需要三十根木桩。每次转动桥架,打入一根木桩,把它转回来,再往前送三英尺,需要水钟滴下一滴水的时间的一半。一开始,她想在导架上开一个凹槽,在组装桥架的同时打好木桩。但是无法造出足够结实的导架,只得作罢。这十五滴水的时间过得很慢,仿佛永远没有尽头,她身上都出汗了。

桥架慢慢滑出去,在街道上空往前伸。当自己手中的那一节滑过导架后,每个人便沿着毯子铺出的小道跑回后面去控制绳子。最后桥架应当有十英尺的长度留在他们所在的屋顶上,以便让绳子起到稳定方向的作用。迪亚蒂丝走到屋顶前沿,站在导架旁。桥架继续往前伸,越往前就越是摇晃,其尾端开始沿半圆形路径摆动。迪亚蒂丝屏住呼吸,身后几乎所有人都在奋力拉绳子好稳住桥架。看到摇晃的桥架,她这才意识到,自己还应该用绳子把桥架的两侧固定住才对,但这个时候也来不及了。桥架往旁边滑去,不堪重负的导架被压得咯吱作响。

"把桥架放下去。"她对着拉绳子的人说,"慢慢放!"

桥架一寸一寸地往街对面的屋顶花园滑去,直到最后悬在花园上空。桥架晃晃悠悠地往下降,突然,前端失去控制往旁边一歪,撞上了一棵幼小的橘子树。迪亚蒂丝惊得倒吸一口冷气,和放哨的人同时往街道两头看去。确认没有异动,她才回头示意后面的人继续。

桥架慢慢落到对面屋顶上,压在被撞倒的小树上,发出嘎吱嘎吱的声音。迪亚蒂丝查看了一下用带子牢牢绑在背上的刀,然后又蹲下来检查靴子上的绑带,绑得很紧。

"萨胡尔!优素福!拿上袋子跟我来。"两个保加利亚人扛着个麻袋跑上前,那麻袋大得足以装下一个大活人。虽然麻袋被绳子绑得紧紧的,不过还是在微微蠕动。在导架旁的两个人打入最后一组木桩时,迪亚蒂丝走到足有三十英尺高的屋檐边等着,咽了下口水,深吸一口气。

她踏上桥架,左脚踩在一根木桩上。桥架往反方向转动,她颤着腿平衡身体,幸好桥架马上就被绳子拉住了,停止了晃动。她往前一跳,右脚落到前方两英尺处的第二根木桩上。她听到身后的萨胡尔和优素福屏住了呼吸,导架旁的一个人发出一声低呼。迪亚蒂丝笑了笑,危险反而让她热血沸腾。平衡好之后,她沿着桥架跑起来,双脚在木桩之间跳跃,风迎面吹过她的头发。就在跑到尽头时,她突然绊了一下,团着身子从屋顶上滚落到花园里。花园里满是橘子和茉莉花的清新气息。"唰"的一声,她从背上的刀鞘里抽出了刀。

站在火神庙屋顶上的萨胡尔咕哝了一声,优素福正把袋子绑到他背上。那袋子很沉,不过对他而言不是问题。绑好后,他攀上桥架,手脚并用地往对面的花园爬去,在心里暗暗向神祈祷,希望木桩不会突然断掉,桥架不会整个垮掉。他不愿意让罗马女士知道,其实他一到高的地方就恐慌。现在除了自身重量以外还要支撑两百磅的东西,

第五十五章

他的小臂和小腿上的肌肉都绷紧了。

迪亚蒂丝敏捷地跑到花园的内墙边，观察里面院子里的情况。院子里没有灯，看起来像一个黑森森的无底深渊。她仔细听着周围的动静。看起来刚才桥架落下来发出的声响并没有惊动任何人。她又跑回桥架帮助萨胡尔顺利下来。然后她从腰间解下一条绳子，把绳子系到最矮的一组木桩上，拉着绳子走到内墙边。再次看了看院子里的情况之后，她把绳子顺着墙边放下去，绳子落地时发出沙沙声。她立即顺着绳子滑下内墙。萨胡尔紧随其后，后面跟着从桥架上跑过来嘴里嘀咕着的优素福。

留在神庙屋顶上的巴格拉图尼长长出了口气，心里的一块石头这才落下。这些疯狂的罗马人居然真的做到了！之前，当罗马女人——巴格拉图尼开始觉得，这个女人简直犹如狩猎女神黛安娜——提出这个疯狂的计划时，他坚决认为这么干的话，在数小时内，他们就会被敌人发现，全部死光。现在，哪怕光是找到木头偷运进城这件事，就足以让他坐在炉火旁给子孙后代们好好吹嘘一番了！眼前的这一幕，完全可以形容为胆大包天。他在黑暗中笑了笑，冲着手下的人嘘了几声，让他们回去看好绳子。保加利亚人在四周放哨。他们现在能做的事情只有等待，同时希望不会有哪个祭司或贵族突发奇想到星空下的神庙屋顶转转。

迪亚蒂丝爬到院子另一头墙上的门前，小心地把耳朵贴上去。橡木门板里传出极轻的喃喃声，听起来离得并不近。萨胡尔和优素福跟上来，停在旁边，气息有点微喘。她挠了挠鼻子，从腰带里抽出一片薄薄的平钢条。从远处看，这扇门上锁着一把重锁。她拿钢条在锁眼里转了转，试图找到打开的机关，却失望地发现没有。她用肩头抵着门板，感觉门稍微开了一点又不动了。

"里面有个门闩，"她在萨胡尔耳边轻声说，"准备好。抬起门闩的时候会发出声音。"她用钢条在门上四处探，寻找缝隙，但什么也没找到。迪亚蒂丝在心中暗自咒骂。情况有些不妙。她又试了一下，门很结实，他们也没有时间砍掉锁。

"优素福，这扇门过不去，"她轻声说，"你去外边看看楼上有没有窗户。或许我们可以从那里走……"她突然停住了，好像听到了什么声音。这时，门响了，她顿时一惊。萨胡尔和优素福迅速从门边退开，藏在旁边的阴影中。迪亚蒂丝紧紧贴在墙上，墙上的灰泥层贴在脖子上冰凉冰凉的。门里传出刮擦声，门闩被拉开了。迪亚蒂丝悄悄把刀放回鞘，取出一把长匕首。

门开了，淡黄色灯光洒进院子里。灯光中出现一个影子，一个穿着破烂罩衣戴着头巾的女人眨着眼睛往外张望。迪亚蒂丝咽了下口水，从门边冲出去，一只戴着手套的手捂着那女人的嘴，另一只手中的刀抵着她的喉咙。对方涂着蓝色眼影的漂亮的褐色眼睛猛然圆睁，举手示弱，手指甲精心修剪过。与此同时，萨胡尔和优素福已举着刀从旁边冲进了门。门内空空如也，只是一个有很多大陶罐的走廊。迪亚蒂丝走上前，用脚一钩，关上了身后的门。

"我看，"她轻声说，"你在里头享受得很嘛。"

萨胡尔和优素福闻声转过头，看见迪亚蒂丝收了刀。那女人耸耸肩，抓住自己头发一扯，露出里面的棕色卷发。阿纳格赛亚斯甩了甩头发，把手中的假发塞进藏在衣服下的袋子里。优素福无声地做了个吹口哨的动作。

"还是扮成女孩儿好看。"他把嘴微微一撇。

迪亚蒂丝没理他，用手语问演员朋友："找到尼古斯了吗？"

"找到了。有个地窖，里头关押的都是卫戍驻军指挥官的囚犯，尼古斯也在里头，但还有其他人在。"

"什么意思？"她问。叙利亚人只是苦笑了下。

"你看了就知道了。这袋子里装的什么？"

迪亚蒂丝也卖关子似的冲对方笑了笑："带我们去地窖你就知

道了。"

"真是背，"迪亚蒂丝从地窖走廊的转角往里头望，嘴里嘀咕着，"这么多囚室，里头有三四十个人，还好都睡着了——至少暂时是。"她转过头，苦着脸冲萨胡尔皱皱眉，后者还背着那个沉甸甸的袋子，"'野猪'抓这么多'特殊犯人'干什么用？"

优素福不想看她，萨胡尔把背上的袋子甩下来，松了口气，揉着肩膀。

她用手语问蹲在她身后的演员："阿纳格赛亚斯，这些都是什么人？"

他回答："当地人，大部分是从城里和周围村子里抓来的，目的是为了逼他们的头人乖乖就范。我们接下来怎么办？"

"胆大的才是赢家，"她对几个人说，"计划有变。优素福，萨胡尔，立刻回楼上去，把通往这里的门和咱们回院子的路上的那些门统统锁住。然后，优素福回火神庙屋顶，告诉巴格拉卫尼，我们要把他的这些亲戚们全部弄出去。让他把桥架收回去，分拆成木头扔进下水道里。我们要另寻出路。还要跟他说，在约莫半分钟之后，在城的另一头闹点儿动静，越闹越好，分散敌人的注意力。

"萨胡尔，你去花园，多放点儿绳子进院子里，记住要拴牢了。一会儿外墙上还要用更多绳子，不过现在先别弄，等我们要用的时候再弄。我们试试看能不能把所有人都从那条路救出去。阿纳格赛亚斯，把你的衣服脱下来，撕成两尺长的布条。"

迪亚蒂丝站起来整了整腰带。萨胡尔和优素福瞪着眼睛看着她。在走廊火把的光下，她的脸半明半暗。两兄弟草草点了个头，沿着来时的路跑了，凉鞋在石头地板上吧嗒作响。阿纳格赛亚斯脱下外衣，把本就破烂的罩衣撕成布条。

迪亚蒂丝开始往里爬，在心里祈祷这些人可千万不要在她准备好之前就醒了。男犯人们被关在左手边的囚室里，右手边则关着妇女和孩子。每间囚室都是在厚厚的河岸黏土层里挖出来的一个凹室，这种黏土层覆盖了整座城的地底。囚室里有一部分砌了砖，门口安着结实的橡木门和带铜栅栏的窗户。每间囚室从门口便可一览无遗。迪亚蒂丝像个幽灵似的沿着囚室门口往里爬。

尼古斯被关在第三间囚室，正靠着墙睡得正香。迪亚蒂丝在心里骂："这家伙还真睡得着，居然不是装的。"她跪在地上，从绑在靴子上的皮带上切下来一小块硬熟皮，从栅栏间弹进去，正好打在尼古斯右眼上。尼古斯惊醒了，眨了眨眼睁开来，右手握着一块尖尖的铜片。他警惕地看了看四周，在看到窗户外面的迪亚蒂丝时，惊喜地瞪大眼睛。她放了根手指在嘴上，他会意地点点头。

她轻轻抬起门外的门闩，打开上面的插销，取下来放在门边地面上，轻轻推开厚重的橡木门板。尼古斯早已从狱友身边悄悄走到了门口等着。迪亚蒂丝示意他先走出来，然后关上了门。

两人站在那里，谁也没动，就这么看着对方。尼古斯脸上的表情可谓精彩纷呈。迪亚蒂丝扯开大大的笑容，狠狠拥抱对方，猝不及防的尼古斯"哎哟"一声轻轻叫了出来。他挣脱出来，尴尬地揉了揉手臂。

"怎么出去？"他打了个手势问。

她答道："先问你件事。这些人够不够冷静？"

他疑惑地看着她，用手指比画道："笨丫头，你想干什么？"

她做出一副无辜的表情："把他们都弄出去呗。如果成功，本地部落可就欠我大大的人情，我要他们帮我对付波斯人。"

尼古斯一脸苦相。这时他注意到了女孩儿身后的袋子，问："那里头是什么？"

"哦，没什么……不过是你的尸体。"

第五十六章
大叙利亚行省，埃美萨北部

"陛下！"一个台努赫骑兵快马奔进指挥部营地，头巾在身后随风飘扬，一身风尘的马儿浑身汗湿。守在营地大门两旁的纳巴泰枪兵急忙退避开去。一大群睡眼惺忪的军官正围在女王的大帐门口，芝诺比娅从人群中走出来，头发尚未及整理。现在行军在外，她穿着一身粗绒面革的衣物——一条软羊皮裤子，松松垮垮的棉汗衫外面套着一件厚实的背心。她伸出一只手，像从空中掠过的鹰，飞快抓住马勒，骑兵就势拉住马停了下来。马儿累得气喘吁吁，芝诺比娅在长长的马鼻子上拍了拍。

"今早古来氏大人让人送来消息，女王陛下，说波斯军队正在南下的大道上排兵布阵。"

女王露出灿烂的一笑。她的军营设在从罗马城市埃美萨到北边欧伦特河畔阿瑞图萨小城的大道旁的一座小山丘上，此地距离埃美萨三里格。山丘顶上有一片低矮树林，她的随从和指挥官们的彩色营帐就隐藏在间杂了刺柏和灌木的松树林中，营火升起缕缕黑烟。北边是延伸到欧伦特河的长斜坡，但被另一片山丘挡住了。在她身后，埃美萨与四周的肥沃河谷尽收眼底。清晨的太阳刚过地平线，大地沐浴在一片淡淡的粉色里,夜晚的凉意还未从空气中消散,喘气的马儿喷出的热气好似一团团白云。

"多美的早晨啊。告诉古来氏人,我们即刻前去与他会合。"

骑兵掉转马头,小跑着穿过树林,带起一片尘土。

芝诺比娅微笑着,若有所思地望着北方,用策马的棍子拍了拍大腿——她喜欢在开作战会议时把这个当作指示棒。波斯军队终于回过头来与她正面相交锋了。今天将是她与先辈齐名的一天,也将是她把自己的臣民从两个大帝国手中解救出来的一天。她转身阔步向人群走回去。艾哈迈德正坐在军官们旁边的一行行军凳上安静地吃着早餐。当她走进帐篷时,他抬头看了一眼。女王心情不错。

艾哈迈德在马背上上下颠簸,尾骨苦不堪言。他两手环着芝诺比娅的纤腰,马儿登上了最后一座山丘。除了平常穿的长袍,他还戴了头巾——用棉布裹成宽松的帽子,再用绳子固定住。之前几日他都是跟在芝诺比娅家眷及私人物品的马车旁边走,但女王今天有些心急,便让他与自己同乘一骑。

过了这个山头便出了山区,前方是一片广袤的平原,形似矛尖,直指东北。在平原对面的另一边又有一条低矮山脉,山脚有条小河。从埃美萨过来的大道斜着穿过眼前的山坡,在一处浅滩渡过小河,然后一直蜿蜒到远处的低矮山脉。大大小小的石块、灌木草丛和灰色矮树丛随意分布在这两条山脉之间的平原上。芝诺比娅眼中精光闪过,打量着眼前这片土地。

"过度放牧的结果。"她坐在最钟爱的黑色大牡马上,转头看着东边,沿着山脊骑行,"硬土地,人和马都不喜欢的地方。"

"原本在巴赫拉特湖给波斯人备下了'好礼',没想到他们居然提前掉头了,真是可惜。"

芝诺比娅回头看了看埃及人,眼中隐隐有不甘的怒火。

第五十六章

"这是沙欣这辈子做过的头一个正确的决定！"

艾哈迈德点点头，收紧抱着她的手臂，脚下的路变得难走。芝诺比娅的大军正在从大道以及穆罕默德派出的斥候所发现的其他小路穿过山区向平原的南部前进。巴尔米拉与纳巴泰重装骑兵五六人一组排成长方形队列小跑前进，长矛高立如一片钢铁芦苇荡。骑兵长官们正在指挥士兵们排成一条战线，各种旗帜在队列上空起起落落发号施令。叙利亚和纳巴泰步兵队——在罗马军队编制中叫作"营"——从各条小路两侧向外铺开，头插羽毛的黑人士兵们带着弓箭与标枪，从女王的指挥小队旁跑下山坡。芝诺比娅往大道右边的一面悬崖走去，悬崖上已经有了一队身穿红盔甲的人。艾哈迈德猜测那必是亚哩达和他的祭司们。

"你确定波斯大军的指挥官还是沙欣吗？"乱石地面上的马蹄声很响，如果不大声喊便听不见说话声，但他的声音依然很轻。

芝诺比娅皱着眉头点点头，若有所思。

"我们派出去的斥候肯定被发现了，"她说，"对方才会如此匆忙地拔营离开。"她愤愤地用短马鞭打了下自己的马靴，"本来只要再有一天时间，我们就能把波斯人堵在巴赫拉特湖畔平原上。哼，要是穆罕默德成功阻止了那些台努赫强盗洗劫废弃的波斯军营而没有延误行军的话，我们早就逮到波斯人了。啊，就像我父亲常说的——战斗总是在出人意料的时刻在出人意料的地方打响！"她指着两人所面对的平原。

"这里对那个波斯娘娘腔来说，简直是天赐的战场！要是我们士气低落又不主动进攻的话，在他的甲胄骑兵和重装骑兵面前就会不堪一击。"

马儿登上悬崖，她停止说话，策马走进亚哩达的侍卫群。纳巴泰人的随从已经迅速搭好了一顶没有四壁的帐篷。亲王坐在帐篷前的一把凳子上，身穿红色珐琅盔甲，盔甲是把重重叠叠的菱形金属片用皮带串起来做成的。随从们忙着在亲王周围的数张小桌子上放置一碗碗水、弯曲的金属片以及一大堆奇奇怪怪的物件。亲王身后帐篷下的暗影中坐着十二个戴着头巾的人，头巾下发出嗡嗡的颤音。

"亲王，"芝诺比娅熟练地停住马，马蹄把小石块踢进了帐篷里，"你和你的人准备好战斗了吗？"

正在看卷轴的亚哩达面无表情地抬起头，描了眼线的眼睛露出倦色。他刚刮过脸，只是嘴唇和颊骨周围的毛发颜色还略有点深。他的额头上有一个用暗红色墨水画的梯形图案。

"当然，"他彬彬有礼地回答，"我和我的人都准备好了。"一只戴着精致钢链软皮手套的手指向那些戴着头巾的人，"我的禁卫军早已就位，步兵营也会马上准备完毕。您觉得今天还有什么事情应该吩咐我吗？"

芝诺比娅皱了皱眉，但忍住了没有发作："你们能击退波斯祭司吗？能不能控制他们及其所拥有的能量？"

亚哩达弯起嘴唇冷冷一笑，眼神依然冷漠。他张开右手，五指成爪形，指间射出带着闪电的暗光。

"我将捍卫我的荣耀。"他收回能量，说，"罗马今天会所向无敌，我们的力量远远超过了波斯人的想象。"

提到罗马时，芝诺比娅眼中有一丝危险的光芒一闪即逝。

"如果大家都坚守自己岗位的话，今天的胜利就会属于我们。"她向亲王行了一礼，"让你手下的十人队做好准备，等我的信号一起便投入战斗。我们得先给我们的波斯客人准备准备！"

亚哩达点点头站起来。芝诺比娅也点了下头，掉转马头向平原飞奔而去。从悬崖下来时，艾哈迈德看见沙漠诸城的军队已抵达平原。悬崖脚下暗红色的那片是亚哩达麾下的右翼骑兵禁卫军。在他们前方下坡方向一百码的地方，纳巴泰步兵营的枪兵、弓箭手和投石兵方阵向西拉开长长的前线。更多的轻骑兵从步兵后面跑过，他们要在纳巴

第五十六章

泰人前线的最右端做好战斗准备。

芝诺比娅带领军官们——包括一群台努赫人——骑马沿着前线走。穿着毛皮衣服和重甲的大夏禁卫军把她护在正中,侍卫的标枪插在右马镫上的托架里。在整个阵线的正中央,两个大型步兵方阵正在慢慢成形——其中一个由女王弟弟沃罗梓带来的巴尔米拉步兵组成,另一个则是由阿希莫斯·加利流指挥的十城联盟的步兵营。芝诺比娅经过时大声对加利流喊话,后者冲她挥了挥手然后又继续回到与手下各个城市民兵队的队长的讨论中去。

在举着盾牌长矛的步兵方阵后方是一支各色人等混杂的雇佣骑兵——有流亡在外的波斯人,头戴尖头盔,用缀甲从头武装到脚;也有印度骑士,身穿亮闪闪的锁甲与亮色短披风,马鞍上放着长弓。另一队阿克苏姆枪兵沿着大道跑过,往步兵方阵之间留出的其中一条空道上去了。芝诺比娅登上大道左边距离雇佣军五六十码的一个小山丘。能稍作停留喘口气,艾哈迈德心里暗自高兴,他老是担心自己会被甩下马去。

在沃罗梓所率领步兵的左边,也就是前线最左端,一个大型巴尔米拉骑兵方阵已然成形——来自巴尔米拉、大马士革与十城联盟其他诸城的贵族们,身穿半身甲,战马披着厚毡马铠,马铠上挂着金属勋章。台努赫轻骑兵列队在其左,对骑士以及整个大军的左翼形成掩护。

芝诺比娅立在马镫上眺望整个战场。艾哈迈德谨慎地扶着她的腿,手掌下的腿部肌肉结实强健。

"那是沙欣的旗帜,没错,还有那群总是跟在他屁股后面的'漂亮小鸟儿'。"

在巴尔米拉阵地前方的河岸边,波斯人列出了新月形阵线。从平原东边河岸上的植被来看,河床周围似乎有一片沼泽地。波斯人前线的最右端是一支中型骑兵,艾哈迈德远远望见这些骑兵身穿暗色盔甲，背上绑着长枪，密密麻麻的枪林在清晨阳光下闪闪发光，但是战马似乎并没有披铠甲。坐在马鞍上的骑兵们举着长弓蓄势待发。

波斯前线的中央是四个步兵方阵——第一个方阵是枪兵，装备着柳条与皮革打造的盾牌；第二个是弓箭手；然后是更多的枪兵。虽然对方的队形不像罗马军队一样整齐有序，各方阵之间依然留有清楚的间隔。步兵后面的浅滩上有一座大木桥，大道从桥上跨过小河。桥头有一顶绿色大帐，帐篷前有个小小的身影骑着一匹闪亮的白色骏马，盔甲反射出金灿灿的阳光——那便是敌方指挥官。其周围的一些人则身穿华丽的丝绸衣服，一身的珠光宝气。在他身后，一根高杆挂着一面画着一个白色车轮图案的大旗，还有两把绿色丝绸阳伞为他遮挡阳光。

"那些家伙看起来不像是来打仗的，倒像是参加狩猎活动或野餐。"艾哈迈德诧异地说。

芝诺比娅闻言嗤之以鼻："之前的尼西比斯一役，'野猪'大败东罗马帝国军队，打通了往安条克的路，当时沙欣指挥的波斯大军右翼——据说当前线的一万战士在战场上浴血奋战时，他和他的心腹们却躲在后方狂欢了一整天。他是万王之王的表兄，深受科洛斯伊斯器重，实则却是个不折不扣的草包指挥。只要是他指挥敌军，我们必胜。"

在波斯枪兵的左边有两支重装骑兵排成楔形队形，骑兵和战马都用盔甲从头武装到脚。波斯骑兵上空飘扬着密密麻麻的旗帜。最后，在波斯大军前方一百码处，大量身穿短裙头戴铁帽的轻装弓箭手排成一条长线。芝诺比娅麾下的布伦米黑人散兵也同样列队在巴尔米拉大军阵营前。此时两军之间不时有箭飞过，一些士兵中箭倒下了，但艾哈迈德觉得双方都只是在试探而已。

"奇怪……"芝诺比娅轻声说。一个台努赫传令兵骑马从围着女王的大夏禁卫军中间挤进来，停在女王的战马旁，调皮地一笑。

第五十六章

"加迪马塞斯,波斯军队前线怎么没有轻骑兵阻挡我方的弓箭?他们在哪儿?"

台努赫人微微耸了耸肩,瘦削的棕色脸庞上露出微笑,"面对真正的勇士——台努赫人,莱赫米人害怕了,他们拒绝战斗。"

芝诺比娅失望地摇了摇头:"去告诉伊本·阿迪与古来氏人,密切注意莱赫米人的动向。他们肯定就在不远的地方——让我方斥候的侦察范围覆盖整个大军侧翼,莱赫米人也许打算绕过我们的前线。"

指挥小队慢跑着往前走,女王伸手到后面轻轻捏了捏艾哈迈德的腿,"别担心,祭司,很快真正的战斗就要开始了,到时候你就顾不上害怕骑马了!"

身后的人回以她更紧的拥抱,女王放声大笑。一行人掉转马头,放慢速度沿着巴尔米拉大军前线往回走。

"那些莱赫米人在不在,又有什么好担心的呢?"艾哈迈德不解地问。

芝诺比娅皱着眉,回身指着西边正在整队的波斯骑兵:"如果对方没有弓骑兵掩护重骑兵,我们的台努赫朋友只需要用弓箭就可以与之对抗。重骑兵可抓不住我们的沙漠突袭者,所以敌人只会白白流血牺牲!我得到消息,沙欣雇佣了一支莱赫米轻骑兵执行侦察之类的任务。如果没有这支轻骑兵,那他可要损失惨重了,这会是他犯的第二个错误。"

艾哈迈德点点头。

"现在,在看不见的魔法世界里又是什么情况?"她突然问。艾哈迈德花了点儿时间才把精神集中,各种看不见的能量在天空中碰撞出噼里啪啦的声音。

"亚哩达正在施法。"艾哈迈德微微喘着气说。有时候,要进入魔法世界的同时又要呼吸说话有点困难。"波斯祭司建了一层防御盾,为波斯大军抵挡我方施放的魔法。亚哩达正在试探对方的弱点,寻找切入口。亲王的力量的确很强!"

芝诺比娅点点头,若有所思地望着战场。空气中有股浓浓的味道,就像暴风雨来临之前,但蔚蓝的天空却是万里无云一片晴朗。波斯阵营中传来嘹亮的军号与急促的鼓点。她惊讶地发现,波斯大军从中间开始以不急不缓的常步向前方的斜坡走来,手中的长矛朝向正前方,起伏如闪光的波浪。她又踩在马镫上站起来往东西两边望了望。在东边的纳巴泰士兵对面,只穿着羊毛短裙带着长矛的波斯轻装步兵从步兵队列末端与整个波斯阵营末端的骑兵之间跑出来,向着山坡上的布伦米散兵前进。空中的箭雨变得更加密集。

西边,两支呈楔形队形的波斯重装骑兵仍然按兵不动,唯有队列中的旗帜上下翻飞,回应着桥头指挥部里的旗帜。位于波斯军队前线正中央的弓箭手开始对巴尔米拉投石兵的队列发起进攻,为其身后的步兵方阵清理障碍。芝诺比娅观察着两军的动向。

"有点奇怪,"艾哈迈德在她身后轻声说,"亚哩达和祭司的能量已经几乎让两军之间的空气都沸腾了,但是,波斯人的防御盾居然抵抗住了他们的攻击,甚至还与其阵线一同向前推进。"

"这有什么好奇怪的?"芝诺比娅漫不经心地说。她吹了声口哨,叫来手下的军官,"让台努赫人迎战波斯甲胄骑兵和重装骑兵。"一个传令兵领命策马向西飞驰而去,同时两名旗手将有白色标识的黑旗举了两下。很快,左边的台努赫士兵改变为三个大队,全速向波斯军队冲过去。

艾哈迈德开始流汗,低声吟唱咒语帮助自己集中精神。从早上得到消息说波斯大军已经逼近时开始,他便一直用光盾将芝诺比娅和自己保护起来。此时,随着更多能量的注入,在魔法世界里的光盾变成了一团复杂的立体网格将两人包裹起来,各层防御网围绕着两人反向旋转,发出炫目的光。此刻艾哈迈德眼中的魔法世界已是热焰滚滚。波斯大军带着闪光的黑色护盾继续前进。亚哩达和他的祭司们对敌军

第五十六章

释放出越来越强的能量,在看不见的魔法世界中打出一道道噼啪作响的痕迹。纳巴泰祭司们把从大地和天空中吸收的能量化作蓝青色闪电向敌军的黑色护盾打去,艾哈迈德甚至感觉连自己的能量都被吸走了,这种感觉就像有人在拉扯他的衣袖。

"夫人,波斯魔法师太强大了。如果此刻他们防御尚未倾尽全力的话,一旦他们决定反击,亚哩达将无力抵抗。"

艾哈迈德的紧张引起了芝诺比娅的注意,她半转过身看着他的眼睛:"什么意思?敌人能以魔法打败我的军队吗?"

突然,纳巴泰人停止了进攻,即将到达极限的魔法对抗缓了下来,但牢不可破的黑色护盾仍然罩住整个波斯军队。

"不,现在他们停下来了。我想,亚哩达应该已经意识到了,这样一味的猛打起不了作用。陛下,目前两边魔法师的力量尚能相互制衡——但是如果其中一方突然发力的话,另一方便无法抵挡了。"

芝诺比娅用力点点头,举起一只手。一位旗手随着她的动作向大军发出命令。山坡下的波斯大军中心仍继续向前推进。左边的台努赫人已经跑到了能把波斯重装骑兵纳入射程范围内的位置上,开始向对方的骑兵队列中央射箭。芝诺比娅将手猛地向下一挥,旗手们吹起嘹亮的军号,挥动军旗。艾哈迈德沿着巴尔米拉军队前线向右望去,发现大军开始行动了。

"进攻!"芝诺比娅高喊一声,带领侍卫们骑马向前冲,沿着前线向东跑去。步兵营开始向山下进发,手中的长矛对准前方的波斯大军。在她身后,被掩护在台努赫骑兵后面的十城联盟重装骑兵也开始向前推进,目标是正在其斜方向上冒着箭雨前进的波斯重装骑兵。整个巴尔米拉大军悉数投入了战斗。从正在上马准备战斗的雇佣骑兵队伍旁跑过时,艾哈迈德看了看四周,骑兵队列士气冲天,整个大军气势恢宏。

巴勒兹挠挠耳朵。头上这顶大织锦帽一直在摩擦他的耳朵,沙欣的盔甲也极不合身。这种华丽的打扮让他觉得自己看起来像个傻瓜,而且的确是连动动脑袋都困难,不过为了能达到目的,他也只能忍了。沙漠部落的军队现在正全速向他们冲过来,他从沙欣那儿"借来"的侍臣们开始紧张地嘀咕起来。

他微微一笑,对跟着自己的卢里斯坦侍卫点点头。一队步兵开始从后面由边上慢慢向那群"漂亮小鸟儿"靠拢,不给任何一个人临阵脱逃的机会。

当罗马大军前进到距离波斯阵线一百五十码的地方时,之前派出在两军之间的散兵开始向波斯阵营后方回撤。虽然这个角度并不是很理想,但他依然能看到,在右边,各部落派出的重装骑兵投入了战斗,左边则有一支步兵在向前推进。

巴勒兹向一个旗手点了点头。旗手举起一面画有倾斜十字图案的黑旗。在骑兵们身后,蹲在巨大兽皮鼓后面的鼓手们开始敲出连续而均匀的鼓声。前方的波斯枪兵、斧头兵以及剑士的方阵立即以不疾不徐的速度向山上推进。很快,走在步兵队列边缘的士兵们便散开队形填满了各方阵之间原有的空道,以免误伤前方战友。巴勒兹轻蔑地哼了一声:"就跟步兵一样,毫无纪律可言!"

一个传令兵骑马奔过来,头盔歪歪地戴在头上。"巴勒兹大人!"是哈达姆斯手下的一个年轻士兵,"哈达姆斯大人请求向敌军侧翼发起进攻——敌人的弓箭带来的伤亡正在加大。"

巴勒兹一声狞笑,摇了摇头:"不,小子,回去告诉哈达姆斯,他要是敢擅自行动,我不但要砍了他的头,还要把他全家都卖到泰西封最大的奴隶市场去。让他继续执行我的命令,不要管其他的!"

年轻的士兵领命,催马飞奔回右翼去了。巴勒兹注意到旁边那些侍臣脸上流露出的不安,微微一笑。

"别担心,我的朋友们!"他扯开在战场上惯用的大嗓门喊道,

第五十六章

好让每个人都听清楚,"很快我们就会展开猛烈攻势!你们的刀准备好了吗?你们的弓是不是拉紧了?"说完,看见周围人眼中的惧意,他仰天大笑。卢里斯坦侍卫们咧嘴大笑,放在兵器上的手蠢蠢欲动。

现在波斯步兵离罗马军队仅有五十码,一场激烈的血战就要在战场中央打响了。巴勒兹向鼓手们示意,顿时鼓声大振,旗手们用力挥舞旗帜。在他所站位置前方两百码处,拉扎特斯亲王向其麾下的步兵指挥官大声下令。波斯大军停止了前进,不过左翼的动作有些不协调,以致整个阵线有点歪斜,但整个大军总算停下来。第一排士兵蹲下身去,大盾牌立在地上,长矛向前平伸。第二排和第三排的士兵走上前去,在整条阵线上形成一片密密麻麻的枪林。

巴勒兹跨坐在白马上,手指在高高的马鞍前桥上敲打,之前派出去的传令兵回来了,正围聚在一旁给他的副官们汇报情况。从各步兵方阵之间的空道撤回来的散兵们又被他重新召集起来转移到前线左端。在那里,一大群剑士和未披甲的枪兵们把沙欣亲王及其私人骑兵队与敌方不断推进的纳巴泰步兵隔离开来。战场中央灰尘漫天,枪兵与剑士们已经离得很近了。"野猪"唤来一个传令兵。

"小子,去前面那堆人里找到拉扎特斯,告诉他留在原地,不许进也不许退,我只要他吸引敌人的注意力。"

天空中传来如雷般的巨响,巴勒兹吓了一跳,抬头看着明亮蔚蓝的天空。上面空无一物,但他却有种芒刺在背的感觉。他掉转马头,看着停在小河对岸路旁的黑色马车,一队于泽[①]骑兵正面无表情地守在马车周围。他感觉似乎连马车周围的空气都散发出一股阴森寒意。

[①] 于泽(Uzes):又被称为"于泽"(Uze),是罗马时代的一个核心城市,位于今天法国境内。

穆罕默德带着他的轻骑兵在巴尔米拉大军左翼向波斯阵线猛冲过去，给对方下了一场黑压压的箭雨，然后一个漂亮的转身撤回己方阵线。巴尔米拉骑兵终于登场了，散开成纵深九排的队形。穆罕默德踩在马镫上站起来，用伊本·阿迪最为中意的绿旗在空中挥出一个圆圈。他手下的骑兵一见信号，立即开始左冲右突为巴尔米拉大军扫出一条冲锋的路。穆罕默德是台努赫骑兵队伍中最后一个停止进攻的人，他骑马从波斯阵营前飞驰而过，看见已经死了的或垂死的波斯人浑身扎满黑羽箭——其中很多还骑在马上，被战马驮着在拥挤的队列中乱转。

波斯人依然保持着阵形没有发动进攻。穆罕默德摇摇头，感叹这个民族的勇猛与纪律——如果换了是阿拉伯人，在这样的大屠杀面前，是不可能忍得住的。他又飞快地跑回小山头上，身后紧紧跟着旗手。

"重新整队！重新整队！"穆罕默德的喊声在战场上传开来。分散在平原北部的台努赫骑兵向他跑来，重新聚拢在伊本·阿迪的绿旗与白旗下。此时波斯人依然保持队形没有变化。在部下整理好队伍后，古来氏人掉转马头，小步跑向巴尔米拉骑兵队，后者在变成楔形队形后便一直按兵不动。

"扎布达大人，"穆罕默德隔着铠装骑兵的队列远远喊道，"波斯人还没从我们的弓箭攻势里缓过神来，你必须马上进攻！他们背后就是河，你可以把他们的骑兵往沼泽地里赶。"

扎布达掉转马头小跑着穿过自己的队伍。他身穿长锁甲，外面则是用皮带把许多金属条绑在一起制成的胸铠；头戴尖尖的重头盔，形状有些像波斯人的星形盔，只在眼睛位置开了个细长的口子，尖顶上飘着一面三角旗。其身下的战马的肩部、胸部和头部都用与铁片混杂编织的厚毡马铠武装了起来。将军停在穆罕默德不住喘气的战马旁边，一只戴着手套的手搭上南方人肩头。

第五十六章

"敌军的数量足足是我军的两倍,古来氏人!我不会让我的兵去白白送死。你看,女王已经派后备队来增援我们了。"他指着巴尔米拉大部队所在的位置。穆罕默德越过对方肩头望过去,没错,雇佣骑兵正悠闲地穿过战场向他们小步跑来。战场中央,尘埃漫天飞舞,不时地能看见一队队士兵举着刀剑长矛跑进跑出。穆罕默德没能看见芝诺比娅的旗手。

"等他们到了这儿,最佳进攻时机早就过了,"他大声呵斥这位比他年长的将军,"我会带台努赫人与你们一同发起冲锋,那样我方的数量就不少了!"

扎布达不以为然地大笑,笑声在金属头盔下回响:"你的那群沙漠强盗?不可能,那群人才挡不住铁帽子呢!不行,我们要等援军。"

穆罕默德破口大骂,转过马头离开了。他一边往山下冲回去,一边对着他的旗手大喊:"通知各位将领!重新整队,准备好向敌方阵营发起进攻!"

扎布达在他身后大声喊着什么,但他没听到。

巴勒兹终于扔下了那顶装饰性的帽子,扯下身上的丝绸披风。绿色华服飘落到地上,很快就被无数马蹄踩躏得不成样子。罗马步兵发起的进攻一下就把波斯人逼回了他们之前的位置,现在处于中央的波斯步兵陷入了混战,战况有些严峻。波斯人的队形被打乱了,但"野猪"看见罗马人依然还保持着队形而且还在向前压进,敌军的短刺刀在空中闪闪发光。巴勒兹带着卢里斯坦侍卫们慢跑着向西而去,想弄清楚波斯大军右翼到底是什么情况。巴尔米拉人的重装骑兵似乎已经列队完毕做好了进攻准备——不过暂时还没有动。他回头向左边望去,只见在战场中央的罗马步兵已经完全与波斯步兵混战在了一起。

"传令兵!"一个年轻士兵跑到他跟前,他下令道,"告诉右翼的哈达姆斯,立刻发起进攻!旗手!发信号,命令右翼出击!"

将军策马向坐在大混战后方地上的一队弓箭手跑去。那队长一见他身后飘扬的沙欣亲王的军旗,立刻跳了起来:"队长,带你的人去左翼,纳巴泰人正在进攻我们的左翼,我要你立刻去支援步兵和沙欣的部队。快去!"

弓箭手纷纷把弓箭与箭袋跨上肩头,赤裸的胸膛大汗淋漓。他们只穿着短棉裙,现在裙子都沾满泥土变成了土黄色。队长敬了一礼,大声向士兵们传达命令,士兵们排成两列向东边跑去。巴勒兹遮起眼睛避开阳光,望向在右翼的哈达姆斯的骑兵。那边旗手的旗语说的是他们已经接到命令了。穿着闪闪发光盔甲的骑兵们动了起来,散开成进攻队形,向山头上的罗马军队冲过去。

巴勒兹嘴里嘀咕着,示意手下跟他走,然后他便掉转马头往前线中央跑去。右翼的哈达姆斯是否能独当一面,现在已经不在他的控制中了。

"你说他们拒绝前进,这是什么意思?"芝诺比娅的眼中冒出怒火。

传令兵鞠了一躬,说:"骑兵队长说他只听从亚哩达的命令,您的命令不能接受。"

芝诺比娅气得哑口无言。她抬头望着悬崖,亲王和祭司们依旧在帐篷里施法。巴尔米拉右翼军与纳巴泰步兵以及她麾下的弓箭手、投石兵一起冲向了山下的敌军。他们把途中遇到的一小股波斯轻装步兵赶到一旁,直接与波斯步兵的大部队交上了手。本来在波斯枪兵后面有一支数量庞大的波斯甲胄骑兵,但对方不战而退,只留下枪兵和一些弓箭手抵抗密密麻麻攻来的纳巴泰人。纳巴泰人的装备明显强于波斯人——前者身穿锁甲,手举长刀和盾牌;后者中很多则只有柳条盾牌和长矛。

第五十六章

战场上,惨叫声、兵器碰撞声、奔跑的脚步声以及射箭声此起彼伏,声浪滔天。芝诺比娅只得提高音量向旗手喊道:"立刻传信给亚哩达,他必须命令他手下的骑兵从右翼进攻!如果他们现在进攻,我们就能逼退波斯大军的整个侧翼!"两个传令兵匆匆领命而去。

"去死吧,他!"芝诺比娅一把抹掉流到眼睛上的汗水。天气越来越热,她又带着指挥小队不停地奔走。为了保证速度,身下的马都已经换了两匹了。艾哈迈德漫不经心地点了点头,他此刻正全神贯注在魔法世界里,眼前的惨烈战况也反映在魔法世界里:仇恨和恐惧形成的旋涡以及死去士兵的魂魄在战场上聚集。纳巴泰祭司们停止了对敌军黑色护盾的攻击。虽然那护盾受到激烈战斗的影响已经开始变弱,但是波斯人却在此时发动了魔法反攻,释放出一团一团肉眼看不见的紫色亮光直驱巴尔米拉的魔法团队。亚哩达和他的手下正在奋力抵抗波斯人的攻击。

一条紫黑色能量卷须向艾哈迈德和芝诺比娅打来,尖端闪烁着绿色闪电。艾哈迈德心念一动,雅典娜之盾光芒大炽,亮得几乎能用肉眼看到。紫色闪电打在护盾上,带着熊熊烈火从其表面滑了下去。承下这一击,艾哈迈德微微喘气,尽力从大地中吸取更多能量,但是亚哩达已经把周围的石头都榨干了。一怒之下,艾哈迈德开始从弥漫在空中的各种情绪中吸取力量,蓝色护盾骤然爆出火焰,敌人放出的闪电发出噼啪声之后便消失了,艾哈迈德有些脱力的感觉。

"敌人的魔法师实在强大得惊人,女王陛下,"他在芝诺比娅耳边轻声说,"恐怕亚哩达已经帮不了你了,此时他所有注意力都在敌人身上。"

"那我就自己去调动他的军队!驾!"战马高高跃起,载着他和女王飞一般地往山上的悬崖冲去。艾哈迈德紧紧抱住女王。

穆罕默德掉转马头,跑到已集结完毕的台努赫人的左侧,旗手策马与他并肩前行。他倾身向前，高举大手向前一挥，三千台努赫骑兵排成一条长长的弧线，像一把半月形弯刀，跟着他向正不疾不徐往山上跑来的波斯骑兵砍杀过去。此情此景令他心中油然生出一股强烈的豪迈之情。身下的红棕色战马踏过乱石地面向着对面的敌人飞奔。他发出一声长长的怒吼，身边的三千将士发出雷霆般的响应，一时间山坡上喊声震天。骑兵们手中银光一闪，纷纷将标枪朝着前方的铁帽子兵平举。穆罕默德一生中从未有过此刻这样真实而澎湃地活着的感觉。波斯人的队列依然按进攻队形彼此分开。敌人的身影越来越近了。

当那震天的冲锋声隔着漫天尘埃远远传来时，就要走到还留在悬崖脚下的纳巴泰骑兵禁卫军方阵的芝诺比娅猛地转头望向声音来源处。她站起来，穿过朦胧的灰尘，看见左翼远处有一支骑兵猛地扎进了正向己方阵线推进的波斯军队。沉闷的撞击声从战场那一头远远传来，她脸色瞬间变得雪白，紧紧攥着双拳，指关节捏得泛白。

"传令兵。"她先是轻声说了一声，然后又提高音量喊了一遍。一个脸色苍白的台努赫人策马跑上前来，"去左翼找到扎布达，告诉他，该死的，立刻向波斯军队发动进攻！"她几乎是尖叫着说，"去找雇佣骑兵，让他们立刻与扎布达会合，有多快就给我跑多快。"胃里一阵难受，但此刻已无暇顾及，她抛开杂念，将注意力放在帐篷下站在战马旁的一小群纳巴泰军官身上。

芝诺比娅骑着暗褐色的马向纳巴泰军官们走去，脸色阴沉。

"我之前命令你们配合右翼步兵进攻。"她的声音冷静，她在努力克制着自己。

站在中间的军官是个胖子，鼻子跟亚哩达很相似，头发很卷。他从头盔下看了一眼，向她鞠了一躬："陛下，我们的亲王有令，要我们原地待命，按他的命令行事。他说得很清楚，要我们只听从他的命令。"

芝诺比娅掉转马头看着这群纳巴泰军官："你们那位尊贵的亲王殿下正全身心投入在他自己的战斗里，我的各位大人们。他根本没有时间来给你们下达命令。我命令你们在右翼配合你们自己的步兵营冲破波斯防线，明白吗？"

胖军官高傲地抬了抬下巴，眼神冰冷。数百年来，他的人民在沙漠边缘都是强者，直到两条河流突然变了河道，结果不但让巴尔米拉变得富饶，而且居然还让这帮不入流的部落居民建立了公国；此外还有一点就是，他很清楚他的王的心思。

"除了亚哩达亲王的命令，芝诺比娅女王陛下，我们谁的命令也不听！"

"蠢货！"芝诺比娅失去耐心，厉声喝道，"前方战况僵持不下，你们却在这儿混日子摆姿态！要么你就带人给我冲上去，要么我就革了你的职！"

胖军官不着痕迹地把手移到刀把上，这时艾哈迈德突然厉声喊道："不对！亚哩达有麻烦了——"

此时在魔法世界里，波斯祭司们终于厌倦了之前的游戏，开始释放全力。亚哩达和他的祭司们惊恐地尖叫，尖叫声在有限的帐篷空间里回响。随从们先是冲了上去，但随即便吓得脚步踉跄地退了回来。亚哩达跌跌撞撞地奔出帐篷，双手捂着眼睛。他的眼睛先是突然充满血，然后又向第一个扑过来帮他的随从喷出一种红色凝胶状物质。亚哩达口中连连尖叫，手在脸上乱抓，抓出长长的血痕。他全身抽搐，身上的肉像波浪一样起伏或像山丘一样隆起，仿佛有成千上万只虫子或蛇在皮肤下钻来钻去。随从们被这可怖的景象吓坏了，不住地惊叫。亚哩达跌跌撞撞地往前走，突然张开双臂从悬崖边上踏了出去。

聚集在悬崖脚下的骑兵们全都只有眼睁睁看着他从悬崖顶落下，感觉这坠落的过程仿佛持续了很久。落到一半时，不知从哪里冒出来的大火突然将其吞噬，然后只听"砰"的一声，亲王的身体掉到地上炸得支离破碎，着火的躯干飞得到处都是。

爆炸发生时，芝诺比娅和艾哈迈德惊得往后退了退，举起手臂护住脸。纳巴泰军官们目瞪口呆地望着悬崖，鲜血从他们脸上流下来。艾哈迈德再次加强雅典娜之盾。隐约中，他在魔法世界里看到某种强悍的形式从战场另一边大步走来，闯入悬崖上的帐篷，将亲王与祭司们撕得粉碎。此刻这个敌人正高昂着胜利的头，发出雷鸣般的低吼，即便是在肉眼可见的世界里，也能隐约听到回音，仿佛永远被惩罚的灵魂的尖叫一般在战场上空飘荡。艾哈迈德用意识之眼看着这个强大的怪物，吓得浑身颤抖。对方巨大的身躯背后有三只收折的翅膀，本应该是手和脚的部位被扭曲的触手替代。怪物转过身，一只犹如燃烧着熊熊烈火的黄色猫眼一般的单眼扫过战场。

艾哈迈德紧紧抱着芝诺比娅。怪物的目光扫过他们，他吓得在心里喃喃自语。女王莫名地感到一种深深的恐惧，害怕地缩在他怀里，把头埋在他的胸膛上。不过那怪物没理会他们，大步走开了，大地在它无形的脚下颤抖。吓得双眼圆睁的艾哈迈德微微松了口气，望向战场的另一边，第一次发现敌军阵营后方远处有一个黑影，好像是一辆马车，这种感觉就像落入捕猎包围中的小老鼠猛然警觉发现猫的存在。

"噢，女王陛下，对方太强大了，肯定是波斯的某个大穆贝德，大祭司。"

芝诺比娅再次打了个冷战，强迫自己离开艾哈迈德宽阔的胸膛。她抹了抹嘴唇，拿起策马的棍子迅速在纳巴泰胖军官脑侧敲了一下。

"现在我命令你，奥博达，让你的人都行动起来，否则我就把你就地正法。"她手按挂在马鞍前桥上的马刀说。奥博达先是茫然地望着她，待回过神来，才紧张地呼了口气，点点头。纳巴泰军官们纷纷向战马跑去，翻身上马。

第五十六章

芝诺比娅掉转马头,她必须回到战场中央去看看左翼的情况。艾哈迈德抓着她,如同在风雨飘摇的海面上,水手紧紧攀着船柱一般,他浑身冒着冷汗,颤抖不已。

达哈克长出口气,跌坐在扎人的马毛垫子上,双手颤抖,好不容易才勉强看清了黑乎乎的马车里摇曳的烛光。四肢肌肉不受控制地抽搐,刚刚用意念释放了惊人的能量后,神经都麻木了。他疲惫地俯下身子,摸索着枕头边的铜杯,一连举了三次才把杯子递到嘴边。他迫不及待地喝了下去,黏稠到几乎呈凝胶状的红色液体顺着嘴角流下。他又哆嗦了一下,不过喝了东西之后精神略有恢复。

魔法师爬到马车门口,拍了拍门板。过了一会儿,一个于泽部落骑兵把门打开条缝往里看,惊得双目圆睁。

"走吧,"达哈克嘶哑着嗓子说,因为之前念召唤咒语,此刻嗓子疼得厉害,"去'野猪'将军的军营,同时派一个人给他送个信。"

巴勒兹抓着满脸大胡子,漫不经心地用手指转着一缕卷翘的胡须。于泽传令兵正嚼着草根蹲在地上。

"'现在是人和人之间的战争了。'这就是达哈克大人要你送的信?"

于泽人往旁边吐了口唾沫,点点头。

巴勒兹弯起嘴唇,摇了摇头:"去吧。把达哈克大人安全护送到军营。"

不管魔法师做了些什么,"野猪"此刻清楚的是,战场上的声浪已发生了变化。纳巴泰人终于从悬崖下的山坡向波斯阵营发起了进攻,波斯大军的整个左翼被对方的标枪逼得往后退,他已经把最后一拨枪兵与弓箭手都派上了战场,但是此时整个左翼仍然被逼得节节后退。用不了多久,沙欣亲王麾下的重骑兵就会被敌人赶到河岸的沼泽地里去。

"勇士们，准备！"他向卢里斯坦侍卫大喊道。他向仍被牢牢困在他身边的侍臣们露出狰狞的一笑，这些人就像一群被困在铁笼里的羽毛光鲜靓丽的小鸟。"左翼需要我们，我们要向敌人的红甲士兵与罗马人相交接的地方发起冲锋，那是敌军防线最薄弱的地方！"他用脚跟一踢马肚，带着七八十个侍卫向前冲去。侍臣们开始惊慌失措，有的尖叫，有的抽泣，但是只能无奈地被卢里斯坦骑兵们用战马围着往前赶。这时右翼依然没有任何消息。他最后看到的景象，是在万箭齐发的箭雨后面，罗马轻骑兵向哈达姆斯率领的重装骑兵冲去。

穆罕默德高举手臂，狠狠砍向波斯骑兵。轻巧的骑兵马刀砍在对方沉重的长刀上，发出银铃一般的颤音。波斯骑兵再次向他攻来。穆罕默德用膝盖一顶马肚，战马及时地跳开，敌人的刀从他刚才所站位置的空中砍过。此刻他周围的人马都已混战成了一团，清脆的兵器相接声此起彼伏。台努赫人突然发起的冲锋的确打了波斯人一个措手不及，甚至干掉了前两排的铁帽子兵。但等最初的势头一过，在波斯重装骑兵的奋起还击下，尽管台努赫士兵们个个英勇非凡，但仍不免倒在了敌人银光闪闪的长刀下。

古来氏人刺马转向，试图从混战中突围出去。又一个波斯骑兵骑马绕过来，对方战马头上的铠甲撞上他的战马，吃痛受惊的马儿人立而起，发出一声嘶鸣。穆罕默德急忙让战马转向避开对方，举刀越过马头向对方砍去。刀砍在波斯人披甲的手臂上就滑开了。波斯人举着一柄大斧向他劈头砍来。他用盾牌一挡，斧子砍在盾牌的圆形纹章上，盾牌裂成了数片。他把被砍坏的盾牌砸向对方，同时狠狠一掌拍在身下的战马上。马儿载着他飞快掠过波斯骑兵跑了。混乱的战场中突然现出一条空道，于是他沿着空道跑了出去。

在混战圈以外的前方出现他手下的一小队骑兵，正在对阵两个只

第五十六章

穿着半身甲的波斯骑兵。一支标枪猛地扎进其中一个甲胄骑兵的身体,把小腹扎了个对穿,血顺着从后背伸出来的枪尖往下滴。那人惨叫一声,带着标枪栽倒了地上。阿拉伯人高呼一声,从背上的刀鞘里抽出一把长长的弯刀。眨眼间,他就已经跑到了骑兵们中间。

"鸣金收兵,"他嘶声喊道,"向大军的方向撤回去。立刻集合队伍!"尖尖的军号声响起,唯一幸存的旗手把手中的军旗舞出8字形。穆罕默德带着手下的人冲上山坡,身下的战马甩开步子一阵狂奔。在他们身后的其他台努赫人也试图从与波斯人的混战中抽身,不幸的是,大部分人都未能脱身,陆续倒在了敌人的兵器下。古来氏人掉转马头,待幸存的台努赫人成功突围后,他高举马刀让士兵们向他靠拢。

一支箭从波斯步兵阵营最外沿的地方"嗖"地一声破空而来,正中穆罕默德。他摇晃了一下,低头看着从自己腋窝软软垂下的残缺的箭杆。右边身体瞬间变得冰冷,马刀从失去知觉的手中落下。两个队友急忙靠马过来扶住他。他隐约看到其中一个像是伊本·阿迪。

"回去找女王,"他轻轻说,"听从她的指挥……"

摆脱沙漠强盗的围攻后,哈达姆斯立刻召集手下的家臣们。波斯的两个重装骑兵方阵被这场混战打乱了。他大喊着命令士兵们重新整队。将军很想抓抓鼻子,但是沉重的头盔让他无法伸手进去。经过一场混战,昨夜随从们用软皮细细擦亮的盔甲已变得狼狈不堪,遍布暗红血迹。他感觉双臂沉得都要抬不起来了,他都怀疑自己是否还能再次举刀。透过头盔上狭长的开口望出去,他看见手下的士兵们正在迅速重整队形。

对面阵营里的巴尔米拉重装骑兵还没有发起进攻。

"列队!列队!"他吼道,催马上前。"准备进攻!"他再次高举大刀,向着敌人的方向挥舞。

芝诺比娅心急如焚地往大军左翼赶去，还没跑到战场中央的道路，便听到右边传来震天吼声。她转过马头，望向正混战成一团的波斯军队右翼。奥博达带领骑兵冲上战场后，被纳巴泰步兵逼得几近溃散的波斯右翼立刻开始回撤。现在前线的波斯人正往跨河的桥梁撤退。

"战神和维纳斯保佑！"她低声说。听到她的语调有些古怪，艾哈迈德猛地抬起头。一队衣着华丽的波斯人从其阵营后方冲出来，前方领头的是一个光头大汉，一把黑胡子随风飘动。即便隔着两百码的距离，艾哈默德依然能看到对方的脸上带着对战争的狂喜。此人骑着披甲战马，挥舞着一根硕长的头带尖钉的狼牙棒从三个纳巴泰骑兵之间冲过，狼牙棒将其中一个佩特拉人的头盔打扁，当场血肉横飞。波斯阵营中传出一阵震天的呼声。

芝诺比娅的脸瞬间变得惨白："是'野猪'沙赫·巴勒兹……我上当了！"

艾哈迈德抓着她的胳膊一阵摇，她猛地从震惊中回过神来。

"战斗还没完呢，"他咬牙对她说，"我们仍然处于上风，你会取胜的。"

她回头看着他，神情怅然。

"那人在战场上从未输过，"她喃喃着说，"死在他手上的人成千上万……"

在他们前方的山坡下，一个个犹如巨熊一般的骑兵在巴勒兹身后列成楔形队形猛烈地冲入纳巴泰人的阵营，仿佛屠夫冲入羊群。许多红甲士兵一见"野猪"扭头就跑。巴尔米拉人前进的势头完全被挡住了。

"您必须重整队伍，女王陛下。您是士兵们的信仰，您自身的传奇远胜于那个人！"艾哈迈德直直看着她的眼睛，希望她能振作起来。

第五十六章

她凝视对方,突然心中燃起熊熊烈火。她转过头去,从马鞍上立起身,高亢清脆的喊声回荡在整个战场:"巴尔米拉人!跟我来!我是巴尔米拉的芝诺比娅!"她用脚跟一踢马肚,战马高高跃起。她发出一声狂野怒吼,整个战场为之震撼,这一声吼震惊了正打得激烈的人们,所有人纷纷抬头来看。她带着大夏禁卫军飞驰而下,如同一道闪电,冲进了正在混战的两军之中。

巴勒兹听见从罗马阵营方向传来一声雷霆般的呐喊,急忙转头看去。只见一匹黑色骏马向自己飞奔而来,马上带着一大堆标枪。一个纤细的身影,身披金甲,头戴翼盔,手举银刀立身在马鞍上。"野猪"眨了两下眼睛,终于看清楚来的是个女子。

是芝诺比娅!这突来的震撼让他心跳如雷。他曾听过关于这位丝绸女王的传言,据说她常常领兵出现在战场上,但他从没相信过这样的话。他感觉战场上的氛围顿时再次转变,刚刚被他带着那群"漂亮小鸟儿们"一阵狂冲,罗马人本来几乎已经溃不成军,但此时却再次士气高涨。密如雨林一般的飞箭向他射来。他只得掉转马头,从四周混战的骑兵中间突围出去。

"芝诺比娅!巴尔米拉!"罗马大军的吼声淹没了兵器相接的声音,也吞没了垂死之人的惨叫与呻吟。罗马军队再次向前压进,走在最前面的是密密麻麻犹如灌木林一般的长矛与刀剑。波斯侍臣与卢里斯坦侍卫们抵挡不住如此猛烈的攻势,倒在了浴血奋战中,临死之前仍然拼着最后一口气将手斧与狼牙棒砸向敌方步兵的盾牌。

回到战场后方的巴勒兹重新召集之前在左翼作战的骑兵们,其中就有一个他甚为讨厌的家伙——沙欣亲王。亲王身上华丽的黄金青铜甲被砍得坑坑洼洼,一身泥泞,面露疲色,额头上有道伤口正在流血;血在身下战马的马肩隆上凝成了块。巴勒兹数了数人数,手头上只剩十四个骑兵了。他向右边的波斯前线望去,令他不安的是,中间的战况更加不妙了。步兵几乎是退到了桥梁边,他与大军之间的联系就快被切断了。

"回到桥那边去。"他大吼道。波斯人催着身下早已疲惫的战马向西边奔去。

三万铁蹄同时奔驰而至,连大地也忍不住颤抖。哈达姆斯率领骑兵如狂风暴雨一般冲上战场西端的小山头,身后卷起漫天尘埃。之前在山上闲坐了一个半钟头的巴尔米拉人终于开始以楔形队形向他们发起冲锋。哈达姆斯兴奋地大叫,双臂再次灌满力量。敌人的援军来得太迟了,现在局势扭转,反被他占了上风。浴血奋战苦等援军的沙漠强盗们等来的却是一场空。波斯指挥官露出狰狞的笑脸。八千波斯重骑兵以新月队形冲上山头,大地在他的战马下飞一般地往后退。

芝诺比娅将刀尖狠狠刺向对方,银色刀刃从波斯骑兵盔甲的鼻部滑过,刺进了眼部的开口,他整个身体猛烈抽搐。女王兴奋地大叫一声,一把抽出刺入敌人眼部五英寸深的马刀,鲜血随着刀尖拔出而喷洒到空中。骑兵从马背上栽了下去,艾哈迈德别过脸。芝诺比娅掉转马头,冲出混战圈向西跑去。艾哈迈德的白头巾已经掉了,黑色长发在风中飘扬。他的脸上也沾了血。女王策马跑到面朝大道和她的指挥营的山头上,跟着她冲入战场的大夏禁卫军中有一半紧随其后冲了出来,迅速向她靠拢。她手边的传令兵只剩两个了。

战场上尘土弥漫,很难看清左右两边的情况。芝诺比娅伸手正了正头上的金色翼盔——其中一只翅膀在打斗的时候被砍掉了,所以现在有些戴不稳。不管怎么弄还是不稳,于是她干脆取下头盔,气喘吁吁地把另外一翼也扭下来扔掉了。翼尖扎进松动的地面,沉甸甸的黄金块直直立在地上。芝诺比娅解开早上梳好的辫子,让头发垂在后背。

第五十六章

"汇报战况!"她向刚跑过来的传令兵粗声说道,"现在情况如何?"

其中一个传令兵是个台努赫人,他疲惫地点了点头。

"女王陛下,"他说,"左翼的穆罕默德大人受了伤,被送回军营去了,虽然没有性命危险,但伤得不轻。伊本·阿迪酋长目前正在指挥剩余的台努赫士兵,不过……"他无能为力地指了指西边。

一声巨响透过尘土传来,所有人纷纷转头去看。土褐色尘土后面传来一阵巨大的撞击声,就像把一千把铁壶同时扔进碎石坑。在大道西边的地面上突然出现了无数巴尔米拉士兵,其中有骑兵、骑士和枪骑兵等。波斯重骑兵银光闪闪的身影在后方的尘土中忽隐忽现,高举军旗紧追不舍。

芝诺比娅低声咒骂,抓着鬃毛的手紧紧攥成拳。艾哈迈德紧紧抓着她的肩头,突然听到身后有响动,迅速扭头。

在东边下游处,就在纳巴泰人冲乱波斯大军左翼的地方后面,一支骑兵沿着河谷飞驰而来。这支骑兵身穿黑袍,黑色军旗上是一条长蛇。艾哈迈德急忙向左右看了看。右边,亚哩达的帐篷所在的悬崖已经空无一人,只有散乱的死尸和被遗弃的玫瑰红城①亲王的军旗。左边,纳巴泰骑兵和枪兵还在浴血苦战,企图在剩下的左翼波斯步兵中砍出一条血路。巴尔米拉大军的后方就这么完完全全地暴露在了黑袍骑兵面前,毫无掩护。

"芝诺比娅,"他轻声问,"之前消失的那支骑兵,莱赫米人,他们的军旗是什么颜色?"

"黑底红蛇。"女王转过头,也看见了,瞳孔瞬间放大。她仰起头,眼神依然闪亮,但同时她也意识到此刻大军面临着怎样的灾难。

---

①玫瑰红城(Rose Red City):指的是佩特拉古城,因所有的建筑都开凿在玫瑰色的山岩上而得名。

她向最后剩下的号兵示意，拿过军号，吹出一个单调的长音。在战场对面打得已经有些精疲力竭的罗马指挥官们闻声回头望向己方军营。有些人看到了在军官中间金光闪闪的女王，其他人则只闻其声不见其人。

"撤退，"突然安静下来的战场上响起女王悲怆的高呼，"撤退！"

第五十七章
陶里斯城门前

城市的夜空呈现一种诡异的绿色。古怪的火光摇曳在陶里斯的城垛上。在城市下游一里处,西罗马皇帝马修斯·盖伦·阿特柔斯站在一座平顶山丘上,目光越过湍急的托尔克河水向北望。侍卫们举着火把和油灯围在一旁。此处河流较深,对岸在月光下只是依稀可见。晚风吹过河岸茂密的悬铃木与白杨树林,发出沙沙的响声。站在皇帝身旁的一个东罗马斥候举起带灯罩的油灯,翻起硬皮灯罩再放下,然后重复了一遍。

黑漆漆的河对岸上有灯光回应,亮了一下、两下、三下。皇帝周围的人群开始窃窃私语,之前没有人相信盟军真的会如约而至。谁又能期待野蛮人真的会这么做呢?盖伦举起一只手,身旁的噪声戛然而止。

"派个人带根绳子过去。"他对站在身旁的百夫长说。年方二十的小伙子转身粗声粗气地嘀咕着跑进了黑暗中。过了一会儿,两个人爬上山头,衣服脱至腰间,腰间系着重皮带,身形健硕,胸膛和手臂上的肌肉结实得像摔跤手,黑色头发剪得极短,皮肤在火把的光下闪着微光。盖伦打量了一下来人,点点头。

百夫长对二人粗声说道:"河对岸有一群马蝇,他们要派使者过来跟皇帝陛下交涉。你们俩带着绳子游过去把那家伙带回来。"在他说话的时候,其他军团士兵们把一根上了蜡的粗重的绳索挂在皮带背面的铁钩上。两个军团士兵对长官敬了一礼,转身钻进了河岸的芦苇丛。

"巴达维亚人,"百夫长粗声说,"游起泳来像条鳗鱼。"他在冰凉的空气中呼出一团白雾。盖伦点点头,拉紧肩上的厚羊毛披风。不远处传来一声很轻的水声,就像青蛙蹦进水里。军团士兵们开始放出手中握着的绳子。

黑暗中,皇帝耐心地等着。

盖伦疲惫地揉揉双眼,此时天色已晚,早上他又是天没亮就起来了。不过幸好他坐的椅子是在希拉克略那个又大又重的镀金宝座后面一步远的地方,如此方能纵容自己打个哈欠。在过去的六周里,希拉克略的随从们一直搬着这个宝座翻山越岭。这顶大帐足有一个别墅大,不过里面依然很温暖,中间的觐见室里点着数百根蜂蜡烛。东罗马的翻译正在聚精会神地听一个身穿亮蓝色汗衫的干瘦老头儿讲话。那老头儿的衣领上有很粗的缝纫痕迹,袖口上有刺绣。老头儿的头顶上有一缕白发,下身穿着浅黄色马裤,让西罗马皇帝想起了流动马戏团里的哑剧演员。他微微笑了笑,将注意力转回秘书呈递上来的记录簿,上面记载了目前尚完好的马车的数量以及粮仓里还有多少大麦和小麦。

许久之前,在盖伦与东罗马新任君主第一次展开讨论时,关于两人同时出现在一个地方时的级别高低和地位先后的问题,两人便已达成了一致。两位皇帝分别以帝国法令的形式宣布对方为大元帅——这是帝国军队总领袖的一个传统头衔。然后两位皇帝各自同意任命一位军区将军,此人可以在大元帅不能履行职务时代行其职。现在两位皇

第五十七章

帝同处一个军营,盖伦发现,希拉克略在关于他的皇帝朋友履行职责一事上相当认真。事实上,这样的安排颇有成效:希拉克略的所有时间几乎都用于处理与其手下军阀和当地部落之间的政治纠纷,盖伦则掌管军队。

小老头儿停下了,翻译转身对着坐在金色宝座上开始有些不耐烦的东罗马皇帝说:"陛下,这位酋长首先祝福您和您的家人,欢迎您来到亚美尼亚人的土地上。他说,城里有数千名波斯士兵,不过他知道罗马军队天下无敌,很快这些土地便能全部脱离铁帽子军的魔掌。"这个翻译是应狄奥多西亲王之令参军的来自塔尔苏斯的贵族,他的希腊语带着很明显的重音。

希拉克略点点头,捋了捋胡子。他很累,今天过得十分漫长:"告诉他,普罗库洛斯,皇帝很乐意接受他的友谊,如果他和附近的其他酋长能与我们保持良好友谊的话,他们今后会从皇帝手中得到丰厚的回礼。问问他,知不知道河对面是谁在守城?还有,除了城门前的那座桥,还有没有其他桥可以过河?"

塔尔苏斯贵族把这番话翻译给老亚美尼亚人听,他们两个又开始嘀咕起来,直到希拉克略冲普罗库洛斯扬了扬眉,贵族才深深鞠了一躬以示歉意:"伟大的陛下,请原谅。酋长刚才是说,据说对面守城的正是绰号'野猪'的波斯将军,而且守在城墙上的士兵们身穿红色与金色外衣。由此看来,我认为那是不朽军。"

盖伦一边做笔记好让副官安排人员和修建防御营地的事,一边竖着耳朵听对话。听到这里,他抬起头;其他东帝国军官一听到"野猪"的名号就被吓呆了。盖伦抿着嘴唇绞尽脑汁回忆,终于想起来:"野猪"是波斯第一大将沙赫·巴勒兹的绰号,据说这个大个子至今从未输过一场战役或战斗,而且,自从科洛斯伊斯挑起事端后,希拉克略曾三次派大军与波斯人作战,却都一一败于"野猪"之手。盖伦摸着下巴上粗糙的胡楂。"东罗马人是怎么打理胡子的呢?"他有些好奇。东罗马人一提起"野猪"这个名字便会大骂——一个从未打败过的敌人。

"问问酋长,"希拉克略说,"近来有没有什么新来的人进出过城?再问问他,他是自己亲眼见过巴勒兹将军,还是只是听说他在这儿?"

那两人又嘀咕了老半天,然后普罗库洛斯说:"陛下,酋长说,就在二十一天前,有很多骑兵急匆匆往南去了,但'野猪'并不在其中。他还说,常常有人看到'野猪'带着旗手大步从城垛上走过,而且他自己就曾亲眼见过。此外便再无其他人出城了,哦,除了出城去惩罚周围村庄的一大帮子铁帽子。"

听到最后一句,盖伦望着希拉克略,东罗马皇帝停下在宝座扶手上敲打的手指:"惩罚村庄?他们干了什么要被惩罚?"

普罗库洛斯无奈地摊开手:"酋长也不知道,他只知道,十四天前,城里大闹了一场,第二天一大早,铁帽子就骑马出城袭击了河谷中的村庄。不过有很多村民之前已从城里的族人那里得到了一些奇怪的小道消息,所以提前逃走了。剩下来的那些人则被当作人质带走了,他们的房子也都被烧了。"

希拉克略扬了扬眉,瞥了盖伦一眼,后者轻轻摇了摇头。

"从那个时候开始,铁帽子就开始每天突袭一次,把在外面抓到的所有人都关押了起来。酋长说,几乎所有村民都已逃进了深山。陶里斯城门里再没有传出任何消息。"

盖伦皱着眉,划掉蜡板上的一行字:"本地劳工?"

东罗马皇帝又听两人说了一些情况,然后便让老酋长退下了,赏了老头儿不少衣物和珠宝。希拉克略站起来,嘴里不停嘀咕,脱下装饰着珠宝的厚重外袍。随从们接过衣服。

"你怎么看?"他问。

盖伦抬起头,把手中的书写板与记录簿放到一边:"我想我的工

第五十七章

兵们能在五六天之内建好一座足以让马和马车都通过的桥梁。如果运气好,我们能在远离城墙的地方找到一块可以落脚而且在重型武器射程范围以外的硬土地。这样,等可萨人过了河,我们直接略过此城便是。"

希拉克略摩挲着鼻子,对这个建议皱了皱眉:"那样的话,就等于是在我们的退路上留了个波斯卫戍部队。他们会切断我们与君士坦丁堡的通信。"

盖伦点点头。

"那么,兄弟,如果我们必须拿下此城,"他说,"那无论如何我们都要建一座桥,这样大军才能过河展开攻城战。但如此就需要更多的时间。我想你肯定也注意到了,现在晚上越来越冷了。"

希拉克略叹了口气,抿着嘴思考着,示意一个随从给他拿酒。

"波斯人,"他慢慢开口道,"用砖石和砂浆在河上建了一座非常坚固的石桥。"

西罗马皇帝皱眉看着这个皇帝。希拉克略接过下人及时递来的铜杯,杯中盛满暗红色美酒。

"这座坚固的石桥,"盖伦说,"另一头连接着通往城市中心的双塔城门,城墙上守着数千名极有经验的老兵,还有民兵,也许——只是也许——还有那个让你三次一败涂地的将军。如果——请你注意——如果我们想突袭拿下石桥和城门,那就得让我的人上。"

希拉克略闷闷不乐地点点头,喝干杯中的酒。

"你手下有重装步兵,"他举起空杯致意,"而且经验丰富。你觉得我们需要多长时间作准备?"

盖伦仰坐在椅子上沉思着,希拉克略一口气又喝了一杯。西罗马皇帝往前坐直身子,开始在书写板上写画:"我需要六天时间做准备,然后便知分晓。不过,我需要你手下的所有人,或者你能找到的所有人。"

他的语调有些奇怪,希拉克略探问地望着他。盖伦弯起一边眉毛,但什么也没说,眼中透出掠食者的目光,他心中已有了主意。他拿起一块书写板,飞快地写下:油脂。

"传言是真,"尼古斯坐在其中一个粗石地窖边上说,"一支罗马大军开到了托尔克河南面,刚开始以为在扎营过夜,但现在看来远不止这么简单,他们似乎不打算走了。我从粮仓顶上看到城外东边河流上游处有大动作,我猜是在修桥,或者挖引水渠降低水位。"

迪亚蒂丝点点头,在地窖墙壁前的环形空间里慢慢转过身,目光与身边这群保加利亚人、亚美尼亚人和城市居民们一一对视。自从囚犯们大逃亡之后,波斯军队在城里实行了极为严格的戒严令。晚上实行宵禁,不允许任何人在天黑之后出门。同时也禁止两个以上的人在白天集会。塞萨恩家的拱形地窖里此刻挤了二三十个人——这是城里唯一一个能容纳这么多人会面的藏身之所。

"罗马人尤其喜欢搞围城战,"她站到尼古斯身边,"如果是换了其他情况,他们会架桥过河,先用土墙将城市整个围起来以确保没有人能逃脱,然后才开始办正事。不过现在这支军队时间不多,怕是在计划什么更疯狂的事。"

迪亚蒂丝伸手在身后打开的棺材里摸索。一些本地的亚美尼亚人开始窃窃私语,不过被站在梯形出入口旁边的优素福和萨胡尔一瞪,便安静了。迪亚蒂丝先掏出一把骨头,然后用手指插进两个头颅骨的眼窝里把它们也拿出来。尼古斯用脚扫了扫面前地板上的灰土。

"对本城而言,对当前的局势而言,最关键的,便是横跨在托尔克河上的那座桥。"

她把两根大腿骨并排放在地上,然后在上面横着架了两根股骨。"其宽度足以容纳两辆马车同时通过,同时它也是这片地区唯一可以过河的地方。过了桥,再通过两座八边形塔楼,便可直接进到城市中

第五十七章

心。"她把两个头颅骨摆在股骨末端处,再在两个头颅骨间放上一根破碎的前臂骨,"在两座外侧塔楼的后面是一片空地,再往里走便又有两座塔楼。这里从外到内一共三道门——每一对塔楼之间有一道,中间还有一道铁栅栏门。"

她把肋骨放在头颅骨后面代表内城墙,然后放上颌骨碎片代表城门。

"留在城里的不朽军大部分集中在棱堡里。我们曾进过下水道,知道那座棱堡有单独的水闸。所以,除非罗马军队能引走河水或者在河中下毒,否则不朽军是不会缺水的。而且毫无疑问,他们的食物和武器装备也很充足。在内侧塔楼里……"

她又放上一对小得多的头颅骨,代表内侧两座塔楼。

"又是一片空地。现在那儿是冬季集市,商队南下的时候也会在那儿集合出发,这无疑是很好地利用了空间。不过,在现在这种围城时刻,这个在最近的建筑与内城墙之间的十五英尺的广场便成了个——"她把尼古斯的靴子挪开以方便展示,"开放空间。这座桥只在两侧各有一道低矮的挡墙,而这个广场又是完全没有遮挡的,如果有谁要想被波斯兵的箭射死的话,这两个地方都是不错的葬身地。"

她叹息一声,站起身在黑色长外衣上擦了擦手。这件衣服,还有头巾和面纱,都是她近来常用的打扮。优素福最后还是忍不住求了萨胡尔,让他说服她乔装打扮藏住真实面目。为了抓住放走囚犯的捣乱分子,波斯人可是悬赏了不少赏金。

"如此看来,罗马大军便只有唯一的选择——用船筏过河发起突袭,以最快的速度攻上城墙。如果他们能占领城市里除了棱堡以外的其他地区,便可用攻城器械将棱堡夷为平地。当那一天来临时,我们必须做好充分准备。你们都曾说过愿意向波斯人开战。"

众人纷纷说是。"野猪"的苛政严令本就不得民心,更何况自从他们逃出来之后,对他们家族的威胁也就不存在了。这几个晚上,迪亚蒂丝一直在暗中留意亚美尼亚人的谈话，知道他们认为现在出现在这片遥远的高地峡谷中的罗马大军不过是像夏日里的雪一样昙花一现。如果能把波斯人赶走，这片土地便能再次回到他们自己手中。她注意到萨胡尔和优素福也在听他们的谈话。她不知道可萨人怎么会愿意用自己在北方的雪国来交换这些离太阳更近的更温暖的河谷。不过她什么也没说，她的任务只有一个。

"好吧，"她接着说，"那就让我们战个痛快吧。我的计划是兵分两路。其中一队由我们的朋友优素福指挥，藏在离北边的达斯特凡之门不远的地方。当罗马大军发起攻击时，他们要在罗马人到达之前冲向城门，如果顺利的话，就能打开城门把罗马大军放进来。第二队人数较多，由我指挥，目标是南边的棱堡。"

在寥寥数根蜡烛摇曳昏暗的光线中，迪亚蒂丝笑了，双眼炯炯有神："优素福也跟我提过他的担忧，怕我拿不下棱堡。我要告诉你们——这也是我跟他说过的话——我既然向我的皇帝陛下发誓要将此城献给他，就一定会做到。"

尼古斯暗中打量着她，长官的胆子可是越来越大了。

午夜过去了。随着太阳脚步的临近，黑夜开始从西边偷偷溜走。两名波斯不朽军的士兵身披金色与红色的披风站在城墙的东南塔楼上。河水从塔楼脚下汩汩流过，冲刷着石面。黑暗依然笼罩着大地，但随着太阳的临近，空气开始有了微妙的变化。较年长的那名士兵头戴皮帽，耳朵也罩在长长的耳扇下，他凝视着黑暗。城外大地上一片荒凉，只有黑夜在徘徊。他的战友在旁边拖着脚走动，把手伸到照亮哨岗下方城墙的油灯旁取暖。

"把手放下来，"老兵说，模糊的声音从下半边脸上戴着的羊毛围巾下传来，"这样会影响光线的。"

"嘿！那儿有什么可看的？屁，连个农场的光都没有。"

第五十七章

老兵摇摇头,继续监视河面。

河面上开始飘起一层寒雾,慢慢向河岸飘去。这层雾气如同水蒸气一般,肉眼几乎察觉不到。虽然老兵始终保持警惕,但还是未留意到这个变化,直到雾气弥漫到油灯前模糊了灯光。寒意更深了,他咒骂一声,转身重重踩着冰冷的城墙石板地面走到堆满煤炭的火盆前。另外那个兵早就在那儿了,正在小火堆旁烤着火揉搓双手。两人均没有注意到雾气正缓缓爬上城墙,如潮水般不断升高,直到如同苍白的水一般漫过城垛上的射击口。浓密的重雾所经之处,夜间的一切声音全部消失了。

佐伊蹲在小船船头,作战装备放在船底。她从几乎垂到水面的悬铃木树枝下望出去,雾气越来越浓,能见度已经降至数步之内。艾瑞克与迪林在船尾,双手轻轻放在撑竿上,一会儿划船就靠它了。奥迪纳图斯躺在船底,身上盖着几张羊毛毯和艾瑞克从某个哥特辅助部队帐篷里偷来的一张脏兮兮的兽皮。

他的呼吸很浅,双眼却在不停地动。佐伊抬起右手握成拳。

迪林和艾瑞克蹲起身子操起撑竿,小船轻轻地晃了晃。黑暗中某个地方传来信号,佐伊放下手。两个男孩把撑竿插进狭小入口处的泥泞水底,小船悄无声息地驶入河中。两人飞快地撑船,凹凸不平的河底在撑竿下向后退去。随着两人交替撑船的动作,小船在河面上左右摇摆着前进。佐伊站在船头,撑竿斜放在胸前,双脚张开分别蹬在小船两侧。

迪林警惕地注视着前方,手上的动作慢下来,此时河底已经触不到了。他只把撑竿伸入水中足够的长度以保持航向。艾瑞克用力向下一插撑竿却落了个空,身子一摇晃,眼看就要跌下水去。迪林赶紧抓住他外衣的衣领及时拉住了他。不管他在佐伊眼中有多少毛病,迪林是在沼泽地里长大的,船对他而言就是第二个家。惊魂未定的艾瑞克颤抖着在船尾坐了下来。小船在浓雾中穿行，迪林依然站在船尾。佐伊回头望了一眼，迪林迎上她的目光，笑了笑。

她点点头，又回头继续监视前方。小船载着他们穿过黑云和湿雾向下游驶去，四周安静得没有一丝声音。突然，小船歪了一下，方向有些变了。迪林抬起撑竿望着黑暗中的下游方向。小船前方的水面变成了一个弧形，佐伊看到前方出现了驻波，于是向桥桩探出撑竿。

迪林也看见了，同样用撑竿推了一把。小船略微转了下方向，从巨大的桥桩旁荡开。两人使出吃奶的劲儿把竿撑在桥桩上，竿在长满青苔的表面擦过。桥桩下的浪头抬了他们一把，小船落到了桥的另一边。迪林立刻转到小船的另一侧，从后面的座位下拉出一根重绳，绳子末尾连着一个青铜大钩。艾瑞克急忙弯下腰缩在他身后给他让出空间来。水流往右边转去，速度更快了。迪林感觉前方出现了一个巨影。雾气中，城墙出现了。

爱尔兰男孩儿闭上眼，城墙的形式在眼前忽隐忽现，他感觉意识有些混乱，时间不多了。不过，他已经向百夫长证明了，在这个五人队里，他是能最快进入第二层精神界的那个。虽然他的控制力依然还很弱，不过此刻他们最需要的是速度。突然，右边闪过一个发着绿色和黄色光芒的环。迪林立刻用尽全力将青铜大钩向环上投去。站在船头的佐伊将撑竿插进河底，小船绕着撑竿旋转起来，最后船尾撞到城墙上发出嘎吱嘎吱的响声。

青铜大钩无声地扣在了环上，迪林忙把绳子绕在船尾的一根柱子上。佐伊感觉小船抖了一下停住了，水流不断冲击着船身，把它往砖墙上推，船身在城墙上摩擦。迪林和艾瑞克开始拉绳子，小船一寸一寸地逆流而上。最后，他们终于把船拉到了环所在的位置，环下有一条狭窄的走道。佐伊从两个男孩身边挤过去，攀着滑溜溜的石面爬到了走道上。她的长辫子都盘在头顶。艾瑞克把毛毯和两个粗棉布口袋递上去。迪林跪在船底，在奥迪纳图斯脸上轻轻拍了拍。

第五十七章

巴尔米拉男孩眨眨眼睁开了,呻吟一声,发出了从他到了水上便昏睡以来的第一个声音。

"别说话!"迪林伸手捂住对方的嘴轻声说,"我们此刻就在城门下。"爱尔兰男孩拉着奥迪纳图斯站起来,两人奋力爬上走道。佐伊和艾瑞克的身影已经消失了。迪林让奥迪纳图斯先喘口气,他小心地取下挂在环上的青铜大钩,把钩扔进水里,放开手中的绳子。他感到惋惜,这么好的一条船就这么扔了。小船失了牵绊,在城墙上撞了一下,马上就被水冲走了。

"快走,我们要去找其他人。"迪林在奥迪纳图斯耳边低语道。对方点点头站起来,把冰凉的双手夹在腋窝下,在底下靠近水的地方感觉尤其冷。两人沿着走道爬走了。此时离天亮还有不到一个钟头。

迪亚蒂丝睁开眼,睡意全无,瞬间清醒。她伸出手,摸到尼古斯的耳朵。她捏了一下,尼古斯醒了,同样也保持着安静。城里仍然夜色凝重,但又有什么东西不一样了,空气似乎变得有些沉重。迪亚蒂丝起身拿起自己的刀和长匕首。她一直穿着厚的棉质紧身衣和皮质绑腿都没有脱下,外面套了一件巴格拉图尼从郊外某个老仓库挖出来的铁鳞甲。巴格拉图尼觉得这还不够,又找来一个老旧的头盔,头盔顶上有一圈铁条,旁边还有两个花里胡哨的保护脸颊的东西。迪亚蒂丝把辫子盘在头顶当作软垫,然后戴上头盔,头盔的皮带紧紧贴在下巴上。她旁边的尼古斯也起身了,挨个摇醒同伴,没有发出一点声音。

迪亚蒂丝爬上出地窖的台阶,小心翼翼地推开通往店铺一楼的地窖门。他们是前一天藏进店铺里的。店铺仍然空无一人,所有货物都被带走了。店里放着一堆堆木梯子,只在中间留出了一条过道。她潜到店铺前厅。为了防盗,厚重的百叶窗被封死了,但中间有一个很小的窥视孔。她翻开盖在孔上的小铁皮片向外望去。南边的广场空荡荡的,漆黑一片。在城市的主干道与广场交汇处的一面石墙上挂着孤零零的一盏灯。借着这灯光,她看见空气中弥漫着浓雾。

身后传来轻微响动,是盔甲碰撞的叮当声。她转过头,看见站在身后的尼古斯。队员们正陆续走出来。

"起雾了,"她轻声说,"简直是天助我也。传信给店里其他的兄弟,只要所有人一到位,就开始进攻。"

尼古斯用戴着手套的手抓着她肩头。

"你确定?"他的声音很轻,透着忧虑,"外面什么情况我们都还不知道……"

"胜利属于胆大的人,"她的牙齿在暗淡的灯光下显得很白,"现在天还没亮,雾色深重,不管外面的罗马大军如何行动,现在我们有机会凭一己之力拿下棱堡。"

伊利里亚人看了她一会儿,轻轻摇摇头离开了,他要去让大家做好准备。迪亚蒂丝回到窥视孔前。再过不到半分钟,大伙儿就能全部准备就绪。她感到一种熟悉的因为期待而来的战栗。数百个人在等着她的命令,这种感觉,就像指挥一匹强壮敏捷的骏马。这些人是生是死,全看她的计划和勇气了。她握着缠着线的刀柄,感觉到长期使用带来的刀柄上的磨损;甚至,就连借来的这顶头盔,她也感觉戴着刚刚好。

盖伦身处迷雾中,镀金铠甲外还披了件更厚重的披风。一个随从手捧羽毛头盔与刀站在他身旁。他能听见周围数千人潜行的声音。在他左手边的硬泥土路面上,一个龟甲形大盾正在黑暗中前进,巨大的木轮因为抹上了大量猪油走得悄无声息——希拉克略手下士兵能偷到的所有猪油都已经用上了。他尽力向前张望,想看透笼罩在桥上的迷雾,但什么也看不到,只有一片黑暗。他摸摸鼻子,心里的不安开始扩大。有那么一瞬间,他希望自己要是奥勒良该多好,那家伙在战场上从不畏惧,也从不会担心自身安危。他又想,不知道被宫殿里的文

第五十七章

字工作淹没的马克西安干得怎么样了。他甩开对兄弟的想念。河流在雾色中静静流淌。

湿气在城门的巨大木梁上结成了水珠。雾气从路面的黑色石头与水坑上漫过。迪林与佐伊蹲在城门脚下，一件暗灰色披风将两人罩住。有羊毛披风的遮挡还是冷，不过两人紧挨在一起，倒是给彼此提供了一点温暖。爱尔兰人跪在地上，手也撑在地面，全神贯注在左右两扇城门之间的接合点上。左半边城门上盖着九英寸宽的铁条，铁条有一部分伸到了右半边城门上。佐伊把披风举在两人头顶，像撑起一个小帐篷。

感应到蚀刻在橡木门板里的咒语，迪林打了个哆嗦，徐徐吐出口气，稳住心神，再次进入第二层精神界，然后是第三层。意识开始抽离他的身体，仿佛一朵无限大的花，拨开一层花瓣，里面还有千万层。寒冷也褪去了。城门耸立在他面前，隐藏其中的能量闪烁着微光。某种复杂的结构将城门紧紧固定在一起以抵挡攻击，能量在里面形成各种精巧微妙的图案，里里外外足有一百层之深。如此精密的防御让男孩目瞪口呆，他心里甚至有了畏缩的念头。

佐伊与他一同进入的魔法世界，不过速度要慢一些。她轻声说："别管那些，只看石头。"

他低下头，把目光从城门不断变换的魔法形式上移开。车行道和城门上的沉重的火山石块死气沉沉，呈现黑色菱形，里面没有能量。坚硬的石块被无数进出的脚磨平了。迪林集中精神，手指插进冰冷的石块，意识顺着路面铺展开寻找火花，哪怕只有一点点。

最后，在城门地下深处的塔楼地基中，他找到了。一个极微小的火点被困在城门地基中的一块玄武岩里。迪林的意识化出一只手将火点捧起来，微微吹了口气。火点晃了一下，变得明亮起来。迪林从周围的石头里吸取能量，尽管那能量十分微弱，但火点还是慢慢变大了，越来越热。

披风下的佐伊打了个冷战。河面和湿雾中的寒气开始侵入她的腿部。爱尔兰男孩儿仍然还在入定状态，深深插进路面石头里的手指颤抖着。她不断把身体重心从左脚换到右脚，又换过来，想尽量保持血液循环的畅通。迪林突然一个哆嗦抬起了头。

"走吧，"他低哑地说。佐伊拉着他站起来，男孩儿滚烫的皮肤让她吃了一惊。她小心地折起羊毛披风放到一边，推着他走下城门旁边的走道。男孩儿脚步不稳地走在她身前，皮肤居然在冰冷的空气中冒出腾腾热气。在他们身后，城门下的石块发出了爆裂声。

数百人奔跑的脚步声在南边广场的黑墙上回荡。迪亚蒂丝跟在前方若隐若现的身影后面，慢跑着穿过黑暗。跑在最前面的第一列队伍抬着长长的梯子。这些梯子是用前几周在城里找到的东西和之前让优素福大为恼火的桥架搭建的。前方的墙是棱堡面对城区的围墙，大概有二十英尺高。他们手中的梯子有足足三十英尺长，梯子顶端包裹着羊皮、棉布或兽皮，以便减少搭上围墙时的动静。雾气依然弥漫在四周。罗马女人跑着跑着，突然意识到，这雾气吞没了他们跑过广场时的杂乱脚步声。

领头的人跑到距离围墙五六步之遥的地方停了下来，围墙已经清晰可见了。这些人将梯子的底部立在地面上，将全身重量压在最低的梯级上。后面的人则继续往前冲，试图把梯子立起来。迪亚蒂丝放慢步子，举起刀示意后面的人减速。听到他们停下来了，她把刀放回背上的刀鞘里。

第一架梯子立起来了，"啪嗒"一声搭在围墙顶的射击口上。迪亚蒂丝立马跳起来，手脚并用攀上梯级，像只猴子似的往上爬。但是，还没等她爬到顶，就听见棱堡里响起了警钟。她气得大吼一声翻过城垛。

第五十七章

"罗马必胜！"她高呼一声，瞬间便已拔刀在手。上百架梯子沿着围墙一溜排开，后面的人迅速爬了上来。围墙顶上空无一人，她快步向左边最近的守卫塔跑去。棱堡里的人被惊动了，几百个声音大呼小叫，一片混乱。雾气中开始有灯光闪烁，投射出光怪陆离的影子。她前方的一扇门开了，一些人冲了出来。

第一个波斯人只拿着根长矛就跑出来了，忘了穿盔甲。迪亚蒂丝从雾气中冲出来，手中的刀向前平挥，砍在对方裸露的脖子上，溅起一片血光。那人还没死，大口喘着气伸手去摸脖子。迪亚蒂丝从他身边冲了过去，听见长矛"啪嗒"一声掉在地上。第二个冲出来的人穿着半身甲，拿着一柄斧子，后面出来的人则拿着长矛和盾牌。迪亚蒂丝浑身热血沸腾，狂吼一声，冲进波斯人中间，一把刀舞得宛如旋转的风车。

她手持匕首架住从右边向她砍来的斧头，左手挥刀猛砍波斯人肋骨之间的部位，然后一脚踢开对方，刀从对方身体里抽出来，发出一声爆裂声。紧接着她又转身面对下一个对手。对方的长矛向她刺来，她旋身一闪躲过了，长匕首刺进对方的喉咙。鲜血喷到她双手上，令手有些打滑。眼角的视野开始退远，她感觉周围的世界似乎变慢了。她举刀再砍，右边的波斯人手中的长矛应声裂成了两半。左边又捅来一刀，她就势将身一扭让其砍在鳞甲上，刀从鳞甲上滑开，在沉重的铁片上划出一片火花。

她将刀深深砍入袭击她的剑士的手臂，剑士发出一声惨叫，叫声仿佛从遥远的地方传来——就像此刻她身后围墙上兵器相接的声音，又或者院子里的喊叫声。她用小臂撞上剑士的鼻子将对方打翻在地，然后向右旋转。之前那枪兵已经把破了的矛扔了，从腰带里抽出一把匕首。他向女孩儿一个突刺，女孩儿直接用手抓住对方的刀刃，手腕一扭就把匕首夺了过来，紧接着一拳打中对方。枪兵被打得向后倒去，一只脚滑出走道，一只手在空气里乱挥试图抓住点什么。满脸是血的迪亚蒂丝咧嘴狂野地一笑,"啪"地一脚踢在他胸口。枪兵惊得大张着嘴,掉进迷雾中消失了。

时间仿佛一下子又弹回了正常轨道,周围的一切都涌入她的感知中。整个棱堡现在已经完全醒了,灯火通明,人头攒动。一股强劲的旋风从主塔楼刮出来,雾气被逼退了。她的人还在陆续往墙上冲,但是现在下方院子里和其他塔楼里的波斯人已经开始发动飞箭攻势,黑箭像密密麻麻的雨一般从空中飞过来。正在攀墙的亚美尼亚人被射成了刺猬。在一百英尺开外,尼古斯正举着自己的弓奋起反击。一支箭射到迪亚蒂丝身边的墙上弹开来,她立即闪身躲进刚才波斯人冲出来的门后面。

这个方方正正的房间里杂乱堆放着波斯士兵的个人装备。她掀翻一张桌子堵住另一侧的门,然后跳到通往塔下的楼梯井顶上。她手下的一些保加利亚人成功地冒着箭雨冲了进来,累得直喘气。

"快下楼,"她指着狭窄的环形楼梯厉声喊道,"清空其他楼层,下到院子里去。"众人带着野狼一般的笑从她身边跑过。她又走回门口。

围墙上堆满了死尸。后面的人继续往墙上冲,但实在抵挡不住波斯人的飞箭攻势。尼古斯已经不见了。她向外踏出一步,眼前的局势令她绝望。她大声呼喊着副手的名字。

南边的天空亮了,一束耀眼的白光将残余雾气统统驱散。紧接着传来一声雷鸣般的巨响,一股强劲的热空气扑面而来。迪亚蒂丝被冲回了外墙上,赶紧抬手护住眼睛。

在桥头,盖伦在侍卫中间不停地踱步。这群日耳曼侍卫虎背熊腰,穿着用铁环缝在重皮革内衬上制成的盔甲,里面是毛皮衣服,头盔上留有十字形观察孔,盾牌则是用柳钉把皮革钉在长方形重木料的表面。站在这群北方人中间,盖伦显得相当瘦弱,不过没有这个瘦弱

第五十七章

男子的命令，其他人都不敢动。最后一队传令兵到了，向他汇报沿岸的情况。所有步兵大队皆已准备就绪。

最开始觉得舒适的寂静此刻却令人感觉压抑。东边的雾气开始以几乎难以察觉的速度慢慢退去。时间一分一秒地流逝，每过一秒，盖伦便觉得自己计划成功的希望便少一分。他举起一只手，一个号兵将手中的青铜小号举到嘴边。盖伦凝视着雾气，桥上还没有动静。他叹息一声，就要准备下令进攻。

雾中传来一声模糊不清的钟声。盖伦心头一惊，手停在了半空。又一声警钟传来，伴随着尖锐的口哨声与呐喊。

"我们被发现了。"他叹息一声，示意号兵，"立刻下令进攻！"

号兵深吸一口气吹响了军号，嘹亮的号声响彻河岸，穿透了眼前这片吞没声音的古怪迷雾。第二声号角响起，左右两边的其他军号同时响应。分布在皇帝周围的数千人突然动了起来，日耳曼侍卫紧紧把皇帝护在中间，拼接彼此手中的盾牌，组成一堵肌肉与重木的防护墙。龟甲形大盾先是嘎吱一声响，然后便发着低沉的辘辘声向桥上冲去。一百个重甲士兵藏身在大盾后，紧紧抱住支柱，将这个十二个轮子的庞然大物向前推进。

举弓待发的弓箭手从龟甲形大盾的兽皮外壁旁跑过，全速冲过大桥，抬头望向迷雾。数百艘小船与驳船被从滚动的原木上推到水中，溅水声此起彼伏。百人队一个接一个地呐喊着冲上木筏，用撑竿将木筏向河对岸推去。从河流沿岸和沼泽地里收集来的轻舟小船满载士兵从木筏旁边快速驶过。

在盖伦身后和右边的某个地方传来"喀嚓"一声，攻城器械登场了。粗如树干的杆臂"啪"地一声打在铺了兽皮的架子上，一个斑驳的绿色厚玻璃球呼啸着飞过黑夜，砸到了棱堡靠河这面的一座塔楼，撞击声从黑暗中传回来。白热的燃素瞬间腾起大火，整个塔楼都被照亮了。塔楼里的卫兵们浑身是火地从战台上往下跳，惨叫声不绝于耳。诡异可怖的红色与绿色火光穿透昏暗的夜色，清晰可见。

龟甲形大盾继续隆隆地向前滚动，后面的军团士兵们在其掩护下冲上了大桥。

盖伦凝视着这昏暗的夜色，指甲深深扎进手掌，渗出鲜血。

又一个玻璃球从空中飞了出去，虽然看不见，但能听到其飞过时的隆隆声。

棱堡方向突然吹来一阵强风，将岸边的罗马魔法师为掩护大军而制造的迷雾吹散。盖伦护住脸，感觉有什么东西从身旁呼啸而过。城里各个塔楼顶上噼里啪啦亮起了绿光，霎时便照亮了整个大桥和河流。河面上黑压压的一片，挤满了士兵、船只和木筏，领头的一批此时才刚到对岸。对面城垛上传来震天呐喊，盖伦望见城墙上人头攒动，波斯士兵拉动弓弦，箭雨"嗖嗖"地下在河面船上，罗马军队里惨叫不断。

这时，第二个玻璃球落在城门上方的城垛上，爆出一朵白热之火，随即在塔楼的石头与瓦板上蔓延开来。波斯士兵们在烈火中翻滚哀嚎，最后直直坠入河中。靠城市一侧的城垛上亮起一朵红色火星，烈火如同瀑布一般漫过城垛顺着外侧城墙流下，落到下方一只载满罗马军团士兵的木筏上。士兵们争先恐后地跳进河里，木筏猛烈摇晃着，但更多的人则被困在了人群中无法逃脱，只能凄声惨叫，直到最后火钻进嘴里，才终于安静了。

眼看这些木筏在河面上乱成一团，盖伦忍不住咒骂，龟甲形大盾走得太慢了！这会儿甚至都还没走到城门前。他正准备下令吹响撤退的号声。

这时，一道耀眼白光笼罩了四周，皇帝感觉自己就像被牛蹄压倒的一根芦苇似的被掀翻在地。日耳曼侍卫们惊恐地大喊。一声隆隆巨响淹没了周围所有的声音，一股热风将他们吹翻在地。侍卫们倒下时纷纷扑向皇帝，将他压在身下，希望能尽最后的努力保护好皇帝。

第五十七章

主城门下的石头随着白热火焰的爆出纷纷破裂,沿河的石头走道也被震动了,如波浪一般颠伏。佐伊撞上了旁边的迪林,两个人乱作一团,一起掉下了河。当地基中的石头裂开时,正望向城门的艾瑞克被强光闪了眼,身上又着了火,慌乱中一扭身也掉进了河里。黑暗的河水漫过他的头顶,他只来得及哭喊了一声,便没了踪影。蹲在走道最末端的奥迪纳图斯感觉一股热风迎面扑来,赶紧死死抓住背后的石头。

在白色烈焰的爆炸冲击下,左右两扇城门从铰链上断开,如同不可思议的巨大叶片,腾空翻了几转之后,又如巨斧一般砸向河中的两艘驳船。驳船被从侧面击穿,船上的罗马重甲士兵还没回过神来便掉进了黑暗的河里。城门两侧的塔楼在这巨大冲击波下摇晃了几下最终稳住了,里面的人的耳朵却被这巨响震得什么也听不见了。城门内侧的空地上堆满了着火的残肢断体。跑在前面掩护龟甲形大盾前进的弓箭手们也未能幸免,有的在原地便被烧成了灰烬,有的被撞到了地上,还有的从桥上掉进了河里。大盾被冲得倒退了二十英尺,把后面的人碾压成了肉浆,然后又在这些血浆上向后滑了十英尺。

大盾后方的人也被撞倒了,很多人当场死亡,还有很多受了重伤。那个粗声粗气的百夫长被从大盾中飞出来的一块碎木打中了没有防护的侧脸,一只眼睛看不见了,却仍然跌跌撞撞地从倒了一地的人堆中往前走。

"前进!"他咆哮着喊道,踩着战友的尸体大步向前走去。第三奥古斯都军团的步兵们重整队形跟在他身后向前冲,带平头钉的凉鞋踩在滑溜溜的血地和死人上。"罗马必胜!"罗马人一边跑一边发出低沉响亮的吼声。

迪林在冰冷的河水中挣扎,四周一片漆黑,只有急流中伸出的冰冷的手指不断拉扯他的身体。他用左手死死抱住佐伊的腹部,右手奋力划水，双脚拼命地蹬。河水把他们冲得转来转去，突然眼前的黑暗退去，迪林的头冒出了水面。水面上亮着红红的火光，迪林看到了周围的船。左边有一艘船的船头向他撞过来。爱尔兰男孩儿往斜方向蹬腿，转过身把佐伊紧紧护在身前。

他使劲蹬着在过去数周里已经结实了不少的双腿。巨大的黑色船身摇摆着从他身边经过，船上的人们脸色苍白地望着外面。船的尾流几乎将迪林整个淹没，他大口大口地喘着气，等船一过，又继续蹬腿。直到头撞到城墙下游浅滩上的一块石头，他才发现自己已经游到了岸边。头疼得他大叫，但是他的手仍然没有松开佐伊，女孩儿死沉死沉的身体挂在他的手臂上。迪林抓住一把芦苇，跟跟跄跄地上了岸，把女孩儿拖了上去。此时夜晚的宁静已完全不复存在，四处都有喊叫声和奔跑的身影，棱堡里火光冲天。越来越多的船靠了岸，军团士兵们从船里冲到了泥泞的浅滩上。一走到硬地上，迪林立即把佐伊平放在地上。女孩儿似乎已经没气了。迪林心头一寒。

他让女孩儿翻身侧躺，双手抱住她腹部使劲地按。女孩儿的身体抽搐几下，嘴里流出水来。他继续按，女孩儿打了个嗝，喷出浑浊的泥水。迪林飞快地将女孩儿平放在地上，忍着内心的恐惧，俯身向她嘴里送气。在周围昏暗的光线中，百夫长们咆哮着指挥士兵们从两人身边跑过。佐伊咳嗽起来，水和胆汁喷了迪林一脸。他擦了擦眼睛上的液体，坐起身。黑发女孩儿又咳了一声，迪林把她翻了个身。女孩儿吐出更多的水，终于开始有了呼吸。

迪林紧紧抱住她，试图用自己的体温温暖对方冰冷的身体。城里方向传出轰隆隆的巨响，新的火焰冲上云霄。在红色火光中，迪林看见一队队士兵从河岸灌木丛向城墙冲去。怀里的佐伊颤抖着。火光照在河面上，仿佛一片殷红的血。

第五十八章
君士坦丁堡，铁匠铺

戴着三层皮手套的双手用钳子夹起一根烧得白热的长铁棍投进油乎乎黑漆漆的水里，发出嘶嘶巨响。铁匠把铁棍从淬火池中取出来，退后一步。水顺着热气腾腾的铁棍流下来，嘶嘶作响。铁匠转身将铁棍放在另一个人用钳子夹着的一块大钢片上。硬邦邦的大锤敲打在发红的铁棍上，火花四溅。整个铁匠铺里上演着上千个相同的场景，极度闷热的空气中火花四溅。

马克西安从黑暗中大步走来，凹瘦的脸颊上显出阴影。阿卜迪马丘斯跟在后面，脱了上衣，只穿了长裤与凉鞋，汗水流出来，模糊了小个子魔法师身上用墨水画的符号。锻铁炉与坩埚里的熊熊烈火在马克西安脸上投下火光，照亮了他的鼻子与颧骨。锤子与不断喷溅的大锅发出的噪音交织成巨大的声浪，几乎让人听不见其他任何声音。在亲王周围，数十名穿着厚厚皮围裙的工人正在辛勤劳作，发达的肌肉上淌着汗水。空气很闷，充满了蒸汽和烟。马克西安登上一段石阶，走到位于大厅一侧的平台上。

从这个位置，他能看到整个铁匠铺里的情况。在成排的锻铁炉与熔铁坑之间的空地里，一个巨大机械正在成形。焊接钢铁的锤子敲打出一片火花。被烟雾遮挡的天花板上垂下一大堆令人眼花缭乱的绞盘与滑轮，在这些东西的帮助下，工人们小心翼翼地升起一个巨型骨架。锯齿形巨翼高悬腹腔上空，甚至高过了站在平台上的马克西安。巨大的声浪犹如海潮一般敲打在亲王心上，他的双眼在这红光中闪烁。

"呵，奥勒良，"他想，"你会疯狂热爱这种工作的……"

"你干得很好，我的朋友。"马克西安向波斯人微微转过身。

阿卜迪马丘斯鞠了一躬，抬头迎上罗马人的目光。小个子魔法师咧嘴一笑。这项工程可谓是他最得意的作品。马克西安回以对方一笑，很高兴这个朋友终于找到了自己中意的工作。要是没有他帮忙，这项工程无论如何也完成不了。

下面的工人们感觉到主人在注视他们，继续埋头苦干。亲王仰望着这个作品——冷酷、尖利、巨大都是它的形容词，歪斜的脑袋，长长的喙，深陷的双目。

"很快，"亲王想，"你就会被赋予生命。"

比一人高还要宽的巨大脑袋无声地回望他，空空的眼窝里被火光衬出两个黑洞。马克西安转身推开安装在锈蚀的黑色铁合页上的沉重的环形门走了出去。出了这门，身后的声浪便变小了，锤子、齿轮和喷溅的金属熔液发出的隆隆声变成了背景音。阿卜迪马丘斯擦了擦眉毛上的汗水，快步走下台阶。就要开始连接翅膀了，需要他去做精细的浇铸活儿。

克里斯塔正在文件室里等着。女孩儿束在脑后的长发突然飘动了一下又落在肩头上，她的罩衣上沾了些黑点，乱蓬蓬的内衫的繁琐的袖子挽起露出手腕，她的鼻侧有一个黑黑的墨点。马克西安的耳朵里依然还充斥着铁匠铺里的噪声。女孩儿的嘴唇动了动，但他什么也没听见。

他抬起一只手，闭上眼睛集中精神。虽然近来他的手臂、肩膀和

第五十八章

身体各个部位都有了些肌肉线条，但整个人看上去却是骨瘦如柴。听觉恢复了，他睁开眼。

"有人等着见你。"克里斯塔说，彬彬有礼的声音很平静。

马克西安在她礼貌的话语下嗅到了一丝寒意，扬了扬眉。

"黑衣女人的侍女正等在前厅。"

亲王点点头，绕过几张堆满羊皮纸和纸莎纸卷轴的桌子向另一扇门走去。这个房间的地上和墙上到处摆着图纸、书和用从木头到黏土的各种材料制作的微模型。在其中一面墙的正中央有一幅巨大的铜板画——克里斯塔花费大量时间精力用钢针在铜板上一点点刻出来，然后用木炭擦出线条。这幅画描绘的正是大厅里的那部人造机械铁鸟。看到它时，马克西安笑了笑。

"人类的创造力究竟能达到何等境界？"他想，心里很是满意，"谁说只能做做白日梦？"

走到通往前厅的门时，马克西安停了下来，回头看着女孩儿。她仍然站在绘画的桌子旁看着长长的卷轴与文件，一只手撑着桌面，十指纤长。他熟悉她的性格脾气，知道其实她此刻心里正火呢。

"你的弹簧枪还在吗？"他轻声问。女孩儿慢慢转过头，低垂的眼皮下眼神难辨。

"在。"她说。

"给我看看。"他伸出一只沾满煤灰的手。女孩儿顿了顿，枪像变戏法似的出现在她右手里。马克西安扬了扬眉，拿起沉甸甸的金属管。这还是他第一次近距离观察这个东西，他拿在手里翻来覆去地看。这枪有八英寸长，一根铜质中心管，外面焊接着钢丝枪托，其中一侧有一个滑槽，上面有一个拇指大小的环。现在这个环是在铜管的最顶端。在铜管内还有一个折叠钢圈，嵌在两个凹槽里，勉强能看到中心管里有一个弹簧。钢丝枪托上有长期使用造成的明显磨损。

"能给我看看弹镖吗？"

她手中出现一个弹镖。这是一根有六英寸长的光面钢钉，一头呈尖锥形，另一头则有三个微型翼片。他拿在手上，感觉仿佛铅块一般沉。他把弹簧管还给女孩儿，把弹镖握在两手中，指间有光闪过，他嘴里念念有词。

克里斯塔不动声色接过弹镖，什么也没说，熟练地把弹镖放进铜管中，把环滑到尾部。弹镖落到管中，环"吧嗒"一声在底部合上了，武器再次神奇地消失在她袖子里。尽管马克西安看得很仔细，但依然没看出她是怎么办到的。

"我想让你陪我去见这个人。"

"为什么？"她眼神中露出一点点好奇。

"有你做后盾，我比较安心。"亲王可怜巴巴地说，"尤其是当那些女人站在我面前的时候。"克里斯塔耸了耸肩，放下挽起的衣袖盖住手腕。当亲王转过身后，她笑了，脸上闪过一丝莫测的表情。

走进房间时，马克西安微微低了下头好避开门楣。他穿了一件新的墨绿色棉质汗衫，已经长了不少的头发略微往后梳了一下，脸色也要显得好一些。

女子站起身，黑色长袍从肩头垂下，仿佛黑夜的翅膀。这正是上一次离开时回头望的那位金发女子。她的头发很长，松松地散在背后，宛如金光闪闪的瀑布。披风仅仅裹住肩头，如凝脂般雪白的胸脯在紧身衣的交叉皮革绑带下呼之欲出。看到亲王进来，她深深鞠了一躬，长袍滑开，露出光滑纤长的大腿和皮肤紧致的小腿。脚上凉鞋的系带紧贴着肌肤一直缠到了膝盖下。女子有一双深蓝色的眼眸，就像冬季飘雪的天空。

"我叫阿莱斯。"女子的声音有些沙哑。马克西安的鼻孔微动。女子周身的空气中有一股麝香，仿佛一个带着春天和新鲜泥土气息的甜蜜陷阱。女子暗红色的嘴唇微微张合，犹如垂死的玫瑰，露出细细白牙。亲王能感觉到自己的身体在对方的影响下不自觉地颤抖。身后的克里斯塔无声地进了房间，发出一声轻笑。听到这声笑，他猛然一惊，把思绪从阿莱斯光滑的大腿和胸脯上移开。

"欢迎你，阿莱斯。"他淡淡地说，在心里努力克制想与这个女子亲近的冲动，"今晚来这里有何贵干？是给你的女主人送信吗？"

听到对方提起黑衣女子，阿莱斯眨了眨深蓝色的眼睛，不悦地噘了噘嘴："我是自己来的，大人。虽然我们都尊敬我们的保护人，但是她并不是我们的主人。上次您与她谈话时提出的慷慨提议，我也听见了。您愿意与其他人合作吗？"

马克西安偏着头打量这个女人，此刻他已经恢复了镇定。他能感觉到，屋里的能量平衡起了变化。尽管这个女人浑身都散发着魅力，但不过只是在空荡荡的房间里的一缕回音："你也想要减轻痛楚？"

她低下头，几缕长长的卷发垂在脸庞："是的，大人。我和其他同伴愿意为您工作以赢取您的信任，如果您愿意给我们灵药的话。"她的声音有些轻颤，情绪似乎有些激动。

"那你是否明白，在你们赢得我的信任之前，我是不会告诉你们这药的制作方法的？"

"是的，大人，我……我们都明白。"

"那你愿意向我发誓吗？发誓你会遵从我的命令、接受我的保护并且满足我的要求，以换取痛楚的消失吗？"

"是的。"她在亲王脚边跪下来，屋子里的空气起了微妙的变化。克里斯塔感觉脖子上的汗毛都竖了起来。油灯闪了几下突然变暗了，在房间里投下古怪的黄光。她的裙子和披风在身体周围铺开像一湖黑墨，只有浅金色的长发打破了这片湖水。"我向您发誓。"一只手颤抖着伸出来触摸到马克西安的脚。

亲王低头看着女子，动了动脚，那只手缩了回去。

"看来你的保护人不愿意再保护你了。"他说。

"是的,"女子轻声说,"我……我们中的一部分人反对她在这件事上的决定。我们恳求她接受您的保护,从此让我们远离痛楚。但她拒绝了,坚持要维持传统。她说,宁愿在痛楚中自由,也不愿意在奴役中远离痛楚。我反对得很激烈,所以她宣布收回对我的保护。"

"这么说,你是被赶出来的,无家可归,无人保护,承受着加诸在你们一族头上的痛苦,无法捕食。"

"是的,"女子抽泣着跪在地上,头抵着他脚边的地板,"请您帮帮我,饥饿就像强酸……"

"那就站起来吧,向我发誓,然后你就能得到解脱,再也不会受苦了。"

阿莱斯直起身,抬头看着马克西安,苍白脆弱的脸上是一双痛苦不安的眼睛。亲王拉着她的手让她站起来。憔悴让她的脸更消瘦了。克里斯塔抿着嘴,看着她的披风,有好几处已经磨破磨薄了。马克西安把她的双手交叠放在她胸口,让她微微扬起头。他从汗衫里取出一小瓶红色药水,举起放在她额头上。

"闭眼,阿莱斯。"

长长的睫毛颤抖着闭上了,她张开嘴,粉红舌尖微露。马克西安用手指在她额头上画了个看不见的印记。女子身子晃了晃,马克西安伸出一只手稳住她。克里斯塔静静走到旁边可以清楚看到两个人的位置。

"你发誓遵从我的意愿和要求吗?发誓全心全意执行我的命令并为我做事吗?为此,我会把你纳入我的保护之下。"

"我发誓,我的主人。我们力量强大,能够成为您的好帮手。"

"如此,我便驱逐你的痛苦。"

他用拇指拨开药瓶上的蜡塞,倒了一点红色药水在她等待着的嘴里,她伸出舌头舔光了药水。马克西安退后一步。阿莱斯颤抖着倒在地上,四肢突然无力,喉咙痉挛,皮肤泛红,呼吸开始困难。亲王摩

第五十八章

挲着下巴凝视着她,看着她在自己脚边抽搐。克里斯塔慢慢从袖子里摸出弹簧枪,把它水平瞄向地上的女人。阿莱斯发出凄惨的呻吟,这声音慢慢充满了整个房间。然后她突然最后哆嗦了一下,便一动不动了。

马克西安轻轻摸着她的头顶。阿莱斯抬头看着他。克里斯塔惊奇地倒吸一口气,那女人脸上的憔悴之色统统消失了,脸颊带着明显的红润,一双水盈盈的深蓝色眼睛再次充满活力。阿莱斯用鲜红的双唇在亲王的手上吻了一下。

"主人,您的福泽传遍大地。"

亲王笑了,眯着的眼睛里透出金光:"阿莱斯,起来吧。你刚才说,你还有一些同伴与你有一样的想法。去把他们带过来吧,如果他们愿意向我发誓,我也会让他们从痛苦中解脱的。"

金发女子行了个屈膝礼,慢慢露出一个满怀希望的微笑。

"既然是您的命令,主人,我这就去办。"她又恢复了那种沙哑的喉音。

克里斯塔厌恶地翻了翻白眼,把弹簧枪藏回绑在手臂上的皮套里,不过那两人都没看见。马克西安放开阿莱斯的手,女人拉紧身上的披风,再次鞠了一躬,丰满的胸脯和光滑的颈部一闪而过,然后便转身离开了。亲王盯着门口看了好一会儿,摩挲着下巴上的短胡楂。他转身看着克里斯塔,后者面无表情地站在靠内的门边。

"啊,好了,"他说,"各得其所。我想我应该把这帮人交给盖乌斯·尤利乌斯,好让他有点事做,我看他对阿卜迪马丘斯的工作羡慕得很呢。"

"羡慕?"克里斯塔扬了扬眉,"说他是无聊还差不多……你和波斯人忙着你们的工程,却把他一个人关在这个地方,他老是想着出去整点儿什么闲事儿,查探点什么阴谋诡计出来。"

马克西安皱着眉,之前在克里斯塔展露语言天分的时候所感到的那种错失良机的感觉又来了:"在罗马的时候我让他做我手下的情报头子……"

"你说得对。让他在这儿闲逛、酗酒、勾引女仆,实在是浪费了。我会让他做点儿他更喜欢的事。"

"那就好。"说完,克里斯塔转身回到铺满图纸的桌子旁。

第五十九章
巴尔米拉，丝绸城邦

米黄色砂岩塔耸立在大道两边的沙漠地面。骆驼缓缓走在硬地面上，艾哈迈德仰头望着用厚重的石块建成的方塔，外墙高处开着窗户和门。其中一个塔就在路边，埃及人走过时无精打采地看着塔身的雕刻，有人物、骆驼和中间大两头尖的船只。砌合紧密的石头缝里飘出一股熟悉的气味。

那是涂抹了香料与盐然后再埋葬的死人的味道。

这一片墓塔从谷底一直延伸到山肩，在夕阳下拉出瘦长的影子，像一根根手指伏在岩石地面。一只鹰高高盘旋在头顶上。军队行进的嘎嘎吱吱的声音在艾哈迈德周围的墓塔的墙上回响。

谁也没有说话。身后跟着一队队疲惫不堪的士兵，骑着战马或骆驼，一个个低垂着头默默往前走，残缺不齐的盔甲上蒙着一层灰。芝诺比娅骑马走在他旁边，再过去是穆罕默德。南方人身体僵直地骑在马上，小心照顾受伤的右侧身体。缠在他腹部的绷带上，血混着汗干成了硬块。他的脸色很差。从埃美萨撤退下来，经过长时间的行军，即便是像他这么强壮的人也吃不消。自从在埃美萨吃了败仗之后，女王便一直用面纱遮住脸，不敢看其他人的眼睛，说话的时候声音也沙哑无力。

绕过一堆方塔之后,道路变得宽阔,城市终于出现在了视野中。

艾哈迈德抬起头打量这片耗费大量米黄色砂岩打造的巨石墙,以及耸立在大马士革之门两侧的坚固方塔。巴尔米拉的围墙至少有四十英尺高,略微有点斜度,全部用巨石打造而成,好像远古泰坦巨人的玩具似的,充分体现了这座城市在古时候的富饶程度。一条小河横在前进的军队与城市之间,河上有一座建在石桩上的大跨度木桥。远处,城市的防御土墙上现出了数千身影,但没有任何鲜艳的颜色,只有灰与黑——女王已经派信使送回了战败的消息。

芝诺比娅偏转马头向旁边跑去,艾哈迈德紧随其后。女王离开大道,策马来到一块平坦的楔形沙地。当穆罕默德跟随而来时,她向城市的方向做了个细微的手势。

"让军队先进城,"她虚弱地说,"我最后进去。等我的士兵们都安全了,我再进去。"

穆罕默德点点头,眼神黯淡,带着深深的黑眼圈。他掉转马头返回大道。大军继续慢慢往前走。芝诺比娅骑在马上看着军队吃力地走过,艾哈迈德陪在一旁。现在已经没剩多少人了,而且很多人还受了伤。步兵寥寥无几,一辆马车也没有剩下,在从"野猪"粉碎了芝诺比娅的自由梦的地方仓皇撤退时,这些便已全部丢失。

最后,后卫队也走过了——这是从穆罕默德对波斯骑兵发起的疯狂冲锋中幸存下来的台努赫人。沙漠骑兵经过时,纷纷坐在马鞍上对女王鞠躬,带着伤痕的脸上憔悴不堪。伊本·阿迪是最后经过的,年迈的脸憔悴而严肃。他举手敬礼。虽然在军队里这样的情况很常见,但艾哈迈德还是心头一震——老酋长一只手上少了两根手指,缠着脏兮兮的绷带。

最后,尘埃落定,一切又归于平静,一只鹰继续在暮色中盘旋。芝诺比娅伸出一只手,艾哈迈德握着她的手,两人手握手在战马上坐

第五十九章

了好一会儿。太阳落到了西边的山脉背后,黑暗开始漫过大地。这时,女王捏了捏他的手,放开,取下面纱。

"活下来的就这么点人了,全都进去了。"她的声音没有一丝活力,"现在,我必须直面对我的人民的悲痛。"

她转头看着他,眼泪和疲惫让她的眼睛周围青黑一片。身下的战马不安地躁动,她把手放在马儿的后颈,马儿安静了下来。

"你可以走了,往南去的路依然畅通,你可以先去伊利安纳,然后回家,回埃及去。"

艾哈迈德摇摇头,无声地笑了:"我想留在您身边,陛下,我在埃及已是一无所有。"

女王仍想劝服他:"如果你留下来,待到沙赫·巴勒兹破城之日,就必死无疑。如果离开,就能活下去。难道,活着不比死了好吗?"

"如果让我离开,陛下,您会跟我走吗?"他尽力让自己声音平静。

渴望与绝望两种情绪从女王脸上闪过:"噢,艾哈迈德……我办不到。我不能抛弃我的职责与荣耀。我的骄傲自大给我的人民带来了灾难。如果我弃他们而去,在贝尔神庙①里,我又如何面对我的父亲呢?求你了,我的朋友,走吧,你留下来也于事无补。"

艾哈迈德依然摇摇头,扯动缰绳,骆驼呼哧呼哧地慢慢向前走去。埃及人回头看着女人孤零零的身影:"走吧,城市正在等待它最爱的女王陛下。"

巨大的塔楼巍峨矗立在大马士革之门两侧,每座塔楼从底部到带三角形锯齿的城垛至少有七十英尺。透过城门上的灯光仰望,塔楼顶端消失在茫茫夜色中。宽大的城门前是一段三十英尺宽的长坡道,坡

---

①贝尔神(Bel):贝尔是巴尔米拉人民崇拜的主神,代表天空之神。

道上空没有遮挡,但巍峨的塔身立在两侧。城门是用结实的黎巴嫩雪松木板组合而成。每块木板有二十英尺高,镶嵌着用黄铜和银制作的这座城市的纹章——沙漠之神的图像。从头到膝盖都罩在银甲里的侍卫列队站在城门两侧,高举兵器向女王致意。一百支火把照亮了进城的路。芝诺比娅骑马穿过城门,艾哈迈德跟在身侧。女王高昂着头,长长的头发披在身后如同波浪般摆动。虽然满面风尘,双眼凹陷,但女王的威严毋庸置疑。

进了城门,两人骑马走下一小段斜坡来到一个广场。更多的侍卫站在铺面大街两侧,张开双臂拦住人群。在这些一身黑衣脸色苍白的人群背后,巨大的柱子拔地而起,在广场周围形成一圈柱廊。柱廊顶端燃着烈火,在下面的广场上投下摇曳的光影。面前的大道向北进入城区,大道两旁同样列着刻有凹槽的巨柱。柱子之间的人群头顶上有高高的平台,仿佛在一片安静等待的人海中的一个个大理石小岛。平台上立着历代国王与众神的雕像,涂上了色彩的脸庞在火光中仿佛要活过来似的。

芝诺比娅策马上前,目光平视前方。艾哈迈德微微落后。现场唯一能听到的声音只有女王身下战马的马蹄声。艾哈迈德的骆驼很安静,就连在柱子顶上大火中燃烧的原木也消了声。两人骑马沿着城市大道默默往前走。成千上万的百姓围在拱廊边,了无生气的眼睛望着他们的女王。艾哈迈德慢慢意识到,整个城市都已经认为毁灭不可避免,但百姓们仍然来此迎接女王,分担女王的悲痛。

进城大约一千英尺后,大道向右急转弯,芝诺比娅进入标志着城邦心脏的大柱廊。大道变得开阔,眼前的景象令艾哈迈德不由得屏住了呼吸。这里的柱子更加高大,足有三四十英尺。街道虽然更加宽阔,但依然挤满了人。成千上万支火把燃烧着,将大道照得亮如白昼。士兵们此刻在街道两侧依次列队排开。当她经过时,士兵们纷纷举手敬礼,没有发出一点声响。

第五十九章

两人骑马穿过一个环形广场。广场中央有四栋建筑,每栋建筑前都立着四根巨大的柱子。数百名身穿白色与浅黄色长袍的祭司站在进入建筑的台阶上。女王经过时,祭司们纷纷躬身行礼,如同波浪起伏,发出沙沙声。在这些建筑后面,艾哈迈德可以看到这条大道一直向上延伸到一个大平台,这个平台几乎占据了城市的整个东端。平台上有一栋庞大的建筑,贴着大理石的白墙上装饰着大型雕带,展现了巴尔米拉人行军、狩猎、乘风破浪的情景。在建筑的入口斜道两侧还有一对巨大的飞天雄狮。

斜道上一半的位置站着三个人,身上的长袍与铠甲残缺不全。火光照在他们的头盔上,从眼睛里反射出来。芝诺比娅将马停在斜道最底端,望着弟弟疲惫的双眼。

"欢迎归来,芝诺比娅,巴尔米拉女王。"他嘶哑的声音清晰地传到斜坡下芝诺比娅身后大街上的人群中,"伟大的贝尔神以其子民的名义欢迎您的归来。来吧,贝尔神庇护的女王,回到您的宫殿里来。"

坐在马鞍上的芝诺比娅身体松懈下来,颤抖着手滑下马。骆驼在面对大建筑的广场的石头地面上跪下来,艾哈迈德也站到了地上。他悄悄碰了碰她肩头,一团淡黄色亮光从他指尖落到她肩上,她轻轻颤了颤。女王点点头,挺直脊梁,抬着头向正等着她的兄弟、穆罕默德和伊本·阿迪走去。

沃罗梓先鞠了一躬,然后是穆罕默德与老酋长。巴尔米拉亲王单膝跪下,将浅金色王冕呈给女王。芝诺比娅注视着王冕,双手捧起。这时艾哈迈德已将战马与骆驼牵到了一旁。等候在下面大道上的成千上万的百姓们开始低语。

"只要还有一个巴尔米拉人在,我们城邦的荣耀就会永存。"

女王高亢有力的声音在柱子与墙壁间回荡。

"我们与战神赌了一把,赌输了,但是我们的城邦会抵挡住波斯人带来的狂风暴雨。罗马会支援我们,正如他们过去一直以来所做的那样。到那时,波斯人就会被饥渴和烈日消灭在沙漠里。巴尔米拉将永远活下去,自由而且繁荣,正如我们的历史一样。"

她将王冕戴在头上,沉甸甸的王冕在乌黑浓密的卷发中闪着银白的光芒。女王转身,一个人继续沿着斜道缓慢上行。走到斜道最顶端所有人都能看到她的位置,她向着夜空举起纤细白皙的双臂。

"愿贝尔神与我们同在,保佑我们。让我对我的子民的爱战胜一切。"

然后,女王转身走进了城堡。底下各条街道上的人们慢慢诵念长长的祈祷文向贝尔神祈祷,然后,所有人同时向城堡与作为城邦象征的女王的方向鞠了一躬。艾哈迈德与一些皇宫侍卫一起站在斜道最底端,望着眼前的人群。空中弥漫着一种奇怪的力量,而刚刚消失的女王的纤细身影正是这股力量的核心。在空气中,他嗅到了希望的味道。

两个人站在悬崖顶上望着下面的河谷。月亮还没升起来,黑暗弥漫在大地上,不过能看到城市中心广场上的光亮。城墙上的火光照出无数正在监视通往城门的道路的身影。宁静的夜色中传来数千人的低声吟唱。身形较高的一人挠了挠满是尘垢的胡子。

"水不多了,"他的声音因为沙尘而变得刺耳,"酷热几乎快把我们的军队拖垮了。"

另一个身影动了动,凝望着黑暗,细长的手指握着一根白骨手杖:"那就筑坝拦河建水库。切断他们的水源,我们就不愁没水了。"

高个子点了点头。夜空下的城邦被坚固的高围墙和警惕的卫兵保护得固若金汤。"这需要点儿时间。在那之前,我们只能待在这儿,离大马士革之门仅数里格之遥。"

另一人笑了,尖尖的白牙在黑暗中闪过:"她会从侧面攻击你,

第五十九章

就像一只豹子,不断地撕扯你,直到你在沙漠中流血至死。"

"没错,"高个子大笑着说,"守城是个错误的决定,当然,人在疲惫的时候就会犯这样的错。现在她再也耍不了什么花招了,也无法退进沙漠。我们可以一举彻底歼灭这个敌人,然后,在我们与埃及之间便再无任何阻挡。"

达哈克转身离开了,手杖轻轻点在悬崖石头上。他感觉空气中有某种熟悉的味道。他抬起头想用鼻子捕捉这丝气味。将军还在山脊上望着眼前的地势、高高的方塔以及河岸。这个地方虽然易守难攻,但像这样的地方他也不是没拿下过。

他想,这就像一个用城墙、高塔和意志设计出的难题。既然有人能设计出来,自然也有人能解。

在满满一杯沙的时间过后,他转身走下黑暗中的山坡。魔法师已经离开了,回到在日落时分停在山背后的大军里的马车上。巴勒兹一个人走在银色星空下,开心地大笑起来,浑厚的笑声在小路两边的岩壁上回荡。人注定是不安天命的!

仆人们把艾哈迈德带到一个小房间。房间虽小,但有一张雪松木床,床上放着极好的褥垫,软软的。床边一张三条腿的桌子上放着一个锡镴盆,他用盆中的水洗了洗脸和手。虽然已经累得不行了,他还是坚持做了睡前的冥想和祷告。他盖着一床薄棉被,看着墙上的彩色壁画,很快便睡着了。

深夜,埃及人还在熟睡。房门突然开了,一个人走了进来,身披黑色长披风,脸藏在帽子里。来者站在床边看了他一会儿,看着他的一呼一吸,然后又悄无声息地关上门离开了。

一声敲打木头的巨响把艾哈迈德惊醒了。他看着白色石膏天花板,上面有一些交错的木梁。阳光投在他右边的墙面上,照亮了用黑色、红色与白色描绘的几何图案壁画。敲打声再次响起。

"祭司大人,"门边站了一个剃着光头的男子,"女王陛下请您去议事厅。"

艾哈迈德掀开棉被坐起身。大腿因为骑骆驼骑太久而酸痛。他摸了摸脸,微微蹙眉,胡楂又长出来了。他的随身物品放在对面墙旁边的一个淡红色木柜子上。穿戴整齐后,他洗了把脸。桌子上放着一个白瓷大口水罐,里面盛满清新甘甜的净水。他一口气喝了个够,然后整理了一下束腰外衣和头巾。他又摸了摸下巴,但还是决定不管它。从墙上的细长窗户望出去,太阳已经升得老高了。

女王的议事厅富丽堂皇。艾哈迈德左右环顾着挂满奢华丝绸幔帐与挂毯的墙面,丝毫不掩饰对其富饶程度的惊讶。地面上铺着三四层华美的地毯,遮挡了镶嵌在地面上的大量大理石镶块。刻有凹槽的柱子顶端有风格一致的叶形装饰,撑起高高的圆屋顶。淡淡的光束从圆屋顶周围的环形窗户照射进来,整个地方明亮又凉爽。大厅一端的一堆躺椅与靠椅周围已经聚集了不少人。艾哈迈德慢慢朝着人群走去,看着他们身上的华丽织锦长袍与束腰外衣。每个人手上至少戴着三枚大金戒指,戒指上的宝石闪闪发光。

女王坐在中间一把海绿色斑岩大椅上,靠在海浪造型的扶手上。她把平常穿的服饰换成了艳紫色内衫与素白丝锦缎长袍,头发全部藏在繁重的金饰后面,手臂上戴着金环与金臂章,饰品在腕间叮当作响。脸色雪白,眼部妆容巧妙地遮掩了在从埃美萨归来的路上显而易见的疲惫之色。

艾哈迈德走到正低声交谈的人群旁边停下,向女王深深鞠了一躬。芝诺比娅轻轻点点头,一双杏眼往旁边瞥了瞥。艾哈迈德随着她的目光看过去,在那一圈靠椅边上,穆罕默德正坐在伊本·阿迪背后的矮凳上。于是他走过去坐在朋友身边。

"各位贵族朋友们,请坐,与我一同举杯共饮。"

第五十九章

芝诺比娅示意了一下。仆人们端着一盘盘撒着蜜糖的水果片和盛着美酒的大肚酒壶从挂毯后面的门走出来。衣着华丽的大人们各自找了位置坐下,有的举起酒杯,有的则没动。当所有人都坐下后,女王对坐在身旁的兄弟做了个细微的手势。

"欢迎各位朋友。"沃罗梓举起一个薄薄的金杯,浅呷了一口。

"现在正是生死关头,"他放下杯子继续说,"今天一早,一支庞大的波斯军队的营寨便出现在了城外山头上,波斯骑兵包围了整座城邦。在我们悠长的历史里,本城只遭遇过两次这样的围攻。"

贵族们开始嘀咕起来。艾哈迈德看见一些人向女王投去好奇或愤恨的目光。女王静静坐着,目光望着她的这群臣民头顶上某处,脸色沉静。

"正如我们所担心的那样,波斯准备要攻打我们了。现在,'野猪'正等在城外,很快就会发起进攻。西边水渠里的水流已经减少至只剩一丝涓涓细流,很快就会完全干涸。假以时日,波斯人将在城邦周围建起围墙困住我们。但是,诸位朋友,你们清楚我们的优势。我们有很深的蓄水池,粮仓里堆满了粮食,所以我们可以坚守很长时间,等到波斯人吃光他们的骆驼、战马、鞋子和所有一切能吃的东西。而且他们还会面临缺水的情况——这些水流的流量并不稳定。"

亲王停下来,观察着这些部落贵族与大商人的脸色。艾哈迈德也打量着这些人,看到的是一个个长期养尊处优的大老爷们,他甚至怀疑这些人是否还愿意卷入这样的战争。这座城邦靠着贸易、货运繁荣至今,如今,贸易没有了,东西方之间的货运往来也停了。

"女王陛下决定坚守到底,"亲王继续说,"我们绝对不与波斯人谈判,也决不会投降。"

其中一个商人闻言有些激动,他的长脸上显示出长期生活在沙漠太阳下的特征。

"亲王殿下,"他的声音低沉而沙哑,"请原谅我的无礼,但是我们目前孤立无援。自从大军不幸战败以来,我们的纳巴泰盟军与整个叙利亚地区的民兵队伍都撤出了战斗。罗马军团也不会来支援我们。现在我们别无选择,唯有……"

"罗马,"女王静静说道,"不会抛弃我们。"

那商人微微转过身,阴沉着脸,看着女王平静的蓝色眼睛说:"陛下,我们都不是小孩子了。罗马军队已经撤回去守埃及了,我们被抛弃了。我们活下去的唯一希望只有谈判。我们曾经是罗马人的强大盟友,自然也能让科洛斯伊斯满意。"

芝诺比娅冷静的表情有些松动,似乎想站起来,但立刻又克制住了自己。

"科洛斯伊斯,"她依然保持着平静的声音说,"只会把我们全部毁灭。他是一个跟恶魔交易的疯子。罗马会凯旋。我们的希望,便在于坚守至那一天。"

商人失望地摇摇头,黑色眼睛中满是悲伤:"如果您决定这么做,陛下,我们唯有尊重您的决定。但是,对这个城邦而言,希望将不复存在。最终的结局只能是在长期围困的恐惧中迎来死亡,或者奴役。"

芝诺比娅的目光在人们脸上扫视了一圈,发现其他贵族们眼中都透出同样的绝望。在现场就座的所有人中,只有坐在她左边的沙漠部落的人没有认输。伊本·阿迪的一双老眼依旧闪烁着往日的热情。古来氏人热血沸腾。她望向艾哈迈德,对方笑了,虽然只是微微一笑,却已给了她足够的勇气。

"希望在此,我的朋友们。"说着,她从衣袍的皱褶下取出一个有些磨损变形的沉甸甸的青铜卷轴筒。她从没有封闭的一端抽出一卷上好的白色纸莎纸卷轴。卷轴上绑着一根紫绳。她解开绳子,把卷轴在膝盖上展开。

"这,"她说,"是东罗马皇帝希拉克略派人送来的信。送信的人在我们的大军从大马士革北上后不久便从君士坦丁堡出发,但直到我

第五十九章

们从埃美萨回来的路上才送到我们手中。在这之前，我们从未向任何人透露过这封信的内容。"

她停下来深吸一口气。

"孩子，亲爱的芝诺比娅，巴尔米拉的女王，东罗马的领袖。

"罗马帝国的皇帝，希拉克略·奥古斯都·恺撒，向您问候。

"敬请女王陛下知晓，承诺守卫大马士革及在您保护下的所有东方土地的军团因染瘟疫被延误在亚历山大。等疫情一过，军团将立刻赶来支援。"

她停下来，把卷轴收好，小心放进圆筒里。她看了看坐在面前的人们，脸上露出饱含愤恨的狞笑。

"'野猪'执意围攻本城，这同时也把他自己拖在了这里。他的军队距离最近的水源有三十里格。很快罗马大军就将从其背后包抄过来，届时全军覆没的就是他。他的骨头会被太阳曝晒至灰白，与过去我们的许多敌人的下场一样。这便是为什么我们要坚持到底，我们要让波斯人的血溅在城墙上。援军正在赶来的路上，贵族朋友们，如果我们耐心等待，就能等到胜利的那天。"

瘦个子商人皱了皱眉，但没有开口。芝诺比娅看到其他人被这个消息振奋了，开始窃窃私语，想象着以后能给子孙后代讲述自己如何在金色城墙前大败波斯军队。

"说到本城的防守，"女王铿锵有力的声音打断了贵族们的讨论，"我们决定将指挥大权交给我们长期以来的好朋友，尊敬的老酋长阿慕尔·伊本·阿迪。此外，我的弟弟沃罗梓将担任他的副手负责城墙防御事务，而可敬的古来氏朋友穆罕默德则负责不断袭扰敌军，尽量让他们在这里不得安宁。"

一些贵族四处张望，脸上写满疑惑。他们没有看见扎布达大人。一般如果指挥权不在芝诺比娅或者沃罗梓手上时，便会是由这位将军接管。他们甚至猜想，将军是否已经殁在埃美萨了？因为自从大军归来后,没有任何人提过他。

"那么,若无异议,我们就来讨论一下细节……"

艾哈迈德欣赏着美轮美奂的房间布置,让自己放松至浅冥想状态。这场讨论将持续很久。

太阳又开始西落了。巴勒兹再次望向暮光中的城邦。随着太阳逐渐没入西山背后,高高的城墙上开始有光亮起来。他背靠夕阳坐在城外西边墓塔林中最高的墓塔顶,垂在外边的双腿随意地踢着顶层摇摇晃晃的砖石。一股热风吹乱长长的卷发,把最后一丝水分也从他的皮肤上夺走了。他的大军还在山上继续修建营地和拦河坝。战马需要大量的水。

旁边的达哈克盘腿坐在墓塔顶的平坦石头上,习惯性地用帽子遮住头。四肢瘦长的他披着破旧的披风,活像一只大乌鸦蹲在上面,只有握着骨杖的那只手有少许露在外边。

"你一个人能攻破这座城吗?"巴勒兹若有所思地问。

达哈克身形微动,"野猪"感觉魔法师冷冰冰的目光投在自己身上:"难道你手下没军队了吗?他们可不止是来吃喝拉撒的。"

巴勒兹横瞥了魔法师一眼,想看对方是不是被激怒了。如果是,那在这个四周空荡荡除了夜色便只有三十五英尺高度的地方,他的性命就堪忧了。不过魔法师的脸被帽子的阴影挡住了,他看不到对方的表情。

"在沙漠里长途跋涉过来,我的人快要吃不消了,马就剩了一口气。供给短缺,这片荒漠里根本就找不到食物。我们在这儿待得越久,战斗力就越弱。这儿也没什么木头,能找到的那一点儿残枝碎块又做不出攻城器械。我的国王命令我速战速决,所以我必须考虑每一项决策,每——"他顿了顿,说,"每一种武器。"

达哈克又动了动,说:"万王之王命令我全力协助你,我必须遵

第五十九章

从。巴勒兹大人,你想让我做什么?"

巴勒兹咕哝一声,把目光投回巍峨的城墙。白天的时候,他一直在绕着城慢跑,从各个角度打量城墙、塔楼和防御工事。这座城市沿着小河延伸至很长的距离,每个狭窄的端部几乎都是尖的。宫殿修建在城市东端的一座小山丘上,用金色岩石与柱子打造,华丽而壮观。在城市西端的大马士革之门旁边有另一栋壮观的建筑。在那背后肯定就是集市、花园与仓库了,数万人生活在那面围墙背后。用巨石修筑的巍峨城墙将整个城市围得死死的。最矮的墙也有三十英尺高,而且是修在一道极深的裂沟上,小河从墙脚下流过。其他地方的城墙则高达五十英尺,塔楼以一致的间距分布其间。

"真是易守难攻,"巴勒兹说,"城门是最薄弱的地方。我们没有梯子,没有攻城塔,甚至连活动掩体也很少。如果要拿下此城,我们就必须快速攻破城门。如果有时间的话,我们倒能做些破城槌。你能攻破城门给我们打开一条进城的路吗?"

达哈克似乎在凝望着远处的城墙,不过谁也无法确定他的目光空间落在何处。"城里有一股力量,巴勒兹大人,之前在埃美萨战场上时我也感觉到了这股力量。虽然它不如我之前解决掉的亚哩达亲王那么强,但也不容小觑。"

"还有一个魔法师?"巴勒兹有点惊讶。他还以为达哈克已经解决掉了罗马人能招到的所有魔法师,"他是如何从你的魔法下逃走的?"

"他并没有向我宣战,"达哈克思忖着说,声音微不可闻,"我们双方战斗时,他只是在一边旁观。也许这个人很聪明,他想先看看我的实力。又或许……他只是个弱者,或一个俘虏?不……在战场上时,有人用魔法保护了那位光明女王,应该就是这个人。"

"这能说明什么?"巴勒兹曲起一条腿,下巴搁在膝盖上。

"这座城邦受到魔法保护,"达哈克说,"城门也不例外。而且,城门上的魔法保护力量是最强的,事实也该如此。在过去的很多年里,无数祭司和魔法师在上面投入了大量精力。不过——设计一道门的目的便是让人开启。如果给我足够的时间和力量,要打开它也不难。"

"但是?"巴勒兹听出了魔法师声音里的不确定。

"这个聪明的魔法师,他的意志也许足够强大,能让门抵抗我的意愿。如果能先把那个人除掉,这座城便是你的囊中物。如果不能,你的骨头很快就会晒太阳了。"

巴勒兹不以为然地哼了一声,把注意力重新放回眼前的城邦。过了一会儿,他说:"在普通人的战斗里,进攻总是难过防守。对你们魔法师来说也是如此吗?"

"是的,你有什么计划?"

"如果这个魔法师出来与你一对一地单干,你能灭了他吗?"

达哈克大笑起来,笑声仿佛石头落下来打在人身上:"他只要敢出来,我就能捏死他。不过,对方怎么可能做这种事呢?"

"荣耀,"巴勒兹狞笑一声,"以我的荣耀挑战巴尔米拉女王的荣耀。"

"荣耀?"达哈克轻蔑地皱了一下鼻子,敏捷地站起来,仿佛蛇一般从石头上立起来,"把我们带到了这儿的正是荣耀——对疯狂的国王的责任感与荣耀感。去他的荣耀!不过,要是这玩意儿在这儿真能派上用场,那就上吧。"

宽大的鲜红光束斜照在女王的花园房间的大理石墙面上。夕阳余晖透过围绕着花园西角的纸板照进来。芝诺比娅坐在铺着长天鹅绒盖单的躺椅边缘,长发如波浪一般松散在肩头。她把长袍和罩衣都脱下了,只穿着没有束腰的紫色内衫和棉质长马裤——甚至能透过做工精湛的裤子看到白皙大腿的轮廓。这个躺椅是用一整块浅褐色木头做成

第五十九章

的高出地面的平台。平台周围的肥沃土壤中长满了鲜花与植物。细长的白色柱子撑起平台上空的圆形木板条屋顶，柱身刻着精致的凹槽，柱头装饰华丽。女王一边看着夕阳徐徐落下，一边剥着橙子，把剥下来的皮随手扔进一只雕花银桶。她咬下一瓣橘子。

艾哈迈德坐在她身后，黝黑的长腿伸在她两侧，手指揉着她后背上紧张的肌肉。他按到一处绷得特别紧的肌肉，女王猛地抽了口气。埃及人笑了笑，灵巧的手指轻轻按着。

"今天这招很聪明，"他说，"那封信。"

芝诺比娅回头看着他，眼中有金色的落日余晖闪烁。

"一个无处可去的老师不应该嘲笑女王。"她佯怒道。

艾哈迈德摇摇头，一把把她揽入怀中。他没有穿束腰外衣，露着宽阔的胸膛。她叹息一声，靠在他身上，手放在他小臂上。西边的地平线正在上演五彩缤纷的日落景象，橙色、红色和深深的蓝紫色交相辉映。

"不是在嘲笑你，女王陛下。他们的确是被这封信鼓舞了。他们又如何知道有什么不同呢？等到一切真相大白，知道罗马人不会来的时候，这场戏就要谢幕了。"

"是的，"她轻声说，"他们会为这座城邦奋战到最后一刻。"

"也为你，"他在她耳边轻语，"为你。"她紧紧抓住他，把脸埋进他肩头。太阳终于滑下了西边的山头，只有淡淡的光亮还在天边徘徊。建在宫殿最顶端的花园慢慢迎来了黑暗。在花园下，城市里的灯光开始点亮，如同上万只萤火虫在夜空中静静起舞。

第六十章
波斯占领下的亚美尼亚，陶里斯

希拉克略与盖伦穿过城门塔楼的瓦砾堆，两人身边的侍卫们大步踏过废墟。棱堡的废墟上飘着黑烟，空气浑浊不堪。城墙内侧空地上的砖石还在冒着热气，他们走过时，脚下的砖块纷纷裂开。用布遮住口鼻的军团士兵们正在从这些建筑里把死人拖出来丢进马车上。中间的大门从铰链上断开了，歪歪斜斜地倒在进城的入口处。希拉克略爬过一堆倒下来的砖石，看见塔楼暗影中站着一些罗马人。

其中一个是在战斗中指挥第三奥古斯都军团的保民官。两位皇帝无视如浮木般被冲到墙边的散乱的死人骨头和残肢，大步向他走来，他赶紧向两位陛下敬了一礼。保民官是个彪形大汉，留着灰白的短山羊胡，一边脸严重烧伤，血肉模糊。尽管他的左手被棉布条吊在胸前，敬礼的动作依然干脆有力。

"万福，奥古斯都。棱堡和城市全部拿下了。大部分波斯士兵战死了，还有很多投降的俘虏被看押在城门后面的广场上。"

"很好！"希拉克略犀利的目光扫过站在保民官身后的其他人。这些都不是熟面孔，"这些人是？"

"是我们的……盟友，奥古斯都。当时我们的人被困在中间的空地里，是他们冲破了中间的大门。要不是他们把波斯士兵赶下围墙，我们早就没命了。"

希拉克略用力点点头。突袭城门的这一战，即便有魔法相助，依然打得十分惨烈。第三奥古斯都军团的步兵大队虽然冲过了第一道门，却被困在了内侧的院子里——波斯弓箭兵正等在四周的围墙上。有超过四百名士兵在最初的混战中牺牲了，因为后面过桥的士兵不断往前压使得他们退也无法退。东罗马军队没有拿下任何一处的外侧城墙，伤亡惨重。幸好这些仿佛从天而降的盟友打破了困局。

"干得好，伙计们！"东罗马皇帝对站在保民官身后沾满煤灰全身泥污的人说。这里一共是五个人，支离破碎的皮甲与破破烂烂的披风还挂在盖满黑灰的身上，手中的刀都砍缺了，似乎所有人都受了不同程度的伤。希拉克略眯起双眼看着他们的首领——站在中间的红发高个男子，这个人感觉很熟悉……

红发男子上前一步，看起来左腿受了伤，敬了个军礼。他居然是对着右边的盖伦敬的礼，希拉克略有些讶异地扬了扬眉。

"万福，盖伦·奥古斯都，第六胜利军团的迪亚蒂丝·克劳迪娅向您报告，任务已经完成，遗憾的是我的手下几乎全部牺牲了。"

盖伦心中暗自欣喜，回了一礼："干得好，百夫长！"

红发男子一个利落的转身，向希拉克略敬了一礼："希拉克略·奥古斯都，请允许我向您介绍我们的盟友，陶里斯亲王塔里克·巴格拉图尼。如果没有他们族人的帮助，我们也不可能成功。"

希拉克略皱着眉看着被点到的小个子走上前来，对方身上的锁甲已经在战斗中被打得不成样子了。小个子咧嘴一笑，牙齿在污黑的脸上显得特别闪亮。亚美尼亚人鞠了一躬，用拇指钩住挂着一长串匕首和一把刺刀的宽皮带。

"很高兴见到你，巴格拉图尼，我们该好好聊一聊……"

迪亚蒂丝转身面对西罗马皇帝，后者正歪着嘴微笑，头发比她记忆中的要短。他的盔甲干干净净，前胸的镀金鹰状纹章在阳光中闪闪发亮。手持大刀的日耳曼侍卫一脸警惕地围在他身旁。皇帝伸出一只戴着手套的手，擦去女孩儿脸上的污垢。

"我没想到咱们真的还能再见面，克劳迪娅。对于你的部下，我很难过。先去把自己拾掇拾掇，一会儿我再派传令兵来带你去我的帐篷好好谈一谈。"

西罗马皇帝打量着尼古斯、优素福和达沃斯。他们的情况看起来比迪亚蒂丝还要糟——整整十五个钟头的战斗抽走了他们身上的所有力气。尼古斯手臂上中了一箭，正在包扎伤口，伤口上的鲜血还在缓慢凝结。保加利亚人看起来像是从屠宰场后面脏兮兮的下水沟里爬出来的一样。达沃斯看起来尤其精彩：右眼上两道粗劣缝合的伤口还流着黄色脓汁。

"百夫长！"盖伦回头喊着，声音穿过围在身后的侍卫队，"带这些战士去沐浴疗伤，务必照顾好他们。"

迪亚蒂丝身子一软，从墙边滑了下去。皇帝眼疾手快赶紧扶住她。

"我为你感到骄傲，"他轻声对女孩儿说，"我永远不会忘记你的功劳。"

那个说话粗声粗气的百夫长带着一堆人匆匆跑了过来。迪亚蒂丝跟着他们穿过破碎的城门，过了桥。桥面上全是红棕色泥水，走过时便粘在他们靴子上。雾气依然停留在河面上。在她身后，熊熊大火还在城里有些地方继续燃烧，一柱柱黑烟冲上云霄。

铜管哐哐响着流出水来，木头浴室里弥漫着湿湿的水雾。迪亚蒂丝滑进水里，舒服得呻吟了一声。一个希腊男仆举着盛满热水的大壶站在一旁。她示意对方往浴盆里添点儿热水，男仆倾斜水壶，滚烫的热水倒入了木边浴盆里热气腾腾的浴汤。她闭上眼，让水漫过头顶，

第六十章

享受这奢侈的水浴。男仆放下热水壶、香皂和一块弧形青铜刮身板后就离开了。女孩儿在浴盆里泡了足足一个钟头,把自己从头到脚刮了个遍。

旁边还有毛巾,虽然棉线编织得有些稀疏,但她毫不在意这些;能好好洗一次澡恢复光洁的头发,她便觉得之前的辛苦都已经值了。她在小小的木室中坐了很长时间,一边把玩着刮身板,一边想着死去的同伴。在热气腾腾的浴室里,就算有人进来,也看不出她在哭泣。

最后,门板上终于响起礼貌的敲门声。迪亚蒂丝抬起头,用力吸吸鼻子,擤了擤,然后用刮身板胡乱刮了刮脸。

"进来。"她用刮身板擦着大腿说。

优素福闪进房间,看见上半身全裸的她,男人一下子满脸通红。

"对不起。"他倒吸口气,急忙退了出去,关上门。一出浴室,他重重将背靠在浴室墙壁上,在寒冷的空气中呼出一团团白气。他闭上眼,一张脸因为看见女孩的裸身涨得通红。突然他睁开眼,狠狠一拳打在木墙板上。他只要一闭眼,就能看到女孩儿的模样——胸脯挂着水珠,红金色头发在带着浅浅雀斑的肩头晃动。

"嗯哼?"迪亚蒂丝有些不满的声音从浴室里传出来,"到底什么事?"

"对不起,女士,我真不知道你没穿衣服,我是无意闯入的,我向你道歉。"

迪亚蒂丝大笑起来,从门里探出头来,长长的头发披散下来,仿佛瀑布一般,几乎垂到地面。在外面寒冷的空气中,头发开始冒热气,一缕缕白色水汽从她四周盘旋到空中。"我没全裸,"她依然笑个不停,"我围了毛巾。"

优素福别开眼,看着周围的帆布篷和帐篷撑杆。军营扎在一片树林中,现在这片树林的颜色开始变化了,很快白雪就会盖满山道。"女士,我们民族的传统是女人只能在她的丈夫面前露出自己的肌肤。

我没有不尊重你的意思。"

迪亚蒂丝皱皱眉,关上了门。这个野蛮人的古怪习俗令她的幽默感也不复存在:"那你就等着吧,等我穿戴完毕了来。我问你,达沃斯的眼睛治好了吗?"

优素福吞了下口水,转身面向墙壁,张开双臂,手掌平放在墙面上。

"好了,"他说,"他的眼睛经过治疗,又能看见东西了。他说尽管有点模糊,但好歹还是个完整的人。他还能……他很好。其他人正在吃东西,我们能找到的每个人都还好。只有一个人还没找到,女士,我不……"

迪亚蒂丝从浴室里走了出来,头发用条绿丝带绑在脑后,脚上打着深灰色绑腿,穿着系带皮靴,上身套着一件厚重的钴蓝色羊毛衫,皮带、刀、刀鞘和匕首都挂在一侧肩膀。她一边扎着头发,一边从刘海下看着他:"是谁还没找到,优素福?"

他转过身,女孩儿的脸色镇定而严肃。他说:"是萨胡尔,女士,我到处都找遍了可还是没找到,连尸体也没有。他总是跟我们待在一块儿的,除非他非离开不可——即便是那样,他至少也会告诉我一声!或者达沃斯——或者其他人!"

迪亚蒂丝点点头,脸上不动声色,但心里感到震惊,想到那个安安静静的最年长的兄弟会失踪,她脑子一时有些反应不过来。如此可靠的一个人,她都已经开始习惯他的存在了。"在北门的时候,他是与你们在一起的吗?你最后一次看到他是什么时候?"

优素福摊开双手摇摇头:"我也不知道。我们攻门的时候,四周很黑,我们都陷入了混战……我问了亚美尼亚人,他们也不知道。巴格拉图尼只摇了摇脑袋说'这就是战争'。"

迪亚蒂丝抓住年轻男子的肩头,看着对方的眼睛,说:"优素福,除非你把萨胡尔死透了的尸体带到我面前,否则我不会相信他已经死

第六十章

了,我觉得他还活着,而且会回到我们身边。他可能正跟哪个姑娘待在一起……"

可萨人点点头,垂头看着地面。迪亚蒂丝轻轻一掌拍在他脑侧,捏着他的耳朵说:"走吧,把我们剩下的弟兄们都找到,我要他们在一杯沙的时间里全部到我们的帐篷集合。我现在要去军需官那儿拿装备和战马。对了,如果你看到了奥古斯都派来的传令兵,就让他去那里找我。"

优素福沿着帐篷间的泥泞小道走了,迪亚蒂丝一直看着他的背影。她想起了自己家中的兄弟们,但立刻把回忆远远抛开。回忆太过痛苦。她叹了口气,把武器带挎在腰间,确保全部都挂牢了。四周的军营灰蒙蒙的,树林似乎有些畏惧这刚刚开始的冬天。

"百夫长,请坐。"直到午夜已过了很久,马修斯·盖伦·阿特柔斯才终于从白天密密麻麻的蜡板和纸莎纸卷轴堆里解脱了出来。迪亚蒂丝看看周围,在皇帝的点头示意下,清理出了一个有翼板的木凳坐下来。她身上的衣服已换成了一件寻常的束腰外衣,头发也全部仔细束好。盖伦上下打量着她,这个被他以赌一把的心态从君士坦丁堡派出来的女孩儿瘦了,也更强了。

"虽说是个女子,"他想,"却足以塑造一个传奇……可以说是罗马人的布狄卡[①],以胜利者的姿态站在战车后,铠甲在阳光下闪烁光芒。"

即便清楚她是一颗棋子,一支可以投向敌人心脏的标枪,他其实仍然非常不愿意用她。在他看来,把属于男人的权利——拿起武器为国家而战——交给一个女人,是一件非常违背常规的事,即便这是在

[①] 布狄卡(Boudicca):古代英国女王,她领导了一次起义,反对罗马军队占领她已死丈夫的王国,并取得了暂时的胜利。

东边。

"陶里斯亲王对你赞不绝口。他觉得一个女人拿起武器为帝国战斗是一件非常令人震惊的事。他称你为——什么来着？——哦，狩猎女神黛安娜。"

迪亚蒂丝礼貌地笑了笑，在君士坦丁堡的宫殿里见到的那位烦躁不安的将军已经消失了，现在眼前的是一个身穿白色长袍慵懒自在地待在自己帐篷里的男人。不知何故，她觉得盖伦身上有了一些变化，现在更像一个君王，不怒而威。在世界的边缘会有这样的感觉，是件很奇怪的事，不过，也许是因为打了胜仗。此刻她只觉得精疲力竭。

"你的任务完成得非常出色。希拉克略之前不相信这件事真的能成功——他还为此打了个愚蠢的赌，结果输掉了一千个迪纳厄斯！关于你手下牺牲的众多罗马战士，我深感遗憾。不过……看起来你又有新队伍了，那些保加利亚人——据说他们跟萨尔马提亚人一样勇猛善战。你觉得他们可靠吗？"

迪亚蒂丝眯着眼睛，皇帝这话很有点试探的意味："我曾经把自己的命交给他们，奥古斯都·恺撒，他们没有让我失望，而且用自己的鲜血证明了自己。是的，我信任他们。"

盖伦点点头，随意地摸了摸耳朵，他凝视着自己住的野战帐篷的某一角思考了一会儿，然后转头看着女孩儿，皇帝的气势又消失了。"你能再执行一次任务吗？"他的声音很真实，不像在市政广场上发表演说时那般激昂，"你能不能再完成一次这样的任务？带一队人潜进敌占区做内应？"

坐在凳子上的迪亚蒂丝身体一僵，头微微转向旁边，眯着双眼："奥古斯都·恺撒，你的意思是，还要我继续？"

盖伦可怜兮兮地点点头。

"我会继续让你工作，"他弱弱地一笑，"即使和男人们比起来，你身上的领导能力也是不遑多让。既然有你这样一位得力干将，难道

第六十章

我不该让你有用武之地吗?东罗马那些人还在为我的大胆决定和你的成功震惊不已。你知道吗?他们居然到现在还以为你是个男人!一个女人能取得这样成绩,这样的事已经远远超出了他们的理解范围!那些傻瓜们。"

迪亚蒂丝先是咧嘴笑了笑,然后又皱着眉思考对方刚才说的话:"奥古斯都·恺撒,我是一名士兵,你是我的长官,为你效力是我的荣幸。那些跟着我从罗马出来的兄弟会继续跟着我——至于其他人?我就不敢说了。我会让他们自己选择,是去是留就看他们自己的决定了。"

盖伦抿着嘴唇思考着,然后起身走到他硬是让仆人们从罗马城搬到东罗马首都再到陶里斯的一张工作桌前。这个东西可以拆成便于搬运的小块,也可以用木闩巧妙地拼合在一起。他用一根手指摸过已有磨损的清漆桌面。在他的童年时代,它曾经被放在他父亲位于纳尔榜的书房里。当他率领自己的军团离开伊伯利亚半岛与王位竞争者们争夺王权时,这张桌子便被他一直带在身边。在过去十年间,它一直静静地待在帕拉提诺山上的皇宫里,现在则被他带到了这儿。他推开一堆书写板,从桌面上的其他杂物里抽出一张羊皮地图。

"你看这儿,百夫长,我们此刻在陶里斯,位于这片山脉之中……"他的手指沿着地图上的一条路径划过。迪亚蒂丝与他并肩而立,俯身看着他手指移动的方向,"这里便是真正的波斯了。我们目前的计划是北上进入克伦诺斯河谷——该河谷从这片山脉延伸到可萨海,也就是里海——然后我们与统叶护可汗的军队会合。"

地图上的里海是一个蓝色长方形图案,从西北斜向东南。地图还显示了耸立在其南端的一片山脉。

"这里有一道关卡,"盖伦继续说,用食指指着那片山脉中的某处,"穿过这片被波斯人称为'厄尔布尔士'的山脉,便是帕提亚高原。作为波斯萨珊王国的核心地带,这片土地富饶到了无法想象的地步。现在，罗马和可萨人的联合大军将横扫这片土地。"

迪亚蒂丝抬起头，看见皇帝脸上露出残酷的微笑。

"至今还从未有任何罗马军队进入过帕提亚高原，"他主动解答了她心中的疑问，"波斯人一直坚信我们无法突破他们的要塞。我们这场战役的目的便是突破这些要塞，至于战利品嘛——嗯，最后的战利品，就是泰西封。"

她的目光随着他的手回到西边、南边，穿过耸立在两河流域周围的山脉和两河之间的美索不达米亚平原。地图上有数百个小标志，分别代表着城镇、运河以及道路。南边，在幼发拉底河与底格里斯河的交汇处，有一个金色标志。

"波斯帝国的首都，万王之王科洛斯伊斯的所在地，其王国的心脏，也是古帕提亚王国的首都。该城是波斯的行政中心，有近百万人口。如果你愿意再次出发的话，这便是你此行的目标。"

迪亚蒂丝估量了一下地图上的距离，敌人的首都还在很遥远的地方："您是想让我把它打包好献给您？"

"不，"盖伦摇摇头，黑色眼睛里带着忧虑，"尽管地位超凡，泰西封的防守却不怎么样。它的城墙还不如罗马，面对君士坦丁堡的进攻，波斯人根本守不住。那里只有一支野战军在防守。如果我们能成功抵达那里，便可不费吹灰之力把它拿下来。我想让你秘密潜入泰西封，在我们的大军抵达时，为我保证一件事。"

他停下来，目光定定地看着她。迪亚蒂丝站直身体。皇帝眼睛背后透出某种异常的情绪。过了一会儿，他叹息一声，重新把目光放到地图上。"你很擅长在机会出现的时候抓住它。但是，要是你连要找的机会是什么样的都不知道，你就没办法抓住它。我要告诉你一个很少有人知道的秘密，百夫长。万王之王科洛斯伊斯的第一任妻子是位罗马公主——玛丽亚——东罗马帝国皇帝莫里斯的女儿。没错，当初莫里斯是被篡位者佛卡斯杀死了，而希拉克略后来又杀了佛卡斯。科洛斯伊斯的儿子们对东罗马帝国的王位是有继承权的,事实上——"西罗马皇帝停下来,深吸口气,"若是从法律的角度来讲,继承王位的本应该是他们,而不是希拉克略。"

迪亚蒂丝轻轻吹出一声低沉的口哨,双手交握在身后,静静等着。

盖伦重新卷起地图放进象牙筒里,平静的目光注视着女孩儿的眼睛。

"不过,这与法律无关,"他说,"这取决于实力,是一场两个帝国之间的较量。我们必须胜利,因为只有这样,才能给整个世界带来和平。我希望,在我们的大军抵达泰西封的那天,你和你的人已经在里面了。如果命运之神眷顾的话,我希望你不惜一切代价确保玛丽亚公主的孩子——"他顿了顿,"在城破之后,要么不留生机,要么被纳入我的保护下。"

迪亚蒂丝感觉一阵寒冷,这是一项几乎不可能完成的政治任务,太疯狂了。她感觉仿佛死神此刻就已来到了自己身边,正在耳边低语。皇帝别开目光。

"呃……奥古斯都,您的意思是,不能让那些孩子落入东罗马皇帝之手?"

"是的,"他仍然没有看她,"要么就到我的手上,要么就死。"

"好。"她的回答简洁而不带一丝感情。

盖伦转回目光看着女孩儿,眼神中带着担忧。

"我们将兵临泰西封城下,"他低声说,"城破之日,我期待你的出现。"

迪亚蒂丝坐在一块半盖着暗绿苔藓的灰色巨石上,清晨的阳光淡淡地照在她身上,金红色的长发闪着微光。辘辘声从巨石所在的空地周围的参天树林下方传来。罗马大军正带着长长的马车队跨过陶里斯城外的大桥向北方走去。从巨大的树干之间望下去，可以看见一个团一个团的士兵从北上阿拉斯河谷的路上走过。虽然天空中有飞云飘过，士兵们的矛尖与头盔依然在阳光下熠熠生辉。一匹枣红马在她身后的空地上休闲自得地啃着白色与黄色的小花。在上坡方向的树林中，尼古斯和她的其他手下正坐在长满苔的斜坡上，打磨着新到手的兵器或者修补盔甲和衣服。

她转回头看着下面的河谷。大营的轮廓依然清晰可见，不过所有的帐篷都已经收走了，就连浴室也被拆下来跟装热水的大铜壶一起装上了马车。她用手指漫不经心地拨弄着皮革绑腿上的系带，食指摩挲着其中一角的硬边。微暗的树荫下传来嘚嘚的马蹄声。达沃斯骑马走了过来，一只眼戴着眼罩。

年轻的保加利亚人看起来比当初迪亚蒂丝在灌木丛中发现他们三兄弟时成熟了不少，似乎成长了许多。虽然眼睛上的伤口丝毫不影响他的男子形象，但疼痛的感觉尚未远去，他的脸色依然没什么光彩。一件工艺精湛的银錾花铁鳞甲仿佛第二层皮肤般贴在他宽阔的胸膛上，看起来很轻便舒适。他引着战马走来，眼睛机警地看着树林。

迪亚蒂丝叹息一声，举起一只手致意。

达沃斯走近来，抬头仰视坐在巨石上的女孩儿。他戴着一副上乘的小山羊皮手套，在领盔甲的同时还拿到了一件厚重的带帽毛皮披风；马鞍上挂着林林总总的兵器；长长的腿上穿着一条用勃艮第线缝制的墨绿色羊毛裤，长发编成一根长辫。他的脸上露出不安："女士。"

"达沃斯大人，"哀伤浮现在迪亚蒂丝脸上，"你大哥有消息了吗？"

达沃斯摇摇头别开了眼，迪亚蒂丝注意到他咬紧了牙。

"那你呢？准备随大军北上去与可萨人会师吗？"

他转回目光，眼中除了痛苦，还有一种意料之外的愤怒。

第六十章

"是的,女士,"他愁容满面地叹了口气,"我的同胞们认为我已够资格在统叶护可汗麾下担任真正的指挥工作了。我的朋友死了一半,为我换来了一个枪骑兵万户①的身份。"

他坐在马鞍上转了转身,指着正在过河的枪兵、弓箭手和骑兵排成的长队:"我们全都要北上,先去阿拉斯河谷,然后沿着白色的河进入里海岸边的阿尔巴尼亚。届时扎布尔会率领他的大军等候在那里。"

他抬头仰望天空,透过茂密的树林,只能看到一块狭长的淡蓝色:"寒冬将至。两支军队也许会在富饶的阿尔巴尼亚过冬。开春后,罗马和可萨的联合大军便可挥师南下,进入波斯高原。一场空前绝后的战役……"

迪亚蒂丝站起身,在羊毛绑腿上擦了擦手,低头看着跨在快马上的年轻男子。"指挥这活儿很适合你,达沃斯。保重。如果有机会找到了你的兄弟,告诉他,有事没事就拿死来吓唬我,他可欠我个人情。我们也必须动身了,春天的时候咱们再会。"她弯起嘴唇似乎在微笑。

达沃斯也笑了:"哈!等我们到了泰西封,你都已经拿下了波斯帝国,坐在科洛斯伊斯的宝座上当女王了!请照顾好我的兄弟。现在我只剩下四个兄弟了,说实话,我一点儿也不想把他们中的任何一个交给乌鸦女神。"

迪亚蒂丝摇着头从巨石上爬下来,跃上自己的马:"优素福那个傻子,居然愿意跟着我们走。皇帝老喜欢做一些疯狂的决策,要么就败得一塌糊涂,要么就赢得惊天动地。他其实应该跟你走,去挥舞你的军旗,跟你共同迎敌。"

---

①万户(Tumen):万户制,又叫土门,是突厥人与蒙古人的军队组织方法,在匈奴时代已经有此制度。这里的"万户"就是一个万人枪骑兵队的首领。

达沃斯也摇摇头，脸色黯然："他一门心思只想跟着你，女士。请对他多一些关心吧。他这个人常常情绪化，做事也不计后果。我想……算了，这些话也不是我该说的。就祝你一路顺风，马到成功！"

说完，保加利亚人熟练地策马穿过长满苔藓的巨石和参天大树，慢步向山坡下跑去。迪亚蒂丝看着他远去的背影，她已经开始怀念他和他无处不在的幽默了。

"行了！"她对自己说，掉转马头向山上的同伴走去。春天很快就会来了。

当她走到同伴们跟前时，尼古斯站了起来，其他人手拿兵器、衣服或挽具坐着没动。迪亚蒂丝转过马头俯视这群人。昨天巴格拉图尼的两个儿子带着匕首、斧子和长矛投奔了她队伍。她想把他们赶回去，但失败了。现在那两人正一起坐在战马旁边。优素福带了四个人过来，都是在陶里斯的破门战中摸爬滚打过来的。再加上阿纳格赛亚斯，现在全队一共十人。

"上马吧，伙计们，在下雪之前，我们还有很长一段旅程要走。"

优素福和尼古斯飞快地点点头，同时转身召集队伍。两人都注意到了对方在做同样的事，同时停下来瞪着对方。迪亚蒂丝几乎要忍不住笑出来——这两人像守在谷仓前的狗似的，也不说话，就这么死死瞪着对方。"优素福，"迪亚蒂丝静静地说，"尼古斯一直都做我的副手，我习惯了。我不在的时候，他说了算。"保加利亚人看着她的眼睛，眼神像要喷发的火山。她以为优素福会反对，但他最后只是点点头转过了身。尼古斯看着女孩儿，褐色眼睛里写满忧虑。这么小的一支队伍里如果出现了分歧，离死亡就不远了。她摇摇头，打着手语，意思是"稍后我会跟他谈谈"。尼古斯耸耸肩，转身继续整理队伍："检查你们的装备，检查战马，检查水！即刻准备出发！"

马车吱吱嘎嘎地走在铺了砖的桥面上，被颠来颠去的迪林只好紧紧抓着长凳的靠背板以免被甩出去。挤在旁边的佐伊露齿一笑,黑色眼眸还有些忧虑。迪林也回以一笑,把手伸到她背后好抓着靠背板。奥迪纳图斯与一大堆兽皮帐篷和其他物资一起挤在马车后面,一脸的闷闷不乐。他的搭档在城门爆炸时被冲进黑森森的河水里之后就再也没有回来,现在的他看起来倒成了个外人。

"嘿——呀!"科隆纳猛地一拽缰绳,四头骡子呼哧呼哧地喷着粗气,尾巴左右甩动。木板马车加快了速度,女孩儿依然坐得稳稳的,一点儿也没受影响。罗马大军穿过陶里斯的街道。压阵者用两件汗衫加一件厚披风把自己裹得严严实实。佐伊也差不多,外面还套了件有毛皮内衬的长袍,整个人像是缩在衣服堆里。迪林依旧穿着他那件亚麻汗衫,蓝色绑腿已经变得脏兮兮的了。

"这天气,"他想,"终于能让人喘口气了!"

他的气息略有些重,呼出的气在寒冷的空气中化作白雾。艾瑞克的离去丝毫没影响他的心情,他冲着另外两个同行者露出大大的笑脸。不过佐伊没这个心情,她别开了脸。今天天气不错,但看起来对佐伊而言似乎并没有什么区别。

罗马大军行走在蜿蜒的陶里斯街道上,仿佛一条钢铁长蛇。数千双穿着靴子的脚同时向北进发,脚步声在周围的建筑上回荡。迪林可以看到走在马车前面的步兵们头上的头盔和在肩头晃动的长矛。西罗马士兵们正在唱着一支拿浴室女仆取乐的低俗小曲儿。一些市民站在门口屋檐下看着他们。妇女们蒙着面纱,男人们则一脸警惕。看到他们脸上明显的敌对情绪,迪林皱了皱眉。

"他们也不是愤怒,"佐伊在他耳边低语,呼出的温暖气息吹拂在他脸庞,"他们只是在耐心地等我们离开,然后这座城市便又会逐渐恢复往日生机。他们对波斯和罗马都没什么好感。"

"为什么呢?"他转头看着她问。她往后退了退,说:"这些人,跟我老家的人一样,在过去的数百年间,都只是强国之争的战利品。

最初他们是波斯帝国的一个省，后来被罗马夺了过来，然后又回到了波斯人手中。这片土地从来都不属于他们自己的王。谁能逃离罗马的控制？没有人。"

迪林反驳道："但我老家的人是自由的，有自己的王。罗马人过来与我们做交易是真，但他们没有征服我们。"

佐伊冲他皱了皱眉，翘起小巧的鼻子。

"那是因为你们是野蛮人，"她不屑地说，"谁愿意来统治你们啊？"

第六十一章
君士坦丁堡，野猪广场区

马克西安小心地关上门，门发出一声极轻的摩擦声。大床上的克里斯塔睡得正香，双手抱着厚厚的枕头，黑发凌乱地散在头侧。借着走廊上油灯的微暗光线，他轻手轻脚地走到地板末端的窗户前。这栋房子里的人们正沉浸在梦乡中。即便是常常坐在自己房间不睡觉、用黄色眼睛盯着墙壁看的尸鬼，此刻也躺在了床上。亲王推开窗户，清新的微风带着冰冷的海洋气息迎面扑来。

他手撑窗棂站到窗台上。月亮低低地俯视着城市屋顶，银色月光抚摸着上百座塔楼、圆屋顶和各种建筑。马克西安深吸一口气，感觉身边充满宁静祥和的氛围。脚下是房子中央的花园，园里漆黑一片，连厨房窗户里也没有一丝光。他敏捷地跳起，抓住一根用来将屋顶的积水排到下方花台里的铅管，定了定神，脚蹬在石缝中，从墙上爬了上去。

正在等候的阿莱斯露出微笑。亲王小心翼翼地走在有斜度的屋顶边缘。瓦拉儿亚女人向他鞠了一躬，伸出一只苍白的手。他抓住女人的手，女人的长指甲陷入了他的手腕。阿莱斯身穿一件用乌贼墨染色的紧身丝绸内衫，腿上打着软绵绑腿，束在脑后的长发垂到腰背部像一条长尾巴。

"殿下，"她带着喉音问，"准备好投入黑夜了吗？"

"准备好了。"他心跳开始加快。女人鞠了一躬，转身轻盈地跑在檐口的砖石上。马克西安咽了下口水，抖落肩上的披风跟了上去。两人飞快地跑过，屋顶和周围的建筑在视线中变得模糊。跑到房子末端，阿莱斯从突出的屋架上跳了出去，以抛物线向黑漆漆的小巷对面的另一栋建筑落去，长发在身后飘动。

马克西安全速冲向屋顶末端，随之跃入黑暗中。风从身边刮过，"砰"的重击声传来，他落到了仓库的房顶上，靴子上闪过一丝亮光，膝盖在冲击力下弯曲。他感觉浑身的血似乎沸腾了起来。跑在前面的金发女子的轻笑声随风传来。亲王站起来继续追上去。来到仓库房顶的另一头，女子又一个跳跃，险险落到了旁边更高的一栋建筑的屋檐上，马克西安从咬紧的牙缝里倒抽一口冷气。

"噢，幸运的小猫。"他低吼一声，奋力跳了出去。

"你们的人在这座城市里住了多久了？"马克西安的声音稍微有点粗。因为跟着阿莱斯在屋顶上跑来跑去，此时手脚都有些酸软。他将身靠在一尊巨大铜像的腿上，头隐在阴影中。月光照在身下城市里的各个屋谷与小山丘上。阿莱斯双手抱膝坐在旁边，下巴搁在膝盖上。在两人背后的便是这座城市的制高点——阿波罗神庙的塔楼顶。四周唯一比两人高的只有这尊青铜神像。即使是在破晓前的黑暗中，神像头上的金冠也有微光闪烁。两人身下的神庙里还有一大片的瓦面屋顶和更多的雕像。城市尚未苏醒。

"久吗？"她的声音好似梦语呢喃，"不，我不这么认为。我来这儿不过才七年。保护人却是一直都在这儿。我想，也许那些原始人第一次用石头垒成遮风挡雨的屋子时，她就已隐身在黑暗中用冷冰冰的眼睛看着他们。这就是为什么她是首领，因为她资历最老。"

第六十一章

阿莱斯弯曲手指,看着长长的指甲在月亮下反光:"我速度更快,力量更强,但她资历更老,她才是这里的统治者。"

"你来自哪里?"他心不在焉地伸出一只手抚摸着她光滑的后背。女人在他的抚摸下弓起背贴近他的身体。

丝绸下的肌肤滚烫,让他在这寒冷的夜晚感觉到了温暖。

"我,"她把头靠在抱着膝盖的双手上,"从北方来,从冰雪覆盖的高山来,从长满鲜花绿树的高原河谷来。我的家人生活在远离人类聚居点的高地,天生以狩猎为生。那里的空气很干净,没有火的味道,也没有如此多的人。我怀念那里的生活,恬静而美好。"

"那你为何要离开?"马克西安摩挲着她耳后的肌肤,她转了转头,喉咙里低沉地叹了一声。

"战争爆发了。暗夜诸王和他们的吸血士兵带着明晃晃的长矛和火把入侵了长长的河谷。我的族人在人类村民们的支持下奋力抵抗,但终究还是失败了。带着绯红军旗的飞龙王锐不可当。我的所有兄弟姐妹都在舒雷亚努堡①一战中战亡了。人类以为我们有机会打赢,但其实只不过是飞龙王设下的陷阱,最终变成了他的盛宴。"

阿莱斯抬头看着他,夜色中,她的瞳孔慢慢扩大,占据了整只眼睛:"我们的人当中没有您这样的人,殿下。没有人领导我们、指挥我们,也没有人明白,胜利是必须以鲜血为代价的。"

"你觉得,"他毫不掩饰自己话里的质疑,"为了达到某个更大的目标而用鲜血、用一部分人的牺牲来换取胜利,这么做值得吗?"

女人坐直身子转身面对着他,手放在他的大腿上。"请听我说,殿下。您是一位亲王,跟普通人不一样。凭自己的判断为所有子民的利益做出合适的决定,是亲王和国王的职责。在面对个体生命的价值的时候,您必须考量所有子民的生命。"她的声音坚定而有力,"有

---

①舒雷亚努(Súreánu):罗马尼亚的著名山脉。

时候，要拯救整个民族，就必须牺牲一部分人，除此之外别无选择。"

"我有吗？"不堪的回忆让马克西安面露痛苦，声音听起来仿佛从遥远的地方传来，"我真的有救过什么人吗？我所接触的、我所试图去救的每个人，现在都死了，剩下来的那些人每天都离死亡更近一步……"

"您会拯救大家的，"她抓着他的腿说，"您会拯救这个世界。您有这个能力，殿下。"

阿莱斯站起来，头发在肩膀后面晃动。她拉起亲王的手让他站起来："来吧，殿下，太阳就快出来了。新的征程又要开始了。"

第六十二章
波斯统治下的亚美尼亚，阿拉斯河谷

迪林向小溪俯下身子，看见水面上倒映出圆圆的太阳。由高山泉水和融雪所汇聚而成的溪水十分冰凉。他把衣服脱至腰间，有着淡淡雀斑的皮肤上挂着汗珠。他两手举在水面上不停地晃动，像一片纯蓝的天空中寥寥几朵白云投下的影子。罗马大军在小溪的两岸扎营，扎营顺序并不是按民族来分的，而是按行军的先后。

很快，只需数日，罗马大军便可与盟军初次会师。四处传来刀斧砍木头的声音、百夫长催促手下抓紧时间搭帐篷的声音以及在灌木丛和树林中开辟小径的声音。迪林对这些充耳不闻，一门心思只关注在水中闪过的鱼儿的影子。小时候，父亲曾手把手地教过他，经验告诉他，那些侧腰上有粉色、灰色与黑色条纹的胖肚子鱼最好抓。

他慢慢把手浸入水中，没有在急速流过的水面上泛起一丝涟漪。裤子湿漉漉地粘在腿上，脚很冰，这些他都顾不上。他把两手对着水流的方向放在两颗石头之间，平稳呼吸，耐心地等着。一条胖嘟嘟的鲑鱼游进了石头间狭窄的水道，带着微小鱼鳞的柔软皮肤擦过他的手。他脸上飞快地闪过一抹笑意，轻轻移动手指，抚摸鱼儿的侧腹。鱼儿在他的轻柔抚摸下打了个哆嗦，他继续用极轻的动作逗弄它。

突然，迪林的手如闪电般一把抓住了鱼，鱼在手中拼命地动，可惜已经太迟了。爱尔兰男孩儿开心地大笑起来，用带骨箭的绳子串过鱼鳃，把鱼挂在腰间。除了这条，迪林腰上已经挂了六条鱼了。这时他听到一个声音，于是转过身去看。

岸边站着一个年轻女子，身穿简单的白色罩衣和淡绿色半披风，正在开心地拍手。

"哈，干得好！"她用白皙的手遮住眼前的阳光喊道。迪林脸红了，忙不迭地鞠了一躬。那女子也回了一礼，然后便一屁股坐到了地上。迪林迈开大步，穿过小溪中的石块向岸边走去。那女子皮肤有点苍白，不过其身上所佩戴的手镯和发针皆不是普通之物。女子大腹便便，看来是有孕在身。

"这位夫人，"他关切地问，"您还好吗？要不要我去叫您的仆人过来？"

"别！"她呼吸有点急促，但还是阻止了他，"他们一刻不停地守着我，我都快要喘不过气来了。你看看这里，属于晚夏的一天，多美啊——天蓝得像大海，微风吹来清新的空气。我才不愿意坐在里面听女仆们瞎扯呢。我们现在是在未知的土地上，到处都是野蛮人和波斯细作——我想要好好看看我所走过的土地。"

迪林同情地点了点头。虽然想起被白皮肤金头发的女仆们簇拥照顾着的情景是蛮不错的，不过他还是觉得，与躲在黑漆漆的兽皮帐篷里对外界一无所知相比，还是待在外面要好得多："这话倒说得没错，夫人，但是您目前的情况的确需要有人照顾。"

"哼，"她不屑地说，"我现在这个样子就是那些我不应该做的事的最好例子。我厌倦了这个样子。告诉我，小伙子，你打哪儿来？又是在哪儿学了骗鱼这一招？"

她微笑着看着他，绿色眼眸中透出欢乐，完美的肌肤看起来像光辉夺目的珍珠。迪林虽然脑子有点晕，但他知道，这个女子其实与他

第六十二章

一般年纪,是一个被有钱丈夫——无疑应该是东罗马军队里的某个贵族——带着到处走的年轻女人,而且还怀着身孕。他感觉像是学院里的铜锣声远远地传入他脑中,他暗暗看了看四周。

"呃,夫人,您怎么不带个人一起呢?一个女伴或女仆之类的。您一看便是一位贵族夫人!而我只是军团里的士兵——我没有不尊重的意思,不过您这样的人是不应该与我这样的人交谈的!"

年轻的夫人叹了口气,也看了看周围。她脖子上的线条并不是希腊雕刻家眼中那种经典的美,如果与雅典娜的形象相比的话,鼻子也有点太圆了。不过,她的幽默与机智已经赢得了迪林的好感。她噘了噘嘴,露出不高兴的表情,用手捧着脸颊:"噢,我讨厌什么女伴!再看看你,面对敌人时勇敢冲锋的士兵,有着令人羡慕的勇气——不过看起来却像个拿了额外点心被抓住的学生!我要被逼疯了,这些……一定会。"

迪林忍着没告诉她,其实自己本就是个学生。

"我要走了。"他含糊地说了句,努力让自己不去看她。女子皱了皱眉,在身边的石头上拍了拍。

"坐下,"她毫不客气地说,"告诉我你在军团里的生活。我见过很多士兵,但我从来不知道他们都干些什么!你要是不听我的话,我可要喊了,让大家都围过来,那你就没好果子吃了!"

"那会害死我的!"他脱口而出,立刻捂住嘴。年轻夫人冲他甜甜一笑,又拍了拍身边的石头。他只得万分不情愿地坐了下来。

"现在,"她从缝在披风内侧的一个口袋里拿出一块蜡板,"告诉我罗马军团士兵的生活是什么样的。我要知道全部细节——太阳还高着呢。"

迪林叹了口气,把串着的鱼小心地放在溪水里,然后盘腿坐在岩石上。鱼儿摆来摆去,想挣脱串在鱼鳃上的绳子,可惜不能。他此刻也有种同样的感觉。

傍晚过后很久，迪林才慢慢穿过白桦与雪松树林走向山上一块草甸的边缘，昨天他所在的五人队就是在那里扎下了营。他抓了抓又被晒伤了的肩头，在黑暗中喃喃自语地抱怨那位好奇心极重的年轻希腊女士。幸好他抓的鱼最后都留住了，晚餐总算可以摆脱在山里吃的硬面饼和咸猪肉。他穿过一道哨岗，跟两个拄着长矛而立的长胡子亚美尼亚人对了对今天的暗号。他所在的五人队的帐篷支在高大的红色树皮的大树下，帐篷前生着一小堆火。

迪林拖着脚走进营地，重重地坐到篝火旁。佐伊抬起头，投来杀人似的目光。奥迪纳图斯则面有愧色地看着他。他猜，伍长肯定又在滔滔不绝地痛斥他的行为和应该受到怎样的惩罚。他虚弱地冲着两人笑笑。

"我抓了些鱼。"他含糊地说。篝火旁放着一根烤东西用的棍子，他开始清理鱼："我在小溪里抓鱼的时候被一位贵族夫人看到了，她把我叫了过去——然后就不停地问东问西，问了一整天！我觉得如果掉头就走的话太不礼貌了……"

佐伊阴沉着脸把玩着一把匕首。她总是带着很多匕首，要么插在腰带里，要么插在靴子里。刀刃在篝火的火光中闪着红中带橙的微光。

"贵族夫人……"她话里的不屑刺痛了他，"蹩脚的谎言，跟在行李车里的低级妓女差不多。那你是不是也给了她鱼作为她花时间的回报？这笔交易值得吗？"

伍长的刻薄话让迪林浑身一僵。他不自觉地坐直身子，眯起双眼。"她是位贵族夫人，待人彬彬有礼，会书写。她询问我罗马士兵的生活是什么样的——我们吃什么，如何行军，谁负责砍树等，几乎事无巨细！在我老家，"最后，他怒目回瞪佐伊，"我们对陌生人都不忘记要有礼貌，给予对方尊重。"

第六十二章

迪林话里隐含的嘲讽让佐伊脸色一僵,她半坐起身,手中的匕首向迪林的方向滑去。迪林感觉空气陡然变冷,但他没有动作,仍然稳稳坐着——尽管这样做非常不容易!他体内有个声音在叫嚣着要冲出来用拳头打烂巴尔米拉女孩儿的脸或者一把火烧了她,但他什么也没做。他清楚自己没有撒谎。

佐伊吐出口气,平复心情,重新坐下。

"看来她很漂亮。"她的声音虚弱又有些恨恨的。

"不,"迪林默认了对方的和解之意——如果她真是这么想的话,"肚子已经很大了!如果是我母亲看见了,她会说那位夫人可能会在数周之内临盆。"

佐伊闻言抬了抬眉,脸上闪过一串难以看懂的表情。她把匕首放回刀鞘,然后插回腰带后面。

"有身孕?"她思索着问,"你说,是一位贵族夫人?"

"没错,"迪林感觉她相信了他,"衣着华丽,略施淡粉,绿眼睛,棕色长发,皮肤柔嫩。"

奥迪纳图斯兴奋地吸了口气,凑近来想听清楚每个字。

"你碰到她了?"他好奇地问,"还干了什么?"

"什么也没有,幸亏马赫女神保佑!"迪林做了个好运的手势,"我们就一直在小溪边聊天。"

佐伊用手环抱着膝盖,越过火光看着迪林:"你的这位贵族夫人,有没有名字?或者是哪个家族的?带着一堆女仆?一位恶狠狠的女伴?一队侍卫?"

"都没有,"迪林叹了口气,"就是这点不好——要是她带着人,那我就能早点脱身,几个小时之前就能回来了。我不明白,为什么她会对枪兵怎么绑靴子和我们每三天喝一次酸葡萄酒这种事情感兴趣呢?"

"嗯,"奥迪纳图斯忍不住问,"那你吻她了吗?"

迪林扭头用冰冷的目光瞪着巴尔米拉男孩儿，奥迪纳图斯嗤了下鼻子，自顾自地拨弄火堆。

迪林什么也没说，奥迪纳图斯又开口了："我觉得，我们的野蛮人朋友就是太讲礼貌了，不敢这么主动——我猜，他老家那些人是不会这么干的……这就是为什么他们的数量会那么少！"他大笑起来，迪林并没有生气，也一起哈哈大笑。像这样围坐在篝火旁分享一天的经历，感觉很不错。

"你说这位贵族夫人怀有身孕，"旁边的佐伊突然插进话来，"但你还没说她到底有没有名字。"

"噢，"迪林挠挠脑袋，努力回忆在她的一大堆问题中自己是否有机会提问过，"对了，是叫玛蒂娜——如果我没记错的话。她说她丈夫是从非洲来的军官——我猜是从迦太基来的。我既不是诗人也不是德鲁伊教的僧侣，哪能记住所有事……"

佐伊摇摇头站起来，透过树冠望着夜空中的星辰。她用两手拇指钩住腰带，转过身，篝火温暖着她的腿背后。如今夜晚一天比一天冷了，即便出了山区来到这里亦是如此。"我猜你对她还是很礼貌的。"

"以我的名誉担保，"对方的话里暗讽他行为不端，迪林立刻反驳道，"我将她视为一位像母亲似的女性长辈——虽然我的母亲比她年长，也不像她那么爱打听。"

"很好，"佐伊回头看了看，"你知道，对你这种不分尊卑的行为的惩罚是挖眼，我相信，或者也许只是酷刑和死亡。不过，我想保民官会理解的，他可是一位有同情心又宽容的大好人。"

"你觉得这事会有麻烦吗？"奥迪纳图斯用长棍子在篝火边的石头上敲了敲，谨慎地看着佐伊，"我听说她虽然年轻，却很英明。她肯定已经看出来我们的爱尔兰朋友是个缺心眼儿……"

佐伊挥手打断他的话，转身面对篝火。迪林看看这个，又看看那个，胃里开始有种冰冷不安的感觉。

第六十二章

"我担心的不是皇后陛下，"佐伊咬着牙说，"我担心她丈夫的脾气。"

"皇后？"迪林尖叫起来，感觉一阵头晕，"哪儿来的什么皇后？"

佐伊没有看他，继续说："东罗马皇帝有一次以对皇后不敬的罪名把一个人碎尸万段拿去喂了猪。当然，那个人与她家族为敌，而且还是个撒谎的笨蛋，不过……也许是因为篡位者佛卡斯的事——不管怎么说，那人还是死得很惨呐！他是个人，生气是正常的。我想，他是太爱他的妻子了，所以忘记了如何做个好皇帝……"佐伊的声音越说越小。

"那个玛蒂娜夫人是皇后陛下？"迪林倒在冰凉的松针上，感觉自己快晕了。

"没错啊，"奥迪纳图斯一边叹气，一边取下在火中烤得鲜嫩的鲑鱼，把它们从棍子上取下来放在他从陶里斯废墟里偷出来的木盘子上，"只能是她了，整支大军里唯一一个怀孕的贵族夫人就是玛蒂娜皇后陛下，来自迦太基的东罗马皇帝希拉克略的年纪不大但名声不佳的妻子。"

"名声不佳？"一直在紧张地啃着自己拇指的迪林闻言又活跃了起来，放下手指，"我从来没听过！她都干了些什么？跟马夫鬼混？还是抹了油浑身闪亮的角斗士？"也许她一直都喜欢跟野蛮人聊天！

奥迪纳图斯轻轻在爱尔兰男孩儿头上扇了一掌："都不是，你这个白痴……她是他的侄女儿。因为皇帝一意孤行，那些希腊人都气得不行——据说他很爱她，而且在认识这么多年之后对她的爱也没有减少分毫。不过他们有种奇怪的观念，认为应该把子孙血脉散布得远一点儿……"

"那个，"佐伊严肃地说，"不是重点。现在的问题在于，我们这位小渔夫惹到了一位难缠的政治大人物。我们死在政治问题上的可能性甚至大于死在波斯人手上的可能性。你——"她伸出一根手指指向仍然不知所措躺在地上的迪林,"从现在开始,如果没有人看着你,你就哪儿也别想去。"她皱了皱眉,"估计能看着你的就只有我了。"

"好吧。"迪林看着在夜空中慢慢溜过的月亮,心想:"至少今天过得还不坏。"

第六十三章
巴尔米拉城墙

芝诺比娅站在大马士革之门的城垛上。太阳像个黄铜大圆盘挂在骨白色天空中,放射出万丈光芒。河谷里酷热难耐,石头和沙地上都笼罩着一层闪光的热霾。仿佛从炼铁炉里吹出来的热风鼓动女王身上的薄丝长袍,长袍紧贴在她曲线优美的身体上,松散的头发如同一团黑云垂在肩头。她没有戴象征本城的笨重王冠,而是换上了一条薄薄的银带,银带上镶嵌着一颗跟她拇指一般大小的红宝石。她眯起眼睛俯视波斯使者。

"我是女王,"她说,"我代表本城,你有什么话就对我说。"

波斯使者是个皮肤黝黑的瘦个子,长鼻子,一脸和气地回视着她。他穿戴着茶色与白色相间的沙漠长袍和头巾,觉得还算舒服。只是可怜了他身后的那些人,个个穿着厚重的装饰性的长袍与铠甲,热得满脸通红。芝诺比娅估计,要是自己让他们在这儿多待一会儿,准会有人脱水晕倒。这点她倒是有点期待,内心有种故意使坏的快感。

"我的主人,"瘦个子说,"派我向您送来最真诚的祝福。他想请您考虑一下,将这座城和平地交给强大的波斯帝国,接受他的仁慈与感激。"

芝诺比娅弯起用暗红色勾勒的丰盈嘴唇，冷冷一笑："请向你的主人转达我对他即将到来的死亡的沉痛哀悼。我在此保证，等兀鹰与秃鹫将他的骨头啄食干净之后，我会派人用上好的粗麻布袋装上他的遗骨送还给他的夫人。我会赐予他的家族荣耀，用他的骨头磨的粉来化妆！我们的城市不需要强盗土匪的仁慈。回去告诉你的主子，我们决不向他屈服。不过，他倒是可以为他对我们的侵犯来向我祈求宽恕。全世界都知道我有一副慈悲心肠。"

瘦个子点点头，花了点儿时间才把她这番话记在了脑子里。

"我的主人，"他说，"人称'皇家野猪'的伟大的沙赫·巴勒兹将军，是伟大的万王之王科洛斯伊斯最钟爱的大将，全世界都知道他极富同情心，并且一言九鼎，女王陛下。"

芝诺比娅偏着头看着这个黑皮肤男子："那么，请你告诉我，他的荣耀与屠杀我的子民和洗劫本城先辈们的陵墓又有什么关系？"

昨夜一整晚，城西一直传来奇怪的破裂和重击的声音。穆罕默德的手下趁着黄昏的掩护偷偷溜出了城，破晓之前带回了消息：波斯人正在洗劫墓塔，把里面的东西统统搬到了位于山上的波斯大营。为了封锁这个消息，芝诺比娅不得不把知道消息的斥候扣留在皇宫地下室里。如果城里的人知道祖先们的安息之所落得如此下场，他们一定会不顾一切地拿着菜刀冲出城门去找波斯大军报仇。

"我主人的荣耀是无可指摘的，女王陛下。他和您还有您的城邦都没有过节。与他作对的是罗马人和那些杀害他的好朋友莫里斯皇帝陛下的那些凶手们。他并不想伤害您——他只想让伟大高尚的波斯王国与闻名遐迩的巴尔米拉城邦和平共处。"

"那他表达友谊的方式，"芝诺比娅懒懒地说，"还真是奇怪。已经有数千人为了这个和平死了。在实现他所谓的'和平'之前，还会有更多的人在酷暑中丢失性命。"

其中一个波斯贵族开始喘粗气，斜靠在马身上。其他贵族们用眼

第六十三章

角余光扫了他一眼,却没一个人上前去帮忙。那贵族满面红光,呼吸越来越吃力。

身后的噪音丝毫没影响到瘦个子,他继续一脸温和地看着芝诺比娅:"女王陛下,如果这便是我们最终谈判的结果,您和您的所有子民都将被杀死或被赶进沙漠里。而您的城邦,则会被彻底地夷为平地,连块石头也不会留下。它的名字会被黄沙掩埋,从历史中消失。相反,如果和平……如果您与波斯缔结友谊共享和平的话,您就会变得强大。巴尔米拉的光辉事迹会传遍整个大地,全世界都会惊叹它的富丽堂皇。难道罗马提供的所谓的'保护'还不足以让您觉得烦心吗?你不觉得罗马就像一个吝啬阴险的老头子,正用它那贪婪的手指死死抓着您不放吗?您不觉得那个守财奴总是从您这里抢走财富却永无回报的希望吗?您这么做的利益何在?罗马军队现在又在哪儿呢?您孤军对抗强大的波斯,这已经充分说明了您的勇气与荣耀,没有人能指责您放弃职责——这座城市的荣耀已经保住了。那您为什么还要继续与我们作对呢?"

芝诺比娅把手撑在滚烫的城垛琢石上,倾身向前:"告诉你家那头猪,那头'野猪',芝诺比娅永远不会做背信弃义之人。他的主子是个婊子养的混蛋魔鬼,他的荣耀不名一文。巴尔米拉誓与他决战到底。"

瘦个子点点头,脸上露出一抹淡淡的笑:"那便这样吧,女王陛下。我的主人给了您最后的慷慨,然而,如果您认为他不可信的话,我们再怎么说,您也不会改变主意的。他将派一名勇士前来与您的勇士在城门前的平地上一决高下。决定权就掌握在胜者手中。如果您的勇士获胜,我的主人将立即退兵,巴尔米拉仍保有自由。如果我们的勇士获胜,巴尔米拉将打开城门迎接波斯朋友的友谊。"

使者坐在马鞍上深深鞠了一躬,然后掉转马头离开了。波斯贵族们也跟着转身离去,不过那位满脸通红的贵族就只能被两名同伴扶着走了。使者越走越远，身影在炙热的阳光下渐渐变小。芝诺比娅站在城墙上看着他们，直到他们消失在暗褐色的群山之间，她才转过身，忧心忡忡地在侍卫的簇拥下走下宽大的石阶来到城墙下的空地。

"不管怎么说，陛下，"伊本·阿迪严肃地说，"我还从来没听说过沙赫·巴勒兹不讲信誉。他从来都很注重荣誉，即使是在波斯国王科洛斯伊斯还是他的阶下囚的时候便是如此。当年他不就是抛下一切与年轻的国王一同流亡去了罗马吗？如果他这么发了誓，那他说的很可能就是真的。"酋长仰靠在椅背上，若有所思地抚摸着长长的白胡子。

芝诺比娅环顾周围的人，看着这些被她召集到书房里商议的人各自的反应。她的弟弟沃罗梓和南方人穆罕默德正相互打量对方，看谁先请战。贝尔神的高级祭司，年迈的塞普蒂默斯·哈杜丹意志消沉。虽然他年轻时候在本城的政治圈里也是一名赫赫有名、勇于开拓的大人物，但现在年老的他已经厌倦并且退出了这一切。以前扎布达将军也会坐在这里参加这样的会议，然而自从他在埃美萨的过失之后，女王便不愿让他再参与任何事。她最后看了看艾哈迈德，对方虽然面色平静，眼中亦透出忧虑。

"一个人的命运与整个城市的命运，"她慢慢说，"我也听说过'野猪'是个很讲信誉的人。然而，此刻他被困在这片沙漠里，在我们的城门前，他的信誉就很值得商榷了。通常，处在这样境况下的人会采取一些大胆的行为，只求以最低的牺牲换来最后的胜利。"

她用女仆精心修剪的长指甲在椅子旁的光滑桌面上敲打，艾哈迈德似乎从她脸上看出了她的想法。

"我应当接受他提出的挑战，"她思忖片刻后说，"穆罕默德，派一个你手下的恶棍带着休战旗去波斯军营宣布我接受挑战，告诉'野猪'，明天黎明时分，我的勇士将在城门前的原野上与他决斗。"

第六十三章

穆罕默德惊讶地扬了扬眉："你认为他会亲自出战？"

芝诺比娅微微一笑："在单打独斗中他输过吗？从来没有。至少他的传奇故事是这么说的。他这种人，不会让别人来替他捍卫他的荣耀，只能是他自己！"

"那么，"沃罗梓屏住呼吸问，"他的战败会给予波斯双重重创——第一个是未能攻下本城；第二个便是他的死亡——因为他就是波斯人最强大的武器！"

芝诺比娅面露严肃，紧紧抿着嘴："是的，那就是我们的战利品。"

艾哈迈德在一片黑暗中醒来，芝诺比娅蜷身睡在他怀里，头埋在他肩头，轻柔的呼吸吹在他耳边。房间里很暗，就连透过窗户可望见的东边那片狭长的天空此刻也没有一丝光亮。他轻轻把手从她身下抽出来，离开了床。女王一个人躺在枕头和棉被中，就连睡觉也还皱着眉头。在暗淡的光线下，她看起来比任何时候都要美，像一尊躺在黑色毯子中的完美的雪花石膏雕像。他穿上围腰布和束腰外衣，理了理头发，但没有扎，然后找到了自己的长袍。门静静打开来，上了油的铰链没有发出任何声响，他走出房间来到过道里。

宫殿的围墙形成了城市的东南角。沿着城垛分布的铁架子里插着火把，借着火把微暗的光，艾哈迈德走在低矮护墙上。两名侍卫保持一段谨慎的距离跟在他身后，警惕地注意着西边黑暗群山的动静。埃及人走得很慢，他在空气中细细探查，想知道是什么东西惊醒了自己。空气中隐藏着某种压力，让他有种芒刺在背的感觉。他隐约感觉到，在城市周围肥沃平原边缘的峡谷与沟壑之间，一些力量正在黑暗中聚集。

他凝望着夜空，只能隐约望到波斯帐篷之间的营火发出的微弱的光。黎明将至。他甩甩头，走了回去。

东边天空中亮起了粉红色与琥珀色的一条条云彩。芝诺比娅骑着一匹骁骏的母马向大马士革之门走去，艾哈迈德与穆罕默德跟在一旁。沃罗梓与皇家侍卫们正在等待，手中的火把驱走了流连忘返的黑夜。亲王一脸闷闷不乐，就连抬头看着姐姐的时候也没有加以掩饰。

"无须多言，弟弟，"她说，"以剑士身份而言，我胜过你。我不想在你打开城门之前再次向你证明这一点。"

女王身穿暗色盔甲：一副带有城市标志的钢铁胸铠包裹住她的身体，肩头与手臂都有缀甲保护，一件柔软的铁锁甲随身而动。头盔上掉落的双翼又被重新接了回去，头盔紧紧贴在她的下巴上。一把长刀横放在马鞍上，金属刀鞘上饰有雄狮与巨象，露在外面的一寸刀刃在灯光的照耀下反射出宝石一般的光芒。跨在战马两侧的腿上都有叠加的铁板甲保护，脚上穿着坚韧的皮马靴，手上戴着皮手套。在她身后的马鞍侧面挂着另一把看起来很普通的旧刀，同时为了平衡还在马鞍右侧挂了根细长的标枪，钢制标枪头做成叶子形状。

沃罗梓眼露悲伤，紧紧抓着姐姐的马镫："求你了，让我替你去吧。要是你出了什么事，我们的城邦就失去了主心骨。假如我死了，你还能继续战斗。你不是'野猪'的对手，他的体重比你重了足足一百磅！虽然你的刀比我见过的所有人都要快，但是他块头太大了，你们的力量悬殊。"

芝诺比娅笑了，用手抚摸他的头发："我也爱你，弟弟。是我自己的失误为我们带来了灾难，我有责任尽我最大的努力挽回这一切。"

女王环顾周围人的面孔，摇曳的灯光照出每个人脸上的悲痛："我的朋友们，能与你们并肩作战，是我的荣幸。我思考了一天一夜后作出了今天这个决定。以剑士的身份而言，我胜过我弟弟。你，伊本·阿迪，从你的眼泪里，从你的心里，我知道，只要我开口你就一定不会推辞，但是你确实不再年轻了。穆罕默德，如果你是本城的子民，我也许会派你上场——不过，虽然你是贝尔神派来帮助我们的贵人，但你在这儿的身份仍然是客人。感谢你在埃美萨一役中的勇敢表现，若不是你，恐怕我们今天就没有人能活着回到这里来。而你，艾哈迈德，我亲爱的埃及人，你这一生怕是都未曾拿起过战刀吧？"

看着她眼中光彩流动，艾哈迈德哈哈大笑，大家都笑了。有那么一分钟，现场紧张的气氛被打破了。芝诺比娅带着轻松的笑容看看周围，脸上焕发出幸福的光彩："开城门。让这一切做个了结。"

沃罗梓示意站在城门两侧的侍卫们。固定城门的巨大铁条被拉进了塔楼的石墙里，发出响亮的碰撞摩擦声。藏在暗室中的人们摇动绞车抽出足足有一英尺粗的铁条，绞车发出咯吱咯吱的响声。铁条退开后，卫兵们用肩抵在沉重的雪松木门板上将城门推开来。

芝诺比娅催马向前，战马跑上城门外的斜坡。天色始亮，平原和平原边缘的墓塔林依稀可见，火把与油灯照出正在城门前等候的芝诺比娅一人一马的孤单身影。

太阳从世界最遥远的东边偷偷露了个脸，陵墓群中的巨石之间的大道终于被照亮了。一个人正等在那里——穿着黑色衣服，骑着黑马。视线中看不到波斯人，连他们的斥候也撤离了。太阳光在其中一座墓塔的塔尖闪烁，宛如一颗在黎明中闪耀光芒的珍珠。

对方骑马慢慢往前走，女王感到一种可怕的寒意。太阳继续升高，金色光束仿佛流水一般滑过每座墓塔，从塔身落到地面。

"我在埃美萨的时候感觉到的就是这个人，"站在城门暗影中的艾哈迈德说道，"那股打败红衣亲王的可怕力量。"

他心头突然一轻，莫名地冷静了下来，瞬间明白了自己来到这里的宿命。他挺直身体走上前去，取下头巾与长袍："这场决斗的主角是我，陛下，不是您。"

芝诺比娅转过马头，震惊地看着祭司。

艾哈迈德似笑非笑："'野猪'只想要取胜，他不在乎什么荣誉不荣誉。"

"不……"女王低声惊呼,但却无法动弹身体,只能眼睁睁地看着他握着手杖从身边走过。

光脚踩在斜坡底部沙地上的艾哈迈德转过身:"关城门,密切监视每段城墙。虽然目前对方只是撒了个小谎,但也许背后隐藏着大谎言也说不定。"

伊本·阿迪与穆罕默德从芝诺比娅已经毫无知觉的手中接过缰绳,将她带回了城。沃罗梓望着光光的战场,艾哈迈德正一个人往前走。亲王与其他人一起用肩抵在城门上将城门关闭。

艾哈迈德穿过城墙下的桥,沙粒在脚下嘎吱作响。那个黑色身影骑马停在墓塔的暗影下,没动。埃及人一边走,一边让自己的思绪冷静下来,打开"赫耳墨斯四级术"。虽然用肉眼看去,平原一片平坦,但实际上却有些坑洞和岩石,表面凹凸不平。步行有些艰难,但他不能失去身体的感觉。他打开意识之眼,耀眼的五彩光辉遮挡了天空,各种力量形式充斥其间。他集中精神同时保持在现实世界与魔法世界中的两种视线。

对面的人影动了,黑色战马往前踏出几步后又停下。穿着长袍的人下了马,拉下头巾露出白白的光头。看见对方犹如狐狸一般的头形,艾哈迈德愣住了,这模样带给他的震撼犹如当头一棒。那人让马离开,马儿转身迈开四肢跑开了,从马眼中,艾哈迈德看见了跳动的暗火。

"这是化为人形的死灵!"他震惊地想,"这鬼东西究竟是从哪个地狱里爬出来披上了人的外衣?"

艾哈迈德身上护盾的光芒不断变强,同时结构更加复杂。埃及人轻声念着过去从老师们的吟唱中学到的咒语,解除对古老神祇力量的封印。周围的空气开始颤抖,战场两侧的墓塔上的灰泥开始往下掉。

第六十三章

此时两人之间仅相距七英尺。黑衣人低下头，艾哈迈德感觉到某种黑暗意识在地面上游走。他两脚稳稳站立，定住心神。黑衣人抬头看过来。

"我是达哈克。"一个冷冰冰的声音在埃及人脑中响起，"向我低头，我便饶你不死。"

"决不，"艾哈迈德回道，"人类和你之间没有'妥协'二字。"

"那就受死吧。"

黑衣人双手在空中划出符咒，沙原上突然腾起大火。艾哈迈德往旁边跳开，一团团带着白热之火的闪电劈在他的护盾上，响起仿佛巨铃振动一般的声音。他开始冒汗，双手在空中打出一道冲击波，对面的黑衣人像个布娃娃一样翻倒在地。大地颤抖着，最近的一座墓塔上的砖石与灰泥纷纷往下掉。达哈克挣扎着站起来。艾哈迈德从沙地上向对方冲过去，口中发出狂风一般的怒吼，一道道闪电从身体中飞出来袭向对方，在沙地上撕开巨大的黑口子。

黑衣人站在原地攥紧双拳。艾哈迈德被击退三十英尺，背部着地，护盾碎了。他甩甩头，刚一翻身站起来，所躺之处便被一道白热火墙烧焦。埃及人用右手在身前画了个圈，两人之间的空气像玻璃似的震动。达哈克打来的第二道闪电在这无形之墙上四溅开来，呈现出强酸一般的腐蚀性。气墙下的沙地如同沸水一般沸腾，熔化成杂色玻璃。

艾哈迈德一声怒吼，将最近的墓塔上的石头所蕴含的能量吸收到自己体内。石头像弓弦断开似的碎了，用比人还高的砂岩和数千磅砖块与砂浆打造的足足三十英尺高的墓塔慢慢地整个倒了下来。达哈克手脚并用向旁边爬去，然后向空中惊人地一跃避开了。塔身正好砸在他刚才所在的位置，发出的隆隆巨响，像一阵海浪似的吹过艾哈迈德的身体，地上的沙子溅起来，灰尘在空中如浪涌般翻滚，一时间遮盖了整个战场。埃及人以最快的速度向右手边冲去。

身后的大地剧烈震动，以骇人的速度隆起，形状像一朵蘑菇，紧接着便爆炸了，沙尘四射，一个长着暗绿色触手的庞然大物在尘雾中瞬间翻腾后又倒塌在地，发出隆隆巨响！地上现出一个深深的大洞，沙子如喷泉一般射到空中，大地呻吟着。艾哈迈德挥动双手射出闪电，闪电穿过被倒塌的墓塔扬起的漫天尘雾直追黑衣人。

突然，埃及人被一个猛击打翻在地，身上的护盾光芒大炽如烈日，其中的上百个保护层被一瞬间瓦解。透过被汗水和洒落的沙尘模糊的视线，艾哈迈德看见黑衣人居然站在自己左手边一座墓塔的尖顶上。跪在地上的祭司愤怒地嘶吼，远远地隔空向对方挥去一拳。墓塔炸裂了，被打碎的砖石从每个窗户和入口往下掉。塔身一层接一层地碎裂，最后整个塔都倒在了一边。墓塔猛烈晃动向地面倒去时，黑衣人在塔尖上踉跄了几步，然后纵身一跃飞到了旁边的塔上，长袍在身后飘飞，如同一只巨大的黑乌鸦张开了翅膀。

艾哈迈德愤怒地悲叹："这鬼东西居然会飞！"

埃及人挣扎着站起来，在胸前双手合十，一脸专注。在他身周十来步距离以内的沙土与岩石发出耀眼的蓝白色光芒，瓦解成了灰与烟。他狂吼一声，双掌向外翻出，掌心正对从空中向他俯冲而来的黑衣人。狂野的怒吼响彻整个河谷。城市里的昂贵玻璃窗碎了一地，仿佛一片片细小的匕首似的铺在街道上。满脸是血的人们尖叫着。城墙晃动，上面的人们在这震耳欲聋的吼声中跌跌撞撞地后退。

达哈克猛地偏转身体，试图躲过这一击，但还是未能完全躲过。他感觉身体被重重撞了一下，自身的护盾瞬间光芒大炽，周身放出火舌。他在空中横翻了个跟头，撞上了另一座墓塔。塔身颤抖着现出裂纹，上面几层有部分慢慢从另一侧滑落到地上，激起沙尘。被打进碎砖里的黑衣人走了出来，动作略显吃力。他伸出右手在身前的空气中画出一个符号。

艾哈迈德跳过倒地的柱子与残缺的雕像，穿过沙尘向对方冲去，双手舞出的闪电从塔身扫过。达哈克用一只苍白的手擦了擦嘴，手上

第六十三章

留下血痕。一道猛烈的闪电打在他的护盾上，墓塔的顶部被击碎，一大片砖石、尘土和碎骨飞了出去。沉重的石块破裂倒塌下来，将魔法师压在墓塔入口的地上。

埃及人喘着粗气停了下来，此刻他离那墓塔还有段不短的距离。不堪重负的石头与砂浆发出痛苦的呻吟，那墓塔摇晃几下便倒了下来。艾哈迈德试图重新建立护盾，可惜他此刻所能聚起的能量只是原先的凤毛麟角。他的双手不停颤抖，脚下有些踉跄，神经承受着巨大的痛苦，几乎无法思考。荷鲁斯之拳所耗费的能量远比他曾经耳闻的多得多。

达哈克的身影再次出现在碎石堆中，浑身上下包裹着诡异的黑色火焰，流满鲜血又有多处骨折的脸上惨不忍睹。暴怒的达哈克张大嘴，露出尖齿，发出一声骇人的长啸。城里的人们被吓得瘫倒在地，脑子一片空白。这声音就好像一只在黑夜中火光不及之处捕杀猎物的巨兽在吼叫。城墙上，芝诺比娅泪流满面，淌血的手指死死抠住城垛上的石头。

达哈克冲向艾哈迈德，头上出现一圈肉眼不可见的火环，嘴里喊出非人类的语言。艾哈迈德感觉天色陡然变暗，太阳的光变弱了。他十指紧紧抠在沙土里，从地底的蓝绿色能量暗流中拼命吸取能量。黑衣人抬起一只攥紧的手，手突然发出一圈光芒，聚起一个闪光的圆球，里面装满他从空中吸取的黑光。他随即一拳挥出。艾哈迈德猛地从地上跃起，用绿火保护全身。只见一道耀眼的亮光闪过，大地颤动起来。

站在城墙上的芝诺比娅无声地哭泣，她只能看到从歪斜的墓塔之间爆发出滔天火浪。火浪犹如一朵朵地狱之花盛开在被爆炸冲击撕裂的柱子周围，将地上的沙土统统熔化成了玻璃。爆炸的巨响随着一股热风传到群山中，荡出隆隆的回声。身穿坚实铠甲的女王转过头，用胳膊护住脸。战场上冲天而起的黑烟如一根足有一里长的柱子。当她转回头的时候，在只剩一片残垣断壁的战场上，除了一个如同黑夜一般在碎石堆中蹒跚的身影，便什么也没有了。

达哈克眼前一片模糊，难以忍受的头痛正在撕扯他，皮肤在冒烟，头发已经全烧光了。他撞上了一面断壁，整个人瘫在墙上，脱力的身体颤抖不已，枯萎得像兽爪的手指试图在石头上找到一个支撑点，但没有找到，最终倒在了滚烫的石头上。天空从头顶上飘过，他痛苦地呻吟着。四周的石头从难以置信的高温中渐渐冷却下来，到处都传来噼里啪啦的破裂声。他向前爬，本能地想找个地洞躲起来。

艾哈迈德毫无知觉地躺在五十码以外的地方——这场毁灭的正中心，浑身盖满灰色粉尘。被粉碎的砖石从空中洒下一场灰雨，给他披上一件寿衣。他的衣服都被烧得一干二净，在护盾最先破裂的地方——脸和胸口——大火留下了长长的伤痕。他的呼吸越来越弱，最后似乎停止了。

厚厚的烟尘盘旋在河谷上空，随风慢慢往南飘去。

等在山脊上的巴勒兹策马上前俯视着城市。城里没有任何动静。他示意掌旗官和号兵发出进攻信号。他专用的长旗飘扬在空中，墨绿底色上画着一个独具特色的獠牙猪头。他穿着自己的旧铠甲，历经上百场战斗的铠甲上到处是被砍过的痕迹。他用手摩挲着油光的铁环，心想，事情正如预料中的一样。大军将赢得胜利。他向身后的旗手挥手示意。

"进攻！"他吼道，声如洪钟。蹲伏在山脊下的数万波斯士兵起身向前走去。工兵们用从马车上拆下的材料勉强拼凑出的少数几部攻城器械辘辘地发动了。"野猪"将目光重新投向城墙，心中充满即将胜利的狂喜。

"波斯！"他高举手中的刀，"必胜！"

第六十四章
波斯北部，卡哈克郊区

尼古斯站在阴影中，下方大道上的篝火与火把发出的光隐隐照在他的大脸上。百叶窗大开，房间里却依然很暗。伊利里亚人就站在窗户内的一侧，靠着一面马马虎虎涂了些灰泥的泥砖墙。外面街上传来马的嘶鸣与人们的喊叫。迪亚蒂丝盘腿坐在房间里对面墙边的一个薄棉垫上，油光闪闪的长刀平放在膝盖上。她拿出一块磨刀石开始磨刀，发出刮擦声。

"看到了什么？"她头也不抬地问，声音平静。

"至少有一百个骑兵，"他说，"全是凶神恶煞的大胡子，马披挂着用大铁环缝在皮革上制成的半身甲，带着长标枪和弯刀，头盔上的羽毛颜色各异，前面领头的举着黄底色的虎头军旗。"

"那是卢里斯坦国王的纹章，阿克赛恩家族的库鲁什。"黑暗中，一个亚美尼亚男孩轻声说，"用你们的话来说，那些人是骑士，从遥远的南方长途跋涉到此。"

迪亚蒂丝点点头，拇指摩挲着印度钢刀[①]刀脊的半中央。这是一

[①]印度钢刀：指的用印度所产的乌兹钢制造的大马士革刀，世界名刀。

把好刀，是第一次成功完成任务之后从公爵夫人那里得到的礼物。她右手握着刀鞘，左手将刀斜插入鞘，然后把兵器放回丝绸内衬里："有点奇怪，这么个弹丸之地，到了这个季节，却还如此热闹。"

与亚美尼亚人一起靠坐在墙边的优素福点点头说："万王之王知道今年的第一场雪会来得迟一些。"

迪亚蒂丝思索着对方的话，问："雪真的会来迟吗？现在天气已经很冷了。"

优素福紧抱双臂看着她，摇了摇头："天气是在变冷，不过到目前为止还没下过雨。今年雨量很少，可能要在至少一个月之后，通往阿尔巴尼亚和北边的关卡才会被大雪阻断。"

"那样的话，"她说，"万王之王便有足够的时间来组建一支军队，然后北上迎战罗马大军。"

"没错。"尼古斯悄无声息地从窗边走回来蹲在她身边，"这是今天我看到的从这里经过的第三队骑士。午餐的时候我跟旅馆主人和商人们聊了聊，得知这里有一个可北上的岔路口。"

"是的。"另一个亚美尼亚男孩儿询问地看了看自己兄弟，补充道，"有一条大道可从南边直达里海海岸和波斯城市达斯特凡。那条路还是在我们祖父那个年代修起来的，当时他们正在阿拉斯北边的大草原上与野蛮人作战。"

优素福咳嗽一声，不满地瞪了两个男孩儿一眼。两个男孩儿突然想起他的身份，脸一下就白了。

"如此的话，在有人对这些贵族提起我们这群从北边来的外国人之前，我们得尽快离开此地，今晚便动身，"迪亚蒂丝看着两个亚美尼亚男孩儿，"你们中的一个和……嗯，梅纳赫姆，两个人骑马返回北边把这个消息带给帝国的大军。其余人则继续南下。"

听到自己的名字，保加利亚人梅纳赫姆抬起头，他个子不高，有着一把特别浓密的大胡子和一头棕色卷发。他平时寡言少语，只是没萨胡尔那么闷。他从腰带里抽出一把带锯齿的长匕首。

第六十四章

"让我护送个乳臭未干的小子返回阿拉斯？要是他把自己搞得脏兮兮的，是不是还要我给他洗干净？"他冲着半站起身的亚美尼亚人露出狞笑，一张年轻的脸气得泛白。

"别闹了，"迪亚蒂丝正色喝道，"那孩子知道从这儿过去的路，而你则可以吓唬吓唬路上遇到的人。我只要你们确保把消息尽快带给奥古斯都·盖伦。去准备一下，行动吧。"

待两人离开后，迪亚蒂丝示意优素福与尼古斯坐到她身边来，轻声说："我们立即动身，不再走东南方向了。如果外头有支波斯军队，我们就要避免与他们遭遇。我们转向西边，往两河之间走。"

尼古斯正欲提出异议，迪亚蒂丝伸出一根手指阻止了他："两位皇帝陛下打算在春天毁掉高地上的村庄和一直延伸到东边的农田，让我们充当他们的耳朵和眼睛。我不知道他们与这支波斯军队遭遇之后会不会变得更加大胆。我们要尽快赶到泰西封。我感觉空气中似乎有某种东西。科洛斯伊斯想在已近年末的这个时节消灭我们的军队无疑是一次冒险。他的力量太弱了。"

尼古斯耸耸肩。迪亚蒂丝总是有独特的直觉和预感，而且很少出错。他拍了拍优素福的肩头，转身去叫醒其他人。保加利亚人依旧忧心忡忡地蹲在罗马女孩儿身边。

"怎么了？"迪亚蒂丝压低声音轻问，"你在想萨胡尔？"

某种古怪的愧疚神色从优素福俊朗的脸上闪过，他摇摇头："不……我在想达沃斯的部队。接下来会有一场硬仗，当他处在战斗最激烈的地方的时候，我却不能与他并肩作战，我是在担心他。"

"后悔跟我们南下了吗？"

优素福一脸坚毅地看着她："后悔？不，我从没后悔过。这是我唯一想做的事。"

他站起身迅速离开了房间，似乎有些生自己的气。迪亚蒂丝也站起来，思索着他的话，摸了摸鼻尖。男人！

第六十五章
里海海岸，阿尔巴尼亚，罗马军营

一片淡淡的云彩挡住了月亮的脸，拖着白与灰的长长尾巴向西边奔去。一个牧羊人坐在高高的山坡上，背靠一块比村子里的宙斯神庙还要庞大的花岗岩石板。两只黑白杂色的狗睡在他脚边，正做着追捕猎物的美梦。

其中一只狗在梦里抽搐了一下，发出一声低吠。牧羊人越过酣睡的羊群望出去，什么也没看见。他屏住呼吸仔细凝听，听到一声又细又高的尖叫，仿佛有人正用烤肉叉串起婴儿在火上炙烤。他抬起头，只见在高高的夜空中，一个如同巨型蝙蝠一般的庞然大物扇动翅膀在月亮下掠过。

一声瘆人的尖叫从头顶上传来，刺破了夜空，本来已经警觉起身的牧羊人被吓得蜷缩在地上。如同鬼哭狼嚎一样的长长的哀号声在岩石上回响，隆隆声在空气中回荡，慢慢向东飘远了。看到从黑暗中冒出来的恶魔，牧羊人瞪大了双眼，脚边的狗发出呜咽声。害怕得无法动弹的羊群转过脸无助地望着他，眼中反射出淡淡的火光。

"这种感觉很奇怪，"马克西安心想，"在异乡的星空下还能听到

第六十五章

家乡方言。"

他站在一片矮树林的树荫下,望着青草山坡下一个燃着篝火的大军营。他能听到笑声与歌声。空气中飘来一种熟悉的浓郁气味,东风带来了咸咸的海水气息。这里的夜晚还称不上冷,只是凉爽,他没有戴披风上的厚帽子。四名巡逻的军团士兵从他眼前走过。亲王在黑暗中微微一笑,感觉自己的力量正悄悄渗入周围的空气与土地中。如果他不想被看见的话,谁也无法看到他。

他从山坡上走下去,花儿与野草的清香飘进鼻子里。山区已经隐隐有些入冬的迹象,然而在这里,这片紧靠着浅海的平原上,夏天还没有完全离去。橘子树开出的花和茉莉花的香味令夜晚的空气甜得发腻。满天星辰也眨巴着顽皮的眼睛,令人感觉亲切。走到军营外围壕沟边时,他停了下来。边上的灌木丛已被匆匆清理一空,军团士兵们把带来的尖桩插在壕沟底部松软的泥土中。壕沟后方用原木竖起了一排栅栏。

他突然想起了那个叫阿莱斯的女子,眼前仿佛又看到一双白皙强劲的长腿在东罗马帝国首都的城市屋顶上快速奔跑。他皱皱眉,定下心神向前纵身一跃,穿着靴子的脚重重地落在原木栅栏顶上,身子在后面的壕沟上空晃了晃。他让怦怦直跳的心冷静下来,保持住平衡稳稳站立。军营内的景象在眼前一览无遗,在油灯与蜡烛发出的光亮中,数百顶排列整齐的帆布帐篷。成千上万的人发出的模糊低沉的交谈声传入他耳中。站在栅栏上的他像一道细长黑影融入幽森的夜空。从这个位置能望见军营正中央有一顶灯火通明的大帐。

他无声地跃下栅栏落到军营里的地面上。一名哨兵从原木栅栏后的平台上走过。马克西安裹紧身上的披风,穿过帐篷之间的空道向前走去。

马修斯·盖伦·阿特柔斯,西罗马帝国的奥古斯都·恺撒,坐在折叠桌旁。工作桌的边缘点着由一支征粮巡逻队从最近的村子里找来的蜂蜡烛，发出黄黄的光。桌面上整齐地堆放着蜡板和纸莎纸卷。皇帝仰靠在椅子上，揉揉双眼，感觉疲惫。自从离开不朽之城后自己就没有过不累的时候，永远都有一大堆事情在等着他。此时已夜深，在半分钟之前，他让秘书们都回去休息了。他伸手取过一块蜡板，上面写着军队里受伤马匹的情况。这时，眼睛突然扫到一个瘦瘦的黑影站在帐篷门内。

盖伦惊讶地抬起头，居然有人在卫兵们都没有通传的情况下就进来了。待看清来人，他更是惊得瞪大了双眼，手中的蜡板停在了半空。

"大哥。"马克西安沙哑的声音有些含混不清。

盖伦站起身，瘦削的脸上慢慢露出由衷的笑意。"马克西安！"皇帝喊了一声又停下了。看见弟弟异常苍白的脸色，他突然意识到这个人此刻完全不应该出现在此："出了什么事？"

皇帝靠着桌子往前倾斜身子，心里生出深深的恐惧。"是奥勒良出事了？还是罗马城？到底出了什么事？"他紧张地问，心里有种不祥的预感。

身形瘦削的马克西安走上前来，卷起黑袍坐在桌子前的一把行军凳上。亲王摇摇头，嘴边露出一抹似笑非笑的表情："哦，别担心，大哥，罗马城没事，帝国也没事。至于奥勒良，我最后一次看到他的时候，他也很好。"

盖伦重重坐回椅子上，松了口气，皱着眉头，不满地看着弟弟："那就好……你像个鬼影一样突然出现，吓了我一大跳。我从来没想过会在这里见到你。是怎么回事？你现在能在这儿，肯定是在我们离开之后几周便也离开了罗马——你一个人出来的？啊，那是肯定的！对一个治疗师来说，黑暗世界有什么可怕的……"

马克西安抬头看着他，看到哥哥脸上的担心，他才意识到自己有

第六十五章

多思念这个爱给人下定论又难以相处的兄弟。不，应该说是两位兄长他都思念。之前忙着铸造那部机械，然后又匆匆地赶来这里，他渐渐开始把克里斯塔、阿莱斯和其他同伴当作家人看待。此刻坐在点着圆蜡烛的温暖的行军帐篷里，他回忆起过去他的哥哥们为王权而战时，他也曾有很多次坐在这样的帐篷里。

他怀念那样紧张的行军生活，怀念军队里的团结。亲王看起来有些难过，他把目光从哥哥身上移开，内心感觉很孤单。他努力压制心中涌出的复杂情感，有种流泪的冲动。虽然那样的日子早已远去，但他依然很珍惜那段时光。他甚至想要抽身离开，这种情绪太让人难过了。

"有人与我同行，哥哥，我很安全，比你走的路安全。"

盖伦点点头，惨淡地一笑："那是为了何事？等等，你看起来饿坏了。先吃点儿东西，然后我们再谈。"

皇帝摇响放在桌边的一个小铃铛。过了一会儿，一个家仆走进来。看到马克西安，老希腊人笑了笑，向皇帝深深鞠了一躬。

"我弟弟走了很远的路过来，给他拿点热饮、晚餐，还有些其他什么东西，也都拿来。要热的，不要凉的。"

老希腊人匆忙离开了，一出帐篷就唤来其他仆人分头行事。盖伦站起来绕过桌子向弟弟走去。马克西安抬头看着他，疲倦让他的眼睛无精打采。皇帝伸手紧紧握住弟弟的手拉着他站起来。马克西安带着莫名的不安看着对方。哥哥给了他一个紧紧的拥抱，马克西安移开目光，把眼泪眨了回去。

"我很想你们，你和奥勒良，"盖伦轻声说，"我……"

仆人们拿着餐盘、酒壶和一桶煤快步走了进来。马克西安从哥哥身边走开，向进来的厨子和其他仆人们致意。从他出生开始这些人就已经在替他们家族做事了。下人们摆开丰富的菜品：烤鸡、炖羊肉、烤鱼、抹了黄油的热面包卷，以及用鹰嘴豆和香料熬制的稠粥。厨子给他递上一杯热酒。马克西安大口地喝下去,感觉温热的液体在身体里流淌。他重新坐下来,讶异地看着眼前摆满食物的餐盘。

"先吃东西,"盖伦说,"我等你。"

铁鸟静静蹲在距离罗马军营大约一里的一条隘路上,漆黑的翅膀收折贴在蜿蜒的身躯上,体内的火被封住,隐身在密集生长的常绿植物、金雀花丛与荆棘丛中。克里斯塔跨坐在它巨大的头上,双腿从其长长的尖喙两侧垂下去,感觉着身下金属传来的热度。她穿着厚内衫,外面套着一件有羊毛内衬的羔羊皮半身外衣,脚上打着羊毛绑腿。转投亲王门下的其中一个瓦拉儿亚人教了她如何制作这种衣服。那人用瘦削的手指拿着粗针,几下就把羊毛缝在了皮革上。这件衣服穿着很暖和,甚至在这个气候温和的地方还显得有些热。不过当铁鸟翱翔在高高的云层中时,强风刮在身上就跟冰刀似的。女孩儿哀伤地望着黑暗中罗马军营的方向。

是去是留,是履行自己的职责还是留下来,她得尽快作个决定。一声轻笑让她略微分了下神,她收起双腿变成跪坐的姿势。两个人影在铁鸟肩部下方的暗影中走动,苍白的皮肤在暗淡的月光中闪过,一个更为低沉的声音回应了刚刚的笑声。克里斯塔厌恶地撇撇嘴。虽然已经是个死了的人,那个罗马老头子的喜好还真是一点儿也不逊于活人。

还有那个动机不纯的阿莱斯,她也实在太配合了。

自从瓦拉儿亚女孩儿带着她的"朋友们"加入他们这个队伍之后,这个队伍里的氛围就大为不同了。其他的瓦拉儿亚人很安静,不过在制造铁鸟的过程中出了大力。一旦马克西安给了他们灵药,他们就会立刻变得不知疲倦,眼中的痛苦之色也消失了,其中有些人甚至表现出了友善的一面。比如那个叫阿纳托尔的男孩儿,他花了数个钟头就只为给她的半身外衣的后面缝上一条盘踞的长蛇图案。但是那个

第六十五章

阿莱斯？她简直就是毒药。

克里斯塔摸着紧贴左臂的弹簧枪笑了。那个瓦拉几亚女人胸前的肉弹就像在黑暗中待得太久生长过盛的妖艳的花。不过，总有一天，当某个混乱的时刻来临时，她会变成一具尸体。笑声透过树林传来，老罗马人和那个女人穿过灌木丛上山去了。月亮在林间小道上投下细长的光束。克里斯塔站起来，耸耸肩让半身外衣回归原位。那两个人的身影在不远处清晰可见。

阿莱斯正在月光下起舞，长长的头发泛着白光在苍白的肩头飘荡，极薄的衣服像蛛网一般紧贴在身上，纤长的腿随着旋转的动作从银色月光中闪过。盖乌斯·尤利乌斯靠在一棵树上，脸被树荫遮住了。女人越舞越近，他突然伸出手抓住了她的胳膊。克里斯塔转身从铁鸟上爬了下去，弯腰钻进鸟身中央微暗温暖的舱室。夜晚还未过去，马克西安很快就要回来了。

盖伦紧紧盯着正在吃东西的弟弟。这个被他留在首都的小伙子肯定是遇到了什么事，才会让他在过去数月中如此迅速地成长起来。眼前的马克西安面容憔悴，眼睛里似乎藏有秘密。而且身上穿的衣服也有些怪异，华丽的黑色长袍里面是斑驳的灰色束腰外衣。亲王吃完餐盘里的东西，把盘子推开。皇帝放下手中的酒杯，示意仆人们全都退下。

"你有什么烦心事，马克西安？在我离城之后必定发生了什么大事。是你出了什么事吗？"

马克西安点点头，觉得脑袋很沉。他刚刚吃的东西比他在过去一周里吃的所有东西都还要多，身子只感到困乏无力。这还是这么多天以来他头一次有想睡觉的感觉。眼前这个熟悉的旧帐篷、哥哥担忧的面孔、蜡烛与战马的气味，都让他感觉安全放松。他打了个哈欠，眨眨眼，狠狠揉了揉自己的脸。

"你还记得我们三兄弟在夏日别院里的那个晚上吗？你告诉了我

进攻波斯的计划。那天晚上我有一种感觉,那种感觉之前只出现过两次。哥哥,我觉得很害怕。你知道我是个治疗师,我能看到肉眼以外的魔法世界。"

盖伦点点头,全神贯注地听弟弟说话。

"就像魔法师、巫师一样,"亲王继续说,"我能看见肉眼看不见的力量。那天晚上,就在那座小神庙里,在月光下,我感觉到了某种对人们怀有敌意的强大存在。它激起了我的好奇心,所以我便追查了下去……"

马克西安用平淡的语调述说了自从那一晚之后他所经历的一切,足足说了近一个钟头,不过略过了关于他的同伴们的事。说完之后,他端起仆人们拿走餐盘时留下的一杯酒喝了一口。

盖伦脸色苍白,露出深深的恐惧和不安。皇帝突然别开眼。当他转回目光时,眼中盛满怒气:"你这个傻子!这些事情都足够你死多少回了?而且死了都没人知道!你说的这个诅咒……如果是真的,那我回到西罗马时也就是我命丧之日,我肯定会落得跟你的船匠朋友或者纺织工一样的下场。"

皇帝跳起来,一脸沉思地踱步。

"不,"马克西安惊诧地看着不安的哥哥,"这个诅咒对你不会有任何伤害。它需要一个核心,所有一切都是从这个核心发出来的。你便是这个核心,正如皇帝是帝国的核心一样。我知道你是安全的。尽管这个东西可能会影响你的想法和意图,但是它同时也会保护你。在全世界所有不会魔法的人里面,在知道这件事之后还会安然无恙的便只有你。"

盖伦愤怒地攥紧拳头转过身:"那你想要我怎么做?放弃我曾发誓守护的国家?分裂这个尽管有诸多不是但仍然给了全世界一半的人和平与保护的帝国?我不能做那样的事!我也决不会做那样的事!"他提高音量几乎吼了起来。

第六十五章

马克西安也站了起来,声音里透着焦急:"可是,哥哥!我们是能打破诅咒的——帝国也会继续屹立在世界上。我所需要的只是一根足够长的杠杆和一个足够坚固的支点,便可解除诅咒。而且我还知道该去哪里找到这根杠杆——我坚信这一点。在这件事情上我需要你的帮助。我们将迎来一个崭新的世界,一个所有人都能享有自由的新世界。除掉这个诅咒,弱小的罗马公民们就能重新强壮起来,罗马帝国能再次焕发光彩。"

盖伦瞪着马克西安伸出的手,往后退了退,脑子转得飞快,将弟弟所说的穿过帝国的长途跋涉在脑中化作奇怪的画面和语句。他突然意识到马克西安还隐瞒了什么。

"你怎么会这么快就到了这儿?"皇帝努力压低声音问,"你说你仅在数日之前才离开君士坦丁堡,是什么力量把你如此神速地带到了这里?"

马克西安张口欲言,但又闭上了,只是摇了摇头。

"告诉我。肯定是什么东西把你带过来的——到底是什么?它在哪儿?"

"不,"马克西安断然回绝,"既然你不愿意帮助我,我这就离开,再也不会拿这件事儿来烦你。也许还有其他破除诅咒的方法,我会找到的。"

盖伦怀疑地眯起双眼。

"我听说,"皇帝慢慢向桌边走去,"波斯祭司能日行千里。你是不是有人相助?某些你忘了提起的帮手?"

马克西安站直身子向门外走去:"的确有朋友帮助我,他们没你那么害怕,他们能看清事情真相。但是,我的事情我自己做主——你不能命令我,其他人也不能。"

盖伦一手紧紧按住弟弟的胸膛不让他走:"如果帝国失去了这层保护,岂不是正中万王之王科洛斯伊斯下怀?"

马克西安愤怒地瞪着对方，脸色紧绷。

"什么万王之王，"他咬牙道，"我不在乎。你的战争阻止不了我。你一心追求帝国梦，却忘了普通民众在为你的荣耀流血牺牲。我受够了。人的天性便是学习、成长和探索新事物。可是如果帝国连这个自由也不给民众，这样的帝国，我也不在乎！让开，哥哥，我必须走。"

盖伦摇摇头，吹出一声尖锐的口哨。已经被两兄弟的争吵声吸引过来的日耳曼侍卫们从门外一拥而入。

"我的弟弟，"皇帝说，"走累了，心情不太好。带他去我的帐篷里休息，在明天早上之前给我把他看好了。睡一觉之后他的心情自然就会好一些。"

马克西安没有说话，看着眼前这群胸宽臂粗的日耳曼人。对方人数太多，他只有孤身一人，而且的确太疲倦了。他点点头，虚弱地笑了笑。

"但愿如此。"他没有反抗，顺从地跟着侍卫们离开了。

盖伦倚靠在帐篷门口的门柱上，心里极不平静，看着日耳曼侍卫带着弟弟走进黑暗中。他挠了挠后脑勺，头上又长出短短的头发了。他转过身，还有很多工作要做。他打算早上再去跟弟弟好好谈谈。

亲王躺在舒适的床上，身下是柔软的垫子与枕头。疲倦感像一波波温柔的波浪慢慢淹没了他，睡意越来越浓。这顶帐篷建在一个木平台上，用华丽的黑色织物做四壁，顶上点着一盏雕花水晶灯，封闭的空间令人感觉温暖。想起被日耳曼侍卫扔到寒冷的帐篷外的两个侍寝的女人那嫌恶的面孔，马克西安苦笑了一下，打了个哈欠。

虽然这里很舒适，他却难以入睡，恍惚中不停地梦见在黑暗中旋转的火和巨轮。有一刻，他仿佛看见自己站在一个高高的地方，四周都是冰冷的大理石柱，然后听到一声巨吼，就像海浪冲撞在峭壁上的声音。他看见巨大的翅膀从太阳底下掠过遮挡了阳光，感觉热风吹拂

第六十五章

在头发上很舒服。接着克里斯塔出现了，苍白憔悴的脸定定地看着他，向他伸出一只手。最后他好不容易终于睡着了，却又梦见一些他从未到过的地方、从未听过的声音和从未见过的人。在梦中，一个女人低头看着他，灰色的眼眸宛如北方的海，火云把其身后的天空染成一片血红。他觉得这个人非常熟悉，可就是不知道是谁。

突然感觉有什么轻轻碰了碰他，他醒了，慢慢睁开一只眼。灯已经熄灭了，帐篷里漆黑一片。一张苍白的脸低头看着他，似乎散发着某种幽幽的淡蓝色亮光，浅色长发如蛛丝一般垂在脸两旁，丰盈的暗色嘴唇动了动。

"主人？"

"阿莱斯。"他喃喃道，声音里还带着睡意，举起一只手摸了摸她的脸颊，她转过脸，火热的唇落在他手上，湿热的舌头滑过他手心。他把她的头发从颈边拂开，她在他的碰触下微微颤抖。

"主人，我们必须离开。"她在黑暗中轻语，声音听起来很紧张，"数百个罗马人正举着火把在树林里搜查，好像在找什么东西。"

"哼，我哥哥想找的东西是他根本无法想象的。看来，兄弟之间有时候也无法信任。拉我起来。"

她伸出如钢铁一般有力的手帮他坐起来。他拿过衣物让她帮自己穿戴好。她滚烫的手抚过他的腹部。亲王在黑暗中露出微笑。如果他只能在没有两位兄长帮助的情况下独自上路，那他就一个人走。在他眼中，公民们的生命更为重要，帮助无辜之人逃离看不见却注定的死亡更为重要。

阿莱斯拉开门帘，轻启嘴唇低声吟唱。守在外面的卫兵们坐在岗位上仿佛木头一般，甚至连亲王走出帐篷放下身后的门帘时也没有抬头看。亲王穿过军营离开了，脸色苍白的瓦拉儿亚女人始终站在他身后一步之遥的距离。

第六十六章
阿尔巴尼亚，克伦诺斯河之南

男孩儿猫起身子，喘着粗气在树林中狂奔，右腿一跛一跛的，头上有一道伤口正在滴血。前方出现低矮的灌木丛与小树苗，他猛地跌入灌木丛跪倒在地，来不及咒骂，在地上挣扎了一会儿，终于支撑着重新站了起来。

口哨声与喊叫声从身后传来，土地上的马蹄声越来越近。男孩儿跌跌撞撞地往山坡上跑去，身子弯得极低，希望灌木丛和树苗能阻挡追兵的视线。快到山顶的时候，右腿实在撑不下去了，男孩儿一个踉跄跌倒在地，从山坡上滚了下去。右腿外侧有一道极深的伤口正在流血。他躺在地上无力动弹，艰难地喘着气。

追兵们开始往山上追来，听声音就在很近的地方，男孩儿甚至能听到马的鼻息和铠甲发出的咔嗒声。透过头顶上的树冠间的缝，他看到了蔚蓝的天空与高高的白云。男孩儿翻了个身，死死咬着破裂的嘴唇不让自己呻吟出声，用手和膝盖沿着山坡往远离山顶的方向爬去。地面上全是大大小小的石头，很硬，几乎没有什么青草——这些山头属于干旱地带，只有发育不良的矮树和尖尖的荆棘。

前面出现一块裸露的岩石层，他奋力爬上岩床，吃力地撑在岩石

第六十六章

上蹒跚着绕过岩壁的一角。当他转过巨石的那一瞬间,天空映衬出了他的身影。

一支黑羽箭蓦地穿过了他的肩头,鲜血从伤口喷涌而出。男孩儿未能抓住摇摇欲坠的花岗岩石,身体摇晃起来。他望了望天空,又看了看自己身下山背面的山坡。双膝突然失去力气,身体滚下岩床,手脚无助地挥动,在山坡上弹了几下向地面滑去。

戈耳狄俄斯·法尔科,第三奥古斯都海峡军团的斥候骑兵,震惊地看着这个浑身脏兮兮衣服破破烂烂的年轻小伙子从自己头顶上的山坡上滚落下来,然后撞到了一棵茂盛的刺柏树上,沿途掉落无数碎石。本来正慢慢向山上进发的他双腿一夹马肚,掉转马头,睁大眼睛望了望四周,但是没有看到其他任何人,于是策马上前走到男孩儿身边,俯下身子伸出一只粗壮的手摇晃着对方的肩头。

男孩儿虚弱地动了动眼皮,偏了偏头,似乎微微睁开了眼。戈耳狄俄斯小心地探查他的箭伤,男孩儿后背不断涌出鲜血,甚至在树下的地面上都积了一小摊血。男孩儿动了动嘴似乎想要说什么,却没有声音。戈耳狄俄斯凑近些,感觉男孩儿脖子上的脉搏已经很微弱了。

"铁帽子……"他只听到了这几个字,立刻猛地抬头扫视山脊,在靠山脊右边的鞍状凹陷处看到了动静。他半眯着眼望去,只见在一片绿草丛生乱石散布的空地上,有五个骑着红棕色矮马的身影,头上的帽尖是彩色的,盔甲外披着长长的外衣,背上挂着弯弓,马鞍上挂着长刀。

"我的密特拉神!"戈耳狄俄斯倒吸口气,丢开已经断了气的男孩儿,"还不快走!"

他掉转马头,让树林挡在自己和山脊凹陷处之间,沉着地往山下走去。走了大概一里的距离之后,他双腿一夹马肚,马儿向北疾驰而去。他希望能碰到自己巡逻队的其他同伴。

希拉克略站在一个原木平台上，望着罗马军营南边的旷野。一个传令兵爬上他身后的梯子。听到男孩呼哧呼哧的喘气声，皇帝转过身。

狄奥多西大笑一声，一把抓住快要跌下平台的男孩儿的肩膀："抓稳了，小子，别把脖子摔断了！"

传令兵在皇帝面前单膝下跪，平稳呼吸："有一支巡逻队正在赶回来，陛下！在河的南边七八里的地方出现了波斯骑兵，他们正在向北走。负责巡逻的百夫长派人送回了这个消息。"

希拉克略与盖伦以及站在平台上的第三位国王——可萨国的统叶护可汗——分别对视了一眼。之前正是盖伦命令巡逻队查看南边的情况。一脸倦色的西罗马皇帝听到这个消息并没有流露一丝喜色，反而皱了皱眉。可汗个子不高，肩宽体壮，沙褐色头发中间杂着一缕缕灰色，胡子很短。他耸耸肩，回以希拉克略一个表示无聊的表情。统叶护很少说话，更多的时候是在倾听观察。尽管在他们并不长的相处时间里统叶护都表现得异乎寻常的冷静，不过希拉克略早就听说过，此人在战场上就是个死神。

"这跟你预计的一样吗？"希拉克略转头问盖伦，后者迅速摇了摇头。

"冬天正在逼近，"西罗马皇帝说，"敌人派兵北上，肯定是想在大雪封锁关卡之前阻止我们进入高地。要不要把他们赶走？"

希拉克略点点头，心中有了决定。是时候看看他的可萨盟友在战场上的实力了："可汗陛下，您愿意派兵出战吗？"

统叶护抿着嘴唇，漫不经心地从腰带中抽出一把粗柄匕首，轻轻从一只手抛到另一只手上，然后飞快地插回刀鞘。他点点头，脸上闪过一抹残忍的笑。他倚在平台边吹了一声尖尖的口哨。两队骑兵从正在旷野上演习的人群中闪出，向平台方向飞奔而来。

统叶护转身示意传令兵："小子，带这些人去找到那支巡逻队。"

他指着南边向他的部下吼道,"铁帽子兵!"

骑兵们爆发出一阵呐喊欢呼。可萨人到陶里斯的时候比较晚,没来得及参加在城墙和街道上的战斗,早就恨不得跟波斯人大干一场。传令兵爬下去,翻身骑上自己的马,带着他们向南奔去。穿过围绕军营的哨兵线时,可萨人再次高喊欢呼。

希拉克略轻轻哼了一声,转身面对同伴。盖伦似乎仍有心事,只是说他会派人在军营周围进行彻底的巡视。希拉克略没在意他的异样,觉得无非就是跑了个奴隶之类的事情,或者是情绪有些紧张。

第六十七章
巴尔米拉城外山上

黑影爬过岩石，带着尖牙红眼，背上有骨翼扇动。月光照在砂岩上。那东西停住了，抬起头对着月光龇牙咧嘴，眼中跳出暗红的火。它伸出一条长长的黑舌头尝了尝空气的味道，害怕了，贴着岩石正要溜走。

一只鹰爪般的手闪过，抓住它瘦不拉儿的脖子把它拽到了月光下。带着翅膀的鬼东西倒抽一口冷气，伸出爪子在空气中胡乱抓，但什么也没抓到。比钢铁还硬的手一捏，那东西惨叫一声，软炮炮地搭在了骨瘦如柴的手上。达哈克从长袍里抽出一个口袋，把俘虏扔进去，然后把袋子往肩头一搭，蹒跚着往山下走去。月光照在巨大的乱石堆上，魔法师的身影消失在两块巨石之间的暗影中。

巴勒兹做了个梦，梦见自己走在遍地横尸的战场上，只有他一个活人，刀上血迹斑斑，双腿也被鲜血染红了。地上躺着成千上万具被虫蚁啃噬腐烂的尸体。高山耸立在远处的地平线上，山顶被积雪覆盖，远远望去一片蓝色。一轮白色圆日悬在头顶上。残破的旗帜歪歪扭扭地垂下来。空气仿佛静滞了一般，但他知道，就在不久之前，这

第六十七章

里肯定还喊声震天。置身于死人堆中,他心里一阵狂喜,自己居然还能活下来。他高举手臂仰天长啸,喊声在地狱般的河谷中回荡。

突然有什么东西碰了碰他的肩膀,他醒了,看见一只握着薄匕首刀把的大手。虽然帐篷里很黑,但他依然能感觉到某个冷冰冰的东西正站在他的帆布床旁。将军嗅了嗅空气,骂道:"光明神在上,达哈克,你就不能让我好好睡一会儿吗?"

巴勒兹摸索着床边的灯,用火石擦了几下,点亮了灯芯。微暗的光线照出了坐在工作桌旁一把凳子上的魔法师。

巴勒兹半眯着眼看着对方:"什么事?是不是城里有什么动静?"

达哈克阴阴地一笑。

"不是,"灯光在魔法师瘦削的长脸上投下暗影,"是收到个消息。"

巴勒兹坐起来,温暖的光照在他宽厚的胸膛和粗壮的腿上。他的胸腹部生着又黑又密的体毛,不过胳膊和腿上都刮得很干净。他伸手从床下把马靴拖出来,心不在焉地把靴子翻过来在床侧敲了敲,其中一只靴子里掉出来一只半透明的淡黄色小蝎子。蝎子在地上弹了弹,迅速翻身逃进了帐篷里黑暗的一角。

"是什么消息?"巴勒兹从头上套进去一件束腰外衣,在腰上系上一条厚皮带。

达哈克伸手从自己长袍底下取出一个不超过三英寸长的象牙圆筒来。

"消息是给你的,"他的声音还有些刺耳,在巴尔米拉墓塔林的战斗中受的伤恢复得很慢,"我没打开。"

巴勒兹皱眉接过圆筒,上面有些粘手。他把东西放在桌上,举高油灯好看得更清楚些。象牙上有半干的血迹。

将军皱了皱眉:"难道就没有其他方式可送信了吗——干净的方式?"

达哈克一言不发地坐在帐篷一侧，像一团黑影。巴勒兹好笑地摇摇头，打开圆筒一端的盖。里头有一张卷起来的羊皮纸，他用手指取出然后展开。上面的斜体字刚劲有力。

巴勒兹抬起头，看着达哈克闪烁的眼睛："是科洛斯伊斯的信，贡达纳斯普的军队把罗马人堵在了阿尔巴尼亚的克伦诺斯河谷。万王之王命令你把我送到那里去，让我指挥军队打败两位罗马皇帝。他要我立刻就去。"

达哈克叹了口气，发出一缕细丝般的声音，他看起来累坏了："他有没有……既然国王下了命令，我服从便是。我们离开之后，这里岂不是要交给沙欣那个草包指挥？"

听到魔法师挖苦的语气，巴勒兹扬了扬眉："从级别上来说，是的，虽然其实哈达姆斯才是更好的人选。不过，要是把他们俩都留下来，而我和你都离开，就没有人能看住沙欣，情况会很不妙。"

达哈克摆弄着自己的手指，眼中反射出灯光。

"我可以让你一个人过去……"他思忖着说，"那不是问题，如果你能受得了法术的话。那样我就可以留下来直到这里的事情都处理完。"

巴勒兹听出了魔法师话里的急切，微微一笑："你是想要那个埃及人，是吧？你认为他还活着，就在那座城里。"

达哈克如野兽般低吼一声："没有人把他的尸体带到我面前，他肯定还活着。我会抓住他，把他加诸在我身上的所有痛苦还给他，我会亲自去讨这笔债。"

将军把那一小张羊皮纸翻过来，在桌上抚平。手边就有笔墨。他飞快地在纸上写了些字，然后轻轻吹了吹，撒上细沙，用吸墨石在纸上滚动。

"把这个回复给万王之王，告诉他我会立刻去找贡达纳斯普，这里的军队继续围攻。你快去准备吧。我需不需要准备些什么？"

第六十七章

达哈克站起身，鹰爪一般的手指握着圆筒："不用，只要你心脏够强壮就行。"

穆罕默德站在一道拱门下，神色严肃。他穿着一件波斯人爱穿的重铠甲，一件长鳞甲盖住膝盖，腰间挂着一把长刀，胳膊下夹着一个凹凸不平、伤痕累累的重头盔。盔甲外还套着一件棉披风，上面有巴尔米拉的纹章。他把胡子贴着下巴剪短了，脸更瘦了，眼中带着愠怒。

房间里，芝诺比娅正蜷在一张有雪松木床柱的床上，床上盖着厚厚的棉被与毯子，薄薄的丝帘从床柱上垂下来笼罩四周。女王躺在埃及人艾哈迈德身边，用白皙的手臂抱紧他黝黑的身体。房间里很安静，只有艾哈迈德不规律的呼吸声偶尔打断低声吟唱。每天，穆罕默德都会来这个位于皇宫深处的房间探望他的朋友，然而每天祭司都是昏迷不醒，奄奄一息。女王几乎没有离开过这个房间。

穆罕默德转身沿着走廊离开了，靴子在蓝色与绿色拼接的镶嵌地砖上踏出轻轻的脚步声。登上台阶时，他戴上头盔，整个世界只剩下了从头盔上狭长的眼部开槽看出去的一小块。今天会有战斗，应该说，现在几乎每天都有战斗。波斯军队对城邦发起了猛烈围攻。

冰凉的石头硌着巴勒兹的后背。他此刻正躺在巴尔米拉所在平原西边某个山顶上的一大块砂岩上。达哈克蹲在他脚边，双手举在他膝盖之间的上空，嘴里喃喃自语。巴勒兹抬头望去，黑黑的夜空慢慢地转动。寒风从沙漠里吹来，扰动他的卷发。月亮刚刚从东边升上来，像个红红的大橘子挂在城市背后一望无垠的沙丘平原上。达哈克动了动，仰起长长的脑袋望着星光闪烁的黑色天幕。

巴勒兹打了个哆嗦，他只穿着一件棉短裙和汗衫，两脚光光，全身找不出一块金属，就连用来束发的发针也被魔法师扯下来塞进了一个袋子里。额头上被达哈克用一把银色匕首划出神秘符号的地方有点发痒。将军一动不动地躺着。

达哈克的声音几乎都能听到了，不过巴勒兹什么也听不出来，只感觉像一阵从喉咙里发出来的低吼，起起伏伏却没有任何旋律可言。最后黑衣人站起身，两脚横跨巴勒兹站立，向着与月亮相反的黑色夜空高举苍白的双手，喊出一些听不懂的话。然后他又蹲下来盘腿而坐，从他的长袍的其中一个口袋里取出一根细细的银管，深吸一口气吹出颤音。

听到那声音，巴勒兹感觉浑身都起了鸡皮疙瘩，某种让他不习惯的恐惧如同酸一样渗进他的血液里。银管发出短促而快速的颤音。风越来越大了，巴勒兹闭上眼睛以免进灰。银管的声音不断升高，直到巴勒兹几乎快要受不了尖叫出来，它才突然戛然而止，四周又恢复了宁静。

宁静中只有一个声音——似乎从四面八方都传来了一种啧啧声，又或是硬壳相互摩擦的沙沙声，就像在一个大石缸里装了上百万只蟋蟀。空气骤然变得极冷。巴勒兹紧紧闭着眼睛，他害怕一睁眼就会看见头顶上有什么可怕的庞然大物遮挡了月亮与星空。

远远地又传来达哈克的声音，又或者是一个听起来像是他在说话的声音。这声音低沉却充满力量。令人惊讶的是，在这一片窸窸窣窣的声音里，他的话突然能听懂了。

"睡吧，强大的将军，当你醒来时，你将身在北方，在等待你战斗的地方。睡吧，别做梦。"

一块黑布盖住了将军，他在底下猛烈抽搐了几下，然后便睡着了，果然没有做梦。成千上万只半透明的小触手将他托上天空，在看不见的月亮下向远方飞去。

穆罕默德狠狠鞭打马儿，向旱谷边的山坡疾驰而去。红色母马飞一般地冲上山坡，马蹄下沙石飞扬。身穿暗褐色长袍，头戴浅棕色头

第六十七章

巾的三十名台努赫人和从城里来的另外三十个人跟在他后面向前冲。古来氏人纵马飞驰在铺着沙的平地上,银光一闪,刀已出鞘。在他前方的波斯士兵们惊恐地望着他,他们身后伫立着一座三十英尺高的侧面平坦的攻城塔。正在拼命拉动这个木制庞然大物的很多波斯士兵都把衣服脱至了腰间。其他早已跑到一旁的人则举着盾牌,肩上扛着长矛。看见穆罕默德骑马从硬地面上冲过来,他们大声惊呼,纷纷把矛头对准了穆罕默德。

面对冲过来的沙漠骑兵,波斯人放下长矛向四面散开。一些枪兵慌忙跑到攻城塔背后试图重整队形,但穆罕默德已经像一团风暴似的冲进了他们之间。他手中的马刀一挥,砍在其中一个枪兵的脸上。鲜血如喷泉一样涌出来,枪兵抓着被砍中的下巴倒在了地上。其他台努赫人冲到工兵队伍中,阳光下一片刀光剑影。更多的人死了,波斯人开始逃跑。台努赫人激动地欢呼着,高高的呐喊声回荡在沙漠里。

穆罕默德掉转马头检查战场。城邦与此地相距两里,沿着城邦周围的农田生长的海枣树树顶后露出金色城墙。波斯大军在距离城墙一百码的地方修建了简易工事。他们以为把攻城器械放在距离城市几里远的这里便是安全的了。穆罕默德在马鞍上站起来,冲着手下喊道:"推倒!把它推倒!"

波斯枪兵有些已经死了,跟其他劳工们一起横七竖八地躺在地上,有些则往棕榈树林的方向逃窜。台努赫人骑马绕着攻城塔走,往上面的战台里射箭。穆罕默德看见一个绿袍波斯工兵身中三箭,从最高的战台上翻了下来,"啪"的一声重重落到地上,先弹起来一下后才躺着不动了。巴尔米拉人把火把扔进塔身上较矮的房间里。穆罕默德双腿一夹马肚,马儿听话地跑上前去。

他从马上探出身子,抓住塔的其中一根绳子,麻利地把绳子缠绕在马鞍的前桥上,同时示意其他人照做。巴尔米拉人的马鞍要更重些,而且有四个角,他们把剩下的绳子缠到自己的马鞍上。每根绳子都被拉住了之后,穆罕默德把手向下一挥,众人一起向东边走去。

绳子被绷紧了,塔身开始摇晃。巴尔米拉人呐喊着用脚跟踢身下的马儿。马儿拼命拉动绳子,马蹄下尘土飞扬。整个塔突然呻吟一声开始倾斜。穆罕默德冲着两个还傻傻地抬头望着向他们压来的木板塔壁的台努赫人大喊让他们离开。塔身破了,慢慢倾斜,突然"轰隆"一声巨响倒在了地上,扬起漫天尘土。巴尔米拉人欢呼雀跃,穆罕默德对着手下们咧嘴大笑。

"扔火把。"他喊道。之前退后的一些台努赫人冲上来,把装着橄榄油的陶罐和燃烧的木棍扔到塔身上。浓密的黑烟很快便升了起来。穆罕默德掉转马头,带着整个队伍向沙漠荒原跑去。众人放声嚎叫,犹如报丧女妖班西的哀号,身后留下一片飞尘。

"够了,"达哈克挥手打断对方喋喋不休的解释,厉声说,"城里的那些野蛮人就那么想来就来,想走就走?我绝对不会让这种事情再发生。我要你在两天之内修完全部工事,哈达姆斯大人,我要所有人都去挖工事,白天黑夜轮流交替工作,直到完成这个工程。"

哈达姆斯僵直地鞠了一躬。负责掌管攻城器械的贵族此刻已吓得面无血色。之前花了数周时间好不容易建好的三部器械,仅仅在两天之内便被全部焚毁。从马车和农舍上拆下来的以及从本地为数不多的合适的树上收集来的珍贵木料全没了,被大火烧了个干干净净,只剩下一柱柱黑烟。这位负责人是沙欣亲王的一个表亲,这个身份虽然能让他担任个一官半职,但对于抵抗魔法师冰冷的怒气而言显然起不了任何作用。

巴勒兹临走前下令让哈达姆斯指挥大军,当然,是在达哈克大人的"适当协助"下。他走了还不到一天,沙欣就等不及了,迫不及待地挑战出身不如他的哈达姆斯。军营中的许多贵族都表示支持沙欣亲王。不过,达哈克才没那个耐心跟他们慢慢扯,直截了当就宣布由他接管大权。看着他那双闪烁的黑色眼睛,谁也不敢站出来抗议这种

第六十七章

篡权行为。

从那时候开始,围攻的节奏便更快了,简直让人吃不消。在哈达姆斯看来,达哈克是厌倦了这一切,而且他以为下面的人都跟他一样有着钢铁般的意志。巴勒兹治军是身先士卒,鼓舞将士们发挥出更大的潜能。达哈克施行的则是如冰雪一般令人胆寒的绝对恐怖,因玩忽职守而导致的失误是绝对不被容忍的。

"给你的任务如此简单,要是你听了哈达姆斯大人的建议,你早就成功了。但是你把他的建议和我的命令都当作了耳旁风。这是我不能容忍的。虽然现在我允许你们再用一天时间来完成围墙的工程,但进攻的步伐依然要加快。至于你,帕科尔斯大人,我对你的耐心和慈悲都用光了。"

魔法师脸上的阴森表情令哈达姆斯心头一惊。聚在帐篷里的贵族和军官们没一个敢说话。达哈克从巴勒兹常坐的普通藤椅上站起来,低头盯着那个贵族。那人正拜倒在地,向他行着通常只有王室成员才能接受的大礼。魔法师的目光在帐篷里扫视一圈,逼得面前这些人不得不与他对视。看着对方冷冰冰的眼睛,哈达姆斯打了个冷战,发现他的绿色瞳孔居然形似直线,其中还夹杂着点点金斑。

"你们要记住这个教训。"达哈克的一只手握成拳,枯瘦的手指间迸射出暗红色光芒。趴在地上的帕科尔斯突然发出呻吟,想直起身子。达哈克伸出穿着黑色软皮靴系着血红鞋带的一只脚踩在他后颈上,将他死死地按在地毯上。贵族开始浑身打战,四肢断断续续地抽搐。紧接着,某种东西开始在帕科尔斯的皮肤下涌动,仿佛有成千上万只虫子在里面爬。哈达姆斯别开了脸。

"两日后的日落时分发起进攻,明白吗?"

被黑衣人踩在脚下的帕科尔斯在剧痛中凄惨地哀号,骨头和筋腱化作血水,皮肉一层层剥落。

第六十八章
阿尔巴尼亚，克伦诺斯河之北，罗马军营

迪林拖着脚慢吞吞地走，在黎明前的寒冷空气中呼出一团团白气。他以稍息的姿势站在其所在队伍的最末端，旁边挨着佐伊。他安静地检查了自己的装备，确保所有带子都系牢了，所有该挂的东西都挂好了。天空中一片漆黑——他估计是云朵正好飘过来挡住了星辰。油灯和火把发出的摇曳的光照在他和周围的一大群魔法师身上。魔法师们背对自己的帐篷按等级站成四排。最前面的一排是高级魔法师，他们看起来很放松。迪林打开意识之眼，发现他们浑身都包裹在温暖舒适的魔法里。

迪林不禁在心里暗自埋怨学院里的祭司们居然都忘了教他些简单有用的咒语，比如像这样在漆黑的清晨让自己暖和起来的那种。不过，他还是比奥迪纳图斯和佐伊要好些。那两人用能找到的所有披风或毛皮把自己裹得严严实实。在巴尔米拉男孩儿的另一侧，一个高卢魔法师咧嘴大笑，呼出的气在空气中结成了霜。他根本不觉得这天儿有多冷，看到站在旁边的佐伊正瑟瑟发抖，起初他还想伸手搂着她，但看了看女孩儿放在身侧的匕首，他还是打消了这个念头。

"士兵们，立正！"

第六十八章

保民官从集合的队伍前面走过,四个百夫长全跟在后面。架在他眼睛前面的钢丝框里的单只玻璃片在火把的光下闪烁。他穿着跟百夫长们一样的厚羊毛披风和由毛皮制成的紧身衣,看起来很暖和。

"很快,"保民官的声音洪亮激昂,"战斗就要开始了。波斯军队正向我们急速进发。天气很快就会变冷,使南下的关卡全部封锁。万王之王科洛斯伊斯想要现在就在他的背信弃义的帝国与我们的帝国之间来场决斗。他只不过是赶着来吃败仗而已。你们中有一些人从未经历过战争。所以我要告诉你们下面这些话!如果你服从军令并且永不脱离自己的队伍,如果你遵从你的伍长和百夫长的命令,如果你在战斗中坚守位置永不退缩,你就能活下来,我们就能获胜。"

保民官和百夫长们走到离他们最近的队列末端,迪林略微挺了挺身子。佐伊的目光越过前面人的脑袋直视前方。迪林的眼睛往旁边斜着瞥了瞥。

"你们中的一部分人,"保民官走到他们后面,继续说,"不会在战列线里作战,而是在大军前面做先锋,不断扰乱敌军的前进和部署。这是一种新的战略,尚未在战斗中实践过,也许会失败,但是我坚信它必定会成功!我坚信,我们,罗马军团的魔法师们,将是决定性的力量。我们在这场战斗中以团队作战取得的胜利,将会改变一切。"

保民官又走回队列的前面,转过身,目光一一扫过他们,"皇帝在看着你们,也就是说,罗马、元老院和全国人民都在看着你们。不要让他们失望。"

迪林感觉一阵寒意从嗓眼直达心里,但不是从空气中传来的。

"你觉得明天会有战斗吗?"迪林在黑暗中轻声问。自从艾瑞克不在了之后,剩下的三人便睡到了一个帐篷里,尽管有些挤,不过现在夜间很冷,三个人睡一个兽皮帐篷正好,即便到了早上也还觉得比较舒服——至少在不得不出去之前。他知道佐伊没睡着——他能感觉到她在羊毛毯子下的动静。她跟他一样，在想明天会发生什么事。

"不会。"她翻了个身面对着他。即便从帐篷前端的小开口透进来的光线非常暗，他也能看到她的脸，看到她黑色的双眼。迪林心想，不知道奥迪纳图斯醒了没，也许没有，那家伙睡得像块石头一样沉。他在被子里费力地转了转，终于腾出了一只手想挠挠鼻子。

"斥候——"她继续说，"还在指挥营帐里进进出出。等敌军离得够近了，我们才会前进，那时便知道战斗要开始了。"

"你以前参加过战斗吗——我是说像这样的，而不是城市里那种？"

"没。"

迪林停下抓鼻子的动作。佐伊并不确定——这对她来说是不常见的。现在他们已经在一起合作数周了，一起练习，学习如何团队作战。艾瑞克的死让他们原先分两队作战的计划泡汤了，现在三个人又一起学习一起战斗。从某种程度上来说，这样反而更容易一些。佐伊和奥迪纳图斯有很丰富的经验，只是不能像迪林那样召唤原始能量。他们两人能以远远快于他的速度建立防护盾，这样他就能在他们的掩护下以迅雷不及掩耳之势召唤或投出火。科隆纳看过他们训练，说他们的作战方式让他想起了古老的底比斯人——两两组队作战，每个人都各有专攻。

"我从未见过大的战斗。"她顿了顿，又说，"在陶里斯之前，我从未见过任何战斗，没有看到过一心只求速死的人，没有看到过像一捆捆小麦一样堆在路边的尸体，也没有经历过任何朋友的死亡。"她喉咙里哽咽了一下，转过脸不看他。想到她这句话里说的死去的朋友，迪林也感觉心中一痛。

"佐伊，"他轻轻碰了碰她的头发，"我也想艾瑞克。他只是运气不好掉进了河里。"

第六十八章

她的眼睛仍然没看他,嘴里喃喃着,但他没听清楚内容。他盯着帐篷顶,心中一酸,感觉泪水从心底深处涌出来。但是,与她一样,他也没有哭出声来,只是让眼泪顺着脸颊流下。直到最后睡着了,他的手指还轻轻放在她的头发上。

第六十九章
下幼发拉底河平原，达斯特盖尔德附近

凛冽的寒风赶着一大片沙尘从北方而来。尼古斯与阿纳格赛亚斯挤在一间摇摇欲坠的泥砖房的背风侧，马儿就拴在他们跟前松软沙地里的木桩上。天色昏暗，呼啸的风暴卷起漫天沙尘，太阳只剩一个微暗的光盘。黄褐色沙粒无孔不入，哪怕他们把长袍裹得紧紧的，而且脸上还盖着围巾，也没有用。两人没有说话，坐等这一场风暴过去。风在房子四周嘶吼。

一个身影出现在漫天黄沙中，同样全身上下裹得严严实实，身子向前倾，迎着从北边吹来的强风吃力地往前走。尼古斯正待起身，阿纳格赛亚斯一把抓住他的胳膊拉住了他。那个身影继续迎风前进，最后终于走到了这堵摇摇欲坠的避风墙下，重重跌坐在两人身边。尼古斯和阿纳格赛亚斯凑过去，努力想听清楚他在说什么。

"……那儿……一座城。"那人指着空中黄褐色的沙尘。

尼古斯摇摇脑袋——风声太大，他根本听不清楚。那人又喊了几声，依然听不清，最后终于放弃了，默默地靠坐在墙边。马儿低着头站在原地。沙土开始在三个等待的旅人脚边堆积。

第六十九章

风暴过后，宛如深蓝天鹅绒的夜空星光熠熠。沙暴的尾巴在日落时分扫过大地，在夕阳的金红色余晖中，旅人们纷纷抖落披风上的尘土。高高的天空中还残留着一抹灰云，夕阳的余晖在云下斜斜照向大地，沙漠呈现出五彩缤纷的色彩。优素福、尼古斯和迪亚蒂丝站在离倒塌的墙大约一百码的一条运河边上。在汩汩流淌的运河对岸，在一大片海枣树和绿色植物的后面有一个山势平缓宽广的山头，一座庞大的城池依山而建。远远望去，那城池没有城墙，只有一道门。城中央有一栋高大的建筑——一座梯形金字塔，比房子的平屋顶高出一百英尺。黄沙掩盖了金字塔周围的街道与广场，倾斜的柱子从一个个沙丘里探出来。城里的窗户全都黑洞洞的，唯一的光只有金字形神塔顶端的暗橙黄色火光。

"那地方感觉怪怪的，"优素福抓了抓终于又再次长成型的胡子，"按理说，城里不是应该有点灯光或者声音什么的吗？"

"还有城墙。"尼古斯补充道。他望着星空下的寂静城池，想看清里面是否有什么动静，"阿拉伯沙漠离这儿不远，里面说不定会有土匪。"

迪亚蒂丝也感觉到了一种芒刺在背的感觉。她观察了一下运河，星辰的倒影在黑暗的水面上随波摇曳。运河上似乎没有桥梁之类的可过河的通道。

"有些事情，"她轻声说，不想引人注意，"没必要去探个究竟。让大伙儿都上马吧——我们沿着这条运河走。要去底格里斯，我们需要一座桥……"

黎明将至时，黑色铁鸟从天空中降下，尖声长啸与突来的火焰打破了宁静的夜空。铁鸟降落到地面，弯曲四肢踩在沙地上，红光洒遍沙丘。火焰发出咝咝声后熄灭了，沙漠重新恢复了宁静。黄沙在铁鸟的爪子下熔化，发出汩汩的冒泡声和噼啪的爆破声。铁鸟顶上打开了一扇门，门内透出淡黄色的光，照在沙丘上。从门里陆续出来几个身影，呻吟着伸展经过了这段由北而来的长途飞行后变得有些僵硬的身体。

其中最高的那个人向最近的沙丘顶大步走去，另两个稍矮的身影一左一右跟了过去。在这一片沙丘后面，穿过起伏的白色山脊，有一座被掩埋的城池，黑暗而荒凉。在这三人背后的其他人则忙着从鸟肚子里卸下帐篷和给养。

"看来，"第一个人平静地说，"这便是波斯的祭司之城了。"

"是的，殿下，"跟在后面的一个人说，声音有些颤抖，"禁忌之地，属于古代国王的达斯特盖尔德。这里曾是万王之王的住所，有大理石宫殿和美丽的花园——但后来被波斯祭司占用。如今那些花园早已被黄沙掩盖，宫殿里只剩下影子。"

亲王拉下长袍上的帽子，抖了抖肩。他有点紧张，但是并不害怕，他们这伙人的力量也不弱。

"盖乌斯？"他转向另一个人，老罗马人正悠闲自在地背着手站在一旁，"有什么好建议？"

死人点点头，如皮革般坚韧的脸上出现一抹极淡的笑意："我们先四处去转转，看看周围的情况，亲王殿下，然后再露面。如果您允许的话，我和瓦拉几亚人今晚就去摸清地形。"

马克西安迅速点点头，转身走下沙丘。其他人还在卸柳条箱；他累了，想立马倒头睡一觉。在他身后的小个子波斯人最后望了黑暗中的城市一眼，也急匆匆地跟着他走了。盖乌斯·尤利乌斯倒不着急，对着那片寂静的建筑和金字形神塔空荡荡的台阶看了许久。又有两个人走过来蹲坐在他身后的沙地上。最后当他转过身时，才发现这两人在等他。死人微微一笑，看着自己的这个小团队："阿莱斯、西罗恩，准备好了吗？"

"是的，大人，"两人轻声答道，"我们准备好了。"

第六十九章

"好,"他检查了一下挂在臀边的短刺刀和贴在手臂上的手镯,"出发。"

风沙漫过街道,把大草原上的蓟属植物从一条小巷里吹出来。盖乌斯·尤利乌斯大步走在街面中央,能感觉到凉鞋下砖头的棱边。太阳初升时,他与同伴从东门进了城。淡淡的粉色光线落在黑黑的砖石上几乎完全看不到,除了风与自己身前的影子,周围再也没有任何动静。阿莱斯走在他右边,身穿一件宽大的黑色蒙头披风,脸藏在披风的帽子里,只能隐约看到泛白的暗影。尸鬼西罗恩走在他左边,穿着暗褐色羊毛衣服,外面套着件单薄的沙漠长袍,头巾裹着头,只露出一双眼睛。

只有盖乌斯露出了自己的脸,他穿着简单的束腰外衣和短裙,厚皮带系得紧紧的,刀挂在肩头,如皮革般坚毅的黝黑脸紧绷着,几乎全秃的脑袋在阳光下微微闪光。街道先是变窄然后又变宽,城中央是一块露天广场,在他们眼前的广场西边便是那座金字形神塔的巨大台阶。盖乌斯·尤利乌斯停下脚步,热乎乎的微风吹动他头顶上稀疏的白发。城里依然一片宁静,但盖乌斯却感觉自从他们来到城中央之后,周围的气氛便起了变化。

"有人在监视我们。"尸鬼说,声音依然刺耳粗哑,在喝了那么多猪血牛血之后,他的身体状况还是未能恢复至最佳状态。盖乌斯·尤利乌斯心不在焉地点点头,心底深处有一种熟悉的感觉在蠢蠢欲动,一段简短的回忆突然涌上心头:暗绿色森林中,身上涂着蓝色颜料的战士在地上爬行,红色长发沾满了油脂与泥浆。其余两人正要走上前登上眼前这座壮观的金字形神塔的台阶,他抬起一只手示意他们停下来。

盖乌斯·尤利乌斯站着没动,双手背在身后,眯着眼看着亮光。西罗恩像往常一样,没有得到命令的时候便一动不动。阿莱斯往死人身边靠近，死人闻到了她身上的香气。这味道有些强烈，令他想起还在带刺的枝干上时便已枯萎死去的玫瑰花。

金字形神塔的第二层上出现了一个身影。此人看上去有些年迈，留着长长的白胡子与浓眉，黝黑的皮肤仿佛抛光过的胡桃树疤制成的木板一般闪光。他身穿深蓝色长袍，似乎将全身重量都倚靠在一根长手杖上，头上没有遮挡，白雪一般的长发在身后飘扬。盖乌斯可以看到对方体内的能量。

"这里不欢迎你，死人，"神塔上传出一个低沉浑厚的声音，在广场与周围建筑空空的墙面上回荡，"速速离开！"

盖乌斯·尤利乌斯两手拇指插在皮带里，抬头斜眼瞥着那老头儿。

"我的主人命令我来此，"他冲对方喊回去，声音虽然没有对方那么强势，但也清晰响亮，"我怀着对他和你们的尊敬来到这里。我的主人没有恶意，他没有带来军队或战火，而是光明正大地来此虚心求教。你们是否愿意让他进入你们的领地？是否愿意友好相待？"

老头儿没答话，热风将他的长袍刮向一侧。又有两个看起来同样年迈的身影出现在他左右。

"不行，"那个隆隆的声音答道，"我们感应到了你主人的黑夜之旅。跟你一样，死人，这里也不欢迎他。"

盖乌斯·尤利乌斯在心里估量了一下空荡荡的城池与神塔上的人，深深鞠了一躬，顿了顿之后才转过身。阿莱斯与西罗恩紧随其后向城外走去。风伴随着他们离去的脚步，从空空的房门与窗户上呼啸而过。直到他们走出城门很远的距离，暗中监视他们的目光才消失。走到第一个沙丘顶上时，罗马老人转身打量了一下距离与高度。

"怎么了，盖乌斯？"阿莱斯的声音很甜美，但也仅仅只是对他而言，西罗恩就一点儿也不感兴趣。他转身露出微笑，但笑意未达眼中："没事，只是幻觉。我们得把受到的热情款待转告亲王。"

第六十九章

马克西安点点头,这个消息并不让他意外。铁鸟像一个巨大的篷,在地面上投下锯齿状的畸形阴影。他站在其中一只翅膀投下的阴影中,克里斯塔站在铁鸟的一侧肩下,阿莱斯站在另一侧肩下。盖乌斯·尤利乌斯与西罗恩靠在一只紧扣在沙地上的钢铁巨爪上。瓦拉儿亚男孩儿们则蹲在鸟腹部曲线下的地上。在这片阴影之外的地方,火辣辣的阳光无情地炙烤着沙地。

"西罗恩,你看到了什么?"

尸鬼睁开眼转头面对亲王,动作就像攻城器械上的塔楼转动:"主人,我们看到了三个人站在金字形神塔的平台上,不过感觉还有其他人在暗中监视我们,而且其中有些应该不是人类,但也跟我、盖乌斯还有阿莱斯都不一样。我闻到了房子里有十五到二十个人,他们很害怕。"

"阿莱斯?"亲王的头几乎没怎么动,一直没有让老罗马人从自己的视线里离开。

金发女子走上前来,习惯性地行了个屈膝礼:"主人,整个城里都是遗弃荒废的味道,完全变成了狗和乌鸦的栖息地。只有神塔上还有活人。我看到金字塔侧面高处有通风口,通风口热气滚滚。我猜测,波斯祭司生活和活动的地方是在金字形神塔下。"

马克西安转头看着阿卜迪马丘斯。在所有人当中,只有波斯人热得大汗淋漓:"我的朋友?"

"主人,"小个子波斯人吞吞吐吐地说,"那是很久之前的事了……我实在想不起任何细节!"

亲王冲西罗恩做了个只有他看到的手势。尸鬼像蛇一般迅速移动到波斯人身边,斑驳的手瞬间便卡住了波斯人的喉咙。冷冰冰的手指一收紧,惊恐的波斯人喉咙里立刻发出咯咯的声音。马克西安露出满意的微笑,身后的克里斯塔轻轻蹙眉。

"阿卜迪马丘斯，拜托了，这对我来说很重要。西罗恩和盖乌斯·尤利乌斯会帮你想起来的。阿莱斯，去帮帮他们。确保我们能得到详细的地图。"

那三个人架着波斯人进了大鸟的肚子里，动作轻柔却无情。阿莱斯苍白的脸在门口晃了晃，关上了门。马克西安转过头叹息一声。克里斯塔仍然待在阴影中没动，脸色平静。他走到她跟前，微蹙眉头轻轻点了点头。

"女士，你是否愿意与我一同走走？"他的话说得很正式。

她点点头，用围巾裹住头。阳光太强了。

走在前面的亲王登上了高于小营地的大沙丘。沙丘另一面的山坡有些陡，下去的路走得很慢。山丘后面是一片如波浪般起伏的沙地，沙地上立着一圈与此荒漠格格不入的残缺不全的大理石柱子，柱身刻有凹槽，柱头有叶形装饰。亲王带着克里斯塔走过去，坐在其中一根倒下的柱子上。克里斯塔仍然站着，双手端庄地交握在身前，低头看着他。

"今晚，"他开口道，"这里会准备两匹马，带着水、食物和一些用品。骑乘用马的马鞍上会有一个带着波斯鹰状标饰的袋子，里面我估计有五六百奥里斯。我从阿卜迪马丘斯那儿借了个咒语，马蹄不会在沙地上留下任何痕迹。这些是我想送给你的礼物。此外我还想送你一件东西。"

他伸手从衣袍里取出一卷厚厚的羊皮纸，上面打着鲜艳的紫色蜡封。他把羊皮纸卷递给她，克里斯塔过了好一会儿才接过去。

"从现在开始，你是一个自由的女人了，再也不欠公爵夫人任何债务。这是正式的帝国文书，上面盖着皇帝的印章，说明其绝对的权威性。"

"为什么？"克里斯塔脑子里充满各种疑问，但声音依然很平静。

第六十九章

马克西安脸上闪过一抹短暂的惨淡微笑。

"眼前这个波斯祭司的大本营,"他说,"极度危险。我走在一条看不见光亮的道路上。要解除这个诅咒……需要流血牺牲。不管我多么希望你能留在我身边,我不想让你也走上这条路。去吧,去东边,去塔普拉班岛①或者塞里卡都行,抛开过去重新生活。远离诅咒,也远离我。"

"这个礼物十分慷慨,亲王殿下。"

"你会接受吧?"

"也许,"她说,"我不介意满足一下白女巫②的愿望。"

马克西安闻言抬了抬眉:"你不相信?"

"是不服输,"她的脸上慢慢绽开微笑,"了解了这么多之后,我知道你做的事可能是对的。我的女主人的职责——我的职责——都是帮助帝国渡过所遇到的难关。我会留下来。"

马克西安看着她,看了很久,神情有些不解,心头闪过一个短暂的疑问:她是不是知道他与瓦拉几亚女人在夜里出去的事?最后他站起来,拍去短裙上的沙:"如果是这样……很好,谢谢你。"

她摇摇头,说:"先别忙着谢,等做完了这件事再说,如果那时你还活着。"

---

①塔普拉班岛(Taprobane):塔普拉班岛位于斯里兰卡南部海岸附近,距离加勒市有半小时的车程。

②白女巫(white witch):是指做善事的女巫。

第七十章
阿尔巴尼亚，克伦诺斯河

三位皇帝聚在一起交换意见，红发瓦兰吉卫队在旁边围成一圈，手中的圆盾对着外面。成千上万的士兵从这群冷面日耳曼人和斯堪的纳维亚人旁边走过，干燥路面上扬起一大片灰尘，闷得人几乎透不过气来。东罗马与西罗马的军队熙熙攘攘地走在大道上，试图尽量保持好行军队形。盖伦没带随从，而是让他们全部留在了身后五公里以外的军营里。西罗马皇帝的三个参谋围在他背后。扎比尔可汗则如往常一样孤身一人。希拉克略只穿了一件半身甲——用钢铁焊接的坚实的胸铠，胸口有一对鹰状纹饰——身边围着十到十二个仆人、军官和传令兵。

"奥古斯都·盖伦，你的军团在正中心。"

希拉克略朝着他们所站位置南边的空地示意了一下。罗马步兵大队和百人队正从大道上络绎不绝地跑过，在乱石地面上散开队形。

旗手骑马从空地上小跑而过，军旗上下起伏。从军营到南边只有一条好走的路可穿过河流进入这片干燥的高地。统叶护派到河流南边突袭的斥候头天晚上回来了，带回来一个消息：波斯军队终于进入了罗马大军的攻击范围。于是，离破晓尚早罗马人就拔营了，同时可萨

第七十章

人摸黑骑马出发去把守大道和平原的最北边。

"统叶护可汗,你的骑兵在左边,不过在战线的后方保留一支较强的预备队。那里的森林很茂密,恐怕波斯人会派人穿过丛林地带攻击我们的侧翼。"

此时已近正午,大部分士兵还聚集在大道上,正在往平地上散开。盖伦所带来的西罗马军团行动最迅速,在营地时便已按计划排好了队列,行军时也有条不紊。第六日耳曼军团在日出时分到达了战场,随后立即展开部署掩护后面到达的部队。当破晓后不久盖伦带着卫兵们抵达这里,却发现军团士兵们正在树下闲逛,周围没有看到一个波斯人。

"狄奥多西。"希拉克略转头喊弟弟。从头一直到脚上的红靴子,狄奥多西与他的打扮都差不多,坚固的板甲下是厚重的锁甲。"你和我指挥右翼,由东罗马骑士与安纳托利亚行省军队做预备队。等战线一展开,禁卫军之间拉出适当间距,我们便发动进攻。如果那时波斯军队还处于混乱状态,我们就以整条前线向前推进,把他们赶回树林中。如果那时他们已经列好了队,那么可萨军队——"他冲统叶护点头示意,"便从左翼佯攻,我们则从右翼发动真正的进攻。"

上午十点,西罗马军团已全部抵达战场。之前被盖伦派到前面掩护正在集合的军团的弓箭手和投石兵传回了消息:一支庞大的波斯军队开始沿着战场最南边的森林界线排兵布阵。一队队可萨士兵也开始陆续抵达战场,聚集在罗马军队的左边。东罗马的骑士们还堵在从军营过来的路上。线报传来,说波斯军队人数大约超过十万人。盖伦独身一人骑马跑到前面,眺望平原最南边那片令人望而生畏的黑压压的波斯军队。

数千面旗帜在清晨的微风中飘扬,一队队波斯士兵从森林中鱼贯而出。整支敌军里各种颜色都有——黄色旗帜,一些骑兵穿着绿色或红色的外衣,另一些则是明亮的蓝色。似乎每支小队的装扮都不一样，或者甚至连风格都迥然不同。从这个距离很难分辨清楚。

十一点的时候，敌军阵营中集合了至少十二万人，你推我挤，毫无目的地乱转，明显还处于一片混乱。如果可萨斥候传回的线报属实，目前抵达战场的敌军不过是一帮临时召集起来的农民杂牌军，仅仅拿着柳条盾牌、长矛和其他一些轻兵器。在他观察的时候，一些身穿毛皮背心、头戴圆帽的骑兵分遣队从参差不齐的波斯前线中跑出来。盖伦摇摇头，跑回自己的队伍中。他的队伍已经排列整齐，倚着长矛和刀剑等待战斗的命令。

"有什么问题吗？"希拉克略看了盖伦一眼，后者看起来有些忧心，"奥古斯都·盖伦？"

"嗯……照目前抵达战场的波斯援军这个趋势来看，敌军与我们的数量很有可能是二比一。不过他们目前似乎还是一片混乱。我建议，趁着敌军还在列阵，先派我们的魔法师部队到前面用魔法打乱他们的队形。把敌人拖在森林界线上越久，我们可机动的空间就越大。"

希拉克略皱了皱眉，昨晚制订战略计划时盖伦并没有跟他商量这个安排。他扫了一眼其他军官，其中就有个魔法师："狄摩西尼？"

年迈的魔法师惊讶地咳嗽一声，摸了摸自己的长鼻子："陛下，魔法师在战场上的首要作用历来都是防御，保护己方军队不受敌军魔法的影响。对罗马军队而言，制胜的关键一直都是士兵们的士气与力量，而不是我们魔法师。坦白来说，陛下，我和我的兄弟们并不擅长进攻，没有波斯人那么擅长。现在，不断出击……"

希拉克略一个眼神打断了对方的话，看着盖伦。

"我手下有些魔法师，"盖伦不慌不忙地说，"擅长进攻。我可以派他们与散兵一起到前面去扰乱敌军阵线。那样能为我们多争取一点部署的时间。"

"很好，"希拉克略厉声道，"那些是你的人，你觉得怎么合适就怎么用。先生们，一切照命令行事。我们今天不成功，便成仁！"

第七十章

统叶护可汗打了个哈欠,从人群中挤了出去。他骑的是一匹黑马,皮毛顺滑而有光泽。他轻轻跃上马鞍,膝盖一夹马肚,马儿一溜烟往前跑去,消失在大道上川流不息的人与马交织的队伍中。盖伦望着他的背影,表情有些困惑。

"怎么了?"狄奥多西亲王走到西罗马皇帝身边,年轻的脸因为对战争的期待而有些微红。

"我不明白,今天可萨人为何会选择与我们并肩作战。这场战事其实与他们并无太大关系,而且战败的风险远远高于在山地城镇中劫掠的收益。"

狄奥多西大笑起来,在盖伦肩上拍了拍:"我的哥哥是个习惯讨价还价的人,他给可汗送了不少厚礼,特别是用他自己的女儿进行联姻。而且,可萨人不但能从中得到大量战利品,还能与君士坦丁堡建立良好关系。可汗相当重视这份用黄金、兵器和对士兵的训练体现的友情。"

"他女儿?"盖伦有些讶异,也有些愤慨——他之前曾在君士坦丁堡见过埃碧法妮亚,但一点儿也不知道这件事儿。那是个腼腆的姑娘,一头黑色长发,对音乐与书籍的兴趣远远大于政治。她和玛蒂娜皇后相处十分融洽,不过盖伦也不确定玛蒂娜是真的取代了埃碧法妮亚已故生母的位置,还是仅仅被小姑娘当作了一位意外出现的大姐姐。

"嗯,没错。"狄奥多西看到西罗马皇帝严肃的脸上明显流露出来的失望,愉快地眨了眨眼,"我哥哥走到哪儿都总爱带着她的浮雕小像。数月前,他让第一个大使给可汗带去了她的雕像。显然那老小子是被小姑娘迷住了。"

盖伦厌恶地转身翻身上马,戴上头盔。作为一个西罗马人,这种事情很令他反感。他的私人卫兵们守在他周围;在队伍后方转来转去的混乱人群中,这支小队算是有一个相对独立的空间。狄奥多西骑马向大军右翼跑去,追随他的年轻贵族们也紧随其左右。盖伦看着自己的队伍。有一瞬间他纵容自己分心去想了想两个兄弟:他多么希望奥勒良此刻就在他身边;至于马克西安,也不知道他究竟跑到什么地方去了。

"你是不是去了那边?"他一想到这样的可能,就觉得不舒服,"波斯是否又愿意聆听你说的话?"

"巴勒兹大人!您的军旗,大人!"

坐在马鞍上的巴勒兹转过身,看见一个传令兵奋力挤过周围密密麻麻的步兵向他靠拢。那男孩儿的马鞍上放着一面卷起来的旗帜,走得有些吃力——要让旗帜避开周围密集的长矛与柳条盾牌很不容易。

"呸,恶神才拿那个破玩意儿,"巴勒兹吐了口唾沫,他的耐心已经磨光了,"有万王之王的旗帜就行了。把那玩意儿扔了。"

将军赤裸裸的怒气让男孩儿唰的一下白了脸,转身就跑。巴勒兹也不再理他,转身继续奋力往前挤,想从周围一大群从各个封地征来的士兵中挤出去。越过跟前这群人的头顶,他能看到排成长列的骑士,其手中的标枪仿佛一片摇晃的钢铁丛林,纳瑞姆斯大人的旗帜在其身后飘扬。他用马刺策马,马儿挤开人群向前跑去,引起周围一片愤怒的吼叫,但他根本不予理会。

五天的混乱过后,巴勒兹开始怀念在叙利亚的日子。抛开沙欣亲王糟糕的领导力不谈,那支军队倒的确是一支具有丰富战斗经验的队伍,其中很多人过去曾在他手底下待过,知道如何行军打仗。眼前这群乌合之众就完全不一样了。当科洛斯伊斯命令贡达纳斯普组建"世界上最伟大的军队"时,他们以为他说的是人数最多,而不是战斗力

第七十章

最强。此刻堵在这条路上的,是从尼西比斯①到吐火罗斯坦②的所有地主,骑着驽马带着长矛,还有数量庞大的马车、骡子和步兵。巴勒兹好不容易才从路上拥堵的人流里挤出来,骑马走上低矮的路堤。

将军粗略估计了一下,这支队伍大约有二十五万人,不过尽管数量如此庞大,恐怕也起不了什么作用。在这支庞大的队伍中,唯一可靠的只有长期由他自己指挥的十万不朽军,至少他们知道服从命令,按他的要求前进或后退。其他的……他失望地摇摇头。从九年前科洛斯伊斯发动复仇之战以来,巴勒兹第一次觉得自己面前的战斗毫无希望。

在这支犹如一摊烂泥的远征军中为数不多的亮点中,有位于东边的大夏城的亲王雇来的两队嚈哒人(白匈奴)雇佣兵。匈奴人是马背上的强者,是做斥候的绝佳人选。他们从北边带回来的消息虽然令人沮丧,但他知道其准确性是毋庸置疑的。两个罗马皇帝率领的军队人数不过十万,一半步兵一半骑兵。若是单凭人数便能取胜的话,巴勒兹早就挥师北上发起进攻了,波斯人也早就灭了罗马。

不幸的是,眼前的这支敌军全部由经验丰富的老兵组成,训练有素且军纪严明。听到这个消息,巴勒兹觉得就像有人拿了根长矛在自己肚子里搅了个翻天覆地。这样的一支军队即便面对数量庞大的波斯军队也不可能自乱阵脚,也就是说,万王之王所谓的"最伟大的军队"会直接把自己送进一台绞肉机。他现在唯一的希望便是自己手下这支杂牌军能尽可能长地牵制住敌人,好让不朽军和重装骑兵队狠狠

---

①尼西比斯(Nisibis):位于今天土耳其的努赛宾(Nusaybin)。
②吐火罗斯坦(Tokharistan):吐火罗人,汉朝人称其为月氏,是原始印欧人的一支,发源于乌拉尔山和南西伯利亚,南下进入塔里木盆地,最东到达河西走廊。希腊—巴克特里亚王国衰落以后,塞种人开始入侵巴克特里亚,接着月氏的贵霜月氏人(即大月氏)在张骞到达前征服了巴克特里亚,所以在月氏人统治下的巴克特里亚被西方称为"吐火罗斯坦"。

咬紧罗马军队的侧翼，把对方逼退，然后赢取胜利。

他走到举着纳瑞姆斯旗帜的队伍前，发现这位年轻的贵族跟其手下的军官们正在一片混乱中冲着彼此大喊大叫。

巴勒兹用力挤进这堆人中间，用洪亮的声音吼道："闭嘴！全都给我闭嘴，安静！告诉我目前的情况。"

纳瑞姆斯清了清嗓子，紧张地捋了捋从脸旁露出来的长胡子。他戴着露面头盔，盔顶有一个龙形珐琅装饰，他的年纪最多不过十八岁："巴勒兹大人！我们的大军还在列队，可是罗马人派了他们的魔法师朝我们最前面的步兵队列投掷火和闪电。我军伤亡很大，还有很多士兵往后方逃了。"

一想到那群农民步兵乱哄哄地往后方逃窜撞上正在往战场赶的队伍的情景，巴勒兹不悦地皱了皱眉："我军的魔法师何在？"

纳瑞姆斯耸耸肩，一脸疑惑："我不知道，大人，我以为数个钟头之前我在路边看到了他们的马车，但是……"

巴勒兹极力克制着怒气。这个小伙子太年轻了，很有可能之前从未指挥过任何战斗，他的父亲在最初于叙利亚展开的一系列战役中曾在巴勒兹麾下效过力，但最后在安条克死于一场决斗。巴勒兹策马走过这群贵族和军官们，登上一个小土丘，终于能够看到战场的情况了。这一看，他忍不住好一阵破口大骂。对面的罗马大军已列队完毕，正在行动。他回头看了看，越过手下指挥官们苍白惊恐的脸，看到无数人和动物依然堵在各条道路上，只有不到一半的波斯军队抵达了战场。他向最近的传令兵示意，手在空中作出一个砍劈的动作。

"你，小子，有多快跑多快，立刻去右翼找到匈奴可汗，让他向罗马阵营进攻，扰乱他们的前进。然后你再去找莱赫米轻骑兵，之前我看见他们在附近无所事事地闲逛，你让他们去我方阵营前面用标枪赶跑敌人的魔法师。"

传令兵得令，策马飞奔下山丘，身后尘土飞扬。

第七十章

"你,你,还有你……去把下面那个烂摊子疏导疏导,让步兵到前面去,骑兵到两边侧翼去。我不管你们怎么做,我只要你们尽快把这条路疏通。后面还有很多队伍正在赶来。我看见下面那些人有一半都在四处张望不知所措。"

更多的人从山丘上跑了下去,旗帜在身后随风摆动。

"纳瑞姆斯大人,带你的家族禁卫军去那群农民步兵中间列好队,每五个农民中要有一个你的人。让他们面对正前方散开队形。掉了长矛、刀或斧子的人统统退到最后一排,他们可以捡前面人掉下的兵器用。"

小伙子坐在马鞍上点点头,领命而去,身后扬起一大片尘土。他的旗手们紧随其后,苍白的脸上写满恐惧。看着他们离去,巴勒兹叹息一声,心中无比怀念在叙利亚的那些军官们。这支军队太嫩了,除非走狗屎运,否则在正规军面前根本撑不了一天。战场上传来隆隆巨响。巴勒兹一惊,从山丘上往下望。大军队列前冒出一柱黑烟,蓝色闪电不断在他们的阵线里此起彼伏。他看到士兵们像燃烧的火把一样倒下。

他转头刚说了一个字"你……",却又突然惊喜无比地喊道:"萨拉巴尔格斯!你这家伙怎么在这儿!"

矮壮的男子冲他微微一笑,头盔遮住了大部分脸。此人身穿一件旧锁甲,外面是一件暗绿色披风,肩头上有一个青铜猪头:"见到你很高兴,侄子。国王下令要求组建新军队,所以我就来了,带来了我庄园里的小子们,大家伙儿都等在山丘下呢。"

巴勒兹忧虑的目光透过矮树林望下去,发现那群穿着五花八门的盔甲带着老掉牙的兵器一脸热切地聚集在那里的年轻人几乎个个他都认识。

"噢,光明神在上,"巴勒兹倒抽口气,丧气地转头问叔叔,"家里还有人没?"萨拉巴尔格斯默默摇了摇头。

巴勒兹用紧张的手指抓抓胡子，拇指捻绕着一缕卷曲的胡子。九年前，他带着两千人的队伍离开自己位于大夏巴克特里亚高地的庄园去响应国王的号召。最后一次他清点的时候，发现那群老兵如今只剩下了几百人，全部是不朽军里的军官或军士。离开家时，他特意留下了少数老兵和所有年轻的一代。总得有人保护牧群和农田不受土匪袭扰。然而，现在萨拉巴尔格斯也离开家来到了这里，而且已经成长起来的所有年轻的一代都聚集在了山丘下。

他望着眼前黑压压的人群和还在不断从路上赶来的队伍。要么太年轻，要么太老。他心中一寒。科洛斯伊斯的这场战争中已经牺牲了多少人？他甩开这些让自己心烦意乱的不安分念头。战斗已经迫在眉睫。

佐伊穿过低矮的草丛向前跑，穿着系带皮靴的黝黑双腿迅速闪过。迪林和奥迪纳图斯一左一右紧随其后。跑在他们前面的是带着弓与箭袋的亚美尼亚人。前方燃烧的野草正在向右边蔓延，整片草原上都弥漫着白烟。箭从头顶上"嗖嗖"飞过，两个方向都有。波斯阵营此刻就在他们前方一百步之遥。佐伊突然停住，单膝跪下。从身后跑上来的迪林也同样停住，从己方阵营里冲出来的这两百步让他的呼吸有些沉重。不过他并没有觉得累，反而很兴奋。

"射箭！"亚美尼亚人的指挥官喊道。跑得快慢不一的弓箭手们立刻停下来，举起手中的粗弓向敌军发动攻击。他们的箭从空中高高飞过，落到前方密密麻麻的波斯枪兵队伍中，敌军中响起一片愤怒痛苦的吼叫。亚美尼亚人纷纷伸手从肩后取箭。

"进攻！"佐伊专注地紧皱着眉头，大喊一声。迪林已经进入了魔法世界，一手紧握成拳，在身前的空中用力挥动。从天空与脚下滚烫的石头里吸收的能量在手中积聚，拳头包裹在淡蓝色火焰中，他猛地向波斯枪兵挥出一拳，手中的火焰变成一个旋转的火球，仿佛投石一般呼啸着向对面的敌军飞去。波斯斧兵们尖叫着想躲开，但是队伍站得太密集了，火球砸到其中一个枪兵胸口，火焰发出明亮耀眼的光。

那枪兵被火球爆发出的白热之火瞬间吞噬，绿色火苗在他身边蔓延开来，在人群之中跳跃，身上着火的人们不住地凄声尖叫。很快，佐伊手中射出闪电，如同一记猛鞭狠狠地冲入敌军前排。更多的人死去，全身乌黑扭曲，熊熊大火在皮甲上燃烧。奥迪纳图斯一掌劈在地面上，大地剧烈颤抖，震得敌军士兵们东倒西歪乱成一团，连手中的长矛也握不稳。某处传来了马儿吃痛的悲鸣。

看到惨叫的士兵们倒在地上死去，迪林只是皱了皱眉。他感到自己异乎寻常的冷漠，根本不在乎远处那些人的生死。如果再次看到艾瑞克死在自己面前，他心里会很难过。但是，看着自己的力量一次又一次地摧毁敌人的身体，他浑身都激动得战栗不已。

更多的箭从空中飞过，黑压压的一片。亚美尼亚人射空了箭袋，转身向罗马大军阵营跑去。迪林向波斯人投出最后一团耀眼的橘红色火焰后，也跟着佐伊跑了。身后传来一阵震天怒吼，他一边跑一边回头，看见剩下的波斯士兵们开始慢慢向他们跑来。

马儿沿着罗马军队的队列慢跑，坐在马鞍上的盖伦上下颠簸。他让自己的军团以双线形式列队在前方空地上。第一线纵深五排，中间是第三奥古斯都军团的老兵们，第二堤亚纳军团和第六日耳曼军团分立两边。第二线在第一线后方二十步之遥，同样纵深五排。第二线的西端是第二阿迪乌崔克斯军团，中间是帝国卫队，东端是第三高卢军团。旗手们以一臂之隔的距离紧紧跟在皇帝身后。头戴锥形毡帽的士兵们从两军之间的空地上沿着各军团间的空道跑回来。

盖伦巡视完一圈后，停下来仔细观察战场上的情况。在草原另一边的庞大的波斯军队开始往前移动。他无法分辨对方是在有条不紊地前进，还是仅仅因为后面的人源源不断地到来而把整个阵线往前压。他看到被自己派到前面去的亚美尼亚散兵和魔法师都已经撤回到了仍按兵不动的军团队列后方。

他望了望西边，看到两支规模巨大的东罗马骑兵排成楔形队形在他的队伍末端散开来，两万支标枪在太阳下闪闪发光，晃花了眼睛，帝国的红色旗帜飘扬在其正中央的上空。在东边，可萨人摆开长长的弧形阵线，从他手下的压阵步兵大队旁边一直延伸到战场最边缘的森林界线。一队队可萨骑兵不停地跑来跑去，显然还有些混乱。在弓骑兵拉开的长弧线中，盖伦看到了统叶护及其手下的重装枪骑兵的身影，一万五千名骑兵紧紧排列在一起。

罗马阵线中响起军号声，兽角齐鸣。各军团开始不疾不徐地前进，每个士兵把矩形大盾倾斜着挡在身前，另一只手准备好了标枪。西罗马帝国皇帝骑马穿过队列，向身披红披风、身形魁梧的瓦兰吉卫队组成的方阵走去。所经之处，士兵们向皇帝高声欢呼，他微微一笑加快了步伐，伸出右手向士兵们行军礼。八千个声音一起在他身边发出震耳欲聋的呐喊：

"恺撒万岁！万岁！罗马必胜！"

士兵们激昂的呼声不绝于耳。盖伦微笑着，对战争的期待令他热血沸腾。

"混账东西！"愤怒又恐惧的巴勒兹激动地破口大骂。

在他和军官们勉强集结起来的参差不齐的队列中央，前面几排枪兵和剑士们突然向罗马军队猛冲过去。其他士兵的步伐有些乱，一些人被后面的人推着往前走，另一些人又想退回去。巴勒兹气恼地咆哮着，目光扫视剩下的队伍。左右两翼的骑兵方阵还在按各自的军旗和部落排列队形。中间的步兵突然冲出去，后面根本没有后援。在这六万步兵的乱冲乱撞下，匈奴弓骑兵纷纷往旁边躲闪，完全无暇分心留

第七十章

意正向自己慢慢走来的罗马军队。眼前的情景令巴勒兹头痛不已,他怀疑面前这群完全没受过训练的农民到底知不知道自己在干什么。

"传令兵!"一个年轻人闻声刺马跑到他身边。

"马上去右翼找萨拉巴尔格斯和多伦纳斯,告诉他们先等等,等我们面前的这群乌合之众把罗马围住之后,如果可萨人想从侧翼向他们进攻,那时他们再出击。"

他把自己麾下的全部重装骑兵——又被称为"铁炉兵",这个名字来源于笼罩其全身的金属铠甲——都交给了他的叔叔和另一位来自东部的贵族指挥。如果位于罗马阵线右翼的可萨人对无掩护的波斯步兵发动进攻,他手下的骑兵就能发起反攻一举歼灭罗马大军的整个右翼。

传令兵快马离开了。巴勒兹咬着拇指,看着位于己方大军中央的部队正没头没脑地向等在前方的灾难一头冲去。

统领可萨人和保加利亚人的统叶护可汗轻松自在地坐在战马上。骑在马上,他感觉身体的反应甚至快过头脑。他摸着自己的短胡楂,一双淡蓝色眼睛向右望去。在他的右边,瘦脸罗马皇帝盖伦正指挥着其手下的队伍向黑压压的波斯军队常步走去。向罗马军队冲过来的波斯人三五成群,毫无组织性可言。罗马人就不一样了,所有人步调一致,最前排的士兵用盾牌拼接成一面闪光的金属护墙。

当两军相距五十步时,罗马人停了下来,收紧队形,排列间不留任何空隙。前排的士兵把标枪举到与脸同高处,整个队伍随着动作出现波浪一般的起伏。紧接着,各队百夫长一声令下,万枪齐飞,尖端银光闪闪的标枪遮蔽了天空,如一场钢林铁雨。正在奔跑的波斯人吓得脚步踉跄。看到波斯前线溃不成军,波斯士兵们纷纷倒在标枪下,鲜红的血染红了大地,扎比尔笑了。

他向自己手下的一名旗手示意。旗手将长长的黑龙旗猛地向下挥了一下、两下。

他麾下的排成长线的骑兵们开始以缓慢的步子向前走去，手中的标枪对准远处波斯骑兵头顶上的天空。达沃斯所指挥的可萨轻骑兵之前已经赶跑了不断袭扰他们的匈奴人和锡斯坦[①]弓箭手。

在战场正中央，第一排罗马士兵动作整齐地抽出短刺刀，四千把刀同时出鞘的声音清晰地划破喧嚣的战场。更多的波斯人踩着已倒下的同伴的尸体继续向前冲，第二排罗马士兵也投出了标枪。然后是第三排。波斯步兵的步伐被打乱了，明显慢了下来，其中一些人转身爬过死人堆，想逃回后方。罗马士兵们仍然严守队形。

大部分波斯士兵成功冲入罗马人的队列，金属发出沉闷的撞击声。罗马军队向后倒退三步后又停住了。透过战场的喧嚣，统叶护听到了很多人同时发出的惨叫。军团士兵们毅然向冲过来的波斯枪兵发起攻击，数千把钢刀在空中闪烁。想象着在罗马的长队列前展开的血腥肉搏战，可汗微微一笑。敌人近在眼前，罗马人渴望血的短刺刀绝不会缺少目标。更多的波斯人继续涌过来加入了混战，压根儿不管在他们前方大片大片死去的同伴。

统叶护再次示意了一下，两面旗帜放下又举起。在他所在楔形队列右手边的骑兵小跑着向战场侧翼冲去。波斯军队最前沿的士兵们把罗马人拖入了混战，后面跑上来的波斯人则开始沿着罗马军队队形的边缘散开。可萨人立在马背上向敌军飞奔而去，手中的弓箭蓄势待发。每个骑兵的马鞍旁都挂着两个箭袋，三角形箭头的箭把每个箭袋塞得鼓鼓囊囊。领头的可萨骑兵向波斯队形的侧翼拉弓射箭，其身下战马奔跑发出的马蹄声如巨雷一般响彻战场。黑色的飞箭密密麻麻地飞过上空，许多人在箭雨中倒在了地上。

[①] 锡斯坦（Sacagatani）：古罗马对来自锡斯坦的战士的称呼。锡斯坦是指位于今天的伊朗东部和阿富汗南部的一个历史地区。

第七十章

虽然头盔上的眼部开口很小,但也足够萨拉巴尔格斯看清眼前的战况了。己方步兵的右翼在可萨骑兵的箭雨下溃不成军,他手下的指挥官们着急地冲他大喊,催他赶快向滚滚袭来的可萨弓骑兵发动进攻,好把他们驱散。他没有理会这些声音,只是看着在山顶上飘扬的万王之王的旗帜。这位老军人自从巴勒兹能拿起刀的时候便一直与其并肩作战,他的侄子在战场上具有十分优秀的天分。赶着去送死可不是萨拉巴尔格斯今天的任务。他耐心地等待着。

又有数千波斯步兵涌入战场中央。前面几排士兵与罗马人混战在一起,手中的弓箭根本使不上,而后面的士兵又看不到敌人在哪里。罗马军团士兵战斗的节奏虽然仍未被打乱,不过开始逐渐显出疲惫,罗马军队的中央部分开始向内凹。

站在山顶上的巴勒兹眼尖地发现了敌军队列的这一变化;同时他也看到敌军右翼还在继续慢慢前进,目前距离波斯右翼的重骑兵只有两三百码了。

"给萨拉巴尔格斯发信号。"他冲着旗手们大喊。旗手们高举拉扎特斯家族的绿旗,挥舞出八字形。他看了看左边,罗马骑兵和枪兵还稳稳坐着没动,等着战场中央这场步兵混战的结果。

"希拉克略肯定在那边,"他心想,"而且那家伙这次居然表现得异乎寻常的耐心。"

他招手唤来一个传令兵,倾身对小伙子说:"给左翼的贡达纳斯普大人传个信,让他派他手下的莱赫米人和匈奴人上前对罗马骑兵发起攻击。一旦敌人的注意力被分散,他就立刻在弓箭手后面发起进攻。"

巴勒兹回头望着右边。萨拉巴尔格斯手下的部队展开队形准备进攻。"野猪"笑了,长长的牙齿在正午阳光下闪闪发亮。

统叶护可汗也看到了挥舞的旗帜，发现波斯重装骑兵开始行动了。他吹出一声口哨，尖锐的口哨声仿佛一把尖刀刺破长空。他抬手指着前方，用力向下一挥，一万五千名可萨枪骑兵动作整齐划一地刺马发起冲锋。马儿迈开大步向敌军飞驰而去，大地在马蹄下颤抖。枪骑兵一边奔驰一边向外展开形成三个楔形队列，跑在每个队列最前端的是排列紧凑的重甲骑兵。大地在马蹄下飞速闪过。

在处于中间的那个楔形队列的最前端，扎比尔终于发出一声长啸"冲——啊——！"

统叶护麾下的骑兵们一边跑一边拉弓搭箭，跑出一百步时开始射箭。密密麻麻的箭飞上天空，像一片急促的黑云，呼啸着射入波斯队列中。骑兵紧随箭雨向敌人冲去，从木托架里抽出标枪高举过头准备迎战。

盖伦感觉从地面传来的隆隆声仿佛一面巨鼓的声音在回荡。他立起身，用手遮挡眼前的阳光。可萨人的旗帜在左翼迎风飘扬，迅速冲入波斯大军右翼。他掉转马头喊来号兵："发前进的信号，让第三高卢军团和第二阿迪乌崔克斯军团列队依次向敌军侧翼发动进攻！"

他剩下的话语淹没在号声里。传令兵们急匆匆地向罗马预备队的各个侧翼跑去。盖伦望着西边，用手套在大腿上狠狠一拍。

你现在在哪儿？他想知道希拉克略现在的位置。

在他前方，被他留在后面为阵线中央的大屠杀做准备的两个罗马军团的士兵们纷纷拿起盾牌，呈纵队小跑前进，绕着前面激战的军团士兵队伍背后展开队形。

看着左翼那群乱哄哄的骑兵终于列好队准备进攻，巴勒兹心中的怒火越演越烈。各队骑兵争先恐后地都想占据第一排的位置，相互叫嚷着什么部落荣耀之类的，宝贵的几分钟就这么在混乱中一点一点流

第七十章

逝了。他能看到萨拉巴尔格斯的旗帜，老战士一直坚守岗位等着他下令进攻，但现在已经太迟了。冲过来的可萨人像一群训练有素的猎犬，巴勒兹只能眼睁睁地看着敌军流畅整齐的进攻队伍，心里既羡慕又失望。

可萨的第一支楔形队飞速杀入波斯骑兵队，正好冲到了萨拉巴尔格斯和多伦纳斯各自所带领的队伍的接合处。波斯士兵们才刚刚开始朝前走，可萨人的进攻就到了跟前。这场遭遇仿佛一柄重斧砍入羔羊，猛烈的撞击声在整个战场上回荡。看到排成楔形队形的可萨人在波斯右翼中横冲直撞，巴勒兹心头一紧。

紧接着，第二支与第三支楔形队也直直地杀了进来。波斯大军的整个右翼溃不成军，士兵们乱成一团，人人都只顾着保命。萨拉巴尔格斯的旗帜被可萨枪骑兵淹没之后便再也没有出现过。巴勒兹攥紧拳头死死按在马鞍上。波斯重装骑兵的头盔在如汪洋巨海一般的可萨骑兵中仿佛一座座飘摇的银色小岛。带钩长矛刺向波斯骑兵，钩住他们的铠甲与头盔，长套索圈住他们的脖子。

这时，另一个声音引起了巴勒兹的注意。他扭头望向战场中央。罗马军队的正中央突然像一朵钢铁之花般地展开，密集的罗马步兵队列张开双翼，将数量庞大的波斯枪兵与农民兵向中间围拢挤压。

"野猪"的手指在马鞍前桥上叩击。身边只剩两个传令兵了，他招手唤来两人。

"你，"他用一根粗手指猛地指向第一人，"沿着大道跑回去告诉所有指挥官停止前进。我们需要回转的空间，而不是更多的麻烦。当你把后面的所有队伍都拦下来之后，就让他们返回昨晚我们扎营的地方，在那里列队集合。恐怕很快我也会回到那里去了。"

"你，"他又对第二人说，"赶去左翼找到贡达纳斯普，撤销我之前发出的命令。他不用进攻了，我再说一遍，不许进攻。让他重新聚集他手下的轻骑兵，退回到这座山头，这里可以掩护我军的左翼。"

两个小伙子匆忙离开了。"野猪"坐在马鞍上沉思了一会儿，他手中还有正耐心等候在山脚下的不朽军。战场中央的情况看起来似乎已经输定了，不过那也够罗马步兵忙一阵的了。更糟糕的是右翼。他可以派预备队上去挽回局势，或者，可以等着更多的部队列队完毕……

一个面色蜡黄的瘦个子凑过来在希拉克略耳边低语。东罗马皇帝听到战报，高兴地笑了，把一个沉甸甸的钱袋塞进祭司手里。他捋了捋自己的胡子，今天的战况比他预计的还要好，他用膝盖顶顶马肚，马儿小跑着穿过一排排正在等待的人。两万名重装骑兵沿罗马大军右翼排成两个梯队。希拉克略跑到自己率领的梯队的第一排，掉转马头，声音从头盔里传出来听起来更加响亮。

"罗马人！敌人要逃走了。全速前进！"

东罗马贵族们被这喊声鼓舞了，庞大的骑兵队开始策马向前跑去，起初很慢，但逐渐加快了速度。很快震天的马蹄声便翻过了一个低矮的山丘，全速向波斯侧翼席卷而去。

希拉克略冲在前面，身下的棕黄色大牧马仿佛要从地上飞起来似的。他倾身向前，享受劲风吹在脸上的感觉。他一手向后平举长刀，等待着拼杀的那一刻。面前这支从外貌来看是由匈奴人组成的波斯轻骑兵看着如狂风暴雨一般卷来的罗马人，纷纷往旁边散开。其中一些匈奴人在马鞍上转身朝东罗马骑兵们射箭，但数量太少，无疑是螳臂挡车。

波斯骑兵的身影已经近在眼前了，几乎还完全没动。然后他们才开始鞭打身下的马儿向前冲。希拉克略甚至可以看到他们的脸，对方显然被来势汹汹的两支罗马铁甲重骑兵梯队吓住了。骑兵们往前冲，马蹄在地面上快速奔跑。他直起身子，将刀向前一挥。

"罗马！"他用最大的嗓门吼道，"罗马必胜！"

第七十章

统叶护咳嗽几声，地上落下几滴血。他感觉手下的大地在雷鸣般的马蹄声中颤抖——在战场的某个地方有一支骑兵正在冲锋。他手握长刀挣扎着站起来，头盔已经被某个波斯人的狼牙棒打飞了，鲜血流进右眼，他不停地眨着眼睛想保持清晰视力。周围一片混战，马和人不时从他身边跑过。他的战马不知道去了哪里，绑在上臂的小型圆盾也掉了。

一个身穿半甲的波斯骑兵刺马向他冲过来，高举一柄长弯刀劈头就砍。统叶护迅速俯身闪到一旁向马腿砍去，没砍中，对方的刀尖刺中了他肩头。伤口处传来新的剧痛，他感觉手臂一阵湿冷。可萨人跃向从身边跑过的一匹马，但未能成功抓住马鞍前桥，整个人重重地摔在了地上。统叶护喘着粗气，瞥见一根长矛在阳光下闪烁，然后便感觉腹部受到了重击。

他大叫一声，但肺里已经没气了。一些人在喊叫，他隐约听到其中有个声音在喊他的名字。天空被黑暗遮蔽，他看到一支长矛高高举起，红色鲜血细流从叶形矛尖上淌下。他感觉到冷。有人为了争夺他打了起来，但他已经不在乎了。他闭上了双眼。

巴勒兹兴奋地嚎叫，巨刀在头顶上挥舞。他向三个可萨人冲去；那三人用套索圈住了一个不朽军士兵，正打算把对方拉下装甲战马。他从背后砍向他们。其中一人的脑袋被从脖子上齐齐砍掉。另外两人在他的攻击下惊声尖叫。"野猪"率领部下继续向前推进，在铠甲和兵器都远不如他们的可萨人中凶猛如入无人之境。波斯右翼开始以强大的不朽军为核心重新聚拢。

剩下的可萨人在一阵箭雨的掩护下撤退了。巴勒兹没有追赶。多伦纳斯与萨拉巴尔格斯已阵亡，"野猪"将两位军官麾下的士兵们重新召集起来，带着他们向山丘撤退。

盖伦与参谋们看着己方左翼的可萨人仓皇回撤。波斯不朽军的红色与黄色旗帜在他们撤退后留下的死人堆里飘扬。西罗马皇帝皱着眉头迅速估量了一下局势。第三高卢军团陷入了与波斯步兵左翼的激烈混战。在己方的步兵与波斯重骑兵之间仅有一些零散的可萨弓骑兵。

"恺撒!"其中一个参谋指着西边喊道。盖伦转过头。

希拉克略率领的骑兵已直直冲入敌军阵线,扫空了残余的匈奴弓骑兵,彻底打散了整个波斯右翼。少数零散的波斯骑兵们向南逃窜,但更多的人被冲入波斯侧翼的希拉克略的部队砍翻在地。盖伦残忍地一笑,向号兵示意。

"吹响后退的军号,退后十步坚守。"他喊道。号兵再次鼓起腮帮,这次是断断续续的高音。"给侍卫队发信号,让他们绕到右边掩护第三高卢军团的侧翼。"

他身后的瓦兰吉人和日耳曼人拿着斧子与长刀跑上前去。盖伦掉转马头望着波斯军队。罗马军团士兵们退后了一定距离,后面的人冲上前填补死去士兵的位置,重新列好被混战打乱的队形。波斯人跌跌撞撞地往前走了几步又停住了,整个队伍乱哄哄的,此时后面已没有了之前一直逼着他们前进的压力。罗马士兵再次用盾牌、长矛和刀剑组成了一面铜墙铁壁,冲着波斯队列后方高声呼喊。很多波斯士兵回头一看,原来希拉克略正率领骑兵从山坡飞驰而下向波斯枪兵冲来。波斯人顿时乱作一团,尖叫声此起彼伏。最先是左翼的一个士兵跑了,很快,这支至少还有三万人的队伍开始全体溃逃。

希拉克略的骑兵们高喊着战斗口号冲入正在逃命的波斯步兵中间奋力厮杀。盖伦闭了闭眼,但耳中喧声依旧。战场上响起铺天盖地的哀号。"行了。"他刺马向前。

"全体军团,常步前进!"

西罗马帝国军团如一波波巨浪向前涌去。到收网的时候了。

第七十章

"毁灭之王,我以我的灵魂恳求你继续……"

巴勒兹摇摇头。不朽军已经抵挡不住了,在平原东边他所处的位置周围散成了一条弧线。被打散的波斯士兵——骑兵、弓箭手、枪兵——像依附到悬在盐水中的绳子上的盐分一样,向他的旗下聚拢。在战场其余位置的波斯军队彻底失败了。地上躺着成千上万个死去的波斯人,更多的人则溃不成军地向南边混乱的道路逃去。他看不到战场中央的纳瑞姆斯的旗帜,而且他肯定贡达纳斯普和大军的整个左翼已经全毁了。

现在罗马人又在重整队形。从这里望去,他看不清楚是否有哪支罗马步兵大队被歼灭了。很快敌人就会向他发起进攻。巴勒兹招手叫来手下的军官们。

"今日成败已定。让步兵先走,骑兵断后。南下的路会变成停尸场。所以我们改走正东方向,穿过森林到海边,然后南下回到波斯境内。"

巴勒兹望着战场,注意力并不在死人堆和无主乱走的战马上。罗马军队蹲伏在战场中央,仿佛一只带着无数尖刺并且全身披甲的庞然大物。他摇摇头,有那么一瞬间,他多么希望万王之王未曾如此贪婪地利用过达哈克的能力。假如他是骑马来此,波斯大军前进的时间就会延迟到来年春天,那样的话,他便有足够的时间把这些毫无经验的人练出个模样来。

"没关系,"他想,"科洛斯伊斯赌了一把,赌输了,现在我只要自己能全身而退就好!"

想到这儿,他大笑起来,这种智力与经验的游戏让他觉得很开心。周围的不朽军将士们打了个哆嗦——此时此刻居然还能如此开怀大笑,这人简直是个疯子。

第七十一章
波斯祭司的金字形神塔

马克西安带着手下们从一条密道潜进了被黄沙掩埋的城池。瓦拉几亚人在盖乌斯·尤利乌斯的吩咐下找到了一条被从北而来的羊群们踏出的进城小道。小道在倒塌的宫殿和残破的神庙中蜿蜒。罗马老人发现即便是波斯魔法师们也还是要吃东西的，这点让他尤为得意。马克西安不慌不忙地走着，大部分注意力放在魔法界中。他发现城里建筑物之间充斥着各种千奇百怪的魔法形式，就连城市上空亦是如此。死人没说错，果然应该暗中行动。

小道穿过一块残破的镶嵌地板，上面的建筑早已坍塌，头顶上毫无遮挡。亲王脚下踏过一幅描绘着蓝天白云和各种奇异鸟类的镶嵌画。两个瓦拉几亚男孩儿在他前面，趴在地上把遇到的所有东西都闻个遍。

克里斯塔紧跟在亲王右侧，尸鬼扛着昏迷的波斯魔法师跟在后面。之前花了不少工夫才让阿卜迪马丘斯吐出了金字形神塔的秘密。盖乌斯·尤利乌斯从铁鸟肚子里钻出来时，脸色阴沉疲倦，手上拿着一张精心绘制的地图；西罗恩的胸膛和手臂上到处都是新的抓痕和瘀伤，脸上仍然面无表情；阿莱斯却是一副容光焕发的样子，连头发也

第七十一章

变得更加浓密而富有光泽,仿佛熔化的金子一般。克里斯塔心想:"不知道亲王有没有注意到?"

性感金发女人与其他瓦拉几亚人跟在尸鬼后面,仿佛落叶一般安静。克里斯塔走得极小心,尽量不发出任何声音,但心里很不满:凭什么那些野蛮人不费吹灰之力便能做到这一点?今天,她在最近爱穿的黑色外衣下加了一件轻锁甲,盔甲的重量压在身上感觉有些沉重。亲王走路时也保持着优雅风度,尽管他之前从未显示过这方面的天赋。她偷偷回头看了看阿莱斯。

瓦拉几亚女人毫不掩饰的贪婪目光正盯着亲王。尽管战斗的威胁迫在眉睫,阿莱斯却穿着暴露的紧身皮衣,令人浮想联翩;脚上打着丝绸绑腿,穿着长皮靴,身后披着厚厚的黑色披风。克里斯塔在心里暗自讥讽对方,浑然忘记了自己的装扮其实也差不多,不过是比对方稍微更适合眼前的情况一点儿而已。

"这可不是在罗马七山上的夏日舞会,"她心想,"某个人是在送死……也许是某个毫无品位可言的胖女人。"

她有些怀念公爵夫人。阿纳斯塔西娅非常善于应对眼前这种情况,如果换了是她在这儿,野蛮女人早就羞愧得落荒而逃了。罗马女人理了理盖在弹簧枪和匕首外边的衣袖。起码自己还是有些安慰的。

领头的瓦拉几亚人停下来,举手示警。他无声地指了指左边一个黑黑的凹进处。前方的小道向右转入一个用一层层厚石块垒砌的有桶形穹顶的高大建筑,石块间夹杂着砖头。空气中隐约飘来羊的气味。克里斯塔看着亲王小心翼翼地走上前与两个瓦拉几亚男孩儿交谈了几句。

"很快,"盖乌斯·尤利乌斯在她耳边说,"会有一场鲜血的盛宴。"

克里斯塔点点头,转头注意着罗马老人。其他人也停下了,瓦拉几亚人蹲在地上。阿莱斯走到亲王身边,一只手轻轻放在他肩头。盖乌斯·尤利乌斯与金发女人对视一眼，眨了眨眼睛，脸上隐隐有调侃之色。

克里斯塔很不高兴地眨了眨左眼，挤出一丝笑意："再次看到战争，你肯定很高兴吧……"

盖乌斯·尤利乌斯皱眉摇了摇头。

"不，"他说，"我从来都不怀念战争。我只怀念在广场上的辩论，怀念那些与人斗智斗勇、比音量的日子。这次的冒险除了有那么一点儿小意思便再没有其他……我常常说，战争是失败者或野蛮人的手段。如果你必须采取武力的方式，那你其实就已经输了理，你明白吗？"

亲王冲他们嘘了一声，他们转过头，马克西安向黑暗的凹进处示意了一下。其中一个瓦拉儿亚男孩儿正从隐藏在黑暗中的一段砖石楼梯走下去，很快便没了踪影。克里斯塔点点头，让其他人先走，自己留在最后。她最后环顾了一圈，突然看见那栋桶形穹顶建筑的门口出现一张白脸，吓了一大跳，但紧接着又几乎忍不住笑出声来。

一只山羊正迷惑不解地望着她。她转身走下了楼梯。

克里斯塔沿着蜿蜒的楼梯快步走下去，最后来到一条狭窄的走廊上。为了不撞到三角形天花板，她只得弯腰前进。淡绿色光照亮了停在前面的亲王的脸。其他人则跪在盖满灰尘的地上。

"前面，"亲王轻声说，"有一扇木门，没有锁，但受魔法保护。西罗恩，带我们的波斯朋友上去，用他的手推开那扇门。"亲王微笑着，在黑暗中，淡绿色的光照得他的脸像死人一样诡异。

"门里头是个大厅，我闻到了烟味。我们往右边走，去所有大厅的最核心之处。如果波斯祭司不来找我，我就去找他们，解决这场纷争。记住，我们要找的是石棺——所以进去之后尽量留活口！"

说到这儿，他还特意瞪了瞪瓦拉儿亚人和西罗恩。尸鬼面无表情

第七十一章

地与他对视,瓦拉几亚男孩儿们点点头表示明白了。阿莱斯微微一笑,轻轻舔了舔唇。克里斯塔检查了一下自己靴子上的鞋带,又看了看细腰上的皮甲是否紧密,手指依次摸过每一件兵器与工具,确保它们都在原位。西罗恩抱着波斯人向木门走去,波斯人的身体软软地垂在他跟前。

"喀嗒"一声响,门开了,隐藏的火发出的橘红色的温暖火光涌进黑漆漆的走廊。西罗恩把毫无知觉的波斯人扔到一边,迅速穿过了门。瓦拉几亚人紧随其后进了大厅。马克西安抬腿正要进去,却又停下了,同时举起一只手阻止了阿莱斯和盖乌斯·尤利乌斯。

门内传出一声野性的咆哮,紧接着有人突然尖叫。尖叫声、金属碰撞声和陶瓷摔到地上的声音此起彼伏。站在门口火光中的亲王举起一只手,隆隆雷声响起,灰尘开始从走廊的天花板上往下掉。

金字形神塔的地下迷宫里有许多宽敞的古老砖衬走廊,走廊的天花板都是三角形。马克西安快速通过充斥着烟雾和火的走廊。

西罗恩的手指抓住砂岩墙上一扇十五英尺高的黑色木门,墙上的每块砂岩都不止一人高度。他的指甲深深扎进门表面,古老的橡木门发出喀嚓的破裂声。亲王往后退了退,披风垂在肩头,双眼暗黑。尸鬼用肩和腿一起使劲,门板发出呻吟。颤抖的铁螺栓被从墙里拔了出来,发出痛苦的尖叫。尸鬼背上的肌肉在半透明的斑驳皮肤下紧绷隆起。

封住这扇大门的门闩发出咯吱咯吱的响声。黏稠的黑血从尸鬼在橡木门板上刨出的深孔里流出来。

门闩传来尖锐的爆炸声,就像一个陶土瓶从高处落到大理石地面上。西罗恩如野兽般嘶吼一声将门从墙上扯了下来,举起门板往旁边一扔,砸到了一位古代国王的陶雕塑像。门口蹿起蓝白色火焰,浑身被火焰包裹的尸鬼踉跄着后退,张嘴惨叫却没有发出任何声音。

马克西安皱着眉双手向前打去,掌心朝外。蓝白色火焰瞬间熄灭了,如同一支蜡烛被扔进深水中。西罗恩瘫倒在地,仿佛一个突然被剪断绳子的提线木偶。亲王右手握拳隔空向木门打去,残余的木板隆隆地震动,从墙上飞了出去,十五英寸长的铁钉旋转着落到大厅各个角落。瓦拉儿亚男孩儿们急忙蹲下躲闪。橡木门旋转着飞进了门内的大厅,撞到对面墙上的楼梯,巨大的撞击声在室内回响。

克里斯塔从砖地上直起身,甩开盖住眼睛的头发,跪在地上把松开的辫子重新扎好。已经跑到大厅里去的瓦拉儿亚男孩儿们听到盖乌斯·尤利乌斯的口哨声,又跑回来跟在后面。亲王举着双手站在门口。阿莱斯移到前边挡在亲王与房间之间。克里斯塔第一次滑出了小臂刀鞘里的水淬钢长匕首,金属在从门口透出的红光的照耀下闪闪发亮。

大厅两侧墙边有两排大坑,燃着熊熊烈火,每个火坑中有一尊雕像。身穿长袍的雕像皱着眉头,头顶烟雾缭绕的天花板。右手边的雕像没有胡子,额头很高。左手边的雕像带着疤痕,怒气冲冲的脸丑陋扭曲。两排雕像之间的地板上铺着光亮的六角形地砖。地上到处都是从被打坏的门上飞出来的大大小小的木块。在大厅另一头的整面墙是一部通往上面楼层的楼梯,不过现在还看不到具体通往何处。

盖乌斯·尤利乌斯在金字形神塔上见过的三个老者站在楼梯上,胡子在从火坑里吹出来的热风中飘动。楼梯底部整齐排列着少数仆人,其中有两个被飞出去的门板砸扁了,地上留下一大摊黏糊糊的血。亲王从门内侧的一小段楼梯走进去,其他人在他身后排开成一条弧线。

克里斯塔进门后便悄然溜到一旁,隐身在大厅边缘烟雾缭绕的暗影中。亲王在宽大的地板上慢慢向前走去,她则在雕像背后的空隙里飞快地掠过,穿过火光不及的阴暗处。偌大的房间里不时能听到烈火燃烧的低沉吼声。

第七十一章

"我们要求你们离开此地，"其中一个肤色如同核桃木的老者开口说道，压过了火焰燃烧的声音，"你们却带着刀剑前来。"

马克西安停下脚步抬头看着老者。在魔法世界中，那三人的身影都是一团明亮但模糊的几何形式，而且还在不断变幻。对方很强大，但透过其所建立的防御，他能感觉到他们心中的恐惧。对方人数如此之少让他很是纳闷。他们之前穿过了很多宽敞又华丽的房间，最后才来到这里——阿胡拉·马兹达的火神庙。按理说，这里应该有好几百个祭司才对，而不是只有三个。

"其他人都因为你哥哥发动的这场战争而离开了，"他的记忆在脑中轻声提醒道，"他们正在北边打仗呢。"

亲王微微一笑。

"我曾派信使公开造访，"他朗声说道，声音在高大的雕像和隐藏在头顶烟雾中的天花板上回荡，"但他被无礼地拒绝了。你们无法阻止我，因为你们是贼，把别人的东西偷来藏到自己家里。我会亲眼见证征服者的遗体。这是你们无法否认的。"

已经走到大厅末端的克里斯塔看到对方三人明显被这番话震住了。她在最后一尊雕像背后发现了一部隐藏的楼梯，于是在黑暗中摸着盖满灰尘的砖块爬了上去。

最年长的那个人先是佝偻着身子，过了一会儿，才站出来挺直脊背说："我们的职责便是保护你所说的那个东西。很多人试图解开它的秘密，但全部都失败了。你也会失败的，但是，我们不会给你尝试的机会。"

老者用手杖敲了敲脚下的石块，尖锐的破裂声响起。其他人举起双手，口中嗡嗡吟唱。马克西安感觉到身边的能量开始颤动。地板颤抖着，火坑里的火瞬间熄灭。亲王举起双手念了三个字。闪电从他双手迸射出来，在空中旋转跳跃，扫过站在他身后的阿莱斯与盖乌斯·尤利乌斯，两人发出痛苦的尖叫。瓦拉几亚男孩儿们吓得尖叫，拔腿就往门口跑去。看不见的火爬满亲王全身，火星从他的眼和口中溅落。在他身后的大厅门口，已被遗忘的小个子波斯人阿卜迪马丘斯惊恐地叫起来。闪电也飞到了他所躺的地方，能量如涡流一般旋转，将他团团包围。

亲王与身后两名随从脚下的地板消失了，取而代之的是一个个大坑，烈火从下面高高蹿起，他们脚下正对着一个沸腾的大坑，不过亲王没有掉下去，蓝色闪电在他周围的空气中颤动，将他们三人高高升起。地砖旋转消失，大坑旁露出一些狭窄的走道，地面仿佛变成了一个巨大的蜂巢。看到亲王三人降落在最近的走道上，三个老者激动地咒骂。

马克西安朗声大笑，从死人、野兽女人和波斯人身上吸出翻腾的能量，身边刮起强风，头发在风中飘扬，召唤出一个淡紫色光球。三位老者咆哮着将苍老的手指指向他，但其所投射来的火焰流要么被光球吞噬，要么就从光球上溅开，空气变成一片热滚滚的骇人热雾。

克里斯塔向楼梯上逃去，身后的空气先是白热化，然后被消耗掉了。风带着越来越尖的呼啸声吹过她的身体，大火正在耗尽大厅里的空气。楼梯顶端的一扇杨木门在这股越来越强的热风中四分五裂。她用肩用力撞开残破的门板，一头冲了进去。从这段楼梯上去后，她发现大楼梯顶上正是火神庙的六边形大殿。大殿中间有一根柱子，柱子上燃着熊熊烈火的火柱。一圈祭坛环绕着白色火焰形状的窗花格，大殿最外面一圈有六根柱子，华美丝绸织锦从柱子之间的天花板垂到地面。地面很滑，她滑到一边，伸手抓住其中一个祭坛，手掌下的触感也是光滑无比。她惊奇地望着四周。

脚下的玻璃地板平滑得犹如森林中的湖泊。祭坛用的弥诺斯抛光大理石，精湛的切割工艺令其呈现出半透明的效果。织锦是用金银线交织而成，每幅布上都画着一个有金色翅膀的美丽生物。克里斯塔没有把过多的注意力放在这些东西上面，但她知道第一眼看到这个地方

第七十一章

的景象一定会深深地留在她的记忆中。

一声轰隆巨响传来,地板猛烈震动。克里斯塔从地面滚到其中一个祭坛下躲起来。其中一位老祭司从大殿的门口飞进来,撞到一根柱子上,骨头喀嚓折断,身体滑落到地面上,在大理石凹槽上留下一道反光的血红痕迹。另一个波斯祭司跌跌撞撞地向后面退去,鲜血从脸上多个小伤口流出来,其周围的空气不断爆出火焰撕咬着保护他的半隐半现的几何图形防御。克里斯塔双手捂着耳朵,想隔绝隆隆的雷声和噼啪的闪电声。她看见空中火花四射,一个线条流畅的十二面魔法格构出现在空中随即立即爆炸,无数淡绿色碎片飞向地面。祭司抓着胸口浑身颤抖。一声清晰的爆裂音传来,他无力地倒在了瓦面地板上。

身边的空气开始颤抖,克里斯塔鼓足勇气从祭坛顶上望出去。在通往大殿的楼梯顶端出现了一面黑墙,黑墙中有蓝光闪烁。最年长的波斯祭司背对着她从墙里跳出来,扭头就跑。克里斯塔立马从地上跳起,以飞箭的速度伸出左臂。从祭坛边跑过的老祭司的胸口撞上她的小臂,似乎听到了骨头断裂的声音。他难以置信地瞪大双眼,脚下来不及收回,"砰"的一声重重跌倒在地上。克里斯塔马上跪下来,用一只膝盖顶住他的喉咙,右手翻转匕首用刀柄圆头使劲敲他的脑侧。老祭司吓得咯咯直叫,两眼一翻,瘫在了地上。

神庙大殿里突然一下子安静下来了。克里斯塔的耳朵里还嗡嗡直响。她把老祭司拖到一旁,从腰间一个口袋里取出绳子将他绑得牢牢实实,然后从他的长袍上撕下一块布条卷成一团塞进他嘴里。

黑墙无声地裂开一条缝,然后整面墙渐渐退去,火坑里烈焰燃烧的哗哗声传入大殿。马克西安踉跄着走来,脸色极差,盖乌斯·尤利乌斯用瘦而结实的手臂搀扶着他。一脸红光焕发的阿莱斯阔步走在两人前面,身上的披风在与波斯祭司的激烈混战中毁掉了。橘红色的亮光映衬着她的身影,双腿双臂闪着光泽。

她迈着轻盈的步子走来，长矛在身边挥舞。

克里斯塔拍拍手站起来。

"在这儿，"她喊着，声音压过了火焰的噬噬声，"最后一个波斯祭司在这儿。"

脸上沾着煤烟的马克西安咧嘴笑了笑，两眼一翻倒在了盖乌斯·尤利乌斯身上。罗马老人将他平放到地上，明亮的火光照得他轮廓分明的脸宛如雕塑。阿莱斯将长矛立在地上，矛尖朝下，然后侧身滑向旁边的克里斯塔。在她如野兽般的目光下，后者浅浅一笑。

"噢，亲爱的，"金发女人在喉咙里咕噜着说，"我还以为你死了呢，看见你还活着，真是太好了。"克里斯塔笑了笑，露出又白又尖的牙齿，不过没阿莱斯的那么长："看到你我也很高兴呀，你今天喝够了吧？感觉应该没那么……老了吧？"

克里斯塔话中隐含的斥责激怒了阿莱斯，她低吼一声翻转长矛。克里斯塔反而往前踏出一步，主动站到长矛的攻击范围内，匕首再次出现在手中："你知道亲王想要的是什么。要是他发现你杀死了这里大部分居民的话，他不会高兴的。"

"我知道亲王想要的是什么。"阿莱斯反驳道，低沉的声音让人不寒而栗，"我不像你，我能给他想要的。"

"我可没时间跟你讨论你的白日梦，"克里斯塔双眼闪烁，"我们还有事要做。"她从金发女人身边挤过去，感觉到对方性感的外表下居然是紧绷的肌肉，这一点令她很是吃惊，但没有表露出来。亲王仰躺在地上，盖乌斯·尤利乌斯正在摩擦他的手腕。

克里斯塔蹲在老罗马人身边问："怎么回事？"淡淡的声音里透出浓浓的关切之情。

死人抬起头，眼中满是恐惧。"打破最后一道屏障远远超出了他能承受的范围，"盖乌斯·尤利乌斯轻声说，"他浑身冰凉，太凉了……"

第七十一章

克里斯塔皱着眉，双手捧着亲王头部，发现他冷得像块冰。她咒骂一声，用指尖探了探他的脉搏："以前也出现过这种情况，当他从身体里释放了太多能量时就会这样。我们得找点热的东西给他喝，比如热汤什么的。"克里斯塔站起来望了望四周，失望地看到下面的大厅的一片火海里只有狭窄的走道。要想把亲王从那边带出去的话，非常冒险。神庙大殿里也什么都没有。她紧紧皱着眉头，心想，那个祭司之前想逃走，似乎是往某个地方逃去……她转了个身。

阿莱斯正从老祭司身上抬起身，面色红润，双眼闪亮。脸颊上残留的一抹鲜血在她苍白如凝脂的肌肤上十分显眼。怒不可遏的克里斯塔咆哮着快步上前，一只手闪电般挥出猛地打在阿莱斯耳朵上。阿莱斯脑袋往旁边一偏，撞到了最近的祭坛上。

"蠢货！"克里斯塔吼道，"他是唯一一个知道这个地方秘密的人！"

阿莱斯愤怒地跳起反冲回来，面目扭曲，白色獠牙在火光中闪闪发亮。克里斯塔摆出防御姿势，匕首在身前挥舞。阿莱斯以迅雷不及掩耳之势冲过来，指尖长出弯曲的利爪。克里斯塔右手向下劈砍隔开对方的攻击，紧接着往前踏出一步用左手手肘狠撞瓦拉几亚女人的脸。被击退的阿莱斯痛苦地号叫。

在对峙的两人身后，盖乌斯·尤利乌斯吃力地将亲王拖到旁边的阴影中。

阿莱斯向对方一个突刺，利爪在如红酒一般醇美的火光中闪着象牙般的光芒。克里斯塔向后跳开，匕首继续在身前挥舞。她感觉自己背后是根柱子，于是高高跃起，左腿飞快地踢向阿莱斯的头部。瓦拉几亚女人迅速俯身躲开，利爪向罗马女人的大腿内侧抓去。克里斯塔落到地上，用右手中刀尖朝下的匕首挡住了这一击。钢刀砍在阿莱斯指间的蹼上，阿莱斯痛苦地叫了一声。

克里斯塔面对自己之前来的方向一个跃起，离开背后的柱子，落到地面后向前冲去。阿莱斯俯低身子，侧身向她左边移动，火光在她胸脯的汗珠上闪动。克里斯塔一个突刺，用匕首伴攻对方。瓦拉几亚女人闪身跳到一旁，同时还了对方一脚。克里斯塔在千钧一发之际猛然抽身，对方鞋跟包裹的金属擦过她的额头，金属锋利的边缘缠到她的发丝，割断了束发的皮质发带。

克里斯塔往旁边跳开躲过再次扑过来的对方，一头宛如瀑布般的黑发在身后飞扬。她踩到了楼梯最顶端。阿莱斯突然退后了，克里斯塔往前跨出一步避开陡峭的楼梯。瓦拉几亚女人从地上捡起长矛。克里斯塔心头一寒，还来得及取出腰带里的铁弯钩——铁钩连在缠绕在她腰间的一根以金属丝为芯的双绞绳上。阿莱斯向她走来，手中的长矛在空中呼呼地轮转。

克里斯塔往后跳了一步，飞快地取下腰间的绳子。瓦拉几亚女人口中发出令人毛骨悚然的哭号，向前跃起，长矛的移动模糊不清。克里斯塔往旁边一歪，叶形矛尖划过她刚才所在的位置。她往前跳起，甩出手中的铁钩又迅速收回。阿莱斯急忙俯身想避开，但铁钩还是刺进了她的肩头。克里斯塔扔和收的动作一气呵成。阿莱斯痛得大叫，鲜血喷涌而出。暴怒的瓦拉几亚女人嘶吼着把长矛往侧面一甩，正好打在克里斯塔的胸口。

铁木矛杆生生打断两根肋骨，克里斯塔被撞飞到楼梯边的柱子上，顿时觉得一口气喘不上来，脑袋里像是有面锣在敲似的，匕首从失去知觉的手指间掉下来。绳子依然缠绕在她右臂上，另一头钩着瓦拉几亚女人。阿莱斯咬牙拔出深深刺入肩胛骨下血肉里的铁钩，痛得眼泪直流，但一只手仍紧紧扯着绳子不放。克里斯塔挣扎着起身，眼前一片模糊。裸露的皮肤上鲜血淋淋的金发女人的身影开始在克里斯塔眼中摇晃，变成两个，然后是三个。

阿莱斯猛地一拽绳子，克里斯塔向对方飞了过去。瓦拉几亚女人伸出右手在半空中抓住罗马女孩儿，利爪刺进对方的脖子。罗马女孩

第七十一章

儿感觉自己喉咙上的软骨在野蛮女人强劲得令人难以置信的手指下嘎吱嘎吱地响,几乎快要窒息了。她伸手去抓阿莱斯的眼睛,瓦拉儿亚女人伸直手臂把她举到够不着自己的地方,她的脚在空中徒劳地乱踢。

看着罗马女孩儿在自己手中挣扎,阿莱斯得意地大笑,笑声中充满愤恨。

克里斯塔一把抓住瓦拉儿亚女人的肩头,试图抓痛对方的神经,但对方的肌肉绷得紧紧的,手抓上去就跟抓着花岗岩似的。对方不屑地耸了耸肩,仿佛嘲笑她不自量力。克里斯塔听见一声怒吼,眼前开始发黑,视野中出现旋转的灰色,野蛮女人那张狞笑的苍白的脸越飘越远。克里斯塔弯起左臂将弹簧枪滑到手中,用拇指扣动了扳机。

一枚六英寸长的弹镖突然射入阿莱斯左眼,她眼中顿时鲜血狂涌。马克西安很多个星期以前在弹镖上布下的咒语被激活了,精制金属上燃起绿色火苗,发出噼啪声。绿光从瓦拉儿亚女人的眼睛和口中迸射出来,将她全身包裹。阿莱斯似乎在尖叫,但克里斯塔听不到她的声音。她感觉自己正在往下落,最后大理石地板用一声尖锐的碎裂声迎接了自己。

盖乌斯·尤利乌斯试着向两个女人走去。把亲王拖出可能被殃及的范围后,他看完了这场决斗,目有精光。克里斯塔四肢摊开躺在楼梯一半的位置。阿莱斯全身紧紧蜷成一团倒在平台边缘。绿火退去之后,她的双眼空空如也。死人跪在她身边,拂开她脸上的干枯头发。

"贪心的小猫,"他轻声说,"太贪吃了……"

他走下楼梯,跪在罗马女孩儿身边。虽然光滑的脖子上到处都是红肿的瘀伤,但女孩儿一息尚存。盖乌斯·尤利乌斯摇摇头,思考着该怎么做才好。他想起了奄奄一息的亲王,于是站起身。

他抱着阿莱斯走下楼梯,来到一个火坑旁。阿莱斯的身体又轻又软，仿佛没有骨头。冲天的火焰随着那个肤色有如核桃木一样的波斯祭司的死去而越来越小，不过在最近的这个坑里，余火未尽的煤块依然散发着热量。他将女人的尸体举过头顶扔了下去。金发女人直直落入火中。烟雾翻滚如同一片片黑云。盖乌斯·尤利乌斯看着烟飘到天花板上，然后转身向还活着的人走回去。

在他身后，摇曳的火焰在倒塌的雕像上投下长长的影子。侧身躺在地上一大堆兵器和石块中的雕像的头在黑暗中凝视着他。越过大厅里那些蜂巢般的坑洞，在另一端的西罗恩抓着阿卜迪马丘斯的脖子，静静站着等待主人的命令。吓坏了的瓦拉几亚男孩儿们缩在他身后呜咽着。尸鬼的眼睛像两个黑黑的大洞，倒映出摇曳的火光。

第七十二章
波斯北部，甘扎克镇①附近

步兵大队坐在路边，马车停在枯黄的草地边缘。大部分老兵都睡着了。佐伊、奥迪纳图斯和迪林坐在一堵用粗石修筑的墙上，背靠着长在墙后的紫杉树。在紫杉树林后面是一片休耕地，休耕地的另一头连着另一片森林。在那片森林背后，河谷拔高成低矮的圆山，山顶上铺满梯田与绿树林。灰尘很大，空气有些沉闷。坐在光秃秃的紫杉树的树荫下也仍然感觉很热。他们身后北边的群山上正在下雪，空气冷如冰。不过，在这儿，在被当地人称为阿塞拜疆②——意思是火的国度——的河谷中，仍然还是秋天，天气微暖。

一队重装骑兵排成单列小跑而过，头盔用皮带挂在背上，垂在吊索上的标枪扫起更多的尘土。三个年轻的魔法师一身风尘。这样的状况自从大军穿越山区时起便一直持续了数周。据说东罗马与西罗马的军队兵分两路沿着河谷轴线南下，各自都很小心地不在身后留下任何

---

①甘扎克（Ganzak）：在阿契美尼德王朝时期（又称波斯第一帝国）便建立起来的一个古镇，在今天伊朗的西北部。
②这里的阿塞拜疆指的是今天伊朗西北部被称为"伊朗阿塞拜疆"的一个地区，跟伊朗的邻国阿塞拜疆共和国不是同一个。

有用之物。一路走来，除了无数烧光的城池和被洗劫一空的村庄，迪林没看到任何其他东西。

骑兵走过后，路上暂时空了。

迪林无聊地把两根柔软的芦苇缠在一起绕来绕去，除此之外他实在找不到其他更好的事情做。突然，他听到了一匹马快速跑动的马蹄声，抬头张望。

"有人……"他对佐伊说，"……来了。"那骑手慢跑而来，绕过弯道时把头埋低躲避低矮的树枝。

传令兵减慢速度停在了正在休息的步兵大队跟前。这个年轻人一身东罗马帝国传令兵的打扮——马靴和宽边帽，身上有一条条泥印，满面灰尘。马鞍一侧系着一把长刀，弓和箭袋用十字形皮带挂在背上。他俯身与科隆纳和布兰科说话。坐在墙上的迪林可以清楚地看到百夫长和压阵者都没有起身。也就是说，马背上那人的军衔并不比他们高。

迪林又继续玩着手中的芦苇。佐伊靠在他身边打瞌睡。奥迪纳图斯则平躺在墙头上睡着了，发出轻微的鼾声。自从在克伦诺斯河谷一役中取胜后，大军便迅速挥师南下。前面的波斯士兵们被他们追得七零八落，罗马人几乎没费什么力气就通过了达斯特凡后面的那些关卡。魔法师们虽然没什么任务可做，但也没多少时间休息。他们所做的事情就是行军、扎营、睡觉、起床然后继续行军。有一次在过一座跨河桥时掉了两辆马车，但也没有停下来重建或偷新马车。迪林的神经整天都紧绷着，无法像其他人那样入睡。他的双手在芦苇上忙碌着。

"麦克唐纳！"正在打盹的布兰科醒了，招手示意男孩儿过去。迪林从石头上爬下去，慢慢跑到正在睡觉的队伍末端。传令兵已经下了马，正靠在马身上舒展双腿。这个传令兵看起来很年轻，不过，跟东西帝国大军里的所有人一样，他的眼神一天比一天成熟。他似乎累

第七十二章

得不轻，脸上露出浓浓倦意。当迪林跑到这三个人跟前时，布兰科伸出粗粗的拇指比了比爱尔兰男孩儿。

"这就是你要找的专家，"百夫长说，"记得把他送回来就行。"

"百夫长？"迪林尽量让自己表现得没那么不安。布兰科没说话，重新躺了回去，拉起帽子盖住脸。科隆纳冲他挤了挤眼，也重新靠回了墙上。没办法，迪林只得转头去看传令兵。那个年轻人正烦躁地抓着胡子。

"呃……长官？"

传令兵把迪林上下打量了一番，皱着眉头说："你是魔法师？"他似乎累得都懒得嗤之以鼻。

"是的，长官，迪林·麦克唐纳，第三魔法师步兵大队。"

"很好，我想应该够了。拿上你的东西，马上跟我回指挥部。他们需要一个专家，我猜就是你了。"

传令兵终究没有把迪林带去那个叫指挥部还是什么的地方。当他们沿着道路往回走了两里之后，面前出现了一条湍急的小河，河上有一座桥，他们在那里遇上了一支身穿锁环甲与红披风的瓦兰吉卫队。指挥的是一个年轻的希腊人，留着浓密的褐色胡子，目光犀利。传令兵把爱尔兰男孩儿交给这些人，然后就坐在路边看着他们骑马离开了。尽管心中疑惑，当瓦兰吉卫队离开行军的主干道进入一条旁路时，迪林还是选择了策马上前紧跟那名希腊军官。

这一队人马默默无言地穿过葡萄园和曾经长满橄榄树和橘树的果园，慢慢跑上河谷一侧的山头。如今这些果园很多都已毁于大火，变成了焦土。田地上的庄园似乎都被遗弃了——当他们从大门经过时，连条会叫的狗都没有。最后他们登上一座山头，迪林吹了声无声的口哨。

一栋大房子伫立在一面阶梯状悬崖的侧边。山的侧面伸出三个宽大的平台，每个都有一栋普通房子的两倍高。每层平台上都围绕着数排高大的白色柱子，在曙光中如白色蜡烛一般闪闪发亮。头两层平台上修建有拱形屋顶，第三层平台位于山顶，上面有一座圆形巨塔，塔尖放射出万丈红光，照亮了飘浮在大房子上空的一片烟云。尽管光彩耀眼，这座塔却给人一种阴森诡异的感觉，似乎也是被遗弃之物，静得可怕。

希腊军官骑着漂亮的红色牡马走到迪林身旁，双手放在马鞍前桥上向他凑过来。

"这是活火圣殿，小伙子，琐罗亚斯德教教徒心中的至圣所。你知道他们的神阿胡拉·马兹达吗？知道其创始人、预言家琐罗亚斯德吗？"希腊人说着一口流利的拉丁语，几乎听不出任何口音。

迪林与他对视，差点儿打了个哆嗦。身边这个人肯定来历不凡，感觉是个执掌大权惯于发号施令的人。

"不，大人，"他答道，拉扯着身下不停扭来扭去的马儿——它好像不怎么喜欢旁边这匹牡马，"我听说他们崇拜有生命的活火，而且对它献祭。"

"没错，用小孩儿，"希腊人的语气带着嘲讽，"把活生生的小孩儿扔进钢铁的无底洞……"

迪林红着脸摇摇脑袋："那个我从未听说过，长官。不过我对他们的信仰了解得不多。"

"好吧，小子，这就是关键所在——那栋此刻被我手下的帝国军队占用的房子是他们的宗教信仰的核心所在。这片土地上的每一座火神庙，甚至包括在泰西封和塞琉西亚这样的大城市里的火神庙，都有取自这个地方的活火。这里的活火被他们视为活火之祖。在那栋房子里燃烧的火，自从他们所信仰的这位琐罗亚斯德点燃它以驱逐悲惨世界里的黑暗与腐败之后，便从未熄灭过。"

迪林看着河谷对面的庞大建筑。组成墙壁和地面的大理石和木料

第七十二章

反射出明亮的光泽，房子表面上装饰着纪念性的浮雕与其他雕刻。天色渐暗，在夜出活动的鸟儿发出的鸣叫声与四周士兵们的喃语声中，圆塔里烈火的燃烧声依稀可辨。

"让我来这儿做什么呢，长官？有人说您需要一位专家，但我对这位神或他们的祭司一点儿也不了解。我的天赋只是召唤火……"

"没错。"希腊军官说，"来吧，我会告诉你做什么。"

一百英尺长的倾斜的大台阶从大建筑的底层一直上到顶层圆塔脚下的入口处。立在走道两旁的大理石板上用浅浮雕描绘了一些宗教场景。身穿红披风的侍卫们带着斧子与长矛沿台阶站立，手中举着火把。希腊军官走在前面，腿长的他两步并作一步走。迪林小跑着跟在后面。虽然迪林猜测对方已经骑马走了很多天了，但他看起来毫无倦色。台阶顶端有一道大拱门，拱门后是一条通往左右两边的长拱廊。

拱廊的柱子外表雕刻成从厚实的底座上蹿起的火焰，地面的圆底座上的雕刻是面目狰狞的魔鬼与没有眼睛的人类正在用鞭子抽打折磨着一些人。高高的柱头上有一些长着翅膀的雕像带着天使般的表情望着下面的男男女女，帮助他们顺着热气流飞升。迪林打了个哆嗦，这个地方的氛围怪怪的，一种古怪的、似曾相识的感觉涌上心头。他们踩着红纹大理石地板向前走去，又穿过了两道门，一道比一道大。他们从一队队日耳曼人与萨尔马提亚人面前走过。这些野蛮人似乎很紧张，在希腊人与迪林经过时迅速别过眼看着阴影处。四周极其安静，只有火燃烧的哔哔声远远传来。

走过了门廊，前方是一个圆形大厅，里面全部是一层层阶梯状的平台，像竞技场的格局，阶梯下方连接着一个大坑的边缘。大厅四周是更多的大柱子，每根柱子的底部都粗过一个大汉的身材，柱顶支撑着圆形天花板。天花板上描绘着夜空的景象，月亮与星辰的图案遍布其上。阶梯状的平台上有一排排面对大坑和火的座椅，足以容纳数千人。

火的后面有一尊屈膝蹲在地上的雕像。雕像是一位庄严睿智但令人胆寒的王者,四肢强健有力,跟希拉克略身上的肌肉一样结实粗壮。雕像背后是用青铜铸就且巧妙上色的天空与星辰。雕像穿着一条有褶皱的金属短裙。迪林以前从未见过规模如此庞大的艺术品。

"他们崇拜阿特拉斯神?"他的声音在这个空间里显得很渺小。

"不,"希腊人笑了,侧转头看着他,"那个是万王之王科洛斯伊斯的雕像,我敢说,他是个从不缺乏野心的人。"

在被塑造得如天神一般的国王雕像下方有一个用黑曜石衬砌的大坑,火焰在坑里哗哗燃烧。尽管这团火散发出白热的亮光,但整个大厅里的气温并不让人难受。迪林没有多想,向最顶层的座椅边缘走去。希腊军官跟在后面,一手轻轻放在自己的骑兵马刀的刀柄上。火柱并没有触碰到大坑的地板,而是悬在离地面十几英尺的地方。没有燃料的火熊熊燃烧着,在大厅的圆屋顶上的圆形开口中咆哮。开口内侧是一圈圈镜子,把永恒之火的光从神庙屋顶反射到外面。天空中的云朵在这股热气流中翻腾,火光延伸至数里之外。

迪林身体的感觉消失了,这次他没有抗拒。他的意识中除了火,其他的什么也看不到。在意识之眼中,这火蔓延到整个房间,然后是整个世界。他飘浮在一个火的大旋涡的正中心,全部视线被一个硕大的扁圆形球体所占据,距离似乎遥不可及。长长的火舌打在球体表面上;其中一些从球体表面高高弹起,划出长长的弧线,然后又落到大得无法估计的球面上。这个球体,这个发光的小宇宙,是有生命的。他能感觉到在光亮核心处沸腾冒烟的各种复杂到令人难以置信的形式和能量。

他向球体跑去。之前是给吓住了,觉得这个比自己大了不知道多少倍的东西会把自己熔化分解掉,但现在他不再抵触。他进入了燃烧的火光的最外层,感觉有股仿佛从苍穹吹来的风打在自己身上。球体

第七十二章

的表面开始变形,犹如莲花般盛开,在他面前打开了一个入口。里面有种东西光彩夺目。他往前冲去。

一只大手用力摇晃他的肩头,迪林猛然惊醒。他看看四周,晕乎乎地眨了眨眼睛。希腊军官的脸近在咫尺:"你能让这团火熄灭吗?"

"什么?"迪林摇晃着脑袋,听不清对方说话。他感觉对方离自己好遥远,说话声在耳边回荡,仿佛此刻他正站在一口深井里听对方说话。迪林意识到自己有些耳鸣。

"你能从毫无生气的石头里召唤出火——我知道,我当时也在陶里斯。那你能不能把火再送回它原来的地方?"

迪林盯着对方,又看看火柱。然后他转头看看四周,第一次留意到在柱子周围溜达的一脸严肃的侍卫和士兵们。他没有看到一个祭司。希腊人又摇了摇迪林的肩头,让他与自己对视。

"你能办到吗?"褐色眼睛目不转睛地看着他,"必须办到。"

迪林感觉胸口有些气闷。他能感觉到军官强大的气势压来,催促自己服从命令。同时,那朵无限之花的美丽一直在召唤他,在他脑中轻声吟唱。他感觉到某种东西,是他一直在追寻的,而且对它的渴望强烈到就像沙漠中的旅人渴望水一样,但之前他自己并未意识到。他看着军官,隐约感觉到日耳曼侍卫们正在慢慢靠近,他们的脸色阴沉可怕。一想到此物会从世界上消失,他就感觉内心被撕扯一般地难受。光明会发生什么变化?

"你能不能?"此时军官两手分别抓着迪林两肩,目光定定地看着迪林,"告诉我,孩子,这件事至关重要。"

"接下来会发生什么事?"迪林艰难地开口,"火熄灭之后,会怎么样?"

军官挺直身体:"到那时,阿胡拉的祭司们的意志会被摧毁。我们远离了家乡,麦克唐纳,来到敌人的土地上,周围全是敌人。他们的信仰,他们的祭司,领导并鼓舞他们与我们作战。如果我们能表明我们的力量，我们的神祇，胜过他们，那么很多敌人都会对我们俯首称臣，剩下那些人也会丧失抵抗的信心。我们的两位皇帝陛下要充分利用一切有利条件。这便是其中之一。你能熄灭这团火吗？"

"不！"迪林心里有个声音在挣扎，想要控制他的喉咙与声音。这团火不能灭——不能消失！要是把它灭了，黑暗就会冲破琐罗亚斯德的封印笼罩整个大地！

"是的。"他听到自己这么说，不禁惊讶地眨了眨眼。还有其他力量盘踞在他脑海中。他的左肩仿佛被腐朽的冰灼伤。他想要说出内心真实的想法，但是无法说出口，"我会让这火熄灭的。"

希腊军官笑了，放开了他。卫兵们又渐渐散开，继续他们之前的谈话。迪林在脑海中挣扎着想要控制自己，却什么也抓不住，只能身不由己地转身一步步走下阶梯，每一步都迈得均匀而平稳。在阶梯底部，大坑的边缘环绕着一大圈大理石瓷砖。他从冰冷又光滑的瓷砖上走到边缘，举起双臂。

在他身前，限制在圆柱形空间中的火柱哗哗吼叫，不断变换形状。他低下头，只看到了组成大坑和地面的坚硬岩石，没有任何原木或木炭。火是直接从空中冒出来的，最初是明亮的蓝色，然后变成耀眼的白色。他重新抬起头，望着头顶上圆形开口中遥远的夜空。云朵在神庙上空蒸腾翻滚。

"火，来我这里。"他把双手交叉放在胸前，闭上眼睛。

他的灵魂在挣扎。从肩头传来的那股寒意席卷全身，他的脸和胳膊上开始冒汗。他的身体中央也盘旋着一团火，这团火在他的脊椎最底端摇曳着，与火柱相互呼应。寒意侵入火中，将余火一点一点掐灭，最后只在他的腹部上方剩下唯一的一个火点。

人们惊恐的尖叫声远远地传入他耳中。一阵猛烈的风打在他身上，他感觉仿佛肚子上被打了一拳，心头一惊，突然睁开了眼。活火翻过柱子边缘，一条白热的火流钻入他胸口。他踉跄着退了几步，火

第七十二章

流依然紧紧跟随。他害怕了,大声尖叫起来,不过这火并没有让他灰飞烟灭。在他胸腹间发出白热光亮的那个火点旋转着将火柱吸了过来,灼热的火流咝咝叫嚷着钻入仿佛无底洞一般的火点里。寒意在火点周围咆哮着,迪林的手指和脚趾都失去了知觉。

火柱突然猛地一收,随着一声巨响沉入坑里。整个大厅颤抖起来,毫无预警地落入完全的黑暗之中。迪林跪倒在地,手和膝盖撑在冰冷的大理石瓷砖上,眉毛和皮肤上结了一层冰霜,身体不由自主地颤抖。整个大厅里,清澈的空气中突然飘起了灰蒙蒙的大雪,冷得让人无法忍受。在大厅最顶端的平台上,希腊军官和他的手下们吃力地站起来,突如其来的黑暗让他们有些惊慌。

迪林冷得受不了,身子蜷成一团想暖和暖和四肢。他感到一种深入骨髓的兴奋,令他不由自主全身颤抖。这种感觉很难受,以前从未有过这样的感觉。雪花继续飘落,地面和一排排座椅上仿佛盖着白色被单。雪花落到头上,将长长的辫子蒙上了一层灰白。

晚夏时节已过,之前被阻挡在河谷外的冷冽空气顺着谷底盘旋而入。罗马大军在冰冷的雾气与断断续续的雨中向南推进。迪林低下头,感觉冷冰冰的雨水急速滴打在草帽上。他肩头裹着一件羊毛披风,外面还有一件生羊皮斗篷。脚上的靴子走在泥泞的路上有点打滑——大雨把蜿蜒南下到幼发拉底河的小路变成了泥水流。这样的天气让他想起了自己的老家,不过他清楚地知道,这里不会有端着一大碗洋葱炖羊肉等在生着温暖炉火的房子里的母亲。实际上,最后等待他的只会是路边冰冷的军营、发霉的面包和一点点咸猪肉。

迪林走在魔法师队列的最后,甚至还在压阵者科隆纳的后面。直到经过了两三间被焚毁的房屋,他才意识到他们走进了一个村子。他抬头望着前面,看到队伍最前端转到了左边一条夹在白墙和花园篱笆中的小巷子。所有房子的窗户都大开着,窗户上方墙面有烟熏的痕迹。有的完全没了屋顶，有的只剩下一堆凌乱的木梁，木梁末端已经烧焦了。煤烟、灰和街上的污泥混合在一起，所有东西都沾有这种黑色的黏稠物。爱尔兰男孩儿在斗篷下瑟瑟发抖。不是因为冷——这点儿冷跟他老家的相比根本不算什么——而是因为充斥在各栋房屋之间的某种看不见的寒意。

走到一个小十字路口时，他停下脚步。眼前有一条小路延伸到左边的山坡上，而大军所走的路则是向右延伸到河边的低洼地。他听到左手边的小路上传来"叮叮叮"的声音，就像金属敲打在石头上发出的声音。他往前边望，除了路上在草帽下弯腰驼背艰难行走的队友们的背影，其他的什么也看不到。那声音又来了，听起来像锤子或镐的声音。灰暗多云的天空中继续下着雨。他提了提皮带，又调整了一下背上绑着铺盖卷和物品袋的带子。

迪林快步走上左手边的小路，发现路面的污泥下铺着圆石头。山顶上有一栋四四方方的房子，看起来很坚固，屋顶尖尖，跟周围的其他建筑隔开了少许距离。两根白色柱子一左一右立在门前，不过已经断裂倒在了一旁，颜色也有些脏了。跟其左右两旁的其他建筑不一样，这栋房子没有被烧过的痕迹，屋顶盖着板岩瓦片。他停在房门口。

房子中央有一个被拱形柱廊围绕的房间。房间正中央呈阶梯状凹陷，露出一个用黑色石头衬砌的圆形坑。迪林觉得后颈上一阵寒，两手揉搓着双臂。灰暗的光从尖顶上的一个开口透进来。一位佝偻着背的老者坐在圆坑边缘，手拿两块石头相互敲打。在他身下放着一个火石碗，碗中有一小堆细树枝和野草。圆坑旁边堆放着少许木头。迪林从侧面看去，那位老者长着鹰钩鼻，白眉毛又浓又密，脸颊凹陷，瘦得只剩皮包骨，长长的胡子像餐叉一样分开来。

"您冷吗，老人家？"迪林的声音在半球形屋顶上轻轻回荡。

老者抬起头，破屋里光线暗淡，他的眼睛看起来很黑："每个人

第七十二章

都冷,年轻人。没火了,看到了吗?"

迪林走到圆坑边,看到坑底残余的煤块浸在一小摊雨水中,如同玻璃一样透明的水面上有微微油光晃动。老者继续敲打石头,试图擦出个火星点燃面前的小堆引火物。迪林俯下身子放下背上的行李,东西"咔嗒"一声掉在瓦面地板上。

"让我来吧,"他摩擦着手掌说,"我能生火。"

老者抬起头,眉骨下的眼睛闪闪发亮。他摇了摇头。

"不行,"他沙哑着嗓子说,"这是我的火。生火是一件需要时间的事。"

迪林坐下来,双手环抱着膝盖,看着老者:"您不是冷吗?这房顶是漏的,雨水……冬天马上就来了。"

"没错,"老者点点头,"今年的冬天会很不好过。山区里雨雪太多。大家都不好过。但是这是我的火,我需要一定的时间来点燃它。"

迪林皱了皱眉,生火又不是什么需要时间的事。他看到老者拿着石头的手都在颤抖。他坐直身子凑近一些。

"我有打火石……"他刚说了几个字,那老者就一脸怒容地瞪着他,用自己单薄的身体挡在爱尔兰男孩儿和引火物之间。

"这是我的火,"老者再次强调,声音平淡但坚持,"你要是想生火,自己弄去。我的不能太仓促。火有它自己的节奏和方式。我要用这两块石头生火——一块来自善神奥尔穆兹德之山,另一块来自恶神阿里曼之山①——只有这样,世界才会有光明。"

老者转身背对迪林,岩石敲打的叮叮声继续响起。迪林咽下未出口的咒骂,站起身,滴在披风帽子上的雨水顺着后背流下。他低声咆哮,像老头儿这样,不知道要多少个钟头才能打出火来,甚至可能是

---

① 奥尔穆兹德(Ormazd)和阿里曼(Ahriman)是琐罗亚斯德教的主要神明,一善一恶。

数天。从屋顶的圆洞中望出去，乌云正在压向地面——可能会下雪。他不再管老头儿，径自走到坑边，看着坑底的污水。

雨珠落到水面荡起一圈圈浮油。已经完全冷却的煤块几乎全部被雨水淹没。迪林想起了数日前神庙里的火柱。那天，当希腊人带着手下骑马离开时，整个河谷一片黑暗。虚弱无力的迪林没有回头看。那栋古老的建筑只剩下漆黑，连一丝月光也看不到。

迪林举起一只手，身体里的能量沸腾起来，仿佛春天的溪流一般迅速奔涌而出。坑底的煤块发出咝咝的声音，水面开始冒出热气。这简直小菜一碟，他咧嘴一笑。其中一块煤变红了，周围的泥水沸腾起来。另一块在水面下的煤也燃烧起来，缕缕蒸汽从水面缭绕着升起。滴落的雨珠尚来不及碰到剧烈沸腾的水面，便咝咝地化作了水雾。

"你看，过冬的火有了！"

火蹿到空中，带出滚烫的蒸汽，屋里一下就暖和了起来。水分被蒸干，坑里只剩下煤块燃烧出的明亮火焰。迪林转过身，火焰映衬出他的身影，脸在火光中仿佛橙红色浮雕。他露出牙齿，开心地笑了。

老者也站起来了，脸色却阴郁如夏日雷暴，双眼在火光中闪烁。"我什么都没看到。生火之道应该是找到隐藏的火种，让它遵循它自己的意愿出现在世界上。你这个人太粗鲁了，完全不知道约束。"老者的声音像隆隆的雷声。

对方明亮眼睛里流露出来的责备与同情突然让迪林心头很不舒服，他往后面退了退。

"来得快的火灭得也快，"老者往前走来，迪林退后绊倒在自己的铺盖卷上，"能照亮世界的火，绝非仓促之间便能拥有的，需要时间，需要慢慢来，才能稳定。也许要几年、几十年甚至几百年。用巫术变出来的这种火不过是昙花一现、过眼云烟罢了。"

迪林摸黑爬上去。坑里的火越来越小，现在已经完全熄灭了，只有碎裂的石块和雨水从屋顶圆洞滴落下来发出的轻微咝咝声。羞愧难当的迪林捡起自己的东西匆匆跑了出去。雨比之前更大了,空气更冷。他跑过铺着圆石头的路面,向另一条路跑去。

嘈啪的雨滴声中传来很轻的敲打声,叮叮——叮叮。

第七十三章
泰西封，天鹅宫

尽管此时距离月亮初升早已过了很久，宫墙上依然灯火通明。迪亚蒂丝跟在异常兴奋的优素福后面，目光往大理石柱廊两边扫了扫。细长的大理石柱子的柱头上带着叶形装饰，每根柱子上都装有明亮的灯。宽大的浅蓝色地面被扫得干干净净，刻在墙上的壁画述说着历任波斯国王所取得的胜利。迪亚蒂丝穿着一件考究的丝绸罩衣，外面套了件柔软的黑色长袍，头上裹着头巾，只露出了一双画了眼影的灰色眼睛。鉴于此刻的女子身份，她跟在优素福身后，同时在水平方向上也与他错开一步。

相反，优素福的装扮倒十分绚丽：蓝色与绿色亚麻衣服，脖子上围着一条丝绸围巾；鞋上装饰着宝石，鞋尖向上翘起。他花了一下午时间仔细用蜡打理自己的胡子，把胡子末梢修理成尖状。此刻他扮演的是一个时髦的上流人士，这样的身份在万王之王的宫殿里是再合适不过了，反而一点儿也不起眼。身穿黑色披风与长袍的迪亚蒂丝自从马车进入令人惊叹的皇宫范围内起便一直紧绷着神经，但表面上却表现得端庄娴静，同样也很低调。陪同他们的仆人停在一道有尖尖拱顶的高门前。门口站着两名身材高大的卫兵，身穿皮革和金属制成的服

第七十三章

饰。仆人冲卫兵们鞠了一躬,轻声跟他们说了几句。

一身红与黑、神情严肃的卫兵们鞠躬回礼,打开了身后的大门。门内飘出轻柔的音乐声。优素福弯腰走进房间,举止高贵;迪亚蒂丝克制着自己,继续走在他身后。仆人从旁边走到保加利亚人身边,优素福低头听着对方说话,然后把一个沉甸甸的钱袋塞进这个宦官手中。矮胖的波斯人再次鞠了一躬,走出房间关上身后的门离开了。

迪亚蒂丝稳步向前走去,他们全凭着一身胆气走到了这里,用手中最后的一袋金子买通宦官进了这个房间,但现在她却开始担心优素福的这个小计谋的最后一步能否成功。

三天之前,坐在格局混乱的波斯首都郊区的一家二等客栈的泥砖墙头上的迪亚蒂丝对一向沉默寡言的北方人皱起了眉头。

"我的朋友,"她说,"请别误会,但是,事实上,你是个忧郁的人。没错,你很勇敢,使得一手快刀,弓箭也快——但是,你缺少阳光。说白了,你的某些行为举止并不那么讨人喜欢。"

优素福在她跟前得意扬扬地咧嘴而笑,黝黑的双臂交叉抱在宽厚的胸前丝毫不为所动。他故意冲着尼古斯笑,后者像往常一样不悦地瞥着他。

"嗯哼?"优素福说,"现在我们在这儿,不过这儿可找不到要起义的亚美尼亚人。要想为两位皇帝未来的胜利出把力,在罗马军队兵临城下之前,我们就必须进城去寻找合适的机会。"

保加利亚人转身指着城市里的屋顶。数千栋用白灰粉刷过的砖墙建筑从底格里斯河边的一座小山头上拔地而起。越过这些建筑望过去,能看到在一个用砖修筑的高平台上的万王之王的宫殿。事实上,这只是他的三座宫殿之一。宫殿在太阳下闪闪发光,仿佛一座巨型灯塔,镀金屋顶以及精致的塔楼和圆屋顶与城市里的窄街陋巷和光线昏暗的集市形成了鲜明对比。

"当那一天来临时,还有什么地方能比天鹅宫更适合待着呢?"

尼古斯咳嗽一声，冲野蛮人做了个鬼脸："迪亚蒂丝特别钟爱在地底下活动，我的朋友。不过我并不认为皇宫的下水道会无人把守。你觉得我们应该怎么进去呢？更不用说还得找到合适的时机？"

优素福把重心从一只脚换到另一只脚，脸上的笑容只增不减："因为，我的罗马朋友们，我认识里头的人，一个举足轻重的人物。"

保加利亚人暗自窃笑——他肯定是看到了迪亚蒂丝脸上明显的不相信。

"是谁？"她显然不信。这个草原骑兵怎么可能会跟世界上第二大的城市有什么关联？更不用说跟皇宫有关系了。

"你会知道的，"优素福脸上的笑意不变，"你手边还剩了多少金子？"

高高的紫水晶铜灯在圆形门厅里投下柔柔淡光，地板上铺着厚重华美的地毯，一直延伸进各道门。除了各道门周围的小部分墙面没有装饰，其余墙面都有厚重的挂毯和垂帘，还有一些灯用铜链挂在天花板上。空气中有种熏香的甜味，其中一道门的后面有一个乐手在演奏里拉琴①，低沉轻柔的旋律在心头萦绕，就算此刻有人轻声交谈，也丝毫不受影响。

优素福停下来等着，一身打扮在布置得华丽却低调的房间里显得俗不可耐。迪亚蒂丝数了数门的数量——三道门——打量着门后的房间，其奢华程度比起他们所在的这个门厅来只高不低。一个身穿暗灰色衣服神情严肃的黑发女子从左手边的门里走出来，强硬的形象在装饰风格偏软的奢华房间里显得有些突兀。看到他们，女子一脸不高兴地皱起了眉头。

---

①里拉琴（lyre）：竖琴家族中的一种弦乐器，用来为歌手或朗诵诗歌的人伴奏，特别是在古希腊。

第七十三章

"你们必须离开，"她清晰地说道，"我的女主人在这个时间不会客。"尽管这个声音因为生气而变粗，但依然透出天然的甜美。她的波斯语十分地道。

优素福双手放在大腿两侧向对方鞠了一躬。

"有劳您，女士，"他用尽量地道的波斯语轻声说，声音诚恳，"我从北方来，有紧急消息要告诉希林夫人，我恳求您让我与她面谈，这个消息只能告诉她本人。"

那女子正要开口拒绝，突然停住了，微偏着头。看着对方盘在头上的如云黑发，迪亚蒂丝联想到一只正在打量闪光石头的乌鸦。那女子眯起双眼，点点头："很好，我会转达你的话，看夫人是否愿意见你。你就在这儿等着。"

待那女子离开后，迪亚蒂丝轻声问："什么消息，这么神秘？"

"你一会儿就知道了。"优素福依旧微笑着回答。

过了一会儿，那女子回来了，表情有些困惑，她站在门口示意他们进去。待两人进去之后，她合上了门帘。迪亚蒂丝仔细听了听，但厚地毯上没有响起脚步声。

"优雅善良的女士，"优素福深深鞠了一躬，"感谢您的好客。"

迪亚蒂丝也跟着鞠了一躬，双眼仔细扫过整个房间。里拉琴的琴声停了。

这个房间有一半的墙面是全打开的玻璃门，门外是一个铺着短草皮的花园，花园里花团锦簇，树上挂着纸灯笼，灯笼透出的光从一个建在生满青苔的石堆里的装饰池子里反射出来。看到里面精心布置的鲜花、灌木丛和岩石，迪亚蒂丝不由得瞪大了双眼。与眼前这个比起来，公爵夫人宅子周围的那些花园立马显得寒酸简陋。她从来不知道"奢华"二字可以做到像这个房间、这个花园以及外面那些房间这样的极致。迪亚蒂丝被深深地震撼了。这些灯、地毯、躺椅，甚至连放在边桌上的那杯酒，恐怕都是世间罕见的稀世之物。

在一片温暖的光亮中，一个身形窈窕的女子从亚麻枕头上立起身，仿佛给这个房间添上了画龙点睛的一笔。她本是中等身高，但因为瘦，所以显得高挑；精雕细琢的脸上有一双如星辰般夺目的褐色大眼睛，弯眉如月，睫毛纤长；一笑起来，优美深沉的双唇就让人立刻心情愉悦；深棕色卷发如瀑布一般披在光滑的橄榄色双肩和后背上，闪烁着微微偏黄的光亮；一件低圆领口的鲜红色罩衣紧贴在身上，凸显了丰满的胸脯。迪亚蒂丝觉得心里冒出了一丝妒忌的火花，但马上又消逝了。那女子大笑着向优素福回了一礼，双眼闪烁着愉快的光彩。这样的一个人，又叫人如何忍心敌视或责备她呢？除了喜欢，就只有更喜欢。

"叔叔！"她的笑声有些沙哑，"天呐，我从没想过会在这儿见到您，还穿着这样一身衣服！"她惊奇地看着优素福，后者张开双臂慢慢转了一圈，高调地展示了一下身上的衣袍，"什么原因能让您穿上这么艳俗的衣服？"

优素福眉开眼笑地再次鞠了一躬："我可不能穿得随随便便的就来见我最喜爱的侄女儿啊！再说了，要是我穿得像个流浪汉，他们根本连皇宫的门都不会让我进。"

那女子用五指纤长的手盖住脸，似乎想忍住笑，但没忍住。紧接着，她突然惊讶地抬了抬眉毛，似乎刚刚才看到迪亚蒂丝。她从优素福身边走过，向罗马女人优雅地行了一礼，一缕长卷发垂到脸前。

"叔叔！你太不称职了！您答应给我写信却从来都没做到。现在，我连您夫人的名字都不知道！"

迪亚蒂丝被对方的话一惊，喉咙里哼了一声，伸手去摸自己的脸，却忘了自己还戴着传统的面纱。优素福看到她的反应，大笑不已。那女子转过身，脚踝上的小金铃叮当作响。

"叔叔！不许笑话我！"

优素福举起双手挡住侄女冲他投来的羞恼的目光："等等！等等！

你母亲至今还没能给我找到结婚对象呢!这位是与我同行的朋友。拜托……让我来正式介绍一下可以吗?"

侄女傲慢地转过脸,双臂抱在胸前:"我想可以。"

迪亚蒂丝在面纱下皱了皱眉头,伸手去扯面纱,但没能扯开,她低头解开缠在脖子上的头巾末梢。

"亲爱的,请允许我向你介绍来自克劳迪娅家族的迪亚蒂丝·朱莉亚·克劳迪娅女士。"

迪亚蒂丝抬起头,金红色长发披了下来,她拂开脸上凌乱的发丝,长长呼出口口气——裹着这些玩意儿让人气都喘不过来。那位侄女惊讶地瞪大了眼睛。迪亚蒂丝咧嘴一笑,白白的牙齿在水晶灯的亮光中闪过。

"迪亚蒂丝,这位是我的侄女希林公主,也是万王之王科洛斯伊斯的第二位妻子,这座天鹅宫的主人。"

"很高兴认识您,公主,这个地方很美。"

迪亚蒂丝轻轻点了点头,努力回忆公爵夫人教过的关于外国皇室的东西。她只记起了阿纳斯塔西娅说的"别进他们的寝室!"

希林退了一步,惊讶与怒气同时出现在脸上。她双手叉腰转过脸看着优素福,眉眼间尽是惊慌:"亲爱的叔叔,她是个罗马女人!"

"是的,"优素福一脸无辜地说,"她的确是。"

"您怎么能把罗马人带进天鹅宫!您不知道吗?我丈夫正在跟罗马帝国打仗!"

优素福若有所思地摩挲着下巴。

"嗯哼,"他慢慢说道,"我相信你是对的。我们的确在跟波斯打仗。"

希林伸出一根手指似乎要痛斥对方一番,却只是张大嘴巴什么也没说出来,脸上浮现出恐惧。

"我们在跟波斯打仗?"

"是的,"优素福轻声说,拉起希林的手牵着她走回躺椅,"我们几周之前离开了陶里斯,两位罗马皇帝和可萨可汗达成了一致,现在他们可能正在朝这座城市进军。"

希林一脸凄凉,重重跌坐下去。迪亚蒂丝别开脸,慢慢向花园入口处走去。在她身后,优素福也在躺椅上坐下来,双手握着侄女纤细的小手。

"东罗马帝国皇帝,"优素福说,"与可汗订立了盟约。统叶护率领四万人马与他一起南下,那是我们最优秀的四万勇士。这便是我们来此的原因。"

"噢,优素福,萨胡尔怎么能这么干?他在我们的婚礼上曾经向科洛斯伊斯作出过和平的承诺。他怎么能与那些凶手为伍?"

迪亚蒂丝转过头,目光定定地盯着优素福:"那么……我的朋友优素福,你能解释一下我们那位失踪的朋友又怎么会做出这样的承诺吗?"

优素福看了看她,又别开了眼,希林担忧地看着迪亚蒂丝。

"萨胡尔失踪了?"希林的声音很微弱,"他死了吗?"

"不,"优素福跌坐进躺椅里,"我最后一次在陶里斯看到他时,他还好得很,精神饱满。"他举起一只手制住怒气膨胀即将爆发的迪亚蒂丝,"别逼我,女士,可汗要求我,在他再次见到你之前,我不能向你透露任何情况。"

"这个卑劣的把戏做得漂亮,可萨人朋友,让我一直以为他已经死了!"

"抱歉,"优素福说,"我想,我的兄弟是觉得暂时在你手下做个骑兵挺不错的。他不想给你在陶里斯的任务增加难度。"

"那当然!"迪亚蒂丝吐了口唾沫,"做王的一般都是给百夫长下命令,没有反过来的!"

"等等!"希林举起双手打断他们,镶着宝石的白金手镯叮当作响,"我要知道整件事情,从头到尾,然后你们两个可以再像农场里的乌鸦一样斗嘴。告诉我,你们在哪儿认识的?如何认识的?后来又发生了什么事?"

"然后,"迪亚蒂丝终于说完了,"你的叔叔决定冒一冒险,进皇宫里见见某个重要人物。"她转动手中陶瓷杯里的美酒,大大喝了一口。讲故事是个让人口渴的活儿。酒的味道在舌尖流转,仿佛顺滑的天鹅绒,十分美妙。希林紧靠着一个天鹅绒枕头蜷成一团,身下压着从柜子里取出来的被子,小巧的脚缩在里面动了动。

"你真的让萨胡尔听你的?"她的声音里带着睡意,"还有达沃斯和优素福?小时候,他们老是不理我,最坏的就是他了。"她喃喃地说,伸出一只涂着颜色的长指甲指着叔叔,后者正背靠着躺椅末端盘腿坐在地上,"他老爱作弄我,还把青蛙放在我头上。"

迪亚蒂丝微微一笑,想起了自己的兄弟们:"那表示他喜欢你。"

"也许吧,"公主打了个哈欠,"我能看看你的刀吗?"

迪亚蒂丝点点头,坐到公主身边。她进宫的时候把刀也带进来了,绑在背上,藏在厚厚的长袍下。她慢慢把刀从有丝绸内衬的刀鞘中抽出来。在灯光下,刀身仿佛通体闪着微光。希林的手指沿着刀移动,但没有触碰到刀的表面。她摸了摸皮革刀柄,指尖滑过被迪亚蒂丝的手磨出来的凹痕。

"它很安静,"希林说,"也很温暖。你曾经杀过很多人吗?"

迪亚蒂丝将刀放回刀鞘,用皮带扣住刀柄把它压紧。然后,她转头看着公主,冷漠的灰色眼睛藏在阴影下。

"我杀过人,"她简单地答道,"但我并不以此为乐。"

希林把一个有小珍珠串饰的枕头抱在胸前,目光越过枕头望着罗马女人。迪亚蒂丝迎上公主的目光,感觉胳膊和肚子上仿佛被刺痛了一下。公主的眼睛是纯净的褐色,仿佛两个无底洞,充满了脆弱。

"那你也会杀死我的丈夫吗?"

优素福警告地嘘了一声,准备从地上站起来。迪亚蒂丝挥挥手,让他不要动。

"希林,"她说,"我的主人,西罗马帝国皇帝,派我来波斯为他的大军提前做些准备。你的丈夫和我的国家开战了。我有义务尽我最大的努力帮助我的主人赢得这场战争。不过……"她顿了顿,又说,"我来这儿却不是为了暗杀你的丈夫。"

"那你准备做什么?"希林的声音很平静,但迪亚蒂丝还是从这颤抖的声音里感觉出了一丝恐惧或惊慌。

罗马女人冲优素福耸耸肩:"是他想来见你。"

优素福从地上立起身,跪在希林身边,握着她的手:"小东西,我知道你爱万王之王,但是我听到一些传言,让我很担心你,所以我来了——没错,迪亚蒂丝,我来这儿是因为希林,而不是你的任务——因为我想你也许需要帮助。"

希林看着叔叔抽回自己的手。"自从玛丽亚死后,我的丈夫就不太好。"她一只手抚着自己的脸,"他的脸被大火烧坏了,他觉得他现在很丑。"

迪亚蒂丝不解地摇摇头,说:"我没听明白,什么大火?玛丽亚又是谁?"

优素福叹了口气,重新坐下,抬头看着希林,但是希林此刻只沉浸在自己的恐惧里。

"玛丽亚是科洛斯伊斯的第一位妻子,"他开始解释,"是东罗马帝国皇帝莫里斯的女儿。"

"居然是罗马人!"迪亚蒂丝慢慢说,回忆起了还在陶里斯时盖伦在他的帐篷里说过的那些话,"怎么……"

优素福瞪了她一眼,她立刻闭嘴。"别打岔,"他说,"让我把话说完。在科洛斯伊斯还很年轻的时候——甚至比你还年轻——他的父

第七十三章

亲,一位伟大的波斯王霍尔米兹德,被他手下一个叫巴赫拉姆的将军谋杀了。这个军阀想把科洛斯伊斯变成他的傀儡皇帝,但王子及时逃出了泰西封,流亡到了北边。当时,要不是有他的好朋友东部贵族沙赫·巴勒兹相助,他也许早就死在了荒野中。幸运的是,他误打误撞闯入了一个可萨人的营地。

"当时那队人马的首领正是我的哥哥,他留下了科洛斯伊斯。当他了解了这个男孩儿的身世后,就决定帮助他。科洛斯伊斯和巴勒兹跟着我们到处走,一直度过了整个冬天,后来我们——萨胡尔和我——把他带去了君士坦丁堡。萨胡尔认为科洛斯伊斯能向莫里斯皇帝陛下寻求庇护。

"起初,我们没有向任何人透露这个波斯男孩儿的身份。后来萨胡尔有机会私下里拜见了皇帝的儿子狄奥多西亲王,并且说服亲王相信,只要帝国帮助科洛斯伊斯,他就会重新夺回王位,并且感念帝国的相助之恩。亲王又去说服了他的父亲,他们与科洛斯伊斯建立了良好的友谊,最终一起推翻了巴赫拉姆。"

说到这儿,优素福停下来,悲伤地摇摇头:"那是段美好的时光。我们和科洛斯伊斯骑马并肩作战。在达斯特盖尔德城外的那一役,当巴赫拉姆被杀死的时候,萨胡尔就站在科洛斯伊斯身边。就在那段日子里,科洛斯伊斯在我们的帐篷里遇见了希林。虽然当时他已经承诺要娶莫里斯的女儿玛丽亚以巩固两国和平,但是大家都能看出来,他第一次见到希林便爱上了她。"

公主从被子里伸出一只手,优素福用手握住她的手。

"后来和平真的实现了,"他继续说,"直到莫里斯和他所有的子女都被那个篡位者佛卡斯杀死了。我想,从听说自己的父亲、母亲和所有兄弟姊妹的头颅都被人砍下来悬在首都街道上向欢呼的民众展示时起,玛丽亚便与罗马帝国反目成仇。就算后来希拉克略把佛卡斯拉下了王座,她也依然没有改变心意。"

"没错，"希林的声音从被子下传来，有些模糊，"她力劝我丈夫与罗马帝国开战，让真正的皇帝回归王位。她对万王之王有很强的影响力。"

"真正的皇帝？"迪亚蒂丝尽量不让自己看起来太不解。

"她的儿子卡瓦德·希洛，"希林说，"是莫里斯皇帝陛下留在世上的唯一一个男性后裔。"迪亚蒂丝闻言瞪大双眼。

"虽然，他始终把我放在他心中的第一位，"希林慢慢开口，声音有些悲凉，"但玛丽亚先给他生了个儿子，而且，玛丽亚是个非常勇敢的女人，跟随他来到异国土地，她是个强大的女人。"

"后来发生了什么事？皇宫里着了火？"

希林面无表情地耸耸肩："除了科洛斯伊斯和那个黑衣人，没人知道怎么回事。当时，因为巴勒兹将军未能在战争的第一年便拿下东罗马帝国，皇后很生气。她和那个黑祭司一起想出了一个计划。但宫里突然着了火，大河宫被烧毁了。科洛斯伊斯试图把她从火场里救出来，但已经太迟了。那场大火给他留下的伤痕至今未愈……我可怜的丈夫。"

优素福把她的头发别到她耳朵后面，站起来。

"时间已经很晚了，"他说，"我们先休息吧。"

"噢，"希林说，"你们走了这么远的路，肯定累坏了，其他房间里都有长榻，你们可以在那里休息，没有人会来打扰你们的。"

公主起身推开被子和枕头，伸展身体打了个哈欠，然后向迪亚蒂丝行了一礼。优素福把她拥入怀里，紧紧抱了好一会儿。希林把脑袋搁在他胸膛上。迪亚蒂丝悄然从房间溜到花园里。空气很清新，浓浓的花香沁人心脾。月亮低垂在西边的天空中，皎白的月光仿佛露水般洒在树木上。一切都很宁静。

起居室的玻璃门咔嗒一声合上了，迪亚蒂丝感觉优素福走进了花园，转身对他说："你的侄女很可爱，样貌和性格都招人喜欢。"

第七十三章

"嗯,"优素福叹了口气,"我们都希望她只要过得幸福就好。"

"那萨胡尔又为何要跟万王之王撕破脸?"

优素福摇摇头:"我也不清楚。希林定期会给他写信,他肯定是从她的字里行间猜到了什么事。去年他开始跟东罗马帝国派来的使者正式洽谈。他们给他带来了极其丰厚的礼物,不过他把所有钱财都用来置办铠甲和兵器。他好像在担心什么事,但却一直没有说明。当他宣布要对自己的女婿宣战时,达沃斯和我十分震惊。"

迪亚蒂丝把一只手放在优素福肩头,感觉他微微一惊。

"我的朋友,"她轻声说,"等时机到了,我们会带她离开这儿。"

优素福垂着头看着自己脚尖。虽然在黑暗中看不清他是不是脸红了,但迪亚蒂丝很肯定,他一定脸红了。

两个肤色黝黑的小孩儿咯咯地笑着跑了过去,身上的白色束腰外衣弄得乱糟糟的,还沾了些草印子。迪亚蒂丝微微一笑。她戴着一顶宽边草帽以免鼻子被强烈的阳光晒伤,脸部被帽子的阴影遮住。此刻她正置身于天鹅宫中央的花园里,冬日暖阳仿佛给这里盖上了一床舒适的毯子。她拿起一个雕花水晶高脚杯,喝了一口兑水的柠檬汁。她很喜欢这种又酸又甜的果汁。在希林私人专用的圆屋顶建筑外有一片绿油油的草地,她坐在草地边缘的一把木椅子上。公主的孩子们正在与阿纳格赛亚斯和尼古斯玩耍。

伊利里亚人躲在玫瑰花丛里,模仿狮子吼。小丫头们被吓得不住地尖叫,躲在她们的兄弟们身后乱作一团。男孩们则哈哈大笑着向前冲去,勇敢地向狮子发起挑战。阿纳格赛亚斯在地上跳来跳去,假装被可怕的野兽吓坏了。迪亚蒂丝正看得津津有味,一只带着老茧的黝黑的大手突然从花丛中伸出来,趁着两个男孩儿中的那个小哥哥不注意,一把揪住了他的脚。

那小哥哥吓了一跳,哭喊起来,用弱弱的小拳头胡乱地打那个可怕的魔爪。他的姐妹们看着他挣脱不了狮子被慢慢拖进花丛，反而高兴得上蹦下跳，大声欢呼。另一个男孩儿抓着兄弟的脑袋拼命把他往回拉。一心救人的弟弟抓着哥哥的两只耳朵使劲扯，小王子叫得更大声了。这时阿纳格赛亚斯又变身为一个勇猛的猎手跳进了花丛中。花丛中哗啦啦一阵响，土块和树叶四处乱飞。迪亚蒂丝伸手在背后探了探，指尖触到刀鞘。刀还在。她心满意足地靠回椅子上，望着从宫殿圆屋顶上掠过的麻雀。

眼角的动静引起了她的注意。希林正从宫殿二楼露台上的台阶向花园走来。公主一只手扶着大理石栏杆，走得很慢。她身穿长长的浅黄色丝绸罩衣——几乎是透明的——底边是短绒的。头发高高盘在头顶，点缀着金色发针与亮晶晶的琥珀色发带，露出纤长的脖子。迪亚蒂丝把玻璃杯放在地上，站起身，取下背后的刀。她的衣服也换过了，上身穿的是一件用上好的白色埃及棉编织的宽松短衫，下身是一条肥大的墨绿色亚美尼亚式马裤，脚上则什么也没穿。孩子们继续在她身后打闹嬉戏，惊起了果树林中的白鸽。

希林停在楼梯底部的一块阴影中，靠在有雕刻的墙上，一只橄榄色的手放在留着胡子的弓箭手的黑色轮廓像的肩上。迪亚蒂丝走到她身边，背靠着花岗岩石板。站在阴影中很凉快。希林看起来脸色苍白，忧心忡忡。

"出了什么事？"迪亚蒂丝轻声问。公主摇摇头，双手却微微颤抖。迪亚蒂丝拉起公主左手，让她转身面对自己。希林没有抬头看她。隔着如此近的距离，迪亚蒂丝能闻到她身上若有若无的肉桂香。

"有什么关于战争的消息吗？"

希林点点头，紧紧抓着迪亚蒂丝的手，另一只手捂住脸。

"坏消息？"

"北边打了一场大仗，"希林艰难地开口，"万王之王的军队被打败了。军队里的所有军官要么被罗马人杀死了，要么就被俘虏了。信

第七十三章

使还说,连'野猪'也战死了。"

公主强忍着眼泪倒在她的臂弯里,迪亚蒂丝一惊,小心翼翼地用手臂环抱着哭泣的女人。公爵夫人对她的训练里从来没有这一课。

"万……万王之王已经知道可萨人与罗马人一起进攻波斯了,我……"公主哽咽得说不下去。迪亚蒂丝紧紧抱住她,放松身上的肌肉,让希林靠在自己身上。公主的身体结实而温暖,这样抱着另一个女人的感觉很奇特。迪亚蒂丝紧紧抱着希林。"现在我被软禁了,没有我丈夫的许可,我不能离开这座宫殿。"

迪亚蒂丝用一根手指抬起希林的下巴,她哭得眼睛上的妆都花了。迪亚蒂丝笑了笑,用袖子擦去最花的污迹。

"这样的话,公主,我们就只能把你偷走了。"

"他怎么能这样?爱我却不信任我,把我,还有我的孩子们,都当成了囚犯!把我们当作与我父亲对抗的人质……他为什么要这么做?"

迪亚蒂丝凝视着公主,试图弄明白她究竟是为哪一个原因生气。

"希林!希林!"迪亚蒂丝把公主的注意力唤回自己这里。

"夫人,"她的声音平淡却清晰,"先假意顺从你的丈夫。等时机一到,我和我的人就会把你和你的孩子们平安无恙地带出城去。但是,现在你还不能跟他闹翻脸。要是他怀疑到了你身上,或者怀疑我们躲在这里,一切就都完了。"

希林似乎终于听进去了迪亚蒂丝说的话,轻轻摇了摇她的手,眼睛恢复了明亮。她离开迪亚蒂丝的怀抱,擦了擦眼睛,双手放在迪亚蒂丝的小臂上:"没错,你说得对。"

希林转身看着花园。尼古斯在地上滚来滚去,四个嘻嘻哈哈的小家伙正扑在他身上挠他的痒痒。欢乐的笑声响彻花园。

"我的孩子们一定要安全。谢谢你,迪亚蒂丝。"

罗马女人咬着唇靠回冰冷的石头上。这个决定是明智的。现在该怎么办？她在心里思考着："四个吵翻天的小家伙，我们所有人，再加上公主，也许后面还会拖上一群仆人……要是那辆流动剧团的马车还在就好了。"

"这么说，"尼古斯慢慢拉长了声音说，"我们最初的任务是暗杀或绑架那个年轻的卡瓦德王子，不过，现在，事情进行到了一半，你却打算换目标。"他不悦地瞪着迪亚蒂丝，后者坐在花园后凉爽的树荫下，耸了耸肩。她背靠着一面长满青苔的旧石墙，石缝间生出了一些黄色小花。

"你也看到了，对优素福来说，那位公主意味着什么。我听到的消息你也知道了。万王之王赌了一把但赌输了，现在两位罗马皇帝正率领大军全速南下。要不了一个月，他们就会到达这里，届时形势会变得非常艰难。"

尼古斯点点头，但没打算就这么妥协："百夫长——我认为你是被热晕了头。我们的任务是绑架那个年轻人。虽然优素福的确帮了我们一个大忙，通过他的侄女把我们悄悄送进宫来，但是我们的目标不是她。"

"尼古斯。"迪亚蒂丝微微坐直身子，双手十指交错抱着左膝盖，另一条腿在身前伸直，"优素福是我们的朋友，曾经与我们在险境中并肩作战。我们是作为希林的客人来此，我们应当回报他们对我们的帮助。"

尼古斯仍然皱着眉头，他一点儿也不喜欢这种改变。事情会变得很糟糕的，也许相当糟糕。但是，从女孩儿紧抿着的唇看来，他的头儿似乎已经下定了决心。

"百夫长，"他用正式的口吻说，"你真的准备更改任务吗？"

迪亚蒂丝叹息一声，挠了挠鼻侧。

"是的，"她柔声说，"我准备改变任务。我们现在的任务是寻找合适的机会尽快把希林公主和她的孩子们还有我们自己全部都弄出宫去。"

"那好吧,"尼古斯点点头,"我没异议。"

迪亚蒂丝摇摇头,这个伊利里亚人有时候还真让她头痛。

"我们要做的第一件事,"她说,"就是把其他可萨人都弄进宫来。我们需要更多的人手,尤其是那些牙齿参差不齐的恶棍们。"

"我去。"优素福的长脸上又恢复了严肃的表情。他、迪亚蒂丝和尼古斯此刻正坐在希林借给罗马女人单独使用的小房间里。如果跟宫殿里其他地方比起来,这个房间又小又窄而且只有一扇窗户,不过也足以住下整整一个小分队的军团士兵了。那扇窗户正对着一个屋顶,没有任何其他景观,迪亚蒂丝很满意。此外,这个房间还有一点好处就是它位于整条走廊的最末端。

可萨亲王不愿意坐下来,不停地在瓦面地板上走来走去。尼古斯背靠墙坐在床上吃石榴,把嚼完的石榴籽吐在床头板后面,迪亚蒂丝瞪了他一眼,他马上就不吐了。迪亚蒂丝坐在唯一的椅子上,正在磨自己的其中一把匕首,给刀面上油。她抬头看着再次从自己身前走过的可萨人。

"要是你被抓了怎么办?"她问,"那样的话,皇宫里所有人都会知道你在密谋帮你的侄女逃走,她和她的孩子们会死在宫殿下的地牢里。"

尼古斯把石榴籽从打开的窗户吐出去。

"不是地牢,"他伸出一根手指掏出卡在牙缝里的一颗籽,"他们会把人关进河边的高塔里——他们称之为'黑暗之塔'——因为你一旦进去了,就再也见不到太阳了。那是个阴森可怕的地方,到处是黑色的石头,脏兮兮的,诡异得很。"

"那谁去?"优素福转回脸看着迪亚蒂丝大声说,"你吗?还是他?其实都会存在同样的问题——他们只要问一问仆人,便知道我们是公主的客人。我们在这儿安全的唯一前提条件便是没有任何人知道我们在这儿!"

迪亚蒂丝露出她最擅长的鲨鱼般的笑容:"傻子!当然不。我们派个专家去。"

尼古斯抬起头,面露讶色。他还以为这会是自己的差事呢。

"我要让阿纳格赛亚斯去。他是以女装扮相进来的,没有人会把他和我们联系到一起。而且,他们也不可能让他开口说话,不是吗?"

"一个戏子!"优素福气得啐了一口唾沫,"你居然想让个戏子去做男人的差事?太荒唐了!"

迪亚蒂丝站起来,出鞘的长匕首在手中闪光。看到她脸上的表情,优素福突然闭了嘴。"听着,亲王,我们吃的就是这碗饭,你何不就让我们来负责这件事?而且我知道,阿纳格赛亚斯比你们俩都更爷们儿。所以,如果你没有他那样出色的演技,就靠边站!"

她的严厉呵斥和眼中的怒气让优素福不由往后退了退。他举起双手示意投降:"行了!够了!你要想派那个漂亮的男孩儿去,就让他去。我会把我们的计划告诉希林。"

"不行,"迪亚蒂丝断然地说,"除了我们三个,不能让其他任何人知道。"

"嘿,"尼古斯从床上坐起身,"阿纳格赛亚斯比我们中的任何一个都更爷们儿?"

"没错。"迪亚蒂丝一本正经地说,眼中闪过一丝戏谑的光。尼古斯立起两根拇指看着他们,吹了声口哨。优素福在他和迪亚蒂丝之间看来看去。

"什么?"他没好气地问。

迪亚蒂丝只是笑。

第七十三章

"听说您想见我,公主?"

希林抬头,看到站在缝纫室门口的迪亚蒂丝,笑了。她放下手中一条正在加工的饰带,招手让罗马女人进来。迪亚蒂丝坐在躺椅末端,双手在身前交握。

"是的。昨天万王之王召见了我,札尔密赫尔大人进城了。以前我从未见过这位大人,他来自于遥远东边的吐火罗斯坦诸省。之前当贡达纳斯普召集的军队败于罗马皇帝手下时,他正在北边的克伦诺斯地界上。"

迪亚蒂丝闻言精神一振,集中精神听公主说话。希林看起来异常的平静,神色沉着,声音轻柔。

"这是到达波斯首都的第一个见证了那场战斗的人。他一路狂奔,累死了马匹无数。他所带来的消息坐实了传言——'野猪'战死,他的旗帜落入了罗马人手中。所有高级将领和贵族不是死了就是被罗马人俘虏了。当初北上的波斯大军有二十万人,逃回南方的只有区区数千人。贡达纳斯普、拉扎特斯还有很多我认识的人都死了。"

"罗马军队的情况怎样?"迪亚蒂丝屏住呼吸问。

"根据从北边的底格里斯河上的尼尼微①来的消息,数周之内罗马军队便会抵达这里。他们肯定是赶在冬日冰雪封锁北方关卡之前快速进入了温暖的地区。尼尼微的长官已经下令摧毁了所有河流和水渠上的桥梁。"

讲到这里,希林停下来,依然冷静地看着迪亚蒂丝。

"还有什么?"公主的镇定令迪亚蒂丝有些不安。

"并没有什么可萨人随罗马军队一同南下。虽然札尔密赫尔看到罗马军队里有很多蛮族,但是他不认识他们的旗帜。万王之王详细询问了他是否有看到我的族人,但札尔密赫尔一个也没看到。"

---

①尼尼微(Nineveh):亚述帝国的一座古城,位于底格里斯河沿岸。

迪亚蒂丝抿着嘴打量公主，后者垂着头，脸上露出由衷的微笑，继续手中的缝纫："这么说，您恢复自由了？可以自由离开皇宫了？"

"还没有，"希林飞快抬头看了一眼，噘了噘嘴，"但是很快就会了。要不了多久，我丈夫就会放心。那些在他耳边吹风的官员和贵族再也不能嚼舌根了。我的孩子们会很安全。"

"这么说，"迪亚蒂丝仔细斟酌她的话，慢慢开口，"您觉得没必要跟着您叔叔和我偷偷摸摸逃出宫了？"

"噢，是的，"公主说，"在这个月底之前，一切又会恢复如常的。"

罗马女人摸摸鼻子，想了想，站起身："夫人，这真是个好消息。我会告诉您的叔叔，我们会很快离开的。很抱歉让您受了惊吓。"

"哈哈，"希林大笑起来，"这没什么！要不了几天，你们就可以顺利离开了。"

"跟我说说，"迪亚蒂丝一字一词地说，"仆人和奴隶们都怎么说的？"此时她、尼古斯、优素福和阿纳格赛亚斯再次来到她的小房间里碰头。

尼古斯皱了皱眉，脸上的神情十分严肃。他与阿纳格赛亚斯对视一眼："很不妙。今天阿纳格赛亚斯看到有三个较小的贵族举家离开了，那些是聪明人。今晚还会有更多的人开溜的。浴场里的传言说万王之王已经疯了。他宣布说在克伦诺斯吃的败仗不过只是一个小小的挫折，然后从这里剩下的亲王中挑了两个人，强行命令他们从城里的公民之中选人组建一支十万人的新军队。"

优素福不屑地哼了一声，摇摇头："如果在北边的那一役真的战死二十万波斯人，那目前整个波斯国内都再也找不出十万士兵。这个异想天开的波斯王到底打算怎么做，让奴隶们拿起武器战斗吗？"

尼古斯脸色一沉："我听说他要让妇女和孩子拿着菜刀和削尖的

第七十三章

木棍上战场,凡是城里能找到的所有人都要上,就连老人也不放过,我估计。"

"他们真的会这么干吗?"迪亚蒂丝放在刀柄上的手指动了动,"他们会因为畏惧科洛斯伊斯的淫威而把市民们送上战场迎战盖伦手下的大军?"

优素福冲她笑了笑,笑声中带着颤抖。

"尼古斯,皇宫侍卫和守城部队的人数足够与罗马军队抗衡吗?"

伊利里亚人看着她的眼睛,摇摇头:"不够,目前只剩了少数侍卫——也许只有百来号人——守城的士兵们也不会愿意把自己的家人送到罗马军团的刀下。更何况——"他弯起嘴唇微微一笑,"被分配到这项任务的两个贵族已经逃了,抛下了一切,包括情妇什么的,像用投石机射出的石头一样飞也似的溜出了城。"

"好。"迪亚蒂丝望着窗外,目光冷漠,"我答应过希林,我不会杀死她丈夫。"她转身看着叙利亚人阿纳格赛亚斯,用手语问:"关于你在秘密花园里找到的那道水闸门,你确定吗?"

演员耸耸肩,懒懒地比画双手,好像鸽子从眼前飞过。

他反问:"你没问公主吗?"

"没,我本来准备今天问她的,但现在我们必须靠自己了。"

"那我就不敢保证了。那个花园似乎属于万王之王的私人领地,那道下游闸门肯定能通向河,但是,如果不能找艘船去查看岸边的情况,我就无法确定了。"

迪亚蒂丝失望地一拳打在自己大腿上。优素福和尼古斯只从两人飞快的手语里看出只言片语的意思,担忧地望着她。

"所有事情都有风险,"她低吼道,"我们得赌一把大的。尼古斯,让所有人准备好,把所有一切准备好——要悄无声息地进行——我们要快速撤退。优素福,你得去缠着希林。当这里最终乱起来的时候,局势会非常险峻。我们不希望在混乱中失去她或孩子们。阿纳格赛亚斯——你必须找到一条更佳路径进入那个花园。我觉得要让希林像我们这样爬过排水沟是不可能的。"

她站起身,看着另外三人冲她点点头:"很好,分头行动吧。"

等他们离开后,她站在床边,刀有一下没一下地在刀鞘里滑进滑出。天空正在变成灰紫色,黑暗已经爬上了屋顶。她叹息一声,揉揉鼻子:"萨胡尔,你为何不南下?在北边究竟发生了什么事?"

第七十四章
巴尔米拉，大马士革之门

早上十点，空气在一声隆隆巨响中微微颤抖，城市建筑屋顶上空翻起巨大的尘雾。蔚蓝的天空纯净得没有一丝云彩，只有与骨头同色的尘雾给它染上了一团污迹。穆罕默德转身离开门口，脸上带着深深的疲惫，相貌依然年轻，眼神却已苍老；裹在头上的头巾末梢披在肩上，脏污的头巾上有星星点点已干涸的血迹；结实的胸铠上有无数长矛、刀和箭打在上面留下的划痕与凹痕；双手伤痕累累，指间缠着干硬的绷带，右手却依然稳稳放在一柄砍杀无数的马刀的刀柄圆头上。

"女王陛下，"他对着昏暗的房间说，"我必须去城门那边。波斯人会再次集中力量发动进攻。"

"末日已经到了吗？"黑暗中传出喃喃的问语，响过一阵丝绸被单被掀动的瑟瑟声。借着昏暗的灯光，南方人看到一个模糊的白色身影起身向自己慢慢走来，渐渐地变得清晰。他鞠了一躬，拉起女子的手。

"也许，"声嘶力竭地在战场上喊了一百天，他的声音早已变得沙哑，"空气里有种不祥的感觉……也许那个波斯巫师会亲自上阵。如果是那样，我们的城门就守不住了，波斯士兵会占领城里每一条街道。"

芝诺比娅用纤长手指坚定地握了握他的手。

"我会命令城里的人都退守皇宫,"她说,"如果城门被攻破,我们就在这里继续战斗。穆罕默德……"

他松开她的手。她穿着一件简单柔软的棉内衫,一直垂到脚踝;头发没有扎也没有梳理,像一团缠绕的云朵包裹住她的颈部和双肩。

南方人举起手指轻轻按在她唇上:"什么也不用说,陛下。我选择与我的朋友们并肩作战,我并不后悔,只是为无法实现您的梦想感到难过。我浑浑噩噩地过了很多年,如今才在战斗中找到了属于自己的使命,尽管它可能会很快就夭折,但我仍然很高兴。"

女王微笑了,双眼在昏暗的光线中焕发出光彩,迫在眉睫的战事终于让整日整夜只守着垂死之人的她重新振作了起来。

"我会一直支持你,古来氏人。"

宫外再次传来轰隆声,比前一次的更响。

"去吧,你的使命在召唤你。"

他再次鞠了一躬,大步离开了,靴子踩在抛光地砖上发出喀吱的脚步声。

待他离开后,芝诺比娅又回到床上,手指沿着躺在床上的男子的额头、挺直的鼻子和嘴唇一一划过。她低头吻了吻男子,男子没有任何反应。她感觉对方微弱的气息吹在自己脸颊上——这已经足以让她知道他还活着。

"亲爱的,好好睡吧,我要去履行我的职责。"

芝诺比娅站起身,床往下沉了沉。她从头上脱下长内衫,走下床,用手梳理头发。手指被凌乱的发丝缠住,她皱了皱眉。

"傻瓜,"她心想,"就要死了,头发梳不梳又有什么关系?"

但她还是停了下来,把衣橱上的银镜转过来正对着自己。"噢,不,"她又想,"在今天这样的日子里,的确有关系。"

她拉动一个小玻璃铃铛,唤来仆人给她梳洗打扮。

第七十四章

穆罕默德望着城市前方的平原。铺天盖地的人、马和攻城器械仿佛把平原变成了一个巨大的蚁穴。自破晓时分起,波斯军队就开始从山上下来,枪兵排着长队快速奔跑在道路上。马蹄声如雷,骑兵的标枪如星辰一般闪烁。波斯人又建起了四个比之前更大的攻城塔,此刻正立在距离城墙一百码的地方。投石车躲在石头城垛后面,其后是高高的土包。穆罕默德正在观察敌情,离城门最近的一个投石车突然发起攻击,一块有人一般大小的圆石飞了出来。

"当心!"城垛上有人惊呼。人们纷纷把头缩到城齿下。石头呼啸着从空中飞过,打中城门左侧塔楼的石头塔尖,碎裂的石块往蹲在下面的人们头上砸去。塔楼的砂岩表面上被砸出又一个浅色凹痕,但塔楼依然稳固。

穆罕默德用手护着眼睛重新站起来。数百名身穿轻甲携带满满箭袋的波斯弓箭手正向城门冲来。其中有一些人举着用从城东消失的河流边采集来的芦苇和从他们自己的战马身上剥下来的马皮制作的活动掩体小跑着前进。位于整个波斯军队前线的各营各团开始整队。士兵们挤挤攘攘地把梯子扛到肩上。正在前进的队列开始射箭,箭如同一片黑压压的愤怒的小鸟向城墙飞来。

"来了,"穆罕默德对手下的将领们说,从墙体开口处向后退开,"他出来了。"

在平原的另一边,在攻城器械和数万士兵后面,一辆由十匹黑色骏马拉动的黑色马车出现在大道上,一队身穿重甲的骑兵在马车四周围成坚固的护墙。他们的旗帜是黑色燕尾旗,长长的旗帜上画着浑身布满猩红鳞片的毒蛇。正在前进的波斯士兵纷纷对其退避三舍,在其周围留出一大块空地。穆罕默德眨眨眼——远远望去,似乎那里的空气都在扭曲闪烁。

"十条毒蛇……"他喃喃道,抿紧嘴唇沉思片刻,又摇了摇头,实在回忆不起来。

"准备战斗!"穆罕默德的喊声响彻城垛,在城墙后破破烂烂的建筑上回荡。巴尔米拉人冲向城墙,响起一阵金属与石头碰撞的声音。南方人望着这群穿着破盔烂甲、脸上伤痕累累的人们,其中真正的士兵极少,大部分都是被迫拿起武器保卫自己家园的市民。在此之前,他们中有很多人一生从未拿过一支长矛或者用刀伤害别人,而如今却在这个炼狱一般的战场迅速成长为经验丰富的老兵。穆罕默德回头正对城墙。天空中下起箭雨,咔嗒咔嗒地落在石头上。他把身体紧紧贴在暗褐色砖墙上。

巴尔米拉人纷纷从城墙上冒出来,向正往城墙冲过来的波斯士兵们射箭,然后又飞快地缩回去。穆罕默德抽出马刀,看了看刀刃上是否有缺口或裂痕。城墙下响起一片叫喊。又一块巨石在打中最近的塔楼后落到城墙上。穆罕默德扭头躲在盾牌后面。巨石砸入人群中——从他们手中盾牌上的标志来看,是一群面包工人——将他们碾成一堆血肉。箭像雨一般飞来。

敌人把梯子架到城墙上了,木头刮在石头上的声音此起彼伏。穆罕默德高举马刀跳起来。

"上!快上!"他大喊,"到城墙边去!"

在他身边的两个台努赫人伸出手中的长矛去推最近的一部梯子。其中一支长矛抵住了梯子,那人使劲推,梯子向旁边滑去,突然一下翻了,一时间惨叫与怒吼不绝于耳。穆罕默德跑回从塔楼边突出去的战台上。数百部梯子搭在城墙上,市民们蜂拥而上,想推翻梯子。城里的弓箭手们纷纷往聚集在城墙下的敌军射箭,箭直直刺入一张张仰望的脸。又一块巨石飞过城墙撞到了街对面一栋房子的瓦面屋顶,大火从屋顶上的破洞里冒出来。

头顶上的天空依然蔚蓝晴朗,纯净得仿佛高山上的湖泊。

第七十四章

芝诺比娅走出皇宫，来到修建在宫前的一个宽敞的砖砌平台上。所有宫门一律大开，妇女、儿童和老人们不断从斜坡上涌入皇室领地。她走到其中一面支撑着飞天雄狮的扶壁上，左手扶在雄狮的鼻口部。仆人们重新修好了她的金甲，银头盔也擦得雪亮。她加了件长长的金边紫斗篷。翼盔很重，从脸侧向后翘起的双翼在阳光下闪闪发亮。一道汗水顺着她脸颊流下来。

下面那些涌入宫门的民众们仰起头望着她，因为被长期围困而憔悴不堪的脸上露出笑意。很多人向她举起手，希望得到她的赐福。她微笑着望着大家，虽然现在她什么也做不了，但一个勇敢无畏的女王形象也许能在剩下的这几个钟头里让大家抱有一丝希望。她感觉自己冰凉的心在恐惧中颤抖。

手掌下的雄狮雕像也颤抖着。过了一会儿，一声震耳欲聋的撞击声传来，空气瑟瑟发抖。芝诺比娅猛转头往城市另一半望去，眼角余光看到在远处正在激战的城门处，一个被火和烟包裹的庞大身影赫然出现在塔楼上空，巨大的翅膀一张开，似乎连太阳也被遮挡住了，大地变得安静下来。芝诺比娅身形摇晃，感到极度恶心。那个身影向下猛撞，响起一阵隆隆巨响。它又撞了一下，塔楼和石头纷纷碎裂。连撞三下后，城门口的塔楼在一大片尘雾中摇摇欲坠。位于城门右侧的塔楼从侧面裂开倾倒了。那身影在烟雾与大火中移动，仰起骇人的巨头发出胜利的嚎叫。芝诺比娅跌坐在地上，心惊得怦怦直跳。

整个广场上的人们都被这声音吓得蹲在地上不住地尖叫。太阳上的黑影令整个天空暗淡下来。芝诺比娅挣扎着站起来，口中如野兽一般发出愤怒挑衅的长啸。城门上空的那东西开始往前移动，巨大的肩膀撞上第二个塔楼。塔身上的石头颤抖着裂成碎片，人们尖叫着从战台上摔落下去。芝诺比娅身形不稳，跪在地上，举起父亲的刀，张嘴想喊，但空气冷冽如冰，她什么声音也发不出来。

"够了，"一个声音自她身后传来，"这是人类的世界，不是魔鬼的。"

　　在城门口的那个东西似乎还在不断地变大，隐隐有覆盖整个城市上空的趋势，一栋栋房子在它的长腿下变为废墟。它张开血盆大口，热风凄号着吹过所有街道，火从干燥的建筑里蹿出来。震耳的吼声让人们头脑中一片空白。

　　满心恐惧和绝望的芝诺比娅费了好大的力气才艰难地转过头，她的心仿佛正被铁匠的大锤一下下敲打。艾哈迈德拄着一根白色木杖站在宫门口，满是伤痕的身上只穿了件干净的棉袍。白色火焰包裹着他全身，仿佛一圈颤抖的光环，散发出万丈光芒。他身上发出的光灼痛了女王，她痛苦地尖叫出来。

　　"阿日·达哈克，我叫出你的名字，掌控黑暗魔法与谎言的魔鬼。"他的声音响若天雷。

　　城门上空的那个东西强烈抽搐了一下，身上冒出滚滚蒸汽与烟雾。它伸出一只触手状的爪子向城市的另一边猛地甩出一个火团。艾哈迈德举起一只手，那火团噼啪响了一阵后熄灭了，化作一片白烟落到街道里。

　　"阿日·达哈克，十大毒蛇，我叫出你们的名字。"太阳突然爆发出白色光环，阴影洒在两个相对方向的大地上。

　　"阿日·达哈克，我以契约之名将你约束，以死去并与日同升的神之名命令你。"洪亮的声音在芝诺比娅的耳朵里回荡，她跌倒在地上，脑中一片空白，无法思考。似乎她周围的整个世界只剩下艾哈迈德迎着狂风怒吼的粗哑声音。

　　盘踞在城市上空的那个东西落下来，爪子扣进大地，如同扯干草一般拔起用砖石和混凝土修建的房子，扬起漫天尘土。艾哈迈德跌跌撞撞地上前走到斜坡顶，在空中画出一个符号。那符号仿佛一颗闪耀的星星飘浮在风中。

　　"阿日·达哈克，以光明神之名，以创始者之名，滚出这个

第七十四章

世界！"

一时间狂风大作，飓风狠狠撕扯着躺在宫殿里毫无知觉的人们的衣服。砖块和瓷砖从屋顶上脱离出来向那个东西飞去。一股旋转的暴风呼啸着扫过颓败的街道和废弃的花园，把木头、马车、人以及整片整片的瓦面屋顶和板岩屋顶都卷到了半空，带着火和闪电向那个东西狠狠打去。那个东西被打得节节后退，爪子在空中疯狂挥舞，撞倒一片片宫殿与神庙建筑。大道两旁的柱子被从地上拔起，如飞箭一般刺入那怪物的心脏。大理石和玛瑙爆发出火焰后便消失在它体内。太阳大放光芒，占据了整片天空。人们尖叫着抓扯自己的脸，皮肤在阳光下化为灰烬。

天空中突然雷声轰响，远古国王的雕像们炸成了无数碎片，酒杯和酒瓶灰飞烟灭。与旋风对峙怒吼的怪物缩成一团，随着一道炙热黑光闪过，终于消失了。

城里突然一片宁静。风停了，太阳重新恢复成一个圆盘挂在蔚蓝的苍穹上。天空中洒下细粉雨，给所有的一切盖上了一层棺布。

芝诺比娅从飞天雄狮的瓦砾下爬出来。其中一只巨大的石翼正好卡在她头顶上替她挡住了乱飞的碎石。雄狮的头部已被齐齐切断。另一只石狮的碎片在皇宫的院子里散得到处都是。艾哈迈德躺在皇宫门口，破烂的衣袍盖着他的腰部。芝诺比娅摸了摸他的脸。

冰得像石头。颤抖的手指按着他的颈侧，没有脉搏。如露珠般晶莹的泪珠滑落到他毫无生气的脸上。巴尔米拉的女王哭了。

哈达姆斯将军抬起头，抖落压在自己头盔上的破屋瓦。在他身边，在城门前，三万名士兵回过神来，惊讶地发现自己居然还活着。士兵们陆续站起来，浑身盖满白色细粉，仿佛荒凉世界中的鬼魂。哈达姆斯站起身，用戴着手套的手摸摸全身，能活下来就足以让他震惊的了,没想到居然还哪儿都没缺。他环顾四周,眨掉眼睛上的灰土。

搭在围墙上的梯子都被推下来了,数百名士兵不是死了,就是受伤倒在地上挣扎着。只有像巨轮一般的攻城器械还靠在被像禾秆一样撕成两半的木头上。地上到处都是死去的战马,它们的骑手有的不见了踪影,有的正惊恐地尖叫着往远处爬去。

城门已经没了。一侧塔楼坍塌成了一大堆瓦砾,另一侧塔楼虽然还立着,却仿佛一个喝醉了的酒鬼似的摇摇晃晃,而且顶部也没了。巨大的门板都不知道飞哪儿去了。越过废墟向城里望去,空荡荡的大道两旁横七竖八地倒着断裂的柱子,像一排排参差不齐的残牙。有些人在废墟堆里挣扎,有些人则茫然地在街上游荡。

哈达姆斯清了清嗓子,突然又停住了,感到一种突如其来的恐惧。他看了看四周。

黑色马车已经滑出了路面,大概在他身后一百英尺。倒在马车周围的黑色骏马的尸体完全成了干尸状。全副武装守在周围的骑兵们的断手断脚的尸体排列在一起。哈达姆斯正要念出一小段祷文,话还没出口就哽在了喉咙里。

满地死尸中有个黑色身影在动。他的主人穿着黑色蒙头斗篷,一只瘦骨嶙峋的手拄着一根象牙骨杖,一跛一跛地向他走来。令人恐惧的寒意从对方身体里散发出来,如同雨水一般汇集在地面低洼处,爬向哈达姆斯,一种冰冷的触感传递到他穿着靴子的脚上。其中一个受伤的骑兵抽搐呻吟着,手在地面胡乱扒拉。黑衣人俯下身子,破烂的长袍罩住了躺在地上的骑兵。

长袍下似乎能听见无声的惨叫。黑衣人直起身,暂时又恢复了一些能量。他向哈达姆斯大步走来,后者一手紧握刀柄单膝跪下。

"路打通了,"黑色斗篷下传出嘶嘶的说话声,"进城。"

哈达姆斯点点头,直到黑衣人从身边走过,才抬起了头。

第七十四章

"带他走,"芝诺比娅满脸泪痕地嘶喊,"把他藏在地下室里,藏到一个没有人知道的地方。快!"女仆们用肩膀合力抬起已死去的男子,女王迅速拍了拍手,她们便跟跟跄跄地跑开了。士兵们正从城市废墟里慢慢向皇宫前的斜坡走来。一个台努赫人蹒跚着走上前来,头上缠着凌乱的绷带。

"女王陛下,波斯人已经进了城。敌军有数千人,我们只剩下一点儿人了。"

芝诺比娅点点头,迅速环顾了一下四周。成功退到宫殿里来的士兵最多只有百人,一些人还在大道上往宫殿这边跑,队列全都跑散了。女王看着让自己引以为傲的城市留下的废墟,眼中没有一滴眼泪。她已无泪可流。

"手中还有弓箭的人退守宫墙,其他人关闭宫门。你,台努赫人,古来氏将军还活着吗?"

台努赫人缓缓摇头,悲伤地垂下头:"不,女王陛下,我没有看到他出来。城墙上和塔楼里的人,都死了。"

"死得英勇,对他而言也是死得其所。"芝诺比娅的眼神仿佛钢铁一般坚定。她从刀鞘中抽出马刀,刀依然锋利。

"建一面防护墙,"她向聚守在宫门前的人们喊道,"就在这儿,在斜坡道的顶端。你,还有你,回宫殿里去找找油和木头,我要一切能燃烧的东西。"

她走到斜坡道顶端,分开两脚稳稳站立,手中的马刀闪闪发光。她没有再说一句话,就这么等着,等手下最后剩下的这批人用碎石、死尸和他们能找到的所有东西堆成一面墙。女王冷冷的脸上充满仇恨。

在城市大道上,铠装士兵在一面黑旗下前进,旗帜上画着由十条毒蛇缠绕组成的车轮状图案。他们没有发出任何声音,只是震惊地看着灾难在四周留下的余迹。

第七十五章
泰西封，白天鹅宫

"夫人？"正在弹奏竖琴的希林公主闻声抬起头。

第一天晚上迎接优素福和迪亚蒂丝的那个叫阿罗的黑发女子正站在音乐厅的门口。像往常一样，她穿着色彩暗淡的衣服，神情严肃。趴在地上的迪亚蒂丝翻个身看着她。希林放下竖琴，双手交叠放在膝盖上。已近傍晚的阳光透过玻璃窗照进来，给她的侧脸和身上的轻薄丝绸罩衣染上金灿灿的色彩。

"阿罗，何事？"

阿罗鞠了一躬，示意了一下大厅外面的房间。"夫人，卡瓦德·希洛王子殿下想与您谈一谈。他看起来……"她顿了顿，目光迅速瞥了眼斜躺在地上的迪亚蒂丝，又飞快回到女主人身上，"他看起来有些激动。"

希林皱了皱眉，把竖琴放回打了蜡的皮箱里："那就请他进来吧，不过先稍等一会儿。"

迪亚蒂丝站起身。她穿着希林送的一条深琥珀色丝绸裤子，上身是一件墨绿色内衫，纤腰上系着一条如老酒般醇美的红腰带。她对着公主咧嘴大大地一笑，对方回以浅笑。

第七十五章

"谢谢你的美妙音乐,夫人,我不会让他看到我。"

迪亚蒂丝向公主鞠了一躬,从希林盘腿而坐的躺椅边拿起自己的刀。公主被逗乐了。这个罗马女人不管走到哪儿都带着她的刀,要是有一秒钟摸不到刀,她就慌了。迪亚蒂丝光脚走出房间,合上身后的厚重亚麻帷帘,刀鞘尖随着她的走动在大理石地面上发出极轻的叮当声。在有花朵装饰的木雕屏风后面的另一条走廊上,她听到了阿罗的声音和一个尖细的男声。她估计那便是王子。

迪亚蒂丝等在走廊末端,背紧贴着曾留作大瓮的壁龛。过了一会儿,阿罗一脸沉着平静地走了过去。迪亚蒂丝在她身后沿着走廊悄悄溜了回去,手握着背后刀鞘上的刀柄,没有发出任何声音。

"敬爱的姨母。"就算隔着帷帘,依然能听出希洛声音里的紧张。

"侄子,欢迎你。请坐,用些点心和酒水吧,有小糕点和甜果汁饮料。"传来盘子与玻璃碰撞出的"叮当"的声音。

希林的声音听起来慵懒惬意,十分平静。迪亚蒂丝轻轻拉开帷帘边缘,透过一条小缝观察室内的情况。希林仍然在躺椅上,不过换成了躺卧的姿势,用有装饰花结的披肩裹住裸露的肩头和胸脯。王子身穿近乎全黑的丝绸衣服,不过上面有一部分是较明亮的棕色。他不停地把有些凌乱的长发拂到脑后。迪亚蒂丝抬了抬眉——躲在天鹅宫里,他们谁也没机会碰到王室贵族成员。这是她第一次看到孔雀宝座的继承人。

王子长相英俊,五官硬朗,脸部和身体线条优美;前额很高,这意味着可能头脑敏捷、思维活跃;黑色眼睛周围描着少许眼影,恰到好处地凸显了它们的美。总的看来,这是位非常漂亮的年轻人。不过,他脸上并没有他父亲惯有的那种施号发令的神态,而是带着忧虑不安,眼睛下的眼袋就算化了妆也无法遮住。这个年轻人看来吓坏了。

"姨母，我知道您是真心爱我父亲的——自从皇后去世之后，您对我来说便像母亲一样。凭良心讲，我本不应该再向您开口提什么要求。可是，我快要被逼疯了，所以一定要问问您，因为您是与他见面最多的人。我恳求您，我就问一个问题。"

"当然，"希林疑惑地问，"是什么事？请直说，我会知无不答。"

王子咬着自己的指关节，看了看房间四周。迪亚蒂丝一动不动地屏息静立。不过她觉得，那个青年太激动了，就算此刻有一支罗马步兵大队靠墙而站，他也察觉不了："请您不要误会——我这样说并无恶意——但是我心里老是存有怀疑，这件事让我夜不能寐睡不好。我必须知道——我的父亲，他是不是已经疯了？"

希林脸色一暗，交叠的双手轻轻颤抖。

"我……老实说，希洛，我不知道，我也被他打发了。他现在就待在他自己的房间里，也不再叫我过去。我跟你一样担心。皇宫里流言四起，各种千奇百怪的说法都有。你最后一次看到我丈夫是什么时候？"

卡瓦德垂下头，看着地板："至少是一个星期之前……他叫了他的幕僚们去商议与罗马的战事。"躲在帷帘后的迪亚蒂丝竖起了耳朵。

"当时去了的人不多，还不到他召见的人数的一半。起初他非常震怒——但又突然冷静了下来，冲每个人露出了开心的笑容。我为了躲他跑到了房间最后面的位置，但甚至连我也被他当客人一样欢迎。我看到了他面具下的眼睛——很冷静，但他的声音十分古怪。"

卡瓦德叹息一声，手指抚弄着长马靴上的金鞋带。

"他问我们去征服埃及的沙欣亲王有没有回来，可谁也无法回答这个问题——那支军队自从数月前进入叙利亚沙漠后便杳无音信。他又问去北边大开杀戒的'野猪'有没有带着不朽军回来，这个问题同样无人能答——从北边回来的人极少，只有一些信使回来说罗马军队在持续压近。

第七十五章

"他又问从市民中选人组建的新军队建好了没。依旧没人敢吭声。我看着周围,发现身边只有一些老头子和仆人。那些大贵族们全都跑了——去了埃克巴塔那①或更远的地方,回他们自己的领地去了。姨母,我们被抛弃了!"

希林叹息一声,裹紧肩头的披肩,开始编发辫。之前她在给迪亚蒂丝唱曲子的时候头发有些松散。

"侄子,"她柔声说,"万王之王承受着极大的压力。战事不利,民众——甚至那些贵族们——都被吓坏了。一旦他流露出一丝恐惧,就会引起极大的恐慌,一切都完了。虽然恐惧对于我们每一个人而言,不管男人还是女人,都是很正常的感受,但你不能屈服于恐惧。为了你的父亲,你必须坚强,站在他身边,在他举起手中的弓箭时,与他一同作战。"

看着卡瓦德眼中的悲哀,她的声音越来越小。王子摇着头站起身:"没人会来救我们。'野猪'死了,沙欣亲王可能也死了。如果我们继续守城,不会有任何军队来增援我们,而且连守护城墙抵御罗马军队的人也没有。我们现在唯一存活的希望便是弃城,沿着河流逃走,或者躲进山里。我会把这番话告诉父亲,现在我们已经别无选择了。"

希林看着他,晶亮的眼睛里充满忧虑。她抬起一只手,阻止了正要大步离开的王子:"你父亲把勇气看得比一切都重要,亲爱的侄子,当你对他说这番话的时候,别激怒他。他脾气不好,很容易生气。"卡瓦德露出一抹微弱的笑容,一只手拉了拉下垂的汗衫:"您是想说,他觉得我是个卑劣的懦夫,总是躲在我过世母亲的保护下?如果我对他说真话,他不但听不进去还会责骂我,这些我都知道。但是,我是

---

① 埃克巴塔那(Ecbatana):美迪亚古国中的一座城市,位于现在伊朗西部哈麦丹地区。

国王的儿子,我应该对我的父亲说真话。"他鞠了一躬离开了。公主的目光望着高高的窗户外面。迪亚蒂丝强忍着想进去抱住希林的冲动,放下了帷帘,耐心地静静等在昏暗的走廊里。她在想,不知道那个年轻的王子会不会被他父亲一怒之下杀死。

第七十六章
下幼发拉底河平原，前往泰西封的路

雨水模糊了道路，也模糊了排列在路两旁的棕榈树。迪林穿着靴子的脚在泥地中艰难前行，连腿上也沾满了泥。这雨虽说不大，却一直没断过，军队已经在雨中走了好些天了。与道路并行的水渠里水位不断升高，浪花拍打着堤坝顶部，堤坝将水与一直绵延到天边的一望无垠的土地隔离开来。偶尔雨停或者云开的时候，迪林能望见修建在高高土丘上的城镇。这片大地似乎已经空了——没有农夫，没有牧羊人，甚至连城墙也空荡荡的，毫无生气。

迪林深一脚浅一脚地走着，感觉泥沼老是拖着靴子，每次拔出来的时候就会"啪"的一声，接着再迈出下一步，脚又再次陷进棕黄色的泥水中。他前面的那些魔法师们也走得很吃力，耷拉着脑袋，双手扶在马车车壁上借以支撑。从前后两个方向而来的骑兵们溅起一片片泥浆，催促着已疲惫不堪的马儿快速走过这黏湿的地面。

爱尔兰男孩儿不禁想，这片泥沼地究竟有没有尽头？他们的目的地还会不会从这片无边无际的平原上的农田、城镇、一排排棕榈树和其他树林背后出现？大军在天气转变之前走出了尼尼微城外的群山，有一小段日子是走在晴朗天空下的硬路面上。在清爽的空气里，他们行军了数里。但是，一过了那座较大的北方城市，军队就进入了两河之间的平原地带，踏上了一望无垠的泥地和壤土地。

然后便又开始下雨了，整个世界变成了灰沉沉的天空和望不到尽头的泥泞道路组成的单调画面。他拔出一条腿，往前迈了一步，感觉很累，累得都快不行了。佐伊回头看了看，脸色憔悴但严肃。他有点落后了。女孩儿示意他赶快跟上去。迪林叹了口气，加快了步子。

第七十七章
泰西封，百鸟宫

平原上燃起火光，在多云的夜空下闪着红色与金色的光芒。中间宽厚边缘薄的雨云飞快地飘过，反射出一片红光。迪亚蒂丝站在用大理石和翡翠打造的希林的宫殿的屋顶，鼻中闻到的全是从沙漠里飘来的清新的雨水气息。她大大张开双臂，深吸一口气，感觉潮湿的风拂过头发，内心出奇地平静。周围的城市黑漆漆的，几乎看不到一丝亮光。罗马军队已经来到了万王之王的城门前，但民众们似乎还没有发现。

迪亚蒂丝感觉身后的空气里有了动静，她变换了一下身体重心。尼古斯爬上屋顶来到她身边。

"大家都准备好了吗？"她沉着冷静地问。激烈的战斗即将打响。

"才怪，"尼古斯骂骂咧咧地说，"优素福他妈的说要去撒尿，等他回来的时候，希林又不见了。她的女仆说刚才万王之王派人来召见她。"

"密特拉神在上！孩子们在哪儿？"

"在阿纳格赛亚斯那儿，他在孩子们的果汁里掺了一点儿罂粟蒴果汁，现在睡得香得很。可萨人全部跟他在一块儿。"

"有点……也许足够了。好吧,我们可以利用排水管。去把阿纳格赛亚斯和可萨人都叫上屋顶来。我和优素福去另一边看看,看我们能不能追上……怎么了?"

尼古斯咧嘴一笑,在黑暗中露出一排白白的牙齿:"优素福已经去了,提起他的刀就去追那姑娘了。"

迪亚蒂丝气得想破口大骂,但是还是忍住了,打算稍后再骂个痛快。

"太好了……我最好赶快跟过去。你们先带孩子们去水闸门那边。"

"一会儿见,百夫长。"尼古斯转身正要走,又停下来,伸出一只手。迪亚蒂丝握住他的手,他像往常一样紧紧握了握她的手。黑暗中看不清伊利里亚人的表情。

"祝你好运。"说完,他沿着屋顶向她的房间的窗户快步走去。

迪亚蒂丝站起来,慢慢转过身,打量着城市。她能听到街上人们奔跑的声音,但是没有火,也没有烟。前一天,住在城外农庄里的人们就躲进城里来了,同时带来了罗马军队抵达的消息。不过听到这个消息的人并不多,因为在最近两周留在泰西封的人已经越来越少了。她有些好奇,现在留在那些黑漆漆的房子里的都是些什么人呢?皇宫里也一样,除了皇家侍卫和一些仆人留了下来,其他的人都跑了。这些日子以来,没有任何人见过万王之王。她不禁想,他究竟是打算逃跑呢,还是只想死在自己破灭的梦想中?

她的房间已经空了,尼古斯把她的行李都打包好了。她把袋子挂在肩上,检查了一下皮带和绳子,然后系好靴子,紧挨着膝盖下方打好结。她两脚站起来,晃了晃身子,调整了一下肩膀上的重量。

她关上门,把这个房间抛到身后。阿纳格赛亚斯、尼古斯和那群可萨人正在楼下那个她初次见到希洛王子的休息厅里整理他们自己的行囊,里面装满了食物和给养。伊利里亚人把玩着各种兵器。

第七十七章

"你确定要把那艘船从屋顶上拖过去吗？"

尼古斯抬头微微一笑，手指拨弄着拴在他的行囊侧面的一个皮箱。

"说不定什么时候就用得着。"他说。

迪亚蒂丝试了试四个可萨人背上绑着熟睡的四个孩子的皮带，与大伙儿一一握手，看他们的络腮胡脸上是否有一丝恐惧或惊慌之色。所有人都用平静的目光与她对视。

"卡赫米，埃弗瑞姆，别把这批行李放错地方了，听到没？一会儿它们的主人还会来要回它们的。"

可萨人都笑了，浓密的棕色胡子下面露出白白的牙齿。迪亚蒂丝转向阿纳格赛亚斯，飞快地做了两个手语："到了水闸门那边，不要等我。"

叙利亚人皱了皱眉，但还是点点头同意了。迪亚蒂丝向所有人点点头，大步离开了公主的宫殿。

尼古斯走到门边一直看着，直到迪亚蒂丝消失在视线里。等她一转过外面走廊的拐角，他便合上柚木门板插上门闩。

"阿纳格赛亚斯，"他向叙利亚人打着手语，"你带可萨人去花园，现在开始爬墙出去。"

演员悲伤地摇摇头，摆动一头卷发："亲爱的尼古斯，为什么要这么做？百夫长所做的事会被发现的风险极小。可要是给她发现你这么干了，那你就糟了！"

尼古斯坚定地摇摇头，他已经下定了决心。

他比出手语："必须这样，否则她这把就赌输了。我只有这样做，才会在很久一段时间内都不会让人生疑。"

阿纳格赛亚斯回道："你真是疯了，她绝对不会赞同的。"

尼古斯默默叹了口气，回答："的确，她永远不会让公主难过。

但是我们是她真正的朋友,我要为她做这件事。如果这样做会让我失去她的友谊,我愿意承担这个后果。"

阿纳格赛亚斯再次摇了摇头,他不认为伊利里亚人这么做是对的。

"走吧,这里我来收尾。"

阿纳格赛亚斯摊开双手做了个祈福的手势,然后从另一道门溜进花园与等在里面的可萨人会合。尼古斯小心翼翼地查看房间里和窗帘后是否有遗留什么东西,检查完这个房间后又去其他房间查看了一遍,包括音乐厅、宴会厅、公主寝室和女仆房间。在仆人房间的最后面,他在一把椅子下发现了一个铜搭扣,应该是某个可萨人掉下的。他皱了皱眉,捡起来放进口袋里。离开每个房间的时候,他都大开房门,有时候还用椅子或桌子的边稳住。

走到最后一个房间时,他在到浴室的入口处停了下来——这是一个在地上铺着石头的冰冷房间——冷冷的目光数了数被绑在地上的男男女女。其中只有服侍公主的阿罗还醒着。当他出现在门口时,阿罗停止了挣扎,用无比愤恨的目光瞪着他。尼古斯冲他点点头,把带来的一捆衣服放在房门内侧的一张石头长凳上,然后从肩头取下一罐精炼油,小心地把它靠在长凳边。阿罗嘴里发出几个模糊不清的音节,但他根本没有理会。

他从挂在肩头的一只刀鞘里抽出一把长匕首,长度接近短刀,是从万王之王的寝宫黑天鹅宫的侍卫房间偷来的一把波斯刀。它的边缘十分锋利,刀身在唯一一盏油灯的柔淡光线下微微闪光。尼古斯跪在地上把第一个仆人翻过身来,用大拇指翻了翻那人的眼皮——那人还在昏迷中。他手脚麻利地飞快脱下那人身上简单的服饰,把对方脱了个精光。

尼古斯抬头看了看其他俘虏。已经翻过身的阿罗瞪着一双棕色大眼睛惊恐地看着他。伊利里亚人别开目光,将匕首用力刺入地上那人的胸腔。那人无声地张大嘴抽搐着,很快便不动了,嘴角淌下一丝鲜血。依然面无表情的尼古斯迅速给死人穿上毛衬里靴子、粗糙的家织裤子和汗衫,打扮成北方蛮族的模样。完成之后,他站起身打量其他人。

"时间不多了。"他想,俯身开始处理第二个人。

最后终于轮到阿罗了。尼古斯俯下身子,阿罗瞪着他,没有焦距的眼睛里写满恐惧。

迪亚蒂丝慢慢跑过宫殿的各个大厅,用无数珍宝和精美壁画装饰的宽敞房间从视线中模糊地向后退。她的靴子踏过一大片一大片复杂的镶嵌地板,地上的镶嵌画展示着奇迹或欢乐的场景。没有人添油,水晶灯发出的光越来越暗。原先有些地方还点着火把,现在火把也全都灭了。她踏上一段大台阶,每一级台阶都是用海绿色大理石雕刻成波浪形状。在黑暗中,她匆匆穿过一个拱形大厅,大厅里竖着上千根柱子,中间有一个阶梯状小金字塔,在金字塔顶端,一个金银宝座在黑暗中默默等待主人。在华丽的红色帷帘后面,她发现了一扇打开的铁门,于是沿着门后有坡度的狭窄楼梯快步跑了下去。

她穿过一些六边形房间,房间里摆满躺椅和衣橱,衣橱的衣服塞得满满当当。有个橱柜的柜门半开着,露出一排排镶嵌着珠宝的鞋子。她听到前方传来微弱的声音,有人很生气,提高了音量。她又穿过了一间寝室。这间寝室里放着一张有四个床柱的大床,用紫色丝绸做的华盖上缝着做成星辰形状的钻石,床上的被褥都被掀到了一边,堆成一座起绒埃及棉和丝绸的小山。水从一个碗状喷泉里叮咚叮咚地流出来。房间的整个西墙由多扇木门组成,门上镶嵌着数百平方米的彩色玻璃。

寝室后面有一座花园,花园里盛开着成千上万朵白色的花。天色还很暗,只有东边低垂的云朵被暗红色的光照亮。花园里的树上挂着数百只玫瑰色纸灯笼,满园鲜花在灯笼的光下闪烁着白色珍珠般的光彩。花园的地面呈梯形,分为三个逐渐降低的平台,最矮的平地连接着一道高高的黑墙。一段用雪松原木雕刻而成的阶梯沿花园长度而下。迪亚蒂丝走到寝室外用木板打造的一个圆台上,停了下来。

黑暗中,希林站在阶梯上,头发没有梳理,整个人笼罩在长裙里,看起来像一团浅黄色火苗。优素福站在她下面的一级平台上,刀锋反射着灯笼的光,身上的墨绿色长袍和束腰外衣与草丛融为一色,只在玫红色灯光下露出一张长脸。一个身形魁梧肩膀宽阔的男子站在希林后面,公主的双手被男子反绞在身后。那男子留着一头深色卷发,手中握着他的骑兵马刀,长长的刀正对着可萨亲王。

"让开,小子!"那男子模糊的声音传来,听起来有些古怪。迪亚蒂丝移到圆台边上,左手轻轻放在刀柄圆头上。那男子的脸部闪着金色的光,她猛然意识到,对方流畅的五官线条和高高的眉毛居然只是一副做工精湛的金面具。

"不,科洛斯伊斯,万王之王,放开希林。她今晚不会跟你走的。"

"优素福……啊!"科洛斯伊斯一扭希林的手臂,她痛得脸色大变,大叫出来。

"别动,我的夫人。你,小子,我们曾经是朋友,而现在你却带着敌人来到我的家里谋夺我的财产。我绝不能容忍你这么做。现在你给我让开,我就饶你不死。要不然,你就会像你哥哥那样卑劣地死去。"

迪亚蒂丝惊得倒抽一口冷气,但她的声音淹没在优素福的怒吼中:"你胡说!我的兄弟们就要率领大军来结束你的疯狂了!"

科洛斯伊斯仰头长笑,笑声久久回荡。他把沉重的刀向下猛地插入地里,从口袋里拿出一段绳子缠在希林手腕上。公主使劲挣扎,但是太迟了。优素福冲到阶梯最底端,但没有跳上去。迪亚蒂丝慢慢滑出刀鞘里的刀，呼吸缓慢平稳。希林脸上痛苦的表情让迪亚蒂丝的手微微有些颤抖。一股怒气涌上迪亚蒂丝心头。

"你那个背信弃义的哥哥已经死了，"万王之王咯咯地笑，"他死在克伦诺斯，万枪穿身，他的尸体是被人用阿塞纳家族的盾牌抬下去的，尸体上还插着上百根标枪。"

希林闻言跌倒在地上失声痛哭，双手仍被紧紧绑在身后。

"我没时间让你慢慢走，我的夫人，不过这就够了。"

万王之王拔出地上的刀，双脚分开站立："那就来吧，你这个强盗，有本事你就来偷我的东西啊。"

脸色阴沉的优素福踏上梯级开始准备冲向对方，却突然听到迪亚蒂丝清晰有力的喊声："不行，优素福，我不准你这么做。"

科洛斯伊斯一个转身变成防御姿势。在灯光下闪闪发光的金面具上的眼睛看起来只是两个黑黑的洞。

迪亚蒂丝走下圆台，手懒懒地挥动水淬钢刀："科洛斯伊斯国王陛下，如果你愿意让希林夫人自己做选择的话，我们不会为难你。"

"罗马人？"万王之王大为惊讶，绕到左边，"还是个女人！今天究竟是什么日子啊？难道你是优素福的新宠？他总是喜欢那些有异国情调的东西。"

"我不是谁的宠物，"迪亚蒂丝踏到平地上，随着波斯人的步子而动，"优素福听从我的命令。你到底要不要让希林自己选择？"

"不！"万王之王的吼声刺耳无情，"她属于我，是她的家族自愿把她嫁给我的。我去哪儿，她就得去哪儿。不管是你，还是这个卑鄙无耻的家伙，都不能把她偷走。如果你真那么想要她，那就来啊，跟我来场决斗，谁赢了她就跟谁。"

"我不会杀你的，万王之王，我向希林承诺过饶你一命。"

"你承诺过她？"科洛斯伊斯怀疑地问，"受制于人的人没什么承诺可言！猎鹰能给猎犬承诺什么？牛能保护羊吗？你的承诺不值一文！"他厌恶地别过脸。

"你觉得，如果你问了她，她真的不会选择你吗？"迪亚蒂丝厉声说。

科洛斯伊斯一脸震惊地看着希林，希林挣扎着跪起来，长罩衣从肩头上被扯下来了，露出胸脯的曲线，头发乱成一团，一侧脸在刚刚跌倒时沾上了泥土。

"她为什么会选择我？"他喃喃地说，粗壮的手摸着自己脸上的金面具，"谁会选择一个人不人鬼不鬼的怪物？一个不配当国王的怪物？"

"不，你是国王，我的最爱，"希林眼里充满泪水，"你一直都是一位伟大的统治者，骄傲的王者。求你了，没有必要再让更多的人流血了。"

"你不会选我的，"他冷冷地说，手指抚过她头顶，"我是个堕落的国王，只能活在黑暗中。"

"不！"希林哭喊道，"我选的就是你，我一直选的都是你。在我眼中，我看到的是我的丈夫，我的最爱，而不仅仅只是看到你的外表。"

科洛斯伊斯别开脸，一只手紧紧握着刀柄。迪亚蒂丝站在仅一英尺远的地方，微微屈膝，水淬钢刀的刀尖指着左手边的其他地方。

"明白了吗？"她轻声说，"只要你问她！她就会选你。优素福和我不会阻止你们，你们可以去水闸门那边。天色很暗，罗马军队又没有船。你们可以顺着河逃走……"

国王的刀再次举起，刀刃闪着微光。天边的那一抹红光正在扩散。迪亚蒂丝听到极其微弱的喊声，是数千人在远处叫喊。罗马军队冲进城了。

"你是在嘲笑我！"科洛斯伊斯咬牙怒吼，"你说谎！罗马人从来不对我讲真话，只有一个人以真心待我，一个多年前就死了的人。你们全都是骗子、小人和谋杀犯!"

迪亚蒂丝的右脚滑回到湿漉漉的草地上,微微转过身与手中的刀成一直线。她静下心神,花园里各种微弱的动静都传入了耳中:鸟儿们的轻唱、阿纳格赛亚斯从花园边的绳子爬下来发出的叮当声,以及面前这人浊重的呼吸声。

国王举手过肩砍下一刀,迪亚蒂丝瞬间热血沸腾,用自己的刀迎上国王手中沉重的马刀。马刀砍在靠近刀柄的位置,发出如铃铛一般清脆的声音。她将全部力量灌注到整条手臂与科洛斯伊斯抗衡,两把刀死死抵着彼此的刀把。国王在喉咙里哼了一声,迪亚蒂丝跳回去,上臂已经麻了。国王稳得像座小山。她的手指被对方这一击震麻了,几乎握不住刀柄。科洛斯伊斯大喊一声跳过来,一道刀光闪过。

迪亚蒂丝往后又跳了一步,同时用刀尖隔开对方这一击。科洛斯伊斯继续逼近,像夏季里袭来的暴风雨一般疯狂挥刀猛砍。她飞快地格挡,挡住对方的每一击,但每一次都感觉像是一把锤子打在自己上半身,双臂痛得开始抗议了。她往后退开,不住地喘气,鲜血从肩头和双臂上的小伤口涌出来。科洛斯伊斯发出如野兽长啸一般的尖锐笑声。

迪亚蒂丝提起一口气大喊:"优素福!门,快去门那儿!"

可萨人正停在阶梯顶端伸手去拉希林。他回头望过去。其余的可萨人正抓着绳子从长满青苔的花园墙上爬下来,背上绑着珍贵的"包裹"。

希林气恼地对他咬牙低吼:"你傻了吗?快把我的孩子们救出去!"

优素福立刻转身三步并作一步跳下阶梯。

迪亚蒂丝闪身往旁边一躲,刚才她的头所在之处的空气被劈开来。她一脚踢到万王之王的膝盖上,穿着靴子的脚飞快地收了回去。国王痛得直抽气,立刻换了个姿势,把伤腿换到身后。迪亚蒂丝深吸一口气，往后退了一步。

"一个以战技为生的罗马人，"科洛斯伊斯嘲讽地说，"如今这个时代真可说是无奇不有！"

迪亚蒂丝双手握住长长的刀柄。她的掌心被汗打湿了，但刀柄上的金属线和皮革对她而言就像一只早已用惯的手套。她佯攻国王的一侧肩头，刀锋像夏日里的闪电一般闪过。国王隔开这一击，口中发出作战时的呐喊，冲上前用手肘撞她胸口。她所穿的铁环胸甲被打得变了形，不过皮革内衬化解了大部分的力量。迪亚蒂丝感到盔甲下一片湿漉漉，身体飞起来撞到了后面的一棵小树。

小树给撞断了，她落到了地上。水淬钢刀从手中滑了出去，她从地上爬起来，两手张开。万王之王绕着树走，一脚把闪光的刀从草地上踢开老远。迪亚蒂丝蹲下身子急速跑向一边。国王兴奋地大笑，在头顶上挥舞着沉重的马刀再次袭来。

她蹲下身子避过对方砍来的头两刀，然后再次踢到对方受伤的膝盖，紧接着一个后空翻避开了对方的反击。落地时，她发现自己居然翻到了两层平台之间的砖墙上，张开双臂身形有些摇晃。科洛斯伊斯再次发出大笑，眨了眨眼睛上的汗水。面具被打歪了，他一把把面具扯下来扔进了玫瑰花丛。

看到对方的脸完全暴露在灯笼的光下，迪亚蒂丝眯起了眼。国王曾经英俊非凡，有着高挺的鼻子和性感的嘴唇，黑色眼睛上的睫毛纤长。这个人以前应该也曾让无数罗马女性为之倾倒。不过，现在的他脸上全是恐怖的疤痕，一只眼睛几乎完全被受损的组织封闭了。原本英俊的脸已经面目全非，皮肤暗淡无光。

"现在你看到了！"看到她眼中闪过的厌恶，他咆哮道，"这个样子根本不配做国王！"

他跳上前来，用全身力量从对角线方向挥下一刀。迪亚蒂丝高高跳到空中，双腿收起。对方的刀只砍到了空气，国王踉跄着往前扑倒，抓住了平台边缘。迪亚蒂丝的攻击紧跟而至，用拳头和手肘砸中他的脸。科洛斯伊斯惨叫一声，他的鼻子再次被打断了。迪亚蒂丝又猛地向他握着刀的手踢去，踢中了他的拇指关节。马刀叮叮当当地滑下阶梯，掉到了花园的第二层平台上。

万王之王发疯一般挥舞粗如树根的拳头。

迪亚蒂丝灵活地躲开对方的拳头，一个旋身用鞋跟踢到科洛斯伊斯的脑侧。国王的头被踢破了，鲜血喷涌而出。怒气涌上来，她挥出快如闪电的拳头。科洛斯伊斯笨手笨脚地格挡她的攻击，但动作太慢了。她的拳头不停地打在他的脸和胸口上。

迪亚蒂丝一脚踢到他的下身，他高声惨叫弯下了腰。迪亚蒂丝紧接着用右手肘狠击他的后颈把他打趴在地上，用手指抓着他的头发扯起他的头。

她正要一拳打向他的咽喉，突然有只瘦弱的手握住了她已经举起的拳头。

"别！迪亚蒂丝……你答应过我！"罗马女人转过头，之前聚集在国王流血的脸上的目光转开来，看到了握住自己拳头的希林。公主浑身泥泞，头发与污垢、树叶纠缠在一起，乱得像个老鼠窝。希林用双手紧紧握着迪亚蒂丝的拳头，之前她设法用水淬钢刀割开了绑在身后手上的绳子，弄得这双手满是鲜血和青瘀。浅黄色丝绸长裙已经彻底毁了，变成一团湿漉漉的碎布贴在她身上。

"放了他吧，"希林把迪亚蒂丝与在地上呻吟的那个男人拉开，"他做出了自己的选择。"

公主身后的皇宫屋顶上突然爆发出一团火。人们激动的呐喊声回荡在窗户上。低垂的灰云被大火照得通红。泰西封陷入大火。

"闸门……"迪亚蒂丝轻声说，她突然感觉极度虚弱。希林伸手搀住她，用自己瘦弱的胳膊环着迪亚蒂丝的腰，拉着她向阶梯走去，迪亚蒂丝走得很艰难。天空中开始下起了雨，雨水倾斜着飘进在宫殿圆屋顶上四处蔓延的大火里。"我的刀……"

希林低咒一声,让迪亚蒂丝靠着一棵苹果树。罗马女人靠在树上,这才开始感觉到自己的肋骨和小臂传来撕心裂肺的痛。公主在草地上一边像个水手一样破口大骂,一边仔细搜寻那把刀。毛毛细雨开始变大了,打在树叶上咝咝地响。迪亚蒂丝仰头望着天空,让雨水冲刷自己的脸,给自己降降温。

公主跑过来,浑身都湿透了,长发盖住双肩和后背。

"在这儿,"她把刀塞进迪亚蒂丝手里,"我们必须走了。"

上面一层平台上传来玻璃破碎的声音,有红光亮起。希林紧紧搀扶着迪亚蒂丝,两人跌跌撞撞地走下阶梯。迪亚蒂丝回头看了一眼,看到宫殿里烈焰冲天。在国王的宫殿里劫掠的士兵们开始用东西砸玻璃门,更多的玻璃碎了。尼古斯等在花园最底部的小闸门前,雨水在他脸上纵横。他咧开大大的笑容,他喜欢潮湿的感觉。

希林把迪亚蒂丝交到他手上,他矮身钻过门楣,抱着迪亚蒂丝向小船走去。公主转回身,擦去眼睛上的泥水。一朵朵烈焰之花在黑天鹅宫的圆屋顶上盛开,火舌从窗户里钻出来,烟雾和蒸汽形成一个巨大的柱子冲入云霄。一些戴着头盔的人在宫殿各处露台上跑来跑去,把家具和罐子之类的东西扔进下面的庭院。在花园最顶端,一个魁梧的身影在熊熊火光中摇晃着站起来,嘶声狂吼。

希林擦去脸上的水,双肩不停颤抖。她转过身,钻到另一边合上铁门,用肩头推门闩把门关好。生锈的门闩咯吱地响了好一会儿才到位。门一关上,尖叫声、呐喊声和木头倒塌的声音便变弱了。

面前这是一艘狭长的轻舟,一头有篷。尼古斯站在船尾,光光的脚趾紧紧扣住甲板上的厚木板,手中握着一根粗杆。两个可萨人伸手把希林拉上了船。公主小心地走到船篷跟前弯腰钻了进去。天空中雷声滚滚,闪电在云中穿梭。可萨人取下系船索扔回船上,尼古斯撑动长杆,笼罩在暴雨中的石砌船坞慢慢退远。

第七十七章

　　小船滑进了风雨中，倾盆大雨打在船身上。浑身湿透的尼古斯稳稳掌着船舵，唱起了一支在他年轻时候曾听过的歌谣。成千上万个雨点打在底格里斯河辽阔平坦的河面上，黑暗将小船紧紧包围。可萨人加大力气划船，此刻离对岸只有一里的距离了。

　　在黑暗狭小的篷里，希林慢慢钻进羊毛毯子里，守在正熟睡的孩子们身边。孩子们闻到她的香味，呢喃几声后又再次沉入了梦乡。这里很温暖，毯子也很软。小船随着船桨的划动轻轻左右摇晃。公主抱着孩子有些昏昏欲睡。精疲力竭的迪亚蒂丝把一只伤痕累累的胳膊搁在希林平坦的肚子上，在她耳边轻柔地呼吸。沉沉睡去的希林在睡梦中流下了泪水。

第七十八章
巴尔米拉上空的鸦群

达哈克站在大马士革之门的废墟上，随着他的走动，靴子踢起地上的灰色细粉。两个吓得脸色惨白的石匠跪在他面前，各自拿着一块抛光玄武岩的一边。石面上用形状又长又尖的古语刻着一段铭文。只有达哈克能看懂上面的文字，这让他回忆起了早已尘封的一段往事。他用像干枯的爪子一般的手指抚摸着石面，十分享受这光滑的触感。这段铭文的意思是：

我毁灭了他们，拆毁了城墙，焚烧了城墙；我把幸存者穿刺在他们城镇前的木桩上……我在城前用头颅立起一排排柱子……我把他们碎尸万段，喂给野狗、猪和秃鹰……我将其皮肤慢慢撕下……有的被我砍去手脚；有的被我砍去鼻子、耳朵和胳膊；许多士兵被我挖去双眼……我剥下他们的皮，用他们的皮贴城墙……

读着铭文，达哈克轻声笑了，他感到一种复仇的快感，冰冷的心在这一瞬间被温暖了。他拖着脚慢慢走回自己的马车的踏脚板前。他的人已经把马车从水沟里拉了出来，现在里面装满了从宫殿里抢掠来的战利品。马车门上贴着金箔，金箔上有很多符号，是达哈克用从活人鲜血里提炼出的酸蚀而成的。他用几乎又完全长出了血肉的右手抓

第七十八章

着马车扶手站起来。

"把它钉到城墙上,那儿,就在城门上方。"

石匠们对着斜坡上的石头低下头去。在波斯人到来之前生活在城里的所有人中最后活下来的,只有他们俩。士兵们帮着他们举起这块黑色石头。锤子把铁钉打进砂岩城墙,"叮咚"——"叮咚"。

达哈克看着他们,看着自己的作品,心里甚是满意。长长的城墙已在高温、水与闪电下变成了废墟。大火把城里的建筑全部掏空了,留下一副副空壳。没有任何一座完好的雕像剩下。长长的拱形柱廊里没有任何一根柱子还能立在底座上。他亲手将供奉这座城市诸神的四神庙粉碎成了一堆瓦砾碎石。门四周堆着一堆堆头骨,空洞的眼窝凝视着如同黄铜一般颜色的天空。

残缺的城门上方挂着一具尸体,死去的芝诺比娅不再美丽。在她倒在最后一道门下时,箭和长矛如同愤怒的旋风撕裂了她的身体。之前已有三十个人倒在了她的刀下,最后杀死她的是弓箭手,因为没有人敢与她近身肉搏。她的尸体被拖过街道,直到最后被拖到坐在四神庙废墟里的达哈克面前。

城里的民众们在达哈克走到他们中间大快朵颐之前,被迫见证了这一切。待达哈克饱餐之后,数千个活人全变成了地上干枯的死尸,头皮紧贴头骨。波斯士兵们花了数夜工夫才把尸体全部扔进熊熊燃烧的烈火中。

巴尔米拉经历了漫长而痛苦的死亡。

达哈克令人不寒而栗的笑声在城墙上回荡。

"永别了,伟大的女王。"他嘲讽地向挂在城门上的尸体鞠了一躬。被砍下的头颅已被缝回了躯干上,不过却是用粗皮绳马马虎虎缝上去的。

"不用担心你的爱人,他在我手中大可高枕无忧。"

达哈克抚摸着绑在马车后部的石棺。这部石棺是很久之前石匠们用沉重的灰色板岩为城里的一位大贵族雕刻的。现在它的原主人被胡乱抛在了沙漠里，而放在里面的是埃及祭司的尸体，缠着裹尸布，被盐包裹。棺盖与棺身之间的缝隙用铅和金子密封起来了。达哈克爬上马车顶端，长袍拖在身后。

"嘀——驾！"他一抖缰绳，套在马车上的二十头骡子扯了扯耳朵，慢慢向前走去。达哈克坐回有垫子的木座位上，斗篷下的肌肉动了动，嘴角扯出一抹似笑非笑的表情。马车向西走去，走上通往文明国度的长长道路。一队队骑兵小跑着赶上马车。当马车穿过墓塔林时，一个团一个团的枪兵们捡起塞满掠夺来的战利品的沉甸甸的行囊，跟在马车后面走。马车辘辘地走在路上，波斯军队开始撤离这座沙漠之城。

达哈克审视着自己的军队——现在这支军队是他的了，畏惧于他的力量，唯他之命是从——他很高兴。即使现在相隔千里，他依然能感应到万王之王已经死了，这也就是说，他不再欠任何人情了，已没有必要再束缚自己。

贫瘠的大地静静躺在暗淡模糊的太阳下。乌鸦盘旋在巴尔米拉城上空。

第七十九章
泰西封

在大雨浇熄最后一处火苗之前,大火已经在城里烧了三天三夜。盖伦走在河边的宫殿废墟里,四周的石头还没有完全冷却,依然发出咝咝声和爆裂声。他的日耳曼侍卫们隔着较远的距离围成圆形防护层,跟随着他的脚步移动。天色昏沉,厚厚的雨云挤挤攘攘地垂在河流上空。地面上亦是灰蒙蒙,所有东西上都盖着一层细细的粉尘。北方人还在为自己从城市和宫殿里抢来的丰厚战利品开心地大笑。每个人脖子上都挂着几乎令自己喘不过气来的金链子,每根手指上都戴着硕大的戒指。两位罗马皇帝麾下的每一个人都将带着自己能带走的所有战利品凯旋而归。

盖伦踏上一段宽大的楼梯,楼梯上到处散落着倒塌的柱子和烧焦的木头。他皱了皱眉。皇家领地里盖着一层灰和雨水混合而成的厚泥浆。整座城市已为废墟,城里的人都逃了。他转身望着河面,从这个高度可以看到在宽广的灰绿色河面上,一道道波浪拍打在这座城市的通过农夫和公民们数代人的努力修建和维护的堤坝与挡土墙上。河水在土墙顶端反卷回去。如果雨不停的话,很快河水将漫过土墙。

皇帝摇摇头,心想:"现在这会儿可找不到修土方工事的人。"

希拉克略站在曾经的一个大厅的中央,身后围着一大群身穿红披风和丝绸衣服,脚蹬沾满污泥的靴子的参谋官,他自己的贴身侍卫们则分散在平台周围的废墟里。墙倒了,砖石也在极高的温度下裂开了。这个地方曾经围绕着许多高耸的拱门,上面还有一个圆屋顶。如今圆屋顶没了,只剩下岩石框架。薄如水雾的细雨从敞开的洞里飘下来。东罗马皇帝低头看着一个用瓷砖镶嵌的巨型圆盘,圆盘现在已摔得粉碎。盖伦向他走来,感觉他的侍卫们退到了他的视线边缘。

"嘿,兄弟。"他向希拉克略问候道。

东罗马皇帝抬起头,眼神炯炯发亮,红色胡子像刚毛一样竖起。

"这个东西被毁了真是可惜。"他向盖伦示意已摔碎的圆盘留下的世界地图碎块,"不过,我想罗马人自己的地图会更精确。"

盖伦的左眼皮惊讶地抽动了一下,但他不打算理会这个评论。

"真是可惜,整座城市都被毁了,"他答道,"原本如此富饶的城市,拥有大量的纺织品和商人。"

希拉克略哈哈大笑。他把脚从镶嵌的瓷砖上移开,张开双臂:"我们将在这儿建造一座新城,一座更加宏伟辉煌的城池,一座罗马的城池!它将成为一座都城,属于罗马的波斯……"

希拉克略脸上开始有一种恍惚梦幻一般的神情。他搂着盖伦的肩,两人走向大厅敞开的一侧,那里曾经立着多道拱门,外面连着一个奢华的花园。其余军团和贵族们慢慢跟在他们后面。

"波斯的断垣残壁此刻正臣服在我们脚下,他们的军队已经七零八落,可萨人正在高地里大肆掠夺。一个国王得花上数十年才能重建这样的一个帝国。"希拉克略停下来,转身面对盖伦,脸上绽放出大大的笑容。

"我们的机会到了,兄弟,结束东西之间持续了数百年的纷争。东罗马的前线将延伸至印度!"

第七十九章

"那科洛斯伊斯呢?"盖伦略带嘲讽地问,"他怎么办?"

"在这儿,"希拉克略笑得像只陶醉在奶油中的小猫,他用脚踢了踢地上一个用帆布包裹起来的重物,"斯威尔德!给西罗马皇帝陛下看看你找到了什么。"

一个体型像座小山似的瓦兰吉人走上前来,他的鼻子塌陷,光光的脑袋像煮过的鸡蛋。他抓住帆布的一角把它打开。一个全身肿胀的黑乎乎的东西从里面翻滚出来,身上爬满了蚂蚁和蛆。盖伦一脸厌恶地看着地上那东西,那东西的一只手"啪"地一下打在他脚边,手指上已经发胀腐烂的肉把皮肤绷得紧紧的,像一根根灌得过满的灰色香肠。瓦兰吉人微微一笑露出牙缝。西罗马皇帝用布遮住口鼻,这味道实在太难闻了。

"你看,"希拉克略明显丝毫不介意这臭味,"万王之王另有去处。"

"你……在哪儿找到他的?确定这就是万王之王本人吗?"盖伦强忍着作呕的感觉问。

希拉克略示意瓦兰吉人把帆布重新裹回去。他转身慢慢向站在残破地图边的军官们走回去。

"虽然不知道具体是谁干的,不过你们手下的一些人在第一天晚上就用矛和枪把他像鱼一样戳死了。显然当时他本身已经受了重伤,在流血。他的尸体在其中某个宫殿的花园里躺了两天,后来一个幸存的波斯人发现了他。我给了那个波斯仆人丰厚的赏赐,因为他带给了我一件尤其珍贵的礼物。"

东罗马的军官们抬起头,看着走近的希拉克略和盖伦笑了。其中一个是东罗马皇帝的弟弟狄奥多西。他一只胳膊搂着一个身型略显健硕的年轻人的肩膀,那年轻人看起来很沮丧。盖伦抬了抬眉——那年轻人长得相当俊秀,不过却有些奇特。从其衣服、皮肤和头发来看,是个波斯人,但其眼睛、鼻子和嘴巴却让西罗马皇帝想起了某个……

"呵，我的朋友，"希拉克略向那年轻人点了点头，"狄奥多西，放开他。"东罗马亲王把年轻的波斯男子推上前。那年轻人一脸愠怒地抬起头，嘴唇微颤。盖伦双手叉腰。

"这又是谁？"他牢牢地看着希拉克略。东罗马皇帝微微一笑，一根手指刮了刮胡子。他回头看着正被瓦兰吉人拖到花园里去的那个帆布包裹，其中一个斯堪的纳维亚人肩头上扛着一把铁锹。东罗马军官们彼此用手肘轻推，为皇帝卖的这个关子笑了。

"现在我满意了吗？"希拉克略似乎在自言自语，"一个与我签订了条约的国家攻击我的国土。敌人的军队在我的城池里烧杀抢掠，把我的公民变为奴隶，抢夺我的农场。我曾派和平的使者前来谈判，换来的却是浸泡在盐水里的使者的人头；我写信询问对我如此憎恨的原因，得到的却是'卑劣冷血的奴隶'的骂名。后来我终于知道了科洛斯伊斯与我之间的这场纷争的起源，于是把杀害了波斯国王的罗马朋友的凶手的人头送给他示好。"

盖伦环顾周围的这些面孔，东罗马军官们大大地咧嘴而笑，红红的脸透出心里的某种渴望。那个年轻的波斯人不再颤抖，抬起了头。西罗马皇帝又皱了皱眉，这个孩子看起来非常眼熟！

"我想办法保护我和我自己的公民，敌人却派兵攻打我。成千上万的人死去，更多的城池被焚之一炬。尽管如此，尽管我的人都恳求我留在安全的首都，但我没有放弃。在西罗马皇帝陛下的帮助下，我走上前线维护了自己的权威。"

希拉克略的目光终于与波斯人对视。狄奥多西及其手下的两名骑兵军官向那年轻人身后围拢过来。察觉到那两位身披红披风胡子修剪得整整齐齐的年轻军官的杀意，盖伦往后退了一步，同时向自己的侍卫示意。日耳曼侍卫竖起耳朵悄悄走近，强有力的手摸向自己的兵器。

"我带来了雷霆一般的毁灭，我歼灭了敌人的军队，把敌人的城

第七十九章

池夷为平地。而现在,我就站在我的敌人的尸体面前。"希拉克略逼近那个年轻人,涨红着脸喊道,"现在我满意了吗?我满意了吗?不!我不满意!你的家族和我的家族之间的血债,卡瓦德·希洛,还没有偿清!"

波斯人没有退缩。盖伦瞪大眼,现在他明白是怎么回事了。

"啊,"西罗马皇帝悲哀地想,"原来赢家不是我。"

"他的死让你满意了吗?"西罗马皇帝冷冰冰地说,一手搭在希拉克略肩头,"当你成为皇帝之后,佛卡斯的死有让你睡得更好吗?"

"没错,"希拉克略推开盖伦的手,咆哮道,"现在这场恩怨该是了结的时候了,将过去的种种统统结束。等我把这个小子宰了之后,就只剩下希林皇后了,而她,已经被我赏给了狄奥多西。"

盖伦眯起双眼走上前站到那个年轻的波斯人跟前,转身直面希拉克略。东罗马皇帝退后一步,一脸精明地打量他。

"到那时,"盖伦说,"你的弟弟就会统治波斯,身边还带着一个波斯皇后?"

"听说她十分美貌,"希拉克略把两只拇指插进腰间的宽皮带,"而且会生养。不过你说她是波斯人?不,其实她是……亚美尼亚人还是什么的?管他的,把她送给我弟弟正合适。"

盖伦转身,目光在人群中找到狄奥多西。年轻的亲王想到自己将戴上王冠,正犹自傻笑。触到西罗马皇帝硬如燧石的目光,狄奥多西突然脸色刷白,不由自主地退了退。盖伦的右手从腰带里抽出一把宽刃短刀。听到刀摩擦的声音,全屋的人都浑身一僵。瓦兰吉人举着斧子迅速冲上来,但又不知所措地停住了——他们无法对西罗马皇帝下手。

"年轻人需要一个和平的家庭,"盖伦提高音量让所有人都听到,"不能染上鲜血。你们面前的这个人的母亲是一个罗马人,他也是一个罗马人,他是被堕落的佛卡斯杀害的莫里斯皇帝陛下的孙子。他既是波斯国王的儿子,也是罗马莫里斯皇帝的最后一条血脉。"

盖伦左手拉住波斯人的手举起来:"从血统上来说,这个人才应该是你们的皇帝。从血统上来说,他才应该是东罗马与波斯合二为一的国王。"

希拉克略正要出声,盖伦的目光与他相遇,他停下了,不过显然气得不轻。

"不过规则是由王者定的。对一个家族来说,身为家族领袖的父亲有责任维持家里的秩序,稳定民心。从罗马先辈们的做法来看,这一条同样适用于兄弟之间。我不会让我兄弟的弟弟的家里充满愤怒与仇恨。"

盖伦左手一紧,将平刃匕首刺进卡瓦德·希洛的身侧,在其肋骨之间横着拉出一条口子。

希洛用难以置信的眼神看着盖伦,伸手去捂从刀锋周围冒出来的血。西罗马皇帝抽出匕首,匕首离开年轻人身体时发出一个短促的抽离声。希洛的眼睛瞪得更大了,不住地喘着粗气。盖伦把他轻轻平放到铺过的地面上,鲜血在小巧的蓝色瓷砖上蔓延开来。西罗马皇帝俯身在年轻人两侧脸颊上吻了吻。希洛从牙缝间抽了最后一口气,随即便断了气。

"永别了,兄弟。"说完,盖伦站起来,在自己长袍的深紫色衣边上擦去匕首上的血。他看着周围震惊的东罗马军官、狄奥多西和希拉克略。

"这是身为皇帝的责任,"他大声说道,清晰的声音里透着讽刺,"现在,兄弟,你的家里和整个世界都有了和平。而你的手——"他伸出自己沾染了鲜血的手,"还是干净的。"

狄奥多西别开脸,不敢直视盖伦的眼睛。

迪林坐在位于宫殿最边缘的公共花园旁边的一个沾了黑黑煤烟的

第七十九章

砖砌平台上。在罗马人到来之前,这个平台上曾经立着一尊雕像。而今剩下的只有残缺的腿和头,滚到了街道对面一家已废弃的客栈前。魔法师大队扎营在未被大火摧残的花园里。四周充斥着用斧子砍木头的声音。爱尔兰男孩儿用脚跟踢着砖头。佐伊不远不近地坐在他身旁。奥迪纳图斯也躺在砖头上,一条腿放在另一条腿的膝盖上。天色阴沉,云朵一直未曾散去。

"接下来做什么?"迪林用手指把玩着从脖子上垂下的一串沉甸甸的金币,大声问。每枚金币上都打了孔方便串挂。他脚上的新靴子是从某个再也不需要它们的波斯有钱人的家里找到的。佐伊则拿了不少丝绸、亚麻和上好的棉织物,身型几乎胖了一倍。

"接下来做什么?"奥迪纳图斯抬头看着爱尔兰男孩儿,嘲弄地说,"接下来你该回罗马,再过二十年这样的日子。"他漫不经心地朝城市废墟挥了挥手。

迪林皱着眉,手指摸着还用皮绳挂在脖子上的身份牒。他转头去看佐伊,被她吓了一跳。她表情哀伤,却冲他冷冷一笑。

"那你呢?伍长?你和奥迪纳图斯都会留下来吧?"

"不,"她摇着长辫子说,"我们要回我姨母家去,在丝绸之城。她送我们到军团是来历练,不会留下来。既然战争已经结束了,我们就要回家到丝绸之城的军队里服役。"

迪林叹了口气,他就是担心会是这样。佐伊探过手来握了握他的手。

"你也许会被派去驻守叙利亚,"她的声音里充满希冀,"那样的话,我们就能到位于代纳巴的军团大本营去看你,从我们的城市骑马去的话只要几天工夫就到了。"

"我也希望是这样,"他感觉喉咙有些紧,"我很想看看巴尔米拉,一定很美。"

"是的,"佐伊笑了,脸上容光焕发,"世界上最美丽、最奢华的城市。"

"麦克唐纳!"科隆纳重步跑进广场,声音像拍打百叶窗,"你有任务了。赶快把你那个野蛮人的懒屁股挪到这儿来!还有你,小姑娘!"

迪林冲着佐伊咧嘴一笑,两人滑下平台。奥迪纳图斯慢吞吞地爬起来,弹了弹裤子上的沙和煤烟,然后才爬下平台摇摇晃晃地跑过广场向两人追去。

盖伦站在一个不大的石头房间里,双臂抱在胸前。周围的墙面被火熏黑,屋顶也塌了。他的靴子沾满泥浆,灰和雨水混成的黑泥紧紧粘在披风上。他手下的两个日耳曼侍卫嘴里哼哼着翻过经过雕琢的重石块。

"这个你确定吗?"西罗马皇帝的声音听起来有些难过。

"确定,主人,"日耳曼人的头儿说,他的金色胡子也沾了煤烟,"我们抓到的一个宦官认出了戒指和银带。"

他俯下身子从地面的瓦砾中小心翼翼地捡起一只被火烧得焦黑的手臂,手臂上紧紧贴着一条已部分熔化的银带,其中一只就剩骨头的手指上粘着一团金子。

"这是个黑发女人,主人,戴着希林公主的象征物。已经死了。"

那只手臂又被扔进瓦面地板上的垃圾堆里。盖伦别开目光环视整个房间。房门虽然已经烧光了,但他还是能看出门外侧被斧子砍的痕迹。

"看来这里曾有过一番打斗?"

日耳曼人点点头,用脚踢开另一具尸体。被烧焦的尸体的胸腔部位有一个很大的伤口。皇帝看到泥土中有断裂的盔甲上的铁环和刀刃在闪光。

"有些人反抗了,不过最终都倒下了,其他人——那些女人们

第七十九章

——都被杀了。"

"还有什么?"皇帝看着一室狼藉,皱着眉头问。

"这个。"日耳曼人在自己的宽皮带边的一个皮口袋里摸了摸,脏兮兮的手指摸出一个锡做的小牒,上面打了个孔。虽然被火烧过了,但有部分还可以辨认。盖伦拿起来在手中翻看。金属表面上用锤子和冲压的工具敲打出的文字虽然被破坏了,但仍然依稀可辨。

"达耳达诺斯·尼古拉斯,小名'尼古斯',军龄十五年。"一丝短暂的失望掠过皇帝心头。

"这就告诉了我足够的信息了。把其他人都埋了,让军需官把这个名字和你找到的其他人的名字都列入阵亡名单里。"

皇帝穿过废墟,一边走一边想:真是可惜了。他拉起披风的帽子。看来,迪亚蒂丝他们的瞒天过海之计成功了。

第八十章
达斯特盖尔德大墓地

克里斯塔站在雨中,大大的雨点敲打在厚羊毛披风上。头顶上传来滚滚雷声,天空被耀眼的黄光覆盖。闪电在云层间跳跃,抑或是用锯齿状的长腿跨过河另一侧的旷野。她站在这座死亡之城的金字形神塔的塔尖,背靠着塔顶的黑石祭坛。雷声继续在天空中咆哮。她的脸藏在长袍的帽子里,神情严肃而忧虑。

一束红光从地平线上刺入昏暗之中,在过去的一个钟头里这道光已经扩大了一倍。它像燃烧着的心脏一般跳动,即便是透过飘落在沙丘和旷野上的雨幕,依然清晰可见。

"那里肯定是一座城市,"她心想,"正在被大火吞噬的城市。"

她不禁好奇究竟是什么人生活在那座城里——是和罗马人一样的普通人类?还是像她从旅人故事里听说的那些脸藏在肚子里的怪兽?

她叹了口气,又想起了那个问题。

"是不是该离开了?我们正处在世界的边缘,肯定早已远离了诅咒。可是,我又能去哪儿呢?我轻率地拒绝了亲王的提议——要是我答应了,至少能得到一些马和给养。"

虽然马克西安在恢复了足够的治疗能量之后帮她把错位的骨头和

筋腱都恢复了原位，但她的肋骨还是隐隐作痛。她身上的瘀青都消失了，走路也不再一瘸一拐的。

一个很小很小的声音说："离开他，你会死的。"

另一个声音则粗暴地说："离开他，你就能安然无恙地返回罗马参加聚会，或者爬上某个英俊帅气、说话文雅的贵族的床。"

脚下的石头开始颤抖，积在地上的雨水泛起涟漪，飞溅出来。她叹口气，站到离墙远一点的地方。亲王又在下面施法了，她应该下去。她沿着金字塔的楼梯走下去，察觉到两个瓦拉几亚男孩儿从周围黑暗的雨幕中悄无声息地钻出来跟在她后面。

她微微一笑，在黑暗中露出白白的牙齿。瓦拉几亚人以强者为尊。她喜欢把自己想象成狼后，不过一想到要让他们甘心追随所需要付出的痛苦代价，她就放弃了。走到中间的台阶，她转身按了按墙上的一块石头。一扇门打开来，里面飘出蒸汽和烟雾，下面有红光在闪动。她走进去，瓦拉几亚男孩儿跟着爬了进去。

数日以来在灰尘遍地的走廊里爬行和在废弃房间的墙上撞击的辛苦工作终于有了成效。比神庙里的火坑还要深入地下的一个地下室里露出了一条坑坑洼洼的铺面小道。在盖乌斯·尤利乌斯那双鹰眼的监督下，瓦拉几亚男孩儿们小心翼翼地撬开年久生霉的砖头，在一处白垩石灰岩地面上发现了一扇圆门。门上有用黄铜雕刻的七个圆圈，每个圆圈上都蚀刻着上千个符号，圆圈与圆圈之间有用凿子刻下的整整齐齐的几排古语。

门上没有锁，也没有铰链，只是一个石头和金属打造的光滑平面。在查看了门周围的石头之后，他们发现在距离门七英尺的右侧地面上有一道很浅的凹痕，仿佛有个重物在上面反复摩擦过。

结束了上一次在燃着火的房间里的战斗之后，马克西安住进了高级祭司的住处，把营地搬进了金字形神塔下面的数个房间。这里存储着丰富的食物。神塔下还埋藏着注满清甜可口的凉水的砖砌水池。就连那个巨型铁鸟也被西罗恩和瓦拉几亚男孩儿们拖进了城,此刻正安静地待在一座古庙的围墙里。亲王没日没夜地在祭司们的书里查找开启这扇圆门的方法。

为主人的心愿考虑,盖乌斯·尤利乌斯兴高采烈地把神庙洗劫一空,把抢来的东西统统装进鸟肚子里,包括一箱箱的卷轴、书信、古怪的皂石小雕像、压在铜板中的羊皮纸、燧石小刀以及一箱用宝石镶嵌的头骨。无数钱币和铸锭也都被搬进了大鸟。克里斯塔无聊得快哭了,但依然强忍着难闻的积灰气味和摸到死虫子的恶心感觉,帮助亲王整理各种资料。

"我受不了了,"马克西安一把推开桌面上一个古代祭司的日记,吼道,"在费雷敦十二世那个年代,祭司们每日在古墓里进进出出,测量、祈祷,做各种各样的事情,却偏偏从未提到过关于任何打开这扇门的事情。"

克里斯塔轻轻放下手中重新用绳子串好的一套被虫蛀的卷轴。"似乎他们之前一直都这样,只是最近才突然消停了。"她疲倦地说,"每一天都过得很漫长,今天也不例外,您在这里发现的另一本日记说这里采取了一些措施阻止谎言魔王进入古墓。"

"嗯,"马克西安思考着说,"可是,这个谎言魔王指的是谁呢?为何这些祭司以前不害怕他,现在却突然害怕起来了?"他用一根手指在脑袋旁边轻叩,"只可惜阿卜迪马丘斯被阿莱斯弄得要死不活的——要是他能开口说话,也许就能告诉我们如何打开这扇门。"

"谎言在波斯人眼中是第一重罪。"盖乌斯·尤利乌斯坐在门边的长凳上,拿着一个从地面上的储存室里找到的有弹性的黑球弹着玩,"在波斯宗教中,黑暗之神哄骗人们远离光明的手段之一正是谎言。"

克里斯塔冲着老罗马人扬了扬眉,马克西安则只是斜眼瞥着他:

第八十章

"而你恰好知道这些是因为……"

死人把弹球夹在掌心与食指之间,立起拇指指了指身后:"厨房墙上列了个单子,也许是祈祷用的。上面全都列出来了,最顶上有一个光明神肖像,他的脚下便是黑暗之神。"

马克西安站起来,抖了抖黑色长袍,长袍垂下来盖住了束腰外衣:"你说的这个光明神,是不是被他们称为'奥尔穆兹德'的那个?"

"我想是的,主人,"老罗马人抚了抚根本没有的额发,"跟与他们所说的'阿里曼'是死对头。"

克里斯塔对着死人蹙了蹙眉,也站起来,拂去黏在衣袖上的腐朽的羊皮纸碎渣。盖乌斯·尤利乌斯总喜欢装傻,不过她知道他的脑筋其实快得很;而且,虽然他很少帮着他们一起查资料,但是其实他的希腊语、拉丁文和波斯语都要好过她和亲王。

"那么,"亲王说,"我们来祈祷看看会发生什么事。"

在念过一段关于光明神奥尔穆兹德和正义的祷文后,那扇门发出一声巨响,慢慢地,一寸一寸地从地面上打开来。盖乌斯·尤利乌斯看着打开的门惊讶地扬起了眉毛。他曾提议用锤子和凿子打破这扇门,但现在发现它至少有两英尺厚。某种看不见的能量在空气里嗡嗡地响。当门完全升起来后,它旋转着飞到一边,安静地躺在了地面上。

门里露出一段在绿色石头上凿出的粗糙狭窄阴暗的楼梯,往更深的地下延伸而去。

灯光照亮了楼梯的最底端。克里斯塔脱下披风挂在地下室里,轻轻踏上蜿蜒而下的楼梯。古墓埋葬在坚硬的石灰岩下三十英尺深。不平整而且不规则的楼梯穿过一片片白色、赭色和褐色地层,最后穿过了一个有拇指宽度厚的黑色地层。安置石棺的墓室实在很小。除了石棺，就只在棺材周围留了一圈可容纳单人走过的空间。克里斯塔停在狭窄的入口，双手撑着左右两边的墙。

在马克西安和盖乌斯·尤利乌斯从上面拿下来的油灯发出的亮光下，石棺上的金子、银子和翡翠闪烁出耀眼的光芒。封闭空间里的空气十分稀薄。这口棺材的外形被打造成了一个高大英俊留着卷发目光犀利的男子，像埃及法老一样双手交叉在胸前，五官雕刻得圆滑。棺材侧面有一排排用金漆书写的符号。

马克西安挨着石棺脚部坐下来，盘着双腿。盖乌斯·尤利乌斯坐在他右边靠近石棺头部的角落里。克里斯塔从亲王身边走过，走到另一个角落里。她盘起长腿坐到地上。亲王似乎已经进入了魔法界，脸色平静，只有眼皮随着眼睛的转动轻轻抽动。她看了看死人，觉得对方完全是一副睡着了的样子。

尸鬼和瓦拉几亚男孩儿们等在楼梯顶部，在地道入口处蹲成一圈。

马克西安举起双手开始说话，眼睛依然紧闭。

"把挂在钉子上的尸体交给我们吧。"亲王低沉的声音在回荡。

然后停顿了一下。

"虽然这具尸体属于我们的国王，但请把它交给我们吧。"

马克西安的双手开始有浅蓝色的光闪烁。克里斯塔感觉地面平坦的石头里响起了一种嗡嗡声，地面在她腿下颤动。

"我在这具尸体上洒下生命之养分。"亲王的双手在身前挥舞。

"我在这具尸体上洒下生命之水。"亲王用一只手做成杯形，然后作出一个往地上倒水的动作。

四周空气的压力发生了变化，克里斯塔感到压在身上的力量大增。她的双眼开始流出泪来，她猛烈地眨着眼睛。亲王举起双手指向她和盖乌斯·尤利乌斯。她稳住呼吸，举起一只手，试图安定心神。

她周围爆发出白光，充斥了整个空间，甚至漫上了楼梯。一种麻

第八十章

刺感爬过她的肌肤，令她全身颤抖。虽然她强迫自己不要睁眼，但周围空间里的一切却依然清晰可见。她能看到每块石头、每道凹槽、每个表面，还有从白光中浮现的符号。闪电以龟速从空中向她爬来。她突然意识到自己停止了呼吸，开始惊慌起来，但她的身体却不听指挥。她感觉连血管里的血液都静止了，惊恐地张大嘴，却什么声音也发不出来。

燃烧的闪电从亲王的手以一条弧线靠近她的手。

当闪电触到她手心的那一刻，她的整个世界全部崩溃了。所有的记忆和感觉统统在她的眼睛后面缩成一个火点。每个念头、每种情感和她曾经说过的每个字——闪过，立刻被在她眼睛后面旋转闪耀的那个炙热火点吞噬。

空间里传来一声咔嗒声，然后是什么东西刮擦的声音。

意识突然又如潮水一般涌回来，一切感觉恢复正常。克里斯塔跌坐在地上，指甲划过粗糙的石面。空气中飘来一种辛辣的味道，好像胡椒被烧过的气味。她抬起头，头发垂落到脸庞，仿佛一大片黑中带红的荆棘丛。

棺材已经打开了，一个浑身赤裸的男子从一张亚麻床上坐起来。他用一只在远古阳光中晒得黝黑的强有力的大手在一张高贵完美的脸上揉了揉；他的身材并不高，但体型匀称；四肢长而洁，肌肉线条十分明显；一头金色长卷发如同波浪一般披在肩膀和宽厚的背上。男子眯着蓝色眼睛打量四周。克里斯塔终于想起来合上自己的嘴，她拂开脸庞的头发。

"我……死了吗？"他的声音透出一股威严，这个声音足以激励士兵们在战场上勇敢拼杀。他的希腊语发音短促，在她听来有些古怪。克里斯塔觉得嗓子干干的。

"没错，"她用嘶哑的声音说，站起身，却忘了低头，"哎哟！"

那男子笑起来，发出悦耳的笑声，向她伸出一只手，她没有伸手。

"你死了很久了,"她扫了眼马克西安,后者才刚刚开始恢复意识。她指了指:"是他复活了你。"

"那他就是我的朋友。"亚历山大说。这位腓力的儿子小心翼翼地站起来,腿还有些不稳:"为此我应当感谢他。"

盖乌斯·尤利乌斯呻吟着用双手捂着眼睛翻了个身。

"没错。"克里斯塔打量着站起来的"征服者",他的身材的确很好,"是的,你会感激他的。"

第八十一章
巴尔米拉废墟以南，萨博哈特马哈绿洲

"女王的遗体呢？"

"安放在她父亲的陵墓里了，酋长。我们用大量石头把入口封住了。"

"很好。"

穆罕默德叹了口气，一只手放在灰色母马的鬃毛上。马儿回头越过被跳蚤咬得红斑点点的肩部看着他，动了动耳朵。鸟儿们在营地四周的棕榈林里叽叽喳喳地闹。他队里的其余二十个人翻身骑上骆驼，模样呆笨的大家伙们站了起来。最后一人用脚将沙子踢进火坑，紧跟着骑上自己的坐骑。

南方人摸着自己的脸侧，手指抚过遮住了右眼并且一直延伸过八字胡、嘴唇最后到下巴上的长伤疤。那天在大马士革之门的时候，从倒塌的塔楼里如箭一般飞出来的石头差点儿就结束了他的这条命。他甚至不知道自己的右眼还能否重见光明。

不知道祭司能不能治好它？他想着，想起了自己的朋友们和他们残缺不全的尸体，立刻将伤疤的事抛到了脑后。看到他的脸上露出深深的怒意，他的人纷纷别开了眼。在这种时候最好别去看古来氏人。

之前有个人对死者不敬，就已经被酋长毫不留情地宰了。逼他发火可不是什么明智的选择。

穆罕默德整理了一下头巾，摸了摸她带上战场去的刀的刀鞘。刀刃已经砍缺了，残破不堪，但是只要回了他的老家，便能找到兵器专家将这把刀重新修复如新。他的手上似乎还有她手指的触感，柔软而冰凉，但他知道这是不可能的。他用肘轻轻推了推马儿，马儿小步跑出棕榈树的树荫，进入沙漠烈日的灼热阳光下。

二十个台努赫人骑着骆驼跟在他身后——这是他们部落最后仅存的一点人了。伊本·阿迪战死后，这些人便找到了他，宣誓对他效忠。当时他正躺在距离城市废墟数里以外的一个山洞里慢慢养伤。他们眼前是一望无垠的沙漠。在这片位于世界中心的荒漠里，到处都是一望无际随风飘移的沙丘。穆罕默德不疾不徐地前进，在看到家乡的大门或听到妻子的问候之前，他们还有很长的路要走。

他想起了伊本·阿迪的侄子带回来的消息——泰西封被攻陷，波斯帝国已经灭于罗马之手。想及此，他的眼中闪动着怒火。罗马军团的行军路线距离巴尔米拉仅百来里，原本是可以赶来挽救巴尔米拉免于毁灭的。他想到了罗马皇帝对巴尔米拉的背叛，想到了一位英勇无畏的女王和一位深爱她的祭司的牺牲。

他心中做了一个决定，仇恨让他热血沸腾。身下的马儿似乎也感应到了他的心，加快了脚步。回家的路相当漫长。

独角兽书系

乔·阿克罗比
《破碎之海》 系列
卷一 《半个国王》
卷二 《半个世界（即将出版）》
卷三 《半场战争（即将出版）》

《第一律法》 系列
卷一 《无鞘之剑》
卷二 《世界边缘》
卷三 《最后手段（即将出版）》

布兰登·桑德森
《迷雾之子》 系列
卷一 《最后帝国》
卷二 《升华之井（即将出版）》
卷三 《永世英雄（即将出版）》

乔治·R.R.马丁
《冰与火之歌》 系列
《冰与火之歌的世界》
《图夫航行记》
《风港》
《光逝》
《热夜之梦》
《危险的女人》
《梦歌》

布伦特·维克斯
《携光者》 系列
卷一 《光明王》
卷二 《夺光刃（即将出版）》

◎选题策划 / 邹 禾　　◎装帧设计 / 谢颖设计工作室

独角兽奇幻文化公众平台
weibo.com/tianjiankt

重庆日报报业集团
图书出版有限责任公司